金瓶梅　總目

引言

劉本棟

在中國的許多舊小說中，金瓶梅是一部最能表現時代，最富社會寫實精神的小說。其中所敘述的故事，雖是從水滸傳所寫武松故事裏孌割出來，但卻另有其獨立的資格。他是「化附庸為大國」，另外建立了他的不朽與偉大。他是一部很偉大的寫實小說，借著描寫一個土豪惡棍的一生，來赤裸裸地、毫無忌憚地表現著中國社會的病態，表現著一個荒唐墮落的社會的景象。

通常我們以三國志演義、水滸傳、西遊記及金瓶梅為明代四大奇書，沈德符的野獲編並曾言及「袁中郎觴政，以金瓶梅配水滸傳為外典」。其實金瓶梅比三國志演義、水滸傳、西遊記更為偉大。就取材來說，除金瓶梅所寫世情大都取型於當代外，其餘三書，皆僅將宋、元傳下來的話本或傳說，加以擴大。所以就材料評四大奇書，四大奇書實無足奇者。而所奇者乃在描寫人物的細膩，敘事抒情的曲折周到，遣辭造句的流利通暢，為前此作品所未有。然以此項標準來評此四書，金瓶梅實當列之班首，而三國志演義只好做其殿軍了。三國志演義離開現在實在太遠。那些英雄實在是傳說中的超人式的英雄，他們帶著充分的神祕性。若欲找尋劉、關、張式的結義事實，小說中俯拾皆是，卻恰恰以三國志演義所寫者最為駑下。說唐傳中之瓦崗寨故事，說岳精忠傳中牛皋、湯懷、岳飛之結義，三俠五義之五鼠聚義等，都寫得比三國志演義活躍而生動。西遊記完全是中世紀的遺物，不過思想及描寫較為新穎而已。俗語說：

「畫鬼容易畫人難。」因為人是最常見的東西，不易畫得真實，卻又最易為人找到錯處；鬼則是虛無飄渺的東西，隨你如何畫法，都無人來質證，來找錯兒。西遊記就是畫鬼的作品，所以容易見長。金瓶梅則是畫人的作品，入手既難，下筆卻又寫得如此逼真，這就是他所以能不僅獨絕於此一時代小說界的原因了。至於水滸傳，也不是嚴格的近代式的作品。那些水泊梁山的英雄，他們的領袖，大都是官是吏是紳是土豪是惡霸，而水滸傳把那些英雄都寫成有些半想像的超人間的人物。而對政治上黑暗的描寫，又幾乎是千篇一律的「官逼民反」。於今讀之，實不免有隔靴搔癢之感，所以不能和金瓶梅相比。而金瓶梅則徹頭徹尾是一部近代的作品，不論在思想上、事實上，以及描寫的方法上，全都是近代的。他不寫神與魔的鬥爭，不寫英雄的歷險，也不寫武士的出身。他所寫者乃是真實的民間社會的日常生活的故事。他以毫不動感情的客觀態度，赤裸裸地來描寫中等社會的男與女的日常生活，不誇張，也不過度的形容，以表現當時政治的黑暗，社會的腐敗。他是一部純粹寫實主義的小說。

金瓶梅的長處，尤在描寫市井人情及平常人的心理。言辭不多，而活潑如見。如第三十三回陳經濟失鑰罰唱：

經濟唱畢，金蓮纔待叫春梅斟酒與他。忽有吳月娘從後邊來，見奶子如意兒抱著官哥兒在房門首石臺基上坐，便說道：「孩子纔好些，你這狗肉，又抱他在風裏！還不抱進去。」金蓮問：「是誰說話？」繡春回道：「大娘來了。」經濟慌的拏鑰匙往外走不迭。眾人都下來迎接月娘。月娘便問：「陳姐夫在這裏做甚麼來？」金蓮道：「李大姐整治些菜，請俺娘坐坐。陳姐夫尋衣服，叫他進來吃一盃。姐姐你請坐，好甜酒兒，你吃一盃。」月娘道：「我不吃。後邊他大妗子，和楊姑娘要家去。我又記掛著這孩子，逕來看看。李大姐你也不管，又教奶子抱他在風裏坐的。前日劉婆子說他是驚寒，你還不好生看他？」李瓶兒道：「俺每陪著他姥姥吃酒，誰知賊臭肉三不知抱他出去了。」月娘坐了半歇，回後邊去了。一回使小玉來請姥姥和五娘、六娘後邊坐。

此外，像第七回楊姑娘氣罵張四舅，以及潘金蓮、王婆子的潑辣口吻，應伯爵的幫閒隨和的嘴臉，都是化工之筆，至今猶活潑潑地浮現在讀者的眼前。

止亂著，只見姑娘拄拐自後而出。眾人便道：「姑娘出來！」都齊聲唱喏。姑娘還了萬福，陪眾人坐下。姑娘開口：「列位高鄰在上，我是他的親姑娘，又不隔從，莫不沒我說處。死了的也是姪兒，活著的也是姪兒，十個指頭咬著都疼。如今休說他男子漢手裏沒錢。他就是有十萬兩銀子，你只好看他一眼罷了。他身邊又無出。少女嫩婦的，你攔著不教他嫁人，留著他做甚麼！」眾街鄰高聲道：「姑娘見得有理！」婆子道：「難道他娘家陪的東西，也留下他的不成！他背地又不曾私自與我甚麼，說我護他，也要公道！不瞞列位說，我這姪兒平日有仁義，老身捨不得他好溫克性兒。不然，老身也不管著他。」那張四在旁，把婆子瞅了一眼，說道：「你好失心兒！鳳凰無寶處不落！」此這一句話，道著這婆子真病。須臾怒起，紫漲了面皮，扯定張四大罵道：「張四，你休胡言亂語！我雖不能不才，是楊家正頭香主。你這老油嘴，是楊家那膫子肏的！」張四道：「我雖是異姓，兩個外甥是我姐姐養的。你這老咬蟲，女生外向，行放火又一頭放水！」姑娘道：「賤沒廉恥老狗骨頭！他少女嫩婦的，留著他在屋裏，有何算計？既不是圖色慾，便欲起謀心，將錢肥己！」張四道：「我不是圖錢，爭柰是我姐姐養的。有差遲，多是我；過不得日子，不是你！這老殺才，搬著大，引著小，黃貓兒黑尾！」姑娘道：「張四，你這老花根，老奴才，老粉嘴！你恁騙口張舌的，好淡扯！到明日死了時，不使了繩子扛子！」張四道：「你這嚼舌頭老淫婦！掙將錢來焦尾靶，怪不的恁無兒無女！」姑娘急了，罵道：「張四賊！老蒼根，老豬狗！我無兒無女，強似你家媽媽子穿寺院，養和尚，肏道士！你還在睡裏夢裏！」當下兩個差些兒不曾打起來。（第七回楊姑娘氣罵張四舅）

在人物的描寫上，金瓶梅也極擅長。試看他如何描寫潘金蓮的容態及妝扮：

但見他黑鬒鬒賽鴉翎的鬢兒，翠彎彎的新月的眉兒，清冷冷杏子眼兒，香噴噴櫻桃口兒，直隆隆瓊瑤鼻兒，粉濃濃紅艷腮兒，嬌滴滴銀盆臉兒，輕嬝嬝花朵身兒，玉纖纖蔥枝手兒，一捻捻楊柳腰兒，軟濃濃白面臍肚兒，窄多多尖趫腳兒，肉奶奶胸兒，白生生腿兒；更有一件緊揪揪，紅縐縐，白鮮鮮，黑裀裀，正不知是甚麼東西。觀不盡這婦人容貌。且看他怎生打扮？但見：頭上戴著黑油油頭髮鬏髻，口面上緝著皮金，一逕裏⿱埶走出香雲一結，周圍小簪兒齊插。六鬢斜插一朵並頭花，排草梳兒後押。難描八字彎彎柳葉，襯在腮兩朵桃花。玲瓏墜兒最堪誇，露菜玉酥胸無價。毛青布大袖衫兒，褶兒又短襯湘裙碾絹綾紗。通花汗巾兒，袖中兒邊搭剌，香袋兒身邊低掛，抹胸兒重重紐扣，褲腿兒臟頭垂下。往下看尖趫趫金蓮小腳，雲頭巧緝山牙老鴉。鞋兒白綾高底步香塵，偏襯登踏。紅紗膝褲扣鶯花，行坐處風吹裙袴。口兒裏常噴出異香蘭麝，櫻桃初笑臉生花。

（第二回西門慶簾下遇金蓮）

描摹雖有些輕佻，但確是精妙的筆墨。此外，第三十三回，伯爵在妓院吃酒被韓道國請出來。「伯爵吃的臉紅紅的，帽簷上插著剔牙杖兒。」只此兩句，已把人寫活了。

金瓶梅中有許多詞語，是當時地方上的習用語，我們必須明白他的意義，才能了解他的神韻。可惜在此時此地，這些詞語大都不常用了。所以年輕的讀者乍看了，可能不易了解。玆舉出少許例子，以供參考。其一為俗用語：

你家那杜蠻婆老淫婦，撒把黑豆，只好餵豬拱，狗也不要他！（第六十回）

西門慶道：「那奴才撒把黑豆，只好教豬拱罷！」（第七十五回）

豬用鼻尖的硬肉去擠觸地面或翻弄草根以尋取食物叫做「拱」。今時撲克牌遊戲中，有「拱豬」一項，就是取義于此。

一頭拾到屋裏，直睡到日沈西。（第二十六回）

剛走到西首那石橋兒跟前，忽然見一個黑影子，從橋底下鑽出來，向西門慶一拾。（第七十九回）

逕直地撲向或撞向某處，叫做「拾」。俗語譏諷人固執認死理而不知變通，說他是「一頭拾到南牆上」，就是這個意思。

教你上炕就撈定兒吃。今日只容你在我床上就夠了。要思想別的事，卻不能夠。（第二十一回）

定，或作腚，是屁股的俗稱。撈讀ㄌㄠ（第一聲），摸取的意思。此句話就是得寸進尺之意。

且說平安兒被責，來到外邊，打的剌八著腿兒，走那屋裏，拶的把手揸沙著。（第三十五回）

剌八，是兩腿因打傷痛，不能並攏，走路蹣跚的樣子。揸沙，是手指被拶腫脹疼痛，張開而不能屈伸的樣子。

其二為歇後語：歇後語又叫俏皮話兒，是中國北部地方語文中很普遍使用的。金瓶梅中使用歇後語的地方很多。如第六十一回「你班鳩跌了蛋，也嘴苔谷了；春凳折了靠背兒，沒的倚了；王婆子賣了磨，推不的了；老鴇子死了粉頭，沒指望了。」一連用了四個歇後語。有的歇後語很易懂，有的因為時代的關係，已不易了解。更有些歇後語中含有諧音字，就更增加了一層難度。

你家第五的秋胡戲，你娶他來家多少時了？（第二十三回）

莫不道我昨夜去了，大娘有些二十四麼？（第五十三回）

元曲中有秋胡戲妻雜劇，所以把「秋胡戲」作為「妻」的歇後語。一年有二十四個節氣，所以把「二十四」作為「氣」的歇後語。

鄭愛香兒道：「應花子，你門背後放花子，等不到晚了。」（第三十二回）

武二哥且是好急性，門背後放花兒，你等不到晚了！（第八十七回）

花本名「滴滴金兒」，是煙火花砲的一種，用紙捲成，長約十五公分左右，春節或元宵晚上，小兒輩拿著，點燃後，不停地放出火花，所以又叫「花兒」。白日不宜燃放，故譏笑人性急曰門背後放花兒——等不到天黑也。

若遲了一步兒，胡子老兒吹燈，把人了了。（第二十六回）

我的兒，你肚子裏棗胡解板兒，能有幾句兒？（第六十七回）。

莫不孟三姐也臘月裏蘿蔔動個心，忽剌八要往前進嫁人？（第九十一回）

以上三個例子，都是帶有諧音字的歇後語。滿臉胡子的老人去吹燈，燈火會燎了他的胡子。上「了」字，諧音「燎」。棗胡就是棗核兒，體積甚小。用鋸子解板兒，是不可能的。所以說「能有幾句？」句，諧音鋸。臘月天寒，蘿蔔會凍心兒。動，諧音凍。

蔣二哥，你這回吃了橄欖灰兒，回過味來了；打了你一麵口袋，倒過醮來了。（第十九回）

打麵面口袋，你這回纔倒過醮來了！（第七十二回）

玉樓也打了他肩背一下說道：「我的兒，你這回兒打你一麵口袋了。」（第七十六回）

麵粉吃完後，通常都要把麵口袋翻過來，把附著在上面的麵粉，打落在預置的容器內。當打麵口袋的時候，或被人用麵口袋打的時候，唯恐飛起的麵粉會落在臉上或吸入肚裏，因之總把臉轉向兩邊或後方，所以說「倒過醮來了。」意謂人對一件事理已經省悟過來，不再固執了。醮，諧音瞧。

其三拆字法：即是「拆白道字」，亦作「拆牌道字」。就是把要說的話不直接說出，而用拆字的方法說出來。如：

這色系子女不可言！（第四回）

你做了老林怎麼，還恁木木的！（第二十一回）

好淡嘴女又十撇兒！（第四十二回）

娘捎出「四馬」兒來了！（第八十回）

未免害些木邊之目，田下之心。（第八十三回）

「色系子女」是絕好。林字拆開，便成兩個木字；「木木的」是形容一個人呆木的樣子。「女又十撇」是奴才。「四馬」是罵，與詈同一部首，罵是俗用錯字。「木邊之目，田下之心」是相思。

本書是依據明神宗萬曆丁巳（四十五年）刊本金瓶梅詞話校訂而成。這是最完善、最近實的一個本子。作者是明代蘭陵（今山東嶧縣）笑笑生。因為書中含有許多魯南的方言俗語，不易為人普遍閱讀，所以崇禎時有一個不能確知姓名的杭州文士，加以刪改，以適合南人閱讀。他不僅把書中的土白及不雅的描寫完全刪除，並且大加改寫。這就是所謂的崇禎本。後來流傳的所謂「真本」、「古本」金瓶梅，以及現今市面上的金瓶梅，都是由這一個系統而來。這個本子固然有很多地方改得很好，但也有許多誤改或改錯的地方。一般人只見刪改過的崇禎本，未曾見過真實完整的金瓶梅，未有比較，所以不知道其中的差異。玆舉出數處，以窺豹一斑。如：

你不如把前頭這孩子的房兒，借情跑出來使了罷。（第四十回）

「房兒」是小兒初生時的衣胞，通常都埋在地下，所以要跑出來才能使用。跑音ㄆㄠˊ，是扒或挖的意思。崇禎本改跑為抱，就不通了。

任醫官道：「你我厚間，又是明川情分，學生無不盡心！」（第六十一回）

崇禎本改「明川」為朋友。其實明川是一個人的字號，其人姓韓。第五十八回任醫官說道：「昨日韓明川纔說老先生華誕，恕學生來遲。」第七十五回任醫官說：「昨日聞得明川說，老先生恭喜，容當奉賀。」這幾處的明川，都是同一人。

留十名在家看守，四十名跟殯，在材前擺馬道，分兩翼而行。（第六十五回）

崇禎本改材前為村邊，這是不知「材」的字義而誤改。材是靈柩、棺材。

你不受他的，乾不受他的。（第六十七回）

「乾」是徒然的意思，如俗云「乾著急」，即為此意。崇禎本改作「你不受他的乾，不受他的濕」。這是不知乾字之義而誤改。

金蓮每日，難捱繡幃孤枕，怎禁畫閣淒涼？（第八十三回）

崇禎本改作「金蓮每日難捱，怎禁繡幃孤冷，畫閣淒涼。」這是因斷句錯誤而改。

此外，五十八回的前面有「裝廂土庫」一詞，崇禎本改為「裝箱上庫」。可是後面尚有「修蓋土庫局面」及「樓底下要裝廂三間土庫閣段子」等語，便改不得了。而且五十九回亦有「裝修土庫」一詞，更足以證明「裝廂土庫」不當改。按金瓶梅中的廂字有三個用法：一作廂房之廂用，一作鑲字用，一作箱字用。此處應作隔間裝修解。崇禎本因誤把廂字作箱字用，所以才把土字改為上字。

崇禎本金瓶梅的情況已如上述。而萬曆本金瓶梅本身亦有數處有待商榷，此外尚有一些方言俗語，意旨不明。為保存原書的面貌，此次校訂，多遵從原文，未加更動。辨疑考訂，有待於博雅君子。

書中有許多小說習用語及土白，不易了解。為了方便讀者，在校訂時隨手摘出，並加註釋，以利翻檢。

中華民國六十八年九月

金瓶梅考證

劉本棟

金瓶梅一書，是以書中人物潘金蓮、李瓶兒和春梅的名字而命名的。明袁中道的遊居柿錄說：「所云金者，即金蓮也；瓶者，李瓶兒也；梅者，春梅婢也。」東吳弄珠客金瓶梅序亦說：「諸婦多矣，而獨以潘金蓮、李瓶兒、春梅命名者，亦楚檮杌之意也。」至於此書的作者及成書的時代問題，歷來說法不一，至今尚未有定論。袁中道遊居柿錄又說：

舊時京師有一西門千戶，延一紹興老儒於家；老儒無事，逐日記其家淫蕩風月之事。以門慶影其主人，以餘影其諸姬。瑣碎中有無限煙波，亦非慧人不能。

這只是一種傳說，並未指出作者姓氏字號。此說可能是由書中西門慶延請溫秀才，而溫秀才又是南方人的緣故。但就書中的土白看來，絕非紹興老儒所為。明沈德符野獲編說：

聞此為嘉靖間大名士手筆，指斥時事；如蔡京父子，則指分宜，林靈素則指陶仲文，朱勔則指陸炳，其他各有所屬云。

野獲編中所說的大名士，是明王世貞（字元美，號鳳洲，別號弇州山人，明太倉人）。自沈氏此說一出，後來很多人都附和他的說法。清顧公燮在其銷夏閒記摘抄中說：

太倉王忬家藏清明上河圖，化工之筆也。嚴世蕃強索之。忬不忍舍，乃覓名手楡贗者以獻。先是，忬巡撫兩浙，遇裱工湯姓，流落不偶。攜之歸，裝潢書畫，旋薦于世蕃。當獻畫時，湯在側，語世蕃曰：「此圖某所目睹，是卷非真者。試觀麻雀小腳，而踏三瓦角，即此便知其偽矣。」世蕃恚甚，而亦鄙湯之為人，不復重用。會俺答入寇大同，忬方總督薊遼。鄢茂卿嗾御史方輅劾忬御邊無術，遂見殺。忬子鳳洲，痛父冤死，圖報無由。一日，偶謁世蕃，世蕃問坊間有好看小說否？答曰有。又問何名？倉卒之間，鳳洲見金瓶中供梅，遂以金瓶梅答之：「但字跡漫滅，容鈔正送覽。」退而構思數日，借水滸傳西門慶故事為藍本；緣世蕃居西門，乳名慶，暗譏其閨門淫放。而世蕃不知，觀之大悅，把玩不寘。相傳世蕃最喜修腳。鳳洲重賂修工，乘世蕃專心閱讀，故意微傷腳跡，陰搽爛藥。後漸潰腐，不能入值。獨其父嵩在閣，年衰遲鈍，票本儗批，不稱上旨。上寖厭之，寵日以衰。御史鄒應龍等乘機劾奏，以至于敗。

寒花盦隨筆說：

世傳金瓶梅一書，為王弇州先生手筆，用以譏嚴世蕃者。書中西門慶，即世蕃之化身。世蕃小名慶，西門亦名慶；世蕃號東樓，此書即以西門對之。或又謂此書為一孝子所作，用以復其父仇者。蓋孝子所識一巨公，實殺孝子父。圖報累累皆不濟。後忽偵知巨公觀書時，必以指染沫翻其書葉。

孝子乃以三年之力，經營此書。書成，黏毒藥于紙角。覘巨公出時，使人持書叫賣于市，曰天下第一奇書。巨公于車中聞之，即索觀。車行及其第，書已觀訖，嘖嘖歎賞。呼賣者問其值，賣者竟不見。巨公頓悟為人所算，急自營救，已不及，毒發遂死。今按二說皆是；孝子即鳳洲也，巨公為唐荊川（名順之，字應德，明武進人）。鳳洲之父忬，死于嚴氏，實荊川譖之也。姚平仲綱鑑契要載殺巡撫王忬事。注謂：「忬有古畫，嚴嵩索之。忬不與，易以摹本。有識畫者，為辨其贗。嵩怒，誣以失誤軍機，殺之。」但未記識畫人姓名。有知其事者，謂識畫人即荊川；古畫者，清明上河圖也。

上面的兩段文字，除了認為金瓶梅的作者就是王世貞外，尚有兩點值得一提。其一是王世貞的父親王忬之死，與家藏清明上河圖有關。實則清明上河圖之說，並不可信，這可能是由李玉一捧雪傳奇的故事附會而來的。吳晗曾有金瓶梅與清明上河圖的傳說一文（載清華周刊），辨證極為明白。其二為苦孝說。謂孝子之作金瓶梅，乃是為了報殺父之仇。清康熙中，彭城張竹坡評刻本，即有苦孝說冠其首。此說並無新異之處，只是創一名目而已。不過所報之人，因傳聞異辭，說法又有分歧。銷夏閒記謂為嚴世蕃，寒花盦隨筆謂為唐順之。其實王忬之死，與世蕃、荊川無涉；而世蕃、荊川之死，亦與苦孝無關。世蕃自正國法，荊川死於在南討倭舟中。且在王忬被逮下獄之前七月已在任所，而又死在王忬死前之半載，何能譖殺王忬（說見桃花聖解盦日記）。又據秋水軒筆記，順之於嘉靖三十九年春死在通州，則王忬當卒於是年之冬。綜上所述，可知金瓶梅不是王世貞所作。此外民國二年存寶齋印行的繪圖真本金瓶梅，卷首所附乾隆五十九年王曇的金瓶梅考證亦謂：「金瓶梅一書，相傳明王元美所撰。」又說：「或云李卓吾（名贄，明晉江人）所作。」但就書中山東土白看來，亦不可能是李卓吾作。或者作者另有其人罷。

在民國二十年代前後，北平古佚小說刊行會曾印行了一百部金瓶梅詞話，因為不對外發售，所以得之不易。近年來，臺北市也有人翻印金瓶梅詞話，共一百回。此書卷首附有一篇欣欣子的序文。序文說：「竊謂蘭陵笑笑生作金瓶梅傳，寄意於時俗，蓋有謂也。」又說：「吾友笑笑生著斯傳，凡一百回。」這不僅說出了作者是甚麼人，同時也說明了作者的籍貫。蘭陵是山東省南部的嶧縣，書中使用的土白，正是當地的方言俗語，這是無可置疑的。一般人只知金瓶梅中的方言是山東土白，而不知山東地大人多，東西南北，方音互異。所以金瓶梅中的土白，並不是山東各地區的人都能習用的。就這一點來說，更足以證明金瓶梅的作者，應當是蘭陵人。而且欣欣子既然說笑笑生是他的朋友，亦自無說謊的必要。所以欣欣子的話是可信的。

可是笑笑生的真實姓名是甚麼，卻無從得知，他的生平事蹟，就更不用說了。吳晗疑心作序的欣欣子，或許就是笑笑生，因為他們的命名是很相似的。若就序文對作者及書中內容了解得深切入微一點看來，這說法也很有可能。可是即使欣欣子就是笑笑生本人，對於作者的了解，仍然是個謎。不過從序文中略可窺知其時代，並進而推知其成書的時間而已。序文又說：

吾嘗觀前代騷人，如盧景暉之剪燈新話，元微之之鶯鶯傳，趙君弼之效顰集，羅貫中之水滸傳，丘瓊山之鍾情麗集，盧梅湖之懷春雅集，周靜軒之秉燭清談；其後如意傳、于湖記，其間語句文確，讀者往往不能暢懷，不至終篇而掩棄之矣。

據鄭振鐸談金瓶梅詞話說，效顰集、懷春雅集、秉燭清談等書，都是成化（一四六五～一四八七）、弘治（一四八八～一五〇五）年間的作品。丘瓊山（名濬）卒於弘治八年（一四九五）。插入周靜軒（名禮）詩的三國志演義萬曆間方才流行，嘉靖本裏尚未收入。稱成化、弘治年間的人物為「前代騷人」，並且和元微之同類並舉，嘉靖年間的人，當不會如此。因為嘉靖（一五二二～一五六六）離弘治不過二十多年，離成化不過五十多年，欣欣子何得以「前代騷人」稱丘濬，周禮輩？如果把欣欣子、笑笑生的時代，放在萬曆間（一五七三～一六二〇），假定金瓶梅詞話作於萬曆三十年左右，則丘濬離他們已有一百多年，確是很遠而夠得上稱為「前代騷人」的了。又序中所引如意傳，當即如意君傳，于湖記當即張于湖誤宿女貞觀記。這都是在萬曆間始盛傳於世的。此外金瓶梅詞話裏引到韓湘子昇仙記，引到許多南北散曲，更可窺出不是嘉靖作的消息來。從上述這些客觀的事實來看，我們認定金瓶梅詞話的完成是在萬曆年間，而不是在嘉靖年間，應該不會有多大錯誤的罷。如果是在嘉靖年間，那麼在那樣急須這類書的時代裏，怎能使金瓶梅詞話遲至萬曆三十七年以後，才大行於世呢！

關於金瓶梅的版本，可分三部分來說：第一部分為鈔本，第二部分為刻本，第三部分為刪改本。先談鈔本。明沈德符野獲編（二十五）說：

袁中郎觴政以金瓶梅配水滸傳為外典。予恨未得見。丙午，遇中郎京邸，問曾有全帙否。曰：「第觀數卷，甚奇快。今惟麻城劉涎白承禧家有全本，蓋從其妻家徐文貞錄得者。」又三年，小修上公車，已攜有其書，因與借鈔挈歸。吳友馮猶龍見之驚喜，慫恿書坊以重價購刻。馬仲良時榷吳關，亦勸予應梓人之求，可以療饑。予曰：「此等書必遂有人板行，但一刻則家傳戶到，壞人心術。」遂固篋之。未幾時，而吳中懸之國門矣。

沈德符生於萬曆六年，卒於崇禎十五年，年六十五歲。上文中所提到的「丙午」，是萬曆三十四年。這一年他在北京遇到袁宏道，袁宏道僅看過數卷鈔本，並告訴他麻城劉承禧家有全本，而且這個全本是從徐文貞家鈔得。可知在萬曆三十四年以前，金瓶梅已傳鈔流行於世，但並不很普遍。到萬曆三十七年袁中道入京，已攜有全鈔本，沈氏並借鈔一部。鈔本的流行，在三、四年間，已大為普遍。已知的全鈔本已有徐、劉、袁、沈諸家。至於刻本的出現，比鈔本稍晚。沈德符說「未幾時而吳中懸之國門矣」這句話的時間，是在萬曆三十七年在北京向袁中道借鈔一部挈歸，馮夢龍、馬仲良勸他售與書商刻板行世而未允之後，在時間上來說，自鈔書至經幾多交涉，恐亦須一年之久。那麼吳中懸之國門究竟在甚麼時候？很遺憾地是沈氏未曾明言，我們也不敢妄猜。中國小說史略根據野獲編的說法謂「萬曆庚戌（一六一〇）吳中始有刻本，計一百回」。庚戌是萬曆三十八年，是丙午後的第四年。這個說法，恐係猜測之辭，未必有實據可信也。鄭振鐸據萬曆丁巳（四十五年）本金瓶梅詞話首載有一篇「萬曆丁巳季冬東吳弄竹客漫書于金閶道中」的序文，認為沈氏所說的「吳中」本，就是弄竹客序的一本。果然，那吳中本應該比萬曆丁巳年刻本較早，但不會早得太久。欣欣子序的那本，即據此本刻成。此外在清梁拱辰的勸戒四錄裏，又有如下的記載：

錢塘汪棣香（福臣）曰：「蘇揚兩郡書店中，皆有金瓶梅版。蘇城版藏楊氏。楊故長者，以鬻書為業，家藏金瓶梅版。雖銷售甚多，而為病魔所困，日夕不離湯藥。娶妻多年，尚未有子。其友人戒之。……楊為驚寤，立取金瓶梅版劈而焚之。……其揚州之版，為某書賈所藏。某家小康，開設書坊三處，嘗以是版獲利，人屢戒之，終不燬。……某既死，有儒士捐金買版，始就燬于吳中。」

這一段文字，也未記明版刻的年代。不過就其普遍的情形想來，恐當在吳中本以後。

以上所提到的鈔本和刻本，現在都看不到了。現在所能見到的最早而最近真的本子，就是萬曆丁巳（四十五年，西元一六一七年）北方所刊印的金瓶梅詞話。書前有作者的朋友欣欣子的一篇金瓶梅詞話序，這是一篇極重要的文獻，他告訴了我們真正的作者，及寫作的動機和目的。在欣欣子的序文之後，又有「萬曆丁巳季冬東吳弄珠客漫書于金閶道中」的一篇金瓶梅序，也是重要的材料。弄珠客的序文後面又有袁宏道（號石公）的跋，題為廿公。跋文之後，又有三頁新刻金瓶梅詞話題詞。是書每頁十一行，每行二十四字，沒有插圖，共一百回。國立故宮博物院藏有一部新刻金瓶梅詞話一百卷二十冊（見國立中央圖書館善本書目增訂本第二冊）。另外在日本有兩部，一在日光山輪王寺慈眼堂，一在德山毛利氏棲息堂。

金瓶梅最早的刪改本就是崇禎本，這也是後來一切刪改本的始祖。由於萬曆本金瓶梅詞話有很多魯南的方言俗語，南方人不易懂，而不潔的描寫又不適合大眾閱讀，所以在崇禎年間有一個杭州文士大加刪改，而成了後來普遍流行的崇禎本及依據此本再加刪改的其他版本。其刪改的內容，可分刪與改兩方面來說：在刪的方面，主要的是刪去不雅潔的描寫，不易懂的土白及冗長的曲詞。此外，第八十四回萬曆本原作「吳月娘大鬧碧霞宮　宋公明義釋清風寨」，崇禎本把宋公明義釋清風寨的一大段全部刪除，回目也改為「吳月娘大鬧碧霞宮　普靜師化緣雪澗洞」。致使這一回短得不成比例。在改的方面，一方面修改文字內容，一方面又改回目。對文字內容方面的修改，有的改得很好，但也有許多因不了解而改錯了的。其改錯的地方，已在引言中舉例說明，此處不再重複。第一回「景陽崗武松打虎　潘金蓮嫌夫賣風月」，回目改為「西門慶熱結十兄弟　武二郎冷遇親哥嫂」，文字內容完全是重新編寫的，這是徹頭徹尾改頭換面的一回。在回目的修改方面，本來萬曆本保存著渾樸的古風，每回二句，並不一定對稱，字數也不一定相等，除第一回已如上述外，再舉二例如下：

來保押送生辰擔　西門慶生子喜加官（第三十回）

月娘識破金蓮奸情　薛嫂月下賣春梅（第八十五回）

崇禎本便大不相同了，相當於上面兩回的回目已被改作：

蔡太師擅恩賜爵　西門慶生子加官

吳月娘識破奸情　春梅姐不垂別淚

駢偶相稱，面目一新。崇禎本的編刻者是如此大膽地在改作著。此外尚須一提的，是崇禎本有兩百幅插圖，刻工皆是當時新安名手，可代表當時最精工的徽派木刻畫作品。圖中署名的有「新安劉應祖鐫」（第一回武二郎冷遇親哥嫂），「黃子立刻」（第二回俏潘娘簾下勾情），「新安劉啓先刻」（第二十二回蕙蓮兒偷期蒙愛），「洪國良刻」（第三十回西門慶生子加官），「黃汝耀」（第三十一回琴童藏壺搆釁），「劉啓先刻」（第四十五回元夜遊行遇雪雨）。（插圖原底留在故宮珍藏，上述署名各圖，是從民國四十九年五月啓明書局出版之世界文學大系第五冊金瓶梅中識出。）他們都是為杭州各書店刻圖的，吳騷合編便出於他們之手。黃子立又曾為陳老蓮刻九歌圖和葉子格。可見這部金瓶梅也當是杭州版，其刊行的時代，則當在崇禎間。

崇禎本金瓶梅既出自杭州，當是據沈德符所說「吳中懸之國門」的那本刪改而成，因為他在卷首載有「萬曆丁巳季冬東吳弄珠客漫書于金閶道中」的一篇序文，卻沒有載欣欣子的序文。清康熙中彭城張竹坡評本的第一奇書，即是根據崇禎本刪改而成。民國二年存寶齋印行的繪圖真本金瓶梅，卷首有清同治三年蔣敦艮的序和清乾隆五十九年王曇的金瓶梅考證。鄭振鐸以為蔣序及王的考證都是偽作。這個「真本」是據張竹坡第一奇書本刪改而成。後來上海卿雲書局印行的古本金瓶梅，又是存寶齋本的翻版。

金瓶梅中的人物，或許有所影射。但我們卻無法確知其所影射者為何許人，亦無必要妄為附會。至其寫作目的，無非借書中人物故事，來反應當時的吏治敗壞及社會的黑暗和墮落。關於這一點，東吳弄珠客及欣欣子的序已說得非常明白，在此無須多費筆墨了。全書用輪回報應之說，來勸善懲惡，作者其有仁心乎！

金瓶梅插圖：「逞豪華門前放烟火」。選自明崇禎年間刊本新刻繡像批評金瓶梅。

金瓶梅詞話序

竊謂蘭陵笑笑生作金瓶梅傳寄意於時俗蓋有謂也人有七情憂鬱爲甚上智之士與化俱生霧散而冰裂是故不必言矣次焉者亦知以理自排不使爲累惟下焉者既不出了於心胸又無詩書道腴可以撥遣然則不致于坐病者幾希吾友笑笑生爲此爰罄平日所蘊者著斯傳凡一百回其中語句新奇膾炙人口無非明人倫戒淫奔分淑慝化善惡知盛衰消長之機取報應輪迴之事如在目前始終如脈絡貫通如萬系迎風而不亂也使觀者庶幾可以一哂而忘憂也其中未免語涉俚俗氣含脂粉余則曰不然關雎之作樂而不淫哀而不傷富與貴人之所慕也鮮有不至于淫者哀與怨人之所惡也鮮有不至于傷者吾嘗觀前代騷人如盧景暉之剪燈新話元微之之鶯鶯傳趙君弼之效顰集羅貫中

之水滸傳丘瓊山之鍾情麗集盧梅湖之懷春雅集周靜軒之秉燭清談其後如意傳于湖記其間語句文確讀者往往不能暢懷不至終篇而掩棄之矣此一傳者雖市井之常談閨房之碎語使三尺童子聞之如飫天漿而拔鯨牙洞洞然易曉雖不比古之集理趣文墨綽有可觀其他關繫世道風化懲戒善惡滌慮洗心無不小補譬如房中之事人皆好之人皆惡之人非

堯舜聖賢鮮不爲所耽富貴善良是以搖動人心蕩其素志觀其高堂大廈雲窗霧閣何深沉也金屏繡褥何美麗也鬢雲斜嚲春酥滿胸何嬋娟也雄鳳雌凰迭舞何慇懃也錦衣玉食何侈費也佳人才子嘲風咏月何綢繆也雞舌含香唾圓流玉何溢度也一雙玉腕綰復綰兩隻金蓮顛倒顛何猛浪也既其樂矣然樂極必悲生如離別之機將興憔悴之容必見者所不能

免也折梅逢驛使尺素寄魚書所不能無也患難迫切之中顛沛流離之頃所不能脫也陷命於刀劍所不能逃也陽有王法幽有鬼神所不能逭也至于淫人妻子妻子淫人禍因惡積福

緣善慶種種皆不出循環之機故天有春夏秋冬人有悲歡離合莫怪其然也合天時者遠則子孫悠久近則安享終身逆天時者身名罹喪禍不旋踵人之處世雖不出乎世運代謝然不

經凶禍不蒙恥辱者亦幸矣吾故曰笑笑生作此傳者葢有所謂也

欣欣子書于明賢里之軒

金瓶梅序

金瓶梅穢書也袁石公亟稱之亦自寄其牢騷耳非有取於金瓶梅也然作者亦自有意蓋為世戒非為世勸也如諸婦多矣而獨以潘金蓮李瓶兒春梅命名者亦楚檮杌之意也蓋金蓮以姦死瓶兒以孽死春梅以淫死較諸婦為更慘耳借西門慶以描畫世之大淨應伯爵以描畫世之小丑諸淫婦以描畫世之丑婆淨婆令人讀之汗下蓋為世戒非為世勸也余嘗曰讀金瓶梅而生憐憫心者菩薩也生畏懼心者君子也生歡喜心者小人也生效法心者乃禽獸耳余友人褚孝秀偕一少年同赴歌舞之筵衍至覇王夜宴少年垂涎曰男兒何可不如此孝秀曰也只為這烏江設此一着耳同座聞之歎為有道之言若有人識得此意方許他讀金瓶梅也不然石公幾為導淫宣慾之尤矣奉勸世人勿為西門之後車可也

萬曆丁巳季冬東吳弄珠客漫書於金閶道中

跋

金瓶梅傳，為世廟時，一鉅公寓言，蓋有所刺也。然曲盡人間醜態，其亦先師不刪鄭衛之旨乎。中間處處埋伏因果，作者亦大慈悲矣。今後流行此書，功德無量矣。不知者竟目為淫書，不惟不知作者之旨，併亦冤却流行者之心矣。特為白之。

廿公書

新刻金瓶梅詞話

詞曰

閬苑瀛洲。金谷陵樓。算不如茅舍清幽。野花綉地。莫也風流。也宜春。也宜夏。也宜秋。酒熟堪酬客至。須留更無榮無辱無憂。退閒一步。着甚來由。但倦時眠。渴時飲。醉時謳。

短短橫墻。矮矮疎窗。忔憎兒小小池塘。高低疊峯。綠水邊傍。也有些風。有些月。有些涼日用家常。竹几藤床。靠眼前水色山光。客來無酒。清話何妨。但細烹茶。熱烘盞。淺澆湯。

水竹之居。吾愛吾廬。石磷磷床砌階除。軒窗隨意。小巧規模。却也清幽。也瀟灑。也寬舒。懶散無拘。此等何如。倚闌干臨水觀魚。風花雪月。贏得工夫。好炷心香。說些話。讀些書。

淨掃塵埃。惜耳蒼苔。任門前紅葉鋪堦。也堪圖畫。還也奇哉。有數株松。數竿竹。數枝梅。花木栽培。取次教開。明朝事天自安排。知他富貴幾時來。且優游。且隨分。且開懷。

四貪詞

酒

酒損精神。破喪家。語言無狀。鬧喧譁。疎親慢友多由你。背義忘恩。盡是他。切須戒飲流霞。若能依此。實無差。失却萬事皆因此。今後逢賓只待茶。

色

休愛綠髩美朱顏。少貪紅粉翠花鈿。損身害命多嬌態。傾國傾城色更鮮。莫戀此。養丹田。人能寡慾壽長年。從今罷却閒風月。紙帳梅花獨自眠。

財

錢帛金珠籠內收，若非公道少貪求。親朋道義因財失，父子懷情為利休，急縮手，且抽頭，免使身心晝夜愁，兒孫自有兒孫福，莫與兒孫作遠憂。

氣

莫使強梁逞技能，揮拳裸袖弄精神。一時怒發無明穴，到後憂煎禍及身。莫太過，

免災迍，勸君凡事放寬情，合撒手時須撒手，得饒人處且饒人。

回目

上冊

下冊

第一回　景陽崗武松打虎　潘金蓮嫌夫賣風月

詞曰：

丈夫隻手把吳鈎，欲斬萬人頭。如何鐵石打成心性，卻為花柔。請看項籍並劉季，一似使人愁。只因撞著虞姬戚氏，豪傑都休。

此一隻詞兒，單說著情色二字，乃一體一用。故色絢于目，情感于心，情色相生，心目相視。亙古及今，仁人君子，弗合忘之。晉人云：「情之所鍾，正在我輩。」如磁石吸鐵，隔礙潛通。無情之物尚爾，何況為人，終日在情色中做活計一節。須而丈夫，隻手把吳鈎。吳鈎乃古劍也。古有「干將」、「莫鎁」、「太阿」、「吳鈎」、「魚腸」、「屬鏤」之名，言丈夫心腸如鐵石，氣概貫虹蜺，不免屈志于女人。題起當時西楚霸王，姓項名籍，單名羽字。因秦始皇無道，南修五嶺，北築長城，東填大海，西建阿房，并吞六國，坑儒焚典，因與漢王劉邦，單名季字，時二人起兵。席捲三秦，滅了秦國，指鴻溝為界，平分天下。因用范增之謀，連敗漢王七十二陣。只因寵著一個婦人，名喚虞姬，有傾城之色，載于軍中，朝夕不離。一旦被韓信所敗，夜走陰陵。為追兵所逼，霸王敗向江東取救，因捨虞姬不得，又聞四面皆楚歌事發，嘆曰：「力拔山兮氣蓋世，時不利兮騅不逝。騅不逝兮可奈何，虞兮虞兮奈若何？」歌畢，淚下數行。虞姬曰：「大王莫非以賤妾之故，有廢軍中大事？」霸王曰：「不然。吾與汝不忍相捨故耳。況汝這般容色，劉邦乃酒色之君，必見汝而納之。」虞姬泣曰：「妾寧以義死，不以苟生！」遂請王之寶劍，自刎而死。霸王因大慟，尋以自刎。史官有詩嘆曰：

拔山力盡霸圖隳，倚劍空歌不逝騅。

明月滿營天似水，那堪回首別虞姬。

那漢王劉邦原是泗上亭長，提三尺劍，硭碭山斬白蛇起手。二年亡秦，五年滅楚，掙成天下。只因也是寵著個婦人，名喚戚氏。夫人所生一子，名趙王如意，因被呂后妬害，心甚不安。一日，高祖有疾，乃枕戚夫人腿而臥。夫人哭曰：「陛下萬歲後，妾母子何所託？」帝曰：「不難。吾明日出朝，廢太子而立爾子，意下如何？」戚夫人乃收淚謝恩。呂后聞之，密召張良謀計。良舉薦商山四皓，下來輔佐太子。一日，同太子入朝，高祖見四人鬚鬢交白，衣冠甚偉，各問姓名。一名東園公，一名綺里季，一名夏黃公，一名用里先生。因大驚曰：「朕昔求聘諸公，如何不至？今日乃從吾兒所遊？」四皓答曰：「太子乃守成之主也。」高祖聞之，愀然不悅。比及四皓出殿，乃召戚夫人指示之曰：「我欲廢太子，況彼四人輔佐，羽翼已成，卒難搖動矣。」戚夫人遂哭泣不止。帝乃作歌以解之：

鴻鵠高飛兮羽翼，抱龍兮橫蹤四海。橫蹤四海兮，又可奈何？雖有繑繳兮，尚安所施！

歌訖，後遂不果立趙王矣。高祖崩世，呂后酒酖殺趙王如意，人彘了戚夫人，以除其心中之患。詩人評此二君，評到個去處，說劉項者，固當世之英雄，不免為二婦人，以屈其志氣。雖然，妻之視妾，名分雖殊，而戚氏之禍，尤慘于虞姬。然則妾婦之道，以事其丈夫，而欲保全首領于牖下，難矣。觀此二君，豈不是「撞著虞姬戚氏，豪傑都休。」有詩為證：

> 劉項佳人絕可憐，英雄無策庇嬋娟。
> 戚姬葬處君知否？不及虞姬有墓田。

說話的，如今只愛說這情色二字做甚？故士矜才則德薄，女衍色則情放。若乃持盈慎滿，則為端士淑女，豈有殺身之禍，今古皆然，貴賤一般。如今這一本書，乃虎中美女後引出一個風情故事來。一個好色的婦女，因與了破落戶相通，日日追歡，朝朝迷戀。後不免屍橫刀下，命染黃泉。永不得著綺穿羅，再不能施朱傅粉。靜而思之，著甚來由！況這婦人他死有甚事，貪他的斷送了堂堂六尺之軀；愛他的丟了潑天鬨產業。驚了東平府，大鬧了清河縣，端的不知誰家婦女？誰的妻小？後日吃何人占用？死于何人之手？正是：說時華岳山峰歪，道破黃河水逆流！

話說宋徽宗皇帝政和年間，朝中寵信高、楊、童、蔡四個奸臣，以致天下大亂，黎民失業百姓倒懸，四方盜賊蜂起，罡星下生人間，攪亂大宋花花世界，四處反了四大寇。那四大寇：山東宋江、淮西王慶、河北田虎、江南方臘，皆轟州劫縣，放火殺人，僭稱王號。惟有宋江替天行道，專報不平，殺天下贓官污吏，豪惡刁民。那時山東陽谷縣，有一人姓武名植，排行大郎。有個嫡親同胞兄弟，名喚武松。其人身長七尺，膀闊三停，自幼有膂力，學得一手好鎗棒。他的哥哥武大，生的身不滿三尺，為人懦弱，又頭腦濁蠢可笑。平日本分，不惹是非。因時遭荒饉，將祖房兒賣了，與兄弟分居，搬移在清河縣居住。這武松因酒醉，打了童樞密，單身獨自逃在滄州橫海郡小旋風柴進莊上，他那裏招攬天下英雄豪傑，仗義疏財。人號他做「小孟嘗君」柴大官人，乃是周朝柴世宗嫡派子孫那裏躲逃。柴進因見武松是一條好漢，收攬在莊上。不想武松就害起瘧疾來。住了一年有餘，因思想哥哥武大，告辭歸家。在路上行了幾日，來到陽谷縣地方。那時山東界上，有一座景陽崗，山中有一隻弔睛白額虎，食得路絕人稀。官司杖限獵戶，擒捉此虎。崗子路上兩邊都有榜文，可教過往經商結夥成群，于巳、午、未三個時辰過崗。其餘不許過崗。這武松聽了，呵呵大笑。就在路旁酒店內，吃了幾碗酒，壯著膽。橫拖著防身梢棒，踉踉蹌蹌，大扠步走上崗來。不半里之地，見一座山神廟門首，貼著一張印信榜文。武松看時，上面寫道：「景陽崗上，有一隻大蟲❶，近來傷人甚多。見今立限各鄉並獵戶人等，打捕住時，官給賞銀三十兩。如有過往客商人等，可于巳、午、未三個時辰，結夥過崗。其餘時分，及單身客旅，白日不許過崗，恐被傷害性命不便。各宜知悉。」武松喝道：「怕甚麼鳥！且只顧上崗去，看有甚大蟲！」武松將棒綰在脅下，一步步上那崗來。回看那日色，漸漸下山，此正是十月間天氣，日短夜長，容易得晚。武松走了一會，酒力發作，遠遠望見亂樹林子。直奔過樹林子來，見一塊光撻撻地大青臥牛石，把那棒倚在一邊，放翻身體，卻待要睡，但見青天忽然起一陣狂風。看那風時，但見：無形無影透人懷，四季能吹萬物開。就地撮將黃葉去，入山推出白雲來。原來雲生從龍，風生從虎。那一陣風過處，只聽得亂樹皆落黃葉，刷刷的響。撲地一聲，跳出一隻弔睛白額斑斕猛虎來，猶如牛來大。武松見了，叫聲「阿呀」時，從青

❶ 大蟲：老虎。

石上翻身下來，便提梢棒在手，閃在青石背後。那大蟲又饑又渴，把兩隻爪在地下跑了一跑，打了個歡翅❷。將那條尾剪了又剪，半空中猛如一個焦霹靂❸，滿山滿嶺盡皆振響。這武松被那一驚，把肚中酒都變做冷汗出了。說時遲，那時快。武松見大蟲撲來，只一閃，閃在大蟲背後。原來猛虎項短，回頭看人較難。便把前爪搭在地下，把腰胯一伸，掀將起來。武松只一躲，躲在側邊。大蟲見掀他不著，吼了一聲，把山崗也振動。武松卻又閃過一邊。原來虎傷人，只是一撲一掀一剪。三般捉不著時，氣力已自沒了一半。武松見虎沒力，翻身回來，雙手輪起梢棒，盡平生氣力，只一棒，只聽得一聲響，簌簌地將那樹枝帶葉打將下來。原來不曾打著大蟲，正打在樹枝上，磕磕把那條棒折做兩截，只拏一半在手裏。這武松心中也有幾分慌了。那虎便咆哮性發，剪尾弄風起來，向武松又只一撲，撲將來。武松一跳，卻跳回十步遠。那大蟲撲不著武松，把前爪搭在武松面前，武松將半截棒丟在一邊，乘勢向前，兩隻手揭在大蟲頂花皮，使力只一按，那虎急要掙扎，早沒了氣力。武松儘力揭定那虎，那裏肯放鬆。一面把隻腳望虎面上眼睛裏，只顧亂踢。那虎咆哮，把身底下，扒起兩堆黃泥，做了一個土坑裏。武松按在坑裏，騰出右手，提起拳頭來，只顧狠打，儘平生氣力。不消半歇兒時辰，把那大蟲打死。躺臥著，卻似一個綿布袋，動不得了。有古風一篇，單道景陽崗武松打虎。但見：

景陽崗頭風正狂，萬里陰雲埋日光。

---

❷ 歡翅：呵欠。

❸ 焦霹靂：旱雷。不下雨而只是打雷。

焰焰滿川紅日赤，紛紛遍地草皆黃。
觸目曉霞掛林藪，侵人冷霧滿穹蒼。
忽聞一聲霹靂響，山腰飛出獸中王。
昂頭踴躍逞牙爪，谷裏獐鹿皆奔降。
山中狐兔潛蹤跡，澗內獐猿驚且慌。
卞莊見後魂魄散，存孝遇時心膽亡。
清河壯士酒未醒，忽在崗頭偶相迎。
上下尋人虎飢渴，撞著猙獰來撲人。
虎來撲人似山倒，人去迎虎如岩傾。
臂腕落時墜飛砲，爪牙撾處幾泥坑。
拳頭腳尖如雨點，淋漓兩手鮮血染。
穢污腥風滿松林，散亂毛鬚墜山崦。
近看千鈞勢未休，遠觀八面威風滅。
身橫野草錦斑消，緊閉雙睛光不閃。

當下這隻猛虎，被武松沒頓飯之間，一頓拳腳，打的動不得了。使的這漢子口裏兒自氣喘不息。武松放了手，來松樹邊尋那打折的梢棒。只怕大蟲不死，向身上又打了十數下。那大蟲氣都沒了。武松尋思：

「我就勢把這大蟲拖下崗子去。」就血泊中雙手來捉時，那裏提得動。原來使盡了氣力，手腳都疏軟了。

武松正坐在石上歇息，只聽草坡裏刷刺刺響。武松口中不言，心下驚恐：「天色已黑了，倘或又跳出一個大蟲來，我卻怎生鬥得過他？」剛言未畢，只見坡下鑽出兩隻大蟲來，諕得武松大驚道：「阿呀！今番我死也！」只見那兩個大蟲，于面前直立起來。武松定睛看時，卻是個人，把虎皮縫做衣裳，頭上帶著虎磕腦❹。那兩人手裏各拏著一條五股鋼叉，見了武松倒頭便拜，說道：「壯士，你是人也？神也？端的吃了總律心、豹子肝、獅子腿，膽倒包了身軀！不然，如何獨自一個，天色漸晚，又沒器械，打死這個傷人大蟲？我們在此觀看多時了。端的壯士高姓大名？」武松道：「我行不更名，坐不改姓。自我便是陽谷縣人氏，姓武名松，排行第二。」因問：「你兩個是甚麼人？」那兩個道：「不瞞壯士說，我每是本處打獵戶。因為崗前這隻虎，夜夜出來，傷人極多。只我每獵戶，也折了七八個。過路客人，不計其數。本縣知縣相公，著落我每眾獵戶，限日捕捉。得獲時，賞銀三十兩。不獲時，定限吃拷。叵耐這業畜勢大，難近得他。誰敢向前？我每只和數十鄉夫，在此遠遠地安下窩弓藥箭等他。正在這裏埋伏，卻見你大刺刺從崗子上走來，三拳兩腳，和大蟲敵鬥，把大蟲登時打死了。未知壯士身上有多少力，俺眾人把大蟲綁了，請壯士下崗，往本縣去見知縣相公討賞去來。」于是眾鄉夫獵戶，約湊有七、八十人，先把死大蟲抬在前面。將一個兜轎❺抬了武松，逕投本處一個上戶家。那戶里正，都在莊前迎接，把這大蟲扛在草庭上。卻有本縣里老，都來相探，問了武松姓名。因把打虎一節，說了一遍。眾人道：「真

---

❹ 虎磕腦：製成老虎形的頭布。

❺ 兜轎：即「兜子」，一種只有坐位沒有轎廂的轎子。

乃英雄好漢！」那眾獵戶，先把野味，將來與武松把盞，吃得大醉。打掃客房，武松歇息。到天明，里老先去縣裏報知。一面合具虎床，安排花紅軟轎，迎送武松到縣衙前。清河縣知縣使人來接到縣內廳上。那滿縣人民聽得說一個壯士打死了景陽崗上大蟲，迎賀將來，盡皆出來觀看，哄動了那個縣治。武松到廳上下了轎，扛著大蟲在廳前。知縣看了武松這般模樣，心中自忖道：「不恁地，怎打得這個猛虎！」便喚武松上廳來。參見畢，將打虎首尾訴說了一遍。兩邊官吏，都驚呆了。知縣就廳上賜了幾盃酒，將庫中眾士戶出納的賞錢三十兩，就賜與武松。武松稟道：「小人托賴相公的福蔭，偶然僥倖，打死了這個大蟲，非小人之能。如何敢受這三十兩賞賜？給發與眾獵戶，因這畜生受了相公許多責罰。何不就把這賞給，散與眾人去？也顯相公恩沾，小人義氣。」知縣道：「既是如此，任從壯士處分。」武松就把這三十兩賞錢，在廳上俵散與眾獵戶去了。知縣見他仁德忠厚，又是一條好漢，有心要抬舉他。便道：「雖是陽谷縣的人氏，與我這清河縣只在咫尺。我今日就參你在我這縣裏，做個巡捕的都頭。專一河東水西，擒拏盜賊，你意下如何？」武松跪謝道：「若蒙恩相抬舉，小人終身受賜。」知縣隨即喚押司去了文案，當日便參武松做了巡捕都頭。眾里正大戶都來與武松作賀慶喜，連連誇官，吃了三五日酒。正要陽谷縣抓尋❻哥哥，不料又在清河縣做了都頭。一日在街上閒遊，喜不自勝。傳得東平一府兩縣，皆知武松之名。有詩為證：

壯士英雄藝略芳，挺身直上景陽崗。

---

❻ 抓尋：找尋。

醉來打死山中虎，自此聲名播四方。

按下武松，單表武大自從與兄弟分居之後，因時遭荒饉，搬移在清河縣紫石街賃房居住。人見他為人懦弱，模樣猥衰❼，起了他個渾名，叫做三寸丁谷樹皮。俗語言其身上粗糙，頭臉窄狹故也。以此人見他這般軟弱樸實，多欺負他。武大並無生氣，常時迴避便了。看官聽說：世上惟有人心最歹。軟的又欺，惡的又怕。太剛則折，太柔則廢。古人有幾句格言說的好：

柔軟立身之本，剛強惹禍之胎。無爭無競是賢才。虧我些兒何礙？　青史幾場春夢，紅塵多少奇才。不須計較巧安排。守分而今見在。

且說武大終日挑擔子出去，街上賣炊餅度日。不幸把渾家故了，丟下個女孩兒，年方十二歲，名喚迎兒。爺兒兩個過活，那消半年光景，又消折了資本，移在大街坊張大戶家臨街房居住，依舊做買賣。張宅家下人見他本分，常看顧他，照顧他炊餅。閒時在他鋪中坐。武大無不奉承。因此張宅家下人個個都歡喜，在大戶面時，一力❽與他說方便❾。因此大戶連房錢也不問武大要。這張大戶家有萬貫家財，百間房產，年約六旬之上，身邊寸男尺女皆無。媽媽余氏主家嚴厲，房中並無清秀使女。一日，大戶拍胸，嘆了一口氣。媽媽問道：「你田產豐盛，資財充足，閒中何故嘆氣？」大戶道：「我許大年紀，又無兒女，雖

❼ 猥衰：即「猥瑣」。是「鄙陋」或「狼狽」的樣子。
❽ 一力：極力。
❾ 說方便：說好話。

有家財，終何大用？」媽媽道：「既然如此說，我教媒人替你買兩個使女，早晚習學彈唱，服侍你便了。」大戶心中大喜，謝了媽媽。過了幾時，媽媽果然教媒人來，與大戶買了兩個使女。一個叫做潘金蓮，一個喚做白玉蓮。這潘金蓮卻是南門外潘裁的女兒，排行六姐。因他自幼生得有些顏色，纏得一雙好小腳兒，因此小名金蓮。父親死了，做娘的因度日不過，從九歲賣在王招宣府裏習學彈唱，就會描眉畫眼，傅粉施朱，梳一個纏髻兒，著一件扣身⑩衫子，做張做勢⑪，喬模喬樣⑫。況他本性機變伶俐，不過十五，就會描鸞刺繡，品竹彈絲。又會一手琵琶。後王招宣死了，潘媽媽爭將出來，三十兩銀子轉賣與張大戶家，與玉蓮同時進門。大戶家習學彈唱，金蓮學琵琶，玉蓮學箏。玉蓮亦年方二八，乃是樂戶人家女子。生得白淨，小字玉蓮。這兩個同房歇臥。主家婆⑬余氏，初時甚是抬舉二人。不會上鍋，排備灑掃。與他金銀首飾，妝束身子。後日不料白玉蓮死了，只落下金蓮一人，長成一十八歲，出落的臉襯桃花，眉彎新月，尤細尤彎。張大戶每要收他，只怕主家婆利害，不得手。一日，主家婆鄰家赴席不在，大戶暗把金蓮喚至房中，遂收用了。正是：美玉無瑕，一朝損壞。珍珠何日，再得完全。大戶自從收用金蓮之後，不覺身上添了四五件病症。端的那五件？第一腰便添疼，第二眼便添淚，第三耳便添聾，第四鼻便添涕，第五尿便添滴。還有一樁兒不可說。白日間只是打盹，到晚來噴嚏也無數。後主家婆頗知

⑩ 扣身：配身。

⑪ 做張做勢：裝模作樣。

⑫ 喬模喬樣：裝模作樣。

⑬ 主家婆：主母。

其事，與大戶攘罵了數日，將金蓮甚是苦打。大戶知不容此女，卻賭氣倒陪房奩，要尋嫁得一個相應的人家。大戶家下人都說：「武大忠厚，見無妻小，又住著宅內房兒，堪可⑭與他。」這大戶早晚還要看覷此女，因此不要武大一文錢，白白的嫁與他為妻。這武大自從娶的金蓮來家，大戶甚是看顧他。若武大沒本錢做炊餅，大戶私與銀伍兩，與他做本錢。武大若挑擔兒出去，大戶候無人，便踅入房中，與金蓮廝會。武大雖一時撞見，亦不敢聲言。朝來暮往，如此也有幾時。忽一日，大戶得患陰寒病症，嗚呼哀哉死了。主家婆察知其事，怒令家童將金蓮、武大即時趕出，不容在房子裏住。武大不覺又尋紫石街西王皇親房子，賃內外兩間居住，依舊賣炊餅。原來金蓮自從嫁武大，見他一味老實，人物猥衰，甚是憎嫌。常與他合氣⑮。報怨⑯大戶：「普天世界斷生了男子，何故將奴嫁與這樣個貨？每日牽著不走，打著倒腿的，只是一味咮酒⑰。著緊處，都是錐扎也不動。奴端的那世裏悔氣，卻嫁了他？是好苦也！」常無人處，彈個山坡羊為證：

想當初，姻緣錯配，奴把他當男兒漢看覷。不是奴自己誇獎，他烏鴉怎配鸞凰對？奴真金子埋在土裏，他是塊高號銅，怎與俺金色比？他本是塊頑石，有甚福抱著我羊脂玉體？好似糞土上長出靈芝。奈何隨他怎樣，倒底奴心不美。聽知，奴是塊金磚，怎比泥土基！

⑭ 堪可：可以。
⑮ 合氣：鬥氣。
⑯ 報怨：即「抱怨」。
⑰ 咮酒：吃酒沒有節制。

看官聽說，但凡世上婦女，若自己有些顏色，所禀伶俐，配個好男子，便罷了。若是武大這般，雖好殺也未免有幾分憎嫌。自古佳人才子，相湊著的少，買金偏撞不著賣金的。武大每日自挑炊餅擔兒出去，賣到晚方歸。婦人在家，別無事幹，一日三餐吃了飯，打扮光鮮，只在門前簾兒下站著。常把眉目嘲⑱人，雙睛傳意。左右街坊有幾個奸詐浮浪子弟，睃見了武大這個老婆，打扮油樣⑲，沾風惹草。被這干人在街上撒謎語⑳，往來嘲戲㉑。唱叫：「這一塊好羊肉，如何落在狗口裏？」人人自知武大是個懦弱之人，卻不知他娶得這個婆娘在屋裏，風流伶俐，諸般都好。為頭的一件，好偷漢子。有詩為證：

金蓮容貌更堪題，笑蹙春山八字眉。
若遇風流清子弟，等閒雲雨便偷期。

這婦人每日打發武大出門，只在簾子下磕瓜子兒。一徑㉒把那一對小金蓮做露出來，勾引的這夥人，日逐在門前彈胡博詞扠兒難㉓。口裏油似滑言語，無般不說出來。因此武大在紫石街住不牢，又要往別

---

⑱ 嘲：勾引。
⑲ 油樣：浮滑的樣子。
⑳ 撒謎語：講切口隱語。
㉑ 嘲戲：調戲。
㉒ 一徑：一直。亦作「一徑裏」。
㉓ 彈胡博詞扠兒難：胡博詞，即「渾不似」，胡人樂器，形狀與琵琶相似。扠兒難，疑亦是樂器名。有人以為「扠兒」是撥絃的撥子，「難」是彈這種樂器以下撥重為難。

處搬移，與老婆商議。婦人道：「賊混沌㉔，不曉事的！你賃人家房住，淺房淺屋，可知有小人囉唕㉕！不如湊幾兩銀子，看相應的，典上他兩間住，卻也氣概些，免受人欺負。你是個男子漢，倒擺布不開，常教老娘受氣！」武大道：「我那裏有錢典房？」婦人道：「呸！濁才料㉖！把奴的釵梳，湊辦了去，有何難處？過後有了，再治不遲。」武大聽了老婆這般說，當下湊了十數兩銀子，典得縣門前樓上下兩層，四間房屋居住。第二層是樓，兩個小小院落，甚是乾淨。武大自從搬到縣西街上來，照舊賣炊餅。

一日街上所過，見數隊纓鎗，鑼鼓喧天，花紅軟轎，簇擁著一個人，卻是他嫡親兄弟武松。因在景陽崗打死了大蟲，知縣相公抬舉他，新陞做了巡捕都頭。街上里老人等作賀他，送他下處去。卻被武大撞見，一手扯住，叫道：「兄弟，你今日做了都頭，怎不看顧我？」武松回頭，見是哥哥。二人相合，兄弟大喜。一面邀請到家中，讓至樓上坐。房裏喚出金蓮來，與武松相見。因說道：「前日景陽崗打死了大蟲的，便是你小叔。今新充了都頭，是我一母同胞兄弟。」那婦人叉手向前，便道：「叔叔萬福！」武松施禮，倒身下拜。婦人扶住武松道：「叔叔請起，折殺奴家！」武松道：「嫂嫂受禮！」兩個相讓了一回，都平磕了頭，起來。少頃，小女迎兒拏茶二人吃了。武松見婦人十分妖嬈，只把頭來低著。不多時，武大安排酒飯，管待武松。說話中間，武大下樓買酒菜去了。丟下婦人獨自在樓上陪武松坐的。看了武松身材凜凜，相貌堂堂，身上恰似有千百斤氣力。不然，如何打得那大蟲？心裏尋思道：「一母

㉔ 賊混沌：罵人的話。混沌，糊塗。

㉕ 囉唕：騷擾。

㉖ 濁才料：糊塗東西。

所生的兄弟，又這般長大，人物壯健，奴若嫁得這個，胡亂也罷了。你看我家那身不滿尺的丁樹，三分似人，七分似鬼。奴那世裏遭瘟，直到如今！據看武松，又好氣力，何不教他搬來我家住？誰想這段姻緣，卻在這裏！」那婦人一面臉上排下笑來，問道：「叔叔，你如今在那裏居住？每日飯食，誰人整理？」武松道：「武二新充了都頭，逐日答應上司，別處住不方便。胡亂在縣前尋了個下處，每日撥兩個士兵服事做飯。」婦人道：「叔叔何不搬來家裏住，省的在縣前士兵服事，做飯腌臢。一家裏住，早晚要些湯水吃時，也方便些。就是奴家親自安排與叔叔吃，也乾淨。」武松道：「深謝嫂嫂。」婦人又道：「莫不別處有嬸嬸，可請來廝會也。」武松道：「武二並不曾婚娶。」婦人道：「叔叔青春多少？」武松道：「虛度二十八歲。」婦人道：「原來叔叔到長奴三歲。叔叔今番從那裏來？」武松道：「在滄洲住了一年有餘。只想哥哥在舊房居住，不想搬在這裏。」婦人道：「一言難盡。自從嫁得你哥哥，吃他忒善了，被人欺負，纔得到這裏。若似叔叔這般雄壯，誰敢道個不是。」武松道：「家兄從來本分，不似武松撒潑。」婦人笑道：「怎的顛倒說？常言：『人無剛強，安身不牢。』奴家生平快性，看不上這樣三打不回頭，四打連身轉㉗的人。」有詩為證。詩曰：

叔嫂萍蹤得偶逢，嬌嬈偏逞秀儀容。
私心便欲成歡會，暗把邪言釣武松。

原來這婦人甚是言語撇清㉘。武松道：「家兄不惹禍，免嫂嫂憂心。」二人只在樓上說話未了，只見武

㉗三打不回頭二句：懦弱遲緩的樣子。

大買了些肉菜果餅歸來，放在廚下。走上樓來，叫道：「大嫂，你且下來安排則個。」那婦人應道：「你看那不曉事的！叔叔在此，無人陪侍，卻教我撇了下去！」武松道：「嫂嫂請方便。」婦人道：「何不去間壁請王乾娘來安排便了。只是這般不見使！」武大便自去央了間壁王婆子來，安排端正，都拏上樓來，擺在桌子上。無非是些魚肉果菜點心之類。隨即盪上酒來。武大教婦人坐了主位，武松對席。武大打橫。三人坐下，把酒來斟。武大篩酒在各人面前。那婦人拏起酒來，道：「叔叔休怪，沒甚管待，請盃兒水酒。」武松道：「感謝嫂嫂，休這般說。」武大只顧上下篩酒，那裏來管閒事。那婦人笑容可掬，滿口兒叫：「叔叔，怎的肉果兒也不揀一筯兒？」揀好的遞將過來。武松是個直性漢子，只把做親嫂嫂相待。誰知這婦人是個使女出身，慣會小意兒。亦不想這婦人一片引人心。那武大又是善弱的人，那裏會管待人。婦人陪武松吃了幾盃酒，一雙眼只看著武松身上。武松吃他看不過，只低了頭，不理他。吃了一歇，酒闌了，便起身。武大道：「二哥，沒事再吃幾盃兒去。」武松道：「生受㉙！我再來望哥哥、嫂嫂罷。」都送下樓來。出的門外，婦人便道：「叔叔是必上心，搬來家裏住。若是不搬來，俺兩口兒也吃別人笑話。親兄弟，難比別人。與我們爭口氣，也是好處。」武松道：「既是吾嫂厚意，今晚有行李便取來。」婦人道：「叔叔是必記心者。奴這裏專候。」正是：滿前野意無人識，幾點碧桃春自開。有詩為證：

㉘ 撇清：表示清白。

㉙ 生受：麻煩。

可怪金蓮用意深，包藏淫行蕩春心。
武松正大原難犯，耿耿清名抵萬金！

當日這婦人情意，十分慇懃。卻說武松到縣前客店內，收拾行李鋪蓋，交土兵挑了，引到哥家。那婦人見了，強如拾了金寶一般歡喜。旋打掃一間房，與武松安頓停當。武松分付土兵回去，當晚就在哥家宿歇。次日早起，婦人也慌忙起來，與他燒湯淨面。武松梳洗裹幘，出門去縣裏畫卯。婦人道：「叔叔畫了卯，早些來家吃飯，休去別處吃了。」武松應諾。到縣裏畫卯已畢，伺候了一早晨，回到家中，那婦人又早齊齊整整，安排下飯。三口兒同吃了飯。婦人雙手，便捧一盃茶來，遞與武松。武松道：「教嫂嫂生受，武松寢食不安。明日縣裏撥個土兵來使喚。」那婦人連聲叫道：「叔叔卻怎生這般計較？自家骨肉，又不服事了別人。雖然有這小丫頭迎兒，奴家見他拏東拏西，蹀里蹀斜㉚，也不靠他。就是撥了土兵來，那廝上鍋上竈，不乾淨，奴眼裏也看不上這等人。」武松道：「恁的，卻生受嫂嫂了！」有詩為證：

武松儀表甚搊搜㉛，阿嫂淫心不可收。
籠絡歸來家裏住，要同雲雨會風流。

㉚ 蹀里蹀斜：走路歪歪斜斜。
㉛ 搊搜：雄壯；凶狠。

話休絮煩。自從武松搬來哥家裏住，取些銀子出來與武大，教買餅饊茶果，請那兩邊鄰舍。都鬥分子，來與武松人情。武大又安排了回席，卻不在話下。過了數日，武松取出一疋彩色段子，與嫂嫂做衣服。那婦人堆下笑來，便道：「叔叔如何使得？既然賜與奴家，不敢推辭。」只得接了，道個萬福。自此武松只在哥家歇宿。武大依前上街，挑賣炊餅。武松每日，自去縣裏承差應事。不論歸遲歸早，婦人頓羹頓飯，歡天喜地，服事武松。武松倒安身不得。那婦人時常把些言語來撥他。武松是個硬心的直漢，有話即長，無話即短。不覺過了一月有餘，看看十一月天氣，連日朔風緊起。只見四下彤雲密布，又早紛紛揚揚，飛下一天瑞雪來。但見：

萬里彤雲密布，空中祥瑞飄簾。瓊花片片舞前簷。剡溪當此際，濡仮子猷船。頃刻樓臺都壓倒，
江山銀色相連。飛瓊撒粉漫連天。當時呂蒙正，窰內嗟無錢。

當日這雪直下到一更時分，卻似銀妝世界，玉碾乾坤。次日，武松果去縣裏畫卯，直到日中未歸。武大被婦人早趕出去做買賣。央及間壁王婆，買了些酒肉，去武松房裏，簇了一盆炭火，心裏自想道：「我今日著實撩鬥他一鬥，不怕他不動情。」那婦人獨自冷冷清清立在簾兒下，望見武松正在雪裏，踏著那亂瓊碎玉歸來。婦人推起簾子，迎著笑道：「叔叔寒冷？」武松道：「感謝嫂嫂掛心。」入將門來，便把氈笠兒除將下來。那婦人將手去接。武松道：「不勞嫂嫂生受！」自把雪來拂了，掛在壁子上。隨即解了纏帶，脫了身上鸚哥綠紵絲衲襖，入房內。那婦人便道：「奴等了一早晨，叔叔怎的不歸來吃早飯？」武松道：「早間有一相識請我吃飯了，卻纔又有一個作盃[32]。我不耐煩，一直走到家來。」婦人道：「既

恁的，請叔叔向火。」武松道：「正好。」便脫了油靴，換了一雙襪子，穿了煖鞋，掇條凳子，自近火盆邊坐的。那婦人早令迎兒把前門上了閂，後門也關了。卻換些煮酒菜蔬，入房裏來，擺在桌子上。武松問道：「哥哥那裏去了？」婦人道：「你哥哥每自出去做些買賣。我和叔叔自吃三盃。」武松道：「一發㉝等哥來家吃也不遲。」婦人道：「那裏等的他？」說由未了，只見迎兒小女，早煖了一注酒來。武松道：「不必嫂嫂費心，待武二自斟。」婦人也掇一條凳子，近火邊坐了。桌上擺著盃盤，婦人拏盞酒，擎在手裏，看著武松：「叔叔滿飲此盃！」武松接過酒去，一飲而盡。那婦人又篩一盃來，說道：「天氣寒冷，叔叔飲個成雙的盞兒。」武松道：「嫂嫂自飲。」接來又一飲而盡。武松卻篩一盃酒，遞與婦人。婦人接過酒來，呷了，卻拏注子再斟酒，放在武松面前。那婦人一徑將酥胸微露，雲鬟半軃，臉上堆下笑來，說道：「我聽得人說，叔叔在縣前街上，養著個唱的，有這話麼？」武松道：「嫂嫂休聽的人胡說。我武二從來不是這等人。」婦人道：「我不信。只怕叔叔口頭不是心頭。」武松道：「嫂嫂不信時，只問哥哥就見了。」婦人道：「呵呀！你休說他，那裏曉得甚麼？如在醉生夢死一般！他若知道時，不賣炊餅了。叔叔且請一盃！」連篩了三四盃飲過。那婦人也有三盃酒落肚，烘動春心，那裏按納得住，慾心如火，只把閒話來說。武松也知了八九分，自己只把頭來低了，卻不來兜攬㉞。婦人起身去盪酒。武松自在房內，卻拏火筯簇火。婦人良久煖了一注子酒，來到房裏。一隻手拏著注子，一隻手便

㉜ 作盃：請吃酒。

㉝ 一發：有三種意義，①一起；②越發；③索性。此作「一起」解。

㉞ 兜攬：牽纏。

去武松肩上只一捏，說道：「叔叔只穿這些衣服，不寒冷麼？」武松已有五七分不自在，也不理他。婦人見他不應，劈手便來奪火筯，口裏道：「叔叔，你不會簇火，我與你撥火。只要一似火盆來熱，便好。」武松有八九分焦躁，只不做聲。這婦人也不看武松焦躁，便丟下火筯，卻篩一盞酒來，自呷了一口，剩下大半盞酒，看著武松道：「你若有心，吃我這半盃兒殘酒。」吃㉟武松劈手奪過來，潑在地下。說道：「嫂嫂不要恁的不識羞恥！」把手只一推，爭㊱些兒把婦人推了一交。武松睜起眼來，說道：「武二是個頂天立地的噙齒戴髮的男子漢，不是那等敗壞風俗傷人倫的豬狗。嫂嫂休要這般不識羞恥，為此等的勾當。倘有些風吹草動，我武二眼裏認的是嫂嫂，拳頭卻不認的是嫂嫂。再來休要如此所為！」婦人吃他幾句，搶的通紅了面皮。便叫迎兒收拾了碟盞家火㊲。口裏指著說道：「我自作耍子，不值得便當真起來。好不識人敬！」收了家火，自往廚下去了。有詩為證：

潑賤謀心太不良，貪淫無恥壞綱常。
席間尚且求雲雨，反被都頭罵一場。

這婦人見勾搭武松不動，反被他搶白了一場好的。武松自在房中氣忿忿的，自己尋思。天色卻早申牌時分，武大挑著擔兒大雪裏歸來。推開門，放下擔兒。進的房來，見婦人一雙眼哭的紅紅的。便問道：

㉟吃：被。
㊱爭：差。
㊲家火：傢具。

「你和誰鬧來？」婦人道：「都是你這不爭氣的，教外人來欺負我！」武大道：「誰敢來欺負你？」婦人道：「情知是誰。爭奈武二那廝，我見他大雪裏歸來，好意安排些酒飯與他吃。他見前後沒人，便把言語來調戲我。便是迎兒眼見，我不賴他。」武大道：「我兄弟不是這等人，從來老實。休要高聲，吃鄰舍聽見笑話。」武大撇了婦人，便來武松房裏。叫道：「二哥，你不曾吃點心，我和你吃些個。」武松只不做聲。尋思了半晌，脫了絲鞋，依舊穿上油蠟靴。著了上蓋，戴上氈笠兒。一面繫纏帶，一面出大門。武大叫道：「二哥你那裏去？」也不答，一直只顧去了。武大回到房內，問婦人道：「我叫他，又不應，只顧往縣前那條路去了。正不知怎的了！」婦人罵道：「賊混沌蟲，有甚難見處！那廝羞了，沒臉兒見你，走了出去。我猜他一定叫個人來搬行李，不要在這裏住，卻不道你留他。」武大道：「他搬了去，須吃別人笑話。」婦人罵道：「混沌魍魎，他來調戲我，到不吃別人笑語。你要便自和他過去，我卻做不的這樣人。你與了我一紙休書，你自留他便了。」武大那裏再敢開口，被這婦人倒數罵了一頓。正在家兩口兒絮聒，只見武松引了個土兵，拏著條扁擔，逕來房內，收拾行李便出門。武大走出來，叫道：「二哥，做甚麼便搬了去？」武松道：「哥哥不要問，說起來裝你的幌子。只由我自去便了。」武大那裏再敢問備細，由武松搬了出去。那婦人在裏面，喃喃吶吶㊳罵道：「卻也好，只道是親難轉債，人自知道。一個兄弟做了都頭，怎的養活了哥嫂。卻不知反來嚙咬人！正是花木瓜，空好看！搬了去，倒謝天地。且得冤家離眼前。」武大見老婆這般言語，不知怎的了。心中只是放去不下。自從武松搬去縣前客店宿歇，武大自依前上街賣炊餅。本待要去縣前尋兄弟說話，卻被這婦人千叮萬囑，分付教不要

㊳ 喃喃吶吶：嘰嘰咕咕。

去兜攬他。因此武大不敢去尋武松。有詩為證：

雨意雲情不遂謀，心中誰信起戈矛。
生將武二搬離去，骨肉翻令作寇仇。

畢竟未知後來如何，且聽下回分解。

第二回　西門慶簾下遇金蓮　王婆子貪賄說風情

月老姻緣配未真，金蓮賣俏逞花容。
只因月下星前意，惹起門旁簾外心。
王媽誘財施巧計，鄆哥賣果被嫌嗔。
那知後日蕭墻禍，血濺屏幃滿地紅。

話說武松自從搬離哥家，撚指不覺雪晴，過了十數日光景。卻說本縣知縣，自從到任以來，卻得二年有餘，轉得許多金銀，要使一心腹人，送上東京親眷處收寄。三年任滿朝覲，打點上司。一來卻怕路上小人，須得一個有力量的人去方好。猛可想起都頭武松「須得此人英雄膽力，方了得此事」。當日就喚武松到衙內商議道：「我有個親戚，在東京城內做官，姓朱名勔，見做殿前太尉之職。要送一擔禮物，捎封書去問安。只恐途中不好行，須得你去方可，你休推辭辛苦。回來我自重賞你。」武松應道：「小人得蒙恩相抬舉，安敢推辭？既蒙差遣，只得便去。小人自來也不曾到東京，就那裏觀光上國景致，走一遭，也是恩相抬舉。」知縣大喜，賞了武松三盃酒，十兩路費，不在話下。且說武松領了知縣的言語，出的縣門來，到下處叫了土兵，卻來街上買了一瓶酒，並菜蔬之類，逕到武大家。武大恰街上回來，見武松在門前坐地，教土兵去廚下安排。那婦人餘情不斷。見武松把將酒食來，心中自思：「莫不這廝思想我了。不然卻又回來？那廝一定強我不過，我且慢慢問他。」婦人便上樓去，重勻粉面❶，再挽雲鬟，換了些顏色衣服穿了，來到門前迎接武松。婦人拜道：「叔叔不知怎的錯見了。好幾日並不上門，教奴心裏沒理會處。每日教你哥哥去縣裏尋叔叔陪話，歸來只說沒尋處。今日再喜得叔叔來家，沒事壞鈔做甚麼？」武松道：「武二有句話，特來要和哥哥說知。」婦人道：「既如此，請樓上坐。」三個人來到樓上。武松讓哥嫂上首坐了，他便掇杌子打橫。土兵擺上酒來，熱下飯，一齊拏上來。武松勸哥嫂吃。婦人便把眼來睃武松。武松只顧吃酒。酒至數巡，武松問迎兒討副勸盃，叫土兵篩一盃酒，拏在手裏，看著武大道：「大哥在上，武二今日蒙知縣相公差往東京幹事，明日便要起程。多是兩三個月，少是一個月便回。有句話特來和你說。你從來為人懦弱，我不在家，恐怕外人來欺負。假如你每日賣十扇籠炊餅，你從明日為始，只做五扇籠炊餅出去賣。每日遲出早歸，不要和人吃酒。歸家便下了簾子早閉門，省了多少是非口舌。若是有人欺負你，不要和他爭執。待我回來，自和他理論。大哥你依我時，滿飲此盃。」武大接了酒，道：「我兄弟見得是。我都依你說。」吃過了一盃，武松再斟第二盞酒，對那婦人說道：「嫂嫂是個精細的人，不必要武松多說。我的哥哥為人質樸，全靠嫂嫂做主。常言：『表壯不如裏壯。』嫂嫂把得家定，我哥哥煩惱做甚麼？豈不聞古人云：『籬牢犬不入。』」那婦人聽了這幾句話，一點紅從耳畔起。須臾紫漲了面皮，指著武大罵道：「你這個混沌東西！有甚言語在別人處說，來欺負老娘！我是個不戴頭巾的男子漢，叮叮噹噹響的婆娘，拳頭上也立得人，肐膊上走得馬，人面上行的人，

❶ 勻面：即「勻臉」，把臉上的脂粉修飾平勻。

不是那膿膿血，搠不出來鱉。老婆自從嫁了武大，真個螻蟻不敢入屋裏來。有甚麼籬笆不牢，犬兒鑽得入來！你休胡言亂語！一句句都要下落。丟下塊磚兒，一個個也要著地。」武松笑道：「若得嫂嫂這般做主，最好。只要心口相應，卻不應心頭不似口頭。既然如此，我武松都記得嫂嫂說的話了。請過此盃。」那婦人一手推開酒盞，一直跑下樓來。走到半胡梯上，發話道：「既是你聰明伶俐，恰不道長嫂為母。我初嫁武大時，不曾聽得有甚小叔。那裏走得來！是親不是親，便要做喬家公❷。自是老娘悔氣了，偏撞著這許多鳥事！」一面哭下樓去了。有詩為證：

苦口良言諫勸多，金蓮懷恨起風波。
自家惶愧難存坐，氣殺英雄小二哥。

那婦人做出許多喬張致❸來。武大、武松吃了幾盃酒，坐不住，都下的樓來。弟兄灑淚而別。武大道：「兄弟去了，早早回來，和你相見。」武松道：「哥哥，你便不做買賣也罷，只在家裏坐的。盤纏兄弟自差人送與你。」臨行，武松又分付道：「哥哥，我的言語，休要忘了。在家仔細門戶。」武大道：「理會得了。」武松辭了武大，回到縣前下處，收拾行裝，並防身器械。次日領了知縣禮物，金銀馱垛❹，討了腳程❺，起身上路，往東京去了。不題。且說武大自從兄弟武松說了去，整日吃那婆娘罵了三四日。

❷ 喬家公：偽家長。
❸ 張致：模樣。
❹ 馱垛：牲口馱的行李貨物。

武大忍氣吞聲，由他自罵，只依兄弟言語，每日只做一半炊餅出去。未晚便回家，歇了擔兒，先便去除了簾子，關上大門，卻來屋裏動旦❻。那婦人看了這般，心內焦躁起來，罵道：「不識時濁物，我倒不曾見日頭在半天裏，便把牢門關了，也吃鄰舍家笑話。說我家怎生禁鬼！聽信你兄弟說空生有卵鳥嘴，也不怕別人笑恥！」武大道：「由他笑也罷，我兄弟說的是好話，省了多少是非。」被婦人啐在臉上道：「呸，濁東西！你是個男子漢，自不做主，卻聽別人調遣！」武大搖手道：「由他，我兄弟說的是金石之語。」原來武松去後，武大每日只是晏出早歸，到家便關門。那婦人氣生氣死，和他合了幾場氣，落後鬧慣了。自此婦人約莫武大歸來時分，先自去收簾子，關上大門。武大見了心裏自也暗喜，尋思道：「恁的卻不好！」有詩為證：

慎事關門並早歸，眼前恩愛隔崔嵬。
春心一點如絲亂，空鎖牢籠總是虛。

白駒過隙，日月攛梭。纔見梅開臘底，又早天氣回陽。一日，三月春光明媚時分，金蓮打扮光鮮，單等武大出門，就在門前簾下站立。約莫將及他歸來時分，便下了簾子，自去房內坐的。一日也是合當有事，卻有一個人從簾子下走過來。自古沒巧不成話，姻緣合當湊著。婦人正手裏拏著叉竿放簾子，忽被一陣風將叉竿刮倒。婦人手擎不牢，不端不正卻打在那人頭巾上。婦人便慌忙陪笑，把眼看那人，也

❺ 腳程：路引。舟車經過關卡的憑證。
❻ 動旦：舉動；行動。

有二十五六年紀，生的十分博浪❼。頭上戴著纓子帽兒，金玲瓏簪兒，金井玉欄杆圈兒。長腰身，穿綠羅褶兒。腳下細結底陳橋鞋兒，清水布襪兒。腿上勒著兩扇玄色挑絲護膝兒，手裏搖著灑金川扇兒，越顯出張生般龐兒，潘安的貌兒，可意的人兒，風風流流，從簾子下丟與奴個眼色兒。這個人被叉竿打在頭上，便立住了腳。待要發作時，回過臉來看，卻不想是個美貌妖嬈的婦人。但見他黑鬒鬒賽鴉翎的鬢兒，翠彎彎的新月的眉兒，清泠泠杏子眼兒，香噴噴櫻桃口兒，直隆隆瓊瑤鼻兒，粉濃濃紅艷腮兒，嬌滴滴銀盆臉兒，輕嬝嬝花朵身兒，玉纖纖蔥枝手兒，一捻捻楊柳腰兒，軟濃濃白面臍肚兒，窄多多尖趫腳兒，肉奶奶胸兒，白生生腿兒；更有一件緊揪揪，紅縐縐，白鮮鮮，黑裀裀，正不知是甚麼東西。觀不盡這婦人容貌。且看他怎生打扮？但見：頭上戴著黑油油頭髮鬏髻，口面上緝著皮金，一逕裏鬢出香雲一結，周圍小簪兒齊插。六鬢斜插一朵並頭花，排草梳兒後押。難描八字彎彎柳葉，襯在腮兩朵桃花。玲瓏墜兒最堪誇，露菜玉酥胸無價。毛青布大袖衫兒，褶兒又短襯湘裙碾絹綾紗。通花汗巾兒，袖中兒邊搭剌❽，香袋兒身邊低掛，抹胸兒重重紐扣，褲腿兒臟頭垂下。往下看尖趫趫金蓮小腳，雲頭巧緝山牙老鴉。鞋兒白綾高底步香塵，偏襯登踏。紅紗膝褲扣鶯花，行坐處風吹裙袴。口兒裏常噴出異香蘭麝，櫻桃初笑臉生花。人見了魂飛魄散，賣弄殺偏俏的冤家！那人見了，先自酥了半邊，那怒氣早已鑽入爪哇國去了。變顏笑吟吟臉兒。這婦人情知不是，叉手望他深深拜了一拜，說道：「奴家一時被風失手，誤中官人，休怪。」那人一面把手整頭巾，一面把腰曲著地，還喏道：「不妨。娘子請方便。」卻被這

❼ 博浪：浪漫。

❽ 搭剌：即「搭拉」，低垂。

間壁住的賣茶王婆子看見。那婆子笑道：「兀的⑨誰家大官人，打這屋簷下過？打的正好！」那人笑道：「倒是我的不是，一時沖撞，娘子休怪。」婦人答道：「官人不要見責。」那人又笑著，大大的唱個喏，回應道：「小人不敢。」那一雙積年招花惹草、慣戲風情的賊眼，不離這婦人身上。臨去也回頭了七八迴，方一直搖搖擺擺，遮著扇兒去了。有詩為證：

風日清和漫出遊，偶從簾下識嬌羞。
只因臨去秋波轉，惹起春心不肯休。

當時婦人見了那人生的風流浮浪⑩，語言甜淨，更加幾分留戀。「倒不知此人姓甚名誰？何處居住？他若沒我情意時，臨去也不回頭七八遍了。不想這段姻緣，卻在他身上！」都是在簾下，眼巴巴的看不見那人，方纔收了簾子，關上大門，歸房去了。看官聽說：莫不這人無有家業的？原是清河縣一個破落戶財主，就縣門前開著個生藥鋪。從小兒也是個好浮浪子弟，使得些好拳棒。又會賭博，雙陸象棋，拆牌道字⑪，無不通曉。近來發跡有錢，專在縣裏管些公事，與人把攬說事過錢，交通官吏。因此滿縣人都懼怕他。那人覆姓西門，單名一個慶字，排行第一，人都叫他做西門大郎。近來發跡有錢，人都稱他做西門大官人。他父母雙亡，兄弟俱無。先頭渾家是早逝，身邊只有一女。新近又娶了清河左衛吳千戶

⑨ 兀的：等於這；那。
⑩ 風流浮浪：風流放浪。
⑪ 拆牌道字：把要講的話用拆字法說出來。

之女，填房為繼室，房中也有四五個丫鬟婦女。又常與构欄裏的李嬌兒打熱，今也娶在家裏。南街子又占著窠子⓬卓二姐，名卓丟兒，包了些時，也娶來家居住。專一飄風戲月⓭，調占良人婦女。娶到家中，稍不中意，就令媒人賣了。一個月倒在媒人家去二十餘遍，人多不敢惹他。這西門大官人自從簾下見了那婦人一面，到家尋思道：「好一個雌兒！怎能勾得手？」猛然想起那間壁賣茶王婆子來，「堪可如此如此，這般這般，撮合得此事成。我破幾兩銀子謝他，也不值甚的」。于是連飯也不吃，走出街上閒遊，一直逕踅入王婆茶坊裏來，便去裏邊水簾下坐了。王婆笑道：「大官人，卻纔唱得好個大肥喏！」西門慶道：「乾娘，你且來，我問你。間壁這個雌兒是誰的娘子？」王婆道：「他是閻羅大王的妹子，五道將軍的女兒。問他怎的？」西門慶說：「我和你說正話，休取笑。」王婆道：「大官人怎的不認的，他老公便是縣前賣熟食的。」西門慶道：「莫不是賣棗糕徐三的老婆？」王婆搖手道：「不是。若是他，也是一對兒！大官人再猜。」西門慶道：「敢是賣餶飿的李三娘子兒？」王婆搖手道：「不是。若是他，倒是一雙！」西門慶道：「莫不是花胳膊劉小二的婆兒？」王婆大笑道：「不是。若是他時，又是一對兒！大官人再猜。」西門慶道：「乾娘，我其實猜不著了。」王婆冷冷笑道：「不是，若是他時，好教大官人得知了罷！」笑一聲。「他的蓋老⓮，便是街上賣炊餅的武大郎。」西門慶聽了，跌腳笑道：「莫不是人叫他『三寸丁谷樹皮』的武大郎麼？」王婆道：「正是他！」西門慶聽了，叫起苦來，說道：「好

⓬ 窠子：私娼。
⓭ 飄風戲月：搞不正當的男女關係。
⓮ 蓋老：丈夫。有輕賤之意。

一塊羊肉，怎生落在狗口裏！」王婆道：「便是這般故事。自古『駿馬卻駝癡漢走，美妻常伴拙夫眠』！月下老偏這等配合！」西門慶道：「乾娘，我少你多少茶果錢？」王婆道：「不多，由他，歇些時卻算不妨。」西門慶又道：「你兒子王潮，跟誰出去了？」王婆道：「說不的，跟了一個淮上客人，至今不歸，又不知死活。」西門慶道：「卻不教他跟我。那孩子倒乖覺伶俐！」王婆道：「若得大官人抬舉他時，十分之好。」西門慶道：「待他歸來，卻再計較。」說畢大謝，起身去了。約莫未及兩個時辰，又踅將來王婆門首簾邊坐的，朝著武大門前半歇。王婆出來道：「大官人，吃個梅湯。」西門慶道：「最好，多加些酸味兒。」王婆做了個梅湯，雙手遞與西門慶吃了。將盞子放下。西門慶道：「乾娘，你這梅湯做得好，有多少在屋裏？」王婆笑道：「老身做了一世媒，那討得不在屋裏？」西門慶笑：「我問你這梅湯，你卻說做媒，差了多少！」王婆道：「老身只聽得大官人問這媒做得好。老身道說做媒。」西門慶道：「乾娘，你既是撮合山⓯，也與我做頭媒。說道好親事，我自重重謝你。」王婆道：「看這大官人作戲！你宅上大娘子得知，老婆子這臉上，怎吃得那等刮子⓰！」西門慶道：「我家大娘子最好性格。見今也有幾個身邊人在家，只是沒一個中得我意的。你有這般好的，與我主張一個，便來說也不妨。若是回頭人兒也好。只是要中得我意。」王婆道：「前日有一個倒好，只怕大官人不要。」西門慶道：「若是好時，與我說成了，我自重謝你。」王婆道：「生的十二分人才。只是年紀大些。」西門慶道：「自古半老佳人可共。便差一兩歲，也不打緊。真個多少年紀？」王婆子道：「那娘子是丁亥生，

⓯ 撮合山：媒人。

⓰ 刮子：耳光。

屬豬的。交新年，恰九十三歲了。」西門慶笑道：「你看這風婆子，只是扯著風臉取笑！」說畢，西門慶笑了起身去。看看天色晚了，王婆卻纔點上燈來。正要關門，只見西門慶又踅將來，逕去簾子底下，拏凳子上坐了，朝著武大門前，只顧將眼睃望。王婆道：「大官人，吃個和合湯？」西門慶道：「最好，乾娘放甜些。」王婆連忙取一鍾來，與西門慶吃了。坐到晚夕，起身道：「乾娘記了帳目，明日一發還錢。」王婆道：「由他伏惟安置⑰。來日再請過論。」西門慶笑了去。到家甚是寢食不安，一片心只在婦人身上。當晚無話。次日清晨，王婆卻纔開門，把眼看外時，只見西門慶又早在街前來回踅走。王婆道：「這刷子⑱踅得緊，你看我著些甜糖，抹在這廝鼻子上，教他舐不著。那廝全討縣裏人便益，且教他來老娘手裏納些販鈔，撰他幾貫風流錢使。」原來這開茶坊的王婆子，也不是守本分的。便是積年通殷勤，做媒婆，做賣婆，做牙婆。又會收小的，也會抱腰⑲，又善放刁。還有一件不可說，鬏髻上著綠，洋蠟灌腦袋。端的⑳看不出這婆子的本事來！但見：開言欺陸賈，出口勝隨何。只憑說六國唇鎗，全仗話三齊舌劍。隻鸞孤鳳，霎時間交仗成雙；寡婦鰥男，一席話搬唆擺對。解使三里門內女，遮麼九皈殿中仙。玉皇殿上，侍香金童，把臂拖來；王母宮中，傳言玉女，攔腰抱住。略施奸計，使阿羅漢抱住比丘尼；纔用機關，教李天王摟定鬼子母。甜言說誘，男如封涉也生心；軟語調和，女似麻姑須亂性。藏

⑰安置：即「安歇」。舊時禮節，每晚臨睡時須互叫「安置」。
⑱刷子：浪子。
⑲抱腰：收生婆的助手，專管生產時抱產婦的腰。
⑳端的：果然。

頭露尾，攛掇淑女害相思；送煖偷寒，調弄嫦娥偷漢子。這婆子端的慣調風月巧安排，常在公門操鬥毆。

這婆子正開門，在茶局子裏整理茶鍋。張見西門慶踅過幾遍，奔入茶局子水簾下，對著武大門首，不住把眼只望簾子裏瞧。王婆只推不看見，只顧在茶局子內搧火，不出來問茶。西門慶叫道：「乾娘，點兩盃茶來我吃。」王婆應道：「大官人來了。連日少見，且請坐。」不多時，便濃濃點兩盞稠茶，放在桌子上。西門慶道：「乾娘，相陪我吃了茶。」王婆哈哈笑道：「我又不是你影射的㉑，緣何陪著你吃茶？」西門慶也笑了一會，便問：「乾娘，間壁賣的是甚麼？」王婆道：「他家賣的拖煎河滿子，乾巴子肉，翻包著菜肉匾食，餃窩窩蛤蜊麵，熱盪溫和大辣酥。」西門慶笑道：「你看這風婆子，只是風！」王婆笑道：「我不是風，他家自有親老公㉒。」西門慶道：「我和你說正話。他家如法做得好炊餅，我要問他買四五十個，拏的家去。」王婆道：「若要買他燒餅，少間等他街上回來買。何消上門上戶！」西門慶道：「乾娘說的是。」吃了茶，坐了一會，起身去了。良久，王婆只在茶局裏。比時冷眼張見他，在門前踅過東看一看，又轉西去，又復一復，一連走了七八遍。少頃，逕入茶房裏來。王婆道：「大官人僥倖，好幾日不見面了。」西門慶便笑將起來，去身邊摸出一兩一塊銀子，遞與王婆，說道：「乾娘，權且收了，做茶錢。」王婆笑道：「何消得許多？」西門慶道：「多者乾娘只顧收著。」婆子暗道：「來了。這刷子當敗，且把銀子收了，到明日與老娘做房錢。」便道：「老身看大官人有些湯㉓，吃了寬蒸

㉑ 影射的：情人兒。

㉒ 老公：丈夫。

㉓ 湯：接觸。

茶兒如何？」西門慶：「如何乾娘便猜得著？」婆子道：「有甚難猜處！自古：『入門休問榮枯事，觀看形容便得知。』老身異樣蹺蹊古怪的事，不知猜夠多少。」西門慶道：「我有一件心上的事，乾娘若猜得著時，便輸與你五兩銀子。」王婆笑道：「老娘也不消三智五猜，只一智，便猜個中節。大官人，你將耳朵來。你這兩日，腳步兒勤，趕趁得頻，已定㉔是記掛著間壁那個人。我這猜如何？」西門慶笑將起來，道：「乾娘，端的智賽隨何，機強陸賈。不瞞乾娘說，不知怎的，吃他那日叉簾子時見了一回，恰似收了我三魂六魄的一般，日夜只是放他不下。到家茶飯懶吃，做事沒入腳處。不知你會弄手段麼？」王婆冷冷笑道：「老身不瞞大官人說，我家賣茶，叫做鬼打更。三年前十月初三日下大雪，那一日賣了不泡茶，直到如今不發市，只靠些雜趁養口。」西門慶道：「乾娘，如何叫做雜趁？」王婆笑道：「老身自從三十六歲沒了老公，丟下這個小廝，無得過日子。迎頭兒㉕跟著人說媒，次後攬人家些衣服賣，又與人家抱腰收小的。閒常也會做牽頭㉖，做馬伯六㉗，也會針灸看病，也會做貝戎兒㉘。」西門慶聽了，笑將起來：「我並不知乾娘有如此手段，端的與我說這件事，我便送十兩銀子，與你做棺材本。你好教這雌兒會我一面。」王婆便哈哈笑了。有詩為證：

㉔ 已定：即「一定」。

㉕ 迎頭兒：起先；先前。

㉖ 做牽頭：拉攏男女雙方搞不正當關係。

㉗ 馬伯六：牽引男女搞不正當關係的人。

㉘ 做貝戎兒：作賊。

西門浪子意猖狂，死下工夫戲女娘。
虧殺賣茶王老母，生教巫女會襄王。

畢竟婆子有甚計策說來，要知後項事情，且聽下回分解。

第三回　王婆定十件挨光❶計　西門慶茶房戲金蓮

色不迷人人自迷，迷他端的受他虧。
精神耗散容顏淺，骨髓焦枯氣力微。
犯著姦情家易散，染成色病藥難醫。
古來飽煖生閒事，禍到頭來總不知。

話說西門慶央王婆，一心要會那雌兒一面，便道：「乾娘，你端的與我說這件事成，我便送十兩銀子與你。」王婆道：「大官人，你聽我說，但凡挨光的兩個字最難。怎的是挨光？似如今俗呼偷情就是了。要五件事俱全，方纔行的。第一要潘安的貌，第二要驢大行貨，第三要鄧通般有錢，第四要青春小少，就要綿裏針❷一般軟款忍耐，第五要閒工夫。此五件喚做『潘、驢、鄧、小、閒』都全了，此事便獲得著。」西門慶道：「實不瞞你說，這五件事我都有。第一件，我的貌雖比不得潘安，也充得過。第二件，我小時在三街兩巷❸遊串，也曾養得好大龜。第三，我家裏也有幾貫錢財，雖不及鄧通，也頗得

❶ 挨光：調情。
❷ 綿裏針：軟中帶硬。

過日子。第四，我最忍耐，他便就打我四百頓，休想我回他一拳。第五，我最有閒工夫。不然，如何來得恁勤。乾娘，你自作成完備了時，我自重重謝你。」西門慶當日，意已在言表。王婆道：「大官人，你說五件事多全。我知道還有一件事打攪，也多是成不得。」西門慶道：「且說甚麼一件事打攪？」王婆道：「大官人，休怪老身直言。但凡挨光最難十分。肯使錢到九分九厘，也有難成處。我知你從來奸悋，不肯胡亂便使錢，只這件打攪。」西門慶道：「這個容易，我只聽你言語便了。」王婆道：「若大官人肯使錢時，老身有一條妙計，須教大官人和這雌兒會一面。只不知大官人肯依我麼？」西門慶道：「不揀怎的，我卻依你。端的❹有甚妙計？」王婆笑道：「今日晚了，且回去，過半年三個月來商量。」西門慶央及道：「乾娘，你休撒科❺。自作成我則個，恩有重報。」王婆笑哈哈道：「大官人卻又慌了。老身這條計，雖然入不得武成王廟，端的強似孫武子教女兵，十捉八九著，大官人占用。今日實對你說了罷。這個雌兒來歷，雖然微末出身，卻倒百伶百俐，會一手好彈唱。針指女工，百家奇曲，雙陸象棋，無般不知。小名叫做金蓮，娘家姓潘。原是南關外潘裁的女兒，賣在張大戶家學彈唱。後因大戶年老，打發出來。不要武大一文錢，白白與了他為妻。這幾年武大為人軟弱，每日早出晚歸，只做買賣。這雌兒等閒不出來。老身無事，常過去與他閒坐。他有事亦來請我理會。他也叫我做乾娘。武大這兩日出門早。大官人如幹此事，便買一疋藍紬，一疋白紬，一疋白絹，再用十兩好綿，都把來與老身。老身卻走

---

❸ 三街兩巷：娛樂場所的總稱，亦作「三街四巷」。

❹ 端的：究竟。

❺ 撒科：戲語，穿插打諢。

過去，問他借曆日，央及人揀個好日期，叫個裁縫來做。他若見我這般來說，揀了日期，不肯與我來做時，此事便休了。他若歡天喜地，說我替你做，不要我叫裁縫，這光便有一分了。我便請得他來做，就替我裁，這便二分了。他若來做時，午間我卻安排些酒食點心，請他吃。他若說不便當，定要將去家中做，此事便休了。他不言語吃了時，這光便有三分了。這一日你也莫來。直到第三日，晌午前後，你整整齊齊打扮了來，以咳嗽為號。你在門前叫道：『怎的連日不見王乾娘？我來買盞茶吃。』我便出來請你入房裏坐，吃茶。他若見你，便起身來，走了歸去，難道我扯住他不成？此事便休了。他若見你入來，不動身時，這光便有四分了。坐下時，我便對雌兒說道：『這個便是與我衣施主的官人。虧殺他！』我便誇大官人許多好處。你便賣弄❻他針指。若是他不來兜攬答應時，此事便休了。他若口裏答應，與你說話時，這光便有五分。我卻『難為這位娘子，與我作成出手做。虧殺你兩施主，一個出錢，一個出力。不是老身路岐相央，難得這位娘子在這裏。官人做個主人，替娘子澆澆手。』你便取銀子出來，央我買。若是他便走時，不成我扯住他？此事便休了。若是不動身時，事務易成，這光便有六分了。我卻拏銀子，臨出門時，對他說：『有勞娘子相待官人坐一坐。』他若起身走了家去，我難道阻當他？此事便休了。若是他不起身，又好了，這光便有七分了。待我買得東西，提在桌子上，便說：『娘子，且收拾過生活去，且吃一盃兒酒，難得這官人壞錢。』他不肯和你同桌吃，回去了，此事便休了。若是只口裏說要去，卻不動身，此事又好了。這光便有八分了。待他吃得酒濃時，正說得入港❼，我便推道沒了酒，再教你

❻ 賣弄：誇耀。

❼ 入港：勾搭上手。

買。你便拏銀子，又央我買酒去，並果子來配酒。我把門拽上，關你和他兩個在屋裏。若焦躁跑了歸去時，此事便休了。他若由我拽上門，不焦躁時，這光便有九分。只欠一分了便完。就這一分倒難。大官人，你在房裏，便著幾句甜話兒，說入去。卻不可躁爆，便去動手動腳，打攪了事，那時我不管你。你先把袖子向桌子上拂落一雙箸下去。只推拾箸，將手去他腳上捏一捏。他若鬧將起來，我自來搭救。此事便收了，再也難成。若是他不做聲時，此事十分光了。他必然有意。這十分光做完備，你怎的謝我？」西門慶聽了大喜道：「雖然上不得淩煙閣，乾娘，你這條計，端的絕品好妙計！」王婆道：「卻不要忘了，許我那十兩銀子。」西門慶道：「便得一片橘皮吃，切莫忘了洞庭湖。這條計，乾娘，幾時可行？」王婆道：「亦只今晚來有回報。我如今趁武大未歸，過去問他借曆日，細細說念他。你快使人送將紬絹綿子來，休要遲了。」西門慶道：「乾娘若完成得這件事，如何敢失信。」于是作別了王婆，離了茶肆，就去街上買了紬絹三疋，並十兩銀子清水好綿，家裏叫了個貼身答應的小廝名喚玳安，用包袱包了，一直送入王婆家來。王婆歡喜收下，打發小廝回去。正是：雲雨幾時就？空使襄王築楚臺。有詩為證：

> 兩意相投似蜜甜，王婆撮合更搜奇。
> 安排十件挨光計，管取交歡不負期。

當下王婆收了紬絹綿子，開了後門，走過武大家來。那婦人接著，請去樓上坐的。王婆道：「娘子怎的這兩日不過貧家吃茶？」那婦人道：「便是我這幾日身子不快，懶去走動。」王婆道：「娘子家裏有曆日，借與老身看一看，要個裁衣的日子。」婦人道：「乾娘裁甚衣服？」王婆道：「便是因老身十病九痛，怕一時有些山高水低。我兒子又不在家。」婦人道：「大哥怎的一向不見？」王婆道：「那廝跟了個客人在外邊，不見個音信回來。老身日逐耽心不下。」婦人道：「大哥今年多少青春？」王婆道：「那廝十七歲了。」婦人道：「怎的不與他尋個親事？與乾娘也替得手。」王婆道：「因是這等說，家中沒人，待老身東擯西補的來，早晚也替他尋下個兒。等那廝來，卻再理會。見如今老身白日黑夜，只發喘咳嗽，身子打碎般睡不倒的只害疼。一時先要預備下送終衣服。難得一個財主官人，常在貧家吃茶。但凡他宅裏看病，買使女，說親，見老身這般本分，大小事兒，無不照顧老身。又布施了老身一套送終衣料，紬絹表裏俱全。又有若干好綿，放在家裏，一年有餘，不能夠閒做得。今年覺得好生不濟，不想又撞著閏月，趁著兩日倒閒，要做，又被那裁縫勒掯，只推生活忙，不肯來做。老身說不得這苦也！」那婦人聽了，笑道：「只怕奴家做得不中意。若是不嫌時，奴這幾日倒閒，出手與乾娘做如何？」那婆子聽了，堆下笑來說道：「若得娘子貴手做時，老身便死也得好處去！久聞娘子好針指，只是不敢來相央。」那婦人道：「這個何妨。既是許了乾娘，務要與乾娘做了。將曆日去，教人揀了黃道好日，奴便動手。」王婆道：「娘子，休推老身不知，你詩詞百家曲兒內字樣，你不知全了多少，如何教人看曆日？」婦人微笑道：「奴家自幼失學。」婆子道：「好說好說！」便取曆日遞與婦人。婦人接在手內，看了一回，道：「明日是破日，後日也不好。直到外後日，方是裁衣日期。」王婆一把手取過曆頭來，掛在牆上，便道：「若得娘子肯與老身做時，就是一點福星，何用選日！老身也曾央人看來，說明日是個破日。老身只道裁衣日不用破日？不忌他！」那婦人道：「歸壽衣服，正用破日便好。」王婆道：「既是娘子肯作成。老身膽大，只是明日起動娘子，到寒家則個。」那婦人道：「不必，將過來做不得？」王婆道：

「便是老身也要看娘子做生活，又怕門首沒人。」婦人道：「既是這等說，奴明日飯後過來。」那婆子千恩萬謝下樓去了。當晚回覆了西門慶話，約定後日準來。當夜無話。次日清晨，王婆收拾房內乾淨，預備下針線，安排了茶水，在家等候。且說武大吃了早飯，挑著擔兒自出去了。那婦人把簾兒掛了，分付迎兒看家，從後門走過王婆家來。那婆子歡喜無限，接入房裏坐下。便濃濃點一盞胡桃松子泡茶，與婦人吃了。抹得桌子乾淨，便取出那紬絹三疋來。婦人量了長短，裁得完備，縫將起來。婆子看了，口裏不住聲假喝采，道：「好手段！老身也活了六七十歲，眼裏真個不曾見這個好針線！」那婦人縫到日中，王婆安排些酒食請他。又下了一筯麵，與那婦人吃。再縫一歇，將次晚來，便收拾了生活，自歸家去。恰好武大挑擔兒進門。婦人拽門，下了簾子。武大入屋裏，看見老婆面色微紅，問道：「你那裏來？」婦人應道：「便是間壁乾娘央我做送終衣服。日中安排了些酒食點心，請我吃。」武大道：「你也不要吃他的纔得。我們也有央及他處。他便央你做得衣裳，你便自歸來吃些點心，不值得甚麼便攪擾他。你明日再去做時，帶些錢在身邊，也買些酒食，與他回禮。常言道：『遠親不如近鄰。』休要失了人情。他若不肯教你還禮時，你便拏了生活來家，做還與他便了。」有詩為證：

阿母牢籠設計深，大郎愚鹵不知音。
帶錢買酒酬奸詐，卻把婆娘自送人。

婦人聽了武大言語，當晚無話。次日飯後，武大挑擔兒出去了。王婆便踅過來相請。婦人去到他家房裏，取出生活來，一面縫起。王婆忙點茶來，與他吃了茶。看看縫到日中，那婦人向袖中取出三百文錢來，向王婆說道：「乾娘，奴和你買盞酒吃。」王婆道：「阿呀，那裏有這個道理！老身央及娘子在這裏做生活，如何教娘子倒出錢？婆子的酒食，不倒吃傷了哩！」那婦人道：「卻是拙夫分付奴來。若是乾娘見外時，只是將了家去，做還乾娘便了。」那婆子聽了道：「大郎直恁地曉事！既然娘子這般說時，老身且收下。」這婆子生怕打攪了事，自又添錢去買好酒好食希奇果子來，慇懃相待。看官聽說：但凡世上婦人，由你十八分精細，被小意兒過縱，十個九個著了道兒❽。這婆子安排了酒食點心，請那婦人吃了。再縫了一歇，看看晚來，千恩萬謝歸去了。話休絮煩，第三日早飯後，王婆只張武大出去了，便走過來後門首，叫道：「娘子，老身大膽！」那婦人從樓上應道：「奴卻待來也！」兩個廝見了，來到王婆房裏坐下，取過生活來縫。那婆子隨即點盞茶來，兩個吃了。婦人看看縫到晌午前後。卻說西門慶巴不到此日，打選衣帽齊齊整整，身邊帶著三五兩銀子，手拏著灑金川扇兒，搖搖擺擺逕往紫石街來。到王婆門口茶坊門首，便咳嗽道：「王乾娘，連日如何不見？」那婆子瞧科，便應道：「兀的誰叫老娘？」西門慶道：「是我。」那婆子趕出來看了，笑道：「我只道是誰，原來是大官人！你來得正好，且請入屋裏去看一看。」把西門慶袖子只一拖，拖進房裏來。看那婦人道：「這個便是與老身衣料施主官人。」西門慶睜眼看著那婦人：雲鬢疊翠，粉面生春。上穿白夏布衫兒，桃紅裙子藍比甲❾，正在房裏做衣服。見西門慶過來，便把頭低了。這西門慶連忙向前屈身道唱喏。那婦人隨即放下生活，還了萬福。王婆便道：「難得官人與老身段疋紬絹，放在家一年有餘，不曾做得。虧殺鄰家這位娘子，出手與老身做成全

❽ 道兒：圈套。

❾ 比甲：即「馬甲」。元史后妃傳：「世祖后製一衣，前有裳無衽，後倍於前，亦無領袖，綴以兩襻，名曰比甲。」

了。真個是布機也似針線，縫的又好又密，真個難得！大官人，你過來且看一看。」西門慶把起衣服來看了，一面喝采，口裏道：「這位娘子傳得這等好針指，神仙一般的手段！」那婦人笑道：「官人休笑話。」西門慶故問王婆道：「乾娘，不敢動問，這娘子是誰家宅上的娘子？」王婆道：「大官人，你猜。」西門慶道：「小人如何猜得著？」王婆哈哈笑道：「大官人你請坐，我對你說了罷。」那西門慶與婦人對面坐下。那婆子道：「好教大官人得知了罷。大官人，你那日屋簷下頭過，打得正好！」西門慶道：「就是那日在門首，叉竿打了我網巾的？倒不知是誰宅上娘子？」婦人笑道：「那日奴誤沖撞官人，休怪。」一面立起身來，道了個萬福。那西門慶慌的還禮不迭。因說道：「小人不敢。」王婆道：「就是這位，卻是間壁武大郎的娘子。」西門慶道：「原來就是武大郎的娘子，小人只認的大郎，是個養家經紀人❿。且是街上做買賣，大大小小不曾惡了一個。又會撰錢，又且好性格，真個難得這等人！」王婆道：「可知哩，娘子自從嫁了這大郎，但有事百依百隨，且是合得著。」這婦人道：「拙夫是無用之人，官人休要笑話。」西門慶道：「娘子差矣。古人道：『柔軟是立身之本，剛強是惹禍之胎。』似娘子的夫主所為良善時，萬丈水無涓滴漏。一生只是志誠為，倒不好？」王婆一面打著攛鼓兒，說西門慶獎了一回。王婆因望婦人說道：「娘子，你認得這位官人麼？」婦人道：「不認得。」婆子道：「這位官人便是本縣裏一個財主。知縣相公也和他來往，叫做西門大官人，家有萬萬貫錢財，在縣門前開生藥鋪。家中錢過北斗，米爛成倉。黃的是金，白的是銀。圓的是珠，白的是寶。也有犀牛頭上角，大象口中牙。又放官吏債，結識人。他家大娘子也是我說的媒，也是吳千戶家小姐，生的百伶百俐。」因問：「大官

❿ 經紀人：商人。

人，怎的連日不過貧家吃茶？」西門慶道：「便是連日家中小女有人家定了，不得閒來。」婆子道：「大姐有誰家定了？怎的不請老身去說媒？」西門慶道：「被東京八十萬禁軍楊提督親家陳宅合成帖兒。他兒子陳經濟纔十七歲，還上學堂。不是也請乾娘說媒。他那邊有了個文嫂兒來討帖兒，俺這裏又便常在家中走的賣翠花的薛嫂兒，同做保山，說此親事。乾娘若肯去，到明日下小茶⓫，我使人來請你。」婆子哈哈笑道：「老身哄大官人耍子。俺這媒人每，都是狗娘養下來的。他每說親時又沒我，做成的熟飯兒，怎肯搭上老身一分！常言道：『當行厭當行。』到明日娶過了門時，老身胡亂三朝五日，拏上些人情去走走，討得一張半張桌面，倒是正景。怎的好和人鬥氣？」兩個一遞一句，說了一回。婆子只顧誇獎西門慶口裏假嘈。那婦人便低了頭縫針線。有詩為證：

水性從來是女流，背夫常與外人偷。
金蓮心愛西門慶，淫蕩春心不自由。

西門慶見金蓮十分情意欣喜，恨不得就要成雙。王婆便去點兩盞茶來，遞一盞與西門慶，一盞與婦人。說道：「娘子相待官人吃些茶。」吃畢，便覺有些眉目送情。王婆看著西門慶把手在臉上摸一摸。西門慶已知有五分光了。自古：「風流茶說合，酒是色媒人。」王婆便道：「大官人不來，老身也不敢去宅上相請。一者緣法撞遇，二者來得正好，常言道：『一客不煩二主。』大官人便是出錢的，這位娘

⓫ 下小茶：舊時男女訂婚，男家要送禮物與女家名為「下茶」（因禮物中必須有茶）。在雙方言定時，預先非正式送一點禮物，名為「下小茶」。

子便是出力的，虧殺你這兩位施主！不是老身路岐相煩，難得這位娘子在這裏。官人好與老身做個主人，拏出些銀子，買些酒食來，與娘子澆澆手如何？」西門慶道：「小人也見不到這裏！有銀子在此。」便向茄袋裏取出來，約有一兩一塊，遞與王婆子，教備辦酒食。那婦人便道：「不消生受官人。」口裏說著，卻不動身。王婆將銀子臨出門，便道：「有勞娘子相陪大官人坐一坐。我去就來。」那婦人道：「乾娘，免了罷。」卻亦不動身。也是姻緣都有意了。王婆便出門去了，丟下西門慶和那婦人在屋裏。這西門慶一雙眼不轉睛，只看著那婦人。那婆娘也把眼來偷睃西門慶。見了他這表人物，心中倒有五七分意了。又低著頭，只做生活。不多時王婆買了見成肥鵝、燒鴨、熟肉、鮮鮓、細巧果子歸來，盡把盤碟盛了，擺在房裏桌子上。看那婦人道：「娘子且收拾過生活，吃一盃兒酒。」那婦人道：「你自陪大官人吃，奴卻不當。」那婆子道：「正是專與娘子澆手，如何卻說這話！」一面將盤饌卻擺在面前。三人坐下，把酒來斟。這西門慶拏起酒盞來，遞與婦人說道：「請不棄，滿飲此盃。」婦人謝道：「多承官人厚意，奴家量淺，吃不得。」王婆道：「老身知得娘子洪飲，且請開懷吃兩盞兒。」有詩為證：

從來男女不同筵，賣俏迎奸最可憐。
不獨文君奔司馬，西門今亦遇金蓮。

那婦人一面接酒在手，向二人各道了萬福。西門慶拏起筯來，說道：「乾娘，替我勸娘子些菜兒。」那婆子揀好的遞將過來，與婦人吃。一連斟了三巡酒。那婆子便去盪酒來。西門慶道：「小人不敢動問娘子青春多少？」婦人應道：「奴家虛度二十五歲，屬龍的，正月初九日丑時生。」西門慶道：「娘子倒與家下賤累⓬同庚，也是庚辰，屬龍的。只是娘子月分大七個月。他是八月十五日子時。」婦人道：「將天比地，折殺奴家！」王婆便插口道：「好個精細的娘子，百伶百俐！又不枉了做得一手好針線，諸子百家，雙陸象棋，拆牌道字皆通，一筆好寫！」西門慶道：「卻是那裏去討？武大郎好有福，招得這位娘子在屋裏。」王婆道：「不是老身說是非，大官人宅上有許多，那裏討得一個似娘子的。」西門慶道：「便是這等，一言難盡！只是小人命薄，不曾招得一個好的在家裏。」王婆道：「大官人先頭娘子須也好。」西門慶道：「休說我先妻，若是他在時，卻不恁的。家無主，屋倒豎。如今身邊枉自有三五七口人吃飯，都不管事。」那婦人便問：「大官人恁的時沒了大娘子，得幾年了？」西門慶道：「說不得。小人先妻陳氏，雖是微末出身，卻倒百伶百俐，是件都替的小人。如今不幸他沒了，已過三年來也。繼娶這個賤累，又常有疾病，不管事。家裏的勾當，都七顛八倒。為何小人只是走了出來，在家裏時便要嘔氣。」婆子道：「大官人休怪我直言，你先頭娘子並如今娘子，也沒武大娘子這手針線，這一表人物。」西門慶道：「便是先妻也沒武大娘子這一般兒風流！」那婆子笑道：「官人，你養的外宅，東街上住的，如何不請老身去吃茶？」西門慶道：「便是唱慢曲兒的張惜春？我見他是路妓人，不喜歡。」婆子又道：「官人你和勾欄⓭中李嬌兒卻長久？」西門慶道：「這個人見今已娶在家裏。若得他會當家時，自冊正了他。」王婆道：「與卓二姐卻相交得好？」西門慶道：「卓丟兒我也娶在家做了第三房，近來得了個細疾⓮，白不得好。」婆子道：「若有似武大娘子這般中官人意的，來宅上說，不妨事麼？」

⓬ 賤累：謙稱自己的妻子。

⓭ 勾欄：妓院。

西門慶道：「我的爹娘俱已沒了，我自主張，誰敢說個不字？」王婆道：「我自說要，急切便那裏有這般中官人意的！」西門慶道：「做甚麼便沒？只恨我夫妻緣分上薄，自不撞著哩！」西門慶和婆子一遞一句，說了一回。王婆道：「正好吃酒，卻又沒了。官人休怪老身差撥，買一瓶兒酒來吃如何？」西門慶便把茄袋⑮內還有三四兩散銀子，都與王婆，說道：「乾娘，你拏了去，要吃時，只顧取來。多的乾娘便就收了。」那婆子謝了官人，起身睃那粉頭時，三鍾酒下肚，烘動春心。又自兩個言來語去，都有意了。只低了頭，不起身。正是：滿前野意無人識，幾朵碧桃春自開。有詩為證：

眼意眉情卒未休，姻緣相湊遇風流。
王婆貪賄無他技，一味花言巧舌頭。

畢竟未知後來如何，且聽下回分解。

⑭ 細疾：俗稱肺結核病為「細疾」。
⑮ 茄袋：荷包。

第四回　淫婦背武大偷姦　鄆哥不憤鬧茶肆

酒色多能誤國邦，由來美色喪忠良。
紂因妲己宗祀失，吳為西施社稷亡。
自愛青青行處樂，豈知紅粉笑中殃。
西門貪戀金蓮色，內失家麋外趕獐！

話說王婆拏銀子出門，便向婦人滿面堆下笑來，說道：「老身去那街上取瓶兒酒來，有勞娘子相待官人坐一坐。壺裏有酒，沒便再篩兩盞兒，且和大官人吃著。老身直去縣東街那裏，有好酒買一瓶來，有好一歇兒耽閣。」婦人聽了，說：「乾娘，休要去。奴酒多不用了。」婆子便道：「阿呀！娘子，大官人又不是別人，沒事相陪吃一盞兒，怕怎的？」婦人口裏說不用了，坐著卻不動身。婆子一面把門拽上，用索兒拴了，倒關他二人在屋裏，當路坐了。一頭續著鎖。卻說西門慶在房裏，把眼看那婦人，雲鬢半嚲，酥胸微露，粉面上顯出紅白來。一逕把壺來斟酒，勸那婦人酒。一回推害熱，脫了身上綠紗褶子：「央煩娘子替我搭在乾娘護炕上。」那婦人連忙用手接了過去，搭放停當。這西門慶故意把袖子在桌上一拂，將那雙筯拂落在地下來。一來也是緣法湊巧，那雙筯正落在婦人腳邊。這西門慶連忙將身下去拾筯。只見婦人尖尖趫趫剛三寸恰半扠一對小小金蓮，正趫在筯邊。西門慶且不拾筯，便去他繡花鞋頭上，只一捏，那婦人笑將起來，說道：「官人休要囉唣。你有心，奴亦有意。你真個勾搭我？」西門慶便雙膝跪下說道：「娘子，作成小人則個！」那婦人便把西門慶摟將起來說：「只怕乾娘來撞見。」西門慶道：「不妨，乾娘知道。」當下兩個就在王婆房裏脫衣解帶，共枕同歡。但見：交頸鴛鴦戲水，並頭鸞鳳穿花。喜孜孜連理枝生，美甘甘同心帶結。一個將朱唇緊貼，一個粉臉斜偎。羅襪高挑，肩膊上露兩彎新月；金釵斜墜，枕頭邊堆一朵烏雲。誓海盟山，摶弄得千般旖旎；羞雲怯雨，揉搓的萬種妖嬈。恰恰鶯聲，不離耳畔；津津甜唾，笑吐舌尖。楊柳腰，脈脈春濃；櫻桃口，微微氣喘。星眼朦朧，細細汗流香玉顆；酥胸蕩漾，涓涓露滴牡丹心。直饒匹配眷姻諧，真個偷情滋味美！

當下二人雲雨纔罷，正欲各整衣襟，只見王婆推開房門入來，大驚小怪，拍手打掌，說道：「你兩個做得好事！」西門慶和那婦人都吃了一驚。那婆子便向婦人道：「好呀，好呀！我請你來做衣裳，不曾教你偷漢子！你家武大郎知，須連累我。不若我先去對武大說去。」回身便走。那婦人慌的扯住他裙子，便雙膝跪下，說道：「乾娘饒恕！」王婆道：「你每都要依我一件事。」婦人便道：「休說一件，便是十件，奴也依乾娘。」王婆道：「從今日為始，瞞著武大，每日休要失了大官人的意。早叫你早來，晚叫你晚來，我便罷休。若是一日不來，我便就對你武大說。」那婦人說：「我只依著乾娘說便了。」王婆又道：「西門大官人，你自不用著老身說得，這十分好事已都完了。所許之物，不可失信。你若負心，一去了不來，我也要對武大說。」西門慶道：「乾娘放心，並不失信。」婆子道：「你每二人出語無憑，當各人留下件表記物件拏著纔見真情。」西門慶便向頭上拔下一根金頭銀簪，又來插在婦人雲鬢上。婦人除下來袖了，恐怕到家武大看見生疑。一面亦將袖中巾帕遞與西門慶收了。三人又吃了幾盃酒，已是下午時分。那婦人便起身道：「武大那廝也是歸來時分，奴回家去罷。」便拜辭王婆、西門慶，趄過後門歸來。先去下了簾子，武大恰好進門。

且說王婆看著西門慶道：「好手段麼？」西門慶道：「端的虧了乾娘智賽隨何，機強陸賈。女兵十個九個都出不了乾娘手。」王婆又道：「這雌兒風月如何？」西門慶道：「這色系子女❶不可言！」婆子道：「他房裏彈唱姐兒出身，甚麼事兒不久慣知道得！還虧老娘把你兩個生扭做夫妻，強撮成配。你所許老身東西，休要忘了。」西門慶道：「乾娘這般費心，我到家便取錠銀子送來。所許之物，豈肯昧心？」王婆道：「眼望旌節至，耳聽好消息。不要教老身棺材出了，討挽歌郎錢❷。」西門慶道：「但得一片橘皮吃，且莫忘了洞庭湖。」一面看街上無人，帶上眼罩，笑了去。不在話下。

到次日，又來王婆家討茶吃。王婆讓坐，連忙點茶來吃了。西門慶便向袖中取出一錠十兩銀子來，遞與王婆。但凡世上人，錢財能動人意。那婆子黑眼睛見了雪花銀子，一面歡天喜地收了，一連道了兩個萬福。說道：「多謝大官人布施！」因向西門慶道：「這咱晚武大還未見出門。待老身往他家推借瓢看一看。」一面從後門趄過婦人家來。婦人正在房中打發武大吃飯，聽見叫門，問迎兒：「是誰？」迎兒道：「是王奶奶來借瓢。」婦人連忙迎將出來，道：「乾娘，有瓢一任拏去。且請家裏坐。」婆子道：

❶ 色系子女：是「絕好」兩字的拆字格。

❷ 棺材出了二句：這話是「失了時效」的意思。挽歌郎，是專門唱輓歌的人。唐宋風俗，出殯人家往往僱用幾個挽歌郎列入儀仗內，沿途高唱輓歌，表示哀悼。

「老身那邊無人。」因向婦人使手勢。婦人就知西門慶來了。在那邊婆子挈瓢出了門。一力攛掇武大吃了飯，挑擔出去了。先到樓上從新妝點，換了一套艷色新衣，分付迎兒：「好生看家！我往你王奶奶家坐一坐就來。若是你爹來時，就報我知道。若不聽我說，打下你這個小賤人下截來！」迎兒應諾不題。婦人一面走過王婆茶坊裏來，和西門慶做一處。正是：合歡杏桃春堪笑，裹訴原來別有人。有詞單道這雙關二意為證：

這瓢是瓢，口兒小，身子兒大。你幼在春風棚上恁兒高，到大來人難要。他怎肯守定顏回，甘貧樂道！專一趁東風，水上漂。有疾被他撞倒，無情被他掛著，到底被他纏住拏著。也曾在馬房裏餵料，也曾在茶房裏來叫。如今弄的許由也不要！赤道❸黑洞洞，葫蘆中賣的甚麼藥！

那西門慶見婦人來了，如天上落下來一般。兩個並肩疊股而坐。王婆一面點茶來吃了。因問：「昨日歸家，武大沒問甚麼？」婦人道：「他問乾娘衣服做了不曾？我便說衣服做了，還與乾娘做送終鞋襪。」說畢，婆子連忙安排上酒來，擺在房內。二人交盃暢飲。這西門慶仔細端詳那婦人，比初見時越發標致。吃了酒，粉面上透出紅白來。兩道水鬢描畫的長長的，端的平欺神仙，賽過姮娥。有沈醉東風為證：

動人心紅白肉色，堪人愛，可意裙釵。裙拖著翡翠，紗衫袖挽泥金攠，喜孜孜寶髻斜歪。恰便似月裏姮娥下世來，不枉了千金也難買！

❸ 赤道：即「知道」，亦即「誰知道？」

西門慶誇之不足，摟在懷中，掀起他裙來，看見他一對小腳，穿著老鴉段子鞋兒，恰剛半扠。心中甚喜。一遞一口，與他吃酒，嘲問話兒。婦人因問西門慶：「貴庚？」西門慶告他說：「屬虎的，二十七歲。七月二十八日子時生。」婦人問：「家中有幾位娘子？」西門慶道：「除下拙妻，還有三四個身邊人。只是沒一個中我意的。」婦人又問：「幾位哥兒？」西門慶道：「只是一個小女，早晚出嫁，並無娃兒。」西門慶嘲問了一回，向袖中取出銀穿心、金裹面，盛著香茶木樨餅兒來，用舌尖遞送與婦人，兩個相摟相抱，如蛇吐信子一般，嗚咂有聲。那王婆子只管往來拏菜篩酒，那裏去管他閒事，由著二人在房內做一處取樂玩耍。

話休饒舌，那婦人自當日為始，每日踅過王婆家來，和西門慶做一處，恩情似漆，心意如膠。自古道：「好事不出門，惡事傳千里。」不到半月之間，街坊鄰舍都曉的了。只瞞著武大一個不知。正是：

自知本分為活計，那曉防奸革弊心！有詩為證：

好事從來不出門，惡語醜行便彰聞。
可憐武大親妻子，暗與西門作細君！

話分兩頭。且說本縣有個小的，年方十五六歲。本身姓喬，因為做軍，在鄆州生養的，人取名叫做鄆哥兒。家中只有個老爹，年紀高大。那小廝生的乖覺，自來只靠縣前這許多酒店裏賣些時新果品。如常得西門慶賫發他些盤纏。其日，正尋得一籃兒雪梨提著，繞街尋西門慶。又有一等多口人說：「鄆哥，你要尋他，我教一個去處，一尋一個著。」鄆哥道：「聒譟老叔，教我去尋得他見，撰得三五十錢養活老爹，也是好處。」那多口道：「我說與你罷，西門慶刮剌❹上賣炊餅的武大老婆，每日只在紫石街王婆茶房裏坐的。這早晚多定只在那裏。你小孩子家，只故撞入去不妨。」那鄆哥得了這話，謝了阿叔指教。這小猴子提了籃兒，一直往紫石街走來，逕奔入王婆子茶房裏去。卻好正見王婆坐在小凳兒上績苧麻線。鄆哥把籃兒放下，看著王婆，道乾娘聲喏。那婆子問道：「鄆哥，你來這裏做甚麼？」鄆哥道：「要尋大官人，撰三五十錢養活老爹。」婆子道：「甚麼大官人？」鄆哥道：「情知是那個，便只是他那個。」婆子道：「便是大官人，也有姓名。」鄆哥道：「便是兩個字的。」婆子道：「甚麼兩個字的？」鄆哥道：「乾娘，只是要作耍！我要和西門大官說句話兒。」望裏便走。那婆子一把手便揪住道：「這小猴子，那裏去！人家屋裏，各有內外！」鄆哥道：「我去房裏，便尋出來。」王婆罵道：「含鳥小猢猻！我屋裏，那討甚麼西門大官人！」鄆哥道：「乾娘，不要獨自吃，你也把些汁水與我呷一呷。我有甚麼不理會得！」婆子便罵道：「你那小猢猻，理會得甚麼？」鄆哥道：「你正是馬蹄刀水杓裏切菜，水洩不漏，半點兒也沒多落在地。直要我說出來，只怕賣炊餅的哥哥發作！」那婆子吃他這兩句道著他真病，心中大怒，喝道：「含鳥小猢猻，也來老娘屋裏放屁！」鄆哥道：「我是小猢猻，你是馬伯六，做牽頭的老狗肉！」那婆子揪住鄆哥，鑿上兩個栗暴❺。鄆哥便叫道：「你做甚麼便打我？」婆子罵道：「賊肏娘的小猢猻！你敢高則聲，大耳刮子打出你去！」鄆哥道：「賊老咬蟲❻！沒事便打我！」這婆

❹ 刮剌：勾搭。
❺ 栗暴：握拳鑿小孩的頭額。
❻ 咬蟲：罵女人的話。

子一頭叉，一頭大栗暴著，直打出街上去，把雪梨籃兒也丟出去。那籃雪梨四分五落，滾落了開去。這小猴子打那虔婆不過，一頭罵，一頭哭，一頭走，一頭街上拾梨兒，指著王婆茶房裏罵道：「老咬蟲，我教你不要慌！我不說與他，也不做出來不信，定然遭塌了你這場門面，教你撰不成錢使！」這小猴子提個籃兒，逕奔街上尋這個人不見。鄆哥尋這個人，卻正是：王婆從前作過事，今朝沒興一齊來。有分教：險道神脫了衣冠，小猴子洩漏出患害！

畢竟未知道鄆哥尋甚麼人。要知後項如何，且聽下回分解。

第五回　鄆哥幫捉罵王婆　淫婦藥酖武大郎

參透風流二字禪，好姻緣是惡姻緣。
癡心做處人人愛，冷眼觀時個個嫌。
野草閒花休採折，真姿勁質自安然。
山妻稚子家常飯，不害相思不損錢。

話說當下鄆哥被王婆子打了，心中正沒出氣處。提了雪梨籃兒，一逕奔來街上尋武大郎。轉了兩條街巷，只見武大挑著炊餅擔兒，正從那條街過來。鄆哥見了，立住了腳，看著武大道：「這幾時不見你，吃得肥了。」武大歇下擔兒道：「我只是這等模樣，有甚麼吃的肥處？」鄆哥道：「我前日要糴些麥粉，一地裏沒糴處。人都道你屋裏有。」武大道：「我屋裏並不養鵝鴨，那裏有這麥粉？」鄆哥道：「你說沒粉麥，怎的賺得你恁肥腤腤的便軟倒，提起你來也不防，煮你在鍋裏也沒氣。」武大道：「含鳥猢猻，倒罵得我好！我的老婆又不偷漢子，我如何是鴨？」鄆哥道：「你老婆不偷漢子，只偷子漢！」武大扯住鄆哥道：「還我主兒來！」鄆哥道：「我笑你只會扯我，卻不道咬下他左邊的來。」武大道：「好兄弟，你對我說是誰，我把十個炊餅送你。」鄆哥道：「炊餅不濟事，你只做個東道，我吃三盃，我說與你。」武大道：「你合吃酒，跟我來。」武大挑了擔兒，引著鄆哥，到個小酒店裏，歇下擔兒，拏幾個炊餅，買了些肉，討了一鏇酒，請鄆哥吃了。那小廝道：「酒不要添，肉再切幾塊來。」武大道：「好兄弟，且說與我則個！」鄆哥道：「且不要慌，等我一發吃了，卻說與你。你卻不要氣苦，我自幫你打捉。」武大看那猴子吃了酒肉：「你如今卻說與我！」鄆哥道：「你要得知，把手來摸我頭上的肐膖。」武大道：「卻怎的來有這肐膖？」「對你說：我今日將這籃雪梨去尋西門大官，掛一小勾子，一地裏沒尋處。街上有人道：『他在王婆茶坊裏來，和武大娘子勾搭上了。每日只在那裏行走。』我指望見了他，撰得三五十文錢使。叵耐王婆那老豬狗，不放我去。房裏尋他，大栗暴打出我來。我特地來尋你。我方纔把兩句話來激你，我不激你時，你須不求問我。」武大道：「真個有這等事？」鄆哥道：「又來了，我道你是這般屁鳥人！那廝兩個落得快活，只專等你出來，便在王婆房裏做一處。你問道真個也是假？莫不我哄你不成！」武大聽罷，道：「兄弟，我實不瞞你說，我這婆娘每日去王婆家裏做衣服、做鞋腳，歸來便臉紅。我先妻丟下個女孩兒，要便朝打暮罵，不與飯吃。這兩日有些精神錯亂，見了我不做喜歡，我自也有些疑忌在心裏。這話正是了。我如今寄了擔兒，便去捉奸如何？」鄆哥道：「你老大一條漢，原來沒些見識！那王婆老狗，甚麼利害怕人！你如何出得他手？他三人也有個暗號兒。見你人來拏他，他把你老婆藏過了，那西門慶須了得！打你這般二十個。若捉他不著，反吃他一頓好拳頭！他又有錢有勢，反告你一狀子，你須吃他一場官司，又沒人做主，乾結果了你性命！」武大道：「兄弟，你都說得是。我卻怎的出得這口氣？」鄆哥道：「我吃那王婆打了，也沒出氣處。我教一著，今日歸去，都不要發作，也不要說，自只做每日一般。明朝便少做些炊餅出來賣，我自在巷口等你。若是見西門慶入去時，我便來叫你。你便挑著擔兒，只在左邊等我。我先去惹那老狗，他必然來打我。我先把籃兒丟在街心來，你卻搶入。我便一頭頂住那婆子，你便奔入房裏去，叫起屈來。此計如何？」武大道：「既是如此，卻是虧了兄弟！我有數十貫錢，我把與你去，你可明日早早來紫石街巷口等我。」鄆哥得了幾貫錢並幾個炊餅，自去了。武大還了酒錢，挑了擔兒，自去賣了一遭歸去。原來那婦人往常時，只是罵武大，百般的欺負他。近日來也自知禮虧，只得窩盤❶他些個。當晚武大挑了擔兒歸來，也是和往日一般，並不題起別事。那婦人道：「大哥買盞酒吃？」武大道：「卻纔和一般經紀人，買了三盞吃了。」那婦人便安排晚飯與他吃了。當晚無話。

次日飯後，武大只做三兩扇炊餅安在擔兒上。這婦人一心只想著西門慶，那裏來理會武大的做多做少。當日武大挑了擔兒，自出去做買賣。這婦人巴不得他出去了，便踅過王婆茶房裏來等西門慶。且說武大挑著擔兒，出到紫石街巷口，迎見鄆哥提著籃兒在那裏張望。武大道：「如何？」鄆哥道：「還早些個，你自去賣一遭來。那廝七八也將來也。你只在左邊處伺候，不可遠去了。」武大雲飛也似去街上賣了一遭兒回來。鄆哥道：「你只看我籃兒拋出來，你便飛奔入去。」武大自把擔兒寄了，不在話下。

有詩為證：

虎有倀兮鳥有媒，暗中牽陷自狂為。
鄆哥指計西門慶，虧殺王婆撮合奇！

❶ 窩盤：陪伴而帶著溫存撫慰的意思。

且說鄆哥提著籃兒，便走入茶坊裏來，向王婆罵道：「老豬狗！你昨日為甚麼便打我？」那婆子舊性不改，便跳起身來喝道：「你這小猢猻！老娘與你無干，你如何又來罵我！」鄆哥道：「便罵你這馬伯六，做牽頭的老狗肉，直我鬙鬙！」那婆子大怒，揪住鄆哥便打。鄆哥叫一聲「你打」時，把那手中籃兒丟出當街上來。那婆子卻待揪他，被這小猴子叫一聲「你打」時，就打王婆腰裏帶個住，看著婆子小肚上，只一頭撞將去，險些兒不跌倒，卻得壁子礙住不倒。那猴子死命頂在壁上。只見武大從外裸起衣裳大踏步直搶入茶坊裏來。那婆子見是武大來得甚急，待要走去阻擋時，卻被這小猴子死力頂住，那裏肯放。婆子只叫得：「武大來也！」那婦人正和西門慶在房裏，做手腳不迭，先奔來頂住了門。這西門慶便撲入床下去躲。武大搶到房門首，用手推那房門時，那裏推得開。口裏只叫：「做得好事！」那婦人頂著門，慌做一團，口裏便說道：「你閒常時只好鳥嘴，賣弄殺好拳棒，臨時便沒些用兒！用了個紙虎兒，也嚇一交！」那婦人這幾句話，分明教西門慶來打武大，奪路走。西門慶在床底下，聽了婦人這些話，題醒他這個念頭。便鑽出來說道：「娘子，不是我沒本事，一時間沒這智量。」便來拔開拴，叫聲：「不要來！」武大卻待揪他，被西門慶早飛起腳來。武大矮短，正踢中心窩，撲地望後便倒了。西門慶打鬧裏一直走了。鄆哥見頭勢不好，也撇了王婆，撒開跑了。那街坊鄰舍，都知道西門慶了得❷，誰敢來管事。王婆當時就地下扶起武大來，見他口裏吐血，面皮蠟渣也似黃了。便叫那婦人出來，舀碗水救得甦醒。兩個上下肩摻著，便從後門扶歸中樓上去，安排他床上睡了。當夜無話。次日，西門慶打聽得沒事，依前自來王婆家，和這婦人做一處，只指望武大自死。

❷ 了得：本領高強。

武大一病五日，不出勿起。更兼要湯不見，要水不見，每日叫那婦人，又不應。只見他濃妝豔抹了出去，歸來便臉紅。小女迎兒又吃婦人禁住，不得向前，嚇道：「小賤人！你不對我說，與了他水吃，都在你身上！」那迎兒見婦人這等說，又怎敢與武大一點湯水吃。武大幾遍只是氣得發昏，又沒人來採問。一日，武大叫老婆過來，分付他道：「你做的勾當，我親手又捉著你奸，你倒挑撥奸夫踢了我心，至今求生不生，求死不死。你每卻自去快活。我死自不妨，和你每爭執不得了。我兄弟武二，你須知他性格。倘或早晚歸來，他肯干休！你若肯可憐我，早早扶得我好了，他歸來時，我都不提起。你若不看顧我時，待他歸來，卻和你每說話！」這婦人聽了，也不回言，卻踅過王婆家來，一五一十都對王婆和西門慶說了。那西門慶聽了這話，似提在冷水盆內一般，說道：「苦也！我須知景陽崗上打死大蟲的武都頭，他是清河縣第一個好漢！我如今卻和娘子眷戀日久，情孚意孚，拆散不開。據此等說時，正是怎生得好？卻是苦也！」王婆冷笑道：「我倒不曾見你是個把舵的，我是個撐船的。我倒不慌，你倒慌了手腳！」西門慶道：「我枉自做個男漢，到這般去處，卻擺布不開！你有甚麼主見，遮藏我每則個？」王婆道：「既要我遮藏你每，我有一條計，你每卻要長做夫妻？要短做夫妻？」西門慶道：「乾娘，你且說如何是長做夫妻、短做夫妻？」王婆道：「若是短做夫妻，你每只就今日便分散。等武大將息好了起來，與他陪了話❸。武二歸來，都沒言語。待他再差使出去，卻又來相會。這是短做夫妻。你每若要長做夫妻，每日同在一處，不耽驚受怕。我卻有這條妙計，只是難教你每。」西門慶道：「乾娘，周旋了我每則個，只要長做夫妻。」王婆道：「這條計用著件東西，別人家裏都沒。天生天化，大官人家卻

❸ 陪話：道歉。

有。」西門慶道：「便是要我的眼睛，也割來與你！卻是甚麼東西？」婆子道：「如今這搗子❹病得重，趁他狼狽好下手。大官人家裏取些砒霜，卻教大娘子自去贖一貼心疼的藥來，卻把這砒霜來下在裏面，把這矮子結果了他命，一把火燒得乾乾淨淨，沒了蹤跡。便是武二回來，他待怎的？自古道：『幼嫁從親，再嫁由身。』小叔如何管得？暗地裏來往，半年一載便好了。等待夫孝滿日，大官人一頂轎子娶到家去。這個不是長遠做夫婦？諧老同歡，此計如何？」西門慶道：「乾娘此計甚妙！自古道：『欲求生快活，須下死工夫。』罷罷罷！一不做，二不休！」王婆道：「可知好哩！這是剪草除根，萌芽不發。若是剪草不除根，春來萌芽再發，卻如何處置！大官人往家去快取此物來，我自教娘子下手。事了時，卻要重重謝我。」西門慶道：「這個自然，不消你說。」有詩為證，詩曰：

雲情雨意兩綢繆，戀色迷花不肯休。
畢竟世間有此事，武大身軀喪粉頭！

且說西門慶去不多時，包了一包砒霜，遞與王婆收了。這婆子看著那婦人：「大娘子，我教你下藥的法兒。如今武大不對你說，教你救活他？你便乘此機，把些小意兒貼戀他。他若問你討藥吃時，便把這砒霜調在這心疼藥裏。待他一覺身動，你便把藥灌將下去卻便走了起身。他若毒氣發時，必然腸胃迸斷，大叫一聲。你卻把被一蓋都不要人聽見，緊緊的按住被角。預先燒下一鍋湯，煮著一條抹布。他若毒發之時，七竅內流血，口唇上有牙齒咬的痕跡。他若氣斷了，你便揭起被來，卻將煮的抹布只一揩，

❹ 搗子：光棍。

都揩沒了血跡，便入在材裏，扛出去燒了，有麼了事！」那婦人道：「好卻是好。只是奴家臨時手軟了，安排不得屍首。」婆子道：「這個易得！你那邊只敲壁子，我自就過來幫扶你。」西門慶道：「你每用心整理，明日五更，我來討話。」說罷，自歸家去了。王婆把這砒霜用手捻為細末，遞與婦人，將去藏了。那婦人回到樓上，看著武大，一絲沒了兩氣，看看待死。那婦人坐在床邊假哭。武大：「你做甚麼來哭?」婦人拭著眼淚道：「我的一時間不是，吃那西門慶局騙了。誰想腳踢中了你心！我問得一處有好藥，我要去贖來醫你。只怕你疑忌，不敢去取。」武大道：「你救得我活無事了，一筆都勾，並不記懷。武二來家，亦不題起。你快去贖藥來救我則個！」那婦人拏了銅錢，逕來王婆家裏坐地，卻教王婆贖得藥來，把到樓上，交武大看了，說道：「這貼心疼藥，太醫教你半夜裏吃。吃了倒頭一睡。把一兩床被，發些汗，明日便起得來。」武大道：「卻是好也！生受大嫂，今夜醒睡些，半夜裏調來我吃。」那婦人道：「你放心睡。我自扶持你。」

看看天色將黑了，婦人在房裏點上燈，下面燒了大鍋湯，拏了一方抹布，煮在鍋裏。聽那更鼓時，卻好正打三更。那婦人先把砒霜傾在盞內，卻舀一碗白湯來把到樓上，卻叫：「大哥，藥在那裏?」武大道：「在我蓆子底下，枕頭邊，你快調來與我吃！」那婦人揭起蓆，將那藥抖在盞子裏，把那藥帖安了，將白湯沖在盞裏，把頭上銀簪兒只一攪，調得勻了，左手扶起武大，右手便把藥來灌。武大呷了一口，說道：「大嫂，這藥好難吃！」婦人道：「只要他醫治病好，管甚麼難吃易吃！」武大再呷第二口時，被這婆娘就勢只一灌，一盞藥都灌下喉嚨去了。那婦人便放倒武大，慌忙跳下床來。武大哎了一聲，說道：「大嫂，吃下這藥去，肚裏倒疼起來。苦呀！苦呀！倒當不得了！」這婦人便去腳後扯過兩床被來，沒頭沒臉只顧蓋。武大叫道：「我也氣悶！」那婦人道：「太醫分付，教我與你發些汗，便好得快！」武大要再說時，這婦人怕他掙扎，便跳上床來，騎在武大身上，把手緊緊地按住被角，那裏肯放些鬆寬。正似油煎肺腑，火燎肝腸。心窩裏如雪刃相侵，滿腹中似鋼刀亂攪。渾身冰冷，七竅血流。牙關緊咬，三魂赴枉死城中；喉管枯乾，七魄投望鄉臺上。地獄新添食毒鬼，陽間沒了捉奸人！那武大當時哎了兩聲，喘息了一回，腸胃迸斷，嗚呼哀哉！身體動不得了！那婦人揭起被來，見了武大咬牙切齒七竅流血，怕將起來。只得跳下床來，敲那壁子。王婆聽得，走過後門頭咳嗽。那婦人便下樓來，開了後門。王婆問道：「了也未？」那婦人道：「了便了了，只是我手腳軟了，安排不得！」王婆道：「有甚麼難處！我幫你便了。」那婆子便把衣袖捲起，舀了一桶湯，把抹布撇在裏面，掇上樓來。捲過了被，先把武大嘴邊唇上都抹了。卻把七竅淤血痕跡拭淨，便把衣裳蓋在身上。兩個從樓上一步一掇扛將下來，就樓下將扇舊門停了。與他梳了頭，戴上巾幘，穿了衣裳，取雙鞋襪與他穿了，將片白絹蓋了臉，揀床乾淨被蓋在死屍身上。卻上樓來，收拾得乾淨了，王婆自轉將歸去了。那婆娘卻號號地假哭起養家人❺來。看官聽說：原來但凡世上婦人哭有三樣：有淚有聲謂之哭，有淚無聲謂之泣，無淚有聲謂之號。當下那婦人乾號了半夜。

次早五更，天色未曉，西門慶奔走討信。王婆說了備細。西門慶取銀子把與王婆，教買棺材津送，就叫那婦人商議。這婆娘過來，和西門慶說道：「我的武大今日已死，我只靠著你做主。大官人是網巾圈兒打靠後。」西門慶道：「這個何須你說費心！」婦人道：「你若負了心怎的說？」西門慶道：「我

❺養家人：家主。

若負了心，就是你武大一般！」王婆道：「大官人且休閒說。如今只有一件事要緊地方。天明就要入殮，只怕被仵作看出破綻來怎了！團頭何九，他也是個精細的人，只怕他不肯殮。」西門慶笑道：「這個不妨事。何九我自分付他。他不敢違我的言語。」王婆道：「大官人快去分付他，不可遲了。」西門慶把銀子交付與王婆買棺材，他便自去對何九說去了。正是：三光有影遺誰槪，萬事無根只自生！雪隱鷺鷥飛始見，柳藏鸚鵡語方知。

畢竟西門慶怎的對何九說？要知後項如何，且聽下回分解。

第六回　西門慶買囑何九　王婆打酒遇大雨

可怪狂夫戀野花，因貪淫色受波喳。
亡身喪命皆因此，破業傾家總為他。
半晌風流有何益？一般滋味不須誇。
一朝禍起蕭牆內，虧殺王婆先做牙。

卻說西門慶便對何九說去了。且說王婆拏銀子來買棺材冥器，又買些香燭紙錢之類。歸來與婦人商議，就于武大靈前點起一盞隨身燈。鄰舍街坊，都來看望。那婦人虛掩著粉臉假哭。眾街坊問道：「大郎得何病患便死了？」那婆娘答道：「拙夫因害心疼得慌，不想一日一日越重了。看來不能夠好。不幸昨夜三更鼓死了。好是苦也！」又哽哽咽咽假哭起來。眾鄰舍明知道此人死的不明，不敢只顧問他。眾人盡勸道：「死是死了，活的自要安穩過；娘子省煩惱，天氣暄熱。」那婦人只得假意兒謝了，眾人各自散去。王婆抬了棺材來，又去請仵作團頭何九，但是入殮用的都買了；並家裏一應物件，也都買了。就于報恩寺叫了兩個禪和子，晚夕伴靈拜懺。不多時，何九先撥了幾個火家❶整頓❷。

❶ 火家：即「伙計」。

且說何九到巳牌時分，慢慢的走來。到紫石街巷口，迎見西門慶，叫道：「老九何往？」何九答道：「小人只去前面殮這賣炊餅的武大郎屍首。」西門慶道：「且借一步說話。」何九跟著西門慶來到轉角頭一個小酒店裏坐下，在閣兒內。西門慶道：「老九，請上坐。」何九道：「小人是何等之人，敢對大官人一處坐的！」西門慶道：「老九，何故見外？且請坐。」二人讓了一回坐下。西門慶分付酒保：「取瓶好酒來！」酒保一面鋪下菜蔬果品案酒之類，一面盪上酒來。何九心中疑忌，想道：「西門慶自來不曾和我吃酒。今日這盃酒，必有蹺蹊。」兩個飲夠多時，只見西門慶自袖子裏摸出一錠雪花銀子，放在面前，說道：「老九，休嫌輕微，明日另有酬謝。」何九叉手道：「小人無半點用功效力之處，如何敢受大官人見賜銀兩！若是大官人有使令，小人也不敢辭。」西門慶道：「老九休要見外，請收過了。」何九道：「大官人便說不妨。」西門慶道：「別無甚事。少刻他家自有些辛苦錢。只是如今殮武大的屍身，凡百事周全。一床錦被遮蓋則個。餘不多言。」何九道：「我道何事，這些小事，有甚打緊？如何敢受大官人銀兩？」西門慶道：「老九，你若不受時，便是推卻。」何九自來懼西門慶是個刁徒，把持官府的人，只得收了銀子，又吃了幾盃酒。西門慶呼酒保來，記了帳目：「明日來我鋪子內支錢。」兩個下樓，一面出了店門。臨行，西門慶道：「老九，是必記心！不可洩漏。改日另有補報。」分付罷，一直去了。

何九心中疑忌：「我殮武大身屍。他何故與我這十兩銀子？此事必蹺蹊。」一面來到武大門首，只見那幾個火家，正在門首伺候，王婆也等的久哩。何九便問火家：「這武大是甚病死了？」

---

❷ 整頓：辦理。

火家道：「他家說害心疼病死了。」何九入門，揭起簾子進來。王婆接著道：「久等多時了，陰陽也來了半日。老九如何這咱❸纔來？」何九道：「便是有些小事絆住了腳，來遲了一步。」只見那婦人穿著一件素淡衣裳，白紙鬏髻，從裏面假哭出來。何九道：「娘子省煩惱，大郎已是歸天去了！」那婦人虛掩著淚眼，道：「說不得的苦！我夫心疼症候，幾個日子便把命丟了。撇得奴好苦！」這何九一面上上下下看了婆娘的模樣，心裏自忖的道：「我從來只聽得人說武大娘子，不曾認得他。原來武大郎討得這個老婆在屋裏！西門慶這十兩銀子使著了。」一面走向靈前，看武大屍首。陰陽宣念經畢，揭起千秋旛，扯開白絹，用五輪八寶瓶著那兩點神水。定睛看時，見武大指甲青，唇口紫，面皮黃，眼皆突出，就知是中惡。旁邊那兩個火家說道：「怎的臉也紫了，口唇上有牙痕，口中出血？」何九道：「休得胡說！兩日天氣，十分炎熱，如何不走動些！」一面七手八腳，葫蘆提❹殮了，裝入棺材內，兩下用長命釘釘了。王婆一力攛掇，拏出一吊錢來，與何九打發眾火家去了。就問：「幾時出去？」王婆道：「大娘子說，只三日便出殯，城外燒化。」眾火家各分散了。

那婦人當夜擺著酒請人。第二日請四個僧念經。第三日早五更，眾火家都來扛抬棺材，也有幾個鄰舍街坊，吊孝相送。那婦人帶上孝，坐了一乘轎子，一路上口內假哭養家人。來到城外化人場上，便教舉火燒化棺材，並武大屍首燒得乾乾淨淨，把骨殖撒在池子裏。原來那日齋堂管待，一應都是西門慶出錢整頓。那婦人歸到家中，樓上去設個靈牌，上寫：「亡夫武大郎之靈。」靈床子前點一盞琉璃燈，裏

---

❸ 這咱：這時候。

❹ 葫蘆提：糊裏糊塗。

面貼些金旛錢紙、金銀錠之類。那日卻和西門慶做一處，打發王婆家去，二人在樓上任意縱橫取樂。不比先前在王婆茶坊裏，只是偷雞盜狗之歡。如今武大已死，家中無人，兩個恣情肆意，停眠整宿。初時西門慶恐鄰舍瞧破，先到王婆那邊坐一回。今武大死後，帶著跟隨小廝，逕從婦人家後門而入。自此和婦人情沾肺腑，意密如膠，常時三五夜不曾歸去，把家中大小丟的七顛八倒，都不喜歡。原來這女色坑陷得幾時，必有敗！有鷓鴣天為證：

色膽如天不自由，情深意密兩綢繆。
貪歡不管生和死，溺愛誰將身體修。
只為恩深情鬱鬱，多因愛闊恨悠悠。
要將吳越冤仇解，地老天荒難歇休！

光陰迅速，日月如梭。西門慶刮刺那婦人，將兩月有餘。一日將近端陽佳節，但見：綠楊裊裊垂絲碧，海榴點點胭脂赤。微微風動幔，颯颯涼侵扇。處處遇端陽，家家共舉觴。西門慶自岳廟上回來，到王婆茶坊裏坐下。那婆子連忙點一盞茶來，便問：「大官人往那裏去來？怎的不過去看看大娘子？」西門慶道：「今日往廟上走走，大節間記掛著，來看看大姐。」婆子道：「今日他娘潘媽媽在這裏，怕還未去哩。等我過去看看，回大官人。」這婆子一面走過婦人後門看時，婦人正陪潘媽媽在房裏吃酒。見婆子來，連忙讓坐。婦人撮下笑來道：「乾娘來得正好！請陪俺娘且吃個進門盞兒。到明日養個好娃娃！」婆子笑道：「老身又沒有老伴兒，那裏得養出來！你年小少壯，正好養哩！」婦人道：「常言：『小花不結，老花兒結！』」婆子便看著潘媽媽：「你看，你女兒這等傷我，說我是老花子！到明日還用著我老花子。」說罷，潘媽道：「他從小兒是這等快嘴，乾娘休要和他一般見識。」原來這婆子撮合得西門慶和這婦人刮刺上了，早晚替他通事慇懃兒，提壺打酒，靠些油水養口。一面對他娘潘媽說：「你家這姐姐端的百伶百俐，不枉了好個婦女！到明日不知甚麼有福的人受的他！」潘媽媽道：「乾娘既是撮合山，全靠乾娘作成則個。」一面安下鍾筯，婦人斟酒在他面前。婆子一連陪了幾盃酒，吃得臉紅紅的。又怕西門慶在那邊等候，連忙丟了個眼色與婦人，告辭歸去。婦人就知西門慶來了，于是一力攛掇他娘起身去了。將房中收拾乾淨，燒些異香，從新把娘的殘饌撤去，另安排一席齊整酒肴，預備陪侍。西門慶從月臺上過來。婦人從梯凳接著，到房中道個萬福坐下。原來婦人自從武大死後，怎肯帶孝。樓上把武大靈牌，丟在一邊，用一張白紙蒙著，羹飯也不揪採。每日只是濃妝艷抹，穿顏色衣服，打扮嬌樣，陪伴西門慶做一處作歡玩耍。因見西門慶兩日不來，就罵：「負心的賊！如何撇閃了奴，又往那家另續上心甜的❺兒了。把奴冷丟，不來揪採！」西門慶道：「便是家中小妾，昨日沒了，殯送忙了兩日。今日往廟上去，替你置了些首飾珠翠衣服之類。」那婦人滿心歡喜。西門慶一面喚過小廝玳安來，氈包內取出，一件件把與婦人。婦人方纔拜謝收了。小女迎兒尋常被婦人打怕的，以此不瞞他，令他拏茶與西門慶吃。一面婦人安放桌兒，陪西門慶吃茶。西門慶道：「你不消費心，我已與了乾娘銀子，買酒肉嗄飯❻果品去了。大節間，正要和你坐一坐。」婦人道：「此是待俺娘的。奴存下這桌整菜兒。等到乾娘買來，且

---

❺ 心甜的：戀愛的。

❻ 嗄飯：佐飯的菜肴。

有一回耽閣。咱且吃著。」婦人陪西門慶臉兒相貼，腿兒相壓，並肩一處飲酒。

且說婆子提著個籃子，拏著一條十八兩秤，走到街上打酒買肉。那時正值五月初旬天氣，大雨時行。只見紅日當天。忽一塊濕雲處，大雨傾盆相似。但見：烏雲生四野，黑霧鎖長空。刷剌剌漫空障日飛來，一點點擊得芭蕉聲碎。狂風相助，侵天老檜掀翻；霹靂交加，泰、華、嵩、喬震動。洗炎驅暑，潤澤田苗。洗炎驅暑，佳人貪其賞玩；潤澤田苗，行人忘其泥濘。正是：江、淮、河、濟添新水，翠竹紅榴洗濯清。那婆子正打了一瓶酒，買了一籃魚、肉、雞、鵝、菜蔬果品之類。在街上遇見這大雨，慌忙躲在人家房簷下，用手巾裹著頭，把衣服都淋濕了。等了一歇，那雨腳慢了些，大步雲飛來家。進入門來，把酒肉放在廚房下。走進房來，看見婦人和西門慶飲酒。笑嘻嘻道：「大官人和大娘子好飲酒，你看把婆子身上衣服都淋濕了。到明日就教大官人賠我。」西門慶道：「你看老婆子，就是個賴精❼！」婆子道：「我不是賴精，大官人少不得賠我一疋大海青❽。」婦人道：「乾娘，你且飲過盪熱酒盞兒。」那婆子陪著飲了三盃，說道：「老身往廚下烘乾衣裳去。」一面走到廚下，把衣服烘乾，那雞、鵝、嗄飯，割切安排停當，用盤碟盛了。果品之類，都擺在房中。盪上酒來。西門慶與婦人重斟美酒，共設佳肴，交盃疊股而飲。

西門慶飲酒中間，看見婦人壁上掛著一面琵琶，便道：「久聞你善彈，今日好歹彈個曲兒我下酒。」婦人笑道：「奴自幼初學一兩句，不十分好。官人休要笑耻。」西門慶一面取下琵琶來，摟婦人在懷，

❼ 賴精：極無賴的人。

❽ 海青：青布。

看他放在膝兒上，輕舒玉笋，款弄冰絃，慢慢彈著，唱了一個兩頭南調兒：

冠兒不戴懶梳妝，髻挽青絲雲鬟光。金釵斜插在烏雲上。喚梅香，開籠箱，穿一套素縞衣裳，打扮的是西施模樣。出繡房，梅香，你與我捲起簾兒，燒一炷兒夜香。

西門慶聽了，喜歡的沒入腳處❾。一手摟過婦人粉項來，就親了個嘴，稱誇道：「誰知姐姐你有這段兒聰明！就是小人在构欄❿三街兩巷相交唱的，也沒你這手好彈唱！」婦人笑道：「蒙官人抬舉，奴今日與你百依百隨。是必過後，休忘了奴家。」西門慶一面捧著他香腮，說道：「我怎肯忘了姐姐！」兩個殢雨尤雲，調笑玩耍。少頃，西門慶又脫下他一隻繡花鞋兒，擎在手內，放一小盃酒在內，吃鞋盃耍子。婦人道：「奴家好小腳兒，官人休要笑話！」不一時，二人吃得酒濃，掩閉了房門，解衣上床玩耍。王婆把大門頂著，和迎兒在廚房中，動啖用著。二人在房內，顛鸞倒鳳，似水如魚，取樂歡娛。那婦人枕邊風月，比娼妓尤甚，百般奉承。西門慶亦施逞鎗法打動。兩個女貌郎才，俱在妙齡之際。有詩單道其態。詩曰：

寂靜蘭房簟枕涼，才子佳人至妙頑。
纔去倒澆紅臘燭，忽然又掉夜行船。

❾ 沒入腳處：不知怎樣才好。

❿ 构欄：即「勾欄」，見第三回註⓭。

偷香粉蝶餐花萼，戲水蜻蜓上下旋。

樂極情濃無限趣，靈龜口內吐清泉。

當日西門慶在婦人家盤桓至晚，欲回家，留了幾兩散碎銀子，與婦人做盤纏。婦人再三挽留不住。西門慶帶上眼罩，出門去了。婦人下了簾子，關上大門，又和王婆吃了一回酒，各散去了。正是：倚門相送劉郎去，煙水桃花去路迷。

畢竟未知後來何如，且聽下回分解。

第七回　薛嫂兒說娶孟玉樓　楊姑娘氣罵張四舅

我做媒人實可能，全憑兩腿走慇懃。
唇鎗慣把鰥男配，舌劍能調烈女心。
利市花常頭上帶，喜筵餅錠袖中撐。
只有一件不堪處，半是成人半敗人。

話說西門慶家中，賣翠花兒的薛嫂兒，提著花箱兒，一地裏尋西門慶不著。因見西門慶使的小廝玳安兒，問：「大官人在那裏？」玳安道：「俺爹在鋪子裏，和傅二叔算帳。」原來西門慶家開生藥鋪，主管姓傅名銘字自新，排行第二，因此呼他做傅二叔。這薛嫂一直走到鋪子門首，掀開簾子，見西門慶正在裏面與主管算帳。一面點首兒，喚他出來。這西門慶見是薛嫂兒，連忙撇了主管出來。兩人走在僻靜處說話。薛嫂道了萬福。西門慶問他：「有甚說話？」薛嫂道：「我來有一件親事，來對大官人說，管情中得你老人家意，就頂死了的三娘窩兒❶。方纔我在大娘房裏買我的花翠，留我吃茶，坐了這一日，我就不曾敢題起。逕來尋你老人家，和你說。這位娘子，說起來你老人家也知道，是咱這南門外販布楊

❶ 頂窩兒：頂缺；補缺。

家的正頭娘子。手裏有一分好錢，南京拔步床❷也有兩張，四季衣服，妝花袍兒，插不下手去。也有四五隻箱子。珠子箍兒，胡珠環子，金寶石頭面，金鐲銀釧不消說。手裏現銀子，他也有上千兩。好三梭布，也有三二百筩。不幸他男子漢去販布，死在外邊，他守寡了一年多。身邊又沒子女，只有一個小叔兒，還小，纔十歲。青春年少，守他甚麼？有他家一個嫡親的姑娘，要主張著他嫁人。這娘子今年不上二十五六歲，生的長挑身材，一表人物。打扮起來，就是個燈人兒，風流俊俏，百伶百俐。當家立紀，針指女工，雙陸棋子，不消說。不瞞大官人說，他娘家姓孟，排行三姐，就住在臭水巷。又會彈了一手好月琴。大官人若見了，管情❸一箭就上垛❹。誰似你老人家有福，好得這許多帶頭，又得一個娘子！」西門慶只聽見婦人會彈月琴，便可在他心上。就問：「薛嫂兒，幾時相會看去？」薛嫂道：「我和老人家這等計議，相看不打緊。如今他家，一家子只是姑娘大。雖是他娘舅張四，山核桃差著一槅兒❺哩！這婆子原嫁與北邊半邊街徐公公房子裏住的孫歪頭。歪頭死了，這婆子守寡了三四十年，男花女花都無，只靠姪男姪女養活。今日已過，明日我來會大官人。咱只倒在身上求他；求只求張良，拜只拜韓信❻。這婆子愛的是錢財，明知道他姪兒媳婦有東西，隨問甚麼人家，他也不管，只指望要幾兩銀子。大官人

---

❷ 拔步床：一種舊式的大床，前面有碧紗廚及踏步。
❸ 管情：包管。
❹ 一箭上垛：一拍便合。
❺ 山核桃差著一槅兒：山核桃中間槅子最多。這是說中間還差著一層哩。
❻ 求只求張良二句：求張良拜韓信，諺語。意指到處求人或求有用之人。

多許他幾兩銀子。家裏有的是那囂段子，拏上一段，買上一擔禮物，親去見他，和他講過，一拳打倒❼他。隨問❽旁邊有人說話，這婆子一力張主❾，誰敢怎的？」這薛嫂兒一席話，說的西門慶歡從額角眉尖出，喜向腮邊笑臉生。看官聽說：世上這媒人每原來只一味圖撰錢，不顧人死活。無官的說做有官，有偏房說做正房。一味瞞天大謊，全無半點兒真實。正是：媒妁慇懃說始終，孟姬愛嫁富家翁。有緣千里能相會，無緣對面不相逢。西門慶當日與薛嫂相約下：「明日是好日期，就買禮往北邊他姑娘家去。」薛嫂說畢話，提著花箱兒去了。西門慶進來和傅夥計算帳。一宿晚景不題。

到次日，西門慶早起，打撰衣帽齊整，拏了一段尺頭，買了四盤羹果，雇了一個抬盒的，薛嫂領著西門慶騎著頭口，小廝跟隨，逕來北邊半邊街徐公公房子裏楊姑娘家門首。薛嫂先入去通報姑娘得知，說：「近邊一個財主，敬來門外和大娘子說親。我說一家只姑奶奶是大，先來覿面，親見過你老人家。講了話，然後纔敢領去門外相看。今日小媳婦領來，見在門首下馬伺候。」婆子聽見，便道：「阿呀，保山❿！你如何不先來說聲！」一面分付了丫鬟打掃客位，收拾乾淨，頓下好茶；一面道：「有請！」這薛嫂一力攛掇，先把盒擔抬進去擺下。打發空盒擔兒出去，就請西門慶進來入見。這西門慶頭戴纏棕大帽，一撒鉤絛粉底皂靴，進門見婆子拜四拜。婆子拄著拐，慌忙還下禮去。西門慶那裏肯，一口一聲，

❼ 一拳打倒：一出手便解決。
❽ 隨問：隨便。
❾ 張主：主張。
❿ 保山：媒人。

只叫：「姑娘請受禮！」讓了半日，婆子受了半禮，分賓主坐下。薛嫂在旁打横。婆子便道：「大官人貴姓？」薛嫂道：「我纔對你老人家說，就忘了！便是咱清河縣數一數二的財主，西門慶大官人。在縣前開著個大生藥鋪，又放官吏債。家中錢過北斗，米爛陳倉。沒個當家立紀娘子。聞得咱家門外大娘子要嫁，特來見姑奶奶，講說親事。」因說：「你兩親家都在此，漏眼不藏絲⓫，有話當面說，省得俺媒人每架謊。這裏是姑奶奶大人，有話不先來和姑奶奶說，再和誰說！」婆子道：「官人倘然要說俺姪兒媳婦，自恁來閒講便了，何必費煩，又買禮來，使老身卻之不恭，受之有愧！」西門慶道：「姑娘在上，沒的禮物惶恐。」那婆子一面拜了兩拜，謝了，收過禮物去。薛嫂馱盤子出門，一面走來陪坐，拏茶上來吃畢。婆子開口說道：「老身當言不言，謂之懦。我姪兒在時，做人掙了一分錢，不幸死了。如今多落在他手裏。少說也有上千兩銀子東西。官人做小做大，我不管你，只要與我姪兒念上個好經。老身便是他親姑娘，又不隔從，就與上我一個棺材本，也不曾要了你家的。我破著老臉，和張四那老狗做臭毛鼠⓬，替你兩個硬張主。娶過門時，生辰貴長，官人放他來走走。就認俺這門窮親戚，也不過上你窮。」西門慶笑道：「你老人家放心，適間所言的話，我小人都知道了。你老人家既開口，休說一個棺材本，就是十個棺材本，小人也來得起。」說著，向靴桶裏取出六錠三十兩雪花官銀，放在面前，說道：「這個不當甚麼，先與你老人家買盞茶吃。到明日娶過門時，還找七十兩銀子，兩疋段子，與你老人家為送終之資。其四時八節，只照頭上門行走。」看官聽說：世上錢財，乃是眾生腦髓，最能動人。這老虔婆

⓫ 漏眼不藏絲：絲毫沒有隱瞞。「絲」是「私」的諧聲。

⓬ 臭毛鼠：惹厭的人。

黑眼睛珠，見了二三十兩白晃晃的官銀，滿面堆下笑來，說道：「官人在上，不當⓭老身意小⓮。自古先說斷，後不亂。」薛嫂在旁插口說：「你老人家忒多心，那裏這等計較！我的大老爹⓯不是那等人。自恁還要掇著盒兒認親。你老人家不知，如今知府知縣相公來往，好不四海⓰結識人寬廣。你老人家能吃他多少！」一席話說的婆子屁滾尿流，陪的坐吃了兩道茶。西門慶便要起身。婆子挽留不住。薛嫂道：「今日既見了姑奶奶說過話，明日好往門外相看。」婆子道：「我家姪兒媳婦，不用大官人相。保山，你就說我說：不嫁這樣人家，再嫁甚樣人家！」西門慶作辭起身，婆子道：「官人，老身不知官人下降，匆忙不曾預備，空了官人，休怪。」拄拐送出。送了兩步，西門慶讓回去了。薛嫂打發西門慶上馬，便說道：「還虧我主張，有理麼？寧可先在婆子身上倒，還強如別人說多。」因說道：「你老人家先回去罷，我還在這裏和他說句話。咱已是會過，明日先往門外去了。」西門慶便拏出一兩銀子來，與薛嫂做驢子錢。薛嫂接了。西門慶便上馬來家。他便還在楊姑娘家，說話飲酒。到日暮時分纔歸家去。

話休饒舌。到次日，打選衣帽齊整，袖著插戴，騎著大白馬，玳安、平安兩個小廝跟隨，薛嫂兒便騎驢子，出的南門外，來到豬市街，到了楊家門首。原來門面屋四間，到底五層。西門慶勒馬在門首等候。薛嫂先入去半日，西門慶下馬。坐南朝北一間門樓，粉青照壁。進去裏面，儀門紫牆，竹搶籬影壁。

⓭ 不當：並非。

⓮ 意小：小心。

⓯ 老爹：對男子的尊稱，與年齡無關。

⓰ 四海：是「四海之內皆兄弟也」的簡詞，有愛交朋友的意思。

院內擺設榴樹盆景。臺基上靛缸一溜，打布凳兩條。薛嫂推開朱紅槅扇三間，倒坐客位。正面上供養著一軸水月觀音，善財童子。四面掛名人山水。大理石屏風，安著兩座投箭高壺。上下椅桌光鮮，簾櫳瀟灑。薛嫂請西門慶正面椅子上坐了，一面走入裏邊。片晌出來，向西門慶耳邊說：「大娘子梳妝未了，你老人家請先坐一坐。」只見一個小廝兒拏出一盞福仁泡茶來。西門慶吃了，收下盞托去。這薛嫂兒倒還是媒人家，一面指手畫腳，與西門慶說：「這家中除了那頭姑娘，只這位娘子是大。雖有他小叔，還小哩，不曉得甚麼。當初有過世的他老公，在鋪子裏，一日不算銀子，銅錢也賣兩大笸籮。毛青鞋面布，俺每問他買，定要三分一尺。見一日常有二三十染的吃飯，都是這位娘子主張整理。手下使著兩個丫頭，一個小廝。大丫頭十五歲，吊起頭去，名喚蘭香。小丫頭纔十二歲，名喚小鸞。到明日過門時，都跟他來。我替你老人家說成這親事，指望典兩間房兒住。強如住在北邊那搭刺子⑰裏，往宅裏去不方便。你老人家去年買春梅，許了我幾疋大布，還沒與我。到明日不管，一總謝罷了。」又道：「剛纔你老人家看見門首那兩座布架子，當初楊大叔在時，街道上不知使了多少錢。這房子也值七八百兩銀子。到底五層，通後街，到明日丟與小叔罷了。」正說著，只見使了個丫頭來叫薛嫂。良久，只聞環珮叮咚，蘭麝馥郁，婦人出來。上穿翠藍麒麟補子妝花紗衫，大紅妝花寬欄。頭上珠翠堆盈，鳳釵半卸。西門慶睜眼觀看那婦人，但見：長挑身材，粉妝玉琢。模樣兒不肥不瘦，身段兒不短不長。面上稀稀有幾點微麻，生的天然俏麗；裙下映一對金蓮小腳，果然周正堪憐。二珠金環，耳邊低掛；雙頭鸞釵，鬢後斜插。但行動，胸前搖響玉玲瓏；坐下時，一陣麝蘭香噴鼻。恰似嫦娥離月殿，猶如神女下瑤階。西門慶一見，

⑰ 搭刺子：即「旮旯子」，僻靜的地方。

滿心歡喜。薛嫂忙去掀開簾子。婦人出來，望上不端不正，道了個萬福，就在對面椅上坐下。西門慶把眼上下不轉睛看了一回，婦人把頭低了。西門慶開言說：「小人妻亡已久，欲娶娘子入門為正，管理家事。未知意下如何？」那婦人問道：「官人貴庚？沒了娘子多少時了？」西門慶道：「小人虛度二十八歲，七月二十八日子時建生。不幸先妻沒了一年有餘。不敢請問娘子青春多少？」婦人道：「奴家青春是三十歲。」西門慶道：「原來長我二歲。」薛嫂在旁插口道：「妻大兩，黃金日日長；妻大三，黃金積如山。」說著，只見小丫鬟拏了三盞密餞金橙子泡茶，銀鑲雕漆茶鍾，銀杏葉茶匙。婦人起身先取頭一盞，用纖手抹去盞邊水漬，遞與西門慶；忙用手接了，道了萬福。慌的薛嫂向前用手掀起婦人裙子來，裙邊露出一對剛三寸恰半扠一對尖尖趫趫金蓮腳來，穿著大紅遍地金雲頭白綾高底鞋兒，與西門慶瞧。西門慶滿心歡喜。婦人取第二盞茶來，遞與薛嫂。他自取一盞陪坐。吃了茶，西門慶便叫玳安用方盒呈上錦帕二方，寶釵一對，金戒指六個，放在托盤內，拏下去。薛嫂一面教婦人拜謝了。因問官人行禮日期：「奴這裏好做預備。」西門慶道：「既蒙娘子見允，今月二十四日有些微禮過門來，六月初二日准娶。」婦人道：「既然如此，奴明日就使人來對北邊姑娘那裏說去。」薛嫂道：「大官人昨日已是到姑奶奶府上講過話了。」婦人道：「姑娘說甚來？」薛嫂道：「姑奶奶聽見大官人說此樁事，好不歡喜。纔使我領大官人來這裏相見。說道：『不嫁這等人家，再嫁那樣人家！我就做硬主媒，保這門親事。』」婦人道：「既是姑娘恁的說又好了！」薛嫂道：「好大娘子，莫不俺做媒敢這等搗謊！」說畢，西門慶作辭起身。薛嫂送出巷口，向西門慶說道：「看了這娘子，你老人家心下如何？」西門慶道：「薛嫂，其實累了你。」薛嫂道：「你老人家請先行一步，我和大娘子說句話就來。」西門慶騎馬進城去了。

薛嫂轉來向婦人說道：「娘子，你嫁得這位老公也罷了。」因問：「西門慶房裏有人沒有人？見作何生理？」薛嫂道：「好奶奶，就有房裏人，那個是成頭腦的⑱！我說是謊，你過去就看出來。他老人家名目，誰是不知道的！清河縣數一數二的財主，有名賣生藥放官吏債西門大官人。知縣知府都和他往來。近日又與東京楊提督結親，都是四門親家，誰人敢惹他！」婦人安排酒飯，與薛嫂兒正吃著，只見他姑娘家使了小廝安童，盒子裏跨著鄉裏來的四塊黃米麵棗兒糕，兩塊糖，幾個艾窩窩⑲，就來問：「曾受了那人家插定不曾？奶奶說來：『這人家不嫁，待嫁甚人家。』」婦人道：「多謝你奶奶掛心。今已曾留下插定了。」薛嫂道：「天麼，天麼！早是俺媒人不說謊！姑奶奶家使了大官人說將來了！」婦人收了糕，出了盒子，裝了滿滿一盒點心臘肉，又與了安童五六十文錢：「到家多拜上奶奶。那家日子，定下二十四日行禮，出月初二准娶。」小廝去了。薛嫂道：「姑奶奶家送來甚麼？與我些包了家去，捎與孩子吃。」婦人與了他一塊糖，十個艾窩窩。千恩萬謝出門。不在話下。

且說他母舅張四，倚著他小外甥楊宗保，要圖留婦人手裏東西。一心舉保與大街坊尚推官兒子尚舉人為繼室。若小可人家，還可有話說。不想聞得是縣前開生藥鋪西門慶定了。他是把持官府的人，遂動不得秤了。尋思已久，千方百計，不如破他為上計。走來對婦人說：「娘子，不該接西門慶插定。還依我嫁尚推官兒子尚舉人。他又是斯文詩禮人家，又有莊田地土，頗過得日子，強如嫁西門慶。那廝積年把持官府，刁徒潑皮。他家見有正頭娘子，乃是吳千戶家女兒。過去做大是做小？卻不難為你了？況他

⑱ 成頭腦的：像模樣的。
⑲ 艾窩窩：一種食品，用蒸得極爛的江米煮成，待涼後，裹各種餡，用麵粉搓成圓球，大小不一，可以涼食。

房裏又有三四個老婆，並沒上頭的丫頭。到他家人多口多，你惹氣也！」婦人道：「自古船多不礙路⑳。若他家有大娘子，我情願讓他做姐姐，奴做妹子。雖然房裏人多，漢子歡喜，那時難道你阻他！漢子若不歡喜，那時難道你去扯他！不怕一百人單擺著。休說他富貴人家，那家沒四五個。著緊街上乞食的，攜男抱女，也挈扯著三四個妻小。你老人家忒多慮了。奴過去，自有個道理。不妨事！」張四道：「娘子，我聞得此人單管挑販人口，慣打婦熬妻。稍不中意，就令媒人賣了。你願受他的這氣麼？」婦人道：「四舅，你老人家差矣！男子漢雖利害，不打那勤謹省事之妻。我在他家把得家定，裏言不出，外言不入，他敢怎的。為女婦人家，好吃懶做，嘴大舌長，招是惹非，不打他，打狗不成！」張四道：「不是。我打聽他家還有一個十四歲未出嫁的閨女，誠恐去到他家，三窩兩塊，把人多口多，惹氣怎了。」婦人道：「四舅說那裏話。奴到他家，大是大，小是小，凡事從上流看。待得孩兒每好，不怕男子漢不歡喜，不怕女兒每不孝順。休說一個，便是十個也不妨事。」張四道：「我見此人有些行止欠端，在外眠花臥柳。又裏虛外實，少人家債負。只怕坑陷了你。」婦人道：「四舅，你老人家又差矣！他就外邊胡行亂走，奴婦人家只管得三層門內，管不得那許多三層門外的事。莫不成日跟著他走不成！常言道：『世上錢財倘來物㉑，那是長貧久富家。』緊著起來，朝送爺；一時沒錢使，還問太僕寺借馬價銀子支來使。休說買賣的人家，誰肯把錢放在家裏？各人裙帶上衣食，老人家倒不消這樣費心。」這張四見說不動這婦人，倒吃他搶了幾句的話，好無顏色。吃了兩盞清茶，起身去了。有詩為證：

⑳ 船多不礙路：言各不相干，人多並無妨礙。

㉑ 倘來物：無意中得到的東西。

張四無端喪楚言，姻緣誰想是前緣。
佳人心愛西門慶，說破咽喉總是閒。

張四羞慚歸家，與婆子商議。單等婦人起身，指著外甥楊宗保，要攔奪婦人箱籠。話休饒舌。到二十四日西門慶行禮，請了他吳大娘來，坐轎押擔。衣服頭面，四季袍兒、羹果茶餅、布絹紬綿約有二十餘擔。這邊請他姑娘並他姐姐，接茶陪待，不必細說。到二十六日請十二位高僧念經，做水陸燒靈，都是他姑娘一力張主。這張四臨婦人起身那當日，請了幾位街坊眾鄉鄰來和婦人講話。那日薛嫂正引著西門慶家，雇了幾個閒漢，並守備府裏討的一二十名軍牢，正進來搬抬婦人床帳、嫁妝、箱籠，被張四攔住說道：「保山，且休抬！有話講。」一面邀請了街坊鄰舍進來坐下。張四先開言說：「列位高鄰聽著。大娘子在這裏，不該我張龍說，你家男子漢楊宗錫與你這小叔楊宗保，都是我外甥，是我的姐姐養的。今日不幸他死了，掙了一場錢，有人主張著你，這是親戚難管你家務事，這也罷了。爭奈第二個外甥楊宗保年幼一個業障都在我身上。他是你男子漢一母同胞所生，莫不家當沒他的分兒。今日對著列位高鄰在這裏，你手裏有東西沒東西，嫁人去也難管你。只把你箱籠打開，眼同眾人看一看，你還抬去。我不留你的。只見個明白。娘子你意下如何？」婦人聽言，一面哭起來，說道：「眾位聽著，你老人家差矣！奴不是歹意謀死了男子漢，今日忝羞臉又嫁人。他手裏有錢沒錢，人所共知。就是積儹了幾兩銀子，都使在這房子上。房兒我沒帶去，都留與小叔。家火等件，分毫不動。就是外邊有三百四百兩銀子欠帳，文書合同已都交與你老人家。陸續討來，家中盤纏，再有甚麼銀兩來？」張四道：「你沒銀兩也罷。如今只對著眾位打開箱籠，有沒有看一看，你還拏了去。我又不要你的。」婦人道：「莫不奴的鞋腳也要瞧不成！」正亂著，只見姑娘拄拐自後而出。眾人便道：「姑娘出來！」都齊聲唱喏。姑娘還了萬福，陪眾人坐下。姑娘開口：「列位高鄰在上，我是他的親姑娘，又不隔從，莫不沒我說處。死了的也是姪兒，活著的也是姪兒，十個指頭咬著都疼。如今休說他男子漢手裏沒錢。他就是有十萬兩銀子，你只好看他一眼罷了。他身邊又無出。少女嫩婦的，你攔著不教他嫁人，留著他做甚麼！」眾街鄰高聲道：「姑娘見得有理！」婆子道：「難道他娘家陪的東西，也留下他的不成！他背地又不曾私自與我甚麼，說我護他，也要公道！不瞞列位說，我這姪兒平日有仁義，老身捨不得他好溫克性兒。不然，老身也不管著他。」那張四在旁，把婆子瞅了一眼，說道：「你好失心兒！鳳凰無寶處不落！」此這一句話，道著這婆子真病。須臾怒起，紫漲了面皮，扯定張四大罵道：「張四，你休胡言亂語！我雖不能不才，是楊家正頭香主㉒。你這老油嘴，是楊家那膫子㑋的！」張四道：「我雖是異姓，兩個外甥是我姐姐養的。你這老咬蟲，女生外向，行放火又一頭放水！」姑娘道：「賤沒廉恥老狗骨頭！他少女嫩婦的，留著他在屋裏，有何算計？既不是圖色慾，便欲起謀心，將錢肥己！」張四道：「我不是圖錢，爭奈是我姐姐養的。有差遲，多是我；過不得日子，不是你！這老殺才，搬著大，引著小，黃貓兒黑尾！」姑娘道：「張四，你這老花根，老奴才，老粉嘴㉓！你恁騙口張舌的，好淡扯！到明日死了時，不使了繩子扛子！」張四道：「你這嚼舌頭老淫婦！掙將錢來焦尾靶㉔，怪不的恁無兒無女！」姑娘急了，罵

㉒ 正頭香主：直系親屬。

㉓ 粉嘴：善於花言巧語的人。

道：「張四賊！老蒼根，老豬狗！我無兒無女，強似你家媽媽子穿寺院，養和尚，肏道士！你還在睡裏夢裏！」當下兩個差些兒不曾打起來。多虧眾鄰舍勸住，說道：「老舅，你讓姑娘一句兒罷。」薛嫂兒見他二人攘，打鬧裏，領率西門慶家小廝伴當，並發來眾軍牢，趕人鬧裏，七手八腳，將婦人床帳、妝奩、箱籠，搬的搬，抬的抬，一陣風㉕都搬去了。那張四氣的眼大大的，敢怒而不敢言。眾鄰舍見不是事，安撫了一回，各人多散了。

到六月初二日，西門慶一頂大轎四對紅紗燈籠，他這姐姐孟大姨送親，他小叔楊宗保頭上扎著髻兒，穿著青紗衣撒騎在馬上，送他嫂子成親。西門慶荅賀了他一疋錦段，一柄玉縧兒。蘭香、小鸞兩個丫頭，都跟了來鋪床疊被。小廝琴童方年十五歲，亦帶過來伏侍。到三日，楊姑娘家，並婦人兩個嫂子，孟大嫂、二嫂，都來做生日。西門慶與他楊姑娘七十兩銀子，兩疋尺頭。自此親戚來往不絕。西門慶就把西廂房裏收拾三間與他做房，排行第三，號玉樓。令家中大小，都隨著叫三娘。到晚，一連在他房中歇了三夜。正是：銷金帳裏，依然兩個新人。紅錦被中，現出兩般舊物。有詩為證：

怎覩多情風月標，教人無福也難消。

風吹列子歸何處？夜夜嬋娟在柳梢。

畢竟未知後來何如，且聽下回分解。

㉔ 焦尾靶：罵別人沒有後代。

㉕ 一陣風：形容很快的樣子。

第八回　潘金蓮永夜盼西門慶　燒夫靈和尚聽淫聲

靜悄房櫳獨自猜，鴛鴦失伴信音乖。
臂上粉香猶未泯，床頭楸面暗塵埋。
芳容消瘦虛鸞鏡，雲鬟髯鬆墜玉釵。
駿驥不來勞望眼，空餘鴛枕淚盈腮。

話說西門慶自從娶了玉樓在家，燕爾新婚，如膠似漆。又遇著陳宅那邊使了文嫂兒來通信，六月十二日就要娶大姐過門。西門慶促忙促急儹造不出床來，就把孟玉樓陪來的一張南京描金彩漆拔步床，陪了大姐。三朝九日，足亂了約一個月多，不曾往潘金蓮家去。把那婦人每日門兒倚遍，眼兒望穿，使王婆往他門首去了兩遍。門首小廝常見王婆，知道是潘金蓮使來的，多不理他。只說：「大官人不得閒哩！」婦人盼他急的緊，只見婆子回了婦人。婦人又打罵小女兒，街上去尋覓。那小妮子怎敢入他那深宅大院裏去。只在門首踅探了一兩遍，不見西門慶，就回來了。來家又被婦人噦罵在臉上，打在臉上，怪他沒用，便要教他跪著。餓到晌午，又不與他飯吃。那時正值三伏天道，十分炎熱。婦人在房中害熱，分付迎兒熱下水，伺候澡盆，要洗澡。又做了一籠夸餡肉角兒，等西門慶來吃。身上只著薄纊短衫，坐在小杌上。盼不見西門慶來到，嘴谷都❶的罵了幾句負心賊，無情無緒，悶悶不語。用纖手向腳上脫下兩隻紅繡鞋兒來，試打一個相思卦，看西門慶來不來。正是：逢人不敢高聲語，暗卜金錢問遠人。有山坡羊為證：

凌波羅襪，天然生下，紅雲染就相思卦。似藕生芽，如蓮卸花，怎生纏得些娘大！柳條兒比來剛半扠。他不念咱，咱想念他。想著門兒，私下簾兒，悄呀，空教奴被兒裏，叫著他那名兒罵。你怎戀煙花，不來我家！奴眉兒淡淡教誰畫？何處綠楊拴繫馬？他辜負咱，咱念戀他。

當下婦人打了一回相思卦，見西門慶不來了，不覺困倦來，就歪在床上，盹睡著了。約一個時辰醒來，心中正沒好氣，迎兒問：「熱了水，娘洗澡也不洗？」婦人便問：「角兒蒸熱了？拏來我看。」迎兒連忙拏到房中。婦人用纖手一數，原做下一扇籠，三十個角兒，翻來覆去，只數了二十九個，少了一個角兒。便問：「往那裏去了？」迎兒道：「我並沒看見。只怕娘錯數了。」婦人道：「我親數了兩遍，三十個角兒，要等你爹來吃。你如何偷吃了一個？好嬌態淫婦奴才！你害饞癆饞痞，心裏要想這個角兒吃！你大碗小碗，味搗不下飯去，我做下的孝順你來！」于是不由分說，把這小妮子跣剝去了身上衣服，拏馬鞭子下手打了二三十下。打的妮子殺豬也似叫。問著他：「你不承認，我定打下百數！」打的妮子急了，說道：「娘休打，是我害餓的慌，偷吃了一個。」婦人道：「你偷了，如何賴我錯數了？眼看著就是個牢頭禍根淫婦！有那王八在時，輕學重告。今日往那裏去了，還在我跟前弄

❶ 谷都：「鼓起」或「翹起」的形容詞。

神弄鬼！我只把你這牢頭淫婦打下你下截來！」打了一回，穿上小衣，放起他來。分付：「在旁打扇。」打了一回扇，口中說道：「賊淫婦！你舒過臉來，等我掐你這皮臉兩下子。」那迎兒真個舒著臉，被婦人尖指甲掐了兩道血口子，纔饒了他。良久，走到鏡臺前，從新妝點出來，門簾下站立。

也是天假其便，只見西門慶家小廝玳安，夾著氈包騎著馬，打婦人門首過的。婦人叫住他，問他：「往何處去來？」那小廝平日說話乖覺，常跟西門慶在婦人家行走，婦人嘗與他浸潤。他有甚不是，在西門慶面前替他說方便，以此婦人往來就滑。一面下馬來說道：「俺爹使我送人情，往守備府裏去來。」婦人叫進門來問他：「你爹家中有甚事如何一向不來旁個影兒看我一看？想必另續上了一個心甜的姊妹，把我做個網巾圈兒打靠後了。」玳安道：「俺爹再沒續上姊妹。只是這幾日家中事忙，不得脫身來看得六姨。」婦人道：「就是家中有事，那裏丟我恁個半月，音信不送一個兒！只是不放在心兒上。」因問玳安：「有甚麼事？你對我說。」那小廝嘻嘻只是笑，不肯說。「有椿事兒罷了。六姨只顧吹毛求問怎的？」婦人道：「好小油嘴兒，你不對我說，我就惱你一生！」小廝道：「我對六姨說，六姨休對爹說是我說的。」婦人道：「我不對他說便了。」玳安如此這般，把家中娶孟玉樓之事，從頭至尾告訴了一遍。這婦人不聽便罷，聽了由不得那裏眼中淚珠兒順著香腮流將下來。玳安慌了，便道：「六姨，你原來這等量窄，我故便不對你說。對你說，便就如此！」婦人倚定門兒，長歎了一口氣，說道：「玳安，你不知道，我與他從前已往那樣恩情，今日如何一旦拋閃了！」止不住紛紛落下淚來。玳安道：「六姨，你何苦如此，家中俺娘也不管著他。」婦人便道：「玳安，你聽告訴。」另有前腔為證：

喬才❷心邪，不來一月。奴繡鴛衾曠了三十夜。他俏心兒別，俺癡心兒呆，不合將人十分熱。常言道：容易得來容易捨。興過也，緣分也！

說畢，又哭了。玳安道：「六姨，你休哭，俺爹怕不的也只在這兩日頭，他生日待來也。你寫幾個字兒，等我替你捎去，與俺爹瞧看了，必然就來。」婦人道：「是必累你請的他來，到明日我做雙好鞋與你穿。我這裏也要等他來與他上壽哩！他若不來，都在你小油嘴身上。他若是問起你來這裏做甚麼，你怎生回答他？」玳安道：「爹若問小的，只說在街上飲馬，六姨使王奶奶叫了我去捎了這個柬帖兒，多上覆爹，好歹請爹過去哩。」婦人笑道：「你這小油嘴，倒是再來的紅娘，倒會成合事兒哩！」說畢，令迎兒把桌上蒸下的角兒，裝了一碟兒，打發玳安兒吃茶。一面走入房中，取過一幅花箋，又輕拈玉管，款弄羊毛，須臾寫了一首寄生草，詞曰：

將奴這知心話，付花箋，寄與他。想當初結下青絲髮，門兒倚遍簾兒下，受了些沒打弄的耽驚怕。你今果是負了奴心，不來，還我香羅帕。

寫就，疊成一個方勝兒，封停當，付與玳安兒收了：「好歹多上覆他。待他生日，千萬走走。奴這裏來專望。」那玳安吃了點心，婦人又與數十文錢。臨出門上馬，婦人道：「你到家見你爹，就說六姨好不罵你。他若不來，你就說六姨到明日，坐轎子親自來哩。」玳安道：「六姨，自吃你賣糞團的撞見了敲

❷ 喬才：壞胚子。

板兒鑾子，叫冤屈麻飯肐膪的帳。騎著木驢兒磕瓜子兒，瑣碎昏昏。」說畢，騎上馬去了。那婦人每日長等短等，如石沈大海一般，那裏得個西門慶影兒來。

看看七日將盡，到了他生辰，這婦人挨一日似三秋，盼一夜如半夏。等了一日，杳無音信；盼了多時，寂無形影。不覺銀牙暗咬，星眼流波。至晚，旋叫王婆來，安排酒肉，與他吃了。向頭上拔下一根金頭銀簪子與他，央往西門慶家走走，去請他來。王婆道：「咱晚來茶前酒後，他定也不來。待老身明日侵早，往大官人宅上請他去罷。」婦人道：「乾娘，是必記心，休要忘了。」婆子道：「老身管著那一門兒來，肯誤了勾當！」當下這婆子非錢而不行，得了這根簪子，吃得臉紅紅歸家去了。原來婦人在房中，香薰鴛被，款剔銀燈，睡不著。短歎長吁，翻來覆去。正是：得多少琵琶夜久慇懃弄，寂寞空房不忍彈。于是獨自彈著琵琶，唱一個綿搭絮為證：

當初奴愛你風流，共你剪髮燃香，雨態雲蹤兩意投。背親夫和你情偷，怕甚麼旁人講論，覆水難收。你若負了奴真情，正是緣木求魚空自守！

又：

誰想你另有了裙釵，氣的奴似醉如癡。斜旁定幃屏，故意兒猜。不明白，怎生丟開！傳書寄柬，你又不來。你若負了奴的恩情，人不為仇天降災！

又：

奴家又不曾愛你錢財，只愛你可意的冤家，知重知輕性兒乖。奴本是朵好花兒園內初開，蝴蝶餐破，再也不來。我和你那樣的恩情，前世裏前緣今世裏該！

又：

心中猶豫，展轉成憂。常言婦女癡心，惟有情人意不周。是我迎頭和你把情偷，鮮花付與，怎肯干休。你如今另有知心，海神廟裏和你把狀投！

原來婦人一夜翻來覆去，不曾睡著。到天明，使迎兒：「過間壁瞧那王奶奶，請你爹去了不曾？」迎兒去了不多時，說：「王奶奶老早就出去了。」

且說那婆子早晨梳洗出門，來到西門慶門首，問門上：「大官人在家？」都說不知道。在對門牆腳下，等不夠多時，只見傅夥計來開鋪子。婆子走向前來，道了萬福。動問一聲：「大官人在家麼？」傅夥計道：「你老人家尋他怎的？這早來問著我，第二個人也不知他。」說：「大官人昨日壽日，在家請客吃酒。吃了一日酒，到晚拉眾朋友往院裏去了。一夜通沒來家。你往那裏尋他去？」這婆子拜辭出縣前來，到東街口，正往构欄那條巷去。只見西門慶騎馬遠遠從東來，兩個小廝跟隨，吃的醉眼摩娑，前合後仰。被婆子高聲叫道：「大官人，少吃些兒怎的？」向前一把手，把馬嚼環扯住。西門慶醉中問道：「你是王乾娘，你來有甚話說？」那婆子向他耳畔低言。道不數句，西門慶道：「小廝來家，對我說來。我知道六姐惱我哩。我如今就去。」那西門慶一面跟著他，兩個一遞一句，整說了一路話。比及時到婦人門首，婆子先入去，報道：「大娘子！且喜還虧老身去了，沒半個時辰，把大官人請得來了！」婦人聽見他來，連忙叫迎兒收拾房中乾淨，一面出房來迎接。西門慶搖著扇兒進來，帶酒半酣，進入房來與婦人唱喏。婦人還了萬福，說道：「大官人，貴人稀見面，怎的把奴來丟了，一向不來傍個影兒？家中新娘子陪伴，如膠似漆，那裏想起奴家來，還說大官人不變心哩！」西門慶道：「你休聽人胡說，那討甚麼新娘子來？只因少女出嫁，忙了幾日，不曾得閒工夫來看你。就是這般話。」婦人道：「你還哄我哩！你若不是憐新棄舊，再不外邊另有別人。你指著旺跳❸身子說個誓，我方信你。」那西門慶道：「我若負了你，情願生碗來大疔瘡，害三五年黃病，扁擔大蛆螓口袋！」婦人道：「賊負心的！扁擔大蛆螓口袋，管你甚事！」一手向他頭上把帽兒撮下來，望地下只一丟。慌的王婆地下拾起來，見一頂新纓子瓦楞帽兒，替他放在桌上，說道：「大娘子，只怪老身不去請，大官人來，就是這般的！還不與他帶上，看試了風！」婦人道：「那怕負心強人陰寒死了，奴也不疼他！」一面向他頭上拔下一根簪兒，拏在手裏觀看。卻是一點油金簪兒，上面鈒著兩溜子字兒：「金勒馬嘶芳草地，玉樓人醉杏花天。」卻是孟玉樓帶來的。婦人猜做那個唱的與他的。奪了放在袖子裏，不與他，說道：「你還不變心哩！奴與你的簪兒那裏去了？卻帶著那個的這根簪子？」西門慶道：「你那根簪子，前日因吃酒醉了跌下馬來，把帽子落了，頭髮散開，尋時就不見了。」婦人道：「你哄三歲小孩兒也不信。哥哥兒，你醉的眼花恁樣了，簪子落地下就看不見。」王婆在旁插口道：「大娘子，你休怪大官人。他離城四十里見蜜蜂兒揦屎，出門教獺象拌了一交，原來覷遠不覷近。」西門慶道：「緊自❹他麻犯人，你又自作耍。」婦人因見手中

❸ 旺跳：健康。

擎著一根紅骨細灑金金釘鉸川扇兒，取過來迎亮處只一照，原來婦人久慣知風月中事，見扇兒多是牙咬的碎眼兒，就是那個妙人與他的扇子。不由分說，兩把折了。西門慶救時，已是扯的爛了。說道：「這扇子是我一個朋友卜志道送我的。今日纔拏了三日，被你扯爛了。」那婦人傒落了他一回，只見迎兒拏茶來。叫迎兒放下茶托，與西門慶磕頭。王婆道：「你兩口子聒聒了這半日，也夠了，休要誤了勾當。老身廚下收拾去也。」婦人一面分付迎兒房中放桌兒，預先安排下與西門慶上壽的酒肴，無非是燒雞、熟鵝、鮮魚、肉鮓、果品之類。須臾安排停當，拏到房中，擺在桌上。婦人向箱中，取出與西門慶做下上壽的物事，用盤托盛著，擺在面前，與西門慶觀看：一雙玄色段子鞋，一雙挑線密約深盟隨君膝下，香草邊闌，松、竹、梅花，歲寒三友，醬色段子護膝，一條紗綠潞紬，永祥雲嵌八寶，水光絹裏兒，紫線帶兒，裏面裝著排草梅桂花兜肚。一根並頭蓮瓣簪兒。簪兒上鈒著五言四句詩一首，云：「奴有並頭蓮，贈與君關髻。凡事同頭上，切勿輕相棄。」西門慶一見，滿心歡喜，把婦人一手摟過，親了個嘴，說道：「怎知你有如此一段聰慧，少有！」婦人教迎兒執壺，斟一盃與西門慶，花枝招颭，插燭也似磕了四個頭。那西門慶連忙拖起來，兩個並肩而坐，交盃換盞飲酒。那王婆陪著吃了幾盃酒。吃的臉紅紅的，告辭回家去了。二人自在取樂玩耍。迎兒打發王婆出去，關上大門，廚下坐的。婦人陪伴西門慶飲酒多時，看看天色晚來。但見：密雲迷晚岫，暗霧鎖長空。群星與皓月爭輝，綠水共青天開碧。僧投古寺，深林中嚷嚷鴉飛；客奔荒村，閭巷內汪汪犬吠。枝上子規啼夜月，園中粉蝶戲花來。當下西門慶分付小廝回馬家去，就在婦人家歇了。到晚夕，二人如顛狂鷂子相似，儘力盤桓，淫慾無度。

---

❹ 緊自：著緊。有「不放鬆」的意思。

常言道：「樂極悲生，泰極否來。」光陰迅速，單表武松自從領了知縣書禮，離了清河縣，送禮物馱擔。到東京朱太尉處下了書禮，交割了箱馱，街上各處閒行了幾日，討了回書，領一行人，取路回山東大路而來。去時三四月天氣，回來卻淡暑新秋。路上水雨連綿，遲了日限，前後往回，也有三個月光景。在路上雨水所阻，只覺得神思不安，身心恍惚，趕回要看哥哥。不免差了一個土兵，預先報與知縣相公。又私自寄了一封家書與他哥哥武大，說他也不久，只在八月內回還。那土兵先下了知縣相公稟帖，然後逕奔來抓尋武大家。可可天假其便，王婆正在門首。那土兵見武大家關著，纔要叫門，婆子便問：「你是尋誰的？」土兵道：「我是武都頭差來下書與他哥哥。」婆子道：「武大郎不在家，都上墳去了。你有書信，交與我就是了。等他歸來，我遞與他，也是一般。」那土兵向前唱了一個喏，便向身邊取出家書來交與王婆，忙忙促促騎上頭口，飛的一般去了。這王婆拏著那封書，從後門走過婦人家來。迎兒開了門，婆子入來。原來婦人和西門慶狂了半夜，約睡至飯時還不起來。王婆叫道：「大官人、娘子起來，匆匆有句話和你每說。如今如此如此，這般這般，武二差土兵寄了書來。他與哥哥說，他不久就到。我接下幾句話兒，打發他去了。你每不可遲滯，早處長便。」那西門慶不聽萬事皆休，聽了此言，正是：分門八塊頂梁骨，傾下半桶冰雪來。一面與婦人多起來，穿上衣服，請王婆到房內坐了，取出書來，與西門慶看了。武松書中寫著，不過中秋回家。二人都慌了手腳，說道：「如此怎了？乾娘遮藏我每則個，恩有重報，不敢有忘！我如今與大姐，情深意海，不能相捨。武二那廝回來，便要分散，如何是好？」婆子道：「大官人，有甚麼難處之事？我前日已說過了，幼嫁由爹娘，後嫁由自己。古來叔嫂不通門戶。如今已自大郎百日來到，大娘子請上幾位眾僧，來把這靈牌子燒了。趁武二未到家來，大官人一頂轎子娶了家去。等武二那廝回來，我自有話說，他敢怎的？自此你二人，自在一生，無些鳥事。」西門慶便道：「乾娘說的是。」正是：人無剛骨，安身不牢。當日西門慶和婦人用畢早飯，約定八月初六日是武大郎百日，請僧念佛燒靈。初八日晚，抬娶婦人家去。三人計議已定。不一時玳安拏馬來，接回家。不在話下。

光陰似箭，日月如梭，又早到八月初六日。西門慶拏了數兩散碎銀錢，二斗白米，齋襯，來婦人家，教王婆報恩寺請了六個僧，在家做水陸超度武大，並天晚夕除靈。道人頭五更就挑了經擔來，鋪陳道場，懸掛佛像。王婆伴廚子在竈上安排整理齋供。西門慶那日就在婦人家歇了。不一時和尚來到，搖響靈杵，打動鼓鈸，宣揚諷誦，咒演法華經，禮拜梁王懺。早晨發牒，請降三寶，證盟功德，請佛獻供，午刻召亡施食，不必細說。且說潘金蓮怎肯齋戒，陪伴西門慶睡到日頭半天，還不起來。和尚請齋主拈香僉字，證盟禮佛，婦人方纔起梳洗，喬素打扮，來到佛前參拜。那眾和尚見了武大這個老婆，一個個都昏迷了佛性禪心，一個個多關不住心猿意馬，都七顛八倒，酥成一塊。但見：班首輕狂，念佛號不知顛倒；維摩昏亂，誦經言豈顧高低。燒香行者，推倒花瓶；秉燭頭陀，錯拏香盒。宣盟表白，大宋國稱做大唐，懺罪闍黎，武大郎念為大父。長老心忙，打鼓錯拏徒弟手；沙彌心蕩，磬槌打破老僧頭。從前苦行一時休，萬個金剛降不住。那婦人佛前燒了香，僉了字，拜禮佛畢，回房去了。依舊陪伴西門慶做一處，擺上酒席葷腥來，自去取樂。西門慶分付王婆：「有事你自答應便了，休教他來聒噪六姐。」婆子哈哈笑道：「大官人，你到放心，由著老娘和那禿廝纏。你兩口兒是會受用！」看官聽說：世上有德行的高僧，坐懷不亂的少。古人有云：「一個字便是『僧』，二個字便是『和尚』，三個字是『鬼樂官』，四個字是『色中餓鬼』。」蘇東坡又云：「不禿不毒，不毒不禿；轉毒轉禿，轉禿轉毒。」此一篇議論，專說這為僧戒行，住著這高堂大廈佛殿僧房，吃著那十方檀越錢糧。又不耕種，一日三餐。又無甚事縈心，只專在這色慾上留心。譬如在家俗人，或士農工商，富貴長者，小相俱全，每被利名所絆。或人事往來，雖有美妻少妾在旁，忽想起一件事來關心，或探探瓮中無米，囤內少柴，早把興來沒了，卻輸與這和尚每許多。有詩為證：

色中餓鬼獸中狨，壞教貪淫玷祖風。
此物只宜林下看，不堪引入畫堂中。

當時這眾和尚見了武大這個老婆喬模喬樣，多記在心裏。到午齋往寺中歇晌回來，婦人正和西門慶在房裏飲酒作歡。原來婦人臥房，正在佛堂一處，只隔一道板壁。有一個僧人先到，走在婦人窗下水盆裏洗手。忽然聽見婦人在房裏顫聲柔氣，呻呻吟吟，哼哼唧唧，恰似有人在房裏交媾一般。于是推洗手。立住了腳，聽夠良久。只聽婦人口裏嗽聲呼叫西門慶：「達達❺，你休只顧搧打到幾時，只怕和尚來聽見，饒了奴罷！」西門慶道：「你且休慌，我還要在蓋子上燒一下兒哩！」不想都被這禿廝聽了個不亦樂乎。落後眾和尚都到齊了，吹打起法事來，一個傳一個，都知道婦人有漢子在屋裏，不覺都手之舞之足之蹈之。臨佛事完滿，晚夕送靈化財出去，婦人又早除了孝髻，換了一身艷衣服，在簾裏與西門慶兩個並肩而立，看著和尚化燒靈座。王婆舀將水，點一把火來，登時把靈牌並佛燒了。那賊禿冷眼瞧見簾子裏一

❺ 達達：爺爺的轉音。亦有人稱父親為「達達」。

個漢子，和婆娘影影綽綽❻，並肩站立，想起白日裏聽見那些勾當，只個亂打鼓搧鈸不住。被風把長老的僧伽帽刮在地下，露見青旋旋光頭，不去拾，只顧搧鈸打鼓，笑成一塊。王婆便叫道：「師父紙馬也燒過了，還只個搧打怎的？」和尚答道：「還有紙爐蓋子上沒燒過。」西門慶聽見，一面令王婆快打發襯錢與他。長老道：「請齋主娘子，謝謝！」婦人道：「王婆說免了罷。」眾和尚道：「不如饒了罷。」一齊笑的去了。正是：遺蹤堪入時人眼，不買胭脂畫牡丹。有詩為證：

淫婦燒靈志不平，和尚竊壁聽淫聲。
果然佛道能消罪，亡者聞之亦慘魂。

畢竟未知後來何如，且聽下回分解。

❻ 影影綽綽：隱隱約約。

第九回　西門慶計娶潘金蓮　武都頭誤打李外傳

色膽如天不自由，情深意密兩綢繆。
只思當日同歡愛，豈想蕭牆有後憂。
只貪快樂恣悠遊，英雄壯士報冤仇。
天公自有安排處，勝負輸贏卒未休。

話說西門慶與潘金蓮燒了武大靈，換了一身艷色衣服，晚夕安排了一席酒，請王婆來作辭，就把迎兒交付與王婆養活。分付：「等武二回來，只說大娘子度日不過，他娘教他前去，嫁了外京客人去了。」婦人箱籠，早先一日都打發過西門慶家去。剩下些破桌壞凳舊衣裳，都與了王婆。西門慶又將一兩銀子相謝。到次日，一頂轎子，四個燈籠，王婆送親，玳安跟轎，把婦人抬到家中來。那條街上，遠近人家，無有一人不知此事。都懼怕西門慶是個刁徒潑皮，有錢有勢，誰敢來多管？地街上編了四句口號，說得極好：

堪笑西門不識羞，先奸後娶醜名留。

轎內坐著浪淫婦，後邊跟著老牽頭。

西門慶娶婦人到家，收拾花園內樓下三間與他做房。一個獨獨小院角門進去，設放花草盆景，白日間人跡罕到，極是一個幽僻去處。一邊是外房，一邊是臥房。西門慶旋用十六兩銀子買了一張黑漆歡門描金床，大紅羅圈金帳幔，寶象花揀妝，桌椅錦杌，擺設齊整。大娘子吳月娘房裏使著兩個丫頭，一名春梅，一名玉簫。西門慶把春梅叫到金蓮房內，令他伏侍金蓮，趕著叫娘。卻用五兩銀子另買一個小丫頭，名喚小玉，伏侍月娘。又替金蓮六兩銀子買了一個上竈丫頭，名喚秋菊。排行金蓮做第五房。先頭陳家娘子陪床的，名喚孫雪娥，約二十年紀，生的五短身材，有姿色。西門慶與他帶了鬏髻，排行第四。以此把金蓮做個第五房。此事表過不題。

這婦人一娶過門來，西門慶家中大小多不歡喜。看官聽說：世上婦人眼裏火的極多。隨你甚賢慧婦人，男子漢娶小，說不嗔❶；及到其間，見漢子往他房裏同床共枕歡樂去了，雖故性兒好殺，也有幾分臉酸心歹。正是：可惜團圞今夜月，清光咫尺別人圓。西門慶當下就在婦人房中宿歇，如魚似水，美愛無加。到第二日，婦人梳妝打扮，穿一套艷色衣服，春梅捧茶，走來後邊大娘子吳月娘房裏，拜見大小，遞見面鞋腳❷。月娘在坐上仔細定睛觀看，這婦人年紀不上二十五六，生的這樣標致。但見：眉似初春柳葉，常含著雨恨雲愁；臉如三月桃花，暗帶著風情月意。纖腰嬝娜，拘束的燕嬾鶯慵；檀口輕盈，勾

❶ 嗔：怪。

❷ 見面鞋腳：舊時俗例，新嫁娘第一次拜見姑嫜，及諸姑姊妹，須要奉上自己刺繡的鞋面，作為見面禮，這叫做「見面鞋腳」。

引得蜂狂蝶亂。玉貌妖嬈花解語，芳容窈窕玉生香。吳月娘從頭看到腳，風流往下跑；從腳看到頭，風流往上流。論風流，如水晶盤內走明珠；語態度，似紅杏枝頭籠曉日。看了一回，口中不言，心內暗道：「小廝每家來，只說武大怎樣一個老婆，不曾看見。今日果然生的標致！怪不的俺那強人愛他。」金蓮先與月娘磕了頭，遞了鞋腳。月娘受了他四禮。次後李嬌兒、孟玉樓、孫雪娥多拜見，平敘了姊妹之禮，立在旁邊。月娘教丫頭拏個坐兒，教他坐。分付丫頭媳婦，趕著他叫五娘。這婦人坐在旁邊，不轉睛把眼兒只看吳月娘，約三九年紀。因是八月十五日生的，故小字叫做月娘。生的面若銀盆，眼如杏子，舉止溫柔，持重寡言。第二個李嬌兒，乃院中唱的。生的肌膚豐肥，身體沈重。在人前多咳嗽一聲，上床賴追陪。解數名妓者之稱，而風月多不及金蓮也。第三個就是新娶的孟玉樓，約三十年紀。生的貌若梨花，腰如楊柳。長挑身材，瓜子臉兒，稀稀多幾點微麻。自是天然俏麗。惟裙下雙彎金蓮，無大小之分。第四個孫雪娥，乃房裏出身，五短身材，輕盈體態。能造五鮮湯水，善舞翠盤之妙。這婦人一抹兒❸多看到在心裏。過三日之後，每日清晨起來，就來房裏與月娘做針指，做鞋腳；凡事不拏強拏，不動強動。指著丫頭趕著月娘一口一聲只叫大娘，快把小意兒貼戀幾次。把月娘喜歡的沒入腳處。稱呼他做六姐。衣服首飾，揀心愛的與他。吃飯吃茶，和他同桌兒一處吃。因此李嬌兒等眾人，見月娘錯敬他，各人都不做喜歡，說：「俺每是舊人，到不理論。他來了多少時，便這等慣了他。大姐好沒分曉！」正是：前車倒了千千輛，後車倒了亦如然。分明指與平川路，錯把忠言當惡言。

且說西門慶娶潘金蓮來家，住著深宅大院，衣服頭面又相趁，二人女貌郎才，正在妙年之際。凡事

❸一抹兒：一齊。

如膠似漆，百依百隨。淫慾之事，無日無之。按下這裏不題。單表武松八月初旬到了清河縣，且去縣裏交納了回書。知縣看了大喜，已知金銀寶物交得明白，賞了武松十兩銀子，酒食管待他。不必說。武松回到下處，房裏換了衣服鞋腳，帶上一頂新頭巾，鎖了房門，一逕投紫石街來。兩邊眾鄰舍看見武松回來，都吃一驚，捏兩把汗。說道：「這番蕭牆禍起了！這個太歲歸來，怎肯干休，必然弄出事來！」武松走到哥哥門前，揭起簾子，探身入來。看見迎兒小女在樓穿廊下撚線。說道：「我莫不眼花了！」叫聲嫂嫂也不應，叫聲哥哥也不應。道：「我莫不耳聾了！如何不見我哥、嫂聲音？」向前便問迎兒小女。那迎兒小女見他叔叔來，諕的不敢言語。武松道：「你爹、娘往那裏去了？」迎兒只是哭，不做聲。正問著，隔壁王婆聽得是武二歸來，生怕決撒❹了，只得走過幫著迎兒支吾。武二見王婆過來，唱了個喏，問道：「我哥哥往那裏去了？嫂嫂也怎的不見？」那婆子道：「二哥請坐，我告訴你。哥哥自從你去了，到四月間得個拙病死了。」武二道：「我哥哥四月幾時死了？得甚麼病？吃誰的藥來？」王婆道：「你哥哥四月二十頭，猛可地害急心疼起來。病了八九日，求神問卜，甚麼藥吃不到，醫治不好死了。」武二道：「我的哥哥從來不曾有這病。如何心疼便死了？」王婆道：「都頭，卻怎的這般說。天有不測風雲，人有旦夕禍福。今早脫下鞋和襪，未審明朝穿不穿。誰人保得常沒事？」武二道：「我哥哥如今埋在那裏？」王婆道：「你哥哥一倒了頭，家中一文錢也沒有。大娘子又是沒腳蟹，那裏去尋墳地做著。虧他左邊一個財主，前與大郎有一面之交，捨助一具棺木。沒奈何放了三日，抬出一把火燒了。」武二道：「今嫂嫂往那裏去了？」婆子道：「他少女嫩婦❺的，又沒的養贍過日子。胡亂守了百日孝，他娘

❹ 決撒：敗露；決裂。

勸他，前月他嫁了外京人去了。丟下這個業障丫頭子教我替他養活專等你回來交付與你也了我一場事。」武二聽言，沈吟了半晌，便撇下了王婆出門去，逕投縣前下處去。開了門，去門房裏換了一身素淨衣服。便教士兵街上打了一條麻縧，買了一雙綿鞋，一頂孝帽，帶在頭上。又買了些果品點心、香燭冥紙、金銀錠之類，歸到哥哥家，從新安設武大郎靈位，安排羹飯。就在桌子上點起燈燭，鋪設酒肴，掛起經旛紙繒。那消兩個時辰，安排得端正。約一更已後，武二拈了香，撲翻身便拜道：「哥哥陰魂不遠，你在世時為人軟弱，今日死後，不見分明。你看若是負屈啣冤被人害了，托夢與我，兄弟替你報冤雪恨！」把酒一面澆奠了，燒化冥紙。武二便放聲大哭。倒還是一路上來的人，哭的那兩家鄰舍無不恓惶。武二哭罷，將這羹飯酒肴，和士兵迎兒吃了。討兩條蓆子，教士兵房中旁邊睡。武二把迎兒房中睡。他便把條蓆子，就武大靈桌子前睡。約莫將半夜時分，武二翻來覆去，那裏睡得著，口裏只是長吁氣。那士兵齁齁的，卻是死人一般挺在那裏。武二扒將起來看時，那靈桌子上琉璃燈半明半滅。武二坐在蓆子上，自言自語，口裏說道：「我哥哥生時懦弱，死後卻無分明。」說猶未了，只見那靈桌子下，捲起一陣冷風來。但見：無形無影，非霧非煙。盤旋似怪風侵骨冷，凛冽如殺氣透肌寒。昏昏暗暗，靈前燈火失光明；慘慘幽幽，壁上紙錢飛散亂。隱隱遮藏食毒鬼，紛紛飄逐影魂旛。那陣冷風，逼得武二毛髮皆豎起來。定睛看時，見一個人從靈桌底下鑽將出來，叫聲：「兄弟，我死得好苦也！」武二看不仔細，卻待向前再問時，只見冷氣散了，不見了人。武二一交跌翻在蓆子上，坐的尋思道：「怪哉！是夢非夢，剛纔我哥哥正要報我知道，又被我的神氣沖散了他的魂。想來他這一死，必然不明。」聽那更鼓，正打三

❺ 少女嫩婦：年輕的婦女。

更三點。回頭看那土兵，正睡得好。于是咄咄不樂。「等到天明，卻再理會。」胡亂睡了一回。看看五更雞叫，東方將明，土兵起來燒湯。武二洗漱了，喚起迎兒看家，帶領土兵出了門在街上訪問街坊鄰舍：「我哥哥怎的死了？嫂嫂嫁得何人去了？」那街坊鄰舍，明知此事，都懼怕西門慶，誰肯來管？只說：「都頭，不消訪問。王婆在緊隔壁住，只問王婆就知了。」有那多口的說：「賣梨的鄆哥兒與仵作何九，二人最知詳細。」這武二竟走來街坊前去尋鄆哥，不見。那小猴子手裏拏著個柳籠簸籮兒，正糴米回來。武二便叫：「鄆哥，兄弟唱喏！」那小廝見是武二叫他，便道：「武都頭，你來遲了一步兒，須動不得手。只是一件，我的老爹六十歲，沒人養贍，我卻難保你每打官司要子。」武二道：「好兄弟，跟我來。」引他到一個飯店樓上。武二叫過貨賣：「造兩分飯來！」武二對鄆哥道：「兄弟，你雖年幼，倒有養家孝順之心。我沒甚麼。」向身邊摸出五兩碎銀子，遞與鄆哥道：「你且拏去，與老爹做盤費。我自有用你處。待事務畢了，我再與你十來兩銀子做本錢。你可備細說與我，哥哥和甚人合氣？被甚人謀害了？家中嫂嫂被那一個取去？你一一說來，休要隱匿。」這鄆哥一手接過銀子，自心裏想道：「這五兩銀子，老爹也夠盤費得三五個月，便陪他打官司也不妨。」一面說道：「武二哥，你聽我說。只怕說與你，休氣苦！」于是把賣梨兒尋西門慶後被王婆怎地打不放進去，又怎的幫扶武大捉奸，西門慶怎的踢中了武大心，疼了幾日，不知怎的死了，從頭至尾訴說了一遍。武二聽了，便道：「你這話說是實麼？」又問道：「我的嫂子嫁與甚麼人去了？」鄆哥道：「你嫂子吃西門慶抬到家待搗吊底子兒。自還問他實也是虛？」武二道：「你休說謊！」鄆哥道：「我便官府面前，也只是這般說！」武二道：「兄弟，既然如此，討飯來吃。」須臾，大盤大碗吃了飯。武二還了飯錢，兩個下樓來。分付：「鄆哥，你回家把盤費交與你老爹。明日早來縣前，與我證一證。」又問：「何九在那裏居住？」鄆哥道：「你這時候尋何九？你未曾來時，三日前走的不知往那裏去了！」這武二放了鄆哥家去。到二日，武二早起，先在陳先生家寫了狀子，走到縣門前，只見鄆哥在此伺候，一直帶到廳上跪下，聲冤起來。知縣看見，認的是武松，便問：「你告甚麼？因何聲冤？」武二告道：「小人哥哥武大，被豪惡西門慶與嫂潘氏通奸，踢中心窩，王婆主謀，陷害性命。何九朦朧入殮，燒毀屍傷。見今西門慶霸占嫂在家為妾。見有這個小廝鄆哥是證見，望相公做主則個。」因遞上狀子。知縣接著，便問：「何九怎的不見？」武二道：「何九知情在逃，不知去向。」知縣子是摘問了鄆哥口詞，當下退廳，與佐貳官吏通同商議。原來知縣縣丞主簿吏典上下，多是與西門慶有首尾的。因此官吏通同計較這件事，難以問理。知縣出來，便叫武松道：「你也是個本院中都頭，不省得法度？自古捉奸見雙，捉賊見贓，殺人見傷。你那哥哥屍首又沒了，又不曾捉得他奸。你今只憑這小廝口內言語，便問他殺人的公事，莫非公道忒偏向麼？你不可造次須要自己尋思，當行即行，當止即止。」武二道：「告稟相公，這多是實情，不是小人捏造出來的。」知縣道：「你且起來，待我從長計較。可行時便與你拏人。」武二方纔起來，走出外邊，把鄆哥留在裏面，不放回家。早有人把這件事報與西門慶得知，說武二回來，帶領鄆哥告狀一節。西門慶慌了，卻使心腹家人來保、來旺，身邊袖著銀兩打點官吏，都買囑了。

到次日早晨，武二在廳上，已告稟知縣，催逼拏人。誰想這官人貪圖賄賂，問下狀子來說道：「武二你休聽外人挑撥，和西門慶做對頭。這件事欠明白，難以問理。聖人云：『經目之事，猶恐未真；背後之言，豈能全信。』你不可一時造次。」當該吏典在旁，便道：「都頭，你在衙門裏，也曉得法律。

但凡人命之事，須要屍、傷、病、物、蹤五件事俱完，方可推問。你那哥哥屍首又沒了，怎生問理？」武二道：「既然相公不准所告，且卻有理。」收了狀子下廳來。來到下處，放了鄆哥歸家。不覺仰天長嘆一聲，咬牙切齒，口中罵淫婦不絕。這漢子怎消洋這一口氣？一直奔到西門慶生藥店前，要尋西門慶廝打。正見他開鋪子的傅夥計在水櫃裏面，見武二狠狠的走來聲喏，問道：「大官人在宅上麼？」傅夥計認的是武二，便道：「不在家了。都頭有甚話說？」武二道：「且請借一步說話。」傅夥計不敢不出來，被武二引到僻靜巷口說話。武二翻過臉來，用手撮住他衣領，睜圓怪眼，說道：「你要死，卻是要活？」傅夥計道：「都頭在上！小人又不曾觸犯了都頭。都頭何故發怒？」武二道：「你若要死，便不要說。若要活時，你對我實說，西門慶那廝如今在那裏？我個嫂子被他娶了多少日子？一一說來，我便罷休。」那傅夥計是個小膽之人，見武二發作，慌了手腳，說道：「都頭息怒，小人在他家，每月二兩銀子，顧著小人只開鋪子，並不知他閒帳。大官人本不在家，剛纔和一相知，往獅子街大酒樓上吃酒去了。小人並不敢說謊。」武二聽了此言，方纔放了手，大扠步雲飛奔到獅子街來。諕的傅夥計半日移腳不動。那武二逕奔到獅子街橋下酒樓前。

且說西門慶正和縣中一個皂隸李外傳，專一在縣在府，綽攬些公事，往來聽氣兒❻撰錢使。若有兩家告狀的，他便賣串兒❼。或是官吏打點，他便兩下裏打背❽。又因此縣中起了他個渾名，叫做李（裏）

---

❻ 聽氣兒：打聽消息。

❼ 賣串兒：賣關節。

❽ 打背：同「打背工」。「背工」應作「背躬」。唱戲的藝人，在臺上背人念白，叫做「打背躬」，因此瞞著別人

外傳。那日見知縣回出武松狀子，討得這個消息，要來回報西門慶知道武二告狀不行。一面西門慶讓他在酒樓上飲酒，把五兩銀子送他。正吃酒在熱鬧處，忽然把眼向樓窗下，看武松兇人，從橋下直奔酒樓前來，已知此人來意不善。推更衣❾，從樓後窗只一跳，順著房山跳下人家後院內去了。那武二奔到酒樓前，便問酒保：「西門慶在此麼？」那酒保道：「西門大官和一相識在樓上吃酒哩！」武二撥步撩衣，飛搶上樓去。只見一個人坐在正面，兩個唱的粉頭坐在兩邊。認的是本縣皂隸李外傳，知就來報信的。心中甚怒，向前便問：「西門慶那裏去了？」那李外傳見是武二，諕得謊了，半日說不出來。被武二一腳，把桌子踢倒了，碟兒盞兒都打的粉碎。兩個唱的也諕得走不動。武二劈面向李外傳打一拳來。李外傳叫聲沒呀時，便跳起來立在凳子上，樓後窗尋出路。被武二雙提住，隔著樓前窗，倒撞落在當街心裏來，跌得個發昏。下邊酒保，見武二行惡，都驚得呆了，誰敢向前。街上兩邊人多住了腳睜眼。武二又氣不捨，奔下樓。見那人已跌得半死，直挺挺在地，只把眼動。于是兜襠又是兩腳，嗚呼哀哉，斷氣身亡！眾人道：「都頭，此人不是西門慶，錯打了他。」武二道：「我問他，如何不說！我所以打他。原來他不經打，就死了。」那地方保甲，見人死了，又不敢向前捉武二，只得慢慢挨近上來，收籠他，那裏肯放鬆。連酒保王鸞，並兩個粉頭包氏、牛氏都拴了，竟投縣衙裏來見知縣。此時哄動了獅子街，鬧了清河縣。街上看的人不計其數，多說西門慶不當死，不知走的那裏去了，卻拏這個人來頂缸❿。正是：

做事或私下賺錢，都可以叫做「打背躬」。

❾ 更衣：大小便。

❿ 頂缸：頂替；代人受罪。

張公吃酒李公醉，桑樹上吃刀柳樹上暴。誰人受用，誰人吃官司，有這等事！有詩為證：

英雄雪恨被刑纏，天公何事黑漫漫。

九泉乾死食毒客，深閨笑殺一金蓮。

畢竟未知後來如何，且聽下回分解。

第十回　武松充配孟州道　妻妾宴賞芙蓉亭

朝看瑜伽經，暮誦消災咒。
種瓜須得瓜，種荳須得荳。
經咒本無心，冤結如何究。
地獄與天堂，作者還自受。

話說武二被地方保甲拏去縣裏見知縣去了。且表西門慶跳下樓窗，順著房山，扒伏在人家院裏藏了。原來是行醫的胡老人家。只見他家使的一個大胖丫頭，走來毛廁裏淨手❶。蹶著大屁股，猛可見了一個漢子，扒伏在院牆下。往前走不迭，大叫：「有賊了！」慌得胡老人急進來看。見認得是西門慶，便道：「大官人，且喜武二尋你不著，把那人打死了。地方拏去縣中見官去了，多已定死罪。大官人歸家去無事。」這西門慶拜謝了胡老人，搖擺著來家，一五一十對潘金蓮說。二人拍手喜笑，以為除了患害。婦人叫西門慶：「上下多使些錢，務要結果了他，休要放他出來。」西門慶一面差心腹家人來旺兒，餽送了知縣一副金銀酒器，五十兩雪花銀。上下吏典，也使了許多

❶ 淨手：大小便。

錢，只要休輕勘了武二。知縣受了西門慶賄賂，到次日早衙陞廳，地方保甲押著武二，並酒保唱的一干證人，在廳前跪下。縣主一夜把臉翻了，便叫：「武二，你這廝昨日虛告，如何不遵法度！今又平白打死了人，有何理說？」武二磕頭告道：「望相公與小人做主。小人本與西門慶執仇廝打，不料撞遇了此人在酒樓上，問道：『西門慶那裏去了？』他不說。小人一時怒起，誤打死了他。」知縣道：「這廝何說，你豈不認得他是縣中皂隸？想必別有緣故！你不實說。」喝令左右，「與我加起刑來！人是苦蟲，不打不成❷！」兩邊閃三四個皂隸役卒，抱許多刑具，把武松拖翻，雨點般篦板子打將下來。須臾，打了二十板，打得武二口口聲聲叫冤，說道：「小人平日也有與相公用力效勞之處，相公豈不憫念？相公休要苦刑小人。」知縣聽了此言，越發惱了：「你這廝親手打死了人，尚還口強，抵賴那個！」喝令：「與我好生拶起來！」當下拶了武松一拶，敲了五十杖子。教取面長枷帶了，收在監內。一干人寄監在門房裏。內中縣丞佐貳官，也有和武二好的。念他是個義烈漢子，有心要周旋他。爭奈多受了西門慶賄賂，粘住了口，做不的張主。又見武松只是聲冤，延挨了幾日。只得朦朧取了供招，喚當該吏典，並仵作甲鄰人等，押到獅子街檢驗李外傳身屍，填寫屍單格目。委的被武松尋問他，索討分錢不均，酒醉怒起，一時鬥毆拳打腳踢，撞跌身死。左肋面門、心坎、腎囊，俱有青赤傷痕不等。檢驗明白，回到縣中。一日做了文書申詳，解送東平府來，詳允發落。

這東平府府尹姓陳雙名文昭，乃河南人氏，極是個清廉的官。聽的報來，隨即陞廳。那官人，但見：

平生正直，稟性賢明。幼年向雪案攻書，長大在金鑾對策。常懷忠孝之心，每行仁慈之念。戶口增，錢

❷人是苦蟲二句：這是說犯人不打不肯招認。

糧辦，黎民稱頌滿街衢；詞訟減，盜賊休，父老讚歌喧市井。攀轅截鐙，名標書史播千年；勒石鐫碑，聲振黃堂傳萬古。正直清廉民父母，賢良方正號青天。這府尹陳文昭已知這事了。便教押過這一干犯人。就當廳先把清河縣申文看了，又把各人供狀招擬看過。端的上面怎生寫著？文曰：

東平府清河縣為人命事，呈稱：犯人武松，年二十八歲，係陽谷縣人氏。因有膂力，本縣參做都頭。因公差回還，祭奠亡兄。見嫂潘氏守孝不滿，擅自嫁人。是松在巷口打聽。不合與獅子街王鸞酒樓上，撞遇先不知名，今知名李外傳，因酒醉索討前借錢三百文，外傳不與，又不合，因而鬥毆，互相不伏。揪打踢撞傷重，當時身死。比有娼婦牛氏、包氏見證。致被地方保甲捉獲，委官前至屍所，拘集仵作甲鄰人等，檢驗明白，取供具結，填圖解繳，前來覆審，無異同。擬武松合依鬥毆殺人，不問手足他物金刃，律絞。酒保王鸞，並牛氏、包氏，俱供明無罪。今合行申到案發落。請允施行。政和三年八月八日，知縣李達天、縣丞樂和安、主簿華何祿、典史夏恭基、司吏錢勞。

府尹看了一遍，將武松叫過面前跪下，問道：「你如何打死這李外傳？」那武松只是朝上磕頭，告道：「青天老爺，小的到案下，得見天日！容小的說，小的敢說。」府尹道：「你只顧說來！」武松道：「小的本為哥哥報仇，因尋西門慶，誤打死此人。」把前情訴告了一遍。「委是小的負屈啣冤。西門慶錢大，禁他不得。但只是個小人哥哥武大，含冤地下，枉了性命。」府尹道：「你不消多言，我已盡知了。」因把司吏錢勞叫來，痛責二十板，說道：「你那知縣，也不待做官，何故這等任情賣法！」于是將一干人眾，一一審錄過，用筆將武松供招都改了。因向佐貳官說道：「此人為兄報仇，誤打死這李外傳，也是個有義的烈漢，比故殺平人不同。」一面打開他長枷，換了一面輕罪枷枷了，下在牢裏。一干人等，都發回本縣聽候。一面行文書著落清河縣添題豪惡西門慶，並嫂潘氏、王婆、小廝鄆哥、仵作何九，一同從公，根勘明白，奏請施行。

武松在東平府監中，人都知道他是屈官司。因此押牢禁子都不要他一文錢，倒把酒食與他吃。早有人把這件事，報到清河縣。西門慶知道了，慌了手腳。陳文昭是個清廉官，不敢來打點他。走去央浼親家陳宅心腹，並家人來保，星夜來往東京，下書與楊提督。提督轉央內閣蔡太師。太師又恐怕傷了李知縣名節，連忙賣了一封緊要密書帖兒，特來東平府下書與陳文昭，免提西門慶、潘氏。這陳文昭原係大理寺寺正，陞東平府府尹。又係蔡太師門生，又見楊提督乃是朝廷面前說得話的官，以此人情兩盡了。只把武松免死，問了個脊杖四十，刺配二千里充軍。況武大已死，屍傷無存，事涉疑似，勿論。其餘一干人犯，釋放寧家。申詳過省院，文書到日，即便施行。陳文昭從牢中取出武松來，當堂讀了朝廷明降，開了長枷，免不得脊杖四十，取一具七斤半鐵葉團頭枷釘了。臉上刺了兩行金字，迭配孟州牢城。其餘發落已完。當堂府尹押行公文，差兩個防送公人，領了武松解赴孟州交割。當日武松與兩個公人，出離東平府，來到本縣家中，將家火多辦賣了，打發那兩個公人路上盤費。安撫左鄰姚二郎，看管迎兒：「倘遇朝廷恩典，赦放還家，恩有重報，不敢有忘。」那街坊鄰舍，上戶人家，見武二是個有義的漢子，不幸遭此刑。平昔與武二好的，都資助他銀兩，也有送酒食錢米的。武二到下處，問土兵要行李包裹來，即日離了清河縣上路，迤邐往孟州大道而行，正遇著中秋天氣。此這一去，正是：若得苟全癡性命，也甘飢餓過平生。有詩為證：

府尹推詳秉至公，武松垂死又疏通。
今朝刺配牢城去，病草萋萋遇煖風。

這裏武二往孟州充配去了不題。且說西門慶打聽他上路去了，一塊石頭方落地，心中如去了痞一般，十分自在。于是家中分付家人來旺、來保、來興兒，收拾打掃後花園芙蓉亭乾淨，鋪設圍屏，懸起金障，安排酒席齊整，叫了一起樂人吹彈歌舞，請大娘子吳月娘、第二李嬌兒、第三孟玉樓、第四孫雪娥、第五潘金蓮，合家歡喜飲酒。家人媳婦丫鬟使女，兩邊侍奉。怎見當日好筵席？但見：香焚寶鼎，花插金瓶。器列象州之古玩，簾開合浦之明珠。水晶盤內，高堆火棗交梨；碧玉盃中，滿泛瓊漿玉液。烹龍肝，炮鳳腑，果然下筯了萬錢；黑熊掌，紫駝蹄，酒後獻來香滿座。更有那軟炊紅蓮香稻，細膾通印子魚。伊魴洛鯉，誠然貴似牛羊；龍眼、荔枝，信是東南佳味。碾破鳳團，白玉甌中分白浪；斟來瓊液，紫金壺內噴清香。畢竟壓賽孟嘗君，只此敢欺石崇富。當下西門慶與吳月娘居上，其餘李嬌兒、孟玉樓、孫雪娥、潘金蓮多兩旁列坐。傳盃弄盞，花簇錦攢飲酒。只見小廝玳安領下一個小廝，一個小女兒，纔頭髮齊眉兒，生的乖覺，拏著兩個盒兒，說道：「隔壁花太監家的，送花兒來與娘每戴。」走到西門慶，月娘眾人跟前，都磕了頭，立在旁邊，說：「俺娘使我送這盒兒點心，並花兒，與西門大娘戴。」揭開簾子看盒兒，一盒是朝廷上用的果餡椒鹽金餅，一盒是新摘下來鮮玉簪花兒。月娘滿心歡喜，說道：「又叫你娘費心！」一面看菜兒，打發兩個吃了點心。月娘與了那小丫頭一方汗巾兒，與了小廝一百文錢。

說道：「多上覆你娘，多謝了。」因問小丫頭兒：「你叫甚麼名字？」他回言道：「我叫綉春，小廝叫做天福兒。」打發去了，月娘便向西門慶道：「咱這裏問壁住的花家這娘了兒，倒且是好。常時使過小廝丫頭，送東西與我，我並不曾回些禮兒與他。」西門慶道：「花二哥他娶了這娘子兒，今不上二年光景。他自說娘子好個性兒。不然，房裏怎生得這兩個好丫頭？」月娘道：「前者六月間，他家老公公死了。出殯時，我在山頭會他一面。生的五短身材，團面皮，細彎彎兩道眉兒，且是白淨，好個溫克性兒！年紀還小哩，不上二十四五。」西門慶道：「你不知，他原是大名府梁中書妾，晚嫁花家子虛，帶了一分好錢來。」月娘道：「他送盒來親近你我，又在個緊鄰，咱休差了禮數。到明日也送些禮物回答他。」

看官聽說：原來花子虛渾家娘家姓李，因正月十五日所生，那日人家送了一對魚瓶兒來，就小字喚做瓶姐，先與大名府梁中書家為妾。梁中書乃東京蔡太史女婿，夫人性甚嫉妬，婢妾打死者，多埋在後花園中。這李氏只在外邊書房內住，有養娘扶侍。只因政和三年正月上元之夜，梁中書同夫人在翠雲樓上，李逵殺了全家老小，梁中書與夫人各自逃生。這李氏帶了一百顆西洋大珠，二兩重一對鴉青寶石，與養娘媽媽走上東京投親。那時花太監由御前班直，陞廣南鎮守。因姪男花子虛沒妻室，就使媒人說親，娶為正室。太監在廣南去，也帶他到廣南住了半年有餘。不幸花太監有病，告老在家，因是清河鄉人，在本縣住了。如今花太監死了，一分錢多在子虛手裏。每日同朋友在院中行走，與西門慶都是會中朋友。西門慶是個大哥，第二個姓應，雙名伯爵，原是開細絹鋪的應員外兒子。沒了本錢，跌落下來，專在本司三院，幫嫖貼食。會一腳好氣毬，雙陸棋子，件件皆通。第三個姓謝，名希大，字子純，亦是幫閒勤兒❸。會一手好琵琶，每日無營運，專在院中吃些風流茶飯。還有個祝日念、孫寡嘴、吳典恩、雲離守、常時節、卜志道、白來創，共十個朋友。卜志道故了，花子虛補了。每月會在一處，叫兩個唱的，花攢錦簇玩耍。眾人見花子虛乃是內臣家勤兒，手裏使錢撒漫，都亂撮合他在院中請表子，整三五夜不歸家。正是：紫陌春光好，紅樓醉管絃。人生能有幾，不樂是徒然。

此事表過不題。且說當日西門慶率同妻妾，合家歡喜，在芙蓉亭上飲酒，至晚方散。歸到潘金蓮房中，已有半酣乘著酒興，要和婦人雲雨。婦人連忙薰香打鋪，和他解衣上床。西門慶且不與他雲雨，于是坐在青紗帳內，因呼春梅進來遞茶。婦人恐怕丫頭看見，連忙放下帳子來。西門慶道：「怕怎麼的！」因說起：「隔壁花二哥房裏，倒有兩個好丫頭。今日送花來的，是小丫頭。還有一個，也有春梅年紀，也是花二哥收過用了。但見他娘在門首站立，他跟出來，且是生的好模樣兒。誰知這花二哥年紀小小的，房裏恁般用人！」婦人聽了，瞅了他一眼，說道：「怪行貨！我不好罵你！你心裏要收這個丫頭，收他便了。如何遠打週折，指山說磨❹，拏人家來比奴一節。奴不是那樣人，他又不是我的丫頭。既然如此，明日我往後邊坐。一面騰個空兒，你自在房中叫他來，收他便了。」說畢，方纔抱頭交股而寢。正是：自有內事迎郎意，慇懃快把紫簫吹。有西江月為證：

紗帳輕飄蘭麝，娥眉慣把簫吹。雪白玉體透房幃，禁不住魄蕩魂飛。　玉腕款籠金釧，兩情如醉如癡。才郎情動囑奴知，慢慢多咂一會。

---

❸ 勤兒：嫖客；浪子。

❹ 指山說磨：借此說彼。

到次日，果然婦人往後邊孟玉樓房中坐了。西門慶叫春梅到房中，春點杏桃紅綻蕊，風欺楊柳綠翻腰；收用了這妮子。婦人自此一力抬舉他起來，不令他上鍋抹竈，只叫他在房中鋪床疊被，遞茶水。衣服首飾，揀心愛的與他，纏的兩隻腳小小的。原來春梅比秋菊不同，性聰慧，喜謔浪，善應對，生的有幾分顏色。西門慶甚是寵他。秋菊為人濁蠢，不任事體。婦人打的是他。正是：燕雀池塘語話喧，皆因仁義說愚賢。雖然異數同飛鳥，貴賤高低不一般。

畢竟未知後來何如，且聽下回分解。

第十一回　潘金蓮激打孫雪娥　西門慶梳籠李桂姐

婦人嫉妬非常，浪子落魄無賴。
一聽巧語花言，不顧新懽舊愛。
出逢紅袖相牽，又把風情別賣。
果然寒食元宵，誰不幫興幫敗。

話說潘金蓮在家恃寵生驕，顛寒作熱❶，鎮日夜不得個寧靜。性極多疑，專一聽籬察壁，尋些頭腦廝鬧。那個春梅，又不是十分耐煩的。一日，金蓮為些零碎事情，不湊巧罵了春梅幾句。春梅沒處出氣，走往後邊廚房下去，搥檯拍盤，悶狠狠的模樣。那孫雪娥看不過，假意戲他道：「怪行貨子！想漢子便別處去想，怎的在這裏硬氣？」春梅正在悶時，聽了幾句，不一時暴跳起來：「那個歪斯纏我哄漢子！」雪娥見他性不順，只做不開口。春梅便使性做幾步，走到前邊來，如此如此，這般這般，一五一十，又添些話頭道：「我和娘收了，俏一幫兒哄漢子。」挑撥與金蓮知道。金蓮滿肚子不快活，只因送吳月娘出去送殯，起身早些，也有些身子倦，睡了一覺。走到亭子上，只見孟玉樓搖颭的走來，笑嘻嘻道：「姐

❶ 顛寒作熱：一會兒冷一會熱。形容喜怒無常。

姐如何悶悶的不言語？」金蓮道：「不要說起，今早倦的了不得。三姐你在那裏去來？」玉樓道：「纔到後面廚房裏走了一下。」金蓮道：「他與你說些甚麼來？」玉樓道：「姐姐沒言語。」金蓮雖故口裏說著，終久懷記在心，與雪娥結仇，不在話下。兩個做了一回針指，只見春梅抱著湯瓶，秋菊拏了兩盞茶來。吃畢茶，兩個放桌兒，擺下棋子盤兒下棋。正下在熱鬧處，忽見看園門小廝琴童走來報道：「爹來了。」慌的兩個婦人，收棋子不迭。西門慶恰進門檻，看見二人，家常都帶著銀絲鬏髻，露著四鬢，耳邊青寶石墜子，白紗衫兒，銀紅比甲，挑線裙子，雙彎尖趫紅鴛瘦小鞋，一個個粉妝玉琢，不覺滿面堆笑戲道：「好似一對兒粉頭，也值百十銀子！」潘金蓮說道：「俺每纔不是粉頭，你家正有粉頭在後邊哩！」那玉樓抽身就往後走，被西門慶一手扯住，說道：「你往那裏去？我來了，你脫身去了。實說，我不在家，你兩個在這裏做甚麼？」金蓮道：「俺兩個悶的慌，在這裏下了兩盤棋了，時沒做賊。誰知道你就來了。」一面替他接了衣服，說道：「你今日送殯來家早。」西門慶道：「今日齋堂裏都是內相同官，一來天氣暄熱，我不耐煩，先來家。」玉樓問道：「他大娘怎的還不來家？」西門慶道：「他的轎子也待進城。我使回兩個小廝接去了。」一面脫了衣服坐下。因問：「你兩個下棋，賭些甚麼？」金蓮道：「俺兩個自恁下一盤耍子，平白賭甚麼？」西門慶道：「等我和你每下一盤，那個輸了，拏出一兩銀子做東道。」金蓮道：「俺每並沒銀子。」西門慶道：「你沒銀子，拏簪子問我手裏當，也是一般。」于是擺下棋子，三人下了一盤，潘金蓮輸了。西門慶纔數子兒，被婦人把棋子撲撒亂了。一直走到瑞香花下，倚著湖山推掐花兒。西門慶尋到那裏，說道：「好小油嘴兒，你輸了棋子，卻躲在這裏。」那婦人見西門慶來，眼笑不止，說道：「怪行貨子，孟三兒輸了，你不敢禁他，卻來纏我。」將手中花撮成辮兒，灑西門慶一身。被西門慶走向前，雙關抱住。按在湖山畔，就口吐丁香，舌融甜唾，戲謔做一處。不防玉樓走到跟前，叫道：「六姐，他大娘來家了。咱後邊去來！」這婦人方纔撇了西門慶，說道：「哥兒，我回來和你答話。」同玉樓到後邊，與月娘道了萬福。月娘問：「你每笑甚麼？」玉樓道：「六姐今日和他爹下棋，輸了一兩銀子。到明日整治東道，請姐姐耍子。」月娘笑了。金蓮當下只在月娘面前，只打了個照面兒，就走來前邊，陪伴西門慶。分付春梅房中薰下香，預備澡盆浴湯，準備晚間兩個效魚水之歡。看官聽說：家中雖是吳月娘大娘子，在正房居住，常有疾病，不管家事。只是人情看往，出門走動。出入銀錢，都在唱的李嬌兒手裏。孫雪娥單管率領家人媳婦，在廚中上竈，打發各房飲食。譬如西門慶在那房裏宿歇，或吃酒吃飯，造甚湯水，俱經雪娥手中整理。那房裏丫頭，自往廚下拏去。此事不說。當晚西門慶在金蓮房中吃了回酒，洗畢澡，兩人歇了。

次日，也是合當有事。西門慶許了金蓮，要往廟上替他買珠子，要穿箍兒戴。早起來等著要吃荷花餅，銀絲鮓湯。纔起身，使春梅往廚下說去。那春梅只顧不動身。金蓮道：「你休使他，有人說我縱容他，教你收了，俏成一幫兒哄漢子。百般指豬罵狗，欺負俺娘兒每。你又使他後邊做甚麼去？」西門慶便問：「是誰說此話欺負他？你對我說。」婦人道：「說怎的，盆罐都有耳朵。你只不叫他後邊去，另使秋菊去便了。」這西門慶遂叫過秋菊，分付他往廚下對雪娥說去。約有兩頓飯時，婦人已是把桌兒放了，白不見拏來。急的西門慶只是暴跳。婦人見秋菊不來，使春梅：「你去後邊瞧瞧，那奴才只顧生根長苗，不見來。」春梅有幾分不順，使性子走到廚下。只見秋菊正在那裏等著哩。便罵道：「賊餳奴！娘要卸你那腿哩！說你怎的就不去了哩！爹緊等著吃了餅，要往廟上去。急的爹在前邊暴跳，叫我採了你去哩！」這孫雪娥不聽便罷，聽了心中大怒，罵道：「怪小淫婦兒！馬回子拜節，來到的就是！鍋兒是鐵打的，也等慢慢兒的來，頂備下熬的粥兒，又不吃。忽刺八❷新梁興出來，要烙餅做湯，那個是肚裏蛔蟲！」春梅不忿❸他罵，說道：「沒的扯毬淡！主子不使了來問你，那個好來問你要！有沒俺每到前邊自說的一聲兒，有那些聲氣的！」一隻手擰著秋菊的耳朵，一直往前邊來。雪娥道：「主子奴才，常遠似這等硬氣，有時道著！」春梅道：「中有時道沒時道，沒的把俺娘兒兩個別變了罷！」于是氣狠狠走來。婦人見他臉氣的黃黃，拉著秋菊進門，便問：「怎的來了？」春梅道：「你問他。我去時還在廚房裏雌❹著，等他慢條絲禮❺兒纔和麵兒。我自不是，說了一句：『爹在前邊等著，娘說你怎的就不去了。使我來叫你來了。』倒被小院兒裏的，千奴才萬奴才，罵了我恁一頓。說爹馬回子拜節，來到的就是。只相那個調唆❻了爹一般。預備下粥兒不吃，平白新生發起要餅和湯。只顧在廚房裏罵人，不肯做哩。」婦人在旁便道：「我說別要使他去，人自恁和他合氣。說俺娘兒兩個攔攔❼你在這屋裏，只當吃人罵將來。」這西門慶聽了，心中大怒，走到後邊廚房裏，不由分說，向雪娥踢了幾腳，罵道：「賊歪刺骨！我使他來要餅，你如何罵他！你罵他奴才，你如何不溺胞尿，把你自家照照！」那雪娥被西門

❷ 忽刺八：忽然。

❸ 不忿：氣不服也。是氣忿的反語。

❹ 雌：「雌」字屢見於金瓶梅，是山東土語中常用的字。其意義：挨。

❺ 慢條絲禮：慢騰騰。

❻ 調唆：挑撥。

❼ 攔攔：攔住；攔阻。

慶踢罵了一頓，敢怒而不敢言。西門慶剛走出廚房門外，雪娥對著大家人來昭妻一丈青說道：「你看我今日晦氣。早是你在旁聽，我又沒曾說甚麼。他走將來兇神也一般，大吆小喝，把丫頭採的去了。反對主子面前輕事重報，惹的走來，平白把恁一場兒。我洗著眼兒看著主子奴才，長遠恁硬氣著，只休要錯了腳兒。」不想被西門慶聽見了，復回來，又打了幾拳，罵道：「賊奴才淫婦！你還說不欺負他。親耳朵聽見你還罵他！」打的雪娥疼痛難忍，西門慶便往前邊去了。那雪娥氣的在廚房裏，兩淚悲啼，放聲大哭。吳月娘正在上房纔起來梳頭，因問小玉：「廚房裏亂的些甚麼？」小玉回道：「爹要餅吃了往廟上去。說姑娘罵五娘房裏春梅來，被爹聽見了，在廚房裏踢了姑娘幾腳，哭起來。」月娘道：「也沒見他要餅吃，連忙做了與他去就罷了。平白又罵他房裏丫頭怎的！」于是使小玉走到廚房，攛掇雪娥和家人媳婦，連忙攢造湯水，打發西門慶吃了，騎馬，小廝跟隨，往廟上去不題。

這雪娥氣憤不過，走到月娘房裏，正告訴月娘此事。不防金蓮驀然走來，立于窗下潛聽。見雪娥在屋裏對月娘李嬌兒說，他怎的攔攔漢子，背地無所不為：「娘你不知淫婦，說起來比養漢老婆還浪，一夜沒漢子也成不的❽。背地幹的那繭兒❾，人幹不出，他幹出來。當初在家，把親漢子用毒藥擺死了，跟了來。如今把俺每也吃他活埋了。弄的漢子烏眼雞❿一般，見了俺每便不待見。」月娘道：「也沒見你，他前邊使了丫頭要餅，你好好打發與他去便了。平白又罵他怎的？」雪娥道：「我罵他禿也瞎也來？

❽ 成不的：不成功。
❾ 繭兒：花頭。
❿ 烏眼雞：善鬥的雞。比喻心懷不滿怒目而視。

那頃，這丫頭在娘房裏，著緊不聽手。俺沒曾在竈上把刀背打他，娘尚且不言語。可可今日輪他手裏，便驕貴的這等的了！」正說著，只見小玉走到說：「五娘在外邊。」少頃，金蓮進房，望著雪娥說道：「比對⓫我當初擺死親夫，你就不消叫漢子娶我來家，省的我攛攔著他，撐了你的窩兒⓬。論起春梅，又不是我房裏丫頭。你氣不憤，還教他伏侍大娘就是了。省的你和他合氣，把我扯在裏頭。那個好意死了漢子嫁人？如今也不難的勾當，等他來家，與我一紙休書，我去就是了。」月娘道：「我也不曉得你每底事。你每大家省言一句兒便了。」孫雪娥道：「娘，你看他嘴似淮洪也一般，隨問誰也辨不過他。又在漢子跟前戳舌⓭兒，轉過眼就不認了。依你說起來，除了娘，把俺每都攆了，只留著你罷。」那吳月娘坐著，由著他那兩個你一句我一句，只不言語。後來見罵起來，雪娥道：「你罵我奴才，你便是真奴才！」拉些兒⓮不曾打起來。月娘看不上，使小玉把雪娥拉往後邊去。這潘金蓮一直歸到前邊，卸了濃妝，洗了脂粉，烏雲散亂，花容不整，哭得兩眼如桃，躺在床上。到日西時分，西門慶廟上來，袖著四兩珠子，進入房中。一見便問，「怎的來？」婦人放聲號哭起來，問西門慶要休書。如此這般，告訴一遍：「我當初又不曾圖你錢財，自恁跟了你來。如何今日教人這等欺負！千也說我擺殺漢子，萬也說我擺殺漢子。拾了本有，吊了本無。沒丫頭便罷了，如何要人房裏丫頭伏侍，吃人指罵我，一個還多著影

⓫ 比對：就算。

⓬ 撐了你的窩兒：撐窩兒，即搶地盤。

⓭ 戳舌：搬弄口舌。

⓮ 拉些兒：險些兒。

兒哩！」這西門慶不聽便罷，聽了此言，三尸神暴跳，五陵氣沖天一陣風走到後邊，採過雪娥頭髮來，儘力拏短棍打了幾下。多虧吳月娘向前拉住了手，說道：「沒的大家省事些兒罷了！好教你主子惹氣！」西門慶便道：「好賊歪剌骨⑮！我親自聽見你在廚房裏罵，你還攬纏別人。我不把你下截打下來，也不算！」看官聽說：不爭⑯今日打了孫雪娥，管教潘金蓮從前作過事，沒興一齊來。有詩為證：

金蓮恃寵仗夫君，倒使孫娥忌怨深。
自古感恩並積恨，千年萬載不生塵。

當下西門慶打了雪娥，走到前邊窩盤住了金蓮，袖中取出今日廟上買的四兩珠子，遞與他穿箍兒戴。婦人見漢子與他做主兒，出了氣，如何不喜。由是要一奉十，寵愛愈深。一日在園中置了一席，請吳月娘、孟玉樓，連西門慶四人，共飲酒。

話休饒舌。那西門慶立了一夥，結識了十個人做朋友，每月會茶飲酒。頭一個名喚應伯爵是個潑落戶出身，一分兒家財都闞沒了，專一跟著富家子弟，幫闞貼食，在院中玩耍。諢名叫做應花子。第二個姓謝名希大，乃清河衛千戶官兒應襲子孫。自幼兒沒了父母，遊手好閒，善能踢的好氣毬。又且賭博，把前程丟了。如今做幫閒的。第三名喚吳典恩，乃本縣陰陽生，因事革退。專一在縣前與官吏保債，以此與西門慶來往。第四名孫天化，綽號孫寡嘴，年紀五十餘歲。專在院中闖寡門，與小娘傳書寄柬，勾

⑮ 歪剌骨：婦女的賤稱。

⑯ 不爭：有四種意義，①假使；②只為；③不打緊；④不稍。此作「只為」解。

引子弟，討風流錢過日子。第五是雲參將兄弟，名喚雲離守。第六是花太監姪兒花子虛。第七姓祝，名喚祝日念。第八姓常，名常時節。第九個姓白，名喚白來創。連西門慶共十個。眾人見西門慶有些錢鈔，讓西門慶做了大哥。每月輪流會茶擺酒。一日輪該花子虛家擺酒會茶。就在西門慶緊隔壁。內官家擺酒都是大盤大碗，甚是豐盛。眾人都到齊了。那日西門慶有事，約午後不見到來，都留席面。少頃，西門慶來到，衣帽整齊，四個小廝跟隨。眾人都下席迎接，敘禮讓坐。東家安席，西門慶居首席。一個粉頭，兩個妓女，琵琶箏篆，在席前彈唱。端的說不盡梨園嬌艷，色藝雙全。但見：羅衣疊雪，寶髻堆雲。櫻桃口，杏臉桃腮；楊柳腰，蘭心蕙性。歌喉宛囀，聲如枝上流鶯；舞態蹁躚，影似花間鳳轉。腔依古調，音出天然。舞回明月墜秦樓，歌遏行雲遮楚館。高低緊慢按宮商，吐玉噴珠；輕重疾徐依格調，鏗金戛玉。箏排鴈柱聲聲慢，板排紅牙字字新。少頃，酒過三巡，歌吟兩套，三個唱的放下樂器，向前花枝搖展，繡帶飄飖磕頭。西門慶呼答應小使玳安，書袋內取三封賞賜，每人二錢，拜謝了下去。因問東家花子虛：「這位姐兒上姓？端的會唱！」東家未及答，在席應伯爵插口道：「大官人多忘事，就不認得了。這擽箏的是花二哥令翠⓱，枸欄後巷吳銀兒。那撥阮的是朱毛頭的女兒朱愛愛。這彈琵琶的是二條巷李三媽的女兒，李桂卿的妹子，小名叫做桂姐。你家中見放著他親姑娘。大官人如何推不認得？」西門慶笑道：「六年不見，就出落得成了人兒了！」落後酒闌，上席來遞酒。這桂姐慇懃勸酒，情話盤桓。西門慶因問：「你三媽，你姐姐桂卿在家做甚麼？怎的不來我家走走，看看你姑娘？」桂姐道：「俺媽從去歲不好了一場，至今腿腳半邊通動不的，只扶著人走。俺姐姐桂卿被淮上一個客人包了半年，常是接

⓱ 令翠：稱別人所愛的妓女。

到店裏住，兩三日不放來家。家中好不無人，只靠著我逐日出來供唱，答應這幾個相熟的老爹，好不辛苦。也要往宅裏看看姑娘，白不得個閒。爹許久怎的也不在裏邊走走，放姑娘家去看看俺媽？」這西門慶見他一團和氣，說話兒乖覺伶變，就有幾分留戀之意。說道：「我今日約兩位好朋友送你家去。你意下如何？」桂姐道：「爹休哄我。你肯貴人腳兒踏俺賤地。」西門慶道：「我不哄你。」倒是袖中取出汗巾，連挑牙與香茶盒兒，遞與桂姐收了。桂姐道：「多咱去？如今使保兒先家去說一聲，作個預備。」西門慶道：「直待人散，一同起身。」少頃，遞畢酒，約掌燈人散時分，西門慶約下應伯爵、謝希大，也不到家，騾馬同送桂姐，逕進勾欄，往李家去。正是：錦繡窩中，入手不如撒手美；紅綿套裏，鑽頭容易出頭難！有詞為證：

陷人坑，土窖般暗開掘；迷魂洞，囚牢般巧砌疊；檢屍場，屠鋪般明排列。銜一味死溫存，活打劫。招牌兒大字書者：買俏金，哥哥休扯；纏頭錦，婆婆自接；賣花錢，姐姐不賒。

西門慶等送桂姐轎子到門首，李桂卿迎門接入堂中。見畢禮數，請老媽出來拜見。不一時虔婆扶拐而出，半邊肐膊通動旦不得。見了西門慶，道了萬福。說道：「天麼，天麼！姐夫貴人，那陣風兒刮你到于此處？」西門慶笑道：「一向窮冗，沒曾來得。老媽休怪，休怪！」虔婆便問：「這二位老爹貴姓？」西門慶道：「是我兩個好友：應二哥、謝子純。今日在花家會茶，遇見桂姐，因此同送回來。快看酒來，俺每樂飲三盃。」虔婆讓三位上首坐了。一面點了茶，一面下去打抹春檯，收拾酒茶。少頃，保兒上來放桌兒，掌上燈燭，酒肴羅列。桂姐從新房中打扮出來，旁邊陪坐。真個是風月窩，鶯花寨。免不得姊妹兩個在旁，金樽滿泛，玉阮同調，歌唱遞酒。有詩為證：

琉璃鍾，琥珀濃，小槽酒滴珍珠紅。烹龍炮鳳玉脂泣，羅幃繡幙圍香風。吹龍笛，擊鼉鼓，皓齒歌，細腰舞。況是青春莫虛度，銀缸掩映嬌娥語，酒不到劉伶墳上去。

當下桂卿姐兒兩個，唱了一套。席上觥籌交錯飲酒。西門慶向桂卿說道：「今日二位在此，久聞桂姐善能歌唱南曲，何不請歌一詞，以奉勸二位一盃兒酒，意下如何？」那應伯爵道：「我等不當起動，洗耳願聽佳音。」那桂姐坐著，只是笑，半日不動身。原來西門慶有心要梳籠桂姐，故此發言，先索落❶⑱他唱。卻被院中婆娘見精識精❶⑲，看破了八九分。李桂卿在旁就先開口說道：「我家桂姐從小兒養得嬌，自來生得靦腆，不肯對人胡亂便唱。」于是西門慶便叫玳安小廝，書袋內取出五兩一錠銀子來，放在桌上，便說道：「這些不當甚麼，權與桂姐為脂粉之需。改日另送幾套織金衣服。」那桂姐連忙起身相謝了。方纔一面令丫鬟收下了，一面放下一張小桌兒，請桂姐下席來唱。當下桂姐不慌不忙，輕扶羅袖，擺動湘裙，袖口邊搭刺著一方銀紅撮穗的落花流水汗巾兒，歌唱一隻駐雲飛：

舉止從容，壓盡构欄占上風。行動香風送，頻使人欽重。嗏！玉杵污泥中，豈凡庸。一曲清商，滿座皆驚動。何似襄王一夢中，何似襄王一夢中！

---

⑱ 索落：即「數落」。埋怨；責備。

⑲ 見精識精：眼睛一見心裏便明白，是「機靈」的意思。

唱畢，把個西門慶喜歡的沒入腳處。分付玳安回馬家去，晚夕就在李桂姐房裏歇了一宿。緊著西門慶要梳籠這女子，又被應伯爵、謝希大兩個在跟前一力攛掇，就上了道兒。次日使小廝往家去拏五十兩銀子，段鋪內討四套衣裳，要梳籠桂姐。那李嬌兒聽見要梳籠他家中姪女兒，如何不喜。連忙拏了一錠大元寶，付與玳安，拏到院中打頭面，做衣服，定桌席，吹彈歌舞，花攢錦簇，做三日飲喜酒。應伯爵謝希大又約會了孫寡嘴、祝日念、常時節，每人出五分銀子人情作賀，都來囋他。鋪的蓋的，俱是西門慶出，每日大酒大肉，在院中玩耍，不在話下。

舞裙歌板逐時新，散盡黃金只此身。

寄語富兒休暴殄，儉如良藥可醫貧。

畢竟未知後來如何，且聽下回分解。

第十二回　潘金蓮私僕受辱　劉理星魘勝貪財

堪笑西門暴富，有錢便是主顧。
一家歪斯胡纏，那討綱常禮數。
狎客日日來往，紅粉夜夜陪宿。
不是常久夫妻，也算春風一度。

話說西門慶在院中貪戀住桂姐姿色，約半月不曾來家。吳月娘使小廝一連拏馬接了數次，李家把西門慶衣帽都藏過一邊，不放他起身。丟的家中這些婦人，都閒靜了。倒別人猶可，惟有潘金蓮這婦人，青春未及三十歲，慾火難禁一丈高。每日和孟玉樓兩個，打扮粉妝玉琢，皓齒朱唇，無一日不走在大門首倚門而望，等到黃昏時分。到晚來歸入房中，粲枕孤幃，鳳臺無伴。睡不著。走來花園中款步花苔，月洋水底。猶恐西門慶心性難拏，怪玳瑁貓兒交歡，鬥的我芳心迷亂。當時玉樓帶來一個小廝，名喚琴童，年約十六歲，纔留起頭髮。生的眉目清秀，乖滑伶俐。西門慶教他拏鑰匙，看管花園打掃，晚夕就在花園門前一間小耳房內歇。潘金蓮和孟玉樓白日裏常在花園中亭子上坐在一處做針指，或下棋。這小廝專一道小慇懃。常覷見西門慶來，就先來告報。以此婦人喜他，常叫他入房，賞酒與他吃。兩個朝朝暮暮，眉來眼去，都有意了。不想將近七月廿八日，西門慶生日來到。吳月娘見西門慶在院中留戀煙花，不想回家。一面使小廝玳安拏馬往院中接西門慶。這潘金蓮暗暗修了一柬帖，交付玳安，教：「悄悄遞與你爹，說五娘請爹早些家去罷。」這玳安不敢怠慢，騎馬一直到构欄李家。只見應伯爵、謝希大、祝日念、孫寡嘴、常時節眾人，正在那裏相伴著西門慶，摟著粉頭，花攢錦簇，歡樂飲酒。西門慶看見玳安來到，便問：「你來怎麼？家中沒事？」玳安道：「家中沒事。」西門慶道：「前邊各項銀子，叫傅二叔討討。等我到家算帳。」玳安道：「這兩日傅二叔討了許多，等爹到家上帳。」西門慶道：「你桂姨那一套衣服，捎來不曾？」玳安道：「已捎在此。」便向氈包內取出一套紅衫藍裙，遞與桂姐。桂姐、桂卿道了萬福，收了。連忙分付下邊管待玳安酒飯。那小廝吃了酒飯，復走來上邊伺候。悄悄向西門慶耳邊附耳低言，說道：「家中五娘使我捎了個帖兒在此，請爹早些家去。」西門慶纔待用手去接，早被李桂姐看見。只道是西門慶前邊那表子寄來的情書，一手撾過來，拆開觀看，卻是一幅迴文邊錦箋。上寫著幾行墨跡。桂姐遞與祝日念，教念與他聽。這祝日念見上面寫詞一首，名落梅風對眾朗誦了一遍：

> 黃昏想，白日思，盼殺人多情不至。因他為他憔悴死，可憐也繡衾獨自！　燈將殘，人睡也，空留得半窗明月。眠心硬，渾似鐵，這淒涼怎捱今夜？　愛妾潘六兒拜。

那桂姐聽畢，撇了酒席，走入房中，倒在床上，面朝裏邊睡了。

且說西門慶見桂姐惱了，把帖子扯的稀爛。眾人前把玳安踢了兩靴腳，請桂姐兩遍不來。慌的西門慶親自進房內，抱出他來，到酒席上說道：「分付帶馬回去，家中那個淫婦使你來，我這一到家，都打個臭死！」不說玳安含淚回家。西門慶道：「桂姐你休惱，這帖子不是別人的，乃是舍下第五個小妾頭，寄請我到家，有些事兒計較。再無別故。」祝日念在旁又戲道：「桂姐，你休聽他哄你哩！這個潘六兒乃是那邊院裏新敘的一個表子，生的一表人物。你休放他去。」西門慶笑趕著打，說道：「你這賊天殺的！單管弄死了人！緊著他恁麻犯人，你又胡說！」李桂卿道：「姐夫差了，既然家中有人拘管，就不消在前梳籠人家粉頭。自守著家裏的便了。纔相伴了多少時，那人兒便就要抛離了去！」應伯爵插口道：「說的有理。」便道：「大官人你依我，你也不消家去。桂姐也不必惱。今日說過，那個再恁惱了，每人罰二兩銀子，買酒肉咱大家吃。」倒是這四五個鬬客，說的說，笑的笑，在席上猜枚行令，玩耍飲酒，把桂姐窩盤住了。西門慶把桂姐摟在懷中陪笑，一遞一口兒飲酒。只見少頃，鮮紅漆丹盤，拏了七鍾茶來。雪綻般茶盞，杏葉茶匙兒，鹽笋、芝麻、木樨泡茶，馨香可掬。每人面前一盞。應伯爵道：「我有個朝天子兒，單道這茶好處」：

　　這細茶的嫩芽，生長在春風下，不揪不採葉兒楂。但煮著顏色大。絕品清奇，難描難畫。口兒裏常時呷，醉了時想他，醒來時愛他。原來一簍兒千金價。

謝希大笑道：「大官人使錢費物，不圖這一摟兒，卻圖些甚的？如今每人有詞的唱詞，不會詞，每人說個笑話兒，與桂姐下酒。」該謝希大先說：「有一個泥水匠，在院中墁地。老媽兒怠慢著他些兒，他暗暗把陰溝內堵上個磚。落後天下雨，積的滿院子都是水。老媽慌了，尋的他來，多與他酒飯，還秤了一錢銀子，央他打水平❶。那泥水匠吃了酒飯，悄悄去陰溝內，把那個磚拏出，把水登時出的罄盡。老媽便問作頭❷：『此是那裏的病。』泥水匠回道：『這病與你老人家病一樣，有錢便流，無錢不流。』」原來把桂姐家來傷了。桂姐道：「我也有個笑話，回奉列位。有一孫真人，擺著筵席請人，卻教座下老虎去請。那老虎把客人一個個都路上吃了。真人等至天晚，不見一客到。人都說你那老虎都把客人路上吃了。不一時老虎來，真人便問：『你請的客人，都往那裏去了？』老虎口吐人言：『告師父得知，我從來不曉得請人，只會白嚼人。就是一能。』」當下把眾人都傷了。應伯爵道：「可見的俺每只自白嚼你家孤老，就還不起個東道。」于是向頭上拔下一根鬧銀❸耳幹兒來，重一錢。謝希大一對鍍金網巾圈，秤了秤，只九分半。祝日念袖中掏出一方舊汗巾兒，算二百文長錢。孫寡嘴腰間解下一條白布男裙，當兩壺半罈酒。常時節無以為敬，問西門慶借了一錢成色銀子。都遞與桂卿置辦東道，請西門慶和桂姐。那桂卿將銀錢都付與保兒，買了一錢螃蟹，打了一錢銀子豬肉，宰了一隻雞，自家又賠出些小菜兒來。廚下安排停當，大盤小碗拏上來。眾人坐下，說了一聲動筯吃時，說時遲，那時快，但見：人人動嘴，個個低頭。遮天映日，猶如蝗蝻一齊來；擠眼掇肩，好似餓牢纔打出。這個搶風膀臂，如經年未見酒和肴；那個連二快子，成歲不逢筵與席。一個汗流滿面，恰似與雞骨朵有冤仇；一個油抹唇邊，把豬毛皮連唾嚥。吃片時，盃盤狼藉；啖良久，筯子縱橫。盃盤狼藉，如水洗之光滑；筯子縱橫，似打磨之乾淨。這個稱為食王元帥，那個號作淨盤將軍。酒壺翻晒又重斟，盤饌已無還去探。正是珍羞百味片時休，果然

❶ 打水平：通陰溝。
❷ 作頭：工頭。
❸ 鬧銀：成色低劣的銀子。

都送入五臟廟。當下眾人吃了個淨光王佛。西門慶與桂姐吃不上兩鍾酒，揀了些菜蔬，還被這夥人吃的去了。那日把席上椅子坐折了兩張。前邊跟馬的那小廝，不得上來掉嘴吃。把門前供養的土地，翻倒來使位恰揦了一泡稀谷都的熱屎。臨出門來，孫寡嘴把李家明間內供養的鍍金銅佛，摿在褲腰裏。應伯爵推門桂姐親嘴，把頭上金啄針兒戲了。謝希大把西門慶川扇兒藏了。祝日念走到桂卿房裏照臉，溜了他一面水銀鏡子。常時節借的西門慶一錢八成銀子，竟是寫在嫖帳上了。原來這起人只伴著西門慶玩耍，好不快活。有詩為證：

构欄妓者媚如揉，只堪乘興暫時留。
若要死貪無足厭，家中金鑰教誰收。

按下這裏眾人簇擁著西門慶歡樂飲酒。單表玳安小廝回馬到家，吳月娘和孟玉樓、潘金蓮在房坐的，見了玳安便問：「你接了爹來了不曾？」玳安哭的兩眼紅紅的，如此這般：「被爹踢罵了小的來了！說道：那個再使人接，來家都要罵。」月娘便道：「你看不合理！不來便了，如何去罵小廝來？如何狐迷變心這等的！」孟玉樓道：「你踢將小廝便罷了。如何連俺每都罵將來？」潘金蓮道：「十個九個院中淫婦，和你有甚情實？常言說的好：『船載的金銀填不滿煙花寨。』」金蓮只知說出來，不防路上說話，草裏有人。李嬌兒從玳安自院中來家時分，走來窗下潛聽。見潘金蓮對著月娘罵他家千淫婦萬淫婦，暗暗懷恨在心。從此二人結仇，不在話下。正是：甜言美語三冬煖，惡語傷人六月寒。金蓮只曉爭先話，那料旁人起禍端。

不說李嬌兒與金蓮結仇，單表金蓮這婦人歸到房中，捱一刻似三秋，盼一時如半夏。知道西門慶不來家，把兩個丫頭打發睡了。推往花園中遊玩，將琴童叫進房，與他酒吃。把小廝灌醉了，掩閉了房門，褪衣解帶，兩個就幹做在一處。正是：色膽如天怕甚事，鴛幃雲雨百年情。但見：一個不顧綱常貴賤，一個那分上下高低。一個色膽歪邪，管甚丈夫利害；一個淫心蕩漾，從他律犯明條。一個氣暗眼瞪，好似牛吼柳影；一個言嬌語澀，渾如鶯囀花間。一個耳畔許雨意雲情，一個枕邊說山盟海誓。百花園內，翻為快活排場；主母房中，變作行樂世界。自此為始，每夜婦人便叫這小廝進房中如此。未到天明，就打發出來。背地把金裹頭簪子兩三根，帶在頭上。又把裙邊帶的錦香囊殷子葫蘆兒，也與了他繫在身底下。豈知這小廝不守本分，常常和同行小廝在街吃酒耍錢，頗露出圭角。

常言：「若要人不知，除非己莫為。」有一日，風聲吹到孫雪娥、李嬌兒耳朵內，說道：「賊淫婦！往常言語假撇清，如何今日也做出來了？偷養小廝！」齊來告月娘。月娘再三不信，說道：「不爭❹你每和他合氣，惹的孟三姐不怪，只說你每擠撮❺他的小廝。」說的二人無言而退。落後，婦人夜間和小廝在房中行事，忘記關廚房門，不想被丫頭秋菊出來淨手看見了。次日傳與後邊小玉。小玉對雪娥說。雪娥同李嬌兒又來告訴月娘。正值七月廿七日，西門慶上壽，從院中來家。二人如此這般：「他屋裏丫頭，親口說出來，又不是俺每葬送❻他。大娘不說，俺每對他爹說。若是饒了這個淫婦，自除非饒了蝎

❹ 不爭：不打緊。

❺ 擠撮：排擠。

❻ 葬送：陷害。

子娘是的！」月娘道：「他纔來家，又是他好日子，你每不依我，只顧說去。等住回亂將起來，我不管你。」二人不聽月娘之言，約的西門慶進入房中，齊來告訴，說金蓮在家養小廝一節。這西門慶不聽，萬事皆休。聽了，怒從心上起，惡向膽邊生。走到前邊坐下，一片聲叫琴童兒。早有人報與潘金蓮。金蓮慌了手腳，使春梅忙叫小廝到房中，囑付：「千萬不要說出來！」把頭上簪子都要過來收了。著了慌，就忘下解了香囊葫蘆下來，被西門慶叫到前廳跪下，分付三四個小廝，選大板子伺候。西門慶道：「問賊奴才，你知罪麼？」那琴童半日不敢言語。西門慶令左右：「除了帽子，拔下他簪子來我瞧！」見撇著兩根金裹頭銀簪子，因問：「你戴的金裹頭銀簪子往那裏去了？」琴童道：「小的並沒甚銀簪子？」西門慶道：「奴才還搗鬼！與我旋剝了衣服，拏板子打！」當下兩三個小廝扶侍，一個剝去他衣服，扯了褲子，見他身底下穿著玉色絹褫兒，褫兒帶上露出錦香囊葫蘆兒。西門慶一眼就看見，便叫：「拏上來我瞧！」認得是潘金蓮裙邊帶的物件，不覺心中大怒，就問他：「此物從那裏得來？你實說，是誰與你的？」諕的小廝半日開口不得，說道：「這是小的某日打掃花園，在花園內拾的。並不曾有人與我。」西門慶越怒，切齒喝令：「與我綑起著實打！」當下把琴童兒綳子綳著，雨點般欖杆打將下來。須臾打了三十大棍，打得皮開肉綻，鮮血順腿淋漓。又教大家人來保：「把奴才兩個鬢與我撏了，趕將出去，再不許進門！」那琴童磕了頭，哭哭啼啼出門去了。這小廝只因：昨夜與玉皇殿上掌書仙子廝調戲，今日罪犯天條貶下方。有詩為證：

虎有倀弓鳥有媒，金蓮未必守空閨。

不堪今日私奴僕，自此遭愆更莫追。

當下西門慶打畢琴童，趕出去了。潘金蓮在房中聽見，如提冷水盆內一般。不一時西門慶進房來，諕得戰戰兢兢，渾身無了脈息，小心在旁扶侍接衣服。西門慶兜臉了個耳刮子，把婦人打了一交。分付春梅：「把前後角門頂了，不放一個人進來！」拏張小椅兒坐在院內花架兒底下，取了一根馬鞭子，拏在手裏，喝令：「淫婦，脫了衣裳跪著！」那婦人自知理虧，不敢不跪。倒是真個脫去了上下衣服，跪在面前，低垂粉面，不敢出一聲兒。西門慶便問：「賊淫婦，你休推睡裏夢裏，奴才我纔已審問明白，他一一都供出來了。你實說，我不在家，你與他偷了幾遭？」婦人便哭道：「天麼，天麼！可不冤屈殺了我罷了！自從你不在家半個月來，奴白日裏只和孟三姐做一處做針指。到晚夕早關了房門就睡了。沒勾當不敢出這角門邊兒來。你不信，只問春梅便了。有甚和鹽和醋，他有個不知道的？」因叫春梅來：「姐姐你過來親對你爹說。」西門慶罵道：「賊淫婦！有人說你把頭上金裹頭簪子兩三根都偷與了小廝，你如何不認？」婦人道：「就屈殺了奴罷了！是那個不逢好死的嚼舌根的淫婦，嚼他那旺跳的身子！見你常時進奴這屋裏來歇，非都氣不憤，拏這有天沒日頭的事壓枉奴！就是你與的簪子，都有數兒，一五一十都在，你查不是？我平白想起甚麼來，與那奴才？好成樺的奴才，也不枉說的。恁一個屌不出來的毛奴才。平空把我纂一篇舌頭！」西門慶道：「簪子有沒罷了。」因向袖中取出琴童那香囊來，說道：「這個是你的物件兒，如何打小廝身底下揑出來？你還口強甚麼？」說著，紛紛的惱了，向他白馥馥香肌上，颼的一馬鞭子來，打的婦人疼痛難忍，眼噙粉淚，沒口子❼叫道：「好爹爹，你饒了奴罷！你容奴說，奴便說。不容奴說，你就打死奴，也只臭爛了這塊地。這個香囊葫蘆兒，你不在家，奴那日同孟三姐在花園裏做生活，因從木香欄下所過，帶繫兒不牢，就抓落在地。我那裏沒尋，誰知這奴才拾了。奴並不曾與他。」只這一句，就合著剛纔琴童前廳上供稱在花園內拾的一樣的話。又見婦人脫的光赤條條，花朵兒般身子，嬌啼嫩語，跪在地下，那怒你早已鑽入爪哇國去了。把心已回動了八九分。因叫過春梅摟在懷中，問他：「淫婦果然與小廝有首尾沒有？你說饒了淫婦，我就饒了罷。」那春梅撒嬌撒癡，坐在西門慶懷裏。說道：「這個，爹，你好沒的說！和娘成日唇不離腮，娘肯與那奴才？這個都是人氣不憤俺娘兒每，作做出這樣事來。爹你也要個主張，好把醜名兒頂在頭上，傳出外邊去，好聽！」幾句把西門慶說的一聲兒不言語，丟了馬鞭子。一面教金蓮起來，穿上衣服。分付秋菊看菜兒，放桌兒吃酒。這婦人當下滿斟了一盃酒，雙手遞上去。花枝招展，繡帶飄飄，跪在地下，等他鍾兒。西門慶分付道：「我今日饒了你。我若但凡不在家，要你洗心改正，早關了門戶，不許你胡思亂想。我若知道，定不饒你！」婦人道：「你分付，奴知道了。」倒是插燭也似與西門慶磕了四個頭，方纔安座兒，在旁陪坐飲酒。正是：為人莫作婦人身，百年苦樂由他人。潘金蓮這婦人，平日被西門慶寵的狂了，今日討得這場羞辱在身上。有詩為證：

> 金蓮容貌更溫柔，恃寵爭妍惹寇仇。
> 不是春梅當日勸，女娘皮肉怎禁抽。

❼ 沒口子：嘴裏來不及地說。

西門慶正在金蓮房中飲酒，忽聽小廝打門，說：「前邊有吳大舅，吳二舅，傅夥計，女兒女婿，眾親戚送禮來祝壽。」方纔撇了金蓮，整衣出來，前邊陪待賓客。那時應伯爵、謝希大等眾人，都有人情。院中李桂姐家，亦使保兒送禮來。西門慶前邊亂著收人家禮物，發柬請人，不在話下。

且說孟玉樓打聽金蓮受辱，約的西門慶不在房裏，瞞著李嬌兒、孫雪娥，走來看望金蓮。見金蓮睡在床上，因問道：「六姐你端的怎麼緣故？告我說則個。」那金蓮滿眼淚哭道：「三姐，你看小淫婦今日在背地裏白唆調漢子，打了我恁一頓。我到明日和這兩個淫婦冤仇結的有海深！」玉樓道：「你便與他有瑕玷，如何做作著把我的小廝弄出去了。六姐你休煩惱，莫不漢子就不聽俺每說句話兒。若明日他不進我房裏來便罷。但到我房裏來，等我慢慢勸他。」金蓮道：「多謝姐姐費心！」一面叫春梅看茶來吃。坐著說了回話，玉樓告回房去了。至晚，西門慶因上房吳大妗子來了，走到玉樓房中宿歇。玉樓因說道：「你休枉了六姐心。六姐並無此事。都是日前和李嬌兒、孫雪娥兩個有言語，平白把我的小廝扎罰子❽。你不問了青紅皁白，就把他屈了。你休怪六姐，卻不難為六姐了。我就替他賭了大誓。若果有此事，大姐姐有個不先說的？」西門慶道：「我問春梅，他也是般說。」玉樓道：「他今在房中不好哩，你不去看他看去？」西門慶道：「我知道，明日到他房中去。」當晚無話。到第二日，西門慶正生日，有周守備、夏提刑、張團練、吳大舅許多官客飲酒。拏轎子接了李桂姐，並兩個唱的，唱了一日。李嬌兒見他姪女兒來，引著拜見月娘眾人，在上房裏坐吃茶。請潘金蓮見，連使丫頭請了兩遍，金蓮不出來。只說心中不好。到晚夕桂姐臨家去，拜辭月娘。月娘與他一件雲絹比甲兒，汗巾，花翠之類，同李嬌兒

❽ 扎罰子：做藉口；藉題發揮。

送出到門首。桂姐又親自到他花園角門首：「好歹見見五娘。」那金蓮聽見他來，使春梅把角門關閉，煉鐵桶相似，就是樊噲也叫不開。說道：「我不開！」這花娘遂羞訕滿面而回。正是：廣行方便，為人何處不相逢；多結冤仇，路逢狹處難回避。

不題李桂姐回家去了。單表西門慶至晚進入金蓮房內來。那金蓮把雲鬟不整，花容倦淡，迎接進房，替他脫衣解帶，伺候茶湯腳水，百般慇懃扶侍，把小意定貼戀。到夜裏枕席魚水歡娛，屈身忍辱，無所不至。說道：「我的哥哥，這一家都誰是疼你的？都是露水夫妻，再醮貨兒！惟有奴知道你的心，你知道奴的意。旁人見你這般疼奴，在奴身邊去的多，都氣不憤。背地裏架舌頭❾，在你跟前唆調。我的傻冤家，你想起甚麼來！中了人的拖刀之計，把你心愛的人兒，這等下無情折剉❿！常言道：『家雞打的團團轉，野雞打的貼天飛。』你就把奴打死了，也只在這屋裏，敢往那裏去？就是前日你在院裏踢罵了小廝來，早時有上房大姐姐孟三姐在跟前，我是不是說了一聲也是好的。恐怕他家裏粉頭，淘淥⓫壞了你身子。院中唱的，只是一味愛錢。你有甚情節，誰人疼你？誰知被有心的人聽見，兩個背地做成一幫兒算計我。自古人害人不死，天害人纔害死了。往後久而自明。只要你與奴做個主兒便了。」于是幾句把西門慶說的窩盤住了。是夜與他淫慾無度。

到次日，西門慶備馬，玳安、平安兩個小廝跟隨，往院中來。卻說李桂姐正打扮著陪人坐的，聽見

---

❾ 架舌頭：搬弄口舌。

❿ 折剉：即「折磨」。

⓫ 淘淥：銷蝕。通常指色慾傷身。

他來，連忙走進房去，洗了濃粧，除了簪環，倒在床上，裹衾而臥。西門慶走到，坐了半日，還沒一個出來陪侍。只見老媽出來，道了萬福，讓西門慶坐下。虔婆便問：「怎的姐夫連日不進來走走？」西門慶道：「正是因賤日窮冗，家中無人。」虔婆道：「姐兒那日打擾。」西門慶道：「怎的那日姐姐、桂卿不來走走？」虔婆道：「桂卿不在家，被客人接去店裏。這幾日還不放了來。」說了半日話，小頂人拏茶來，陪著吃了。西門慶便問：「怎的不見桂姐？」虔婆道：「姐夫還不知哩！小孩兒家，不知怎的那日著了惱來家，就不好起來，睡倒了。房門兒也不出，直到如今。姐夫好狠心，也不來看看姐兒！」西門慶道：「真個？我通不知。」因問：「在那邊房裏？我看看去。」虔婆道：「在他後邊臥房裏睡。」慌忙令丫鬟掀簾子。西門慶走到他房中，只見粉頭烏雲散亂，粉面慵妝，裹被便坐在那床上，面朝裏。見了西門慶不動一動兒。西門慶問道：「你那日來家，怎的不好？」也不答應。又問：「你著了誰人惱？你告我說。」問了半日，那桂姐方開言說，說道：「左右是你家五娘子！你家中既有恁好的，迎歡買俏，又來稀罕俺每這樣淫婦做甚麼？俺每雖是門戶中出身，蹺起腳兒，比外邊良人家不成的貨兒高好些！我前日又不是供唱，我也送人情去。大娘倒見我甚是親熱，又與我許多花翠衣服。待要不請他見，又說俺院中沒禮法。只聞知人說你家有的了五娘子，當能請他拜見，又不出來。家來同俺姑娘又辭他去。他使丫頭把房門關了。端的好不識人敬重！」西門慶道：「你倒休怪他。他那日本等⑫心中不自在。他若好時，有個不出來見你的？這個淫婦，我幾次因他再三咬群⑬兒口嘴傷人，也要打他哩。」這桂姐反手向

---

⑫ 本等：本來。

⑬ 咬群：傾軋別人。

西門慶臉上一掃，說道：「沒羞的哥兒，你就打他！」西門慶道：「你還不知我手段。除了俺家房下，家中這幾個老婆丫頭，但打起來，也不善著。緊二三十馬鞭子，還打不下來，好不好還把頭髮都剪了。」桂姐道：「我見砍頭的，沒見砍嘴的！你打三個官兒唱兩個喏，誰見來？你若有本事，到家裏只剪下一柳子頭髮，拏來我瞧，我方信你是本司三院有名的好子弟！」西門慶道：「你敢與我排手⑭？」那桂姐道：「我和你排一百個手！」當日西門慶在院中歇了一夜。

到次日黃昏時分，辭了桂姐，上馬回家。桂姐道：「我在這裏眼望旌節旗，耳聽好消息。哥兒你這一去，沒有這物件，就休要見我！」西門慶吃他激怒了幾句話，歸家已是酒酣。不往別房裏去，逕到前邊潘金蓮房來。婦人見他有酒了，加意用心伏侍。問他酒飯，都不吃。分付春梅把床上拭抹涼蓆乾淨，帶上門出去。他便坐在床，令婦人脫靴。那婦人不敢不脫。須臾脫了靴，打發他上床。西門慶且不睡，坐在一隻枕頭上，令婦人褪了衣服，地下跪著。那婦人諕的捏兩把汗，又不知因為甚麼。于是跪在地下，柔聲大哭道：「我的爹爹，你透與奴個伶俐說話，奴死也甘心！饒奴終夕恁提心吊膽，陪著一千個小心，還投不著你的機會。只拏鈍刀子鋸處我，教奴怎生吃受？」西門慶罵道：「賊淫婦！你真個不脫衣裳，我就沒好意了！」因叫春梅：「門背後有馬鞭子，與我取了來！」那春梅只顧不進房來。叫了半日，纔慢條廝禮⑮，推開房門進來。看見婦人跪在床地平上，向燈前倒著桌兒下了油。西門慶使他，只不動身。婦人叫道：「春梅，我的姐姐，你救我救兒！他如今要打我。」西門慶道：「小油嘴兒！你不要管他。

---

⑭ 排手：拍掌。舊時習俗與人口頭訂約，恐有反悔，便各伸右手拍掌一下，表示各無反悔的意思。

⑮ 慢條廝禮：同第十一回註⑤。

你只遞馬鞭子與我，打這淫婦！」春梅道：「爹，你怎的恁沒羞！娘幹壞了你的甚麼事兒？你信淫婦言語，來平地裏起風波。要便搜尋娘，還教人和你一心一計哩！你教人有刺眼兒看得上你，倒是也不依他！」拽上房門，走在前邊去了。那西門慶無法可處，反呵呵笑了，向金蓮道：「我且不打你，你上來。我問你要樁物兒，你與我不與我？」婦人道：「好親親，奴一身都骨朵肉兒都屬了你。隨要甚麼，奴無有不依隨的。不知你心裏要甚麼兒？」西門慶道：「我心要你頂上一柳兒好頭髮。」婦人道：「好心肝，淫婦的身上，隨你怎的揀著燒遍了也依，這個剪頭髮卻成不的，可不諕死了我罷！奴出娘胞兒，活了二十六歲，從沒幹這營生。打緊我頂上這頭髮，近來又脫了奴好些。只當可憐見我罷！」西門慶道：「你只嗔我惱，我說的你就不依我。」婦人道：「我不依你再依誰？」因問：「你實對奴說，要奴這頭髮做甚麼去？」西門慶道：「我要做網巾。」婦人道：「你要做網巾，我就與你做。休要拏與淫婦，教他好壓鎮我。」西門慶道：「我不與人便了，要你髮兒做頂線兒。」婦人道：「你既要做頂線，待奴剪與你。」當下婦人分開頭髮，西門慶拏剪刀，按婦人當頂上，齊臻臻剪下一大柳來。用紙包放在順袋⑯內。婦人便倒在西門慶懷中，嬌聲哭道：「奴凡事依你，只願你休忘了心腸。隨你前邊和人好，只休拋閃了奴家。」是夜與他歡會異常。

到次日，西門慶起身，婦人打發他吃了飯出門，騎馬逕到院裏。桂姐便問：「你剪的他頭髮在那裏？」西門慶道：「有，在此。」便向茄袋內取出，遞與桂姐。打開觀看，果然黑油也一般好頭髮。就收在袖中。西門慶道：「你看了還與我。他昨日為剪這頭髮，好不費難。吃我變了臉惱了，他纔容我剪下這一

⑯ 順袋：一種掛在腰帶上的小袋。

柳子來。我哄他只說要做網巾頂線兒，逕拏進來與你瞧。可見我不失信。」桂姐道：「甚麼稀罕貨，慌得你恁個腔兒。等你家去，我還與你。比是你恁怕他，就不消剪他的來了！」西門慶笑道：「那裏是怕他的，我語言不的了。」桂姐一面教桂卿陪著他吃酒，走到背地裏，把婦人頭髮早絮在鞋底下，每日躧踏，不在話下。倒是把西門慶纏住，連過了數日，不放來家。

金蓮自從頭髮剪下之後，覺意心中不快。每日房門不出，茶飯慵餐。吳月娘使小廝請了家中常走看的那劉婆子看視，說：「娘子著了些暗氣，惱在心中，不能回轉。頭疼惡心，飲食不進。」一面打開藥包來，留了兩服黑丸子藥兒：「晚上用薑湯吃。」又說：「我明日叫俺老公來，替你老人家看看，今歲流年有災沒有？」金蓮道：「原來你家老公也會筭命？」劉婆道：「他雖是個瞽目人，倒會兩三椿本事：第一，善陰陽講命，與人家禳保；第二，會針灸收瘡；第三椿兒不可說，單管與人家回背。」婦人問道：「怎麼是回背？」劉婆子道：「比如有父子不和，兄弟不睦，大妻小妻爭鬥。教了俺這老公去說了，替他用鎮物安鎮，鎮書符水與他吃了，不消三日，教他父子親熱，兄弟和睦，妻妾不爭。若人家買賣不順溜，田宅不興旺者，常與人開財門，發利市，治病灑掃，禳星告斗都會。因此人都叫他做劉理星。也是一家子新娶個媳婦兒，是小人家女兒，有些手腳兒不穩，常偷盜婆婆家東西，往娘家去。丈夫知道，常被責打。俺老公與他回背，書了一道符，燒灰放在水缸下埋著。渾家大小吃了缸內水，眼看著媳婦偷盜，只像沒看見一般。又放一件鎮物在枕頭，男子漢睡了那枕頭，也好似手封住了的，再不打他了。」那潘金蓮聽見，遂留心，便叫丫頭打發茶湯點心與劉婆吃了。臨去包了三錢藥錢，另外又秤了五錢，教買紙劄信物，明日早飯時，叫劉瞎來燒神紙。那劉婆子作辭回家。

到次日，果然大清早晨，領賊瞎逕進大門，往裏走。那日西門慶還在院中未來。看門小廝便問：「瞎子往那裏走？」劉婆道：「今日與裏邊五娘燒紙。」小廝道：「既是與五娘燒紙，老劉你領進去，仔細看狗。」這婆子領定，逕到潘金蓮臥房明間內。等到半日，婦人纔出來。瞎子見了禮，坐下。婦人說與他八字。賊瞎子用手掐了掐，說道：「娘子庚辰年、庚寅月、乙亥日、乙丑時，初八日立春，已交正月算命。依子平正論，娘子這八字中，雖故清奇，一生不得夫星濟。子上有些妨礙，亥中一木，生到正月間，不作身旺論，不剋當自焚。又兩重庚金羊刃，大重。夫星難為。剋過兩個纔好。」婦人道：「已剋過了。」賊瞎子道：「娘子這命中，休怪小人說，子平雖取煞印格。只吃了亥中有癸水，庚中又有癸水。水太多了，沖動了。只一重巳土，關煞混雜。論來男人煞重掌威權，女子煞重必刑夫。所以主為人聰明機變，得人之寵辱。只有一件，今歲流年甲辰，歲運並臨災殃。必命中又犯小耗勾絞。兩位星辰打攪，雖不能傷，只是主有比肩不和，小人嘴舌，常沾些啾唧不寧之狀。」婦人聽了，說道：「累先生仔細用心，與我回背回背。我這裏一兩銀子，相謝先生買一盞茶吃。奴不求別的，只願得小人離退，夫主愛敬便了。」一面轉入房中，拔了兩件首飾，遞與賊瞎。賊瞎接了，放入袖中，說道：「既要小人回背，用柳木一塊，刻兩個男女人形像，書著娘子與夫主生時八字。用七七四十九根紅線扎在一處。上用紅紗一片，蒙在男子眼。中用艾塞其心，用針釘其手。下用膠粘其足。暗暗埋在睡的枕頭內。又朱砂書符一道，燒火灰，暗暗攙在艷茶內。若得夫主吃了茶，到晚夕睡了枕頭，不過三日，自然有驗。」婦人道：「請問先生，這四樁兒是怎的說？」賊瞎道：「好教娘子得知。用紗蒙眼，使夫主見你一似西施一般嬌艷。用艾塞心，使他心愛到你。用針釘手，隨你怎的不是，使他再不敢動手打你；著緊還跪著你。用膠粘足者，使他再不往那裏胡行。」婦人聽言有這等事，滿心歡喜。當下備了香燭紙馬，替婦人燒了紙。到次日使劉婆送了符水鎮物與婦人，如法安頓停當。將符燒灰，頓下好茶。待的西門慶家來，婦人叫春梅遞茶與他吃。到晚夕與他共枕同床。過了一日兩，兩日三，似水如魚，歡會如常。看官聽說：但凡大小人家，師尼、僧道、乳母、牙婆，切記休招惹他。背地甚麼事不幹出來？古人有四句格言說得好：

堂前切莫走三婆，後門常鎖莫通和。
院內有井防小口，便是禍少福星多。

畢竟未知後來如何，且聽下回分解。

第十三回　李瓶兒隔牆密約　迎春女窺隙偷光

人生雖未有千全，處世規模要放寬。
好是但看君子語，是非休聽小人言。
徒將世俗能歡戲，也畏人心似隔山。
寄語知音女娘道，莫將苦處語為甜。

話說一日，六月十四日，西門慶從前邊來，走到月娘房中。月娘告說：「今日你不在家，花家使小廝拏帖子來請你吃酒：『若是他來家就去。』」西門慶觀看原帖子，寫著：「即午，院中吳銀家敘。希過我往，萬萬！」于是打選衣帽齊整，叫了兩個跟隨，預備下駿馬，先逕到花家。不想花子虛不在家了。他渾家李瓶兒，夏月間，戴著銀絲鬏髻，金鑲紫瑛墜子，藕絲對衿衫，白紗挑線鑲邊裙，裙邊露一對紅鴛鳳嘴，尖尖趫趫，立在二門裏臺基上。手中正拏一隻紗綠綃細鞋扇。那西門慶三不知❶，正進門，兩個撞了個滿懷。這西門慶留心已久，雖故莊上見了一面，不曾細玩其詳。于是對面見了一面。人生的甚是白淨，五短身材，瓜子面皮，生的細彎彎兩道眉兒。不覺魂飛天外，魄散九霄，忙向前深深的作揖。

❶三不知：匆匆忙忙，冒冒失失。

婦人還了萬福，轉身入後邊去了。使出一個頭髮齊眉的丫鬟來，名喚綉春，請西門慶客位內坐。他便立在角門首，半露嬌容說：「大官人少坐一時。他適纔有些小事出去了，便來也。」少頃，使丫鬟拏出一盞茶來。西門慶吃了。婦人隔門說道：「今日他請大官人往那邊吃酒去？好歹看奴之面，勸他早些來家。兩個小廝又都跟的去了，只是這兩個丫鬟和奴，家中無人。」西門慶便道：「嫂子見得有理，哥家事要緊。嫂子既然分付在下，在下已定伴哥同去同來，怎肯失了哥的事？」正說著，只見花子虛來家。婦人便回房中去了。

花子虛見西門慶敘禮，說道：「蒙兄下降，小弟適有些不得已小事出去望望，失迎，恕罪！」于是分賓主坐，便叫小廝看茶。須臾茶罷，分付小廝：「對你娘說，看菜兒來。我和你西門爹吃三盃起身。今日院內吳銀姐生日，請兄同往一樂。」西門慶道：「仁兄何不早說？」即令玳安：「快家去，討五錢銀子封了來。」花子虛道：「兄何故又費心？小弟倒不是了。」西門慶見左右放桌兒，說道：「兄不消留坐了。咱往裏邊吃去罷。」花子虛道：「不敢久留，兄坐一回。」就是大盤大碗，雞蹄鮮肉肴饌，拏將上來。銀高腳葵花鍾，每人一鍾。又是四個捲餅。吃畢，收下來與馬上人吃。少頃，問玳安取了分資來，一同起身上馬。西門慶是玳安、平安兒，花子虛是天福、天喜兒，四個小廝跟隨，逕往构欄後巷吳四媽家，與吳銀兒做生日。到那裏花攢錦簇，歌舞吹彈。飲酒至一更時分方散。西門慶留心，把子虛灌的酩酊大醉。又因李瓶兒央浼之言，須得相伴他一同來家。小廝叫開大門，扶到他客位坐下。李瓶兒同丫鬟掌著燈燭出來，把子虛挽扶進去。

西門慶交付明白，就要告回。婦人旋走出來拜謝西門慶，說道：「拙夫不才貪酒，多累看奴薄面，姑待來家。官人休要笑話。」那西門慶忙屈身還喏，說道：「不敢。嫂子這裏分付，早晨一面出門，將的軍去，將的軍來。在下敢不銘心刻骨，同哥一荅裏❷來家？非獨嫂子耽心，顯得在下幹事不得了。你看哥在他家，被那些人纏住了。我強著你催哥起身。走到樂星堂兒門首，粉頭鄭愛香兒家，小名叫做鄭觀音，生的一表人物，哥就往他家去。被我再三攔住了，說道：『哥家去罷，改日再來。家中嫂子放心不下。』方纔一直來家。不然，若到鄭家，一夜不來。嫂子在上，不該我說。哥也糊突❸，嫂子又青年，偌大家室，如何便丟了去，成夜不在家，是何道理？」婦人道：「正是如此。奴為他這等在外胡行，不聽人說，奴也氣了一身病痛在這裏。往後大官人但遇他在院中，好歹看奴薄面，勸他早早回家。奴恩有重報，不敢有忘。」這西門慶是頭上打一下，腳底板響❹的人。積年風月❺中走，甚麼事兒不知道。可可今日婦人倒明明開了一條大路，教他入港。于是滿面堆笑道：「嫂子說那裏話？比來比來，相交朋友做甚麼？我已定苦心諫哥，嫂子放心。」婦人又道了萬福，又叫小丫鬟拏了一盞果仁泡茶來，銀匙雕漆茶鍾。西門慶吃畢茶，說道：「我回去罷。嫂子仔細門戶。」于是告辭歸家。

自此這西門慶就安心設計圖謀這婦人。屢屢安下應伯爵、謝希大這夥人，把子虛掛住在院裏，飲酒過夜，他便脫身來家，一逕在門首站立著。看見婦人領著兩個丫鬟，正在門首。看見西門慶在門前咳嗽，

---

❷ 一荅裏：一處；一起。

❸ 糊突：糊塗。

❹ 頭上打一下二句：形容玲瓏活潑的樣子。

❺ 風月：男女戀愛。

一回走過東來，又往西去。或在對門站立，把眼不住望門裏盼著。婦人影身在門裏。見他來，便閃進裏面。他過去了，又探頭去瞧。兩個眼意心期，已在不言之表。

一日西門慶門首正站立間，婦人使過小丫鬟綉春來請。西門慶故意問道：「姐姐，你請我做甚麼？你爹在家裏不在？」綉春道：「俺爹不在家，娘請西門爹問句話兒。」這西門慶得不的此一聲，連忙走過來。讓到客位內坐下。良久，婦人出來，道了萬福。便道：「前日多承官人厚意，奴銘刻于心，知感不盡。拙夫從昨日出去，一連兩日不來家了。不知官人曾會見他來不曾？」西門慶道：「他昨日同三四個在鄭家吃酒，我偶然有些小事就來了。今日我不曾得進去，不知他還在那裏沒在？若是我在那裏，有個不權促哥哥早來家的。恐怕嫂子憂心。」婦人道：「正是這般說。只是奴吃他恁不聽人說，常時在前邊眠花臥柳，不顧家事的虧。」西門慶道：「論起哥來，仁義上也好。只是有這一件兒。」說著，小丫鬟拏茶來吃了。那西門慶恐子虛來家，不敢久戀，就要告歸。婦人千叮萬囑，央西門慶明日到那裏，好歹勸他早來家：「奴恩有報，已定重謝官人。」西門慶道：「嫂子沒的說，我與哥是那樣相交。」說畢，西門慶家去了。

到次日，花子虛自院中回家。婦人再三埋怨，說道：「你便外邊貪酒戀色，多虧隔壁西門大官人，兩次三番顧睦❻你來家。你買分禮兒知謝知謝❼他，方不失了人情。」那花子虛連忙買了四盒禮物，一罎酒，使小廝天福兒送到西門慶家。西門慶收下，厚賞來人不提。有吳月娘便說：「花家如何送你這分

❻ 顧睦：照顧。
❼ 知謝知謝：謝謝。

禮？」西門慶道：「此是花二哥前日請我每在院中與吳銀兒做生日，醉了，被我攙扶了他來家。又見我常時院中勸他休過夜，早早來家。他娘子兒因此感不過我的情，想對花二哥說，買了此禮來謝我。」那吳月娘聽了，與他打了個問訊，說道：「我的哥哥，你自顧了你罷，又泥佛勸土佛❽。你也成日不著個家，在外養女調婦。又勸人家漢子！」又道：「你莫不白受他這分禮？」因問：「他帖兒上寫著誰的名字？若是他娘子的名字，今日寫我的帖兒，請他娘子過來坐坐。他也只恁要來咱家走走哩！若是他男子漢名字，隨你請不請，我不管你。」西門慶道：「是花二哥名字，我明日請他便了。」次日，西門慶果然治盃，請過這花子虛來，吃了一日酒歸家。李瓶兒說：「你不要差了禮數。咱送了他一分禮，他左右還請你過去吃了一席酒。你改日另治一席酒請他。只當回席也是好處。」

光陰迅速，又早九月重陽令節。這花子虛假著節下，叫了兩個妓者，具柬請西門慶過來賞菊。又邀應伯爵、謝希大、祝日念、孫寡嘴四人相陪。傳花擊鼓，歡樂飲酒。有詩為證：

烏兔循環似箭忙，人間佳節又重陽。
千枝紅樹妝秋色，三徑黃花吐異香。
不見登高烏帽客，還思捧酒綺羅娘。
秀簾瑣闥私相覷，從此恩情兩不忘。

當日眾人飲酒，到掌燈之後，西門慶忽下席來，外邊更衣解手。不防李瓶兒正在遮槅子外邊站立偷覷，

❽ 泥佛勸土佛：同病相憐，互相勸慰。

兩個撞了個滿懷。西門慶迴避不及。婦人走于西角門首，暗暗使丫鬟綉春黑影裏走到西門慶跟前，低聲說道：「俺娘使我對西門爹說，少吃酒，早早回家。如今便打發我爹往院裏歇去。晚夕娘如此這般，要和西門爹說話哩。」這西門慶聽了，歡喜不盡。小解回來，到席上連偷酒在懷，唱的左右彈唱遞酒，只是裝醉再不吃。看看到一更時分，那李瓶兒不住走來簾外窺覷。見西門慶坐在上面，只推做打盹。那應伯爵、謝希大如同箇子釘在椅子上，正吃的箇定油兒，白不起身。熬的祝日念、孫寡嘴也去了。他兩個還不動。把個李瓶兒急得要不的。西門慶已是走出來，被花子虛再不放，說道：「今日小弟沒敬心，哥怎的白不肯坐？」西門慶道：「我本醉了，吃不去。」于是故意東倒西歪，教兩個小廝扶歸家去了。應伯爵道：「他今日不知怎的，白不肯吃酒。吃了沒多酒就醉了。既是東家費心，難為兩個姐兒在此。拏大鍾來，咱每再週四五十輪散了罷。」李瓶兒在簾外聽見，罵涎臉❾的囚根子❿不絕。暗暗使小廝天喜兒請下花子虛來，分付說：「你既要與這夥人吃，趁早與我院裏吃去，休要在家裏聒噪我！半夜三更，熬油費火，我那裏耐煩！」花子虛道：「這咱晚我就和他每院裏去，也是來家不成。你休再麻犯我是的。」婦人道：「你去，我不麻犯便了。」這花子虛得不的這一聲，走來對眾人說；如此這般：「我每往院裏去。」應伯爵道：「真個嫂子有此話？休哄我！你再去問聲嫂子來，咱好起身。」子虛道：「房下剛纔已是說了，教我明日來家。」謝希大道：「可是來。自吃應花子這等韶刀⓫，哥剛纔已是討了老腳來，

❾ 涎臉：即「嘻皮笑臉」。

❿ 囚根子：罵人的話。

⓫ 韶刀：即「嘮叨」。

咱去的也放心。」于是連兩個唱的，都一齊起身進院。天福兒、天喜兒跟花子虛等三人，到後巷吳銀兒家，已是二更天氣。叫開門，吳銀兒已是睡下。旋起來，堂中秉燭，迎接入裏面坐下。應伯爵道：「你家孤老今日請俺每賞菊飲酒，吃的不割不截⓬的，又邀了俺每進來。你這裏有酒，拏出俺每吃。」

且不說花子虛在院裏吃酒。單表西門慶推醉到家，走到潘金蓮房裏，剛脫了衣裳，就往前邊花園裏去坐，單等李瓶兒那邊請他。良久，只聽的那邊趕狗關門。少頃，只見丫鬟迎春黑影影裏扒著牆推叫貓，看見西門慶坐在亭子上，遞了話。這西門慶掇過一張桌凳來踏著，暗暗扒過牆來。這邊已安下梯子。李瓶兒打發子虛去了，已是摘了冠兒，亂挽烏雲，素體濃妝，立于穿廊下。看見西門慶過來，歡喜無盡。迎接進房中，掌著燈燭，早已安排一桌齊齊整整酒肴果菜。小壺內滿貯香醪。婦人雙手高擎玉斝，迎春執壺遞酒，向西門慶深深道了萬福，說道：「一向感謝官人。官人又費心相謝，使奴家心下不安。今日奴自治了這盃淡酒，請官人過來，聊盡奴一點薄情。又撞著兩個天殺的涎臉，只顧坐住了，急的奴要不的。剛纔吃我都打發他往院裏去了。」西門慶道：「只怕二哥還來家麼？」婦人道：「奴已分付過夜，不來了。兩個小廝都跟去了，家裏再無一人。只是這兩個丫頭，一個馮媽媽看門首，是奴從小兒養娘心腹人。前後門都已關閉了。」西門慶聽了，心中甚喜。兩個于是並肩疊股，交盃換盞，飲酒做一處。迎春旁邊斟酒，綉春往來拏菜兒。吃得酒濃時，錦帳中香薰鴛被，設放珊枕。兩個丫鬟抬開酒桌，拽上門去了。兩人上床交歡。原來大人家有兩層窗寮，外面為窗，裏面為寮。婦人打發丫鬟出去，關上裏邊兩扇窗寮，房中掌著燈燭，外邊通看不見。這迎春丫鬟，今年已十七歲，頗知事體。見他兩個今夜偷期，

⓬ 不割不截：不了不結。

悄悄向窗下用頭上簪子挺，簽破窗寮上紙，往裏窺覷。端的二人怎樣交接？但見：燈光影裏，鮫綃帳內，一來一往，一撞一沖。這一個玉臂忙搖，那一個金蓮高舉。這一個鶯聲嚦嚦，那一個燕語喃喃。好似君瑞遇鶯娘，尤若宋玉偷神女。山盟海誓，依稀耳中；蝶戀蜂恣，未肯即罷。戰良久被翻紅浪，靈犀一點透酥胸；鬥多時帳拘銀鈎，眉黛兩彎垂玉臉。那正是：三次親唇情越厚，一酥麻體與人偷。這房中二人雲雨，不料迎春在窗外聽看了個不亦樂乎。聽見他二人說話。西門慶問婦人：「多少青春？」李瓶兒道：「奴屬羊的，今年二十三歲。」因問：「他大娘貴庚？」西門慶道：「房下屬龍的，二十六歲了。」婦人道：「原來長奴三歲。到明日買分禮物過去。看看大娘，只怕不敢親近。」西門慶道：「房下自來好性兒。不然，我房裏怎生容得這許多人兒？」婦人又問：「你頭裏過這邊來，他大娘知道不知？倘或問你時，你怎生回答？」西門慶道：「俺房下都在後邊第四層房子裏。惟有我第五個小妾潘氏，在這前邊花園內，獨自一所樓房居住。他不敢管我。」婦人道：「他五娘貴庚多少？」西門慶道：「他與大房下都同年。」婦人道：「又好了。若不嫌奴有玷，奴就拜他五娘做個姐姐罷。到明日討他大娘和五娘的腳樣兒來，奴親自做兩雙鞋兒過去，以表奴情。」婦人便向頭上關頂的金簪兒，拔下兩根來，遞與西門慶，分付：「若在院裏，休要叫花子虛看見。」西門慶道：「這理會得。」當下二人如膠如漆，盤桓到五更時分，窗外雞鳴，東方漸白。西門慶恐怕子虛來家，整衣而起。婦人道：「你照前越牆而過。」兩個約定暗號兒；但子虛不在家，這邊使丫鬟立牆頭上，暗暗以咳嗽為號，或先丟塊瓦兒。見這邊無人，方纔上牆叫他，西門慶便用梯凳扒過牆來。這邊早安下腳手⑬接他。兩個隔牆酬和，竊玉偷香，又不由大門

⑬ 腳手：爬高時手攀腳踏的設備。

裹行走，街坊鄰舍，怎得曉的暗地裏事。有詩為證：

吃食少添鹽醋，不是去處休去。
要人知重勤學，怕人知事莫做。

卻說西門慶天明，依舊扒過牆來，走到潘金蓮房裏。金蓮還睡未起，因問：「你昨日三不知又往那去了？一夜不來家，也不對奴說一聲兒。」西門慶道：「花二哥又使了小廝邀我往院裏去吃了半夜酒，脫身纏走來家。」金蓮雖故信了，還有幾分疑齪⓮影在心中。一日同孟玉樓飯後的時分，在花園裏亭子上坐著做針指。只見掠過一塊瓦兒來，打在面前。那孟玉樓低著納鞋⓯沒看見。這潘金蓮單單把眼四下觀盼，影影綽綽只見一個白臉在牆頭上探了探就下去了。金蓮忙推玉樓，指與他瞧，說道：「三姐姐，你看這個是隔壁花家那大丫頭，不知上牆瞧花兒，看見俺每在這裏，他就下去了。」說畢也不就罷了。到晚夕，西門慶自外赴席來家，進金蓮房中。金蓮與他接了衣裳，問他，飯不吃，茶也不吃。趔趄著腳兒，只往前邊花園裏走的。這潘金蓮賊留心，暗暗看著他坐了好一回。只見先頭那丫頭，在牆頭上打了個照面。這西門慶就躧著梯凳過牆去了。那邊李瓶兒入房中，兩個廝會，不必細說。這潘金蓮歸到房中，翻來覆去，通一夜不曾睡。到天明，只見西門慶過來，推開房門，婦人一逕睡在床上不理他。那西門慶先帶幾分愧色，挨近他床邊坐下。婦人見他來，跳起來坐著，一手撮著他耳朵罵道：「好負心的賊！你

⓮ 疑齪：疑惑。
⓯ 納鞋：同「衲鞋」，縫鞋底。

昨日端的那去來？把老娘氣了一夜！又說沒曾揸住你。你原來幹的那繭兒，我已是曉的不耐煩了！趁早實說，從前已往，隔壁花家那淫婦得手偷了幾遭？一一說出來，我便罷休。但瞞著一字兒，到明日你前腳兒但過那邊去了，後腳我這邊就吆喝起來，教你負心的囚根子，死無葬身之地！你安下人標住他漢子在院裏過夜，這裏要他老婆。我教你吃不了包著走！嗔道⑯昨日大白日裏，我和孟三姐在花園裏做生活，只見他家那大丫頭在牆那邊探頭舒腦的。原來是那淫婦使的勾使鬼來勾你來了！你還哄我老娘，前日他家那王八半夜叫了你往院裏去。原來他家就是院裏！」這西門慶不聽便罷，聽了此言，慌得裝矮子⑰，只跌腳跪在地下，笑嘻嘻央及說道：「怪小油嘴兒，禁聲⑱些。實不瞞你，他如此這般問了你兩個的年紀，到明日討了鞋樣去，每人替你做雙鞋兒。要拜認你兩個做姐，他情願做妹子。」金蓮道：「我是不要那淫婦認甚哥哥姐姐的。他要了人家漢子，又來獻小慇懃兒，啜哄⑲人家老公。我老娘眼裏放不下砂子的人，肯叫你在我跟前弄了鬼兒去了。」說著，一隻手把他褲子扯開。只見他那話兒軟仃儅，銀托子還帶上面。問道：「你實說，晚夕與那淫婦弄了幾遭？」西門慶道：「弄到有數兒的只一遭。」婦人道：「你指著你這旺跳的身子賭個誓，一遭就弄的他恁軟如鼻涕濃如醬，恰似風癱了的一般。有些硬朗氣兒也是人心！」說著把托子一揪掛下來，罵道：「沒羞的黃貓黑尾的強盜！嗔道教我那裏沒尋，原來把這

⑯ 嗔道：怪道；怪不得。
⑰ 裝矮子：下跪。
⑱ 禁聲：靜默。
⑲ 啜哄：哄騙。

行貨子悄地帶出，和那淫婦肏搗去了。」那西門慶便滿臉兒陪笑兒說道：「怪小淫婦兒，麻犯人死了。他再三教我捎了上覆來，他到明日過來與你磕頭，還要替你做鞋。昨日使丫頭替了吳家的樣子去了。今日教我捎了這一對壽字簪兒送你。」于是除了帽子，向頭上拔將下來，遞與金蓮。金蓮接在手內觀看，卻是兩根番紋低板石青填地金玲瓏壽字簪兒。乃御前所製造，宮裏出來的，甚是奇巧。金蓮滿心歡喜，說道：「既是如此，我不言語便了。等你過那邊去，我這裏與你兩個觀風，教你兩個自在肏搗。你心下如何？」那西門慶喜歡的雙手摟抱著說道：「我的乖乖的兒，正是如此，不枉的養兒不在屙金溺銀，只要見景生情。我到明日梯己⑳買一套妝花衣服謝你。」婦人道：「我不信那蜜口糖舌，既要老娘替你二人週全，要依我三件事。」西門慶道：「不拘幾件，我都依。」婦人道：「頭一件，不許你往走院裏去。第二件，要依我說話。第三件，你過去和他睡了來家，就要告我說，一字不許你瞞我。」西門慶道：「這個不打緊處，都依你便了。」

自此為始，西門慶過去睡了來，就告婦人說：李瓶兒怎的生得白淨，身軟如綿花瓜子一般，好風月。又善飲：「俺兩個帳子裏放著果盒，看牌飲酒，常玩耍半夜不睡。」又向袖中取出一個物件的兒來，遞與金蓮瞧，道：「此是他老公公內府畫出來的，俺兩個點著燈，看著上面行事。」金蓮接在手中，展開觀看。有詞為證：

內府衢花綾表，牙籤錦帶妝成。大青大綠細描金，鑲嵌斗方乾淨。　女賽巫山神女，男如宋玉郎

---

⑳ 梯己：自己；私自。

君。雙雙帳內慣交鋒，解名二十四，春意動關情。

金蓮從前至尾，看了一遍，不肯放手。就交與春梅：「好生收在我箱子內，早晚看著耍子。」西門慶道：「你看兩日，還交與我。此是人的愛物兒。我借了他來家瞧瞧，還與他。」金蓮道：「他的東西如何到我家？我又不曾從他手裏要將來。就是打也打不出去。」西門慶道：「你沒問他要，我卻借將來了。怪小奴才兒，休作耍。」因趕著奪那手卷。金蓮道：「你若奪一奪兒，賭個手段，我就把他扯得稀爛，大家看不成。」西門慶笑道：「我也沒法了。隨你看畢了，與他罷麼？你還了他這個去，他還有個稀奇物件兒哩。到明日我要了來與你。」金蓮道：「我兒，誰養的你恁乖！你拏了來，我方與你這手卷去。」兩個絮聒了一回。晚夕金蓮在房中香薰鴛被，款設銀燈，艷妝澡牝，與西門慶展開手卷，在錦帳之中，效于飛之樂。看官聽說：巫蠱魘昧之事，自古有之。觀其金蓮，自從教劉瞎子回背之後，不上幾時，就生出許多枝節，使西門慶變嗔怒而為寵愛，化幽辱而為歡娛，再不敢制他出三不信我。正是：饒你奸似鬼，也吃洗腳水。有詩為證：

記得書齋乍會時，雲蹤雨跡少人知。曉來鸞鳳栖雙枕，剔盡銀缸半吐輝。　思往事，夢魂迷。今宵喜得效于飛。顛鸞倒鳳無窮樂，從此雙雙永不離。

畢竟未知後來何如，且聽下回分解。

第十四回　花子虛因氣喪身　李瓶兒送姦赴會

眼意心期未即休，不堪拈弄玉搔頭。
春回笑臉花含媚，淺感蛾眉柳帶愁。
粉暈桃腮思伉儷，寒生蘭室盼綢繆。
何如得遂相如志，不讓文君詠白頭。

話說一日吳月娘心中不快，吳大妗子來看。月娘留他住兩日。正陪著在房中坐的，忽見小廝玳安抱進氈包來，說：「爹來家了。」吳大妗子便往李嬌兒房裏去了。少頃，西門慶進來，脫了衣服坐下。小玉拏茶來也不吃。月娘見他面帶幾分憂色，便問：「你今日會茶來家忒早。」西門慶道：「今該常時節會，他家沒地方，請了俺每在門外五里原永福寺去耍子。有花二哥邀了應二哥，俺每四五個往院裏鄭愛香兒家吃酒。正吃在熱鬧處，忽見幾個做公的進來，不由分說，把花二哥拏的去了，把眾人諕的吃了一驚。我便走到李桂姐家躲了半日。不放心，使人打聽。原來是花二哥内臣家房族中花大、花三、花四告家財，在東京開封府遞了狀子。批下來著落本縣拏人。俺每纔放心，各人散歸家來。」月娘聞言，便道：「正該！鎮日跟著這夥人喬神道❶，想著個家？只在外邊胡撞。今日只當丟出事來，纔是個了手。你如今還不心死，到明日不吃人爭鋒廝打，群到那裏，打個爛羊頭，你肯斷絕了這條路兒。正經家裏老婆，好言語說著你肯聽？只是院裏淫婦在你跟前說句話兒，你倒著個驢耳朵聽他。正是人家說著耳邊風，外人說著金字經！」西門慶笑道：「誰人敢七個頭八個膽打我？」月娘道：「你這行貨子，只好家裏嘴頭子罷了。若上場兒，諕的看出那嘴舌來了。」正說著，只見玳安走來，說：「隔壁花二娘家使了天福兒來，請爹過那邊去說話。」這西門慶得不的一聲兒，趔趄腳兒就往外走。月娘道：「明日沒得教人扯你把？」西門慶道：「切鄰間不妨事。我去到那裏看他有甚麼話說。」

當下走過花子虛家來。李瓶兒使小廝請到後邊說話。只見婦人羅衫不整，粉面慵妝，從房裏出來，臉諕的蠟渣也似黃，跪著西門慶，再三哀告道：「大官人，沒奈何，不看僧面看佛面。常言道：『家有患難，鄰保相助。』因奴拙夫不聽人言，把著正經家事兒不理，只在外信著人，成日不著家。今日只當吃人暗算，弄出這等事來。著緊這時節方對小廝說將來，教我尋人情救他。我一個女婦人，沒腳蟹，那裏尋那人情去？發狠起將來，想著他恁不依人說，拏到東京打的他爛爛的不虧。只是難為過世老公公的名字。奴沒奈何，請將大官人來，央及大官人把他不要題起罷。千萬只看奴之薄面，有人情，好歹尋一個兒，只休教他吃凌逼便了。」西門慶見婦人下禮，連忙道：「嫂子請起來不妨。今日我還不知因為了甚勾當。俺每都在鄭家吃酒，只見幾個做公的人，把哥拏的到東京去了。」婦人道：「正是一言難盡。此是俺過世老公公連房大姪兒花大、花三、花四，與俺家都是叔伯兄弟。大哥喚做花子由，三哥喚花子光，第四個的叫花子華。俺這個名花子虛，卻是老公公嫡親姪兒。雖然老公公掙下這一分家財，見俺這

❶ 喬神道：假充好漢。

個兒不成器，從廣東回來，把東西只交付與我手裏收著。著緊❷還打躺棍兒，那別的越發打的不敢上前。去年老公公死了，這花大、花三、花四也于分了些床帳家去了。只見一分銀子兒沒曾得。我便說多少與他些也罷了。俺這個成日只在外邊胡幹，把正經事兒通不理一理兒。今日手暗不透風❸，卻教人弄下來了。」說畢，放聲大哭。西門慶道：「嫂子放心。我只道是甚麼事來，原來是房分中告家財事！這個不打緊處。既是嫂子分付，哥的事兒就是我的事，我的事就如哥的事一般。隨問怎的，我在下謹領。」婦人問道：「官人若肯下顧時，又好了。請問尋分上用多少禮兒？奴好預備。」西門慶道：「也用不多。聞得東京開封府楊府尹，乃蔡太師門生。蔡太師與我這四門親家楊提督，都是當朝天子面前說得話的人。拏兩個分上齊對楊府尹說，有個不依的？不拘多大事情也了了。如今倒是蔡太師用些禮物。那提督楊爺，與我舍下有親，他肯受禮？」婦人便往房裏開箱子，搬出六十錠大元寶，共計三千兩，教西門慶收去，尋人情上下使用。西門慶道：「只消一半足矣。何消用得許多？」婦人道：「多的大官人收去。奴床後邊，有四口描金箱櫃，蟒衣玉帶，帽頂絛環，提繫條脫，值錢珍寶，玩好之物，亦發大官人替我收去，放在大官人那裏。奴用時取去。趁早奴不思個防身之計，信著他，往後過不出好日子來。眼見得三拳迭不得四手，到明日沒的把這些東西兒，吃人暗算奪了去，坑閃❹得奴三不歸❺。」西門慶道：「只怕花

❷ 著緊：實在。

❸ 手暗不透風：一點也不漏風聲。

❹ 坑閃：陷害。

❺ 三不歸：沒結果。

二哥來家，尋問怎了？」婦人道：「這個都是老公公在時，梯己交與奴收著的之物。他一字不知。大官人只顧收去。」西門慶說道：「既是嫂子恁說，我到家叫人來取。」于是一直來家與月娘商議。月娘說：「銀子便用食盒叫小廝抬來。那箱籠東西，若從大門裏來，教兩邊街房看者不惹眼？必須如此如此，夜晚打牆上過來，方隱密些。」西門慶聽言大喜，即令來旺兒、玳安兒、來興、平安四個小廝，兩架食盒，把三千兩金銀，先抬來家。然後到晚夕月上的時分，李瓶兒那邊同兩個丫鬟迎春、綉春，放桌凳，把箱櫃挨到牆上。西門慶這邊，只是月娘、金蓮、春梅用梯子接著。牆頭上鋪苫氈條，一個個打發過來，都送到月娘房中去。你說有這等事？要得富，險上做。有詩為證：

富貴自是福來投，利名還有利名憂。
命裏有時終須有，命裏無時莫強求。

西門慶收下他許多軟細金銀寶物，鄰舍街坊俱不得知道。連夜打點馱裝停當，求了他親家陳宅一封書，差家人上東京。一路朝登紫陌，暮踐紅塵。有日到了東京城內，交割楊提督書禮，轉求內閣蔡太師柬帖，下與開封府楊府尹。這府尹名喚楊時，別號龜山，乃陝西弘農縣人氏。由癸未進士，陞大理寺卿。今推開封府裏，極是個清廉的官。況蔡太師是他舊時座主，楊戩又是當道時臣，如何不做分上？這裏西門慶又順星夜捎書花子虛知道，說：「人情都到了。等當官問你家財下落，只說都花費無存，只是房產莊田見在。」恰說一日楊府尹陞廳，六房官吏俱都祇候。但見：為官清正，作事廉明。每懷惻隱之心，常有仁慈之念。爭田奪地，辨曲直而後施行；鬥毆相爭，審輕重方使決斷。閒則撫琴會客，也應分理民情。雖然京兆宰臣官，果是一邦民父母。當日楊府尹陞廳，監中提出花子虛來等一干人上廳跪下，審問他家財下落。那花子虛口口只說：「自從老公公死了，發送念經，都花費了。只有宅舍兩所，莊田一處見在。其餘床帳家火物件，俱被族人分扯一空。」楊府尹道：「你每內官家財，無可稽考，得之易，失之易。既是花費無存，批仰清河縣委官將花太監住宅二所，莊田一處，估價變賣，分給花子由等三人回繳。」子由等還要當廳跪稟，還要監追子虛要別項銀兩下落。被楊府尹大怒，都喝下來了。說道：「你這廝少打！當初你那內相一死之時，你每不告，做甚麼來？如今事情往，又來騷擾，費告我紙筆。」于是把花子虛一下兒也沒打，批了一道公文，押發清河縣前來估計莊宅，不在話下。

早有西門慶家人來保，打聽這消息，星夜回來報知西門慶。西門慶聽的楊府尹見了分上，放出花子虛來家，滿心歡喜。這裏李瓶兒請過西門慶去計議，要教西門慶：「拏幾兩銀子，買了所住的宅子罷。到明日奴不久也是你的人了。」西門慶歸家，與吳月娘商議。月娘道：「隨他當官估價賣多少，你不可承攬要他這房子。恐怕他漢子一時生起疑心來怎了。」這西門慶聽記在心。那消幾日，花子虛來家，清河縣委下樂縣丞丈估。計太監大宅一所，坐落大街安慶坊，值銀七百兩，賣與王皇親為業；南門外莊田一處，值銀六百五十五兩，賣與守備周秀為業；只有住居小宅，值銀五百四十兩，因在西門慶緊隔壁，沒人敢買。花子虛再三使人來說，西門慶只推沒銀子，延挨不肯上帳。縣中緊等要回文書。李瓶兒急了，暗暗使過馮媽媽來，對西門慶說，教：「拏他寄放的銀子，兌五百四十兩買了罷。」這西門慶方纔依允，當官交兌了銀兩。花大哥都畫了字，連夜做文書回了上司。共該銀二千八百九十五兩，三人均分訖。花子虛打了一場官司出來，沒分的絲毫，把銀兩房舍莊田又沒了，兩箱內三千兩大元寶又不見蹤影，心中甚是焦躁。因問李瓶兒查算西門慶那邊使用銀兩下落。「今剩下多少，還要湊著添買房子。」反吃婦人整罵了四五日。罵道：「呸！魍魎混沌！你成日放著正事不理，在外邊眠花臥柳不著家，只當被人所算，弄成圈套，拏在牢裏。使將人來對我說，教我尋人情。奴是個女婦人家，大門邊兒也沒走；能走不能飛，曉得甚麼？認得何人？那裏尋人情？渾身是鐵，打得多少釘兒！替你到處求爹爹，告奶奶，甫能尋得人情。平昔不種下，急流之中，誰人來管你？多虧了他隔壁西門慶看日前相交之情，大冷天，刮得那黃風黑風，使了家下人往東京去，替你把事兒幹的停停當當的。你今日了畢官司出來，兩腳踏住平川地，得命思財，瘡好忘痛，來家還問老婆找起後帳兒來了！還說有也沒，你過陰！有你寫來的帖子見在。沒你的手字兒，我擅自拏出你的銀子尋人情，抵盜與人便難了。」花子虛道：「可知是我的帖子來說，實指望還剩下些。咱湊著買房子過日子。往後知數拳兒了。」婦人道：「呸！濁才料！我不叫罵你的，你早仔細好來！困頭兒上不算計，圈底兒下卻算計。千也說使多了，萬也說使多了。你那三千兩銀子，能到的那裏？蔡太師、楊提督好小食腸兒？不是恁大人情囑的話，平白拏了你一場，當官蒿條兒也沒曾打在你這王八身上。好好放出來，教你在家裏恁說嘴！人家不屬你管轄，你是他甚麼著疼的親故？平白怎替你南上北下走跳，使錢救你？你來家該擺席酒兒，請過人來知謝人一知謝兒。還一掃帚掃的人光光的，問人找起後帳兒來了。」幾句連搽帶罵，罵的子虛閉口無言。

到次日，西門慶使了玳安送了一分禮來與子虛壓驚。子虛這裏安排了一席，叫了兩個妓者，請西門慶來知謝，就找著問他銀兩下落。依著西門慶這邊，還找過幾百兩銀子與他湊買房子。李瓶兒不肯，暗地使過馮媽媽子過來，對西門慶說：「休要來吃酒。開送一篇花帳與他，只說銀子上下打點都使沒了。」

花子虛不識時，還使小廝再三邀請。西門慶一逕躲的往院裏去了。只回：「不在家。」花子虛氣的發昏，只是跌腳。看官聽說：大抵只是婦人更變，不與男子漢一心，隨你咬折釘子般剛毅之夫，也難防測其暗地之事。自古男治外而女治內。往往男子之名，都被婦人壞了者。為何？皆由御之不得其道故也。要之，在乎夫唱婦隨，容德相感，緣分相投，男慕乎女，女慕乎男，庶可以保其無咎。稍有微嫌，輒顯厭惡。若似花子虛終日落魄飄風，謾無紀律，而欲其內人不生他意，豈可得乎！正是：自意得其墊，無風可動搖。有詩為證：

功業如將智力求，當年盜跖卻封侯。
行藏有義真堪羨，好色無仁豈不羞。
郎蕩貪淫西門子，背夫水性女嬌流。
子虛氣塞柔腸斷，他日冥司必報仇。

話休饒舌。後來子虛只擯湊了二百五十兩銀子，買了獅子街一所房屋居住。得了這口重氣，剛搬到那裏，不幸害了一場傷寒。從十一月初旬睡倒在床上，就不曾起來的。初時李瓶兒還請的大街坊胡太醫來看。後來怕使錢，只挨著一日兩，兩日三，挨到二十頭，嗚呼哀哉，斷氣身亡，亡年二十四歲。那手下的大小廝天喜兒從子虛病倒之時，拐了五兩銀子，走了無蹤跡。子虛一倒了頭，李瓶兒就使了馮媽媽請了西門慶過去，與他商議，買棺入殮，念經發送子虛到墳上埋葬。那花大、花三、花四一般兒男婦也都來吊孝。送殯回來，各都散了。西門慶那日也教吳月娘辦了一張桌席，與他山頭祭奠。

當日婦人轎子歸家，也回了一個靈位，供養在房中。雖是守靈，一心只想著西門慶。從子虛在時，就把兩個丫頭教西門慶要了。子虛死後，越發通家往還。一日正月初九日，李瓶兒打聽是潘金蓮生日。未曾過子虛五七，就買禮坐轎子，穿白綾襖兒，藍織金裙，白苧布鬏髻，珠子箍兒，來與金蓮做生日。馮媽媽抱氈包，天福兒跟轎，進門就先與月娘插燭也似磕了四個頭，說道：「前日山頭，多勞動大娘受餓。又多謝重禮！」拜了月娘，又請李嬌兒孟玉樓拜見了。然後潘金蓮來到，說道：「這個就是五娘。」又磕下頭，一口一聲稱呼：「姐姐，請受奴一禮兒！」金蓮那裏肯受，相讓了半日，兩個還平磕了頭。金蓮又謝了他壽禮。又有吳大妗子、潘姥姥，都一同見了李瓶兒。便請西門慶拜見。月娘道：「他今日往門外玉皇廟打醮去了。」一面讓坐下，換茶來吃了。良久，只見孫雪娥走過來，李瓶兒見他妝飾少次于眾人，便去起身來問道：「此位是何人？奴不知，不曾請見的。」月娘道：「此是他姑娘哩。」這李瓶兒就要慌忙行禮。月娘道：「不勞起動二娘，只拜平拜兒罷。」于是二人彼此拜畢，月娘就讓到房中，換了衣裳，分付丫鬟明間內放桌兒擺茶。

須臾圍爐添炭，酒泛羊羔，安排上酒來。當下吳大妗子、潘姥姥、李瓶兒上坐。月娘和李嬌兒主席。孟玉樓和潘金蓮打橫。孫雪娥回廚下照管，不敢久坐。月娘見李瓶兒鍾鍾酒都不辭，于是親自巡了一遍酒。又令李嬌兒眾人各巡酒一遍，頗嘲問他話兒。便說道：「花二娘搬的遠了，俺姊妹每離多會少，好不思想！二娘狠心，就不說來看俺每看兒。」孟玉樓便道：「二娘今日不是因與六姐做生日，還不來哩！」李瓶兒道：「好大娘、三娘，蒙眾娘抬舉，奴心裏也要來。一來熱孝在身，二者拙夫死了，家下沒人。昨日纔過了他五七，不是怕五娘怪，還不敢來。」因問：「大娘貴降在幾時？」月娘道：「賤日早哩！」

潘金蓮接過來道：「大娘生日八月十五，二娘好歹來走走。」李瓶兒道：「不消說，一定都來。」孟玉樓道：「二娘今日與俺姊妹相伴一夜兒呵，不往家去罷了。」李瓶兒道：「奴可知也要和眾位娘敘些話兒。不瞞眾位娘說，小家兒人家，初搬到那裏，自從拙夫沒了，家下沒人。奴那房子後牆，緊靠著喬皇親花園，好不空！晚夕常有狐狸打磚掠瓦。奴又害怕。原是兩個小廝，那個大小廝又走了。正是這個天福兒小廝，看守前門。後半截通空落落的。倒虧了這個老馮是奴舊時人，常來與奴漿洗些衣裳，與丫頭做鞋腳累他。」月娘因問：「老馮多大年紀？且是好個恩實媽媽兒，高言兒也沒句兒！」李瓶兒道：「他今年五十六歲，屬狗兒。男兒花女沒有，只靠說媒度日。我這裏常管他些衣裳兒。昨日拙夫死了，叫過他來與奴做伴兒。晚夕同丫頭一炕睡。」潘金蓮嘴快，說道：「卻又來，既有老馮在家裏看家，二娘在這過一夜兒也罷了。左右那花爹沒了，有誰管著你？」玉樓道：「二娘只依我，教老馮回了轎子不去罷。」那李瓶兒只是笑，不做聲。

說話中間，酒過數巡。潘姥姥先起身往前邊去了。潘金蓮隨跟著他娘，往房裏去了。李瓶兒再三辭：「奴的酒夠了。」李嬌兒道：「花二娘怎的在他大娘、三娘手裏吃過酒，偏我遞酒，二娘不肯吃，顯得有厚薄。」于是拏大盃，只顧斟上。李瓶兒道：「好二娘，奴委的吃不去了。豈敢做假？」月娘道：「二娘你吃過此盃，略歇歇兒罷。」那李瓶兒方纔接了，放在面前，只顧與眾人說話。孟玉樓見春梅立在旁邊，便問：「春梅你娘在前邊做甚麼哩？你去連你娘潘姥姥快請來。你說大娘請來陪你花二娘吃酒哩。」春梅去不多時，回來道：「俺姥姥害身上疼睡哩。俺娘在房裏勻臉❻就來。」月娘道：「我倒也沒見，

❻ 勻臉：見第二回註❶。

你倒是個主人家，把客人丟下，三不知往房裏去了。俺姐兒一日臉不知匀多少遭數。要便走的匀臉去了。諸般都好，只是有這些孩子氣。」正說著，只見潘金蓮上穿了香色潞紬雁啣蘆花樣對衿襖兒，白綾豎領，妝花眉子，溜金蜂趕菊鈕扣兒，下著一尺寬海馬潮雲羊皮金沿邊挑線裙子，大紅段子白綾高底鞋，妝花膝褲，青寶石墜子，珠子箍，與孟玉樓一樣打扮。惟月娘是大紅段子襖，青素綾披襖，沙綠紬裙。頭上帶著鬏髻，貂鼠臥兔兒。玉樓在席上，看見金蓮艷抹濃妝，鬢嘴邊撇著一根金壽字簪兒，從外搖擺將來，戲道：「五丫頭，你好人兒，今日是你個驢馬畜❼，把客人丟在這裏，你躲房裏去了。你可成人養的？」那金蓮笑嘻嘻向他身上打了一下。玉樓道：「好大膽的五丫頭！你還來遞一鍾兒。」李瓶兒道：「奴在三娘手裏吃了好少酒兒，已卻夠了。」金蓮道：「他的手裏是他手裏帳，我也敢奉二娘一鍾兒。」于是揎起袖子，滿斟一大盃，遞與李瓶兒。李瓶兒只顧放著不肯吃。月娘陪吳大妗子從房裏出來，看見金蓮陪著李瓶兒坐的，問道：「他潘姥姥怎的不來陪花二娘坐？」金蓮道：「俺媽害身上疼，在房裏歪著哩。叫他不肯來。」月娘因看見金蓮鬢上撇著那壽字簪兒，便問：「二娘，你與六姐這對壽字簪兒，是那裏打造的？倒且是好樣兒！到明日俺每人照樣也配恁一對兒戴。」李瓶兒道：「大娘既要，奴還有幾對兒。到明日每位娘都補奉上一對兒。此是過世老公公宮裏御前作帶出來的。外邊那裏有這樣範？」月娘道：「奴取笑鬥二娘耍子。俺姊妹每人多，那裏有這些相送？」眾女眷飲酒歡笑，看看日西時分。馮媽媽在後邊雪娥房裏，管待酒，吃的臉紅紅的出來，催逼李瓶兒起身：「不起身，好打發轎子回去。」月娘道：「二娘不去罷。叫老馮回了轎子家去罷。」李瓶兒只說：「家裏無人，改日再奉看列位娘，有日子住哩。」

❼ 驢馬畜：「生」的歇後語，暗指「生日」。

孟玉樓道：「二娘好執古❽，俺眾人就沒些分上兒。如今不打發轎子，等住回他爹來，少不的也要留二娘。」自這說話，逼迫的李瓶兒就把房門鑰匙，遞與馮媽媽說道：「既是他眾位娘再三留我，顯得奴不識敬重。分付轎子回去，教他明日來接罷。你和小廝家仔細門戶。」又叫過馮媽，附耳低言：「教大丫頭迎春，拏鑰匙開我床房裏頭一個箱子，小描金頭面匣兒裏，拏四對金壽簪兒。你明日早送來，我要送四位娘。」那馮媽媽得了話，拜辭了月娘。月娘道：「吃酒去。」馮媽媽道：「我剛纔在後邊姑娘房裏，酒飯都吃了。明日老身早來罷。」一面千恩萬謝出門，不在話下。

少頃李瓶兒不肯吃酒，月娘請到上房同大妗子一處吃茶坐的。忽見玳安小廝抱進氈包，西門慶來家，掀開簾子進來，說道：「花二娘在這裏。」慌的李瓶兒跳起身來，兩個見了禮，坐下。月娘叫玉簫與西門慶接了衣裳。西門慶便對吳大妗子、李瓶兒說道：「今日會門外玉皇廟聖誕打醮，該我年例做會首。要不是，過了午齋，我就來了。因與眾人在吳道官房裏算帳，七擔八柳❾，纔到這咱晚。」因問：「二娘今日不家去罷了。」玉樓道：「二娘這裏再三不肯，要去。被俺眾姊妹強著留下。」李瓶兒道：「家裏沒人，奴不放心。」西門慶道：「沒的扯淡，這兩日好不巡夜的甚緊，怕怎的。但有些風吹草動，拏我個帖送與周大人點倒奉行。」又道：「二娘怎的冷清清坐著？用了些酒兒不曾？」孟玉樓道：「俺眾人再三奉勸二娘，二娘只是推不肯吃。」西門慶道：「你每不濟，等我奉勸二娘。二娘好小量兒！」李瓶兒口裏雖說奴吃不去了，只不動身。一面分付丫鬟從新房中放桌兒。都是留下伺候西門慶的整下飯❿

❽ 執古：固執。

❾ 七擔八柳：耽耽擱擱。

菜蔬，細巧果仁，擺了一張桌子。吳大妗子知局⓫，趔趄推不用酒，因往李嬌兒那邊房裏去了。當下李瓶兒上坐，西門慶拏椅子關席⓬，吳月娘在炕上踹著爐壺兒，孟玉樓、潘金蓮兩邊打橫。五人坐定，把酒來斟。也不用小鍾兒，要大銀衢花鍾子。你一盃，我一盞。常言：「風流茶說合，酒是色媒人。」吃來吃去，吃的婦人眉黛低橫，秋波斜視。正是：兩朵桃花上臉來，眉眼施開真色婦。月娘見他二人，吃的錫成一塊，言頗涉邪，看不上來，往那邊房裏陪吳大妗坐去了，由著他三個陪著。吃到三更時分，李瓶兒星眼迤斜，身立不住，拉金蓮往後邊淨手。西門慶走到月娘這邊房裏，亦東倒西歪。問月娘：「打發他那裏歇？」月娘道：「他來與那個做生日，就在那個兒房裏歇。」西門慶：「我在那裏歇宿？」月娘道：「隨你那裏歇宿。再不，你也跟了他一處去歇罷。」西門慶笑道：「豈有此禮。」因叫小玉來脫衣：「我在這房裏睡了。」月娘道：「就別要汗邪⓭，休要惹我那沒好口的罵的出來。你在這裏，他大妗子那裏歇？」西門慶道：「罷罷！我往孟三兒房裏歇去罷。」于是往玉樓房中歇了。潘金蓮引著李瓶兒淨了手，同往他前邊來。晚夕和姥姥一處歇臥。

到次日起來，臨鏡梳頭。春梅與他討洗臉水，打發他梳妝。因見春梅伶變，知是西門慶用過的丫鬟，與了他一付金三事兒。那春梅連忙就對金蓮說了。金蓮謝了又謝，說道：「又勞二娘賞賜他！」李瓶兒

---

❿ 下飯：同第六回註❻。

⓫ 知局：知趣。

⓬ 關席：主位。

⓭ 汗邪：害熱病正在出汗的人，往往胡言亂語，所以罵人胡言亂語為「汗邪」。

道：「不枉了五娘有福，好個姐姐！」早晨金蓮領著他同潘姥姥叫春梅開了花園門，各處遊看了一遍。李瓶兒看見他那邊牆頭開了個便門，通著他那壁，便問：「西門爹幾時起蓋這房子？」金蓮道：「前者央陰陽看來，也只到這二月間興工動土，收起要蓋。把二娘那房子打開通做一處。前面蓋山子捲棚，展一個大花園。後面還蓋三間玩花樓，與奴這三間樓相連做一條邊。」這李瓶兒聽見在心。兩人正說話，只見月娘使了小玉來請後邊吃茶。三人同來到上房。吳月娘、李嬌兒、孟玉樓陪著吳大妗子，擺下茶等著哩。眾人正吃點心茶湯，只見馮媽媽驀地走來。眾人讓他坐吃茶。馮媽媽向袖中取出一方舊汗巾，包著四對金壽字簪兒，遞與李瓶兒。接過來，先奉了一對與月娘，然後李嬌兒、孟玉樓、孫雪娥，每人都是一對。月娘道：「多有破費二娘。這個卻使不得。」李瓶兒笑道：「好大娘，甚麼罕希之物，胡亂與娘每賞人便了。」月娘眾人拜謝了，方纔各人插在頭上。月娘道：「只說二娘家門首就是燈市，好不熱鬧。到明日俺每看燈去，就到往二娘府上望望，休要推不在家。」李瓶兒道：「奴到那日，奉請眾位娘。」金蓮道：「姐姐還不知，奴打聽來，這十五日是二娘生日。」月娘道：「今日說定，若到二娘貴降的日子，俺姊妹一個也不少，來與二娘祝壽去。」李瓶兒笑道：「蝸居小舍，娘每肯下降，奴已定奉請。」不一時吃罷早飯，擺上酒來飲酒。看看留連到日西時分，轎子來接，李瓶兒告辭歸家。眾姊妹款留不住。臨出門，請西門慶拜見。月娘道：「他今日早起身出門，與縣丞送行去了。」婦人千恩萬謝，方纔上轎來家。正是：合歡核桃真堪笑，裹許原來別有人。

畢竟後來何如，且聽下回分解。

第十五回　佳人笑賞玩月樓　狎客幫嫖麗春院

日墜西山月出東，百年光景似飄蓬。
點頭纔羨朱顏子，轉眼翻為白髮翁。
易老韶華休浪度，掀天富貴等雲空。
不如且討紅裙趣，依翠偎紅院宇中。

話說光陰迅速，又早到正月十五日。西門慶這裏先一日差小廝玳安，送了四盤羹菜，兩盤壽桃，一罈酒，一盤壽麵，一套織金重絹衣服，寫吳月娘名字：「西門吳氏斂衽拜」，送與李瓶兒做生日。李瓶兒纔起來梳妝，叫了玳安兒到臥房裏，說道：「前日打擾你大娘那裏，今日又教你大娘費心送禮來。」玳安道：「娘多上覆，我爹上覆二娘，不多些微禮，與二娘賞人。」李瓶兒一面分付迎春外邊明間內放小桌兒，擺了四盒茶食，管待玳安。臨出門，與二錢銀子，八寶兒一方閃色手帕：「到家多上覆你列位娘，我這裏使老馮拏帖兒請去，好歹明日都光降走走。」玳安磕頭出門。兩個抬盒子的，與一百文錢。李瓶兒這裏隨即使老馮兒，用請書盒兒，拏著五個柬帖兒，十五日請月娘與李嬌兒、孟玉樓、潘金蓮、孫雪娥。又捎了一個帖，暗暗請西門慶，那日晚夕赴席。月娘到次日，留下孫雪娥看家，同李嬌兒、孟玉樓、潘金蓮四頂轎子出門，都穿著妝花錦繡衣服，來興、來安、玳安、畫童，四個小廝跟隨著，到獅子街燈市李瓶兒新買的房子，門面四間，到底三層。臨街是樓，儀門去兩邊廂房，三間客座，一間梢間。過道穿進去第三層，三間臥房，一間廚房。後邊落地緊靠著喬皇親花園。李瓶兒知月娘眾人來看燈，臨街樓上設放圍屏桌席，懸掛許多花燈。先迎接到客位內見畢禮數。次讓入後邊明間內待茶。房裏換衣裳擺茶，俱不必細說。到午間，李瓶兒客位內設四張桌席，叫了兩個唱的董嬌兒、韓金釧兒彈唱飲酒。凡酒過五巡，食割三道，前邊樓上酒席。又請月娘眾人登樓看燈玩耍。樓簷前掛著湘簾，懸著彩燈。吳月娘穿著大紅妝花通袖襖兒，嬌綠段裙，貂鼠皮襖。李嬌兒、孟玉樓、潘金蓮，都是白綾襖兒，藍段裙。李嬌兒是沈香色遍地金比甲。孟玉樓是綠遍地金比甲。頭上珠翠堆盈，鳳釵半卸。鬢後挑著許多各色燈籠兒，搭伏定樓窗下觀看。見那燈市中，人煙湊集，十分熱鬧。當街搭數十座燈架，四下圍列些諸門買賣。玩燈男女，花紅柳綠，車馬轟雷，鼇山聳漢。怎見好燈市？但見：山石穿雙龍戲水，雲霞映獨鶴朝天。金蓮燈，玉樓燈，見一片珠璣；荷花燈，芙蓉燈，散千圍錦繡。繡毬燈，皎皎潔潔；雪花燈，拂拂紛紛。秀才燈，揖讓進止，存孔孟之遺風；媳婦燈，容德溫柔，效孟姜之節操。和尚燈，月明與柳翠相連；通判燈，鍾馗共小妹並坐。師婆燈，揮羽扇，假降邪神；劉海燈，倒背金蟾，戲吞至寶。駱駝燈，青獅燈，馱無價之奇珍，咆咆哮哮；猿猴燈，白象燈，進連城之祕寶，玩玩耍耍。七手八腳，螃蟹燈，倒戲清波；巨口大髯，鮎魚燈，平吞綠藻。銀蛾鬥彩，雪柳爭輝。雙雙隨繡帶香球，縷縷拂華旛翠幰。魚龍沙戲，七真五老獻丹書；吊掛流蘇，九夷八蠻來進寶。村裏社鼓，隊隊喧闐；百戲貨郎，樁樁鬥巧。轉燈兒一來一往，吊燈兒或仰或垂。琉璃瓶映美女奇花，雲母障並瀛州閬苑。往東看，雕漆床，螺鈿床，金碧交輝；向西瞧，羊皮燈，掠彩燈，錦繡奪眼。北一帶，都是古董玩器；南壁廂，盡皆書畫瓶爐。王孫爭看，小欄下蹴踘齊雲；仕女相攜，高樓上妖嬈衒色。卦肆雲集，相幙星羅；講新春造化如何，定一世榮枯有準。又有那站高坡打談的，詞曲楊恭；到看這搧響鈸遊腳僧，演說三藏。賣元宵的，高堆果餡；粘梅花的，齊插枯枝。剪春娥，鬢邊斜插鬧東風；禱涼釵，頭上飛金光耀日。圍屏畫石崇之錦帳，珠簾彩梅月之雙清。雖然覽不盡鼇山景，也應豐登快活年。

吳月娘看了一回，見樓下人亂，和李嬌兒各歸席上吃酒去了哩。惟有潘金蓮、孟玉樓同兩個唱的，只顧搭伏著樓窗子，望下人觀看。那潘金蓮一徑把白綾襖袖子摟著，顯他遍地金掏袖兒，露出那十指春蔥來，帶著六個金馬鐙戒指兒。探著半截身子，口中磕瓜子兒。把磕了的瓜子皮兒，都吐下來，落在人身上，和玉樓兩個嘻笑不止。一回指道：「大姐姐，你來看那家房簷底下，掛了兩盞玉繡毬燈，一來一往，滾上滾下，且是到好看！」一回又道：「二姐姐，你來看這對門架子上，挑著一盞大魚燈，下面又有許多小魚鱉蝦蟹兒跟著他，倒好耍子！」一回又叫孟玉樓：「三姐姐，你看這首裏，這個婆兒燈，那個老兒燈！」正看著，忽然被一陣風來，把個婆子兒燈下半截割了一個大窟窿。婦人看見，笑個不了。引惹的那樓下看燈的人，挨肩擦背，仰望上瞧。通擠匝不開，都壓躧躧兒❶。須臾，哄圍了一圈人。內中有幾個浮浪子弟，直指著談論。一個說道：「已定是那公侯府位裏出來的宅眷。」一個又猜：「是貴戚皇孫家艷妾，來此看燈。不然，如何內家妝束？」那一個說道：「莫不是院中小娘兒，是那大人家叫來這裏看燈彈唱？」又一個走過來，便道：「自我認得，你每都猜不著。你把他當唱的，把後面那四個

❶ 壓躧躧兒：重疊堆積。

放到那裏？我告說：這兩個婦人也不是小可人家的。他是閻羅大王妻，五道將軍的妾，是咱縣門前開生藥鋪放官吏債西門大官人的婦女。你惹他怎的？想必跟他大娘子來這裏看燈。這個穿綠遍地金比甲的，我不認得。那穿大紅遍地金比甲兒，上帶著個翠面花兒的，倒好似賣炊餅武大郎的娘子。大郎因為在王婆茶房內捉奸，被大官踢中了，死了。把他娶在家裏做了妾。後次他小叔武松東京回來告狀，誤打死了皂隸李外傳，被大官人墊發充軍去了。如今一二年不見出來，落得這等標致了。」正說著，只見一個多口過來，說道：「你每沒要緊，指說他怎的？咱每散開罷。」樓上吳月娘，見樓下人圍得多了，叫了金蓮、玉樓歸席坐下，聽著兩個粉頭彈唱燈詞飲酒。

坐了一回，月娘要起身，說道：「酒夠了。我和他二娘先行一步。留下他姊妹兩個再坐一回兒以盡二娘之情。今日他爹不在家，家裏無人。光丟著些丫頭每，我不放心。」這李瓶兒那裏肯放，說道：「好大娘，奴沒敬心也是的。今日大娘來兒，沒好生揀一筯兒。大節間，燈兒也沒點，飯兒也沒上，就要家去。就是西門爹不在家中，還有他姑娘每哩，怕怎的？待月色上來的時候，奴送三位娘去。」月娘道：「二娘，不是這等說。我又不大十分用酒，留下他姊妹兩個，就同我這裏一般。」李瓶兒道：「大娘不用，二娘也不吃一鍾，也沒這個道理。想奴前日在大娘府上，那等鍾鍾不辭，眾位娘竟不肯饒我。今日來到奴這湫隘之處，雖無甚物供獻，也盡奴一點勞心。」于是拏大銀鍾遞與李嬌兒，說道：「二娘好歹吃一盃兒。大娘，奴曉得，吃不得了，不敢奉大盃，只奉小盃兒哩。」于是滿斟遞與月娘。因說李嬌兒：「二娘，你用過此盃罷。」兩個唱的，月娘每人與了他二錢銀子。待得李嬌兒吃過酒，月娘起身，囑付玉樓金蓮：「我兩個先起身。我去便使小廝拏燈籠來接你每，也就來罷。家裏沒人。」玉樓應諾。李瓶兒送月娘李嬌兒到門首上轎去了。歸到樓上，陪玉樓金蓮飲酒。看看天晚，玉兔東生。樓上點起燈來。兩個唱的彈唱飲酒，不在話下。

卻說西門慶那日同應伯爵、謝希大兩個，家中吃了飯，同往燈市裏遊玩。到了獅子街東口，西門慶因為月娘眾人今日都在李瓶兒家樓上吃酒，恐怕他兩個看見，就不往西街去看大燈，只到賣紗燈的跟前就回了。不想轉過彎來，撞遇孫寡嘴、祝日念唱喏，說道：「連日不會哥，心中渴想。」見了應伯爵、謝希大，罵道：「你兩個天殺的好人兒！你來和哥遊玩，就不說叫俺一聲兒。」西門慶道：「祝兄弟，你錯怪了他兩個。剛纔也是路上相遇。」祝日念道：「如今看了燈，往那裏去？」西門慶道：「同眾位兄弟到大酒樓上吃三盃兒。不是也請眾兄弟，房下每今日都往人家吃酒去了。」祝日念道：「比是哥請俺每到酒樓上，咱何不往裏邊，望望李桂姐去。只當大節間，往他拜拜年去，混他混。前日俺兩個在他家，望著俺每好不哭哩。說他從臘月裏不好到如今，大官人通影邊兒不進裏面看他看兒。俺每便回說，只怕哥事忙，替哥摭過了。哥今日倒閒，俺每情願相伴哥進去走走。」西門慶因記掛著晚夕李瓶兒，遂推辭道：「今日我還有小事，不得去。明日罷。」怎禁這夥人死拖活拽，于是同進去院中。正是：柳底花陰壓路塵，一回遊賞一回新。不知買盡長安笑，活得蒼生幾戶貧。

西門慶同眾人到了李家，桂卿正打扮著在門首站立。一面迎接入中堂相見了，都道了萬福。祝日念高叫道：「快請二媽出來！還虧俺眾人，今日請得大官人來了。」少頃，老虔婆扶拐而出，向西門慶見畢禮數，說道：「老身又不曾怠慢了姐夫，如何一向不進來看看姐姐兒？想必別處另敘了新表子來。」祝日念走來插口道：「你老人家會猜算。俺大官近日相與了絕色的表子，每日只在那裏閒走，不想你家桂姐兒。剛纔不是俺二人在燈裏撞見拉他來，他還不來哩。媽不信，問孫天化就是了。」因指著應伯爵、謝希大說道：「這兩個天殺的，和他都是一路神祇。」老虔婆聽了，呷呷笑道：「好，應二哥，俺家沒惱著你，如何不在姐夫面前美言一句兒？雖故❷姐夫裏邊頭絮兒多，常言道：『好子弟不䦨一個粉頭，粉頭不接一個孤老。』天下錢眼兒都一樣❸。不是老身誇口說，我家桂姐也不醜，姐夫自有眼。今也不消人說。」孫寡嘴道：「我是老實說，哥如今新敘的這個表子，不是裏面的，是外面的表子。還把裏邊人肏八？」教那西門慶聽了，趕著孫寡嘴只顧打。說道：「老媽，你休聽這天災人禍的老油嘴，弄殺人你！」孫寡嘴和眾人笑成一塊。西門慶向袖中掏出三兩銀子來，遞與桂卿：「大節間我請眾朋友。」桂卿哄道：「我不肯接。」遞與老媽。老媽說道：「怎麼兒，姐夫就笑話我家大節下，拏不出酒菜兒，管待列位老爹。又教姐夫壞鈔，拏出銀子。顯得俺每院裏人家，只是愛錢了。」應伯爵走過來說道：「老媽，你依我收了。只當正月裏頭二主子快倉，快安排酒來俺每吃。」那虔婆說道：「這個理上卻使不得。」一壁推辭，一壁把銀子接的袖了。深深道了個萬福，說道：「謝姐夫的布施。」應伯爵道：「媽，你且住。我說個笑話兒，你聽了。一個子弟在院裏䦨小娘兒。那一日作耍，裝做貧子進去。老媽見他衣服藍縷，不理他。坐了半日，茶也不拏出來。子弟說：『媽，我肚飢，有飯尋些來我吃。』老媽道：『米囤也晒，那討飯來？』子弟又道：『既沒飯，有水拏些來我洗洗臉罷。』老媽道：『少挑水錢，連日沒送水來。』這子弟向袖中取出十兩一錠銀子放在桌子上，教買米雇水去。慌得老媽沒口子道：『姐夫吃了

❷ 雖故：雖然。

❸ 天下錢眼兒都一樣：只要是錢誰都喜歡。

臉洗飯，洗了飯吃臉。』」把眾人都笑了。虔婆道：「你還是這等快取笑，可可兒的來？自古有恁說，沒這事。」應伯爵道：「你拏耳朵，我對你說。大官人新近請了花二哥表子後巷兒吳銀兒了，不要你家桂姐了。今日不是我每纏了他來，他還往你家來哩！」虔婆笑道：「我不信。俺桂姐今日不是強口❹，比吳銀兒好多著哩。我家與姐夫，是快刀兒割不斷的親戚。姐夫是何等人兒，他眼裏見的多。著緊處，金子也估出個成色來。」說畢，客位內放四把交椅。應伯爵、謝希大、祝日念、孫天化，四人上坐。西門慶對席。老媽下去收拾酒菜去了。

半日，李桂姐出來。家常挽著一窩絲，杭州攢，金纍絲釵，翠梅花鈿兒，珠子箍兒，金燈籠墜子。上穿白綾對衿襖兒，妝花眉子，綠遍地金掏袖。下著紅羅裙子。打扮得粉妝玉琢。望下不當不正❺，道了萬福，與桂卿一邊一個，打橫坐下。少頃，頂老❻彩漆方盤，拏七盞來雪綻盤盞兒，銀杏葉茶匙，梅桂潑滷瓜仁泡茶，甚是馨香美味。桂卿桂姐每人遞了一盞，陪著吃畢茶，接下茶托去。保兒上來打抹春臺。纔待收拾擺放案酒，忽見簾子外探頭舒腦，有幾個穿藍縷衣者，謂之架兒❼，進來跪下，手裏拏三四升瓜子兒：「大節間，孝順大老爹！」西門慶只認頭一個叫于春兒，問：「你每那幾位在這裏？」于春道：「還有段綿紗、青聶鉞在外邊伺候。」段綿紗進來，看見應伯爵在裏，說道：「應爹也在這裏。」

---

❹ 強口：誇口。

❺ 不當不正：不端不正，有隨隨便便的意思。

❻ 頂老：江湖上稱呼妓女的切口。

❼ 架兒：宋時在茶坊、酒肆、妓院藉兒賣食物向闊客打秋風的人。

連忙磕了頭。西門慶起來，分付收了他瓜子兒，打開銀子包兒，捏一兩一塊銀子掠在地下。于春兒接了，和眾人扒在地下，磕了個頭，說道：「謝爹賞賜！」往外飛跑。有朝天子單道這架兒行藏為證：

這家子打和，那家子撮合，他的本分少，虛頭大。一些兒不巧人騰挪❽，繞院裏都踅過。席面上幫閒，把牙兒閒磕，攘一回纔散火。轉錢❾又不多，歪斯纏怎麼？他在虎口裏求津唾。

西門慶打發架兒出門，安排酒上來吃酒。桂姐滿泛金盃，雙垂紅袖。肴烹異品，果獻時新。倚翠偎紅，花濃酒豔。酒過兩巡，桂卿外與桂姐，一個彈箏，一個琵琶。兩個彈著，唱了一套齊景融和。正唱在熱鬧處，見三個穿青衣黃扳鞭者，謂之圓社❿。手裏捧著一個盒兒，盛著一隻燒鵝，提著兩瓶老酒：「大節間來孝順大官人貴人。」向前打了半跪。西門慶平昔認得，一個喚白禿子，一個是小張閒，那一個是羅回子。因說道：「你每且外邊候候兒，待俺每吃過酒，踢三跑。」于是向桌上拾了四盤下飯，一大壺酒，一碟點心，打發眾圓社吃了，整理氣毬齊備。西門慶出來，外面院子裏先踢了一跑。次教桂姐上來，與兩個圓社踢。一個揸頭，一個對障。拘踢拐打之間，無不假喝彩奉承。就有些不到處，都快取過去了。反來向西門慶面前討賞錢，說：「桂姐的行頭⓫，比舊時越發踢熟了。撇來的丟拐，教小人每湊手腳不

---

❽ 騰挪：移動。挪，或作「那」。

❾ 轉錢：賺錢。

❿ 圓社：踢球的團體。

⓫ 行頭：唐宋時踢毬組織中所用的氣毬。

迭。再過一二年，這邊院中，似桂姊妹這行頭，就數一數二的，蓋了群絕倫了。強如二條巷董官女兒數十倍。」當下桂姐踢了兩跑下來，使的塵生眉畔，汗濕腮邊，氣喘吁吁，腰肢困乏。袖中取出春扇兒搖涼，與西門慶攜手並觀，看桂卿與謝希大小張閒踢行頭。白禿子羅回子在旁虛撮腳兒等漏，往來拾毛。亦有朝天子一詞，單道這踢圓⑫的始末為證：

在家中也閒，到處刮涎，生理全不幹，氣毬兒不離在身邊。每日街頭站，窮的又不趨，富貴他偏羨。從早晨只到晚，不得甚飽餐。轉不的大錢，他老婆常被人包占。

西門慶正看著眾人在院內打雙陸、踢氣毬、飲酒，只見玳安騎馬來接，悄悄附耳低言，說道：「大娘二娘家去了。花二娘教小的請爹早些過去哩。」這西門慶聽了，暗暗叫玳安把馬吊在後邊門首等著。于是酒也不吃，拉桂姐房中，只坐了沒去一回兒，就出來推淨手，于後門上馬，一溜煙走了。應伯爵使保兒去拉扯，西門慶只說我家裏有事，那裏肯回來。教玳安拏了一兩五錢銀子，打發三個圓社。李家恐怕他又往後巷吳銀兒家，使丫鬟直跟至院門首方回。應伯爵等眾人，還吃二更鼓纔散。正是：唾罵由他唾罵，歡娛我且歡娛。

畢竟未知後來何如，且聽下回分解。

---

⑫ 踢圓：即「踢毬」，亦稱「蹴圓」。

第十六回　西門慶謀財娶婦　應伯爵慶喜追歡

傾城傾國莫相疑，巫水巫雲夢亦癡。
紅粉情多銷駿骨，金蘭誼薄惜蛾眉。
溫柔鄉裏精神健，窈窕風前意態奇。
村子不知春寂寂，千金此夕故踟躕。

話說當日西門慶出離院門，玳安跟隨打馬，逕到獅子街李瓶兒家門首下馬。見大門關的緊緊的，就知堂客轎子家去了。一面叫玳安問馮媽媽開門，西門慶進來。李瓶兒堂中秉燭，花冠齊整，素服輕盈，正倚簾櫳，口中磕瓜子兒。見西門慶來，忙輕移蓮步，款蹙湘裙，下階迎接，笑道：「你早來些兒，他三娘五娘還在這裏。只剛纔轎子起身，往家裏去了。今日他大娘去的早，說你不在家。那裏去了？」西門慶道：「今日我和應二哥謝子純早晨看燈，打你門首過去來。不想又撞見兩個朋友，都拉去院裏家走，撞到這咱晚。我又恐怕你這裏等候，小廝去時，教我推淨手打後門跑了。不然，必吃他每掛住了，休想來的成。」李瓶兒道：「適間多謝官人重禮。他娘每又不肯坐，只說家裏沒人。教奴倒沒意思的。」于是重篩美酒，再設佳肴。堂中把花燈都點上，放下煖簾來。金爐添獸炭，寶篆熱龍涎。春臺上高堆異品，看盃中香醪滿泛。婦人遞與西門慶酒，磕下頭去，說道：「拙夫已故，舉眼無親。今日此盃酒，只靠官人與奴作個主兒。休要嫌奴醜陋，奴情願與官人鋪床疊被，與眾位娘子作個姊妹。奴死也甘心。不知官人心下如何？」說著滿眼落淚。西門慶一壁接酒，一壁笑道：「你請起來。既蒙你厚愛，我西門慶銘刻于心。待你孝服滿時，我自有處，不勞你費心。今日是你的好日子，咱每且吃酒。」西門慶于是吃畢，亦滿斟了一盃，回奉婦人。安他上席坐下。馮媽媽單管廚下看菜兒。須臾，拏麵上來吃。西門慶因問道：「今日唱的是那兩個？」李瓶兒道：「今日是董嬌兒、韓金釧兒兩個在這裏。臨晚送他三娘五娘家中討花兒去了。」西門慶坐席左，兩個在席上交盃換盞飲酒。迎春、綉春兩個丫鬟在旁，斟酒下菜伏侍。只見玳安上來，扒在地下，與李瓶兒磕頭拜壽。李瓶兒連忙起身，還了萬福。分付迎春：「教老馮廚下看壽麵點心下飯，拏一壺酒與玳安吃。」西門慶分付：「吃了早些回馬家去罷。」李瓶兒道：「到家裏你娘問，只休說你爹在這裏。」玳安道：「小的知道。只說爹在裏邊過夜。明日早來接爹就是了。」西門慶便點了點頭兒。當下把李瓶兒喜歡的要不的，說道：「好個乖孩子！眼裏說話！」即令迎春拏二錢銀子，節間叫買瓜子兒磕：「明日你拏個樣兒來，我替你做雙好鞋兒穿。」那玳安連忙磕頭，說：「小的怎麼敢？」走到下邊，吃了酒飯，帶馬出門。馮媽媽把大門上了拴。

李瓶兒同西門慶猜枚吃了一回。又拏一副三十二扇象牙牌兒，桌上鋪茜紅苫條，兩個燈下抹牌飲酒。吃一回，分付迎春：房裏秉燭。原來花子虛死了，迎春、綉春都已被西門慶要了。以此凡事不避他。教他收拾床鋪，拏果盒盃酒。又在床上紫錦帳中，婦人露著粉般身子，西門慶香肩相並，玉體廝挨。兩個看牌，拏大鍾飲酒。因問西門慶：「你那邊房子幾時收拾？」西門慶道：「且待二月間興工動土。連你這邊一所，通身打開，與那邊花園取齊。前邊起蓋山子捲棚，花園耍子去處。還蓋三間玩花樓。」婦人因指道：「奴這床後茶葉箱內，還藏著四十斤沈香，二百斤白蠟，兩罐子水銀，八十斤胡椒。你明日都搬出來，替我賣了銀子，湊著你蓋房子使。你若不嫌奴醜陋，到家好歹對大娘說，奴情願只要與娘每做個姊妹，隨問把我做第幾個的也罷。親親，奴捨不的你！」說著，眼淚紛紛的落將下來。西門慶慌把汗巾兒替他抹拭，說道：「你的情意，我知道。也待你這邊孝服滿，我那邊房子蓋了纔好。不然，娶你過去，沒有住房。」婦人道：「既有實心娶奴家去，到明日好歹把奴的房，蓋的與他五娘在一處。奴捨不的他，好個人兒！與後邊孟家三娘，見了奴且親熱。兩個天生的，打扮也不像兩個姊妹，只像一個娘兒生的一般。惟有他大娘性兒不是好的，快眉眼裏掃人。」西門慶道：「俺吳家的這個拙荊，他倒好性兒哩。不然，手下怎生容得這些人？明日這邊與那邊，一樣蓋三間樓，與你居住。安兩個角門兒出入。你心下何如？」婦人道：「我的哥哥！這等纔可奴之意。」于是兩個顛鸞倒鳳，淫慾無度。狂到四更時分，方纔就寢。枕上並肩交股，直睡到次日飯時不起來。婦人且不梳頭，迎春拏進粥來，只陪著西門慶吃了上半盞粥兒。又拏酒來，二人又吃。只見玳安兒外邊打門，騎馬來接。西門慶喚他在窗下問他話。玳安說：「家中有三個川廣客人，在家中坐著。有許多細貨，要秤兌與傅二叔，只要一百兩銀子押合同，其餘八月中旬找完銀子。大娘使小的來請爹家去，理會此事。」西門慶道：「你沒說我在這裏？」玳安道：「小的只說爹在裏邊桂姨家，沒說在這裏。」西門慶道：「你看不曉事！教把傅二叔打發他便了，又來請我怎的？」玳安道：「傅二叔講來，客人不肯，直等我爹去，方纔批合同。」李瓶兒道：「既是家中使了孩子來請，買賣要緊。你不去，惹的他大娘不怪麼？」西門慶道：「你不知賊蠻奴才行市，連貨物沒處發脫，纔來上門脫與人，遲半年三個月找銀子。若快時，他就張致了。滿清河縣，除了我家鋪子大，發貨多，隨問多少時，不怕他不來尋我。」婦人道：「買賣不與道路為仇。只依奴到家，打發了再來也。往後日子多如柳葉兒哩。」西門慶于是依聽李瓶兒之言，慢慢起來，梳頭淨面，戴網巾，穿衣服。李瓶兒收拾飯與他吃。

西門慶一直帶著個眼紗，騎馬來家。鋪子裏有四五個客人，等候秤貨兌銀。批了合同，打發去了，走到潘金蓮房中。便問：「你昨日往那裏去來？實說便罷，不然我就嚷的塵鄧鄧❶的。」西門慶道：「你每都在花家吃酒，我和他每燈市裏走了回來，同往裏邊吃酒過一夜。今日小廝接去，我纔來家。」金蓮道：「我知小廝去接。那院裏有你那魂兒？罷麼，賊負心！你還哄我哩！那淫婦昨日打發俺每來了，弄神弄鬼的，晚夕叫了你去肏搗了一夜。肏搗的了，纔放來了。玳安這賊囚根子，久慣兒牢成。對著他大娘又一樣話兒，對著我又是一樣話兒。先是他回馬來家，他大娘又是問他：『你爹怎的不來家？在誰家吃酒哩？』他回說：『和應二叔眾人，看了燈回來，都在院裏李桂姨家吃酒，教我明早接去哩。』落後我叫了問他，他笑不言語。問的急了，纔說：『爹在獅子街花二娘那裏哩。』賊囚根！他怎的就知我和你一心一計？想必你教他話來？」西門慶哄道：「我那裏教他。」于是隱瞞不住，方纔把：「李瓶兒晚夕請我去到那裏與我遞酒，說定過你每來了。又哭哭啼啼告訴我說：他沒人手，後半截空，晚夕害怕。一心要教我娶他。問幾時收拾這房子。他還有些香蠟細貨，也值幾百兩銀子，教我會經紀，替他打發銀子。教我收湊著蓋房子，上緊修蓋。他要和你一處住，與你做了姊妹，恐怕你不肯。」婦人道：「我也

❶ 塵鄧鄧：烏煙瘴氣。

不多著個影兒在這裏，巴不得來總好。我這裏也空落落的，得他來與老娘做伴兒。自古船多不礙港，車多不礙路。我不肯招他，當初那個怎麼招我來？攙奴甚麼分兒也怎的？倒只怕人心不似奴心。你還問聲大姐姐去。」西門慶道：「雖故是恁說，他孝服還未滿哩。」說畢，婦人與西門慶盡脫白綾襖，袖子裏滑浪一聲吊出個物件兒來。拏在手內，沈甸甸的紹彈子大，認了半日，竟不知甚麼東西。但見：原是番兵出產，逢人薦轉在京。身軀瘦小內玲瓏，得人輕借力，展轉作蟬鳴。解使佳人心膽，慣能助腎威風。號稱金面勇先鋒。戰降功第一，揚名勉子鈴。婦人認了半日，問道：「是甚麼東西兒？怎的把人半邊胳膊都痲了？」西門慶笑道：「這物件你就不知道了，名喚做勉鈴，南方勉甸國出產的。好的也值四五兩銀子。」婦人道：「此物使到那裏？」西門慶道：「先把他放入爐內，然後行事，妙不可言。」婦人道：「你與李瓶兒也幹來？」西門慶于是把晚間之事，從頭告訴一遍。說得金蓮淫心頓起，兩個白日裏，掩上房門，解衣上床交歡。正是：不知子晉緣何事？纔學吹簫便作仙。

話休饒舌。一日西門慶會了經紀，把李瓶兒床後茶葉箱內堆放的香蠟等物，都秤了斤兩，共賣了三百八十兩銀子。李瓶兒只留下一百八十兩盤纏，其餘都付與西門慶收了，湊著蓋房。便教陰陽擇用二月初八日，興工動土。五百兩銀子委付大家人來昭，並主管賁四，卸磚瓦木石，管工計帳。這賁四名喚賁地傳，年少，生的博浪囂虛，百能百巧。原是內相勤兒出身，因不守本分，打出吊入滑流水，被趕出來。初時跟著人做兄弟兒來，次後投入大人家做家人，把人家奶子拐出來做了渾家。卻在故衣行做經紀，琵琶簫管都會。西門慶見他這般本事，常照顧他在生藥鋪中秤貨，討中人錢使。以此凡大小事情，少他不得。當日賁地傳與來昭，督管各作匠人興工。先拆毀花家那邊舊房，打開牆垣，築起地腳，蓋起捲棚山子，各亭臺耍子去處，非止一日，不必盡說。

光陰迅速，日月如梭。西門慶在家看管起蓋花園，約有一個月有餘。卻在三月上旬，乃花子虛百日。李瓶兒預先請過西門慶去和他計議，要把花子虛靈燒了；「房子賣的賣。不的，你著人來看守。你早把奴娶過去罷。省得奴在這裏，晚夕空落落的，我害怕，常有狐狸鬼混的慌。你到家對大娘說，只當可憐見奴的性命罷。隨你把奴做第幾個，奴情願伏侍你，鋪床疊被，也無抱怨。」說著，淚如雨下。西門慶道：「你休煩惱。前日我把你這話，到家對房下和潘五姐也說過了，直待與你把房蓋得完，那時你孝服將滿，娶你過門不遲。」李瓶兒道：「好好。你既有真心娶奴，先早把奴房攛掇蓋了，娶過奴去。到你家住一日，死也甘心。省的奴在這裏度日如年。」西門慶道：「你的話，我知道了。」李瓶兒道：「再不的，房子蓋完，我燒了靈，搬在五姐那邊樓上住兩日。等你蓋了新房子，搬移不遲。你好歹到家和五姐說。我還等你的話。這三月初十日，是他百日。我好念經燒靈。」西門慶應諾，與婦人歇了一夜。到次日，一五一十，對潘金蓮說了。金蓮道：「可知好哩！奴巴不得騰兩間房與他住。只怕別人。你還問聲大姐姐去。我落得河水不礙船，看大姐姐怎麼說。」這西門慶一直走到月娘房裏來。月娘正梳頭。西門慶把李瓶兒要嫁一節，從頭至尾聽說一遍。月娘道：「你不好娶他的。他頭一件，孝服不滿。第二件，你當初和他男子漢相交。第三件，你又和他老婆有連手，買了他房子，收著他寄放的許多東西。常言：『機兒不快，梭兒快。』❷我聞得人說，他家房族中花大，是個刁徒潑皮的人。倘或一時有些聲口，倒沒的惹虱子頭上撓❸。奴說的是好話。趙錢孫李，你依不依隨你。」幾句說的西門慶閉口無言。走出前

❷ 機兒不快二句：正主兒好說話，旁人倒不好說話。

廳來，自己坐在椅子上沈吟。又不好回李瓶兒話，又不好不去的。尋思了半日，還進入金蓮房裏來。金蓮問道：「你到大姐姐房裏，大姐姐怎麼說？」西門慶把月娘的話，告訴了一遍。金蓮道：「大姐不肯，論他也說的是。你又買了他房子，又娶他老婆，當初又與他漢子相交了一世，方纔好。我又是一說，既做朋友，沒絲也有寸交，官兒也看喬了。」西門慶道：「這個也罷了。倒只怕花大那廝，沒圈子跳，知道，挾制他孝服不滿，在中間鬼混，怎生計較？我如今又不好回他的。」金蓮道：「呸！有甚難處事。我問你，今日回他去，明日回他去？」西門慶道：「他教我今日回他聲去。」金蓮道：「你今日到那裏，恁對他說。你說：我到家對五姐說來，他的樓上堆著許多藥料，你這家火去，到那裏沒處堆放。亦發再寬待些時，你這邊房子七八也待蓋了，攛掇匠人，早些裝修油漆停當。你這邊孝服也將滿。那時娶你過去，卻不齊備些？強似搬在五姐樓上，葷不葷，素不素，擠在一處甚麼樣子。管情他也罷了。」西門慶聽言大喜，那裏等的時分，就走到李瓶兒家。婦人便問：「你到家所言之事如何？」西門慶道：「五姐說來，一發❹等收拾油漆你新房子，你搬去不遲。如今他那邊樓上，堆的破零二亂。你這些東西過去，那裏堆放？只有一件打攪，只怕你家大伯子，說你孝服不滿，如之奈何？」婦人道：「他不敢管我的事。休說各衣另飯，當官寫立分單，已倒斷開了的勾當。只我先嫁由爹娘，後嫁由自己。自古嫂叔不通問。大伯管不的我暗地裏事。我如今見過不的日子，他顧不得我。他若但放出個屁來，我教那賊花子坐著死，不敢睡著死。大官人你放心，他不敢惹我。」因問：「你這房子，也得幾時方收拾完備？」西門慶道：

❸ 惹虱子頭上撓：自尋煩惱。

❹ 一發：越發。

「我如今分付匠人，先替你蓋出這三間樓來。及到油漆了，也到五月頭上。」婦人道：「我的哥哥，你上緊些。奴情願等著到那時候也罷。」說畢，丫鬟擺上酒，兩個歡娛飲酒過夜。西門慶自此，沒三五日不來，俱不必細說。

光陰迅速，西門慶家中已蓋了兩月房屋。三間玩花樓，裝修將完。只少捲棚還未安礠。一日，五月蕤賓佳節，家家門插艾葉，處處戶掛靈符。李瓶兒治了一席酒，請過西門慶來。一者解粽❺，二者商議過門之日。擇五月十五日，先請僧人念經燒靈。然後西門慶這邊擇娶婦人過門。西門慶因問李瓶兒道：「你燒靈那日，花大、花三、花四請他不請？」婦人道：「我每人把個帖子，隨他來不來。」當下計議已定。單等五月十五日，婦人請了報恩寺十二眾僧人，在家念經除靈。西門慶那日封了三錢銀子人情，與應伯爵做生日。早晨拏了五兩銀子與玳安，教他買辦雞鵝鴨置酒。晚夕李瓶兒除服，卻教平安畫童兩個跟馬，約午後時分，往應伯爵家來。那日在席前者，謝希大、祝日念、孫天化、吳典恩、雲離守、常時節、白來創，連新上會賁地傳，十個朋友一個不少。又叫了兩個小優兒彈唱。遞畢酒，上坐之時，西門慶叫過兩優兒，認得頭一個是吳銀兒兄弟，名喚吳惠。那一個不認得。跪下說道：「小的是鄭愛香兒的哥，叫鄭奉。」西門慶坐首席，每人賞二錢銀子。吃到日西時分，只見玳安拏馬來接。正上席來，向西門慶耳邊悄悄說道：「娘請爹早些去罷。」西門慶與了他個眼色，就往下走。被應伯爵叫住，問道：「賊狗骨頭兒！你過來實說。若不實說，我把你小耳朵擰過一邊來。你應爹一年有幾個生日？恁日頭半天裏，就拏馬來接了你爹，往那裏去？端的誰使了你來？或者是你家中那娘使了你來？或是裏邊十八子

❺ 解粽：明朝人端午日吃粽子名為「解粽」。

那裏？你若不說，過一百年也不對你爹說替你這小狗禿兒娶老婆。」

那玳安只是說道：「委的沒人使小的。小的恐怕夜緊，爹要起身，早拏馬來伺候。」那應伯爵奈何了他一回，見不說，便道：「你不說，我明日打聽出來，和你這小油嘴兒算帳。」于是又斟了一鍾酒，拏了半碟點心，與玳安下邊吃去。良久，西門慶下來，東淨裏更衣。叫玳安到僻靜處問他話：「今日花家那有誰來？」玳安道：「花三往鄉裏去了。花四家裏害眼，都沒人來。只有花大家兩口子來，吃了一日齋飯，他漢子先家去了。只有他老婆臨去，二娘叫到房裏去了，與了他十兩銀子，兩套衣服。還與二娘磕了頭。」西門慶道：「他沒說甚麼？」玳安道：「他一字通沒敢題甚麼。只說到明日二娘過來，他三日要來爹家走走。」西門慶道：「他真個說此話來？」玳安道：「小的怎敢說謊？」這西門慶聽了，滿心歡喜。又問：「齋供了畢不曾？」玳安道：「和尚老早就去了，靈位也燒了。二娘說請爹早些過去。」西門慶道：「我知道了，你外邊看馬去。」這玳安正往外走，不想應伯爵在過道內聽，猛可叫了一聲，把玳安唬了一跳。伯爵罵道：「賊小狗骨頭兒！你不告我說，我怎的也聽見了。原來你爺兒每幹的好繭兒！」西門慶道：「怪狗才！休要唱揚❻一地裏知道。」伯爵道：「你央及我央兒，我不說便了。」于是走到席上，如此這般，對眾人說了一回。把西門慶拉著說道：「哥，你可成個人？有這等事，就掛口不對兄弟每說聲兒。就是花大有些甚話說，哥只分付俺每一聲。等俺每和他說，不怕他不依。他若敢道個不是，俺每就與他結一個大肐膌。端的不知哥這親事成了不曾？哥一一告訴俺每。比來相交朋友做甚麼？哥若有使令俺每處，兄弟情願火裏火去，水裏水去，願不求同日生，只求各自死。兄弟每這等待你，

❻ 唱揚：張揚。

哥你不說個道理，還只顧瞞著不說。」謝希大接過說道：「哥如若不說，俺每明日唱揚的裏邊李桂姐吳銀兒那裏知道了，大家都不好意思的。」西門慶笑道：「我教眾位得知罷。親事已都定當了。」應伯爵問道：「娶行禮過門，還未定日子！」謝希大道：「哥到明日娶嫂子過門，俺每賀哥去。哥好歹叫上四個唱的，請俺每吃喜酒。」西門慶道：「這個不瞞說，一定奉請列位兄弟。」祝日念道：「比時明日與哥慶喜，不如咱如今替哥把一盃兒酒，先慶了喜罷。」于是叫伯爵把酒，謝希大執壺，祝日念捧菜，其餘都陪跪。把兩個小優兒也叫來，跪著彈唱一套十三腔喜遇吉日，一連把西門慶灌了三四鍾酒。祝日念道：「哥，那日請俺每吃酒，也不少了鄭奉吳惠他兩個。」因定下：「你二人好歹去。」鄭奉掩口道：「小的每已定早去宅裏伺候。」須臾，遞畢酒，各歸席坐下，又吃了一回。看看天晚，那西門慶那裏坐得住，趕眼錯❼起身走了。應伯爵還要攔門不放，謝希大道：「應二哥，你放哥去罷。休要誤了他的事，教嫂子見怪。」

那西門慶得手上馬，一直走了。到獅子街，李瓶兒摘去孝髮髻，換了一身艷服。堂中燈燭熒煌，預備下一桌齊整酒肴。上面獨獨安一張交椅，讓西門慶上坐。方打開一罎酒篩來，丫鬟執壺，李瓶兒滿斟一盃遞上去，插燭也似磕了四個頭，說道：「今日拙夫靈已燒了。蒙大官人不棄，奴家得奉巾櫛之歡，以遂于飛之願。」行畢禮起來。西門慶下席來，亦回遞婦人一盃，方纔坐下。因問：「今日花大兩口子，沒說甚麼？」李瓶兒道：「奴午齋後，叫進他到房中，就說大官人這邊做親之事。他滿口說好，一句閒話也無。只說明日三日裏，教他娘子兒來咱家走走。奴與他十兩銀子，兩套衣服。兩口子喜歡的要不的。

❼ 趕眼錯：趁人家沒有看見。

臨出門，謝了又謝。」西門慶道：「他既恁說，我容他上門走走也不差甚麼。但有一句閒話，我不饒他。」李瓶兒道：「他就放辣騷，奴也不放過他。」于是湯水嗄飯，老媽廚下一齊拏上。李瓶兒親自洗手剔甲，做了些蔥花羊肉，一寸的匾食兒。銀鑲鍾兒盛著南酒❽。綉春斟了兩盃。李瓶兒陪西門慶吃。西門慶只吃了上半甌，就把下半甌送與李瓶兒吃。一往一來，迭連吃上幾甌。真個是：年隨情少，酒因境多。李瓶兒因過門日子近了，比常時益發喜歡得了不的。臉上堆下笑來，對西門慶道：「方纔你在應家吃酒，奴已候得久了。又恐怕你醉了，叫玳安來請你早些歸來。不知那邊可有人覺道麼？」西門慶道：「又被應花子猜著，逼勒小廝說了幾句，鬧混了一場。諸弟兄要與我賀喜，喚唱的，做東道。又齊攢的幫襯，灌上我幾盃。我趕眼錯就走出來，還要攔阻。又說好說歹，放了我來。」李瓶兒就道：「他每放了你，也還解趣哩。」西門慶看他醉態顛狂，情眸眷戀，一霎的不禁胡亂兩個口吐丁香，臉偎仙杏。李瓶兒把西門慶抱在懷裏叫道：「我的親哥！你既真心要娶我，可趁早些。你又往來不便，休丟我在這裏日夜懸望。」說畢，翻來倒去，攪做一團。真個是：傾國傾城漢武帝，為雲為雨楚襄王。有詩為證：

情濃胸緊湊，款洽臂輕籠。
賸把銀釭照，猶疑是夢中。

畢竟未知後來如何，且聽下回分解。

❽ 南酒：明朝人稱紹興酒為「南酒」。

第十七回　宇給事劾倒楊提督　李瓶兒招贅蔣竹山

記得書齋乍會時，雲蹤雨跡少人知。

晚來鸞鳳棲雙枕，剔盡銀燈半吐輝。

思往事，夢魂迷。今宵幸得效于飛。

話說五月二十日，帥府周守備生日，西門慶那日封五星分資，兩方手帕，打選衣帽齊整，騎著大白馬，四個小廝跟隨，往他家拜壽。席間也有夏提刑、張團練、荊千戶、賀千戶一般武官兒飲酒，鼓樂迎接，搬演戲文，只是四個唱的遞酒。玳安接了衣裳，回馬來家。到日西時分，又騎馬接去。走到西街口上，撞見馮媽媽。問道：「馮媽媽那裏去？」馮媽媽道：「你二娘使我來請你爹來。顧銀匠整理頭面完備，今日拏盒送來，請你爹那裏瞧去。你二娘還和你爹說話哩。」玳安道：「俺爹今日都在守備府周老爹吃酒，我如今接去。你老人家回罷。等我到那裏對爹說就是了。」馮媽媽道：「累你好歹說聲，你二娘等著哩。」這玳安打馬逕到守備府。眾官員正飲酒在熱鬧處。玳安走到西門慶席前說道：「小的回馬家來時，在街口撞遇馮媽媽。二娘使了來說，顧銀匠送了頭面來了，請爹瞧去。還要和爹說話哩。」西門慶聽了，拏了些點心湯飯與玳安吃了，就要起身。那周守備那裏肯放，攔門拏巨盃相勸。西門慶道：

「蒙大人見賜，寧可飲一盃。還有些小事，不能盡情，恕罪，恕罪！」于是一飲而盡，作辭周守備上馬，逕到李瓶兒家。婦人接著茶湯畢。西門慶分付玳安回馬家去，明日來接。

玳安去了，李瓶兒叫迎春盒兒取出頭面來，與西門慶過目。黃烘烘火焰般一付好頭面。收過去，單等二十四日行禮，出月初四日准娶。婦人滿心歡喜，連忙安排酒來，和西門慶暢飲開懷。吃了一回。使丫鬟房中搽抹涼蓆乾淨。兩個在紗帳之中香焚蘭麝，衾展鮫綃，脫去衣裳，並肩疊股，飲酒調笑。但見：紗帳香飄蘭麝，蛾眉輕把簫吹。雪白玉體透簾幃，禁不住魄颺魂飛。一點櫻桃小口，兩隻手賽柔荑，才郎情動囑奴知，不覺靈犀味美。西門慶于是醉中戲問婦人：「當初有你花子虛在時，也和他幹此事不幹？」婦人道：「他逐日睡生夢死，奴那裏耐煩和他幹這營生。他每日只在外邊胡撞，就來家，奴等閒也不和他沾身。況且老公在時，和他另在一間房睡著。我還把他罵的狗血噴了頭。好不好對老公說了，要打白棍兒，也不算人。甚麼材料兒，奴與他這般玩耍，可不砢碜❶殺奴罷了！誰似冤家這般可奴之意，就是醫奴的藥一般。白日黑夜，教奴只是想你。」兩個耍一回，又幹了一回。旁邊迎春伺候下一個小方盒，都是各樣細巧果仁、肉心雞鵝腰掌、梅桂菊花餅兒。小金壺內，滿泛瓊漿。從黃昏掌上燈燭，且幹且飲，直耍到一更時分。

只聽外邊一片聲打的大門響。使馮媽媽開門瞧去。原來是玳安來了。西門慶道：「我分付明日來接我，這咱晚又來做甚麼？」因叫進房來問他。那小廝慌慌張張走到房門首，西門慶與婦人睡著，又不敢進來，只在簾外說話，說道：「姐姐、姐夫都搬來了。許多箱籠在家中。大娘使我來請爹快去計較話哩。」

---

❶ 砢碜：肉麻難受。

這西門慶聽了，只顧猶豫：「這咱晚端的有甚緣故？須得到家瞧瞧。」連忙起來，婦人打發穿上衣服，做了一盞煖酒與他吃，打馬一直來家。只見後堂中秉著燈燭，女兒、女婿都來了，堆著許多箱籠床帳家火，先吃了一驚。因問：「怎的這咱來家？」女婿陳經濟磕了頭，哭說：「近日朝中俺楊老爺被科道官參論倒了。聖旨下來，拏送南牢問罪。門下親族用事人等，都問擬枷號充軍。昨日府中楊幹辦連夜奔走，透報與父親知道。父親慌了，教兒子同大姐和些家火箱籠，就且暫在爹家中寄放，躲避些時。他便起身往東京我姑娘那裏，打聽消息去了。待的事寧之日，恩有重報，不敢有忘。」西門慶問：「你爹有書沒有？」陳經濟道：「有書在此。」向袖中取出，遞與西門慶拆開觀看。上面寫道：

眷生陳洪頓首，書奉大德西門親家見字。餘情不敘。茲因北虜犯邊，搶過雄州地界。兵部王尚書不發人馬，失誤軍機，連累朝中楊老爺俱被科道官參劾太重。聖旨惱怒，拏下南牢監禁，會同三法司審問。其門下親族用事人等，俱照例發邊衛充軍。生一聞消息，舉家驚惶，無處可投。先打發小兒令愛，隨身箱籠家火，暫借親家府上寄寓。生即上京投在家姐夫張世廉處打聽示下。待事務寧帖之日回家，恩有重報，不敢有忘。誠恐縣中有甚聲色，生令小兒另外具銀五百兩，相煩親家費心處料。容當叩報，沒齒不忘。燈下草草不宣。

仲夏二十日，洪再拜。

西門慶看了，慌了手腳。教吳月娘安排酒飯，管待女兒女婿。就令家下人等，打掃廳前東廂房三間，與他兩口兒居住。把箱籠細軟，都收拾月娘上房來。陳經濟取出他那五百兩銀子，交與西門慶打點使用。西門慶叫了吳主管來，與了他五兩銀子，教他連夜往縣中孔目房裏，抄錄一張東京行下來的文書邸報。

上面端的寫的是甚言語？

兵科給事中宇文虛中等一本，憑乞宸斷，亟誅誤國權奸，以振本兵，以消虜患事：臣聞夷狄之禍，自古有之。周之玁狁，漢之匈奴，唐之突厥，迨及五代而契丹浸強。又我皇宋建國，大遼縱橫中國者已非一日。然未聞內無夷狄而外萌夷狄之患者。諺云：『霜降而堂鐘鳴，雨下而柱礎潤。』以類感類，必然之理。譬猶病夫至此，腹心之疾已久。元氣內消，風邪外入，四肢百骸無非受病。雖盧扁莫之能救，焉能久乎？今天下之勢，正猶病夫尫羸之極矣。君猶元首也，輔臣猶腹心也，百官猶四肢也。陛下端拱于九重之上，百官庶政各盡職于下。元氣內充，榮衛外扞，則虜患何由而至哉！今招夷虜之患者，莫如崇政殿大學士蔡京者，本以憸邪奸險之資，濟以寡廉鮮恥之行，讒諂面諛。上不能輔君當道，贊元理化；下不能宣德布政，保愛元元。徒以利祿自資，希寵固位。樹黨懷奸，蒙蔽欺君，中傷善類。忠士為之解體，四海為之寒心。聯翩朱紫，萃聚一門。邇者河湟失議，主議伐遼，內割三郡；郭藥師之叛，失陷卒致；金虜背盟，憑陵中夏。此皆誤國之大者，皆由京之不職也。王黼貪庸無賴，行比俳優。蒙京汲引，薦居政府。未幾，謬掌本兵。惟事慕位苟安，終無一籌可展。迺者，張達殘于太原，為之張皇失散。今虜之犯內地，則又挈妻子南下，為自全之計。其誤國之罪，可勝誅戮？楊戩本以紈袴膏粱，叨承祖廕，憑藉寵靈，典司兵柄，濫膺閫外。大姦似忠，怯懦無比。此三臣者，皆朋黨固結，內外萌蔽，為陛下腹心之蠹者也。數年以來，招災致異，喪本傷元。役重賦煩，生民離散。盜賊猖獗，夷虜犯順。天下之膏腴已盡，國家之紀綱廢弛。雖擢髮不足以數京等之罪也。臣等待罪該科，備員諫職。徒以目擊奸臣誤國而不為皇上陳之，則上辜君父之恩，下負平生所學。伏乞宸斷，將京等一干黨惡人犯，或下廷尉，以示薄罰；或寘極典，以彰顯戮；或照例枷號，或投之荒裔，以禦魑魅。庶天意可回，人心暢快。國法已正，虜患自消。天下幸甚！臣民幸甚！奉聖旨蔡京姑留輔政。王黼楊戩便拏送三法司，會問明白來說。欽此欽遵！續該三法司會問過，並黨惡人犯王黼、楊戩本兵不職，縱虜深入，荼毒生民，損兵折將，失陷內地，律應處斬。手下壞事家人，書辦官掾親黨，董昇、盧虎、楊盛、龐宣、韓宗仁、陳洪、黃玉、賈廉、劉盛、趙弘道等，查出有名人犯，俱問擬枷號一個月，滿日發邊衛充軍。

西門慶不看萬事皆休，看了耳邊廂只聽颼的一聲，魂魄不知往那裏去了。就是驚損六葉連肝肺，諕壞三毛七孔心。即忙打點金銀寶玩，馱裝停當。把家人來保來旺叫到臥房中，悄悄分付：如此如此，這般這般，「雇頭口，星夜上東京打聽消息。不消到爾陳親家爹下處。但有不好聲色，取巧打點停當，速來回報。」已與了他二人二十兩盤纏，絕早五更，雇腳夫起程上東京去了，不在話下。

西門慶通一夜不曾睡著。到次日早，分付來昭賁四把花園工程止住，各項匠人都且回去，不做了。每日將大門緊閉。家下人無事，亦不敢往外去。隨分❷人叫著，不許開。西門慶只在房裏動旦，走出來又走進去。憂上加憂，悶上添悶，如熱地蚰蜒一般。把娶李瓶兒的勾當，丟在九霄雲外去了。吳月娘見

❷ 隨分：隨便；無論。

他每日在房中愁眉不展，面帶憂容，便說道：「他陳親家那邊為事，各人冤有頭債有主。你平白焦愁些甚麼？」西門慶道：「你婦人知道些甚麼？陳親家是我的親家，女兒女婿兩個業障搬來咱家住著，這是一件事。平昔街坊鄰舍，惱咱的極多。常言：『機兒不快，梭兒快；打著羊，駒驢戰。』倘有小人指戳，拔樹尋根，你我身家不保。」正是：關著門兒家裏坐，禍從天上來！這裏西門慶在家納悶不題。

且說李瓶兒等了一日兩日不見動靜，一連使馮媽媽來了兩遍，大門關得鐵桶相似，就是樊噲也撞不開。等了半日，沒一個人牙兒❸出來，竟不知怎的。看看到廿四日，李瓶兒又使馮媽媽送頭面來，就請西門慶過去說話。叫門不開。去在對過房簷下。少頃，只見玳安出來飲馬。看見便問：「馮媽媽你來做甚麼？」馮媽媽說：「你二娘使我送頭面來。怎的不見動靜？請你爹過去說話哩。」玳安道：「俺爹連日有些小事兒，不得閒。你老人家還拏回頭面去。等我飲馬回來，對俺爹說就是了。」馮媽媽道：「好哥哥，我在這裏等著，你拏進頭面去和你爹說去。你二娘那裏好不惱我哩。」這玳安一面把馬拴下，走到裏邊。半日出來道：「對俺爹說了，頭面爹收下了。教你上覆二娘，再待幾日兒，我爹出來往二娘那裏說話。」這馮媽媽一直走來回了婦人話。婦人又等了幾日，看看五月將盡，六月初旬時分，朝思暮盼，音信全無。夢攘魂勞，佳期間阻。正是：懶把蛾眉掃，羞將粉臉勻。滿懷幽恨積，憔悴玉精神。婦人盼不見西門慶來，每日茶飯頓減，精神恍惚。到晚夕孤眠枕上，展轉躊躕。忽聽外邊打門，彷彿見西門慶來到。婦人迎門笑接，攜手進房。問其爽約之情，各訴衷腸之話。綢繆繾綣，徹夜歡娛。雞鳴天曉，頓抽身回去。婦人恍然驚覺，大呼一聲，精魂已失。慌了馮媽媽進房來看視。婦人說道：「西門慶他剛纔

❸ 人牙兒：小孩。

出去，你關上門不曾？」馮媽媽道：「娘子想得心迷了，那裏得大官人來？影兒也沒有！」

婦人自此夢境隨邪，夜夜有狐狸假名抵姓，來攝其精髓。漸漸形容黃瘦，飲食不進，臥床不起。馮媽媽向婦人說，請了大街口蔣竹山來看。其人年小，不上三十，生的五短身材，人物飄逸，極是個輕浮狂詐的人。請入臥室。婦人則霧鬢雲鬟，擁衾而臥，似不勝憂愁之狀。勉強茶湯已罷，丫鬟安放褥甸。竹山就床診視脈息畢，因見婦人生有姿色，便開言說道：「小人適診病源，娘子肝脈絃出寸口而洪大，厥陰脈出寸口久上魚際。主六慾七情所致。陰陽交爭，乍寒乍熱。似有鬱結于中而不遂之意也。似瘧非瘧，似寒非寒。白日則倦怠嗜臥，精神短少。夜晚神不守舍，夢與鬼交。若不早治，久而變為骨蒸之疾，必有屬纊之憂矣。可惜，可惜！」婦人道：「有累先生俯賜良劑，奴好了重加酬謝。」竹山道：「小人無不用心。娘子若服了我的藥，必然貴體全安。」說畢起身。這裏使藥金五星，使馮媽媽討將藥來。婦人晚間吃了他的藥下去，夜裏得睡，便不驚恐。漸漸飲食加添起來，梳頭走動。那消數日，精神復舊。

一日安排了一席酒肴，備下三兩銀子，使馮媽媽請過竹山來相謝。這蔣竹山從與婦人看病之時，懷覬覦之心，已非一日。于是一聞其請，即具服而往。延之中堂，婦人盛妝出見，道了萬福。茶湯兩換，請入房中。酒饌已陳，麝蘭香藹。小丫鬟綉春在旁，描金盤內托出三兩白金。婦人高擎玉盞，向前施禮，說道：「前日奴家心中不好，蒙賜良劑，服之見效。今粗治了一盃水酒，請過先生來知謝知謝。」竹山道：「此是小人分內之事，理當措置。何必計較？」因見三兩謝禮，說道：「這個學生怎麼敢領？」婦人道：「些須微意，不成禮數。萬望先生笑納。」辭讓了半日，竹山方纔收了。婦人遞酒安了坐次。飲過三巡，竹山席間偷眼睃視，婦人粉妝玉琢，嬌艷驚人。先用言以挑之，因說道：「小人不敢動問，娘子青春幾何？」婦人道：「奴虛度二十四歲。」竹山道：「又一件，似娘子這等妙年，生長深閨，處于富足，何事不遂？而前日有此鬱結不足之病？」婦人聽了，微笑道：「不瞞先生，奴因拙夫去世，家事蕭條。獨自一身，憂愁思慮，何得無病？」竹山道：「原來娘子夫主歿了，多少時了？」婦人道：「拙夫從去歲十一月得傷寒病死了，今已八個月來。」竹山道：「曾吃誰的藥來？」婦人道：「大街上胡先生。」竹山道：「是那東街上劉太監房子住的胡鬼嘴兒？他又不是我太醫院出身，知道甚麼脈？娘子怎的請他？」婦人道：「也是因街坊上人薦舉請他來看。還是拙夫沒命，不干他事。」竹山又道：「娘子也還有子女沒有？」婦人道：「兒女俱無。」竹山道：「可惜！娘子這般青春妙齡之際，獨自孀居，又無所出，何不尋其別進之路？甘為幽鬱，豈不生病？」婦人道：「奴近日也講著親事，早晚過門。」竹山便道：「動問娘子，與何人作親？」婦人道：「是縣前開生藥鋪西門大官人。」竹山聽了道：「苦哉！苦哉！娘子因何嫁他？小人常在他家看病，最知詳細。此人專在縣中抱攬說事，舉放私債。家中挑販人口。家中不算丫頭，大小五六個老婆。著緊打躺棍兒，稍不中意，就令媒人領出賣了。就是打老婆的班頭，坑婦女的領袖。娘子早時❹對我說，不然進入他家，如飛蛾投火一般，坑你上不上，下不下，那時悔之晚矣。況近日他親家那邊為事，干連在家，躲避不出。房子蓋的半落不合的，多丟下了。東京關下文書，坐落府縣拏人。到明日他蓋這房子，多是入官抄沒的數兒。娘子沒來由嫁他則甚？」一篇話，把婦人說得閉口無言。況且許多東西，丟在他家，尋思半晌，暗中跌腳：「嗔道一替兩替請著他不來，原來他家中為事哩！」又見竹山語言活動，一團謙恭。「奴明日若嫁得恁樣個人也罷了。不知他有妻室沒有？」

❹早時：幸而。

因問道：「既蒙先生指教，奴家感戴不淺。倘有甚相知人家親事，舉保來說，奴無有個不依之理。」竹山乘機：「請問，不知要何等樣人家？小人打聽的實，好來這裏說。」婦人道：「人家倒也不論乎大小，只像先生這般人物的。」這蔣竹山不聽便罷，聽了此言，喜歡的勢不知有無。于是走下席來，雙膝跪在地下，告道：「不瞞娘子說，小人內為失助，中饋乏人，鰥居已久，子息全無。倘蒙娘子垂憐見愛，肯結秦晉之緣，足稱平生之願。小人雖啣環結草，不敢有忘！」婦人笑以手攜之，說道：「且請起。未審先生鰥居幾時？貴庚多少？既要做親，須得要個保山來說，方成禮數。」竹山又跪下哀告道：「小人行年二十九歲，正月二十七日卯時建生。不幸去年荊妻亡故，家緣貧乏，實出寒微。今既蒙金諾之言，何用冰人之講？」婦人聽言笑道：「你既無錢，我這裏有個媽媽，姓馮，拉他做個媒證，也不消你行聘。擇個吉日良辰，招你進來，入門為贅。你意下若何？」這蔣竹山連忙倒身下拜：「娘子就如同小人重生父母，再長爹娘！宿世有緣，三生大幸矣！」一面兩個在房中，各遞了一盃交歡盞，已成其親事。竹山飲至天晚回家。婦人這裏與馮媽媽商議說：「西門慶家如此這般為事，吉凶難保。況且奴家這邊沒人，不好了一場，險不喪了性命。為今之計，不如把這位先生招他進來，過其日月，有何不可？」到次日，就使馮媽媽通信過去，擇六月十八日大好日期，把蔣竹山倒踏門❺招進來，成其夫婦。過了三日，婦人湊了三百兩銀子，與竹山打開門面兩間開店，煥然一新的。初時往人家看病只是走，後來買了一疋驢兒騎著，在街上往來搖擺，不在話下。正是：一窪死水全無浪，也有春風擺動時。

畢竟未知後來何如，且聽下回分解。

---

❺ 倒踏門：丈夫就妻子家成婚，俗稱「招女婿」。

第十八回　來保上東京幹事　陳經濟花園管工

堪嘆人生毒似蛇，誰知天眼轉如車。
去年妄取東鄰物，今日還歸北舍家。
無義錢財湯潑雪，倘來田地水推沙。
若將奸狡為活計，恰似朝雲與暮霞。

話分兩頭。不說蔣竹山在李瓶兒家招贅。單表來保來旺二人上東京打點，朝登紫陌，暮踐紅塵，飢餐渴飲，帶月披星。有日到東京進了萬壽城門，投旅店安歇。到次日街前打聽，只聽見過路人風裏言風裏語，多交頭接耳，街談巷議。都說兵部王尚書昨日會問明白，聖旨下來，秋後處決。只有楊提督名下親屬人等，未曾拏完，尚未定奪。且待今日，便有次弟。這來保等二人，把禮物打在身邊，急來到蔡府門首。舊時幹事來了兩遍，道路久熟。立在龍德街牌樓底下，探聽府中消息。少頃，只見一個青衣人，慌慌打太師府中出來，往東去了。來保認得是楊提督府裏親隨楊幹辦。待要叫住，問他一聲事情何如，說家主不曾分付招惹他，以此不言語，放過了他去了。遲了半日，兩個走到府門前望著守門官深深唱了個喏：「動問一聲，太師老爹在家不在？」那守門官道：「老爺不在家了，朝中議事未回。你問怎的？」

來保又問道：「管家翟爺請出來，小人見見，有事稟白。」那官吏道：「管家翟叔也不在了，跟出老爺去了。」來保道：「且住。他不實說與我，已定問我要些東西。」于是袖中取出一兩銀子遞與他。那官吏接了，便問：「你要見老爺，要見學士大爺？老爺便是大管家翟謙稟，大爺的事便是小管家高安稟，各有所掌。況老爺朝中未回，只有學士大爺在家。你有甚事？我替你請出高管家來，有甚事引你稟見大爺，也是一般。」這來保就借情道：「我是提督楊爺府中，有事稟見。」官吏聽了，不敢怠慢，進入府中良久，只見高安出來。來保慌忙施禮，遞上十兩銀子，說道：「小人是楊爺的親，同楊幹辦一路來見老爺討信。因後邊吃飯來遲了一步，不想他先來見了，所以不曾趕上。」高安接了禮物說道：「楊幹辦只剛纔去了，老爺還未散朝。你且待待，我引你再見見大爺罷。」一面把來保領到第二層大廳旁邊，另一座儀門進去。坐北朝南，三間敞廳，綠油欄杆，朱紅牌額，石青填地，金字大書，天子御筆欽賜「學士琴堂」四字。原來蔡京兒子蔡攸也是寵臣，見為祥和殿學士，兼禮部尚書，提點太一宮使。來保在門外伺候，高安先入說了出來，然後喚來保入見，當廳跪下。廳上垂著朱簾，蔡攸深衣軟巾，坐于堂上，問道：「是那裏來的？」來保稟道：「小人是楊爺的親家陳洪的家人，同府中楊幹辦來稟見老爺討信。不想楊幹辦先來見了，小人趕來後見。」因向懷中取出揭帖，遞上。蔡攸見上面寫著白米五百石，叫來保近前說道：「蔡老爺亦因言官論列，連日迴避。閣中之事，並昨日三法司會問，都是右相李爺秉筆。稱楊老爺的事，昨日內裏消息出來，聖上寬恩，另有處分了。其手下用事有名人犯，待查明問罪。你還往到李爺那裏說去。」來保只顧磕頭：「小的不認的李爺府中，望爺憐憫俯就，看家楊老爺分上。」蔡攸道：「你去到天漢橋迤北高坡大門樓處，問聲當朝右相，資政殿大學士，兼禮部尚書，名諱邦彥的你李爺，誰是不知道。也罷，我這裏還差個人同你去。」即令祇候官呈過一緘，使了圖書，就差管家高安同去見李老爺：如此這般替他說。

那高安承應下了，同來保出了府門，叫了來旺，帶著禮物，轉過龍德街，逕到天漢橋李邦彥門首。正值邦彥朝散纔來家，穿大紅縐紗袍，腰繫玉帶，送出一位公卿，上轎而去。回到廳上，門吏稟報說：「學士蔡大爺差管家來見。」先叫高安進去，說了回話。然後喚來保來旺進見，跪在廳臺下。高安就在旁邊遞了蔡攸封緘，並禮物揭帖。來保下邊就把禮物呈上。邦彥看了說道：「你蔡大爺分上，又是你楊老爺親，我怎麼好受此禮物？況你楊爺，昨日聖心回動已沒事。但只是手下之人，科道參語甚重，已定問發幾個。」即令堂候官取過昨日科中送的那幾個名字與他瞧，上寫著：「王黼名下書辦官董昇、家人王廉、班頭黃玉；楊戩名下壞事書辦官盧虎、幹辦楊盛、府椽韓宗仁、趙弘道、班頭劉成、親黨陳洪、西門慶、胡四等，皆鷹犬之徒，狐假虎威之輩。揆置本官，倚勢害人。貪殘無比，積弊如山。小民蹙額，市肆為之騷然！乞敕下法司，將一干人犯，或投之荒裔，以禦魑魅；或寘之典刑，以正國法。不可一日使之留于世也！」來保等見了，慌的只顧磕頭，告道：「小人就是西門慶家人，望老爺開天地之心，超生性命則個！」高安又替他跪稟一次。邦彥見五百兩金銀，只買一個名字，如何不做分上？即令左右抬書案過來，取筆將文卷上西門慶名字改作賈慶。一面收上禮物去。邦彥打發來保等出來，就拏回帖回蔡學士。賞了高安、來保、來旺一封五十兩銀子。來保路上作辭高管家，回到客店，收拾行李，還了店錢，星夜回到清河縣來。早到家見西門慶，把東京所幹的事，從頭說了一遍。西門慶聽了，如提在冷水盆內，對月娘說：「早時使人去打點，不然怎了！」正是：這回西門慶性命，有如落日已沈西嶺外，卻被扶桑喚出來。于是一塊石頭，方纔落地。過了兩日，門也不關了，花園照舊還蓋。漸漸出來街上走動。

一日，玳安騎馬打獅子街所過，看見李瓶兒門首開個大生藥鋪，裏邊堆著許多生熟藥材。朱紅小櫃，油漆牌面，吊著幌子，甚是熱鬧。歸來告與西門慶說；還不知招贅竹山一節。只說：「二娘搭了個新夥計，開了個生藥鋪。」西門慶聽了，半信不信。一日，七月中旬時分，金風淅淅，玉露冷冷。西門慶正騎馬街上走著，撞見應伯爵、謝希大兩人叫住，下馬唱喏。問道：「哥一向怎的不見？兄弟到府上幾遍，見大門關著，又不敢叫，整悶了這幾日。端的哥在家做甚事？嫂子娶過來不曾？也不請兄弟每吃酒？」西門慶道：「不好告訴的。因舍親家陳宅那邊為些閒事，替他亂了幾日。親事另改了日期了。」伯爵道：「兄弟每不知哥吃驚。今日既撞遇哥，兄弟二人肯空放了？如今請哥同到裏邊吳銀姐那裏吃三盃，權當解悶。」不由分說，把西門慶拉進院中來。玳安平安牽馬，後邊跟著走。正是：歸去只愁紅日短，思鄉猶恨馬行遲。世財紅粉歌樓酒，誰為三般事不迷。當日西門慶被他二人拉到吳銀兒家，吃了一日酒。到日暮時分，已帶半酣，纔放出來。打馬正望家走，到于東街口上，撞見馮媽媽從南來，走得甚慌。西門慶勒住馬，問道：「你往那去？」馮媽媽道：「二娘使我往門外寺裏魚籃會，替過世二爹燒箱庫去來。趕進門來。」西門慶醉中道：「你二娘在家好麼？我明日和他說話去。」馮媽媽道：「尤得大人還問甚麼好也來？把個見見成成做熟了飯的親事兒，吃人掇了鍋兒去了。」西門慶聽了失驚問道：「莫不他嫁人去了？」馮媽媽道：「二娘那等使老身送過頭面，往你家去了幾遍不見你，大門關著。對大官兒說進去，教你早動身，你不理。今教別人成了，你還說甚的？」西門慶問：「是誰？」馮媽媽悉把半夜三更，婦人被狐狸纏著，染病著，看看至死。怎的請了大街上住的蔣竹山來看，吃了他的藥，怎的好了。某日怎的倒踏門招進來，成其夫婦。「見今二娘拏出三百兩銀子，與他開了生藥鋪。」從頭至尾說了一遍。這西門慶不聽便罷，聽了氣的在馬上只是跌腳。叫道：「苦哉！你嫁別人，我也不惱。如何嫁那矮王八！他有甚麼起解❶？」于是一直打馬來家。剛下馬進儀門，只見吳月娘、孟玉樓、潘金蓮並西門大姐四個在前廳天井內，月下跳馬索兒耍子。見西門慶來家，月娘、玉樓、大姐三個，都往後走了。只有金蓮不去，且扶著庭柱兜鞋。被西門慶帶酒罵道：「淫婦每閒的聲喚，平白跳甚麼百索兒？」趕上金蓮踢了兩腳。走到後邊，也不往月娘房中去脫衣裳，走在西廂梢間一間書房，要了鋪蓋，那裏宿歇。打丫頭，罵小廝，只是沒好氣。眾婦人站在一處，都甚是著恐，不知是那緣故？吳月娘甚是埋怨金蓮：「你見他進門有酒了。兩三步扠間一邊便了。還只顧在跟前笑成一塊且提鞋兒，卻教他蝗蟲螞蚱一例、都罵著！」玉樓道：「罵我每也罷，如何連大姐也罵起淫婦來了？沒槽道❷的行貨子！」金蓮接過來道：「這一家子只我是好欺負的！一般三個人在這裏，只踢我一個兒。那個偏受用著甚麼也怎的？」月娘就惱了，說道：「你頭裏何不教他連我也踢不是？你沒偏受用，誰偏受用怎的？賊不識高低貨！我倒不言語，你只顧嘴頭子嗶哩礴喇的！」那金蓮見月娘惱了，便轉把話兒來摭，說道：「姐姐不是這等說。他不知那裏因著甚麼由頭兒，只拏我煞氣。要便睜著眼望著我叫，千也要打個臭死，萬也要打個臭死！」月娘道：「誰教你只要嘲他來？他不打你，卻打狗不成？」玉樓道：「大姐姐，且叫了小廝來問他聲，今日在誰家吃酒來？早晨好好出去，如何來家恁個腔兒？」不一時把玳安叫到跟前，問他端的。月娘罵道：「賊

❶ 起解：出息。
❷ 槽道：規矩。

因根子！你不實說，教大小廝來吊拷你，和平安兒每人都是十板子。」玳安道：「娘休打，待小的實說了罷。爹今日和應二叔每都在院裏吳家吃酒，散的早了，來在東街口上，撞遇馮媽媽，說花二娘等爹不去，嫁了大街住的蔣太醫了。爹一路上惱的要不的。」月娘道：「信那沒廉恥的歪淫婦；浪著嫁了漢子，來家拏人煞氣！」玳安道：「二娘沒嫁蔣太醫，把他倒踏門招進去了。如今二娘與了他本錢，開了好不興的大藥鋪。我去告爹說，爹還不信。」孟玉樓道：「論起來，男子漢死了多少時兒，服也還未滿，就嫁人，使不得的！」月娘道：「如今年程，論的甚麼使的使不的？漢子孝服未滿，浪著嫁人的，纔一個兒？淫婦成日和漢子酒裏眠，酒裏臥底人，他原守的甚麼貞節？」看官聽說：月娘這一句話，一棒打著兩個人。孟玉樓與潘金蓮都是再醮嫁人，孝服都不曾滿。聽了此言，未免各人懷著慚愧歸房，不在話下。

正是：不如意處常八九，可與人言無二三。

　卻說西門慶當晚在前邊廂房睡了一夜。到次日，把女婿陳經濟安他在花園中同賁四管工記帳。換下來昭來，教他看守大門。西門大姐白日裏便在後邊和月娘眾人一處吃酒，晚夕歸前邊廂房中歇。陳經濟每日只在花園中管，非呼喚不敢進入中堂。飲食都是小廝內裏拏出來吃。所以西門慶手下這幾房婦女，都不曾見面。一日西門慶不在家，與提刑所賀千戶送行去了。月娘因陳經濟搬來居住，一向管工辛苦，不曾安排一頓飯兒酬勞他酬勞，向孟玉樓、李嬌兒說道：「待要管，又說我多攬事。我待欲不管，又看不上。人家的孩兒在你家，每日起早睡晚，辛辛苦苦，替你家打勤勞❸兒，那個與心知慰他一知慰兒也怎的？」玉樓道：「姐姐，你是個當家的人，你不上心誰上心？」月娘于是分付廚下，安排了一桌酒肴

❸ 打勤勞：辛勤工作。

點心，午間請經濟進來吃一頓飯。這陳經濟撇了工程，教賁四看管，逕到後邊參見月娘。作畢揖，旁邊坐下。小玉拏茶來吃了。安放桌兒，拏蔬菜案酒上來。月娘道：「姐夫每日管工辛苦，要請姐夫進來坐坐，白不得個閒。今日你爹不在家，無事，治了一盃水酒，權與姐夫酬勞。」經濟道：「兒子蒙爹娘抬舉，有甚勞苦？這等費心？」月娘遞了酒，經濟旁邊坐下。須臾，饌肴齊上。月娘陪著他吃了一回酒。月娘使小玉：「請大姑娘來這裏坐。」小玉道：「大姑娘使著手，便來。」少頃，只聽房中抹的牌響。經濟便問：「誰人抹牌？」月娘道：「是大姐與玉簫丫頭弄牌。」經濟道：「你看沒分曉。娘這裏呼喚不來，且在房中抹牌。」不一時大姐掀簾子出來，與他女婿對面坐下，一同飲酒。月娘便問大姐：「陳姐夫也會看牌也不會？」大姐道：「他也知道些香臭兒。」當時月娘自知經濟是個志誠的女婿。卻不道這小夥子兒，詩詞歌賦，雙陸象棋，拆牌道字，無所不通，無所不曉。有西江月為證：

自幼乖滑伶俐，風流博浪牢成。愛穿鴨綠出爐銀，雙陸象棋幫襯。　琵琶笙箏簫管，彈丸走馬貪情。只有一件不堪聞，見了佳人是命。

月娘便道：「既是姐夫會看牌，何不進去咱同看一看？」經濟道：「娘和大姐看罷，兒子卻不當。」月娘道：「姐夫至親間，怕怎的？」一面進入房中。只見孟玉樓正在床上鋪茜紅氈看牌。見經濟進來，抽身就要走。月娘道：「姐夫又不是別人，見個禮兒罷。」向經濟道：「這是你三娘哩。」那經濟慌忙躬身作揖。玉樓還了萬福。當下玉樓大姐三人同抹，經濟在旁邊觀看。抹了一回，大姐輸了下來。經濟上來又抹。玉樓出了個天地分，經濟出了恨點不到頭。吳月娘出了個四紅沈、八不就、雙三不搭兩么兒，和兒不出；左來右去配不著色頭。只見潘金蓮掀開簾子走進來，銀絲鬏髻上戴著一頭鮮花兒仙掌，體可玉貌，笑嘻嘻道：「我說是誰，原來是陳姐夫在這裏。」慌得陳經濟扭頸回頭，猛然一見，不覺心蕩目搖，精魂已失。正是：五百年冤家今朝相遇，三十年恩愛一旦遭逢。月娘道：「此是五娘。姐夫也只見個長禮兒罷。」經濟忙向前深深作揖。金蓮一面還了萬福。月娘便道：「五姐你來看，小雛兒倒把老鴉子來贏了。」這金蓮近前一手扶著床護炕兒，一隻手拈著白紗團扇兒，在旁替月娘指點，說道：「大姐姐這牌不是這等出了。把雙三搭過來，卻不是天不同和牌，還贏了陳姐夫和三姐姐。」眾人正抹牌在熱鬧處，只見玳安抱進氈包來，說：「爹來家了。」月娘連忙攛掇小玉送陳姐夫打角門出去了。

西門慶下馬進門，先到前邊工上觀看了一遍，然後踅到潘金蓮房中來。金蓮慌忙接著，與他脫了衣裳，說道：「你今日送行去，來的早。」西門慶道：「提刑所賀千戶新陞新平寨知寨，合衛所相知都郊外送他，來拏帖兒來會我，不好不去的。」金蓮道：「你沒酒，教丫鬟看酒來你吃。」不一時放了桌兒飲酒，菜蔬都擺在面前。飲酒中間，因說起後日花園捲棚上梁，約有許多親朋都要來遞果盒酒掛紅，少不得叫廚子置酒管待。說了一回，天色已晚。春梅掌燈歸房，二人上床宿歇。西門慶因起早送行，著了辛苦，吃了幾盃酒就醉了。倒下頭鼾睡如雷，齁齁不醒。那時正值七月二十頭天氣，夜子有些餘熱，這潘金蓮怎生睡得著。忽聽碧紗帳內一派蚊雷，不免赤著身子起來，執著燭滿帳照蚊。照一個燒一個。回首見西門慶仰臥枕上，睡得正濃，搖之不醒。放下燭臺，弄了一回，西門慶醒了，罵道：「怪小淫婦兒！你達達睡睡，摑混❹死了。」正是：怪底佳人風性重，夜深偷弄紫鸞簫。有蚊子雙關踏莎行詞為證：

❹ 摑混：胡攪。

我愛他身體輕盈，楚腰膩細，行行一派笙歌沸。黃昏人未掩朱扉，潛身撞入紗廚內。　款傍香肌，輕憐玉體，嘴到處胭脂記。耳邊廂，造就百般聲，夜深不肯教人睡。

婦人于是玩了有一頓飯時，西門慶忽然想起一件事來，叫春梅篩酒過來，在床前執壺而立。將燭移在床背板上，飲酒取樂。婦人罵道：「好個刁鑽的強盜！從幾時新興出來的例兒，怪剌剌教丫頭看答著甚麼張致！」西門慶道：「我對你說了罷。當初你瓶姨和我常如此幹，叫他家迎春在旁執壺斟酒，倒好耍子。」婦人道：「我不好罵出來的，甚麼瓶姨鳥姨！題那淫婦則甚？奴好心不得好報。那淫婦等不的，浪著嫁漢子去了。你前日吃了酒，你來家，一般的三個人在院子裏跳百索兒，只拏我煞氣。只踢我一個兒，倒惹的人和我辨了回子嘴。想起來奴是好欺負的！」西門慶問道：「你與誰辨嘴來？」婦人道：「那日你便進來了，上房的好不和我合氣。說我在他跟前頂嘴來，罵我不識高低的貨。我想起來，為甚麼養蝦蟆得水蠱兒病，如今倒教人惱我？」西門慶道：「不是我也不惱，那日應二哥他每拉我到吳銀兒家吃了酒出來，路上撞見馮媽媽子，如此這般告訴我，把我氣了個立睜。若嫁了別人，我倒罷了。那蔣太醫賊矮王八，那花大怎不咬下他下截來？他有甚麼起解？招他進去，與他本錢，教他在我眼面前開鋪子，大剌剌做買賣？」婦人道：「虧你有臉兒還說哩！奴當初怎麼說來？先下米的先吃飯。你不聽，只顧求他問姐姐。常言信人調，丟了瓢！你做差了，你抱怨那個？」西門慶被婦人這幾句話，沖得心頭一點火起，雲山半壁通紅。便道：「你由他，教那不賢良的淫婦說去，到明日休想我這裏理他。」看官聽說：自古讒言罔行，雖君臣父子夫婦昆弟之間，猶不能免，況朋友乎？饒吳月娘恁般賢淑的婦人，居于正室，西門慶聽金蓮衽席睥睨之間言，卒致于反目。其他可不慎哉！自是以後，西門慶與月娘尚氣❺，彼此覿面，都不說話。月娘隨他往那房裏去，也不管他。來遲去早，也不問他。或是他進房中取東西，只教丫頭上前答應，也不理他，兩個都把心來冷淡了。正是：前車倒了千千輛，後車到了亦如然。分明指與平川路，錯把忠言當惡言。

且說潘金蓮自西門慶與月娘尚氣之後，見漢子偏聽己，于是以為得志。每日抖搜著精神，妝飾打扮，希寵市愛。因為那日後邊會遇陳經濟一遍，見小夥兒生的乖猾伶俐，有心也要勾搭他。但只畏懼西門慶，不敢下手。只等的西門慶往那裏去，不在家，便使了丫鬟叫進房中，與他茶水吃，常時兩個下棋做一處。一日，西門慶新蓋捲棚上梁，親友掛紅慶賀，遞果盒的也有許多。各作人匠，都有犒勞賞賜。大廳上管待官客，吃到晌午時分人纔散了。西門慶看著收拾了家火，歸後邊睡去了。陳經濟走來金蓮房中討茶吃。金蓮正在床上彈弄琵琶道：「前邊上梁吃了恁半日酒，你就不曾吃了些甚麼，還來我屋裏要茶吃？」經濟道：「兒子不瞞你老人家說，從半夜起來亂了這一五更，誰吃甚麼來？」婦人道：「你爹在那裏？」經濟道：「爹後邊睡去了。」婦人道：「你既沒吃甚麼，叫春梅揀妝裏拏我吃的那蒸酥果餡餅兒來，與你姐夫吃。」這小夥兒就在他炕桌兒擺著四碟小菜，吃著點心。因見婦人彈琵琶，戲問道：「五娘，你彈的甚曲兒？怎不唱個兒我聽？」婦人笑道：「好陳姐夫，奴又不是你影射的，如何唱曲兒你聽？我等你爹起來，看我對你爹說不說！」那經濟笑嘻嘻慌忙跪下央及道：「望乞五娘可憐見，兒子再不敢了。」那婦人笑起來了。自此這小夥兒，和這婦人日近日親。或吃茶吃飯，穿房入屋，打牙犯嘴❻，挨肩擦膀，

❺ 尚氣：負氣。

通不忌憚。月娘托以兒輩，放這樣不老實的女婿在家，自家的事卻看不見。正是：只繞採花成釀蜜，不知辛苦為誰甜。

堪嘆西門慮未通，惹將桃李笑春風。
滿床錦被藏賊睡，三頓珍羞養大蟲。
愛物只圖夫婦好，貪財常把丈人坑。
還有一件堪誇事，穿房入屋弄乾坤。

畢竟未知後來何如，且聽下回分解。

---

❻打牙犯嘴：打趣抬槓。

第十九回　草裏蛇邏打蔣竹山　李瓶兒情感西門慶

花開不擇貧家地，月照山河處處明。
世間只有人心歹，百事還教天養人。
癡聾瘖啞家豪富，伶俐聰明卻受貧。
年月日時該載定，算來由命不由人。

話說西門慶家中起蓋花園捲棚，約有半年光景，裝修油漆完備，前後煥然一新，慶房整吃了數日酒，俱不在話下。一日八月初旬天氣，與夏提刑做生日，在新買莊上擺酒，叫了四個唱的，一起樂工，雜耍步戲。西門慶從巳牌時分，打選衣帽齊整，四個小廝跟隨，騎馬去了。吳月娘在家整置了酒肴細果，約同李嬌兒、孟玉樓、孫雪娥、大姐、潘金蓮眾人，開了新花園門，閒中遊賞，玩看裏面花木庭臺。一望無際，端的好座花園。但見：正面丈五高，心紅漆綽屑。周圍二十板，砧炭乳口泥牆。當先一座門樓，四下幾多臺榭。假山真水，翠竹蒼松。高而不尖謂之臺，巍而不峻謂之榭。論四時賞玩，各有去處。春賞燕遊堂，檜柏爭鮮；夏賞臨溪館，荷蓮鬥彩；秋賞疊翠樓，黃菊迎霜；冬賞藏春閣，白梅積雪。剛見那嬌花籠淺徑，嫩柳拂雕欄。弄風楊柳縱蛾眉，帶雨海棠陪嫩臉。燕遊堂前，金燈花似開不開；藏春閣後，白銀杏半放不放。平野橋東，幾朵粉梅開卸；臥雲亭上，數株紫荊未吐。湖山側，纔綻金錢；寶檻邊，初生石笋。翩翩紫燕穿簾幙，嚦嚦黃鶯度翠陰。也有那月窗雪洞，也有那水閣風亭。木香棚與荼蘼架相連，千葉桃與三春柳作對。也有那紫丁香，玉馬櫻，金雀藤，黃刺薇，香茉莉，瑞仙花。捲棚前後，松牆竹徑，曲水方池，映階蕉棕，向日葵榴。遊魚藻內驚人，粉蝶花間對舞。正是芍藥展開菩薩面，荔枝擎出鬼王頭。當下吳月娘領著眾婦人，或攜手遊芳徑之中，或鬥草坐香茵之上。一個臨欄對景，戲將紅豆擲金鱗。一個伏檻觀花，笑把羅紈驚粉蝶。月娘于是走在一個最高亭子上，名喚臥雲亭，和孟玉樓、李嬌兒下棋。潘金蓮和西門大姐、孫雪娥都在玩花樓望下觀看。見樓前牡丹花畔、芍藥圃、海棠軒、薔薇架、木香棚，又有那耐寒君子竹、欺雪大夫松。端的四時有不卸之花，八節有長春之景。觀之不足，看之有餘。不一時，擺上酒來。吳月娘居上，李嬌兒對席。兩邊孟玉樓、孫雪娥、潘金蓮、西門大姐，各依序而坐。月娘道：「我忘了請陳姐夫來坐坐。」一面使小玉：「前邊快請姑夫來。」不一時，經濟來到。頭上天青羅帽，身穿紫綾深衣，腳下粉頭皂靴。向前作揖，就在大姐跟前坐下。傳盃換盞，吃了一回酒。吳月娘還與李嬌兒、西門大姐下棋。孫雪娥與孟玉樓卻上樓觀看。惟有金蓮且在山子前，花池邊，用白紗團扇，撲蝴蝶為戲。不妨經濟悄悄在他身背後觀戲，說道：「五娘，你不會撲蝴蝶兒，等我替你撲。這蝴蝶兒忽上忽下，心不定，有些走滾。」那金蓮扭回粉頸，斜瞅了他一眼，罵道：「賊短命，人聽著，你待死也！我曉得你也不要命了。」那陳經濟笑嘻嘻撲近他身來，摟他親嘴。被婦人順手只一推，把小夥兒推了一交。卻不想玉樓在玩花樓遠遠瞧見，叫道：「五姐，你走這裏來，我和你說話。」金蓮方纔撇了經濟上樓去了。原來兩個蝴蝶也沒曾捉的住，倒訂了燕約鶯期，則做了蜂鬚花嘴。正是：

狂蜂浪蝶有時見，飛入梨花沒處尋。經濟見婦人去了，默默歸房，心中怏然不樂，口占折桂令一詞，以遣其悶：

我見他斜戴花枝，朱唇上不抹胭脂，似抹胭脂。前日相逢，今日相逢，似有情實，未見情實。欲見許，何曾見許？似推辭，本是不推辭。約在何時，會在何時？不相逢，他又相思；既相逢，我又相思。

且不說吳月娘等在花園中飲酒，單表西門慶從門外夏提刑莊子上吃了酒回來，打南瓦子裏頭過。平昔在三瓦兩巷❶行走耍子，搗子每都認得。那時宋時謂之搗子，今時俗呼為光棍是也。內中有兩個，一名草裏蛇魯華，一名過街鼠張勝。常被西門慶資助，乃雞竊狗盜之徒。西門慶見他兩個在那裏耍錢，勒住馬近前說話。二人連忙走至跟前，打個半跪，道：「大官人這咱晚往那去來？」西門慶道：「今日是提刑所夏老爹生日，門外莊上請我每吃了酒來。我有一樁事，央煩你每，依我不依？」二人道：「大官人沒的說。小人平昔受恩甚多，如今使令小人之處，雖赴湯蹈火，萬死何辭！」西門慶道：「既是你二人恁說，明日來我家，我有話分付你。」二人道：「那裏等的到明日，你老人家說與小人罷，端的有甚麼事？」這西門慶附耳低言，便把蔣竹山要了李瓶兒之事，說了一遍：「只要你弟兄二人替我出這口氣便了。」因在馬上摟起衣底，順袋中還有四五兩碎銀子，都倒與二人。便道：「你兩個拏去打酒吃。只要替我幹得停當，還謝你二人。」魯華那肯接，說道：「小人受你老人家恩還少哩！我只道叫俺兩個往

❶ 三瓦兩巷：同第三回註❸。

東洋大海裏拔蒼龍頭上角，西岳華山中取猛虎口中牙，便去不得，這些小之事，有何難哉？這個銀兩，小人斷不敢領受。」西門慶道：「你不收，我也不央及你了。」教玳安接了銀子，打馬就走。又被張勝攔住，說：「魯華，你不知他老人家性兒。你不收，恰似咱每推托的一般。」一面接了銀子，扒倒地下磕了個頭，說道：「你老人家只顧家去坐著，不消兩日，管情穩拍拍❷教你笑一聲。」張勝道：「只望官府到明日把小人送與提刑所夏老爹那裏答應，就夠了小人了。」西門慶道：「這個不打緊，何消你說。」看官聽說：後來西門慶果然把張勝送在周守備守備府，做了個親隨。此係後事，表過不題。

那兩個搗子，得了銀子，依舊耍錢去了。西門慶騎馬進門來家，已是日西時分。月娘等眾人聽見他進門，都往後邊去了。只有金蓮在捲簾內，看收家火。西門慶不往後邊去，逕到花園裏來。見婦人在亭子上收家火，便問：「我不在，你在這裏做甚麼來？」金蓮笑道：「俺每今日和大姐開門看了看，誰知你來的恁早？」西門慶道：「今日夏大人費心，莊子上叫了四個唱的，四個搗倒小廝，只請了五位客到。我恐怕路遠，來的早。」婦人與他脫了衣裳，因說道：「你沒酒，教丫頭看酒來你吃？」西門慶分付春梅：「把別的菜蔬都收下去，只留下幾碟細果子兒，篩一壺葡萄酒來我吃。」坐在上面椅子上。因看見婦人上穿沈香色水緯羅對衿衫兒，五色縐紗眉子。下著白碾光絹挑線裙子、裙邊大紅光素段子、白綾高底羊皮金雲頭鞋兒。頭上銀絲鬏髻、金鑲玉蟾宮折桂分心、翠梅鈿兒、雲鬢簪，著許多花翠，越顯出紅馥馥朱唇，白膩膩粉臉，不覺淫心輒起。攙著他兩雙手兒，摟抱在一處親嘴。不一時，春梅篩上酒來，兩個一遞一口兒，飲酒咂舌。咂的舌頭一片聲響。婦人一面摟起裙子，坐在身上，噙酒哺在他口裏。然

❷ 穩拍拍：穩穩當當。

後在桌上，纖手拈了一個鮮蓮蓬子，與他吃。西門慶道：「澀剌剌的吃他做甚麼？」婦人道：「我的兒，你就吊了造化了。娘手裏拏的東西兒你不吃？」于是口中噙了一粒鮮核桃仁兒，送與他纔罷了。彼此調笑，曲盡于飛。西門慶乘著喜歡，向婦人道：「我有一件事告訴你，到明日教你笑一聲。你道蔣太醫開了生藥鋪，到明日管情教他臉上開果子鋪出來。」婦人便問怎麼緣故。西門慶悉把今日門外撞遇魯華、張勝二人之事，告訴了一遍。婦人笑道：「你這個墮業的眾生，到明日不知作多少罪業。」又問：「這蔣太醫，不是常來咱家看病的那蔣太醫？我見他且是謙恭禮體兒的，見了人把頭兒低著，可憐見兒的。你這等作做他？」西門慶道：「你看不出他。你說他低著頭兒，他專一看你的腳哩。」婦人道：「汗邪的油嘴！他可可看人家老婆的腳？」西門慶道：「你還不知他哩！也是左近一個人家，請他看病。正是街上買了一尾魚手提著，見那人請他，說：『我送了魚到家就來。』那人說：『家中有緊病，請師父就去罷。』這蔣竹山一直跟到他家。病人在樓上，請他上樓。不想是個女人不好，素體容妝，走在房來，舒手教他把脈。這廝手把著脈，想起他魚來，掛在簾鈎兒上，就忘記看脈。只顧且問：『嫂子，你下邊有貓兒也沒有？』不想他男子漢，在屋裏聽見了。走來採著毛，打了個臭死，藥錢也沒有與他。把衣服扯的稀爛，得手纔跑了。」婦人道：「可可兒的來，我不信一個文墨人兒，他幹這個營生。」西門慶道：「你看他迎面兒❸就誤了勾當。單愛外裝老成，內藏奸詐。」兩個說笑了一回，不吃酒了。收拾了家火，歸房宿歇。不在話下。

按下一頭。卻說李瓶兒招贅了蔣竹山，約兩月光景。初時蔣竹山圖婦人喜歡，修合了些戲藥部，門

---

❸ 迎面兒：當頭。

前買了些甚麼景東人事，美女相思套之類，實指望打動婦人心。不想婦人曾在西門慶手裏，狂風驟雨都經過的。往往幹事不稱其意，漸漸頗生憎惡。反被婦人把淫器之物，都用石砸的稀爛，都丟掉了。又說：「你本蝦鱔，腰裏無力。平白買將這行貨子來戲弄老娘家。把你當塊肉兒，原來是個中看不中吃，蠟鎗頭，死王八！」罵的竹山狗血噴了臉。被婦人半夜三更趕到前邊鋪子裏睡。于是一心只想西門慶，不許他進房中來。每日聒聒著算帳，查算本錢。這竹山正受了一肚氣，走在鋪子小櫃裏坐的。只見兩個人進來，吃的踉踉蹌蹌，楞楞睜睜，走在凳子上坐下。先是一個問道：「你這鋪中有狗黃沒有？」竹山笑道：「休要作戲。只有牛黃，那討狗黃？」又問：「沒有狗黃，你有冰灰也罷，拏來我瞧。我要買你幾兩。」竹山道：「生藥行，只有冰片，是南海波斯國地道出的，那討冰灰來？」那一個說道：「你休問他，量他纔開了幾日鋪子，他那裏有這兩椿藥材？咱往西門大官人鋪中買去了來。」那個說道：「過來，咱與他說正經話罷。蔣二哥，你休推睡裏夢裏！你三年前死了娘子兒，問這位魯大哥借的那三十兩銀子，本利也該許多。今日問你要來了。俺剛纔進門就先問你要，你在人家招贅了，初開了這個鋪子，恐怕喪了你行止，顯的俺每陰騭了。故此先把幾句風話來，教你認範❹。你不認範，他這銀子你少不得還他。」竹山聽了，諕了個立睜，說道：「我並沒借他甚麼銀子。」那人道：「你沒借銀，卻問你討？自古蒼蠅不鑽那沒縫的蛋。快休說此話。」蔣竹山道：「我不知閣下姓甚名誰？素不相識，如何來問我要銀子？」那人道：「蔣二哥，你就差了。自古做官不貧，賴債不富。想著你當初不得地時，串鈴兒賣膏藥，也虧了這位魯大哥扶持你。今日就到了這步田地來！」這個人道：「我便姓魯，叫做魯華。你某年借了我三

❹ 認範：認帳。

十兩銀子，發送妻小。本利該我四十八兩銀子，少不的還我。」竹山慌道：「我那裏借你銀子來？就借了你銀子，也有文書保人。」張勝道：「我就是保人。」因向袖中取出文書，與他照了照。把竹山氣的臉蠟渣也似黃了。罵道：「好殺材，狗男女！你是那裏搗子，走來誆詐我！」魯華聽了，心中大怒。隔著小櫃，颼的一拳去。早飛到竹山面門上，就把鼻子打歪在半邊。一面把架上藥材撒了一街。竹山大罵：「好賊搗子！你如何來搶奪我貨物！」只叫天福兒來幫助。被魯華一腳踢過一邊，那裏再敢上前。張勝把竹山拖出小櫃來，攔住魯華手，勸道：「魯大哥，你多日子也耽待了，再寬他兩日兒，教他湊過與你便了。蔣二哥，你怎麼說？」竹山道：「我幾時借他銀子來？就是問你借的，也等慢慢好講，如何這等撒野？」張勝道：「蔣二哥，你這回吃了橄欖灰兒，回過味來了；打了你一麵口袋，倒過醮來了。你若好好早這般，我教魯大哥饒讓你些利錢兒。你便兩三限，湊了還他纔是話。你如何把硬話兒不認，莫不人家就不問你要罷。」那竹山聽了道：「氣殺我！我和他見官去。誰見他甚麼錢來？」張勝道：「你又吃了早酒了。」不提防，魯華又是一拳，仰八叉跌了一交，險不倒栽入洋溝裏，將髮散開，巾幘都污濁了。竹山大叫青天白日起來。被保甲上來，都一條繩子拴了。李瓶兒在房中聽見外邊人攘，走來簾下聽覷。見地方拴的竹山去了，氣了個立睜。使出馮媽媽來，把牌面幌子都收了。街上藥材，被人搶了許多。一面關閉了門戶，家中坐的。

早有人把這件事報與西門慶知道。即差人分付地方明日早解提刑院。這裏又拏帖子對夏大人說了。次日早，帶上人來。夏提刑陞廳，看了地方呈狀，叫上竹山去問道：「你是蔣文蕙？如何借了魯華銀子不還，反行毀罵他？其情可惡！」竹山道：「小的通不認得此人，並沒借他銀子。小人以理分說，他反不容，亂行踢打。把小人貨物都搶了。」夏提刑便叫魯華：「你怎麼說？」魯華道：「他原借小的銀兩發送妻喪，至今三年光景，延挨不還小的。小的今日打聽他在人家招贅了，做了大買賣。問他理討，他倒百般辱罵小的，說小的搶奪他貨物。見有他借銀子的文書在此。這張勝便是保人。望爺查情。」一面懷中取出文契，遞上去。夏提刑展開觀看，上面寫著：

立借契人蔣文蕙，係本縣醫生。為因妻喪，無錢發送，憑保人張勝借到魯名下白銀三十兩，月利三分，入手用度。約至次年本利交還。如有欠少時，家值錢物件折准。恐後無憑，立此借契為照者。

夏提刑看了，拍案大怒，說道：「可又來！見有保人文契，還這等抵賴！看這廝咬文嚼字模樣，就像個賴債的！」喝令左右：「選大板，拏下去著實打！」當下三四個人，不由分說，拖翻竹山在地，痛責三十大板，打的皮開肉綻，鮮血淋漓。一面差兩個公人，拏著白牌，押蔣竹山到家，處三十兩銀子，交還魯華。不然，帶回衙門收監。那蔣竹山打的那兩隻腿剌八❺著，走到家，哭哭啼啼哀告李瓶兒，問他要銀子，還與魯華。又被婦人噦在臉上，罵道：「沒羞的王八！你遞甚麼銀子在我手裏？問我要銀子。我早知你這王八砍了頭是個債樁❻，就瞎了眼也不嫁你這中看不中吃的王八！」那四個人聽見婦人屋裏攘罵，不住催逼叫道：「蔣文蕙既沒銀子，不消只管挨遲了，趁早到衙門回話去罷。」竹山一面出來，安

❺ 剌八：兩腿因打受傷，走路蹣跚的樣子。
❻ 債樁：被債務包圍的人。

撫了公人，又去裏邊哀告婦人。直橛兒跪在地下，哭哭啼啼說道：「你只當積陰騭，西山五舍齋僧布施這三十兩銀子了。不與，這一回去，我這爛屁股上，怎禁的拷打，就是死罷了。」婦人不得已，拏三十兩雪花銀子，與他當官交與魯華，扯碎了文書，方纔了事。這魯華張勝得了三十兩銀子，逕到西門慶家回話了。西門慶留在捲棚內，管待二人酒飯。把前事告訴一遍。西門慶滿心大喜，說：「二位出了我口氣，足可以夠了。」魯華把三十兩銀子交與西門慶，西門慶那裏肯收：「你二人收去買壺酒吃，就是我酬謝你了，後頭還有事相煩。」二人臨起身，謝了又謝，拏著銀子，自行耍錢去了。正是：常將壓善欺良意，權作尤雲殢雨心。

　卻說蔣竹山提刑院交了銀子出來，歸到家中。婦人那裏容他住，說道：「你還是那人家哩，只當奴害了汗病，把這三十兩銀子，問你討了藥吃了。你趁早與我搬出去罷。再遲些時，連我這兩間房子，尚且不夠你還人。」這蔣竹山自知存身不住，哭哭啼啼，忍著兩腿疼，自去另尋房兒。但是婦人本錢置買的貨物都留下。把他原舊的藥材藥碾藥篩箱籠之物，即時催他搬去，兩個就開交了。臨出門，婦人還使馮媽媽舀了一錫盆水，趕著潑去，說道：「喜得冤家離眼前。」當日打發了竹山出門，這婦人一心只想著西門慶。又打聽得他家中沒事，心中甚是後悔。每日茶飯慵餐，蛾眉懶畫，把門倚遍，眼兒望穿，白盼不見一個人兒來。正是：枕上言猶在，于今恩愛淪。房中人不見，無語自消魂。

　不說婦人思想西門慶，單表一日玳安騎馬打門首經過，看見婦人大門關著，藥鋪不開，靜落落的。歸來告訴與西門慶。西門慶道：「想必那矮王八打重了，在屋裏睡哩。會勝也得半個月出不來做買賣。」遂把這事情丟下了。一日八月十五日，吳月娘生日，家中有許多堂客來，在大廳上坐。西門慶因與月娘不說話，一逕都來院中李桂姐家坐的。分付玳安：「早回馬去罷，晚上來接我。」旋邀了應伯爵、謝希大兩個來打雙陸。那日桂卿也在家。姐兒兩個在旁陪侍勸酒。良久，都出來院子內投壺玩耍。玳安約至日西時分，勒馬來接。西門慶正在後邊東淨裏出恭，見了玳安問道：「家中沒事？」玳安道：「家中沒事。大廳上坐堂客都散了，家火都收了。只有大妗子與姑奶奶眾人，大娘邀的後邊坐去了。今日獅子街花二娘那裏，使了老馮與大娘送生日禮來。四盤羹果，兩盤壽桃麵，一疋尺頭，又與大娘做了一雙鞋。大娘與了老馮一錢銀子，說爹不在家了，也沒曾請去。」西門慶因見玳安臉紅紅的，便問：「你那裏吃酒來？」玳安道：「剛纔二娘使馮媽媽叫了小的去，與小的酒吃。我說不吃酒，強說著教小的吃了兩鍾，就臉紅起來。如今二娘到悔過來，對著小的好不哭哩。前日我告爹說，爹還不信。從那日提刑所出來，就把蔣文蕙打發去了。二娘甚是後悔，一心還要嫁爹。比舊瘦了好些兒。央及小的好歹請爹過去，討爹示下。爹若吐了口兒，還教小的回他聲去。」西門慶道：「賊賤淫婦！既嫁漢子去罷了，又來纏我怎的！既是如此，我也不得閒去。你對他說，甚麼下茶下禮？揀個好日子，抬了那淫婦來罷。」玳安道：「小的知道了。他那裏還等著小的去回他話哩。教平安、畫童兒這裏伺候爹就是了。」西門慶道：「你去，我知道了。」

這玳安出了院門，一面走到李瓶兒那裏，回了婦人話。婦人滿心歡喜，說道：「好哥哥！今日多有累你對爹說，成就了二娘此事。」于是親自洗手剔甲，廚下整理菜蔬，管待玳安酒飯。說道：「你二娘這裏沒人，明日好歹你來幫扶天福兒，看著人搬家火過去。」雇了五六付扛，整抬運四五日。西門慶也不對吳月娘說，都堆在新蓋的玩花樓上。擇了八月二十日，一頂大轎、一疋段子紅、四對燈籠，派定玳安、平安、畫童、來興四個跟轎，約後晌時分，方娶婦人過門。婦人打發了兩個丫鬟，教馮媽媽領著先來了。等的回去，方纔上轎。把房子交與馮媽媽、天福兒看守。西門慶那日不往那去，在家新捲棚內，深衣福巾坐的，單等婦人進門。婦人轎子，落在大門首半日，沒個人出去迎接。孟玉樓走來上房對月娘說：「姐姐，你是家主，如今他已是在門首，你不去迎接迎接兒，惹的他爹不怪？他爹在捲棚內坐著，轎子在門首這一日了，沒個人出去，怎麼好進來的？」這吳月娘欲待出去接他，心中惱又不下氣。欲待不出去，又怕西門慶性子，不是好的。沈吟了一回，于是輕移蓮步，款蹙湘裙，出來迎接。婦人抱著寶瓶，逕往他那邊新房裏去了。迎春、綉春兩個丫鬟，又早在房中鋪陳停當，單等西門慶晚夕進房。不想西門慶正因舊惱在心，不進他房去。

到次日，教他出來，後邊月娘房裏見面，分其大小，排行他是六娘。一般三日擺大酒席，請堂客會親吃酒，只是不往他房裏去。頭一日晚夕，先在潘金蓮房中睡。金蓮道：「他是個新人兒，纔來了頭一日，你就空了他房？」西門慶道：「你不知淫婦有些眼裏火，等我奈何他兩日，慢慢進去。」到了三日，打發堂客散了，西門慶又不進入他房中，往後邊孟玉樓房裏歇去了。這婦人見漢子一連三夜不進他房來，到半夜打發兩個丫鬟睡了，飽哭了一場，可憐走在床上，用腳帶吊頸懸梁自縊。正是：連理未諧鴛帳底，冤魂先到九重泉。

兩個丫鬟睡了一覺，醒來，見燈光昏暗，起來剔燈。猛見床上婦人吊著，諕慌了手腳。走出隔壁叫春梅說：「俺娘上吊哩！」慌的金蓮起來這邊看視。見婦人穿著一身大紅衣服，直挺挺吊在床上。連忙和春梅把腳帶割斷，解救下來。撅了半日，吐了一口精涎，方纔甦醒。即叫春梅後邊快請你爹來。西門慶正在玉樓房中吃酒，還未睡哩。先是玉樓勸西門慶說道：「你娶將他來，一連三日不往他房裏去，惹他心中不歹麼？恰似俺每把這樁事放在頭裏一般。頭上末下，就讓不得這一夜兒？」西門慶道：「待過三日兒我去。你不知道，淫婦有些吃著碗裏，看著鍋裏。想起來，你惱不過。我自從你漢子死了，相交到如今，甚麼話兒沒告訴你。臨了招進蔣太醫去了。我不如那廝？今日卻怎的又尋將我來？」玉樓道：「你惱的是，他也吃人念了。」正說話間，忽聽一片聲打儀門。玉樓使蘭香問，說：「是春梅來請爹。六娘在房裏上吊哩！」慌的玉樓攛掇西門慶不迭，便道：「我說教你進他房中走走，你不依。只當弄出事來！」于是打著燈籠，走來前邊看視。落後吳月娘、李嬌兒聽見，都起來到他房中。見金蓮摟著他坐的，說道：「五姐，你灌了他些薑湯兒沒有？」金蓮道：「我救下來時，就灌了些來了。」那婦人只顧喉中哽咽了一回，方哭出聲。月娘眾人，一塊石頭纔落地。好好安撫他睡下，各歸房歇息。次日晌午前後，李瓶兒纔吃些粥湯兒。正是：身如五鼓啣山月，命似三更油盡燈。

西門慶向李嬌兒眾人說道：「你每休信那淫婦裝死兒諕人。我手裏放不過他。到晚夕等我進房裏去，親看著他上個吊兒，我瞧方信。不然，吃我一頓好馬鞭子。賊淫婦不知把我當誰哩！」眾人見他這般說，都替李瓶兒捏兩把汗。到晚夕，見西門慶袖著馬鞭子，進他房中去了。玉樓金蓮分付春梅把門關了，不許一個人來。都立在角門兒外悄悄聽覷，看裏面怎的動靜。且說西門慶見婦人在床上，倒胸著身子哭泣。見他進去，不起身，心中就有幾分不悅。先把兩個丫頭都趕去空房裏住了。西門慶走來椅子上坐下，指著婦人罵道：「淫婦！你既然虧心，何消來我家上吊？你跟著那矮王八過去便了。誰請你來？我又不曾把人坑了，你甚麼緣何流那毬尿怎的？我自來不曾見人上吊。我今日看著你上個吊兒我瞧。」于是拏一繩子丟在他面前，叫婦人上吊。那婦人想起蔣竹山說的話來，說西門慶打老婆的班頭，降婦女的領袖。思量我那世裏晦氣，今日大睜眼又撞入火坑裏來了。越發煩惱痛哭起來。這西門慶心中大怒，教他下床來，脫了衣裳跪著。婦人只顧延挨不脫。被西門慶拖翻在床地平上，袖中取出鞭子來，抽了幾鞭子，婦人方纔脫去上下衣裳，戰兢兢跪在地平上。西門慶坐著，從頭至尾，問婦人：「我那等對你說過，教你略等等兒，我家中有些事兒，如何不依我，慌忙就嫁了蔣太醫那廝？你嫁了別人，我倒也不惱。那矮王八有甚麼起解？你把他倒踏進門，去拏本錢與他開鋪子，在我眼皮子跟前開鋪子，要撐❼我的買賣！」婦人道：「奴不說的，悔也是遲了。只因你一去不見來，把奴想的心斜了。後邊喬皇親花園裏，常有狐狸。要便半夜三更，假名托姓變做你，來攝奴精髓。到天明雞叫時分就去了。你不信，只問老馮和兩個丫頭，便知端的。後來把奴攝的看看至死，不久身亡。纔請這蔣太醫來看。恰吊在麵糊盆內一般，吃那廝局騙了。說你家中有事，上東京去了。奴不得已，纔幹下這條路。誰知這廝，砍了頭是個債樁。被人打上門來，經官動府。奴忍氣吞聲，丟了幾兩銀子，吃奴即時攆出去了。」西門慶道：「說你教他寫狀子，告我收著你許多東西。你如何今日也到我家來了？」婦人道：「你麼，可是沒的說。奴那裏有這個話，就把身子爛化了！」西門慶道：「就算有如此，我也不怕。你道說你有錢，快轉換漢子，我手裏容你不得！我實對你說罷了。前者打太醫那兩個人，是如此如此，這般這般，使的手段。只略施行計，教那廝疾走無門。若稍用機關，也要連你掛了到官，弄到一個田地。」婦人道：「奴知道是你使的計兒。還是你可憐見。奴若弄到那無人煙之處，就是死罷了。」看看說的西門慶怒氣消下些來了。又問道：「淫

❼ 撐：搶。

婦，你過來，我問你。我比蔣太醫那廝誰強？」婦人道：「他拏甚麼來比你？你是個天，他是塊磚。你在三十三天之上，他在九十九地之下。休說你仗義疏財，敲金擊玉，伶牙俐齒，穿羅著錦，行三坐五，這等為人上之人。自你每日吃用稀奇之物，他在世幾百年，還沒曾看見哩！他拏甚麼來比你？你是醫奴的藥一般，一經你手，教奴沒日沒夜只是想你。」自這一句話，把西門慶歡喜無盡，即丟了鞭子，用手把婦人拉將起來，穿上衣裳，摟在懷裏，說道：「我的兒，你說的是。果然這廝他見甚麼碟兒天來大。」即叫春梅快放桌兒，後邊快取酒菜兒來。正是：東邊日頭西邊雨，道是無情卻有情。

畢竟未知後來何如，且聽下回分解。

第二十回　孟玉樓義勸吳月娘　西門慶大鬧麗春院

在世為人保七旬，何勞日夜弄精神。
世事到頭終有悔，浮華過眼恐非真。
貧窮富貴天之命，得失榮華隙裏塵。
不如且放開懷樂，莫使蒼然兩鬢侵。

話說西門慶在房中，被李瓶兒幾句柔情軟話，感觸的回嗔作喜，拉他起來穿上衣裳，兩個相摟相抱，極盡綢繆。一面令春梅進房放桌兒，往後邊取酒去。且說金蓮和孟玉樓從西門慶進他房中去，站在角門首，打聽消息。他這邊門又閉著，只是春梅一人在院子裏伺候。金蓮拉玉樓，兩個打門縫兒望裏張覷。只見房中掌著燈燭，裏邊說話，都聽不見。金蓮道：「俺不如春梅賊小肉兒，他倒聽得伶俐。」那春梅便在窗下潛聽一回。春梅走過來，金蓮悄問他房中怎的動靜。這春梅聽了，便隔門告訴與二人說：俺爹怎的，教他脫衣裳跪著，他不脫。爹惱了，抽了他幾馬鞭子。金蓮問道：「打了他，他脫了不曾？」春梅道：「他見爹惱了，纔慌了就脫了衣裳，跪在地平上。爹如今問他話哩。」玉樓恐怕西門慶聽見，便道：「五姐，咱過那邊去罷。」拉金蓮來西角門首站立。那時八月二十頭，月色纔上來。站在黑頭裏，金蓮吃瓜子兒，兩個一處說話，等著春梅出來問他話。潘金蓮便向玉樓道：「我的姐姐，說好食果子，一心只要來這裏。頭兒沒動，下馬威討了這幾下在身上。俺這個好不順臉❶的貨兒，你著他順順兒他倒罷了。屬扭孤兒糖的，你扭扭兒也是錢，不扭也是錢。想著先前吃小婦奴才壓枉造舌，我那一行院。我陪下十二分小心，還吃他奈何的我那等哭哩！姐姐你來了幾時，還不知他性格哩！」二人正說話之間，少頃只聽開的角門響，春梅出來，一直逕往後邊走。不防他娘站在黑影處叫他，問道：「小肉兒那去？」那春梅笑著，只顧走。那金蓮道：「怪小肉兒，你過來，我問你話。慌走怎的？」那春梅方纔立住了腳，方說：如此這般，「他哭著，對俺爹說了許多話說哩。爹喜歡抱起他來，令他穿上衣裳，教我放了桌兒。如今往後邊取酒去。」金蓮聽了，便向玉樓說道：「賊沒廉恥的貨！頭裏那等雷聲大雨點小，打哩亂哩。及到其間，也不怎麼的。我猜也沒的想，管情取了酒來，教他遞。賊小肉兒，沒他房裏丫頭，你替他取酒去。到後邊，又叫雪娥那小婦奴才毯聲浪顙，我又聽不上。」春梅道：「爹使我，管我事！」于是笑嘻嘻去了。金蓮道：「俺的小肉兒，正經使著他，死了一般懶待動旦。不知怎的，聽見幹貓兒頭差事❷，鑽頭覓縫❸，幹辦了要去，去的那快！見他房裏兩個丫頭，你替他走，管你腿事！賣蘿蔔的跟著鹽擔子走，好個閒嘈心的小肉兒！」玉樓道：「可不怎的？俺大丫頭蘭香，我正使他做活兒，他想伏實只不，他爹使他行鬼頭兒，聽人的話兒。你看他的，走的那快！」正說著，只見玉簫自後邊驀地走來，便道：

❶ 不順臉：翻臉無情。
❷ 貓兒頭差事：奔走逢迎的差事。
❸ 鑽頭覓縫：四處打門路。

「三娘還在這裏？我來接你來了。」玉樓道：「怪狗肉，諕我一跳！」因問：「你娘知道你來不曾？」玉簫道：「我打發娘睡下這一日了。我來前邊瞧瞧。剛纔看見春梅後邊要酒果去了。」因問：「俺爹到他屋裏，怎樣個動靜兒？」金蓮接過來道：「進他屋裏去，尖頭醜婦，磞到毛司牆上，齊頭故事。」玉簫又問玉樓。玉樓便一一告他說。玉簫道：「三娘，真個教他脫了衣裳跪著，打了他五馬鞭子來？」玉樓道：「你爹因他不跪纔打他。」玉簫道：「帶著衣服打來？去了衣裳打來？虧他那瑩白的皮肉兒上，怎麼挨得？」玉樓笑道：「怪小狗肉兒！你倒替古人耽憂！」正說著，只見春梅和小玉取了酒菜來。春梅拏著酒，小玉拏著方盒，逕往李瓶兒那邊去。金蓮道：「賊小肉兒，不知怎的，聽見幹恁個勾當兒，雲端裏老鼠，天生的耗。」分付：「快送了來，教他家丫頭伺候去。你不要管他，我要使你哩！」那春梅笑嘻嘻，同小玉進去了。一面把酒菜擺在桌上，這春梅和小玉就出來了。只是迎春、綉春在房答應。玉樓、金蓮問了他話。玉簫道：「三娘，咱後邊去罷。」二人一路去了。金蓮教春梅關上角門，歸進房來，獨自宿歇。不在話下。正是：可惜團圞今夜月，清光咫尺別人圓。

不說金蓮獨宿。單表西門慶與李瓶兒兩個，相憐相愛，飲酒說話到半夜，方纔被伸翡翠，枕設鴛鴦，上床就寢。燈光掩映，不啻鏡中之鸞鳳和鳴；香氣薰籠，好似花間之蝴蝶對舞。正是：今宵勝把銀釭照，只恐相逢是夢中。有詞為證：

淡畫眉兒斜插梳，不忺拈弄倩工夫。雲窗霧閣深深許，蕙性蘭心款款呼。　相憐愛態倩人扶，神仙標格世間無。從今罷卻相思調，美滿恩情錦不如。

兩個睡到次日飯時，李瓶兒恰待起來，臨鏡梳頭。只見迎春後邊拏將來四小碟甜醬瓜茄，細巧菜蔬，一甌頓爛鴿子雛兒，一甌黃韭乳餅，並醋燒白菜，一碟火燻肉，一碟紅糟鰣魚，兩銀鑲甌兒白生生軟香稻粳米飯兒，兩雙牙筯。婦人先漱了口，陪西門慶吃了上半盞兒。就教迎春：「昨日剩的銀壺裏金華酒篩來。」拏甌子陪著西門慶每人吃了兩甌子，方纔洗臉梳妝。一面開箱子打點細軟首飾衣服，與西門慶過目。拏出一百顆西洋珠子與西門慶看，原是昔日梁中書家帶來之物。又拏出一件金鑲鴉青帽頂子，說是過世老公公的。起下來上等子秤，四錢八分重。李瓶兒教西門慶拏與銀匠替他做一對墜子。又拏出一頂金絲鬏髻，重九兩。因問西門慶：「上房他大娘眾人，有這鬏髻沒有？」西門慶道：「他每銀絲鬏髻，倒有兩三頂。只沒編這鬏髻。」婦人道：「我不好戴出來的。你替我拏到銀匠家毀了，打一件金九鳳墊根兒，每個鳳嘴啣一掛珠兒。剩下的再替我打一件，照依他大娘，正面戴金鑲玉觀音，滿池嬌分心。」西門慶收了，一面梳頭洗臉，穿了衣服出門。李瓶兒分付：「那邊房子裏沒人，你好歹過去看看。委付個人兒看守，替了小廝天福兒來家使喚。那老馮老行貨子，啻啻磕磕❹的，獨自在那裏，我又不放心。」西門慶道：「你分付，我知道了。」袖著鬏髻和帽頂子出門，一直往外走。不防金蓮鬅著頭還未梳洗，站在東角門首叫道：「哥，你往那去？這咱纔出來，看雀兒撞兒眼！」那西門慶道：「我有勾當去。」婦人道：「怪行貨子！你還來，慌走怎的？我和你說話。」那西門慶見他叫的緊，只得回來。被婦人引到房中。婦人便坐在椅子上，把他兩隻手拉，說道：「我不好罵出來的！怪火燎腿三寸貨，那個拏長鍋鑊吃了你？慌往外搶的是些甚的？你過來，我且問你。」西門慶道：「罷麼，小淫婦兒！只顧問甚麼？

❹ 啻啻磕磕：老邁龍鍾的樣子。

我有勾當哩，等我回來說。」說著往外走。婦人摸見他袖子裏重重的，道：「是甚麼？拏出來我瞧瞧。」西門慶道：「是我的銀子包。」婦人不信。伸手進去袖子裏就掏，掏出一頂金絲鬏髻來。說道：「這是他的鬏髻，你拏那去？」西門慶道：「他問我，你每沒有這鬏髻。到銀匠家替他毀了，打兩件頭面戴。」金蓮問道：「這鬏髻多少重？他要打甚麼？」西門慶道：「這鬏髻重九兩。他要打一件九鳳甸兒，一件照依上房戴的正面那一件玉觀音，滿池嬌分心。」金蓮道：「一件九鳳甸兒，滿破❺使了三兩五六錢金子夠了。大姐姐那件分心，我秤只重一兩六錢。把剩下的好歹你替我照依他，也打一件九鳳甸兒。」西門慶道：「滿池嬌他要揭實枝梗的。」金蓮道：「就是揭實枝梗，使了三兩金子滿篡，綁著鬼，還落他二三兩金子，夠打個甸兒了。」西門慶笑罵道：「你這小淫婦兒！單管愛小便益兒。隨處也掐個尖兒❻。」金蓮道：「我兒，娘說的話，你好歹記著。你不替我打將來，我和你答話。」那西門慶袖了鬏髻笑著出門。金蓮戲道：「哥兒，你幹上了。」西門慶道：「我怎的幹上了？」金蓮道：「你既不幹，昨日那等雷聲大雨點小，要打著教他上吊。今日拏出一頂鬏髻來，使的你狗油嘴鬼推磨，不怕你不走。」西門慶笑道：「這小淫婦兒，單只管胡說！」說著往外去了。

卻說吳月娘和孟玉樓、李嬌兒在房中坐的，忽聽見外邊小廝一片聲尋來旺兒，尋不著。只見平安來掀簾子。月娘便問：「尋他做甚麼？」平安道：「爹緊等著哩！」月娘半日纔說：「我使了他有勾當去了。」原來月娘早晨分付下他往王姑子庵裏送香油白米去了。平安道：「小的回爹，只說娘使了他有勾

❺ 滿破：至多拼著。

❻ 掐個尖兒：搶先奪得利益。

當去了。」月娘罵道：「怪奴才！隨你怎麼回去。」平安諕的不敢言語一聲兒，往外走了。月娘便向玉樓眾人說道：「我開口，又說我多管。不言語，我又鱉的慌。一個人也拉刺❼將來了，那房子賣掉了就是了。平白扯淡，搖鈴打鼓的看守甚麼？左右有他家馮媽媽子在那裏，再派一個沒老婆的小廝，晚夕同在那裏上宿睡就是了。怕走了那房子也怎的？作養娘抱，巴巴叫來旺兩口子去。自他媳婦子七病八病，一時病倒了在那裏，上床誰扶持他？」玉樓便道：「姐姐在上，不該我說。你是個一家之主。不爭你與他爹兩個不說話，就是俺每不好張主的。下邊孩子每也沒投奔。他爹這兩日隔二騙三❽的，也甚是沒意思。看姐姐恁的，依俺每一句話兒，與他爹笑開了罷。」月娘道：「孟三姐，你休要起這個意。我又不曾和他兩個嚷鬧，他平白的使性兒，那怕他使的那臉疼，休想我正眼看他一眼兒。他背地對人罵我不賢良的淫婦。我怎的不賢良的來？如今聳六七個在屋裏，纔知道我不賢良。自古道：『順情說好話，幹直惹人嫌。』我當初大說攔你，也只為好來。你既收了他許多東西，又買了房子，今日又圖謀他老婆，就著官兒也看喬了。何況他孝服不滿，你不好娶他的。誰知道人在背地裏把圈套做的成成的，每日行茶過水，自瞞我一個兒，把我合在缸底下。今日也推在院裏歇，明日也推在院裏歇，誰想他只當把個人兒歇了。家裏來端的好在院裏歇！他自吃人在他跟前那等花麗狐哨❾，喬龍畫虎❿的，兩面刀⓫哄他，就是

❼ 拉刺：牽扯。

❽ 隔二騙三：又遠又偏僻的地方。

❾ 花麗狐哨：花花綠綠。

❿ 喬龍畫虎：假殷勤。

千好萬好了。似俺每這等依老實，苦口良言，著他理你理兒？你倒如今反被為仇。正是：前車倒了千千輛，後車倒了亦如然。分明指與平川路，錯把忠言當惡言！你不理我，我想求你？一日不少我三頓飯。我只當沒漢子，守寡在這屋裏。隨我去，你每不要管他。」幾句話，說的玉樓眾人訕訕的。

良久，只見李瓶兒梳妝打扮，上穿大紅遍地金對衿羅衫兒，翠藍拖泥妝花羅裙，迎春抱著銀湯瓶，綉春拏著茶盒，走來上房與月娘眾人遞茶。月娘叫小玉安放座兒與他坐。落後孫雪娥也來到，都遞了茶，一處坐的。潘金蓮嘴快，便叫道：「李大姐，你過來與大姐下個禮兒。實和你說了罷，大姐姐和他爹那些時兩個不說話，因為你來！俺每剛纔替你勸了恁一日。你改日安排一席酒兒，央及央及大姐姐，教他兩個老公婆笑開了罷。」李瓶兒道：「姐姐分付奴知道。」于是向月娘面前，花枝招展，繡帶飄飄，插燭也似磕了四個頭。月娘道：「李大姐，他哄你哩！」又道：「五姐，你每不要來攛掇。我已是賭下誓，就是一百年，也不和他在一答兒⓬哩！」以此眾人再不敢復言。金蓮在旁把拏抿子，與李瓶兒抿頭。見他頭上戴著一付金玲瓏草蟲兒頭面，並金累絲松竹梅歲寒三友梳背兒。因說道：「李大姐，你不該打這碎草蟲頭面，只是有些抓住了頭髮。不如大姐姐頭上戴的這金觀音滿池嬌，是揭實枝梗的好。」這李瓶兒老實，就說道：「奴也照樣兒要教銀匠打恁一件哩！」落後小玉玉簫來跟前遞茶，都亂戲他。先是玉簫問道：「六娘，你家老公公，當初在皇城內那衙門來？」李瓶兒道：「先在惜薪司掌廠，御前班直，後陞廣南鎮守。」玉簫笑道：「嗔道你老人家昨日挨的好柴！」小玉又道：「去年城外落鄉，許多里長

⓫ 兩面刀：面前背後不一致，面前一套，背後又是一套。

⓬ 一答兒：同第十三回註❷。

老人好不尋你，教你往東京去。」婦人不知道甚麼，說道：「他尋我怎的？」小玉笑道：「他說你老人家會告的好水災。」玉簫又道：「你老人家鄉裏媽媽拜千佛，昨日磕頭磕夠了。」小玉又說道：「朝廷昨日差了四個夜不收，請你老人家往口外和番。端的有這話麼？」李瓶兒道：「我不知道。」小玉笑道：「說你老人家會叫的好達達！」把玉樓、金蓮笑的不了。月娘便道：「怪臭肉，每幹你那營生去！只顧奚落他怎的？」于是把個李瓶兒羞的臉上一塊紅一塊白，站又站不得，坐又坐不住，半日回房去了。良久，西門慶進房來，回他顧銀匠家打造生活。就與他計較明日發柬，二十五日請官客⓭吃會親酒。少不的拏帖兒請請花大哥。李瓶兒道：「他娘子三日來，再三說了。也罷，你請他請罷。」李瓶兒又說：「那邊房子左右有老馮看守，你這裏再叫一個，和天福兒輪著晚夕上宿就是。不消教旺官去罷。上房姐姐說，他媳婦兒有病去不的。」西門慶道：「我不知道。」即叫平安近前，分付：「你和天福兒兩個輪，一遞一日，獅子街房子裏上宿。」不在言表。

話休饒舌。不覺到二十五日，西門慶家中吃會親酒，插花筵席，四個唱的，一起雜耍步戲。頭一席花大舅、吳大舅；第二席是吳二舅、沈姨夫；第三席應伯爵、謝希大；第四席祝日念、孫天化；第五席常時節、吳典恩；第六席雲離守、白來創。西門慶主位，其餘傅自新、賁地傳、女婿陳經濟，兩邊列位。先是李桂姐、吳銀兒、董玉仙、韓金釧兒從晌午時分，坐轎子就來了，在月娘上房裏坐的。官客在新蓋捲棚內坐的吃茶。然後到齊了。大廳上坐席上都有桌面。某人居上，某人居下。先吃小割海青捲兒，八寶攢湯，頭一道割燒鵝大下飯。樂人撮弄雜耍回數，就是笑樂院本，下去。李銘、吳惠兩個小優，上來

⓭ 官客：舊時稱男人為「官客」，婦女為「堂客」。

彈唱，間省清吹，下去。四個唱的出來，筵外遞酒。應伯爵在席上先開言說道：「今日哥的喜酒，是兄弟不當斗膽。請新嫂子出來拜見拜見，足見親厚之情。俺每不打緊，花太尊親，並二位老舅沈姨丈在上，今日為何來？」西門慶道：「小妾醜陋，不堪拜見，免了罷。」謝希大道：「哥，你這話難說。當初已言在先，不為嫂子，俺每怎麼見來？何況這個嫂子，見有我尊親花大哥在上，先做友後做親，又不同別人。請出來見見怕怎的？」那西門慶笑，不動身。應伯爵道：「哥，你不要笑。俺每都拏著拜見錢在這裏。不白教他出來見。」西門慶道：「你這狗材，單管胡說。」吃他再三逼迫不過，叫過玳安來，教他後邊說去。半日玳安出來回說：「六娘道，免了罷。」應伯爵道：「就是你這小狗骨禿兒⑭的鬼！你幾時往後邊去，就來哄我？賭幾個誓，真個我就後邊去了。」玳安道：「小的莫不哄應二爹？二爹進去問不是？」伯爵道：「你量我不敢進去？左右花園中熟景，好不好我走進去，連你那幾位娘都拉了出來。」玳安道：「俺家那大揉廝狗好不利害！倒沒的把應二爹下半截撕下來。」伯爵故意下席，趕著玳安踢兩腳笑道：「好小狗骨禿兒！你傷的我好！趁早與我後邊請去。請不將來，可二十欄杆。」把眾人、四個唱的，都笑了。那玳安到下邊，又走來立著，把眼看著他爹不動身。西門慶無法可處，只得叫過玳安近前分付：「對你六娘說，收拾了出來見見罷。」那玳安去了半日出來，復請了西門慶進去。然後纔把腳下人趕出去，關上儀門。四個唱的，都往後邊彈樂器，簇擁婦人上拜。孟玉樓、潘金蓮百方攛掇，替他抿頭戴花翠，打發他出來。廳上又早鋪下錦氈繡毯、麝蘭靉靆。絲竹和鳴，四個唱的導引前行。婦人身穿大紅五彩通袖羅袍兒，下著金枝線葉沙綠百花裙。腰裏束著碧玉女帶，腕上籠著金壓袖。胸前項牌纓

⑭ 小狗骨禿兒：罵小孩子的話。骨禿，即「骨頭」。

落，裙邊環珮玎璫。頭上珠翠堆盈，鬢畔寶釵半卸。紫瑛金環，耳邊低掛；珠子挑鳳，髻上雙插。粉面宜貼翠花鈿，湘裙越顯紅鴛小。恍似嫦娥離月殿，猶如神女到筵前。四個唱的，琵琶箏絃，簇擁婦人，花枝招展，繡帶飄飄，望上朝拜。慌的眾人都下席來還禮不迭。

卻說孟玉樓、潘金蓮、李嬌兒簇擁著月娘，都在大廳軟壁後聽覷。聽見唱喜得功名完，遂唱到天之配合：「一對兒如鸞似鳳，夫共女，」直到「笑吟吟慶喜。高擎著鳳凰盃，象板銀箏間玉笛。列盃盤水陸排佳會，」直至「永團圓世世夫妻。」跟前金蓮向月娘說道：「大姐姐，你聽唱的，小老婆今日不該唱這一套。他做了一對魚水團圓，世世夫妻，把姐姐放到那裏？」那月娘雖故好性兒，聽了這兩句，未免有幾分動意，惱在心中。又見應伯爵、謝希大這夥人，見李瓶兒出來上拜，恨不的生出幾個口來誇獎奉承，說道：「我這嫂子端的寰中少有，蓋世無雙！休說德性溫良，舉止沈重；自這一表人物，普天之下，也尋不出來。那裏有哥這樣大福？俺每今日得見嫂子一面，明日死也得好處！」因喚玳安兒：「快請你娘回房裏，只怕勞動著，倒值了多的。」吳月娘眾人聽了，罵扯淡輕嘴的囚根子不絕。良久，李瓶兒下來。四個唱的見他手裏有錢，都亂趨捧著他，娘長娘短，替他拾花翠、疊衣服，無所不至。月娘歸房，甚是悒怏不樂。只見玳安、平安接了許多拜錢，也有尺頭衣服，並人情禮，盤子盛著，拏到月娘房裏。月娘正眼也不看，罵道：「賊囚根子！拏送到前頭就是了。平白拏進我屋裏來做甚麼？」玳安道：「爹分付拏到娘房裏來。」月娘教玉簫接了，掠在床上去。

不一時，吳大舅吃了第二道湯飯，走進後邊來見月娘。月娘見他哥進房來，連忙花枝招展，與他哥哥行禮畢，坐下。吳大舅道：「昨日你嫂子在這裏打攪，又多謝姐夫送了桌面去。到家對我說，你與姐夫兩個不說話。我執著要來勸你，不想姐夫今日請。姐姐，你若這等，把你從前一場好都沒了。自古癡人畏婦，賢女畏夫。三從四德，乃婦道之常。今後姐姐，他行的事，你休要攔他。料姐夫他也不肯差了。落得你不做好好先生，纔顯出你賢德來。」月娘道：「早賢德好來，不教人這般憎嫌。他有了他富貴的姐姐，把俺這窮官兒家丫頭，只當亡故的算帳。你也不要管他。左右是我，隨他把我怎麼的罷。賊強人從幾時這等變心來！」說著，月娘就哭了。吳大舅道：「姐姐，你這個就差了。你我不是那等人家，快休如此。你兩口兒好好的，俺每走來也有光輝些。」勸月娘一回，小玉拏了茶來。吃畢茶，分付放桌兒，留吳大舅房裏吃酒。吳大舅道：「姐姐沒的說。我適纔席上酒飯，都吃的飽飽的。來看看姐姐。」坐了一回，只見前邊使小廝來請，吳大舅便作辭月娘出來。當下眾人吃至掌燈以後，就起身散了。那日四個唱的，李瓶兒每人都是一方銷金汗巾兒，五錢銀子，歡喜回家。自此西門慶一連在瓶兒房裏歇了數夜。別人都罷了，只是潘金蓮惱的要不的。替他唆調吳月娘與李瓶兒合氣。對著李瓶兒又說月娘許多不是，說月娘容不的人。李瓶兒尚不知墮他計中，每以姐姐呼之，與他親厚尤密。正是：逢人且說三分話，未可全拋一片心。

西門慶自從娶李瓶兒過門，又兼得了兩三場橫財，家道營盛。外莊內宅，煥然一新。米麥陳倉，騾馬成群，奴僕成行。把李瓶兒帶來小廝天福兒，改名琴童。又買了兩個小廝，一名來安兒，一名棋童兒。把金蓮房中春梅、上房玉簫、李瓶兒房中迎春、玉樓房中蘭香，一般兒四個丫鬟，衣服首飾，妝束出來，在前廳西廂房，教李嬌兒兄弟樂工李銘來家，教演習學彈唱。春梅琵琶，玉簫學箏，迎春學絃子，蘭香學胡琴。每日三茶六飯，管待李銘，一月與他五兩銀子。又打開門面二間，兌出二千兩銀子來，委付夥計賁地傳開解當鋪。女婿經濟，只要掌鑰匙，出入尋討，不拘藥材。賁地傳只是寫帳目，秤發貨物。傅夥計便督理生藥解當兩個鋪子，看銀色做買賣。潘金蓮這樓上堆放生藥，李瓶兒那邊樓上，廂成架子，閣解當庫，衣服首飾，古董書畫，玩好之物。一日也嘗當許多銀子出門。陳經濟每日起早睡遲，帶著鑰匙，同夥計查點出入銀錢，收放寫算皆精。西門慶見了，喜歡的要不的。一日在前廳，與他同桌兒吃飯，說道：「姐夫，你在我家這等會做買賣，就是你父親在東京知道，他也心安，我也得托了。常言道：『有兒靠兒，無兒靠婿。』姐夫是何人，我家姐姐是何人。我若久後沒出，這分兒家當都是你兩口兒的。」那陳經濟說道：「兒子不幸，家遭官事，父母遠離，投在爹娘這裏。蒙爹娘抬舉，莫大之恩，生死難報。只是兒子年幼，不知好歹，望爹娘耽待便了，豈敢非望？」這西門慶聽見他會說話兒，聰明乖覺，越發滿心歡喜。但凡家中大小事務，出入書柬禮帖，都教寫。但凡人客到，必請他席側相陪。吃茶吃飯，一時也少不的他。誰知道這小夥兒綿裏之針，肉裏之刺，常向繡簾窺賈玉，每從綺閣竊韓香。有詩為證：

東床嬌婿實堪憐，況遇青春美少年。
待客每令席側坐，尋常只在便門穿。
家前院後明嘲戲，呆裏撒乖暗做奸。
空在人前稱半子，從來骨肉不牽連。

光陰似箭，日月如梭。又見中秋賞月，忽然菊綻東籬。空中寒雁向南飛，不覺雪花滿地。一日，十一月下旬天氣，西門慶在友人常時節家會茶飲酒。散的早，未等掌燈時分就起身，同應伯爵、謝希大、祝日念三個並馬而行。剛出了常時節門，只見天上彤雲密布，又早紛紛揚揚，飄下一天大雪花兒來。應伯爵便說道：「哥，咱這時候就家去，家裏也不收我每。知你許久不曾進裏邊看看桂姐，今日趁著天氣落雪，只當孟浩然踏雪尋梅，咱望他望去。」祝日念道：「應二哥說的是。你每月風雨不阻，出二十兩銀子包錢包著他，你不去落得他自在。」西門慶于是吃三人你一言我一句，說的把馬逕往東街构欄那條路來了。來到了李桂姐家，已是天氣將晚。只見客位裏掌起燈燭，丫頭正掃地不迭。老媽媽並李桂卿出來見畢，上面列四張交椅，四人坐下。老虔婆便道：「前者桂姐在宅裏來晚了，多有打攪。又多謝六娘賞汗巾花翠。」西門慶道：「那日空過他。我恐怕晚了，他每客人散了，就打發他來了。」說著虔婆一面看茶吃了，丫鬟就安放桌兒，設放案酒。西門慶道：「怎麼桂姐不見？」虔婆道：「桂姐連日在家伺候姐夫，不見姐夫來到。不想今日他五姨媽生日，拏轎子接了與他五姨媽做生日去了。」看官聽說：原來世上，惟有和尚道士並唱的人家，這三行人，不見錢眼不開。嫌貧取富，不說謊調詖⓯也成不的。原來李桂姐也不曾往五姨家做生日去。近日見西門慶不來，又接了杭州販紬絹的丁相公兒子丁二官人，號丁雙橋。販了千兩銀子紬絹，在客店裏安下。瞞著他父親來院中敲嫖。頭上拏十兩銀子兩套杭州重絹衣服，請李桂姐一連歇了兩夜。適纔正和桂姐在房中吃酒，不想西門慶到。老虔婆教桂姐連忙陪他後邊第三層一間僻淨小房那裏坐去了。

當下西門慶聽信虔婆之言，便道：「既是桂姐不在，老媽快看酒來，俺每慢慢等他。」這老虔婆在下邊一力攛掇，酒肴菜蔬齊上，須臾堆滿桌席。李桂卿不免箏排雁柱，歌按新腔。眾人席上猜枚行令。

⓯ 調詖：玩花頭。

正飲酒在熱鬧處，不防西門慶往後邊更衣去。也是合當有事，忽聽東耳房有人笑聲。西門慶更畢衣，走至窗下偷眼觀覷。正見李桂兒在房內，陪著一個戴方巾的蠻子飲酒。由不的心頭火起，走到前邊，一手把吃酒桌子掀倒，碟兒盞兒打的粉碎。喝令跟馬的平安、玳安、畫童、琴童四個小廝上來，不由分說，把李家門窗戶壁床帳，都打碎了。應伯爵、謝希大、祝日念向前拉勸不住。西門慶口口聲聲只要採出蠻囚來，和粉頭一條繩子墩鎖在門房內。那丁二官兒又是個小膽之人，見外邊嚷鬧起來，諕的藏在裏間床底下，只叫：「桂姐救命！」桂姐道：「呸！好不好就有媽哩，不妨事。隨他發作怎的叫嚷，你休要出來。」且說老虔婆兒見西門慶打的不像模樣，不慌不忙，拄拐而出，說了幾句閒話。西門慶心中越怒起來，指著罵道：有滿庭芳為證：

虔婆你不良，迎新送舊，靠色為娼。巧言詞將咱誆，說短論長。我在你家使夠，有黃金千兩，怎禁賣狗懸羊？我罵你句真伎倆，媚人狐黨，衠一片假心腸！

虔婆亦答道：

官人聽知，你若不來，我接下別的。一家兒指望他為活計。吃飯穿衣，全憑他供柴糴米。沒來由暴叫如雷，你怪俺全無意。不思量自己，不是你憑媒娶的妻。

西門慶聽了，心中越怒，險些不曾把李老媽媽打起來。多虧了應伯爵、謝希大、祝日念三個死勸，活喇喇拉開了手。西門慶大鬧了一場，賭誓再不踏他門來。大雪裏上馬回家。正是：宿盡閒花萬萬千，不如歸去伴妻眠。雖然枕上無情趣，睡到天明不要錢。又曰：女不織兮男不耕，全憑賣俏做營生。任君斗量並車載，難滿虔婆無底坑。又曰：假意虛脾恰似真，花言巧語弄精神。幾多伶俐遭他陷，死後應知拔舌根。

畢竟未知後來何如，且聽下回分解。

第二十一回　吳月娘掃雪烹茶　應伯爵替花勾使

脈脈傷心只自言，好姻緣化惡姻緣。
回頭恨罵章臺柳，赧面羞看玉井蓮。
只為春光輕易洩，遂教鸞鳳等閒遷。
誰人為挽天河水，一洗前非共往愆？

話說西門慶從院中歸家，已一更天氣。到家門首，小廝叫開門，下馬踏著那亂瓊碎玉，到于後邊儀門首。只見儀門半掩半開，院內悄無人聲。西門慶口中不言，心內暗道：「此必有蹺蹊。」于是潛身立于儀門內粉壁前，悄悄試聽覷。只見小玉出來，穿廊下放桌兒，原來吳月娘自從西門慶與他反目不說話以來，每月吃齋三次，逢七拜斗焚香。夜香祝禱穹蒼，保佑夫主早早回心，齊理家事。早生一子，以為終身之計。西門慶還不知。只見丫鬟小玉，放畢香桌兒。少頃，月娘整衣出房，向天井內滿爐炷了香，望空深深禮拜，祝道：「妾身吳氏，作配西門。奈因夫主流戀烟花，中年無子。妾等妻妾六人，俱無所出，缺少墳前拜掃之人。妾夙夜憂心，恐無所托。是以瞞著兒夫，發心每逢夜于星月之下，祝贊三光，要祈保佑兒夫早早回心，棄卻繁華，齊心家事。不拘妾等六人之中，早見嗣息，以為終身之計。乃妾之素願也。」正是：私出房櫳夜氣清，滿庭香霧月微明。拜天盡訴衷腸事，那怕旁人隔院聽。這西門慶不聽便罷，聽了月娘這一篇言語，口中不言，心內暗道：「原來一向我錯惱了他。原來他一篇都為我的心，倒還是正經夫妻。」一面從粉壁前扠步走來，抱住月娘。月娘恰燒畢了香，不防是他大雪裏走來，倒諕一跳，就往屋裏走。被西門慶雙關抱住，說道：「我的姐姐！我西門慶死不曉得，你一片都是為我的！一向錯見了，丟冷了你的心。到今悔之晚矣！」月娘道：「大雪裏，你錯走了門兒了？敢不是這屋裏？你也就差了！我是那不賢良的淫婦，和你有甚情節？那討為你的來！你平白又來理我怎的！咱❶兩個永世千年休要見面！」那西門慶把月娘一手拖進房來。燈前看見他家常穿著：大紅潞紬對衿襖兒，軟黃裙子。頭上戴著貂鼠臥兔兒、金滿池嬌分心。越顯出他粉妝玉琢，銀盆臉，蟬髻鴉鬟楚岫雲。那西門慶如何不愛。連忙與月娘跟前深深作了個揖，說道：「我西門慶一時昏昧，不聽你之良言，辜負你的好意。正是：『有眼不識荊山玉，拏著頑石一樣看；過後知君子，方纔識好人。』千萬作饒恕我則個！」月娘道：「我又不是你那心上的人兒，凡事投不著你的機會，有甚良言勸你？隨我在這屋裏自生自活，你休要理他。我這屋裏也難抬放你。趁早與我出去，我不著丫頭攆你。」西門慶道：「我今日平白惹一肚子氣，大雪來家，逕來告訴你。」月娘道：「作氣不作氣，休對我說。我不管你。望著管你的人去說。」那西門慶見月娘臉兒不瞧一面，折跌腿裝矮子，跪在地下，殺雞扯脖❷，口裏姐姐長姐姐短。月娘看不上，說道：「你真個恁涎臉涎皮❸的，我叫丫頭進來。」一面叫小玉。那西門慶見小玉進來，連忙立起

❶ 咱：有三種意義，①我；我們；②時候；③什麼。此作「我；我們」解。

❷ 殺雞扯脖：伸長了頭頸，是情急的樣子。

來。無計支他出去，說道：「外邊下雪了，一香桌兒還不收進來罷？」小玉道：「香桌兒頭裏已收進來了。」月娘忍不住笑道：「沒羞的貨！丫頭跟前也調個謊兒。」小玉出去，那西門慶又跪下央及。月娘道：「不看世界面上，一百年不理纔好。」說畢，方纔和他坐的一處，教玉簫來捧茶與他吃了。那西門慶因把今日常家會茶散後，同邀伯爵同到李家，如此這般嚷鬧，告訴一遍：「我叫小廝打了李家一場，被眾人拉勸開了。賭了誓再不踏院門了。」月娘道：「你躧不躧不在于我。我是不管你傻才料。你拏晌金白銀包著他，你不去可知他另接了別的漢子。養漢老婆的營生，你拴住他身，拴不住他心。你長拏封皮封著他也怎的？」西門慶道：「你說的是。」于是脫衣，打發丫鬟出去，要與月娘上床宿歇求歡。月娘道：「教你上炕就撈定兒吃❹。今日只容你在我床上就夠了。要思想別的事，卻不能夠。」那西門慶把那話露將出來，向月娘戲道：「都是你氣的他中風不語了。」月娘道：「怎的中風不語？」西門慶道：「他既不中風不語，如何大睜著眼說不出話來？」月娘罵道：「好個汗邪的貨！教我有半個眼兒看的上你？」西門慶情極，低聲求月娘叫達達。月娘亦低聲幃暱，枕態有餘妍，口呼親親不絕。是夜兩人雨意雲情，並頭交頸于帳內。正是：意恰尚忘垂繡帶，興狂不管墜金釵。有詩為證：

鬢亂釵橫興已饒，情濃尤復厭通宵。
晚來獨向妝臺立，淡淡春山不用描。

---

❸ 涎臉涎皮：同第十三回註❾。

❹ 教你上炕就撈定兒吃：得寸進尺。北方俗調臀部為「定」。撈，摸取的意思。

當晚夫妻幽歡不題。卻表次日大清早晨，孟玉樓走到潘金蓮房中，未曾進門，先叫道：「六丫頭，起來了不曾？」春梅道：「俺娘纔起來梳頭哩！三娘進屋裏坐。」玉樓進來，只見金蓮正在粧臺前整掠香雲。因說道：「我有樁事兒來告訴你，你知道不知？」金蓮道：「我在這背哈喇子❺誰曉得？」因問：「端的甚麼事？」玉樓道：「他爹昨日二更來家，走到上房裏，和吳家的好了。在他房裏歇了一夜。」金蓮道：「俺每那等勸著，他說一百年、二百年。又和怎的？平白浪搧著，自家又好了。又沒人勸他。」玉樓道：「今早我纔知道。俺大丫頭蘭香在廚房內聽見小廝每說，昨日他爹和應二，在院裏李桂兒家吃酒。看出淫婦家甚麼破綻，把淫婦每門窗戶壁都打了。大雪裏著惱來家。進儀門，看見上房燒夜香，想必聽見些甚麼話兒，兩個纔到一答裏。丫頭學說，兩個說了一夜話。說：他爹怎的跪著上房的叫媽媽，上房的又怎的聲喚擺話的，磣❻死了！像他這等，就沒的話說。若是別人，又不知怎的說浪！」金蓮接過來說道：「早時與人家做大老婆，還不知怎樣久慣鬼牢成？一個燒夜香，只該默默禱祝。誰家一逕倡揚，使漢子知道了，有這個道理來？又沒人勸，自家暗裏又和漢子好了。硬到底纔好，乾淨❼假撇清！」玉樓道：「他不是假撇清。他有心也要和，只是不好說出來的。他說他是風老婆不下氣，倒教俺每做分上❽。怕俺每久後玷言玷語說他，敢說你兩口子話差❾，也虧俺每說和。那個因院裏著了氣來家，這個

❺ 背哈喇子：暗角落裏。哈喇，今多作「旮旯」。

❻ 磣：醜惡。

❼ 乾淨：簡直。

❽ 做分上：賣面子。

正燒夜香，湊了這個巧兒。正是：我親不用媒和證，暗把同心帶結成。如今你我這等較論，休教他買了乖兒❿去了。你快梳了頭，自過去和李瓶兒說去。咱兩個人每人出五錢銀子，教李瓶兒拏出一兩來。原為他廢事起來。今日安排一席酒，一者與他兩個把一盃，二者當家兒只當賞雪耍戲一日，有何不可？」金蓮道：「你說的是。不知他爹今日有個勾當沒有？」玉樓道：「大雪裏有甚勾當？我來時兩口子還不見動靜。上房門兒纔開，小玉拏水進去了。」這金蓮慌忙梳頭畢，和玉樓同過李瓶兒這邊來。李瓶兒還睡在床上。迎春說：「三娘、五娘來了。」玉樓、金蓮進來，說道：「李大姐好自在！這咱⓫時還睡，懶龍纔伸腰兒。」金蓮就舒進手去被窩裏摸，見薰被的銀香球，說道：「李大姐生了蛋。」這裏掀開被，見他一身白肉。那李瓶兒連忙穿衣不迭。玉樓道：「五姐休鬼混他。李大姐你快起來，俺每有椿事來對你說。如此這般，他爹昨日和大姐姐好了。咱每人五錢銀子，你便多出些兒。當初因為你起來。今日大雪裏，只當賞雪，咱安排一席酒兒，請他爹和大姐姐坐坐兒好不好？」李瓶兒道：「隨姐姐教我出多少，奴出便了。」金蓮道：「你將就只出一兩兒罷。你秤出來，俺好往後邊問李嬌兒、孫雪娥要去。」這李瓶兒一面穿衣纏腳，叫迎春開箱子，拏出銀子。拏了一塊，金蓮上等子秤，重一兩二錢五分。玉樓教金蓮伴著李瓶兒梳頭：「等我往後邊問李嬌兒和孫雪娥要銀子去。」金蓮看看李瓶兒梳頭洗面。約一個時辰，見玉樓從後邊來說道：「我早知也不幹這個營生！大家的事，像白要他的！小淫婦說：『我是沒時

❾ 話差：口角。
❿ 買乖兒：取巧。
⓫ 咱：時候。

運的人，漢子再不進我屋裏來。我那討銀子！』要著一個錢兒不拏出來。求了半日，只拏出這根銀簪子來。你秤秤重多少？」金蓮取過等子來秤，只重三錢七分。因問：「李嬌兒怎的？」玉樓道：「李嬌兒初時只說沒有：『雖是日逐錢打我手裏使，都是扣數的。使多少，交多少。那裏有富餘錢？』教我說了半日，『你當家還說沒錢，俺每那個是有的？六月日頭，沒打你門前過也怎的？大家的事，你不出罷。』教我使性子走出來了。他慌了，使丫頭叫我回去，纔拏出這銀子與我。沒米由，教我恁惹氣刺刺的！」金蓮拏過李嬌兒銀子來，秤了秤，只四錢八分。因罵道：「好個奸倭的淫婦！隨問怎的，綁著鬼，也不與人家足數。好歹短幾分。」玉樓道：「只許他家拏黃稈等子秤人的。人問他要，只像打骨禿出來一般。不知教人罵多少！」一面連玉樓、金蓮共湊了三兩一錢，一面使綉春叫了玳安來。金蓮先問他：「你昨日跟了你爹去，在李家為甚麼著了惱來？」玳安悉把「在常時節家會茶，起散的早，邀應二爹和謝爹同到李家。他鴇子回說不在家，往五姨媽家做生日去了。不想落後爹淨手到後邊，看見粉頭和一個蠻子吃酒不出來，爹就惱了。不由分說，叫俺眾人把淫婦家門窗戶壁儘力打了一頓，只要把蠻子粉頭墩鎖在門上。多虧應二爹眾人再三勸住，爹使性步馬回家。路上發狠，到明日還要擺布淫婦哩！」金蓮道：「賊淫婦！我只道蜜罐兒，長年拏的牢牢的。如何今日也打了！」又問玳安：「你爹真個恁說來？」玳安道：「莫不小的敢哄娘？」金蓮道：「賊囚根子！他不揪不採，也是你爹的表了，許你罵他！想著迎頭兒俺每使著你，只推不得閒，『爹使我往桂姨家送銀子去哩』。叫的桂姨那甜！如今他敗落下來，你主子惱了，連你也叫起他淫婦來了。看我到明日對你爹說不對你爹說。」玳安道：「耶嚛⑫，五娘！這回日頭打西

⑫ 耶嚛：同「啊呀」。亦作「耶嚛嚛」。

出來，從新又護起他家來了！莫不爹不在路上罵他淫婦，小的敢罵他？」金蓮道：「許你爹罵他便了。原來也許你罵他？」玳安道：「早知五娘麻犯小的，小的也不對娘說。」玉樓便道：「小囚兒，你別要說嘴。這裏三兩一錢銀子，你快和來興兒替我買東西去。如此這般，今日俺每請你爹和你大娘賞雪飲酒。你將就少落我們些兒罷。我教你五娘不告你爹說罷。」玳安道：「娘使小的，小的敢落錢⑬？」于是拏了銀子。同來興兒買東西去了。

且說西門慶起來，正在上房梳洗。只見大雪裏，來興買了雞鵝下飯，逕往廚房裏去了。玳安便提了一罈金華酒進來。便問玉簫：「小廝的東西是那裏的？」玉簫回道：「今日眾娘置酒，請爹娘賞雪。」西門慶道：「金華酒是那裏的？」玳安道：「是三娘與小的銀子買的。」西門慶道：「阿呀！家裏見放著酒，又去買！」分付玳安：「拏鑰匙，前邊廂房有雙料茉莉酒，提兩罈，攙著些這酒吃。」于是在後廳明間內，設石崇錦帳圍屏，放下軸紙梅花煖簾來。爐安獸炭，擺列酒筵。不一時廚下整理停當。李嬌兒，孟玉樓，潘金蓮，李瓶兒來到，請西門慶、月娘出來。當下李嬌兒把盞，孟玉樓執壺，潘金蓮捧菜，李瓶兒陪跪。頭一鍾先遞了與西門慶。西門慶接酒在手，笑道：「我兒多有起動，孝順我老人家。長禮兒罷！」那潘金蓮嘴快，插口道：「好老氣的孩兒！誰這裏替你磕頭哩？俺每磕著你，你站著。羊角蔥靠南牆，越發老辣。已定還不跪下哩，也折你的萬年草料。若不是大姐姐帶攜你，俺每今日與你磕頭！」于是遞了西門慶，賴了鍾兒。從新又滿滿斟了盞，請月娘轉上，遞與月娘。月娘道：「你每也不和我說，誰知你每平白又費這個心。」玉樓笑道：「沒甚麼。俺每胡亂置了盃水酒兒，大雪裏與你老公婆兩個散

⑬落錢：經手銀錢，暗中侵吞一部分。

悶而已。姐姐請坐，受俺每一禮兒。」月娘不肯，亦平還下禮去。玉樓道：「姐姐不坐，我每也不起來。」相讓了半日，月娘纔受了半禮。金蓮戲道：「對姐姐說過，今日姐姐看俺每面上，寬恕了他。下次再無禮，沖撞了姐姐，俺每不管他來。」望西門慶說道：「你裝憨打勢，還在上坐！著還不快下來與姐姐遞個鍾兒，陪不是哩！」那西門慶只是笑，不動身。良久遞畢，月娘轉下來，令玉簫執壺，亦斟酒與眾姊妹回酒。惟孫雪娥跪著接酒，其餘都平敘姊妹之情。于是西門慶與月娘居上坐，其餘李嬌兒、孟玉樓、潘金蓮、李瓶兒、孫雪娥並西門大姐，都兩邊打橫。金蓮便道：「李大姐，你也該梯己與大姐姐遞盃酒兒，當初因為你的事起來。你做了老林⑭怎麼，還恁木木的！」那李瓶兒真個就走下席來，要遞酒。被西門慶攔住說道：「你休聽那小淫婦兒，他哄你。已是遞過一遍酒罷了，遞幾遍兒？」那李瓶兒方不動了。當下春梅、迎春、玉簫、蘭香一般兒四個家樂，琵琶、箏、絃子、月琴，一面彈唱起來。唱了一套南石榴花，「佳期重會」云云。西門慶聽了，便問：「誰教他唱這一套詞來？」玉簫道：「是五娘分付唱來。」西門慶就看著潘金蓮說道：「你這小淫婦！單管胡枝扯葉的。」金蓮道：「誰教他唱他來？沒的又來纏我。」月娘便道：「怎的不請陳姐夫來坐坐？」一面使小廝前邊請去。不一時經濟來到，向席上都作了揖，就在大姐下邊坐了。月娘令小玉安放了鍾筯，合家金爐添獸炭，美酒泛羊羔。正飲酒來，西門慶把眼觀看簾前那雪，如撏綿扯絮，亂舞梨花，下的大了。端的好雪！但見：初如柳絮，漸似鵝毛。刷刷似數蟹行沙上，紛紛如亂瓊堆砌間。但行動衣沾六出，只頃刻拂滿蜂鬚。似飛還止，龍公試手于起舞之間；新陽力，玉女尚喜于團風之際。襯瑤臺，似玉龍鱗甲繞空飛；飄粉額，如白鶴羽毛接地落。正

⑭ 老林：「林」字是兩個「木」字合成，所以「老林」就是木頭木腦的人。

是湅合玉樓寒起栗，光搖銀海燭生花。吳月娘見雪下在粉壁前太湖石上，甚厚，下席來教小玉拏著茶罐，親自掃雪，烹江南鳳團雀舌牙茶，與眾人吃。正是：白玉壺中翻碧浪，紫金壺內噴清香。

正吃茶中間，只見玳安進來報道：「李銘來了，在前邊伺候。」西門慶道：「教他進來。」不一時李銘朝上向眾人磕下頭去。又打了個軟腿兒⑮，走在旁邊，把兩隻腳兒并立。西門慶便道：「你來得正好，往那裏去來？」李銘道：「小的沒往那去。北邊酒醋門劉公公那裏，教了些孩子，小的瞧了瞧。記掛著爹宅內姐兒每，還有幾段唱未合拍，來伺候。」西門慶就將手內吃的那一盞木樨金燈茶，遞與他吃，說道：「你吃了休去，且唱一套我聽。」李銘道：「小的知道。」一面下邊吃了茶，上來把箏絃調定，頓開喉音，并足朝上，唱了一套冬景絳都春，「寒風布野」云云。唱畢，西門慶令李銘近前，賞酒與他吃。教小玉拏團靶勾頭雞膝壺，滿斟窩兒酒，傾在銀法郎桃兒鍾內。那李銘跪在地下，滿飲三盃。西門慶又在桌上拏了一碟鼓蓬蓬白麵蒸餅、一碗韮菜酸笋蛤蜊湯、一盤子肥肥的大片水晶鵝、一碟香噴噴晒乾的巴子肉、一碟子柳蒸的勒鮝魚、一碟奶罐子酪酥拌的鴿子雛兒，用盤子托著與李銘。那李銘走到下邊，三扒兩咽，吞到肚內，舔的盤兒乾乾淨淨。用絹兒把嘴兒抹了，走到上邊，把身子直豎豎的靠著槅子站立。西門慶因把昨日桂姐家之事，告訴一遍。李銘道：「小的並不知道一字，一向也不過那邊去。論起來不干桂姐事，都是俺三媽幹的營生。爹也別要惱他，等小的見他，說他便了。」當日飲酒到一更時分，妻妾俱合歡樂。先是陳經濟、大姐逕往前邊去了。落後酒闌，西門慶又賞李銘酒，打發出門。分付：「你到那邊，休說今日在我這裏。」李銘道：「爹分付，小的知道。」西門慶令左右送他出門，關上大門。

⑮ 打軟腿兒：即「打僉兒」，垂手屈一足行禮。

于是妻妾各散。西門慶還在月娘上房歇了。有詩為證：

赤繩緣分莫疑猜，扊扅夫妻共此懷。
魚水相逢從此始，兩情願保百年諧。

卻說次日雪晴，應伯爵、謝希大受了李家燒鵝瓶酒，恐怕西門慶動意⑯擺布他家，敬來邀請西門慶進裏邊陪禮。月娘早晨梳妝畢，正和西門慶在房中吃餅。只見小廝玳安來說：『應二爹和謝爹來了，在前廳上坐著哩。」西門慶放下餅，就要往前走。月娘道：「兩個勾使鬼，又不知來做甚麼？你亦發⑰吃了出去，教他外頭挨著去，慌得恁沒命的一般，往外走怎的？大雪裏又不知勾了那去！」西門慶道：「你教小廝把餅拏了前邊，我和他兩個吃罷。」說著，起身往外來。月娘分付：「你和他吃了，別要信著又勾引的往那去了。大雪裏，家裏坐著罷。今日孟三姐晚夕上壽哩。」西門慶道：「我知道。」于是與應謝二人，相見聲喏。說道：「哥昨日著惱家來了，俺每甚是怪他家：『從前已往，哥在你家使錢費物。雖故一時不來，休要改了腔兒纔好。許你家粉頭背地偷接蠻子？寃家路兒窄，又被他親眼看見，他怎的不惱？休說哥惱，俺每心裏也看不過。』儘力說了他娘兒幾句，他也甚是都沒意思。今日早請了俺兩個到他家，娘兒每哭哭啼啼跪著，恐怕你動意，置了一盃水酒兒，好歹請你進去陪個不是。」西門慶道：「我也不動意。我再也不進去了。」伯爵道：「哥惱有理。但說起來，也不干桂姐事。這個丁二官兒，

⑯ 動意：生氣。

⑰ 亦發：同「一發」，索性。

原先是他姐姐桂卿的孤老，也沒說要請桂姐。只因他父親貨船搭在他鄉裏陳監生船上，纔到了不多兩日。這陳監生號兩淮，乃是秘書省陳參政的兒子。丁二官見拏了十兩銀子，在他家擺酒請陳監生。纔送這銀子來，不想你我到了他家，就慌了躲不及，把個蠻子藏在後邊，被你看見了。實告不曾和桂姐沾身。今日他娘兒每賭身發咒，磕頭禮拜，央俺二人好歹請哥到那裏，把這委曲情由，也對哥表出，也把惱解了一半。」西門慶道：「我已是對房下賭誓，再也不去，又惱甚麼？你上覆他家到不消費心。我家中今日有些小事，委的不得去。」慌得二人一齊跪下，說道：「哥甚麼話？不爭⑱你不去，既他央了俺兩個一場，顯得我每請哥不的。哥去到那裏，略坐坐兒，就來也罷。」當下二人死告活央，說的西門慶肯了。不一時放桌兒，留二人吃餅。須臾，吃畢，令玳安取衣服去。月娘正和孟玉樓坐著，便問玳安：「你爹要往那去？」玳安道：「小的不知，爹只教小的取衣服。」月娘罵道：「賊囚根子！你還瞞著我不說。你爹但來晚了，都在你身上，等我和你答話！今日你三娘上壽哩，不教他早些來。休要那等到那黑天暗地的，我自打你這賊囚根子。」玳安道：「娘打小的，管小的甚事？」月娘道：「不知怎的，聽見他這老子每來，恰似奔命的一般，行吃著飯，丟下飯碗，往外不迭。又不知勾引遊營撞屍⑲撞到多咱纔來！」那時十一月廿六日，就是孟玉樓壽日。家中置酒等候不題。

且說西門慶被兩個邀請到院裏，李家又早堂中置了一席齊整酒肴，叫了兩個妓女彈唱。李桂姐與桂卿兩個，打扮迎接。老虔婆出來跪著陪禮。姐兒兩個遞酒。應伯爵、謝希大在旁打諢耍笑，說砂磴語兒，

---

⑱ 不爭：假使。

⑲ 遊營撞屍：罵人東奔西走。

向桂姐道：「還虧我把嘴頭上皮也磨了半邊去，請了你家漢子來。就不用著人兒，連酒兒也不替我遞一盃兒，自認你家漢子。剛纔若他撇了不來，休說你哭瞎了你眼，唱門詞兒，到明日諸人不要你。只我好說話兒，將就罷了。」桂姐罵道：「怪應花子汗邪了你！我不好罵出來的。可可兒的我唱門詞兒來？」應伯爵道：「你看賊小淫婦兒！念了經打和尚⑳。往後不省人了。他不來，慌得那腔兒；這回就翅膀毛兒乾了。你過來，且與我個嘴溫溫寒著。」于是不由分說，摟過脖子來，就親了個嘴。桂姐笑道：「怪攮刀子㉑的！看推撒了酒在爹身上！」伯爵道：「小淫婦兒，會喬張致的，這回就疼漢子。『看撒了爹身上的酒！』叫的爹那甜。我是後娘養的？怎的不叫我一聲兒？」桂姐道：「我叫你是我的孩子兒！」伯爵道：「你過來，我說個笑話兒你聽。一個螃蟹與田雞結為弟兄，賭跳過水溝兒去，便是大哥。田雞幾跳跳過去了。螃蟹方欲跳，撞遇兩個女子來汲水。用草繩兒把他拴住，打了水帶回家去。臨行忘記了，不將去。田雞見他不來，過來看他，說道：『你怎的就不過去了？』蟹云：『我過的去，倒不吃兩個小淫婦捩的恁樣了！』」于是兩個一齊趕著打，把西門慶笑的要不的。

不說這裏花攢錦簇，調笑玩耍。且說家中吳月娘一者置酒回席，二者又是玉樓上壽。吳大妗、楊姑娘並兩個姑子，都在上房裏坐的，看看等到日落時分，不見西門慶來家，急的月娘要不的。只見金蓮拉著李瓶兒，笑嘻嘻向月娘說道：「大姐姐，他這咱不來，俺每往門首瞧他瞧去。」月娘道：「耐煩瞧他怎的？」金蓮又拉玉樓說：「咱三個打夥兒走走去。」玉樓道：「我這裏聽大師父說笑話兒哩。等聽這

⑳ 念了經打和尚：即「過橋拔橋」的意思。
㉑ 攮刀子：挨刀刺。攮，是「刺」的意思。

個說了笑話兒咱去。」那金蓮方住了腳，圍著兩個姑子聽說笑話兒哩，說：「俺每只好葷笑話兒。素的休要打發出來。」月娘道：「你每由他說，別要搜求他。」金蓮道：「大姐姐，你不知大師父好會說笑話兒！前者那一遭來，俺每在後邊，奈何著他說了好些笑話兒。」因說道：「大師父，你有快些說。」那王姑子不慌不忙，坐在炕上，說：「一個人走至中途，撞見一個老虎，要吃他。此人云：『望你饒我一命，家中只有八十歲老母，無人養活。不然向我家去，有一豬與你吃罷。』那老虎果饒他，隨他到家。與母說。母正磨豆腐，捨不的那豬。對兒子：『把幾塊豆腐與他吃罷。』兒子云：『娘，娘，你不知，他平日不吃素的。』」金蓮道：「這個不好。俺每耳朵內不好聽素，只好聽葷的。」王姑子又道：「一家三個媳婦兒與公公上壽。先該大媳婦遞酒，說：『公公好像一員官。』公公云：『我如何像官？』媳婦云：『坐在上面，家中大小都怕你，如何不像官？』次該二媳婦上來遞酒，說：『公公像虎威皂隸。』公公曰：『我如何像虎威皂隸？』媳婦云：『你喝一聲，家中大小都吃一驚，怎不像皂隸？』公公道：『你說的我好！』該第三媳婦遞酒，上來說：『公公也不像官，也不像皂隸。』公公道：『卻像甚麼？』媳婦道：『公公像個外郎。』公公道：『我如何像外郎？』媳婦云：『不像外郎，如何六房裏都串到？』」把眾人都笑了。金蓮道：「好禿子！把俺每都說在裏頭。那個外郎，敢恁大膽，許他在各房裏串？俺每就打斷他那狗禿的下截來！」說罷，金蓮、玉樓、李瓶兒同來到前邊大門首瞧西門慶，不見到。玉樓問道：「今日他爹大雪裏不在家，那兒去了？」金蓮道：「我猜他已定往院中李桂兒那淫婦家去了。」玉樓道：「他打了一場，和他惱了。賭了誓，再不去了。如何又去？咱每賭甚麼？管情不在他家。」金蓮道：「李大姐做證見，你敢和我拍手[22]麼？我說今日往他家去了。前日打了淫婦家，昨日李銘那王八先來打探子兒。今日應二和姓謝的，大清早晨勾使鬼走來勾了他去了。我猜老虔婆和淫婦鋪謀定計叫了去。不知怎的，撮弄陪著不是，還要回爐復帳㉓。不知涎纏到多咱時候，有個來的成來不成？大姐姐還只顧等著他。」玉樓道：「就不來，小廝他該來家回一聲兒。」正說著，只見賣瓜子的過來。兩個且在門首買瓜子兒嗑。忽見西門慶從東來了。三個往後跑不迭。

西門慶在馬上，教玳安先頭裏走：「你瞧是誰在大門首？」玳安走了兩步，說道：「是三娘、五娘、六娘在門首買瓜子哩。」良久，西門慶到家下馬，進入後邊儀門首。玉樓、李瓶兒先去上房，報月娘去了。獨有金蓮藏在粉壁背後黑影裏。西門慶撞見，諕了一跳，說道：「怪小淫婦兒，猛可諕我一跳！你每在門首做甚麼來？」金蓮道：「你還敢說哩！你在那裏，這時纔來？教娘每只顧在門首等著你。」良久，西門慶在房中，月娘安酒肴，端端整整擺在桌上。教玉簫執壺，大姐遞酒。先遞了西門慶酒。然後眾姊妹都遞酒完了，安席坐下。春梅迎春，下邊彈唱。吃了一回，都收下去。從新擺上玉樓上壽的果，並四十樣細巧各樣的果碟兒上來。壺斟美釀，盞泛流霞。讓吳大妗子上坐。吃到起更時分，大妗子吃不多酒，歸後邊去了。只是吳月娘同眾姊妹陪西門慶擲骰猜枚行令。輪到月娘跟前，月娘道：「既要我行令，照依牌譜上飲酒。一個牌兒名，兩個骨牌，合西廂一句。」月娘先說個：「擲個六娘子醉楊妃，落了八珠環，遊絲兒抓住荼蘼架。」不犯。該西門慶擲：「我虞美人見楚漢爭鋒，傷了正馬軍，只聽見耳邊金鼓連天震。」果然是個正馬軍，吃了一盃。該李嬌兒，說：「水仙子因二士入桃源，驚散了花開蝶

㉒ 拍手：同第十二回註⑭。

㉓ 回爐復帳：重修舊好。

滿枝，只做了落紅滿地胭脂冷。」不遇。次該金蓮擲，說道：「鮑老兒臨老入花叢，壞了三綱五常，問他個非奸做賊拏。」果然是個三綱五常，吃了一盃酒。輪該李瓶兒擲，說：「端正好，搭梯望月，等到春分晝夜停，那時節隔牆兒險化做望夫山。」不遇。該孫雪娥，說：「麻郎兒見群鴉打鳳，絆住了折腳雁，好教我兩下裏做人難。」不遇。落後該玉樓完令。說道：「念奴嬌醉扶定四紅沈，拖著錦裙襴，得多少春風夜月銷金帳。」正擲了四紅沈。月娘滿令，叫小玉：「斟酒，與你三娘吃。」說道：「你吃三大盃纔好。今晚你該伴新郎宿歇。」因對李嬌兒金蓮眾人說：「吃畢酒，咱送他兩個歸房去。」金蓮道：「姐姐嚴令，豈敢不依？」把玉樓羞的要不的。

少頃酒闌，月娘等相送西門慶到玉樓房門首方回。玉樓讓眾人坐，都不坐。金蓮便戲玉樓道：「我兒兩口兒好好睡罷。你娘明日來看你。休要淘氣！」因向月娘道：「親家，孩兒小哩！看我面上，凡事耽待些兒罷。」玉樓道：「六丫頭！你老米醋挨著做。我明日和你答話。」金蓮道：「我媒人婆上樓子，老娘好耐驚耐怕兒！」玉樓道：「我的兒，你再坐回兒不是？」金蓮道：「俺每是外四家兒的門兒的外頭的人家。」于是和李瓶兒、西門大姐一路去了。剛走到儀門首，不想李瓶兒被地滑了一交。這金蓮遂怪喬叫起來，說道：「這個李大姐只像個瞎子，行動一磨趄子就倒了。我攙你去，倒把我一隻腳蹀㉔在雪裏，把人的鞋也躧泥了。」月娘聽見，說道：「就是儀門首那堆子雪，我分付了小廝兩遍。賊奴才，白不肯抬。只當還滑倒了。」因叫小玉「你打個燈籠，送送五娘六娘去」。西門慶在房裏向玉樓道：「你看賊小淫婦兒！躧在泥裏，把人絆了一交。他還說人跳泥了他的鞋。恰是那一個兒就沒些嘴抹兒。恁一

㉔蹀：踏；踩。

個小淫婦！昨日教丫頭每平白唱佳期重會。我就猜是他幹的營生。」玉樓道：「佳期重會是怎的說？」西門慶道：「他說吳家的不是正經相會，是私下相會。恰似燒夜香有意等著我一般。」玉樓道：「六姐他諸般曲兒倒都知道。俺每卻不曉得。」西門慶道：「你不知這淫婦，單管咬群兒。」

不說西門慶在玉樓房中宿歇。單表潘金蓮、李瓶兒兩個走著說話，行叫李大姐、花大姐，一路兒走到儀門。大姐便歸前邊廂房中去了。小玉打著燈籠送二人到花園內。金蓮已帶半酣拉著李瓶兒：「二娘，我今日有酒了。你好歹送到我房裏。」李瓶兒道：「姐姐，你不醉。」須臾，送到金蓮房內。打發小玉回後邊，留李瓶兒坐吃茶。金蓮又道：「你說你那咱不得來，虧了誰？誰想今日咱姊妹在一個跳板兒上走㉕。不知替你頂了多少瞎缸，教人背地好不說我。奴只行好心，自有天知道罷了。」李瓶兒道：「奴知道姐姐費心，恩當重報，不敢有忘。」金蓮道：「得你知道好了。」不一時春梅拏茶來吃了。李瓶兒告辭歸房。金蓮獨自歇宿，不在話下。正是：若得始終無悔吝，纔生枝節便多端。

畢竟未知後來何如，且聽下回分解。

㉕在一個跳板上走：同走一條路。

第二十二回　西門慶私淫來旺婦　春梅正色罵李銘

巧厭多勞拙厭閒，善嫌懦弱惡嫌頑。
富遭嫉妬貧遭辱，勤怕貪圖儉怕慳。
觸事不分皆笑拙，見機而作又疑奸。
思量那件合人意，為人難做做人難。

話說次日，有吳大妗子、楊姑娘、潘姥姥眾堂客，都來與孟玉樓做生日。月娘在後廳與眾客飲酒，倒也罷了，其中惹出一件事來。那來旺兒因他媳婦自家痨病死了，月娘新近與他娶了一房媳婦，娘家姓宋，乃是賣棺材宋仁的女兒。當先賣在蔡通判家房裏使喚。後因壞了事出來，嫁與廚役蔣聰為妻小。這蔣聰常在西門慶家做活答應。來旺兒早晚到蔣聰家叫蔣聰去，看見這個老婆，兩個吃酒刮言，就把這個老婆刮上了。一日，不想這蔣聰因和一般廚役分財不均，酒醉廝打，動起刀杖來，把蔣聰戳死在地，那人便越牆逃走了。老婆央來旺兒，對西門慶說了，替他拏帖兒縣裏和縣丞說，差人捉住正犯，問成死罪，抵了蔣聰命。後來來旺兒哄月娘，只說是小人家媳婦兒，會做針指。月娘使了五兩銀子，兩套衣服，四疋青紅布，並簪環之類，娶與他為妻。月娘因他叫金蓮，不好稱呼，遂改名惠蓮。這個老婆屬馬的，小金蓮兩歲，今年二十四歲了。生的黃白淨面，身子兒不肥不瘦，模樣兒不短不長，比金蓮腳還小些兒。性明敏，善機變，會妝飾，龍江虎浪❶。就是嘲漢子的班頭，壞家的領袖。若說他底本事，他也曾：斜倚門兒立，人來側目隨。托腮並咬指，無故整裳衣。坐立隨搖腿，無人曲唱低。開窗推戶牖，停針不語時。未言先欲笑，必定與人私。初來時，同眾家人媳婦上竈，還沒甚麼妝飾，猶不作在意裏。後過了一個月有餘，看了玉樓、金蓮眾人打扮，他把鬏髻墊的高高的，梳的虛籠籠的頭髮，把水鬢描的長長的，在上邊遞茶遞水，被西門慶睃在眼裏。一日，設了條計策，教來旺兒押了五百兩銀子，往杭州替蔡太師製造慶賀生辰錦繡蟒衣，並家中穿的四季衣服。往回也有半年期程。約從十一月半頭，搭在旱路車上起身去了。西門慶安心，早晚要調戲他這老婆。不期到此正值孟玉樓生日，月娘和眾堂客在後廳吃酒。西門慶那日在家沒往那去。月娘分付玉簫：「房中另放桌兒，打發酒菜湯飯點心你爹吃。」西門慶因打簾內看見，惠蓮身上穿著紅紬對衿襖、紫絹裙子，在席上斟酒。故意問玉簫：「那個穿紅襖的是誰？」玉簫回道：「是新娶的來旺兒的媳婦子惠蓮。」西門慶道：「這媳婦子怎的紅襖配著紫裙子，怪模怪樣。到明日對你娘說，另與他一條別的顏色裙子配著穿。」玉簫道：「這紫裙子，還是問我借的裙子。」說了就罷了。

須臾，過了玉樓生日。一日，月娘往對門喬大戶家吃生日酒去了。約後晌時分，西門慶從外來家，已有酒了。走到儀門首，這惠蓮正往外走，兩個撞了滿懷。西門慶便一手摟過脖子來，就親了個嘴。口中喃喃吶吶說道：「我的兒，你若依了我，頭面衣服隨你揀著用。」那老婆一聲兒沒言語，推開西門慶

❶ 龍江虎浪：精明強悍的樣子。

手，一直往前走了。西門慶歸到上房，叫玉簫送了一疋藍段子，到他屋裏，如此這般對他說：「爹昨日見你酒席上斟酒，穿著紅襖配著紫裙子，怪模怪樣的不好看。說：『這紫裙子還是問我借的。』爹纔開廚櫃拏了這疋段子，使我送與你。教你做裙子穿。」這惠蓮開看，卻是一疋翠藍四季團花兼喜相逢段子。說道：「我做出來，娘若見了問，怎了？」玉簫道：「爹到明日還對娘說，你放心。爹說來，你若依了這件事，隨你要甚麼，爹與你買。今日趕娘不在家，要和你會會兒，你心下何如？」那老婆聽了，微笑而不言。因問：「爹多咱時分來？我好在屋裏伺候。」玉簫道：「爹說小廝每看著，不好進你這屋裏來的。教你悄悄往山子底下洞兒裏，那裏無人，堪可一會兒。」老婆道：「只怕五娘、六娘知道了，不好意思的。」玉簫道：「三娘和五娘都在六娘屋裏下棋。你去不妨事。」當下約會已定，玉簫走來回西門慶說話。兩個都往山子底下成事。玉簫在門首與他觀風。卻不想金蓮、玉樓都在李瓶兒房裏下棋，只見小鸞來請玉樓，說：「爹來家了。」三人就散了。玉樓回後邊去了。金蓮走到房中勻了臉，亦往後邊來。走入儀門，只見小玉立上房門首。金蓮問：「你爹在屋裏？」小玉搖手兒，往前指。這金蓮就知其意。走到前邊山子角門首，只見玉簫攔著門。金蓮只猜玉簫和西門慶在此私狎，便頂進去。玉簫慌了，說道：「五娘休進去，爹在裏面有勾當哩！」金蓮罵道：「怪狗肉，我又怕你爹了！」不由分說，進入花園裏來。各處尋了一遍，走到藏春塢山子洞兒裏。只見他兩個人在裏面纔了事。老婆聽見有人來，連忙繫上裙子往外走。看見金蓮，把臉通紅了。金蓮問道：「賊臭肉！你在這裏做甚麼？」老婆道：「我來叫畫童兒來。」一看著，一溜煙走了。金蓮進來，看見西門慶在裏邊繫褲子。罵道：「賊沒廉恥的貨！你和奴才淫婦大白日裏在這裏端的幹的勾當兒！剛纔我打與那淫婦兩個耳刮子纔好，不想他往外走了。原來你就是畫童兒，他來尋你。你與我實說，和這淫婦偷了幾遭？若不實說，等伴回大姐姐來家，看我說不說！我若不把奴才淫婦臉打的脹豬，也不算。俺每閒的聲喚在這裏來，你來也插上一把子。老娘眼裏卻放不過。」西門慶笑道：「怪小淫婦兒！悄悄兒罷，休要嚷的人知道。我實對你說，如此這般，連今日纔一遭。」金蓮道：「一遭二遭，我不信。你既要這奴才淫婦，兩個瞞神諕鬼弄刺子❷兒。我打聽出來，休怪了我卻和你每答話！」那西門慶笑的出去了。金蓮到後邊，聽見眾丫頭每說：「爹來家，使玉簫手巾裹著一疋藍段子往前邊去，不知與誰？」金蓮就知是與來旺兒媳婦子的，對玉樓亦不題起此事。這老婆每日在那邊，或替他造湯飯，或替他做針指鞋腳，或跟著李瓶兒下棋。常賊乖趨附金蓮。被西門慶撞在一處，無人，教他兩個苟合，圖漢子喜歡。

惠蓮自從和西門慶私通之後，背地不算，與他衣服汗巾首飾香茶之類，只銀子成兩家帶在身邊，在門首買花翠胭粉，漸漸顯露。打扮的比往日不同。西門慶又對月娘說：「他做的好湯水。」不教他上大竈，只教他和玉簫兩個在月娘房裏後邊小竈上，專頓茶水，整理菜蔬。打發月娘房裏吃飯，與月娘做針指。不必細說。看官聽說：凡家主切不可與奴僕並家人之婦，苟且私狎。久後必紊亂上下，竊弄奸欺，敗壞風俗，殆不可制。有詩為證：

西門貪色失尊卑，群妾爭妍竟莫疑。
何事月娘欺不在，暗通僕婦亂倫彝。

❷ 弄刺子：玩花頭。

一日臘月初八日，西門慶早起，約下應伯爵與大街坊尚推官家送殯。教小廝馬也備下兩疋，等伯爵，白不見到。一面李銘來了教唱，春梅等四人彈唱。西門慶正在大廳上圍爐坐的，教春梅、玉簫、蘭香、迎春一般兒四個，都打扮出來，看著李銘指撥，教演他彈唱。女婿陳經濟在旁陪著說話。正唱三弄梅花還未了，只見伯爵來，應寶跟著夾著氈包進門。那春梅等四個就要往後走，被西門慶喝住，說道：「左右是你應二爹，都來見見罷，躲怎的？」與伯爵兩個相見作揖。纔待坐下，西門慶令四個過來，與應二爹磕頭。那春梅等朝上磕頭下去。慌的伯爵還喏不迭，誇道：「誰似哥好有福！出落的恁四個好姐姐，水蔥兒的一般，一個賽一個！卻怎生好？你應二爹，今日素手，促忙促急❸沒曾帶的甚麼在身邊。改日送胭粉錢來罷。」少頃，春梅等四人見了禮進去了。陳經濟向前作揖，一同坐下。西門慶道：「你如何今日這咱纔來？」應伯爵道：「不好告訴你的。大小女病了一向，近日纔教好些。房下記掛著，今日接了他家來，散心住兩日，亂著。旋教應寶叫了轎子，買了些東西在家。我纔來了，遲了一步兒。」西門慶道：「教我只顧等著你。咱吃了粥好去了。」隨即一面分付小廝，後邊看粥來吃。只見李銘見伯爵，打了半跪。伯爵道：「李日新，一向不見你。」李銘道：「小的有，連日小的在北邊徐公公那裏答應兩日，來爹宅裏伺候。」說著，兩個小廝放桌兒，拏粥來吃。就是四個鹹食、十樣小菜兒、四碗頓爛、一碗蹄子、一碗鴿子雛兒、一碗春不老蒸乳餅、一碗餛飩雞兒、銀鑲甌兒、粳米投著、各樣榛松栗子、果仁梅桂、白糖粥兒。西門慶陪應伯爵陳經濟吃了，就拏小銀鍾篩金華酒，每人吃了三盃。壺裏還剩下上半壺酒。分付小廝畫童兒：「連桌兒抬下去，廂房內與李銘吃。」就穿衣服起身，同應伯爵並馬相行，

❸ 促忙促急：匆匆忙忙。

與尚推官送殯去了。只落下李銘在西廂房，吃畢酒飯。那月娘房裏玉簫和蘭香眾人，打發西門慶出了門，在廂房內廝亂玩成一塊。一回都往對過東廂房西門大姐房裏摑混去了。只落下春梅一個，和李銘在這邊，教演琵琶。李銘也有酒了，春梅袖口子寬，把手兜住了。李銘把他手拏起，略按重了些，被春梅怪叫起來，罵道：「好賊王八！你怎的捻我的手調戲我？賊少死的王八！你還不知道我是誰哩？一日好酒好肉，越發養活的那王八靈聖兒出來了，平白捻我手的來了。賊王八，你錯下這個鍬撅❹了。你問聲兒去，我手裏你來弄鬼！等來家等我說了，把你這賊王八一條棍攆的離門離戶。沒你這王八，學不成唱了？愁本司三院，尋不出王八來？撅臭了你這王八了！」被他千王八萬王八，罵的李銘拏著衣服往外，金命水命，走投無命。正是：兩手劈開生死路，翻身跳出是非門。

李銘詵的往外走了，春梅氣狠狠直罵進後邊來。金蓮正和孟玉樓、李瓶兒並宋惠蓮，在房裏下棋。只聽見春梅從外罵將來。金蓮便問道：「賊小肉兒，你罵誰哩？誰惹你來？」氣的春梅道：「情知是誰，叵耐李銘那王八，爹臨去，好意分付小廝，留下一桌菜，並粳米粥兒，與他吃。也有玉簫他每，你推我，我打你，玩成一塊。對著王八雌牙露嘴❺的，狂的有些褶兒❻也怎的。玩了一回，都往大姐那邊廂房裏去了。王八見無人，儘力向我手上捻了一下。吃的醉醉的，看著我嗤嗤待笑。我饒了他。那王八見我嘤喝罵起來，他就即夾著衣裳往外走了。剛纔打與賊王八兩個耳刮子纔好。賊王八，你也看個人兒行事。

❹ 下鍬撅：使心機。

❺ 雌牙露嘴：張著嘴露出牙齒，是嘻笑或苦痛的表情。

❻ 褶兒：規模。亦作「摺兒」。

我不是那不三不四的邪皮❼行貨，教你這王八在我手裏弄鬼。我把王八臉打綠了。」金蓮道：「怪小肉兒！學不學，沒要緊。把臉兒氣的黃黃的，等爹來家說了，把賊王八攆了去就是了。那裏緊等著供唱撰錢哩也怎的，教王八調戲我這丫頭！我知道賊王八業罐子滿了❽。」春梅道：「他就倒運著。量二娘的兄弟，那怕他二娘莫不挾仇打我五棍兒也怎的！」宋惠蓮道：「論起來，你是樂工，在人家教唱，也不該調戲良人家女子。照顧你一個錢，也是養身父母。休說一日三茶六飯❾兒扶持著。」金蓮道：「扶侍著，臨了還要錢兒去了。按月兒一個月與他五兩銀子。賊王八也錯上了墳❿。你問聲家裏，這些小廝每，那個敢望著他雌牙⓫笑一笑兒？吊個嘴⓬兒，遇喜歡罵兩句。若不喜歡，拉倒他主子跟前，就是打。著緊把他扛的眼直直的，看不出他來。賊王八，造化低。你惹他生薑，你還沒曾經著他辣手。」因向春梅道：「沒見你！你爹去了，你進來便罷了。平白只顧和他那廂房裏做甚麼？卻教那王八調戲你。」春梅道：「都是玉簫和他每，只顧玩笑成一塊，不肯進來。」玉樓道：「他三個如今還在那屋裏？」春梅道：「都往對過大姐房裏去了。」玉樓道：「等我瞧瞧去。」那玉樓起身去了。良久，李瓶兒亦回房，使綉春叫迎春去。

❼ 邪皮：不正當；不規矩。

❽ 業罐子滿了：即「惡貫滿盈」的意思。業，同「孽」。

❾ 三茶六飯：包括一切吃的喝的在內。

❿ 錯上了墳：看錯了人。

⓫ 雌牙：同本回註❺。

⓬ 吊個嘴：掉唇弄舌。吊，借作「掉」。

至晚，西門慶來家，金蓮一五一十告訴西門慶。西門慶分付來興兒，今後休放進李銘來走動。自此遂斷了路兒，不敢上門。這李銘正是：從前作過事，沒興一齊來。有詩為證：

習教歌妓逞家豪，每日閒庭弄錦槽。
不意李銘遭譴斥，春梅聲價競天高。

畢竟未知後來何如，且聽下回分解。

第二十三回　玉簫觀風賽月房　金蓮竊聽藏春塢

行動❶不思天理，施為怎卻成規？
徇情縱意任奸欺，仗勢慢人尊己。
出則錦衣駿馬，歸時越女吳姬。
休將金玉作根基，但恐莫逃興廢。

話說一日臘盡陽回，新正佳節，西門慶賀節不在家。吳月娘往吳大妗子家去了。午間孟玉樓、潘金蓮都在李瓶兒房裏下棋。玉樓道：「咱每今日賭甚麼好？」潘金蓮道：「咱每人三盤，賭五錢銀子東道。三錢買金華酒兒，那二錢買個豬頭來，教來旺媳婦子燒豬頭咱每吃。只說他會燒的好豬頭；只用一根柴禾兒，燒的稀爛。」玉樓道：「大姐姐他不在家，卻怎的計較？」金蓮道：「存下一分兒送在他屋裏，也是一般。」說畢，三人擺下棋子，下了三盤。李瓶兒輸了五錢銀子。金蓮使綉春兒叫將來興兒來，把銀子遞與，教他買一罈金華酒，一個豬首，連四隻蹄子。分付：「送到後邊廚房裏，教來旺兒媳婦惠蓮，快燒了拏到你三娘屋裏等著，我每就去。」那玉樓道：「六姐，教他燒了拏盒子拏到這裏來吃罷。在後

❶ 行動：動不動。

邊，李嬌兒、孫雪娥兩個看答著，是請他不請他是？」金蓮遂依聽玉樓之言。不一時，來興兒買了酒和豬首，送到廚下。惠蓮正在後邊和玉簫在石臺基上坐著搗瓜子兒哩。來興兒便叫他：「惠蓮嫂子，五娘、三娘都上覆你，使我買了酒、豬首連蹄子，都在廚房裏。教你替他燒熟了，送到前邊六娘房裏去。」惠蓮道：「我不得閒，與娘納鞋哩。隨問教那個燒燒兒罷。巴巴坐名兒教我燒！」來興兒道：「你燒不燒隨你。交與你，我有勾當去。」說著，揚長出去了。玉簫道：「你且丟下，替他燒燒罷。你曉的五娘嘴頭子，又惹的聲聲氣氣的。」惠蓮笑道：「五娘怎麼就知我會燒豬頭，巴巴的栽派與我替他燒！」于是起身走到大廚竈裏，舀了一鍋水，把那豬首蹄子剃刷乾淨，只用的一根長柴安在竈內，用一大碗油醬，並回香大料拌著停當，上下錫古子扣定。那消一個時辰，把個豬頭燒的皮脫肉化，香噴噴五味俱全。將大冰盤盛了，連薑蒜碟兒，教小廝兒用方盒拏到前邊李瓶兒房裏。旋打開金華酒篩來。玉樓揀上分兒齊整的，留下一大盤子，並一壺金華酒，與月娘吃。使丫鬟送到上房裏。其餘三個婦人圍定，把酒來斟。正吃中間，只見惠蓮笑嘻嘻走到跟前說道：「娘每試嚐這豬頭，今日小的燒的好不好？」金蓮道：「三娘剛纔誇你倒好手段兒！燒的這豬頭倒且是稀爛。」李瓶兒問道：「真個你用一根柴禾兒？」惠蓮道：「不瞞娘每說，還消不得一根柴禾兒哩。若是一根柴禾兒，就燒的脫了骨。」玉樓叫綉春：「你拏個大盞兒，篩一盞兒與你嫂子吃。」李瓶兒連忙叫綉春斟酒，他便取揀碟兒，揀了一碟豬頭肉兒遞與惠蓮，說道：「你自造的，你試嚐嚐。」惠蓮道：「小的自知娘每吃不的鹹，沒曾好生加醬，胡亂也罷了。下次再燒時，小的知道了。」于是插燭也似磕了三個頭，方纔在桌頭旁邊立著，做一處吃酒。到晚夕月娘來家，眾婦人見了月娘。小玉悉將送來豬頭拏與月娘看。玉樓笑道：「今日俺每因在李大姐處下棋，贏的李大姐豬頭，留與姐姐吃。」月娘道：「這般有些不均了。各人賭勝，虧了一個，就不是了。咱每這等計較，只當大節下，咱姊妹這幾人，每人輪流治一席酒兒，叫將郁大姐來，晚間耍耍，有何妨礙？強如那等賭勝負，難為一個人。我主張的好不好？」眾人都說：「姐姐主張的是。」月娘道：「明日就是初五日，我先起罷。」使小廝叫郁大姐來。于是李嬌兒占了初六，玉樓占了初七，金蓮占了初八日。金蓮道：「只我便益。那日又是我的壽酒，又該我擺酒，一舉而兩得。」問著孫雪娥，孫雪娥半日不言語。月娘道：「也罷，你每不要纏他了。教李大姐挨著擺。」玉樓道：「初九日又是六姐生日，只怕有潘姥姥和他妗子來。」月娘道：「初九日不得閒，教李大姐挪在初十日也罷了。」眾人計議已定。

話休饒舌。先是初五日西門慶不在家，往鄰家赴席去了。月娘在上房擺酒，郁大姐彈唱，請眾姊妹歡飲了一日方散。到第二日卻該李嬌兒。就挨著玉樓、金蓮，都不必細說。須臾過了金蓮生日，潘姥姥、吳大妗子都在這裏過節玩耍。看看到初十日，該李瓶兒擺酒，使綉春往後邊請雪娥去。一連請了兩替，答應著來，只顧不來。玉樓道：「我就說他不來，李大姐只顧強去請他。可是他對著人說的：『你每有錢的，都吃十輪酒，沒的拏俺每去赤腳絆驢蹄❷。』似他這等說，俺每罷了，把大姐姐都當驢蹄子看成！」月娘道：「他是恁不是材料處窩行貨子！都不消理他了。又請他怎的？」于是擺上酒來。眾人都來前邊李瓶兒房裏吃酒，郁大姐在旁彈唱。當下也有吳大妗子和西門大姐，共八個人飲酒。那日西門慶不在家，往人家去了。月娘分付玉簫：「等你爹來家要吃酒，你在房裏打發他吃就是了。」玉簫應諾。不想後晌時分，西門慶來家，玉簫向前替他脫了衣裳。西門慶便問月娘往那去了。玉簫回道：「都在前邊六娘房

❷ 赤腳伴驢蹄：是「追陪不上」的意思。把驢子比別人，又有些罵人的作用在內。

裏，和大妗子、潘姥姥吃酒哩。」西門慶問道：「吃的是甚麼酒？」玉簫道：「是金華酒。」西門慶道：「還有年下你應二爹送的那一罈茉梨花酒，打開吃。」一面教玉簫旋把茉梨花酒打開。西門慶嚐了嚐，說道：「自好你娘每吃。」教玉簫、小玉兩個，提著送到前邊李瓶兒房中。惠蓮正在月娘傍邊侍立斟酒，見玉簫送酒來，惠蓮俐便，連忙走下來接他的酒。玉簫便遞了個眼色與他，向他手上捏了一下。這老婆就知其意。月娘問玉簫：「誰使你送酒來？」玉簫道：「爹使我來。」月娘道：「你爹來家多大回了？」玉簫道：「爹剛纔來家。因問娘每吃的甚麼酒？說是金華酒。教我把應二爹送的這一罈茉梨花酒拏來與娘每吃。」月娘問：「你爹若吃酒，房中放桌兒，有見成菜兒打發他吃。」玉簫應諾，往後邊去了。這惠蓮在席上站立了一回，推說道：「我後邊看茶來與娘每吃。」月娘分付：「對你姐說，上房揀妝裏有六安茶，頓一壺來俺每吃。」這老婆一個獵古調❸，走到後邊。玉簫站在堂屋門首，取茶來了，掇了個嘴兒與他。老婆掀開簾子，進月娘房來。只見西門慶坐在椅上，正吃酒。走向前一屁股坐在他懷裏，兩個就親嘴咂舌頭做一處。老婆一面在上噙酒哺與他吃。老婆便道：「爹，你有香茶再與我些。前日你與的那香茶都沒了。」又道：「我少薛嫂兒幾錢花兒錢。你有銀子與我些兒，我還他。」西門慶道：「我茄袋內還有一二兩你拏去。」說著，西門慶要解老婆褲子。老婆道：「不好，只怕人來看見。」西門慶道：「你今日不出去，在後邊晚夕咱好生耍耍。」老婆搖頭說道：「後邊惜薪司擋住路兒柴眾，咱不如還在五娘那裏色絲子女。」于是玉簫在堂屋門首觀風，由他二人在屋裏做一處玩耍。常言：「路上說話，草裏有人。」不防孫雪娥正從後來，聽見房裏有人笑，只猜玉簫在房裏和西門慶說笑。不想玉簫又在穿

❸ 一個獵古調：即「一溜煙」。獵古調，行動迅速的形容詞。

廊下坐的，就立住了腳。玉簫恐怕他進屋裏去，便一逕支他說：「前邊六娘請姑娘，怎的不往那裏吃酒？」那雪娥鼻子裏冷笑道：「俺每是沒時運的人兒。漫地裏栽桑，人不上；他行騎著快馬也趕不上他。拏甚麼伴著他吃十輪兒酒？自下窮的伴當兒，伴的沒褲兒！」正說著，被西門慶房中咳嗽了一聲，雪娥就往廚房裏去了。這玉簫把簾子掀開，老婆見無人，急伶俐兩三步就扠出來，往後邊看茶去了。須臾小玉從外邊走來，叫：「惠蓮嫂子，娘說你怎的取茶就不去了哩？」老婆道：「茶有了，著姐拏果仁兒來。」不一時，小玉拏著盞托，他提著茶，一直來到前邊。月娘問道：「怎的茶這咱纔來？」惠蓮道：「爹在房裏吃酒，小的不敢進去。等著姐屋裏取茶葉。剝果仁兒來。」于是打發眾人吃了茶，小玉便拏回盞托去了。這惠蓮在席上斜靠桌兒站立，看著月娘眾人擲骰兒。故作揚聲說道：「娘把長么搭在純六，卻不是天地分，還贏了五娘。」又道：「你這六娘骰子，是個錦屏風對兒。我看三娘這么三配純五，只是十四點兒，輸了。」被玉樓惱了，說道：「你這媳婦子，俺每在這裏擲骰兒，插嘴插舌，有你甚麼說處？」幾句把老婆羞的站又站不住，立又立不住，飛紅了面皮，往下去了。正是：誰人汲得西江水，難洗今朝一面羞。

這裏眾婦人飲酒至掌燈時分，只見西門慶掀開簾子進來，笑道：「你每好吃？」吳大妗子跳起來說道：「姐夫來了！」連忙讓坐兒與他坐。月娘道：「你在後邊吃酒去罷了。女婦，男子漢又走來做甚麼？」西門慶道：「既是恁說，我去罷。」于是走過金蓮這邊來。金蓮隨即跟了來。見西門慶吃的半醉，拉著金蓮說道：「小油嘴，我有句話兒和你說。我要留惠蓮在後邊一夜兒罷，後邊沒地方兒。看你怎的容他在你這邊歇一夜兒罷。好不好？」金蓮道：「我不好罵的，沒的那汗邪的胡說！隨你和他那裏肏搗去，好嬌態教他在我這裏。我是沒處照放他！我就算依了你，春梅賊小肉兒，他也不容他這裏。你不信，叫了春梅小肉兒問了他來。他若肯了，我就容你容他在這屋裏。」西門慶道：「既是你娘兒每不肯，罷！我和他往那山子洞兒那裏過一夜。你分付丫頭拏床鋪蓋，生些火兒那裏去。不然這一冷怎麼當？」金蓮忍不住笑了：「我不好罵出你來的！賊奴才淫婦，他是養你的娘！你是王祥寒冬臘月行孝順，在那石頭床上臥冰哩！」西門慶笑道：「怪小油嘴兒，休傒落我。罷麼！好歹叫丫頭生個火兒。」金蓮道：「你去，我知道。」當晚眾堂客席散，金蓮分付秋菊，果然抱鋪蓋籠火，在山子底下藏春塢雪洞兒預備。惠蓮送月娘、李嬌兒、玉樓進到後邊儀門首，故意說道：「娘，小的不送，往前邊去罷。」月娘道：「也罷，你前邊睡去罷。」這老婆打發月娘進入，還在儀門首站立了一回。見無人，一溜煙往山子底下去了。

正是：莫教襄王勞望眼，巫山自送雨雲來。

這宋惠蓮走到花園門，只說西門慶還未進來，就不曾扣角門子，只虛掩著。來到藏春塢洞兒內，只見西門慶又早在那裏頭秉燭而坐。老婆進到裏面，但覺冷氣侵人，塵囂滿榻。于是袖中取出兩個棒兒香，燈上點著，插在地下。雖故地下籠著一盆炭火兒，還冷的打兢❹。老婆在床上先伸下鋪，上面還蓋著一件貂鼠禪衣。掩上雙扉，兩個上床就寢。西門慶脫去衣裳，白綾道袍，坐在床上，兩個摟抱。正做得好，卻不妨潘金蓮打聽他二人入港，已是定了。在房中摘去冠兒，輕移蓮步，悄悄走來花園內，聽他兩個私下說甚話。到角門首，推了推門著，遂潛身徐步而入。也不怕蒼苔冰透了凌波，花刺抓傷了裙褶。躡足隱身，在藏春塢月窗下站聽良久。只見裏面燈燭尚明，老婆笑聲說西門慶：「冷鋪中捨冰，把你賊受罪。

❹ 打兢：同「打噤」，因怕冷或恐懼而咬緊了牙發抖。

不濟的老花子，就沒本事尋個地方兒，走在這寒冰地獄裏來了。口裏唧著條繩子，凍死了往外拉。」又道：「冷合合❺的，睡了罷。怎的只顧端詳我的腳怎的？你看過那小腳兒的來？像我沒雙鞋面兒，那個買與我雙鞋面兒？也怎看著人家做鞋不能夠做。」西門慶道：「我兒，不打緊處。到明日替你買幾錢的各色鞋面。誰知你比你五娘腳兒還小。」老婆道：「拏甚麼比他？昨日我拏他的鞋略試了試，還套著我的鞋穿。倒也不在乎大小，只是鞋樣子周正纔好。」金蓮在外聽了：「這個奴才淫婦！等我再聽一回，他還說甚麼？」于是又聽勾多時。只聽老婆問西門慶說：「你家第五的秋胡戲❻，你娶他來家多少時了？是女招的，是後婚兒來？」西門慶道：「也是回頭人兒。」老婆道：「嗔道恁久慣老成！原來也是個意中人兒，露水夫妻。」這金蓮不聽便罷，聽了氣的在外兩隻胳膊都軟了。半日移腳不動，說道：「若教這奴才淫婦在裏面，把俺每都吃他撐下去了。」待要那時就聲張罵起來，又恐怕西門慶性子不好，逞了淫婦的臉。待要含忍了他，恐怕他明日不認：「罷！罷！留下個記兒，使他知道，到明日我和他答話。」于是走到角門首，拔下頭上一根銀簪兒，把門倒銷了，懊恨歸房宿歇。一宿晚景題過。

到次日清早晨，老婆先起來穿上衣裳，鬅著頭走出來。見角門沒插，吃了一驚。又搖門，搖了半日，搖不開。走去見西門慶。西門慶隔壁叫迎春，替他開了。因看見簪銷門兒，就知是金蓮的簪子，就知晚夕他聽了去了。這老婆懷著鬼胎，走到前邊正開房門，只見平安從東淨❼裏出來，看見他只是笑。惠蓮

❺ 冷合合：即「冷冰冰」。

❻ 秋胡戲：「妻」的歇後語。元曲中有秋胡戲妻雜劇。

❼ 東淨：廁所。

道：「怪囚根子！誰和你雌著那牙笑哩？」平安兒道：「嫂嫂，俺每笑笑兒也嗔？」惠蓮道：「大清早晨，平白笑的是甚麼？」平安道：「我笑嫂子三日沒吃飯，眼前花。我猜你昨日一夜不來家。」這老婆聽了此言，便把臉紅了，罵道：「賊枉口拔舌見鬼的囚根子！我那一夜不在屋裏睡？怎的不來家？你丟塊瓦兒，也要下落。」平安道：「我剛纔還看嫂子鎖著門，怎的賴得過？」惠蓮道：「我早起身，就往五娘屋裏。只剛纔出來。你這囚在那裏來？」平安道：「我聽見五娘教你醃螃蟹。說你會劈的好腿兒。嗔道五娘使你門首看著旋菠箕的，說你會咂的好舌頭。」把老婆說的急了，拏起條門拴來，趕著平安兒繞院子罵道：「賊汗邪囚根子！看我到明日對他說不說，不與你個功德❽也不怕，狂的有甚些搊兒❾也怎的！」那平安道：「耶嚛，嫂子！將就著些兒罷。對誰說？我曉的你往高枝兒上去了。」那惠蓮急訕❿起來，只趕著他打。不料玳安正在印子鋪簾子下走出來，一把手將拴奪住了，說道：「嫂子為甚麼打他？」惠蓮道：「你問那雌牙鬼囚根子！口裏六說白道⓫的。把我的肐膊都氣軟了。」那平安得手外往跑了。玳安推著他說：「嫂子，你少生氣著惱。且往屋裏梳頭去罷。」婦人便向腰間葫蘆兒順袋裏，取出三四分銀子來，遞與玳安道：「累你替我拏大碗盪兩個合汁來我吃。把湯盛在銚子裏罷。」玳安道：「不打緊，等我去。」一手接了，連忙洗了臉，替他盪了合汁來。婦人讓玳安吃了一碗。他也吃了一碗，方纔

❽ 功德：本是好事，但有時用作反語，作為毒辣的意思。

❾ 搊兒：同第二十二回註❻。

❿ 訕：羞慚。亦作「訕訕」。

⓫ 六說白道：胡說八道。亦作「囉說白道」。

梳了頭，鎖上門。先到後邊月娘房裏打了卯兒，然後來金蓮房裏。金蓮正臨鏡梳妝，惠蓮小意兒，在旁拏抿鏡掇洗手水，殷勲侍奉。金蓮正眼也不瞧他，也不理他。惠蓮道：「娘的睡鞋裹腳，我捲了收了罷。」金蓮道：「由他，你放著，教丫頭進來收。」便叫：「秋菊，賊奴才！往那去了？」惠蓮道：「秋菊掃地哩。春梅姐在那裏梳頭哩。」金蓮道：「你別要管他，丟著罷。亦發等他每來拾掇。歪蹄潑腳的，沒的展污了嫂子的手。你去扶持你爹，爹也得你恁個人兒扶持他，纔可他的心。俺每都是露水夫妻，再醮貨兒。只嫂子是正名正頂轎子娶將來的，是他的正頭老婆秋胡戲。」這老婆聽了，正道著昨日晚夕他的真病，于是向前雙膝跪下，說道：「娘是小的一個主兒。娘不高抬貴手，小的一時兒存站不的。當初不因娘寬恩，小的也不肯依隨爹。就是後邊大娘，無過只是個大綱兒。小的還是娘抬舉多。莫不敢在娘面前欺心？隨娘查訪，小的但有一字欺心，到明日不逢好死！一個毛孔兒裏生下一個疔瘡。」金蓮道：「不是這等說。我眼子裏放不下砂子的人。漢子既要了你，俺每莫不與爭。不許你在漢子跟前弄鬼，輕言輕語的。你說把俺每躧下去了，你要在中間踢跳。我的姐姐，對你說，把這等想心兒，且吐了些兒罷。」惠蓮道：「娘再訪，小的並不敢欺心。倒只怕昨日晚夕娘錯聽了。」金蓮道：「傻嫂子！我閒的慌，聽你怎的？我對你說了罷，十個老婆，買不住一個男子漢的心。你爹雖故家裏有這幾個老婆，或是外邊請人家的粉頭，來家通不瞞我一些兒。一五一十，就告我說。你六娘當時和他一個鼻子眼兒裏出氣，甚麼事兒來家不告訴我。你比他差些兒。」說得老婆閉口無言。在房中立了一回，走出來了。走到儀門夾道內，撞見西門慶，說道：「你好人兒，原來你是個大滑答子貨⑫！昨日人對你說的話兒，你就告訴與人。

⑫ 大滑答子貨：靠不住的傢伙。

今日教人下落⑬了我恁一頓！我和你說的話兒，只放在你心裏，放爛了纔好。想起甚麼來，對人說。乾淨你這嘴頭子，就是個走水的槽。有話到明日不告你說了。」西門慶道：「甚麼話？我並不知道。」那老婆瞅了一眼，往前邊去了。

平昔這婦人嘴兒乖，常在門前站立買東買西，趕著傅夥計叫傅大郎，陳經濟叫姑夫，賁四叫老四。昨日和西門慶勾搭上了，越發在人前花哨起來。常和眾人打牙犯嘴，全無忌憚。或一時教傅大郎：「我拜你拜，替我門首看著賣粉的。」那傅夥計老成，便驚心兒，替他門首看過來，叫住，請他出來買。玳安故意戲他，說道：「嫂子，賣粉的早晨過去了。你早出來拏秤稱他的好來。」老婆罵道：「賊猴兒！裏邊五娘、六娘使我要買搽的粉。你如何說拏秤稱？三斤胭脂二斤粉，教那淫婦搽了又搽？看我進裏邊對他說不說。」玳安道：「耶嚛，嫂子！行動只拏五娘諕我，幾時來？」一回又叫：「賁老四，你對我門首看著賣梅花菊花的，我要買兩對兒戴。」那賁四誤了買賣，好歹專心替他看著賣梅花的過來，叫住，請出他來買。婦人立在二層門裏，打開箱兒揀，要了他兩對鬢花大翠，又是兩方紫綾閃色銷金汗巾兒，共該他七錢五分銀子。婦人向腰裏摸出半側銀子兒來，央及賁四替他鑿，稱七錢五分與他。那賁四正寫著帳，丟下走來，蹲著身子替他鎚。只見玳安走來，說道：「等我與嫂子鑿。」一面接過銀子在手，且不鑿，只顧瞧那銀子。婦人道：「賊猴兒，不鑿，只情端詳的是些甚麼？你半夜沒聽見狗咬，是偷來的銀子？」玳安道：「偷倒不偷。這銀子有些眼熟，倒像爹銀子包兒裏的。前日爹在燈市裏鑿與買方金蠻子的銀子，還剩了一半，就是這銀子。我記得千真萬真。」婦人道：「賊囚！一個天下人還有一樣兒的。

⑬ 下落：奚落。

爹的銀子怎的到得我手裏？」玳安笑道：「我知道甚麼帳兒？」婦人便趕著打。小廝把銀子鑿下七錢五分，交與賣花翠的。把剩的銀子拏在手裏，不與他去了。婦人道：「賊囚根子！你敢拏了去，我算你好漢！」玳安道：「我不拏你的。你把剩下的與我些兒買甚麼吃。」那婦人道：「賊猴兒，你遞過來，我與你哄的。」玳安遞到他手裏。只掠了四五分一塊與他，別的還掖在腰裏，一直進去了。自此以後，常在門首成兩價拏銀錢買剪截花翠汗巾之類，甚至瓜子兒四五升量進去，教與各房丫鬟並眾人吃。頭上治的珠子箍兒，金燈籠墜子，黃烘烘的。衣服底下穿著紅潞紬褲兒，線捺護膝。又大袖子袖著香茶，木樨香桶子三四個，帶在身邊。見一日也花消二三錢銀子，都是西門慶背地與他的。此事不必細說。

這老婆自從被金蓮識破他機關，每日只在金蓮房裏，把小意兒貼戀。與他頓茶頓水，做鞋腳針指。不拏強拏，不動強動。正經月娘後邊，每日只打個到面兒，就來前邊金蓮這邊來。每日和金蓮、瓶兒兩個下棋抹牌行成夥兒。或一時撞見西門慶來，金蓮故意令他旁邊斟酒，教他一處坐。每日大酒大肉玩耍，只圖漢子喜歡。這婦人見抱金蓮腿兒，正是：顛狂柳絮隨風舞，輕薄桃花順水流。有詩為證：

金蓮好寵弄心機，宋氏姑容犯主闈。
晨牝不圖今蓄禍，他日遭愆竟莫追。

畢竟未知後來何如，且聽下回分解。

第二十四回　經濟元夜戲嬌姿　惠祥怒罵來旺婦

銀燭高燒酒乍醺，當筵且喜笑聲頻。
蠻腰細舞章臺柳，檀口輕歌上苑春。
香氣拂衣來有意，翠微落地拾無聲。
不因一點風流趣，安得韓生醉後醒？

話說一日天上元宵，人間燈夕。西門慶在家廳上張掛花燈，鋪陳綺席。正月十六合家歡樂飲酒，正面圍著石崇錦帳圍屏，掛著三盞珠子吊燈。兩邊擺列著許多妙戲桌燈。西門慶與吳月娘居上坐。其餘李嬌兒、孟玉樓、潘金蓮、李瓶兒、孫雪娥、西門大姐都在兩邊列坐。都穿著錦繡衣裳，白綾襖兒，藍裙子。惟有吳月娘穿著大紅遍地通袖袍兒，貂鼠皮襖，下著百花裙。頭上珠翠堆盈，鳳釵半卸。春梅、玉簫、迎春、蘭香一般兒四個家樂，在旁擽箏歌板，彈唱燈詞。獨于東首設一席與女婿陳經濟坐。一般三湯五割，食烹異品，果獻時新。小玉、元宵、小鸞、綉春都在上面下來斟酒。那來旺兒媳婦宋惠蓮不得上來坐，在穿廊下一張椅兒上，口裏磕瓜子兒，等的上邊呼喚要酒，他便揚聲叫：「來安兒、畫童兒，娘上邊要熱酒，快攢酒上來。賊囚根子！一個也沒在這裏伺候，多不知往那裏去了。」只見畫童盪酒上去。西門慶就罵道：「賊奴才，一個也不在這裏伺候，往那裏去來？賊少打的奴才！」小廝走來說道：「嫂子，誰往那去來？就對著爹說吆喝，教爹罵我。」惠蓮道：「上頭要酒，誰教你不伺候？關我甚事！不罵你罵誰？」畫童兒道：「這地上乾乾淨淨的，嫂子磕下恁一地瓜子皮，爹看見又罵了。」惠蓮道：「賊囚根子！六月債兒熱還得快❶，就是甚麼打緊？教你彫佛眼兒！便當你不掃，丟著另教個小廝掃。等他問我，只說得一聲。」畫童兒道：「耶嚛嫂子！將就些兒罷了。如何和我合氣！」于是取了笤帚來，替他掃瓜子皮兒。這宋惠蓮外邊磕瓜子兒不題。

卻說西門慶席上見女婿陳經濟沒酒，分付潘金蓮連忙下來滿斟一盃酒，笑嘻嘻遞與經濟，說道：「姐夫，你爹分付，好歹飲奴這盃酒兒。」經濟一壁接酒，一面把眼兒不住斜瞟婦人，說：「五娘，請尊便。等兒子慢慢吃。」婦人一徑身子把燈影著，左手執酒。剛待的經濟用手來接，右手向他手背只一捏。這經濟一面把眼瞧著眾人，一面在下戲把金蓮小腳兒上踢了一下。婦人微笑低聲道：「怪油嘴，你丈人瞧著待怎的？」看官聽說：兩個自知暗地裏調情玩耍，卻不知宋惠蓮這老婆又是一個兒，在槅子外窗眼裏被他瞧了個不亦樂乎。正是：當局者迷，旁觀者清。雖故席上眾人倒不曾看出來，卻被他向窗隙燈影下覷得仔細。口中不言，心下自思：「尋常時在俺每跟前，到且是精細撇清。誰想暗地卻和這小夥子兒勾搭。今日被我看出破綻，到明日再搜求我，是有話說。」正是：誰家院內白薔薇，暗暗偷攀三兩枝。羅袖隱藏人不見，馨香惟有蝶先知。

---

❶ 六月債兒熱還得快：舊時農民借債，大都約在秋收後歸還。若六月裏借債，則秋收即在目前，還債的日子是很快的。

飲酒多時，西門慶忽被應伯爵差人請去賞燈吃酒去了。分付月娘：「你每自在玩耍，我往應二哥家吃酒去來。」玳安、平安兩個小廝跟隨去了。月娘與眾姊妹吃了一回，但見銀河清淺，珠斗爛斑。一輪團圓皎月，從東而出，照得院宇猶如白晝。婦人或有房中換衣者，或月下整妝者，或有燈前戴花者。惟有玉樓、金蓮、李瓶兒三個並惠蓮，在廳前看經濟放花兒。李嬌兒、孫雪娥、西門大姐都隨月娘後邊去了。金蓮便向二人說道：「他爹今日不在家，咱對大姐姐說，往街上走走去。」惠蓮在旁說道：「娘每去，也攜帶我走走。」金蓮道：「你既要去，你就往後邊問聲你大娘去，和你二娘，看他去不去？俺每在這裏等著你。」那惠蓮連忙往後邊去了。玉樓道：「他不濟事。等我親自問他聲出去。」李瓶兒道：「我也往屋裏穿件衣裳去。這回來冷，只怕夜深了。」金蓮道：「李大姐你有披襖子，帶出件來我穿著，省得我往屋裏去走一遭。」那李瓶兒應諾去了。獨剩著金蓮一個看著經濟放花兒。見無人，走向經濟身上捏了一把，笑道：「姐夫原來只穿恁單薄衣裳，不害冷麼？」只見大家人兒子小鐵棍兒笑嘻嘻在跟前舞旋旋的，且拉著經濟問姑夫要炮燂放。這經濟恐怕打攪了事，巴不得與了他兩個元宵炮燂，支的他外邊耍去了。于是和金蓮打牙犯嘴，嘲戲說道：「你老人家見我身上單薄，肯賞我一件衣裳兒穿也怎的？」金蓮道：「賊短命！得其慣便了。頭裏躡了我的腳兒，我不言語。如今大膽又來問我要衣服穿。我又不是你影射的，何故把與你衣服穿？」經濟道：「你老人家不與也罷，如何扎筏子❷來諕我？」婦人道：「賊短命！你是城樓子上雀兒，好耐驚耐怕的蟲蟻兒！」正說著，見玉樓和惠蓮出來，向金蓮說道：「大娘因身上不方便，大姐不自在，故不去了，教娘每走走早些來家。李嬌兒害腿疼，也不走。雪娥見大姐

❷ 扎筏子：同第十二回註❽。

姐不走，恐怕他爹來家嗔他，也不出門。」金蓮道：「都不去罷，只咱和李大姐三個去罷。等他爹來家，隨他罵去。再不把春梅小肉兒，和房裏玉簫，你房裏蘭香，李大姐房裏迎春，都帶了去。等他爹來家問，就教他答話。」小玉走來道：「俺奶奶也是不去。我也跟娘每走走。」玉樓道：「對你奶奶說了去，我前頭等著你。」良久，小玉問了月娘，笑嘻嘻出來。當下三個婦人，帶領著一簇男女。來安畫童兩個小廝，打著一對紗吊燈跟隨。女婿陳經濟躧著馬，抬放煙火花炮與眾婦人瞧。宋惠蓮道：「姑夫，你好歹略等等兒。娘每攜帶我走走。我到屋裏搭搭頭❸就來。」經濟道：「俺每如今就行。」惠蓮道：「你不等，我就是惱你一生。」于是走到屋裏換了一套綠閃紅段子對衿襖兒，白挑線裙子。又用一方紅銷金汗巾子搭著頭額，角上貼著飛金，三個香茶並面花兒，金燈籠墜子，出來跟著眾人走百病❹兒。月色之下，恍若仙娥。都是白綾襖兒，遍地金比甲。頭上珠翠堆滿，粉面朱唇。經濟與來興兒左右一邊一個，隨路放慢吐蓮、金絲菊、一丈蘭、賽月明。出的大街市上，但見香塵不斷，遊人如蟻。花炮轟雷，燈光雜彩。簫鼓聲喧，十分熱鬧。

左右見一隊紗燈引導一簇男女過來，皆披紅垂綠。以為出于公侯之家，莫敢仰視，都躲路而行。那宋惠蓮一回叫：「姑夫，你放過桶子花我瞧。」一回又道：「姑夫，你放過元宵炮熗我聽。」一回又落了花翠，拾花翠。一回又吊了鞋，扶著人且兜鞋。左來右去，只和經濟嘲戲。玉樓看不上，說了兩句：

---

❸ 搭頭：用汗巾裹頭。

❹ 走百病：梁宗懍荊楚歲時記：「燕城正月十六夜，婦女群遊。其前一人持香辟人，凡有橋處，相率以過，名「走百病」。」

「如何只見你吊了鞋？」玉簫道：「他怕地下泥，套著五娘鞋穿著哩。」玉樓道：「你叫他過來我瞧，真個穿著五娘的鞋？」金蓮道：「他昨日問我討了一雙鞋，誰知成精的狗肉，他套著穿！」惠蓮于是摟起裙子來與玉樓看。看見他穿著兩雙紅鞋在腳上，用紗綠線帶兒扎著褲腿。一聲兒也不言語。須臾，走過大街，到燈市裏。金蓮向玉樓道：「咱如今往獅子街李大姐房子裏走走去。」于是分付畫童來安兒打燈先行，迤逦往獅子街來。小廝先去打門。老馮已是歇下。房中有兩個人家賣的丫頭，在炕上睡。慌的老馮連忙開了門，讓眾婦女進來。旋戳開爐子頓茶，挈著壺往街上取酒。孟玉樓道：「老馮，你且住，不要去打酒。俺每在家酒飯吃的飽飽來。你每有茶，倒兩甌子來吃罷。」金蓮道：「你既留人吃酒，先飣下菜兒纔好。」李瓶兒道：「媽媽子，一瓶兩瓶取了來，打水不渾的。勾誰吃？要取一兩罈兒來。」玉樓道：「他哄你，不消取。只看茶來罷。」那婆子方纔不動身。李瓶兒道：「媽媽子，怎的不往那邊去走走？端的不知你成日在家做些甚麼？」婆子道：「奶奶，你看丟下這兩個業障在屋裏，誰看他？」玉樓便問道：「兩個丫頭是誰家賣的？」婆子道：「一個是北邊人家房裏使女，十三歲，只要五兩銀子。一個是汪序班家出來的家人媳婦。家人走了，主子把鬏髻打了，領出來賣，要十兩銀子。」玉樓道：「媽媽，我說與你，有一個人要。你撰他些銀子使。」婆子道：「三娘，果然是誰要？告我說。」玉樓道：「如今你二娘房裏，只元宵兒一個，不夠使，還尋大些的丫頭使喚。你倒把這大的賣與他罷。」因問：「這丫頭十幾歲？」婆子道：「他今年屬牛，十七歲了。」說著，拏茶來。眾人吃了茶。那春梅、玉簫並惠蓮，都前後瞧了一遍，又到臨街樓上，推開窗子瞧了一遍。陳經濟催逼說：「夜深了，看了快些家去罷。」金蓮道：「怪短命！催的人手腳兒不停住，慌的是些甚麼？」于是叫下春梅眾人來，方纔起身。

馮媽媽送出門。李瓶兒因問：「平安往那裏去了？」婆子道：「今日這咱還沒來，教老身半夜三更，開門閉戶等著他。」來安兒道：「今日平安兒跟了爹往應二爹家去了。」李瓶兒分付：「媽媽子，早些關了門睡了罷。他多也是不來，省的誤了你的睡頭。明日早來宅裏伺候。你是石佛寺長老，請著你就張致了。」婆子道：「誰是老身主兒，老身敢張致？」李瓶兒道：「媽媽休得多言多語，明日早與你二娘送丫頭來。」說畢，看著他關了大門，這一簇男女方纔回家。

走到家門首，只聽見住房子的韓回子老婆韓嫂兒聲音，因他男子漢答應馬房內臣，他在家跟著人走百病兒去了。醉回來家，說有人夜晚剜開他房門偷了狗，又不見了些東西。坐在當街上撒酒風罵人。眾婦人方纔立住了腳。金蓮使來安兒：「你去叫韓嫂兒，等俺每問他個端的。」不一時把韓嫂兒叫到當面：「你為甚麼來？」韓嫂子不慌不忙，扠手向前拜了兩拜，說道：「三位娘在上，聽小媳婦從頭兒告訴。」唱耍孩兒為證：「太平佳節元宵夜，」云云。玉樓等眾人聽了，每人掏袖中些錢果子與他，叫來安兒：「你叫你陳姐夫送他進房裏。」那陳經濟且顧和惠蓮兩個嘲戲，不肯搊他去。金蓮使來安兒扶到他家中，分付：「教他明日早來宅內漿洗衣裳。我對你爹說，替你出氣。」那韓嫂兒千恩萬謝回家去了。玉樓等剛走過門首來，只見賁四娘子穿著紅襖，玄色段比甲，玉色裙，勒著銷金汗巾。在門首笑嘻嘻向前道了萬福，說道：「三位娘，那裏走了走？請不棄到寒家獻茶。」玉樓道：「方纔因韓嫂兒哭，俺站住問了他聲。承嫂子厚意，天晚了，不到罷。」賁四娘子道：「耶嚛！三位娘子上門怪人家，就笑話俺小家人家，茶也奉不出一盃兒來。」生死拉到屋裏。原來外邊供養觀音八難，並關聖賢。當門掛著雪花燈兒一盞。掀開門簾，他十四歲女兒長姐在屋裏。桌上兩盞紗燈。擺設著春臺果酌，與三人坐。連忙教他長姐過來與三位娘磕頭遞茶。玉樓、金蓮每人與了他兩枝花兒。李瓶兒袖中取了方汗巾，又是一錢銀子，與他買瓜子兒磕。喜歡的賁四娘子拜謝了又拜。款留不住，玉樓等起身。到大門首，小廝來興在門首迎接。金蓮就問：「你爹來家不曾？」來興道：「爹未回家哩。」三個婦人還看著陳經濟在門首放了兩筒一丈菊，和一筒大煙蘭，一個金盞銀臺兒，纔進後邊去了。西門慶直至四更來家。正是：醉後不知天色暝，任他明月下西樓。

卻說陳經濟因走百病兒，與金蓮等眾婦人嘲戲了一路兒，又和來旺媳婦宋惠蓮，兩個言來語去，都有意了。次日早晨梳洗畢，也不到鋪子內，徑往後邊吳月娘房裏來。只見李嬌兒、金蓮陪著吳大妗子坐的，放著炕桌兒纔擺茶吃。月娘便往佛堂中去了燒香。這小夥兒向前作了揖坐下。金蓮便說道：「陳姐夫你好人兒。昨日教你送送韓嫂兒，你就不動。只當還教你小廝送去了。且和媳婦子打牙犯嘴，不知甚麼張致？等你大娘燒了香來，看我對他說不說。」經濟道：「你老人家還說哩，昨日險些兒子腰累癱瘍了哩！跟了你老人家走了一路兒，又到獅子街房裏回來，該多少里地。人辛苦走了，還教我送韓回子老婆。教小廝送送也罷了。睡了多大回，就天亮了。今早還扒不起來。」正說著，吳月娘從燒了香來。經濟作了揖。月娘便問：「昨日韓嫂兒為甚麼撒酒風罵人？」經濟把因走百病，被人剜開門，不見了狗，坐在當街哭喊罵人。今早他漢子來家，一頓好打的，這咱還沒起來哩。金蓮道：「不是俺每回來勸的他進去了。一時你爹來家撞見，甚模樣子！」說畢，玉樓、李瓶兒、大姐都到月娘屋裏吃茶。經濟也陪著吃了茶。後次大姐回房，罵經濟：「不知死的囚根子！平白和來旺媳婦子打牙犯嘴。倘忽一時傳的爹知道了，淫婦便沒事，你死也沒處死！」幾句說經濟。

那日西門慶在李瓶兒房裏宿歇。起來的遲，只見荊千戶新陞一處兵馬都監，來拜。西門慶纔起來，旋梳頭，包網巾，整衣出來，陪荊都監在廳上說話。一面使平安兒進來後邊要茶。宋惠蓮正和玉簫、小玉在後邊院子裏撾子兒❺，賭打瓜子，玩成一塊。那小玉把玉簫騎在底下，笑罵道：「賊淫婦！輸了瓜子，不教我打！」因叫惠蓮：「你過來，扯著淫婦一隻腿，等我肏這淫婦一下子。」正玩著，只見平安走來叫：「玉簫姐，前邊荊老爹來，使我進來要茶哩。」那玉簫也不理他，且和小玉廝打玩耍，不理他。那平安兒只顧催逼，說：「人坐下來這一日了。」宋惠蓮道：「怪囚根子！爹要茶，問廚房裏上竈的要去，如何只在俺這裏纏？俺這後邊，只是預備爹娘房裏用的茶。不管你外邊的帳。」那平安兒走到廚房下。那日該來保妻惠祥。惠祥道：「怪囚！我這裏使著手做飯，你問後邊要兩鍾茶出去就是了，巴巴來問我要茶！」平安道：「我到後頭來，後邊不打發茶。惠蓮嫂子說，該是那上竈的首尾，問那個要。他不管哩。」這惠祥便罵道：「賊潑婦！他認定了他是爹娘房裏人。俺天生是上竈的來？我這裏又做大家夥裏飯，又替大娘子炒素菜，幾隻手？論起就倒倒茶兒去也罷了。巴巴坐名兒來尋上竈的。上竈的是你叫的！誤了茶也罷，我偏不打發上去。」平安道：「荊老爹來坐了這一日，嫂子快些打發茶我拏上去罷。遲了又惹爹罵。」當下這裏推那裏，那裏推這裏，就耽誤了半日。比及又等玉簫取茶果茶匙兒出來，平安兒拏出茶去，那荊都監坐的久了，再三要起身。被西門慶留住。嫌茶冷不好吃，喝罵平安來，另換茶上去吃了，荊都監纔起身去了。西門慶進來問：「今日茶是誰頓的？」平安道：「是竈上頓的茶。」西門慶回到月娘上房，告訴月娘：「今日頓這樣茶去與人吃。你往廚下查，那個奴才老婆上竈？採出來問

❺ 撾子兒：即「抓子兒」，一種小兒女的遊戲，把若干杏核或石子抓在手中，向上丟接，以賭輸贏。

他，打與他幾下。」小玉道：「今日該惠祥上竈哩。」慌的月娘說道：「這歪辣骨❻待死！越發頓恁樣茶上去了。」一面使小玉叫將惠祥當院子跪著，問他要打多少。惠祥答道：「因把做飯炒大娘子素菜使著手，茶略冷了些。」被月娘數罵了一回，饒了他起來。分付：「今後但凡你爹前邊人來，教玉簫和惠蓮後邊頓茶。竈上只管大家茶飯。」

這惠祥在廚下忍氣不過，剛等的西門慶出去了，氣恨恨走來後邊，尋著惠蓮指著大罵：「賊淫婦！趁了你的心了罷了！你天生的就是有時運的，爹娘房裏人。俺每是上竈的老婆來，巴巴使小廝坐名問上竈要茶。上竈的是你叫的？你我生米做成熟飯，你識我見的。促織不吃癩蝦蟇肉，都是一鍬土上人。你恒數不是爹的小老婆就罷了。是爹的小老婆，我也不怕你。」惠蓮道：「你好沒要緊，你頓的茶不好，爹嫌你，管我甚事？你如何走來拏人散氣？」惠祥聽了此言，越發惱了，罵道：「賊淫婦！你剛纔調唆打我幾棍兒好來！怎的不教打我？你在蔡家養的漢，數不了。來這裏還弄鬼哩！」惠蓮道：「我養漢你看見來？沒有扯臊淡哩！嫂子，你也不甚麼清淨姑姑兒！」那惠祥道：「我怎不是清淨姑姑兒？蹺起腳兒來，比你這淫婦好些兒。我不說你罷，漢子有一拏小米數兒。你在外邊，那個不吃你嘲過。你說你背地幹的那營生兒，只說人不知道。你把娘每還放不到心上，何況以下的人！」惠蓮道：「我背地說甚麼來？怎的放不到心上？隨你壓我，我不怕你。」惠祥道：「有人與你做主兒，你可不怕哩。」兩個正拌嘴，被小玉兒請的月娘來，把兩個都喝開了：「賊臭肉每，不幹那營生去！都拌的是些甚麼？教你主子聽見，又是一場兒。頭裏不曾打得成，等住回卻打得成了。」惠蓮道：「若打我一下兒，我不把淫婦口

❻ 歪辣骨：同第十一回註⓯。

裏腸拘了，也不算。我破著這命擯兒了你，也不差甚麼。咱大家都離了這門罷。」說著，往前去了。

後次這宋惠蓮越發猖狂起來。仗西門慶背地和他勾搭，把家中大小都看不到眼裏。逐日與玉樓、金蓮、李瓶兒、西門大姐、春梅在一處玩耍。那日馮媽媽送了丫頭來，約十三歲。先到李瓶兒房裏看了，送到李嬌兒房裏。李嬌兒用五兩銀子買下，房中伏侍，不在話下。正是：梅花浛逞春情性，不怕封夷號令嚴。有詩為證：

外作禽荒內色荒，連沾些子又何妨。
早晨跨得雕鞍去，日暮歸來紅粉香。

畢竟未知後來何如，且聽下回分解。

第二十五回　雪娥透露蝶蜂情　來旺醉謗西門慶

名家臺柳綻群芳，搖拽鞦韆鬥艷妝。
曉日煖添新錦繡，春風和藹舊門牆。
玉砌蘭芽幾雙美，絳紗簾幙一枝良。
堪笑家麋養家禍，閨門自此壞綱常。

話說燒燈已過，又早清明將至。西門慶有應伯爵早來邀請，常時節先在花園內捲棚下擺飯。看見許多銀匠在前打造生活，孫寡嘴作東，邀去郊外耍子去了。先是吳月娘花園中扎了一架鞦韆。至是，西門慶不在家，閒中率眾姊妹每遊戲一番，以消春晝之困。先是月娘與孟玉樓打了一回下來，教李嬌兒和潘金蓮打。李嬌兒辭以身體沉重，打不得。卻教李瓶兒和金蓮打。打了一回，玉樓便叫：「六姐過來，我和你兩個打個立鞦韆。」分付：「休要笑，看何如？」當下兩個婦人玉手挽定綵繩，將身立于畫板之上。月娘卻教宋惠蓮在下相送，又是春梅。正是：得多少紅粉面對紅粉面，玉酥肩並玉酥肩；兩雙玉腕挽復挽，四隻金蓮顛倒顛。那金蓮在上頭便笑成一塊。月娘道：「六姐，你在上頭笑不打緊，只怕一時滑倒，不是耍處。」說著，不想那畫板滑，又是高底鞋，跐不牢。只聽得滑浪一聲，把金蓮擦下來。早時扶住架子，不曾跌著。險些沒把玉樓也拖下來。月娘道：「我說六姐笑的不好，只當跌下來。」因望李嬌兒眾人說道：「這打鞦韆最不該笑。笑多了有甚麼好？已定腿軟了，跌下來。也是我那咱在家做女兒時，隔壁周臺官家，有一座花園，花園中扎著一座鞦韆。也是三月佳節，一日他家周小姐和俺一般三四個女孩兒，都打鞦韆耍子。也是這等笑的不了，把周小姐滑下來，騎在畫板上，把身上喜抓去了。落後嫁與人家，被人家說不是女兒，休逐來家。今後打鞦韆，先要忌笑。」金蓮道：「孟三兒不濟，等我和李大姐打個立鞦韆。」月娘道：「你兩個仔細打。」卻教玉簫、春梅在旁推送。纔待打時，只見陳經濟自外來，說道：「娘每在這裏打鞦韆哩。」月娘道：「姐夫來的正好，且來替你二位娘送送兒。丫頭每氣力少，送不的。」這經濟老和尚不撞鐘，得不的一聲。于是撥步撩衣向前說：「等我送二位娘。」先把潘金蓮裙子帶住，說道：「五娘站牢，兒子送也。」那鞦韆飛在半空中，猶若飛仙相似。那李瓶兒見鞦韆起去了，諕的上面怪叫道：「不好了！姐夫你也來送我送兒。」慌的陳經濟說：「你老人家倒且急性，也等我慢慢兒的打發將來。就像這回子，這裏叫那裏叫，把兒子癆病都使出來了，也沒些氣力使。」于是把李瓶兒裙子掀起，露著他大紅底衣，摳了一把。那李瓶兒道：「姐夫，慢慢著些，我腿軟了。」經濟道：「你老人家原來吃不得緊酒，先叫成一塊，把兒子頭也叫花了。」金蓮又說：「李大姐把我裙子又兜住了。」兩個打到半中腰裏，都下來了。卻是春梅和西門大姐兩個打：「早時又沒站下我來。」手挽綵繩，身子站的直屢屢，腳跐定下邊風來一回。卻教玉簫和惠蓮兩個打立鞦韆。這惠蓮也不用人推送，那鞦韆飛起在半天雲裏。然後抱地飛將下來。端的卻是飛仙一般，甚可人愛。月娘看見，對玉樓、李瓶兒說：「你看媳婦子，他倒會打！」正說著，被一陣風過來，把他裙子刮起，裏邊露見大紅潞紬褲兒，扎著臟頭紗綠褲腿兒，好五色納紗護膝，銀紅線帶兒。玉樓指與月娘瞧。月娘笑罵了一句：「賊成精的！」就罷了。這裏月娘眾人打鞦韆不題。

話分兩頭。卻表來旺兒往杭州織造蔡太師生辰衣服回還，押著許多馱垛箱籠船上，先走來家。到門首，打了頭口。進入裏面，拂了塵灰，收卸了行李。到于後邊，只見雪娥正在堂屋門首，作了揖。那雪娥滿面微笑，說道：「好呀！你來家了。路上風霜，多有辛苦。幾時沒見，吃得黑胖了。」來旺因問：「爹、娘在那裏？」雪娥道：「你爹今日被應二眾人邀去門外耍子去了。你大娘和大姐，都在花園中打鞦韆哩。」來旺兒道：「阿呀！打他則甚？鞦韆雖是北方戎戲，南方人不打他。婦女每到春三月，只鬥百草耍子。」雪娥便往廚下倒了一盞茶，與他吃。因問：「你吃飯不曾吃？」來旺道：「我且不吃飯，見了娘，往房裏洗洗臉著。」因問：「媳婦子在竈上，怎的不見？」那雪娥冷笑了一聲，說道：「你的媳婦兒，如今還是那時的媳婦兒了？好不大了！他每日日，只跟著他娘每夥兒裏下棋，撾子兒，抹牌玩耍，他肯在竈上做活哩！」正說著，小玉走到花園中，報與月娘說：「來旺兒來了。」只見月娘自前邊走來坐下。來旺兒向前磕了頭，立在旁邊。問了些路上往回的話，月娘賞了兩瓶子酒，吃一回。他媳婦宋惠蓮來到。月娘道：「也罷，你辛苦，且往房裏洗洗頭臉，歇宿歇宿去。等你爹來，好見你爹回話。」那來旺兒便歸房裏。惠蓮先付鑰匙，開了門兒，舀水與他洗臉攤塵，收進褡連去。說道：「賊黑囚，幾時沒見，便吃得這等肥肥的來家。」替他替換了衣裳，安排飯食與他吃。睡了一覺起來，已是日西時分。西門慶來家，來旺兒走到跟前參見，悉把杭州織造蔡太師生辰尺頭，並家中衣服，俱已完備，打成包裹，裝了四箱，搭在官船上來家，只少顧夫過稅。西門慶滿心歡喜，與了他趕腳銀兩：「明日早裝載進城。」

收卸停當，交割數目。西門慶賞了他五兩房中盤纏，又教他家中買辦東西。

這來旺兒私己帶了些人事，悄悄送了孫雪娥，兩方綾汗巾，兩雙裝花膝褲，四匣杭州粉，二十個胭脂。背地告訴來旺兒說：「自從你去了四個月光景，你媳婦怎的和西門慶勾搭。玉簫怎的做牽頭，從後子起，金蓮屋裏怎的做窩巢。先在山子底下，落後在屋裏打撅。成日明睡到夜，夜睡到明。與他的衣服首飾花翠銀錢，大包帶在身邊，使小廝在門首買東西。見一日也使二三錢銀子。」來旺道：「怪道箱子裏放著衣服首飾。我問著他，說娘與他的。」雪娥道：「那娘與他？倒是爺與他的哩。」這來旺兒遂聽記在心，到晚夕，到後邊吃了幾鍾酒，歸到房中。常言酒發頓腹之言。因開箱子中，看見一疋藍段子，甚是花樣奇異。便問老婆：「是那裏的段？誰人與你的？趁早實說。」老婆不知就裏，故意笑著回道：「怪賊囚！問怎的？此是後邊見我沒個襖兒，與了這疋段子，放在箱子，沒工夫做。端的誰肯與我？」來旺兒罵道：「賊淫婦！還搗鬼來哄我。端的是那個與你的？」又問：「這些首飾是那裏的？」婦人道：「呸！怪囚根子。那個沒個娘老子？就是石頭狢剌兒❶裏迸出來，也有個窩巢兒。棗胡兒生的，也有個仁兒。泥人囪下來的，他也有靈性兒。靠著石頭養的，也有個根絆兒。為人就沒個親戚六眷？此是我姨娘家借來的釵梳。是誰與我的？白眉赤眼❷見鬼到，死囚根子！」被來旺兒一拳來，險不打了一交兒：「賊淫婦！還說嘴哩。有人親看見你和那沒人倫的豬狗有首尾。玉簫丫頭怎的牽頭，送段子與你，在前邊花園內兩個幹。落後吊在潘家那淫婦屋裏明幹。成日囪的不值了。賊淫婦，你還來我手裏吊子曰兒！」

❶ 狢剌兒：同第二十一回註❺。

❷ 白眉赤眼：平白無故。

那婦人便大哭起來，說道：「賊不逢好死的囚根子！你做甚麼來家打我？我幹壞了你甚麼事來？你恁是言不是語，丟塊磚瓦兒也要個下落。是那個嚼舌根的沒空生有，枉口拔舌❸，調唆你來欺負老娘？老娘不是那沒根基的貨。教人就欺負死，也揀個乾淨地方。誰說我就不信，你問聲兒，宋家的丫頭，若把腳略趄兒，把『宋』字兒倒過來，我也還雌著嘴兒說人哩。賊淫婦王八！你來嚼說我。你這賊囚根子！得不的個風兒就雨兒，萬物也要個實纔好。人教你殺那個人，你就殺那個人。」幾句話兒，來旺兒不言語了。半日說道：「不是我打你，一時被那廝局騙了。」「這疋藍段子，越發我和你說了罷。也是去年十一月裏，三娘生日。娘看見我身上，上穿著紫襖，下邊借了玉簫的裙子穿著。說道：『媳婦子怪剌剌的，甚麼樣子！不好。』纔與了我這疋段。誰得閒做他，那個是不知道？就纂我恁一篇舌頭。你錯認了老娘，老娘不是個饒人的。明日我咒罵了樣兒與他聽，破著我一條性命。自恁尋不著主兒哩！」來旺兒道：「你既沒此事，罷，平白和人合甚氣。快些打鋪我睡。」這婦人一面把鋪伸下，說道：「怪倒路死的囚根子！味了那黃湯，挺你那覺受福。平白惹老娘罵你那毯臉彈子❹！」于是把來旺掠翻在炕上，面裏鼾睡如雷的了。看官聽說：但凡世上養漢子的婆娘，饒他男子漢十八分精細。咬斷鐵的漢子，吃他幾句左話兒右說的話，十個九個都著了他道兒。正是：東淨裏磚兒，又臭又硬。有詩為證：

宋氏偷情專主房，來旺乘醉詈婆娘。

---

❸ 枉口拔舌：罵人造謠生事。

❹ 毯臉彈子：臉上忽喜忽怒，時常變動，叫做「毯臉彈子」。北方人稱臉為「臉彈子」，「毯」是活動的意思。

雪娥暗泄蜂媒事，致使干戈肘掖旁。

這宋惠蓮窩盤住來旺兒，過了一宿。到次日，到後邊問玉簫，誰人透露此事。終莫知其所由。只顧海罵。雪娥不敢認犯。一日，禍便是這段起。月娘使小玉叫取雪娥，一地裏尋不著。走到來旺兒房門首，只見雪娥從來旺兒屋裏出來。只猜和他媳婦說話。不想走到廚下，惠蓮在裏面切肉。良久，西門慶前邊陪著喬大戶說話，央及：「滄州鹽商王四峰被安撫使送監在獄中，許銀二千兩。」央西門慶對蔡太師人情釋放。剛打發大戶去了，西門慶家中叫來旺。來旺從他屋裏跑出來。正是：雪隱鷺鷥飛始見，柳藏鸚鵡語方知。以此都知雪娥與來旺兒有首尾。

一日來旺兒吃醉了，和一般家人小廝，在前邊恨罵西門慶，說怎的我不在家，耍了我老婆，使玉簫丫頭拏一疋藍段子到房裏啜他，把他吊在花園裏姦耍。後來怎的停眠整宿，潘金蓮怎做窩主：「由他，只休要撞到我手裏。我教他白刀子進去，紅刀子出來。好不好把潘家那淫婦也殺了，我也只是個死。你看我說出來，做的出來。潘家那淫婦，想著他在家擺死了他頭漢子武大，他小叔武松因來告狀，多虧了誰替他上東京打點？把武松墊發充軍去了。今日兩腳踏住平川路，落得他受用，還挑撥我的老婆養漢。我的仇恨與他結的有天來大！常言道：『一不做，二不休。』到跟前再說話。破著一命剮，便把皇帝打！」

這來旺兒自知路上說話，不知草裏有人。不想被同行家人來興兒聽見。這來興兒本姓，因在甘州生養的，西門慶父親西門達往甘州販絨去，帶了來家使喚，就改名叫做甘來興兒。至是十二三年光景，娶妻生子。西門慶常叫他在家中買辦食用撰錢。近日因與來旺媳婦宋氏勾搭，把買辦奪了，卻教來旺兒管領。這來興兒就與來旺不睦，兩個有殺人之仇。聽見發此言語，有個不懷仇忌恨的。于是走來潘金蓮房裏，告訴與金蓮。金蓮正和孟玉樓一處坐的，只見來興兒掀簾子進來。金蓮便問：「來興兒，你來有甚事？你爹今日往誰家吃酒去了？」來興道：「今日俺爹和應二爹往門外送殯去了。適有一件事告訴老人家，只放在心裏，休說是小的來說。」金蓮道：「你有甚事，只顧說不妨事。」來興兒道：「別無甚事，叵耐來旺兒昨日不知那裏吃的稀醉了，在前邊大吆小喝，指豬罵狗，罵了一日。又邏著小的廝打。小的走開一邊不理。他對著家中大小，又罵爹和五娘。」潘金蓮就問：「賊囚根子！罵我怎的？」來興：「小的不敢說。三娘在這裏，也不是別人。那廝說：爹怎的打發他不在家，耍了他老婆。使玉簫怎的送了一疋段子到他房裏。又是證見。說五娘怎的做窩主，賺他老婆在房裏和爹兩個，明睡到夜，夜睡到明。他打下刀子要殺爹和五娘，白刀子進去，紅刀子出來。又說：五娘那咱在家毒藥擺殺了親夫，多虧了他上東京去打點，救了五娘一命。說五娘如今恩將仇報，挑撥他老婆養漢。小的穿青衣抱黑柱，不先來告五娘說聲，早晚休吃那廝暗算。」玉樓聽了，如提在冷水盆內一般，先吃一驚。這金蓮不聽見便罷，聽了此言，粉面通紅，銀牙咬碎，罵道：「這犯死的奴才！我與他往日無冤，近日無仇。他主子耍了他的老婆，他怎的纏我？我若教這奴才在西門慶家，永不算老婆。怎的我虧他救活了性命！」因分付來興兒：「你且去，等你爹來家問你時，你也只照恁般說。」來興兒說：「五娘說那裏話。小的又不賴他，有一句說一句。隨爹怎的問，也只是這等說。」說畢，來興兒往前邊去了。

玉樓便問金蓮：「真個他爹和這媳婦可有？」金蓮道：「你問那沒廉恥的貨甚的？好老婆也不枉了教奴才這般挾制了。在人家使過了的，九焞十八火的主子的奴才淫婦！當初在蔡通判家房裏，和大婆作弊養漢，壞了事，纔打發出來，嫁了廚子蔣聰。豈止見過一個漢子，他怎的不可舞手；有一拏小米數兒，甚麼事兒不知道？賊強人瞞神兒謊鬼，使玉簫送段子兒與他做襖兒穿。我看他膽子敢穿出來，算他好老婆。也是一冬裏，我要告訴你沒告訴你。那一日大姐姐往喬大戶家吃酒，不在。咱每都不在前邊下棋？只見丫頭說他爹來家，咱每不散了？落後我走到後邊儀門首，見小玉立在穿廊下。我問他。小玉望著我搖手兒。我剛走到花園前，只見玉簫那狗肉，在角門首站立。原來替他兩個觀風，我還不知。故教我逕往花園裏走。玉簫攔著我不教我進去，說：『爹在裏面。』教我罵了兩句：『賊狗肉！我從新又怕起你爹來了。』我倒疑影和他有些甚麼查子帳❺。不想走到裏面，他和媳婦子在山洞裏幹營生。他老婆見我進去，把臉飛紅的走出來了。他爹見了我訕訕的，吃我罵了兩句：『沒廉恥。』落後媳婦子走到屋裏，打旋磨❻跪著我，教我休對他娘說。落後正月裏，他爹要把淫婦安托在我屋裏過一夜兒。吃我和春梅折了幾句。再幾時容他傍個影兒？賊萬殺的奴才！沒的把我扯在裏頭，說我招惹他。好嬌態的奴才淫婦！我肯容他在那屋裏頭弄碜兒❼？就是我罷了，俺春梅那小肉兒，他也不肯容他。」玉樓道：「嗔道賊臭肉在那在坐著，見了俺每意意似似的，待起不起的。誰知原來背地有這本帳。論起來，他爹也不該要他。那裏尋不出老婆來？教奴才在外邊倡揚，甚麼樣子？傳出去了醜聽！」金蓮道：「左右的皮靴兒沒翻正。你要奴才老婆，奴才暗地裏偷你的小娘子。彼此換著做賊，小婦奴才，千也嚐頭子嚼說人，萬也嚼說。

❺ 查子帳：不清不白的事。

❻ 打旋磨：周旋奉承。

❼ 弄碜兒：做醜事。

今日打了嘴，也說不的。」玉樓向金蓮道：「這樁事，咱對他爹說好，不對他爹說好？大姐姐又不管。倘忽那廝真個安心，咱每不言語，他爹又不知道。一時遭了他手怎的？正是有心算無心，不備怎隄備。六姐，你還該說說。正是為驢扭棍傷了紫荊樹。」金蓮道：「我若饒了這奴才，除非是他就㒳下我來！」正是：平生不作皺眉事，世上應無切齒人。有詩為證：

來旺無端醉詈主，甘興懷恨架風波。
金蓮聽畢真情話，咬碎銀牙怒氣多。

西門慶至晚來家，只見金蓮在房中雲鬢不整，睡搵香腮，哭的眼壞壞的。問其所以，遂把來旺兒酒醉發言要殺主之事，訴說一遍：「見有來興兒某日親自聽見他罵。你說此言語，思想起來你背地圖要他老婆，他便背地要你家小娘子。你的皮靴兒沒翻正，那廝殺你便該當，與我何干？連我一例也要殺？趁早不為之計，夜頭早晚，人無後眼，只怕暗遭他毒手。」西門慶因問：「誰和那廝有首尾？」金蓮道：「你休來問我，只問那上房裏小玉便知了。」又說：「這奴才欺負我不是一遭兒了。說我當初怎的用藥擺殺漢子，你娶了我來。虧他尋人情搭救出我性命來。在外邊對人揭條。早是❽奴沒生下兒長下女。若是生下兒長下女，教賊奴才揭條著好聽。敢說：『你家娘當初在家不得地時，也虧我尋人情救了他性命。』恁說，在你臉上也無光了。你便沒羞，我卻成不的。要這命做甚麼？」這西門慶聽了婦人之言，走到前邊，叫將來興兒，無人處問他始末緣由。這小廝一五一十，說了一遍。走到後邊，摘問了小玉口詞，與

❽ 早是：同第十七回註❹。

不許他見人。此事表過不題。

這西門慶心中大怒，把孫雪娥打了一頓，被月娘再三勸了。拘了他頭面衣服，只教他伴著家人媳婦上竈，金蓮頭說無差：「委的某日，親眼看見雪娥從他來旺兒屋裏出來。他媳婦兒不在屋裏。委的有此事。」

西門慶在後邊，因使玉簫叫了宋惠蓮，背地親自問他。這老婆便道：「阿呀！爹，你老人家沒的說，他可是沒有這個話。我就替他賭了大誓，他酒便吃兩鍾，敢恁七個頭八個膽，背地裏罵爹？又吃紂王水土，又說紂王無道❾，他靠那裏過日子？爹你不要聽人言語。我且問爹，聽見誰說這個話來？」那西門慶被老婆一席話兒，閉口無言。問的急了，說：「是來興兒告訴我說來。他每日吃醉了，在外風裏言，風裏語罵我。」惠蓮道：「來興兒因爹叫俺這一個買辦，說俺每奪了他的，不得撰些錢使。挾下這仇恨兒，平空做作出來，拏這血口噴他。爹就信了，他有這個欺心的事，我也不饒他。爹你依我，不要教他在家裏，在家裏和他合氣。與他幾兩銀子本錢，教他信信脫脫遠離他鄉做買賣去。休要放他在家裏，曠了他身子。自古道：『飽煖生閒事，饑寒發盜心。』他怎麼不胡生事兒？這裏無人，他出去了，早晚爹和我說句話兒，也方便些。」西門慶聽了，滿心歡喜，說道：「我的兒，說的是。我有心叫他早上東京，與蔡太師押送生辰擔。他又纔從杭州回來家，不好又使他的，叫來保去罷。既你這樣說，我明日打發他去便了。回來時我教他領一千兩銀子，同主管往杭州販買紬絹絲線做買賣，你意下何如？」老婆心中大喜，說道：「爹若這等纔好。休放他在家裏，使的他馬不停蹄纔好。」正說著，西門慶見無人，就摟他過來親嘴。老婆先遞舌頭在他口裏，兩個咂做一處。婦人道：「爹你許我編鬏髻，怎的還不替我編？恁

❾ 又吃紂王水土二句：對上級不忠心。

時候不戴，到幾時戴？只教我成日戴這頭髮殼子兒？」西門慶道：「不打緊，到明日將八兩銀子往銀匠家，替你拔絲去。」西門慶又道：「怕你大娘問，怎生回答？」老婆道：「不打緊，我自有話打發他。只說問我姨娘家借來戴戴，怕怎的？」當下二人說了一回話，各自分散了。

到了次日，西門慶在廳上坐著，叫過來旺兒來：「你收拾衣服行李，趕後日三月二十八日起身，往東京押送蔡太師生辰擔去。回來我還打發你杭州做買賣去。」這來旺兒心中大喜，應諾下來，回房收拾行李，在外買人事。來興兒打聽得知，就來告報金蓮知道。金蓮打聽西門慶在花園捲棚內，走到那裏不見西門慶。只見陳經濟那裏封蟒衣尺頭。先是叫銀匠在家，打造了一付四陽捧壽銀人，都是高一尺有餘，甚是奇巧。又是兩把金壽字壺，兩副玉桃盃，兩套杭州織造大紅五彩羅段紵絲蟒衣。只少兩疋玄色焦布，和大紅紗蟒衣，一地裏拏銀子尋不出來。李瓶兒道：「我那邊樓上，還有幾件沒裁的蟒，等我瞧去。」不一時西門慶與他同往上樓去尋，揀出四件來。兩件大紅紗，兩疋玄色焦布，俱是金織邊五彩蟒衣，比杭州織來的，花樣身分更強十倍。把西門慶喜歡得要不的。正在捲棚內教陳經濟封尺頭，金蓮便問：「你爹在那裏？你封的是甚麼？」經濟道：「爹剛纔在這裏來，往六娘那邊樓上去。我封的是往東京蔡太師生辰擔的尺頭。」金蓮問：「打發誰去？」經濟道：「我聽見昨日爹分付來旺兒去，敢打發來旺兒去？」這金蓮纔待下臺基，往花園那條路上走。正撞見西門慶，叫到屋裏，問他：「明日打發誰往東京去。」西門慶道：「來旺兒和吳主管二人。還有鹽客王四峰一千幹事的銀兩，以此多著兩個去。」婦人道：「隨你心下，我說的話兒你不依，到聽那奴才淫婦一面兒言。他隨問怎的，只護他的漢子。那奴才有話在先，不是一日兒了。左右破著把老婆丟與你，坑了你這頭子，拐的往那頭裏停停脫脫⑩去了，看哥哥兩眼兒哩。你的白丟了罷了，難為人家一千兩銀子，不怕你不賠他。我說在你心裏，隨你隨你。老婆無故，只是為他。這奴才發言不是一日了，不爭你貪他這老婆，你留他在家裏不好，你就打發他出去做買賣，也不好。你留他在家裏，早晚沒這些眼防範他。你打發他外邊去，他使了你本錢，頭一件你先說不的他。你若要他這奴才老婆，不如先把奴才打發他離門離戶。常言道：『剪草不除根，萌芽依舊生。剪草若除根，萌芽再不生。』就是你也不耽心，老婆他也死心塌地。」一席話兒說的西門慶如醉方醒。正是：數語撥開君子路，片言提醒夢中人。

畢竟未知後來如何，且聽下回分解。

⑩ 停停脫脫：穩穩當當。

第二十六回　來旺兒遞解徐州　宋惠蓮含羞自縊

閒居慎句說無妨，纔說無妨便有方。
爭先徑路機關惡，近後語言滋味長。
爽口物多終作疾，快心事過必為殃。
與其病後能求藥，不若病前能自防。

話說西門慶聽了金蓮之言，變了卦兒。到次日，那來旺兒收拾行李，伺候裝馱垛起身上東京。等到日中，還不見動靜。只見西門慶出來叫來旺兒到跟前，說道：「我夜間想來，你纔打杭州來家多少時兒，又教你往東京去，忒辛苦了。不如叫來保替你去罷了。你且在家歇息幾日，我到明日家門首生意，尋一個與你做罷。」自古物聽主裁，貨隨客便。那來旺兒那裏敢說甚的，只得應諾下來。西門慶就把生辰擔，並細軟銀兩馱垛書信，交付與來保和吳主管，三月廿八日起身往東京去了。不在話下。

這來旺兒回到房中，把押擔生辰不要他去，教來保去了一節，心中大怒。吃酒醉倒房中，口中胡說，怒起宋惠蓮來，要殺西門慶。被宋惠蓮罵了他幾句：「你咬人的狗兒不露齒❶，是言不是語。牆有縫，

❶ 咬人的狗兒不露齒：存心害人的人臉上不露形跡。

壁有耳。咊了那黃湯，挺他兩覺。」打發他上床睡了。到次日走到後邊串至玉簫房裏，請出西門慶。兩個在廚房後牆底下僻靜處說話。玉簫在後門首替他觀著風。老婆甚是埋怨西門慶，說道：「爹你是個人。你原說教他去，怎麼轉了靶子❷，又教別人去？你乾淨是個毬子心腸❸，滾下滾上；燈草拐棒兒，原拄不定。把你到明日蓋個廟兒，立起個旗杆來，就是個謊神爺。你謊乾淨順屁股喇喇，我再不信你說話了。我那等和你說了一場，就沒些情分兒？」西門慶笑道：「到不是此說。我不是也教他去，恐怕他東京蔡太師府中不熟，所以教來保去了。留下他家門首尋個買賣與他做罷。」婦人道：「你對我說，尋個甚麼買賣與他做？」西門慶道：「我教他搭個主管，在家門首開酒店。」婦人聽言，滿心歡喜。走到屋裏，一五一十對來旺兒說了。單等西門慶示下。

一日，西門慶在前廳坐下，著人叫來旺兒近前。桌上放下六包銀兩。說道：「孩兒，你一向杭州來家，辛苦要不的。教你往東京去了，恐怕你蔡府中不十分熟些，所以教來保同吳主管去了。今日這六包銀子三百兩，你拏去搭上個主管，在家門首開個酒店，月間尋些利息孝順我，也是好處。」那來旺連忙扒在地下磕頭，領了六包銀兩，回到房中告與老婆：「他倒過醮來了，拏買賣來窩盤我。今日與了我這三百兩銀子，教我搭主管開酒店做買賣。」老婆道：「怪賊黑囚！你還嗔老娘說，一鍬就撅了井？也等慢慢來。如何今日也做上買賣了？你安分守己，休再吃了酒，口裏六說白道！」來旺兒叫老婆：「把銀兩收在箱中，我在街上尋夥計去也。」于是走到街上尋主管，尋到天晚，主管也不成。又吃的大醉來家。

❷ 轉靶子：改變主意。

❸ 毬子心腸：心太活，容易變動。

老婆打發他睡了。也是合當有事，剛睡下沒多大回，約一更多天氣，將人纔初靜時分，只聽得後邊一片聲叫趕賊。老婆忙推睡醒來旺兒，酒還未醒，楞楞睜睜❹，扒起來就去取床前防身梢棒，要往後邊趕賊。婦人道：「夜晚了，須看個動靜。你不可輕易就進去。」來旺兒道：「養軍千日，用在一時。豈可聽見家有賊怎不行趕？」于是拖著梢棒，大步走入儀門裏面。只見玉簫在廳堂臺上站立，大叫：「一個賊往花園中去了！」這來旺兒逕往花園中趕來。趕到廂房中角門首，不防黑影裏抛出一條凳子來，把來旺兒絆倒了一交。只見響喨了一聲，一把刀子落地。左右閃過四五個小廝，大叫：「捉賊！」一齊向前把來旺兒一把捉住了。來旺兒道：「我是來旺兒，進來趕賊。如何顛倒把我拏住了？」眾人不由分說，一步兩棍，打倒廳上。只見大廳上燈燭熒煌，西門慶坐在上面，即叫：「拏上來！」來旺兒跪在地下說道：「小的聽見有賊，進來捉賊。如何到把小的拏住了？」那來興兒就把刀子放在面前與西門慶看。西門慶大怒，罵道：「眾生好度人難度，這廝真個殺人賊！我到見你杭州來家，教你領三百兩銀子做買賣。如何夤夜進內來要殺我？不然拏這刀子做甚麼？取過來我燈下觀看。」是一把背厚刃薄扎尖刀，鋒霜般快。看見越怒，喝令左右：「與我押到他房中，取我那三百兩銀子來。」眾小廝隨即押到房中。惠蓮見了，放聲大哭，說道：「他去後邊捉賊，如何拏他做賊？」向來旺道：「我教你休去，你不聽。只當暗中了人的拖刀之計。」一面開箱子取出六包銀兩來，拏到廳上。西門慶燈下打開觀看，內中只有一包銀兩，餘者都是錫鉛錠子。西門慶大怒，因問：「如何抵換了我的銀兩，往那裏去了？趁早實說。」那來旺兒哭道：「爹抬舉小的做買賣，小的怎敢欺心抵換銀兩？」西門慶道：「你打下刀子，還要殺我。刀子現

❹ 楞楞睜睜：呆呆的。

在，還要支吾甚麼？」因把甘來興兒叫到面前跪下執證說：「你從某日沒曾在外對眾發言要殺爹？嗔爹不與你買賣做。」這來旺兒只是嘆氣張眉，口兒合不的要。西門慶道：「既贓證刀杖明白，叫小廝與我拴鎖在門房內，明日寫狀子送到提刑所去。」只見宋惠蓮雲鬢鬅鬆，衣裙不整，走來廳上，向西門慶不當不正跪下，說道：「爹，此是你幹的營生！他好意進來趕賊，把他當賊拏了。你的六包銀子我收著，原封兒不動，平白怎的抵換了？恁活埋人❺，也要天理！他為甚麼，你只因他甚麼，打與他一頓。如今拉剌剌著送他那裏去？」西門慶見了他，回嗔作喜道：「媳婦兒不關你事，你起來。他無理膽大，不是一日。見藏著刀子要殺我，你不得知道。你自安心，沒你之事。」因令來安兒小廝：「好速攙扶你嫂子回房去，休要慌諕他。」那惠蓮只顧跪著不起來，說：「爹好狠心處。你不看僧面看佛面。我恁說著，你就不依依兒？他雖故他吃酒，並無此事。」纏的西門慶急了，教來安兒搊他起來，勸他回房去了。

到天明，西門慶寫了柬帖，叫來興兒做證見，揣著狀子，押著來旺兒往提刑院去。說：「某日酒醉持刀，夤夜殺害家主。又抵換銀兩。」等情。纔待出門，只見吳月娘輕移蓮步，走到前廳，向西門慶再三將言勸解。說道：「奴才無禮，家中處分他便了。好要拉剌剌出去，驚官動府做甚麼？」西門慶聽言，圓睜二目喝道：「你婦人家不曉道理！奴才安心要殺我，你到還教饒了他罷！」于是不聽月娘之言，喝令左右把來旺兒押送提刑院去了。月娘當下羞赧而退。回到後邊，向玉樓眾人說道：「如今這屋裏，亂世為王，九條尾狐狸精出世。不知聽信了甚麼人言語，平白把小廝弄出去了。你就賴他做賊，萬物也要個著實纔好。拏紙棺材糊人，成個道理？恁沒道理昏君行貨！」宋惠蓮跪在當面哭泣。月娘道：「孩兒

❺ 活埋人：生生的陷害人。

你起來，不消哭。你漢子恒是問不的他死罪。打死了人還有消繳的日子兒。賊強人，他吃了迷魂湯了。俺每說話不中聽。老婆當軍，充數兒罷了。」玉樓向惠蓮道：「你爹正在個氣頭上，待後慢慢的俺每再勸他。你安心回房去罷。」按下這裏不題。

單表來旺兒押到提刑院，西門慶先差玳安下了一百石白米與夏提刑、賀千戶。二人受了禮物，然後坐廳。來興兒遞上呈狀，看了一遍，已知來旺先因領銀做買賣，見財起意，抵換銀兩。恐家主查算，夤夜持刀突入後廳，謀殺家主等情。心中大怒，把來旺叫到當廳審問這件事。這來旺兒告道：「望天官爺查情，容小的說，小的便說。不容小的，小的不敢說。」夏提刑道：「你這廝見獲贓證明白，勿得推調。從實與我說來，免我動刑。」來旺兒悉把西門慶初時令某人將藍段子，怎的調戲他媳婦兒宋氏成奸。如今故入此罪，要墊害圖霸妻子一節，訴說一遍。夏提刑大喝了一聲，令左右打嘴巴。說：「你這奴才欺心背主！你這媳婦也是你家主娶的配與你為妻。又托資本與你做買賣。你不思報本，還生事倚醉，夤夜突入臥房，持刀殺害。滿天下人都像你這奴才，也不敢使人了。」來旺兒口還叫冤屈。被夏提刑叫過甘來興兒過來面前執證。那來旺兒有口也說不得了。正是：會施天上計，難免目前災。夏提刑即令左右選大夾棍上來，把來旺兒夾了一夾，打了二十大棍。打的皮開肉綻，鮮血淋漓。分付獄卒：「帶下去收監。」來興兒、玳安兒來家回覆了西門慶話。西門慶滿心歡喜。分付家中小廝：「鋪蓋飯食，一般都不與他送進去。但打了，休要來家對你嫂子說。只說衙門中一下兒也沒打他，監幾日便放出來。」眾小廝應諾道：「小的每知道了。」

這宋惠蓮自從拏了來旺兒去後，頭也不梳，臉也不洗，黃著臉兒，裙腰不整，倒靸了鞋，只是關閉房門哭泣，茶飯不吃。西門慶慌了。使了玉簫並賁四娘子兒，再三進房勸解他。說道：「你放心，爹因他吃酒狂言，監他幾日耐他性兒，不久也放他出來。」惠蓮不信，使小廝來安兒送飯進監去。回來問他，也是這般說：「哥見官一下兒也沒打。一兩日來家，教嫂子在家安心。」這惠蓮聽了此言，方纔不哭了。每日淡掃蛾眉，薄施脂粉，出來走跳。西門慶要便來回打房門首走。老婆在簾下叫道：「房裏無人，爹進來坐坐不是。」西門慶抽身進入房裏，與老婆做一處說話。西門慶哄他說道：「我兒，你放心。我看你面上，寫了帖兒對官府說，也不曾打他一下兒。監他幾日，耐耐他性兒，一兩日還放他出來，還教他做買賣。」婦人摟抱著西門慶脖子，說道：「我的親達達，你好歹看奴之面，奈何他兩日，放他出來。隨你教他做買賣，不教他做買賣也罷。這一出來，我教他把酒斷了，隨你去近到遠，使他往那去，他敢不去？再不，你若嫌不自便，替他尋上個老婆，他也罷了。我常遠不是他的人了。」西門慶道：「我的心肝，你話是了。我明日買了對過喬家房，收拾三間房子，與你住。搬了那裏去，咱兩個自在玩耍。」老婆道：「著來親親，隨你張主便了。」說畢，兩個閉了門兒。原來婦人夏月常不穿褲兒，只單吊著兩條裙子。遇見西門慶在那裏，便掀開裙子就幹。口中常噙著香茶餅兒。于是二人解佩露騣妃之玉，有幾點漢署之香。雙鳧飛肩，雲雨一席。婦人將身帶所佩的白銀條紗挑線四條穗子的香袋兒，裏面裝著松柏兒，挑著「冬夏長青」，玫瑰花蕊，並跤趾排草，挑著「嬌香美愛」八個字。把西門慶念轉了，喜的心中要不的。恨不的與他誓共死生，不能遽捨。向袖中又掏了一二兩銀子，與他買果子吃，房中盤纏。再三安撫他：「不消憂慮，只怕憂慮壞了你。我明日寫帖子對夏大人說，就放他出來。」說了一回，西門慶恐有人來，連忙出去了。這婦人得了西門慶此話，到後邊對眾丫鬟媳婦，詞色之間，未免輕露。孟玉樓早已知道，轉來告潘金蓮說：他爹怎的早晚要放來旺兒出來，另替他娶一個。怎的要買對門喬家房子，把媳婦子調到那裏去，與他三間房住。又買個丫頭扶持他。與他編銀絲鬏髻，打頭面。一五一十說了一遍：「就和你我等輩一般，甚麼張致？大姐姐也就不管管兒？」潘金蓮不聽便罷，聽了忿氣滿懷，無處著，雙腮紅上更添紅，說道：「真個由他，我就不信了。今日與你說的話，我若教賊奴才淫婦與西門慶做了第七個老婆，我不是喇嘴❻說，就把『潘』字調過來哩！」玉樓道：「漢子沒正條，大的又不管。咱每能走不能飛，到的那些兒？」金蓮道：「你也忒不長俊❼，要這命做甚麼？活一百歲殺肉吃？他若不依我，拚著這命，擯兒在他手裏，也不差甚麼！」玉樓笑道：「我是小膽兒，不敢惹他。看你有本事和他纏。」

話休絮煩。到晚西門慶在花園中翡翠軒書房裏坐的，要教陳經濟來寫帖子，往夏提刑處說，要放來旺兒出來。被金蓮驀地走到跟前，搭伏著書桌兒問：「你教陳姐夫寫甚麼帖子？送與誰家去？」西門慶不能隱諱，把來旺兒責打與他幾下，放他出來罷，一節告訴一遍。婦人止住小廝，且不要叫陳姐夫來。坐在旁邊，因說道：「你空耽著漢子的名兒，原來是個隨風倒舵順水推船的行貨子！我那等對你說的話兒，你不依。倒聽那賊奴才淫婦話兒。隨你怎的逐日沙糖拌蜜與他吃，他還只疼他的漢子。依你如今把那奴才放出來，你也不好要他這老婆的了。教他奴才好藉口。你放在家裏不葷不素❽，當做甚麼人兒看

❻ 喇嘴：說大話。今作「拉嘴」。

❼ 不長俊：同「不長進」，即「沒出息」。

❽ 不葷不素：不上不下。

成？待要把他做你小老婆，奴才又見在。待要說是奴才老婆，你見把他逞的恁沒張置❾的，在人跟前上頭上臉❿，有些樣兒？就算另替那奴才娶一個著。你要了他這老婆，往後倘忽你兩個坐在一答裏，那奴才或走來跟前回話做甚麼，見了有個不氣的？老婆見了他，站起來是，不站起來是？先不先，只這個就不雅相⓫。傳出去休說六鄰親戚笑話，只家中大小把你也不著在意裏。正是上梁不正下梁歪。你既要幹這營生，晢做了泥鰍怕污了眼睛。不如一狠二狠，把奴才結果了。你就摟著他老婆也放心。」幾句又把西門慶又念翻了。把帖子寫就了，送與提刑院，教夏提刑限三日提出來，受一頓拷訊，拶打的通不像模樣。提刑兩位官府，並上下觀察緝捕排軍，監獄中押鎖上下，都受了西門慶財物，只要重不要輕。內中有一當案的孔目陰先生，名喚陰騭，乃山西孝義縣人，極是個仁慈正直之士。因是提刑官吏上下受了西門慶賄賂，要陷害此人，圖謀他妻子，故入他奴婢圖財持刀謀殺家長的重罪。也要天理，做官的養兒養女也往上長。再三不肯做文書送問。與提刑官抵面相講。況兩位提刑官上下都被西門慶買通了，以此掣肘難行。又況來旺兒監中無錢，受其淩逼。多虧陰先生憫念他負屈啣冤，是個沒底人。反替他分付監中獄卒，凡事鬆寬看顧他。延挨了幾日，人情兩盡。只把當廳責了他四十，論個遞解原籍徐州為民。當查原贓花費十七兩，鉛錫五包責令西門慶家人來興兒領回。差人寫了個帖子，回覆了西門慶，隨教即日押發起身。

---

❾ 沒張置：沒體統。

❿ 上頭上臉：恃寵撒嬌。

⓫ 不雅相：不好看。

這裏提刑官當廳押了一道公文，差兩個公人把來旺兒取出來，已是打的稀爛。旋釘了扭，上了封皮，限即日起程，逕往徐州管下交割。可憐這來旺兒在監中監了半月光景，沒錢使用，弄的身體狼狽，衣服藍縷，沒處投奔。哀告兩個公人，哭泣不一說：「兩位哥在上，我打了一場屈官司，身上分文沒有，寸布皆無。要湊些腳步錢與二位，無處所湊。望你可憐見，押我到我家主家處，有我的媳婦兒，並衣服箱籠，討出來變賣了，知謝二位，並路途盤費，也討得一步鬆寬。」那兩個公人道：「你好不知道理。你家主西門慶既要擺布了一場，他又肯發出媳婦並箱籠與你？你還有甚親故？俺每看陰師父分上，瞞上不瞞下，領你到那裏胡亂討些錢米，夠你路上盤費便了。誰指望你甚腳步錢兒？」來旺道：「二位哥哥，你只可憐引我先到我家主門首，我央浼兩三位親鄰，替我美言討討兒。無多有少。」兩個公人道：「也罷，我每押你到他門首。」這來旺兒先到應伯爵門首。伯爵推不在家。又央了左鄰賈仁清、伊面慈二人，來西門慶家替來旺兒說念，討媳婦箱籠。西門慶也不出來，使出五六個小廝，一頓棍打出來，不許在門首纏擾。把賈伊二人羞的要不的。他媳婦兒宋惠蓮在屋裏瞞的鐵桶相似，並不知一字。西門慶分付：「那個小廝走漏消息，決打二十板。」兩個公人又押到丈人家，賣棺材的宋仁家。來旺兒如此這般，對宋仁哭訴其事。打發了他一兩銀子，與那兩個公人一吊銅錢。一斗米，路上盤纏。哭哭啼啼，從四月初旬離了清河縣，往徐州大道而來。這來旺兒又是那棒瘡發了，身邊盤纏缺乏，甚是苦惱。正是：若得苟全癡性命，也甘飢餓過平生。有詩為證：

　　當案推詳秉至公，來旺遭陷出牢籠。

今朝遞解徐州去，病草淒淒遇㛐風。

不說來旺兒遞解徐州去了。且說宋惠蓮在家，每日只盼他出來。小廝一般的替他送飯，到外邊眾人都吃了。轉回來惠蓮問著他，只說：「哥吃了。監中無事。若不是也放出來了，連日提刑老爹沒來衙門中問事。也只在一二日來家。」西門慶又哄他說：「我差人說了，不久即出。」婦人以為信實。一日風裏言風裏語，聞得人說：「來旺兒押出來在門首討衣箱，不知怎的去了。」這婦人幾次問眾小廝每，都不說。忽見玳安兒跟了西門慶馬來家，叫住問他：「你旺哥在監中好麼？幾時出來？」玳安道：「嫂子，我告你知了罷。俺哥這早晚到流沙河了。」惠蓮問其故。這玳安千不合萬不合，如此這般：「打了四十板，遞解原籍徐州家去了。只放你心裏，休題我告你說。」這婦人不聽萬事皆休。聽了此言是實。關閉了房門，放聲大哭道：「我的人嚛！你在他家幹壞了甚麼事來，被人紙棺材暗算計了你。你做奴才一場，好衣服沒曾掙下一件在屋裏。今日只當把你遠離他鄉，算的去了。坑得奴好苦也！你在路上，死活未知，存亡未保。我如今合在缸底下一般，怎的曉得？」哭了一回，取一條長手巾，拴在臥房門揩上，懸梁自縊。不想來昭妻一丈青住房正與他相連，說：後來聽見他屋裏哭了一回，不見動靜。半日，只聽喘息之聲。扣房門，叫他不應。慌了手腳，教小廝平安兒撬開窗戶拴進去。見婦人穿著隨身衣服，在門椎上正吊得好。一面解救下來，開了房門，取薑湯撅灌。須臾擾的後邊知道。吳月娘率領李嬌兒、孟玉樓、西門大姐、李瓶兒、玉簫、小玉都來看視。見賁四娘子兒也來瞧。一丈青搊扶他坐在地下，只顧哽咽，白哭不出聲來。月娘叫著他，只是低著頭，口吐涎痰，不答應。月娘便道：「原來是個傻孩子！你有話只顧說便好。如何尋這條路起來？」因問一丈青：「灌些薑湯與他不曾？」一丈青道：「纔灌了些薑湯吃了。」月娘令玉簫扶著他，親叫道：「惠蓮孩兒，你有甚麼心事，越發老實叫上幾聲，不妨事。」問了半日，那婦人哽咽了一回，大放聲排手拍掌哭起來。月娘叫玉簫扶他上炕。他不肯上炕。月娘眾人勸了半日，回後邊去了。只有賁四嫂同玉簫相伴在屋裏。只見西門慶掀簾子進來，也看見他坐在冷地下哭泣。令玉簫：「你搊他炕上去罷。」玉簫道：「剛纔娘教他上去，他不肯去。」西門慶道：「好強孩子！冷地下冰著你。你有話對我說，如何這等拙智。」惠蓮把頭搖著，說道：「爹，你好人兒！你瞞著我幹的好勾當兒。還說甚麼孩子不孩子。你原來就是個弄人的劊子手！把人活埋慣了。害死人還看出殯的。你成日間只哄著我，今日也說放出來，明日也說放出來。只當端的好出來。你如遞解他，也和我說聲兒。暗暗不透風⑫，就解發遠遠的去了。你也要合憑個天理。你就信著人，幹下這等絕戶計⑬。把圈套兒做的成，你還瞞著我。你就打發，兩個人都打發了。如何留下我做甚麼？」西門慶笑道：「孩兒，不關你事。那廝壞了事，難以打發你。你安心，我自有個處。」因令玉簫：「你和賁四娘子相伴他一夜兒。我使小廝送酒來你每吃。」說畢，往外去了。賁四嫂良久扶他上炕坐的，和玉簫將話兒勸解他，做一處坐的。只見西門慶到前邊鋪子裏，問傅夥計要了一吊錢。買了一錢酥燒，拏盒子盛了。又是一瓶酒，使來安兒送到惠蓮屋裏。說道：「爹使我送這個與嫂子吃。」惠蓮看見，一頓罵：「賊囚根子！趁早與我都拏了去，省的我摔一地。大拳打了這回，拏手摸挲。」來安兒道：「嫂子收了罷。我拏回去爹又打我。」

⑫ 暗暗不透風：同第十四回註❸。

⑬ 絕戶計：害人不留餘地的毒計。

于是放在桌子上。就見那惠蓮跳下來，把酒拏起來纔待趕著摔了去，被一丈青攔住了。那賁四嫂看著一丈青咬指頭兒。正相伴他坐的，只見賁四嫂家長兒走來叫他媽，他爹門外頭來家，要吃飯。賁四嫂和一丈青走出來。到一丈青門首，只見西門大姐在那裏，和來保兒媳婦惠祥說話。因問：「賁四嫂那裏去？」賁四嫂道：「他爹門外頭來了，要飯吃。我到家瞧瞧就來。我來看看，吃他大爹再三央陪伴他坐坐兒，誰知倒把我來掛住了，不得脫身。」因問：「他想起甚麼？幹這道路？」一丈青接過來道：「早是我打後邊來，聽見他在屋裏哭著，就不聽的動靜兒。吃我慌了，推門推不開。旋叫了平安兒來打窗子裏跳進去，纔救下來了。若遲了一步兒，胡子老兒吹燈，把人了了。」惠祥道：「剛纔爹在屋裏，他說甚麼來？」那賁四嫂只顧笑，說道：「看不出他旺官娘子，原來也是個辣菜根子⑭。和他大爹，白搽白折的平上，誰家媳婦兒有這個道理？」惠祥道：「這個媳婦兒，比別的媳婦兒不同好些。從公公身上拉下來的媳婦兒，這一家大小誰如他？」說畢，往家裏去了。一丈青道：「四嫂，你到家快來。」賁四嫂道：「甚麼話，我若不來，惹他大爹就怪死了。」

西門慶白日教賁四嫂和一丈青陪他坐，晚夕教玉簫伴他一處睡。慢慢將言詞說勸化他，說道：「宋大姐，你是個聰明的。趁早恁妙齡之時，一朵花初開，主子愛你，也是緣法相投。你如今將上不足，比下有餘。守著主子，強如守著奴才。他去也是去了。你恁煩惱不打緊，一時哭的有好歹，卻不虧負了你的性命？常言道：『我做了一日和尚，撞了一日鐘。』往後貞節輪不到你頭上了。」那惠蓮聽了，只是哭涕，每日飯粥也不吃。玉簫回了西門慶話。西門慶又令潘金蓮親來對他說，也不依。金蓮惱了，向西

⑭ 辣菜根子：潑辣貨。

門慶道：「賊淫婦！他一心只想他漢子。千也說一夜夫妻百夜恩，萬也說相隨百步也有個徘徊意。這等貞節的婦人，便拏甚麼拴的住他心？」西門慶笑道：「你休聽他摭說。他若早有貞節之心，當初只守著廚子蔣聰，不嫁來旺兒了。」一面坐在前廳上，把眾小廝家人都叫到跟前審問：「你每近前幾日，來旺兒遞解去時，是誰對他說來？趁早舉出來，我也一下不打他。不然，我打聽出來，每人三十板子，即與我離門離戶。」忽有畫童跪下說道：「小的不敢說。」西門慶道：「你說不妨。」畫童道：「那日小的聽見玳安跟了爹馬來家，在夾道內嫂子問他。他走了口，對嫂子說。」這西門慶不聽便罷，聽了心中大怒。一片聲使人尋玳安兒。這玳安兒早已知此消息，一直躲在潘金蓮房裏不出來。金蓮正洗臉，小廝走到屋裏跪著哭道：「五娘，救小的則個。」金蓮罵道：「賊囚！猛可走來諕我一跳。你又不知幹下甚麼事？」玳安道：「爹因為小的告嫂子說了。旺哥去了，要打我。娘好歹勸勸爹。若出去，爹在氣頭上，小的就是死罷了。」金蓮怪道：「囚根子！諕的鬼也似的。我說甚麼勾當來，恁驚天動地的，原來為那奴才淫婦！」分付：「你在我這屋裏不要出去。」于是藏在門背後。西門慶見叫不將玳安去，在前廳暴叫如雷。一連使了兩替小廝來金蓮房裏尋他，都被金蓮罵的去了。落後西門慶一陣風自家走來到，手裏拏著馬鞭子，問：「奴才在那裏？」金蓮不理他。被西門慶繞屋走了一遍，從門背後採出玳安來要打。吃金蓮向前把馬鞭子奪了，掠在床頂上，說道：「沒廉恥的貨兒！你臉做個主了。那奴才淫婦想他漢子上吊，羞急拏小廝來煞氣。關小廝另腳兒事？」那西門慶氣的睜睜的。金蓮叫小廝：「你往前頭幹你那營生去，不要理他。等他再打你有我哩。」那玳安得手，一直往前去了。正是：兩手劈開生死路，翻身跳出是非門。

這潘金蓮幾次見西門慶留意在宋惠蓮身上，于是心生一計，行在後邊唆調孫雪娥說：「來旺兒媳婦子怎的說你要了他漢子，備了他一篇是非。他爹惱了，纔把他漢子打發了。前日打了你那一頓，拘了你頭面衣服，都是他過嘴舌⑮說的。」這孫雪娥耳滿心滿。掉了雪娥口氣兒，走到前邊向惠蓮又是一樣說。說：「孫雪娥怎的後邊罵你是蔡家使喝了的奴才。積年轉主子養漢。不是你背養主子，你家漢子怎的離了他家門？說你眼淚留著些腳後跟。」說的兩下都懷仇忌恨。一日，也是合當有事。四月十八日，李嬌兒生日。院中李媽媽並李桂姐都來與他做生日。吳月娘留他同眾堂客在後廳飲酒。西門慶往人家赴席不在家。這宋惠蓮吃了飯兒，從早晨在後邊打了個攪兒，一頭拾到屋裏，直睡到日沈西。由著後邊一替兩替使了丫鬟來叫，只是不出來。雪娥尋不著這個由頭兒，走來他房裏叫他，說道：「嫂子，做了王美人了。怎的這般難請？」那惠蓮也不理他，只顧面朝裏睡。這雪娥又道：「嫂子，你思想你家旺官兒哩。早思想好來，不得你，他也不得死。還在西門慶家裏。」這惠蓮聽了他這一句話，打動潘金蓮說的那情由，翻身跳起來，望雪娥說道：「你沒的走來浪聲顙氣！他便因我弄出去了，你為甚麼來？打你一頓，攢的不容上前。得人不說出來，大家將就些便罷了！何必撐著頭兒來尋趁人？」這雪娥心中大怒，罵道：「好賊奴才養漢淫婦！如何大膽罵我？」惠蓮道：「我是奴才淫婦！你是奴才小婦。我養漢養主子，強如你養奴才。你倒背地偷養我的漢子，你還來倒自家掀騰。」這幾句話，分明戳在雪娥身上。那雪娥怎不急了。那宋惠蓮不防他，被他走向前一個巴掌打在臉上，打的臉上通紅的。說道：「你如何打我？」于是一頭撞將去。兩個就揪扭打在一處。慌的來昭妻一丈青走來勸解，把雪娥拉的後走，兩個還罵不絕

⑮ 過嘴舌：搬弄是非。

口。吳月娘走來罵了兩句：「你每都沒些規矩兒，不管家裏有人沒人，都這等家反宅亂。等你主子回來，看我對你主子說不說？」當下雪娥便往後邊去了。月娘見惠蓮頭髮揪亂，便道：「還不快梳了頭，往後邊來哩！」惠蓮一聲兒不答話。打發月娘後邊去了，走到房內，倒插了門，哭泣不止。哭到掌燈時分，眾人亂著後邊堂客吃酒。可憐這婦人忍氣不過，尋了兩條腳帶，拴在門楹上，自縊身死。亡年二十五歲。正是：世間好物不堅牢，彩雲易散琉璃脆。

那時可霎作怪，不想月娘正送李媽媽、桂姐出來，打惠蓮門首過。關著不見動靜，心中甚是疑影。打發李媽媽娘兒兩個上轎去了，回來推他叫他，門不開。都慌了手腳。還使小廝打窗戶內跳進去。正是瓦罐不離井上破。割斷腳帶，解卸下來，撅救了半日。不知多咱時分，嗚呼哀哉死了！但見：四肢冰冷，一氣燈殘。香魂渺渺已赴望鄉台。星眼雙瞑魄悠悠，屍橫光地下半晌。不知精爽逝何處？疑是行雲秋水中。月娘見救下不活，慌了。連忙使小廝來興兒騎頭口往門外請西門慶來家。雪娥恐怕西門慶來家拔樹尋根，歸罪于己。在上房打旋磨兒，跪著月娘，教休題出和他嚷鬧來。月娘見他謊的那等腔兒，心中又下般不的，因說道：「比時你恁害怕，當初大家省言一句兒便了。」至晚等的西門慶來家，只說惠蓮因思想他漢子，哭了一日，趕後邊人亂，不知多咱尋了自盡。西門慶便道：「他自個拙婦，原來沒福。」一面差家人遞了一紙狀子，報到縣主李知縣手裏，只說：「本婦因本家請堂客吃酒，他管銀器家火。他失落一件銀鍾，恐家主查問見責，自縊身死。」又送了知縣三十兩銀回來。知縣自恁要做分上，胡亂差了一員司吏，帶領幾個仵作來看了。自買了一具棺材，討了一張紅票。賁四、來興兒同送到門外地藏寺，與了火家五錢銀子，多架些柴薪，纔待發火燒燬。不想他老子賣棺材宋仁，打聽得知，走來攔住，叫起冤屈來，說他女兒死的不明。口稱：「西門慶固倚強奸要他。我家女兒貞節不從，威逼身死。我還要撫按上告，進本告狀。誰敢燒化屍首？」那眾火家都亂走了，不敢燒。賁四、來興少不的把棺材停在寺裏，來家回話。正是：青龍與白虎同行，吉凶事全然未保。

畢竟未知後來何如，且聽下回分解。

第二十七回　李瓶兒私語翡翠軒　潘金蓮醉鬧葡萄架

頭上青天自恁欺，害人性命霸人妻。
須知奸惡千般計，要使人家一命危。
淫嬻從來由濁富，貪嗔轉念是慈悲。
天公尚且含生育，何況人心忒妄為。

話說來保正從東京來下頭口，在捲棚內回西門慶話，具言：「到東京先見稟事的管家下了書，然後引見太師老爺看了揭帖，把禮物收進去，交付明白。老爺分付不日寫書，馬上差人下與山東巡撫侯爺，把山東滄州鹽客王四峰等一十二名寄監者盡行釋放。翟叔多上覆爹，老爺壽誕六月十五日，好歹教爹上京走走，他有話和爹說。」這西門慶聽了，滿心歡喜。來保此遭回來，撰了鹽商王四峰五十兩銀子。西門慶使他回喬大戶話去。只見賁四、來興走來，見西門慶在捲棚內和來保說話，立在旁邊。來保便往喬大戶家去了。西門慶問賁四：「你每燒了回來了。」那賁四不敢言語。來興兒向前附耳低言，如此這般：「被宋仁走到化人場上，攔著屍首，不容燒化。聲言甚是無禮。小的不敢說。」這西門慶不聽萬事皆休，聽了心中大怒，罵道：「這少死光棍，這等可惡！」即令小廝：「請你姐夫來寫帖兒。」就差來興兒送與正堂李知縣。隨即差了兩個公人，一條索子把宋仁拏到縣裏。反問他打網❶詐財，倚屍圖賴，當廳一夾二十大板，打的順腿淋漓鮮血。寫了一紙供案，再不許到西門慶家纏擾。並責令地方火甲眼同西門慶家人，即將屍燒化訖來回話。那宋仁打的兩腿棒瘡，歸家著了重氣，害了一場時疫，不上幾日，嗚呼哀哉死了。正是：失曉人家逢五道，溟泠餓鬼撞鍾馗。有詩為證：

縣官貪污更堪嗟，得人金帛售奸邪。
宋仁為女歸陰路，致死冤魂塞滿衙！

西門慶剛了畢宋蕙蓮之事，就打點三百兩金銀，交顧銀率領許多銀匠，在家中捲棚內打造蔡太師上壽的四陽捧壽的銀人，每一座高尺有餘。又打了兩把金壽字壺，尋了兩副玉桃盃。不消半月光景，都攢造完備。西門慶打開來旺兒杭州織造蟒衣，少兩件焦布紗蟒衣。拏銀子教人到處尋，買不出好的來。將就買二件，一日打包揣就，著來保同吳主管，五月二十八日離清河縣上東京去了。不在話下。

過了兩日，卻是六月初一日，即今到三伏天。正是：大暑無過未申，大寒無過丑寅。天氣十分炎熱。到了那赤烏當午的時候，一輪火傘當空，無半點雲翳，真乃爍石流金之際。人口有一隻詞，單道這熱：

祝融南來鞭火龍，火雲焰焰燒天紅。日輪當午凝不去，方國如在紅爐中。 五岳翠乾雲彩滅，陽
侯海底愁波竭。何當一夕金風發，為我掃除天下熱。

❶ 打網：做圈套。

說話的，世上有三等人怕熱，有三等人不怕熱。那三等人怕熱？第一怕熱，田舍間農夫，每日耕田邁隴，扶犁把耙，趁王苗二稅，納倉廩餘糧。到了那三伏時節，田中無雨，心間一似火燒。第二經商客旅，經年在外，販的是那紅花紫草，蜜蠟香茶。肩負重擔，手碾沈車。路途之中，走的飢又飢，渴又渴。汗涎滿面，衣服精濕。得不的寸陰之下，實是難行。第三是那邊塞上戰士，頭頂重盔，身披鐵甲。渴飲刀頭血，困歇馬鞍鞽。經年征戰，不得回歸。衣生虱蟣，瘡痍潰爛，體無完膚。這三等人怕熱。又有那三等人不怕熱？第一是皇宮內院，水殿風亭，曲水為池，流泉作沼。有大塊小塊玉，正對倒透犀。碧玉欄邊，種著那異果奇葩；水晶盆內，堆著那瑪瑙珊瑚。又有鑲成水晶桌上，擺列著端溪硯、象管筆、蒼頡墨、蔡琰箋。又有水晶筆架、白玉鎮紙。悶時作賦吟詩，醉後南薰一枕。又有王侯貴戚，富室名家，每日雪洞涼亭，終朝風軒水閣。蝦鬚編成簾幙，鮫綃織成帳幔，茉莉結就的香毬吊掛。雲母床上，鋪著那水紋涼簟，鴛鴦珊枕。四面撓起風車❷來，那旁邊水盆內，浸著沈李浮瓜、紅菱雪藕、楊梅橄欖、蘋婆白雞頭。又有那如花似朵的佳人，在旁打扇。又有那琳宮梵剎，羽士禪僧，住著那侵雲經閣，接漢鐘樓。閒時常到方丈內，講誦道法黃庭；時來仙苑中，摘取仙桃異果。悶了時，喚童子松陰下，橫琴膝上。醉後攜棋枰柳陰中對友笑談。原來這三等人不怕熱。有詩為證：

赤日炎炎似火燒，野田禾黍半枯焦。
農夫心內如湯煮，樓上王孫把扇搖。

❷ 風車：風扇。

這西門慶起來，遇見天熱，不曾出門，在家撒髮披襟避暑。在花園中翡翠軒捲棚內，看著小廝每打水澆灌花草。只見翡翠軒正面前栽著一盆瑞香花，開得甚是爛熳。西門慶令小廝來安兒拏小噴壺兒，看著澆水。只見潘金蓮和李瓶兒，家常都是白銀條紗衫兒，密合色紗挑線，穿花鳳縷金拖泥裙子。李瓶兒是大紅焦布比甲，金蓮是銀紅比甲，都用羊皮金滾邊，妝花眉子。惟金蓮不戴冠兒，拖著一窩絲杭州攢，翠雲子網兒，露著四鬢，上粘著飛金，貼粉面，額上貼著三個翠面花兒，越顯出粉面油頭，朱唇皓齒。兩個攜著手兒，笑嘻嘻驀地走來。看見西門慶澆花兒，說道：「你原來在這裏看著澆花兒哩。怎的還不梳頭去？」西門慶道：「你教丫頭拏水來，我這裏梳頭罷。」金蓮叫來安：「你且放下噴壺，去屋裏對丫頭說，教他快拏水拏梳子來，與你爹這裏梳頭。」來安應諾去了。金蓮看見那瑞香花，就要摘了戴在頭上。西門慶攔住道：「怪小油嘴，趁早休動手。我每人賞你一朵罷。」原來西門慶把旁邊少開頭，早已摘下幾朵來，浸在一隻翠磁膽瓶內。金蓮笑道：「我兒，你原來掐下恁幾朵來放在這裏？不與娘戴？」于是先搶過一枝來，插在頭上。西門慶遞了一朵與李瓶兒。只見春梅送了抿鏡梳子來，秋菊拏著洗面水。西門慶遞了三枝花，教送與月娘、李嬌兒、孟玉樓戴：「就請你三娘來，教他彈回月琴我聽。」金蓮道：「你把孟三兒的拏來，等我送與他。教春梅送他大娘和李嬌兒的去。回來你再把一朵花兒與我。我只替你叫唱的，也該與我一朵兒。」西門慶道：「你去，回來與你。」金蓮道：「我的兒，誰養的你恁乖？你哄我替你叫了孟三兒，你是全不與我。我不去。你與了我，我纔叫去。」那西門慶笑道：「賊小淫婦兒！這上頭也掐個尖兒！」于是又與了他一朵。金蓮簪于雲鬢之旁，方纔往後邊去了。只撇下李瓶兒和西門慶二人在翡翠軒內。西門慶見他紗裙內罩著大紅紗褲兒，日影中玲瓏剔透，露著玉骨冰肌，不覺淫心輒起。見左右無人，且不梳頭。把李瓶兒按在一張涼椅上，揭起湘裙，兩人曲盡于飛之樂。不想潘金蓮不曾往後邊叫玉樓去，走到花園角門首，把花兒遞與春梅送去。想了想回來，悄悄躡足走在翡翠軒槅子外潛聽。聽夠多時，聽見他兩個在裏面正幹得好。良久，又聽的李瓶兒低聲叫道：「親達達，奴身上不方便。這兩日纔好些兒。」西門慶因問：「你怎的身上不方便？」李瓶兒道：「不瞞你說，奴身中已懷臨月孕，望你將就些兒。」西門慶聽言，滿心歡喜。說道：「我的心肝！你怎不早說？」于是樂極情濃，怡然感之。良久，只聞的西門慶氣喘吁吁，婦人鶯鶯聲軟，都被金蓮在外聽了個不亦樂乎。

正聽之間，只見玉樓從後來，驀地來到。便問：「五姐丫頭在這裏做甚麼兒？」那金蓮便搖手兒。兩個一齊走到軒內，慌的西門慶湊手腳不迭。問西門慶：「我去了這半日，你做甚麼？恰好還沒曾梳頭洗臉哩！」西門慶道：「我等著丫頭取那茉莉花肥皂來，我洗臉。」金蓮道：「我不好說的。巴巴尋那肥皂洗臉。怪不的你的臉洗的與人家屁股還白。」那西門慶聽了，也不著在意裏。落後梳洗畢，與玉樓一同坐下。因問：「你在後邊做甚麼來？帶了月琴來不曾？」玉樓道：「我在屋裏替大姐姐穿珠花來。到明日與吳舜臣媳婦兒鄭三姐下茶去戴。月琴春梅拏了來。」不一時春梅來到，說：「花兒都送與大娘二娘收了。」西門慶令他安排酒來。不一時，冰盆內，沈李浮瓜；涼亭上，偎紅倚翠。玉樓道：「不使春梅請大姐姐？」西門慶道：「他又不飲酒，不消邀他去。」當下妻妾四人便了。西門慶居上坐，三個婦人兩邊打横。得多少壺斟美釀，盤列珍羞。那潘金蓮放著椅兒不坐，只坐豆青磁涼墩兒。孟玉樓叫道：「五姐，你過這椅兒上坐。那涼墩兒只怕冷。」金蓮道：「不妨事。我老人家不怕冰了胎，怕甚麼？」須臾，酒過三巡。西門慶教春梅取月琴來，教玉樓取琵琶教金蓮彈：「你兩個唱一套『赤帝當權耀太虛』

我聽。」金蓮不肯，說道：「我兒，誰養的你恁乖。俺每唱你兩個是會受用快活。我不，也教李大姐也拏了椿樂器兒。」西門慶道：「他不會彈甚麼。」金蓮道：「他不會，教他在旁邊代板。」西門慶笑道：「這小淫婦！單管咬蛆❸兒。」一面令春梅旋取一副紅牙象板來，教李瓶兒拏著，他兩個方纔輕舒玉指，款跨鮫綃，合著聲唱雁過沙。丫鬟綉春在旁打扇。「赤帝當權耀太虛」唱畢，西門慶每人遞了一盃酒與他吃了。那潘金蓮不住在席上只呷冰水，或吃生果子。玉樓道：「五姐，你今日怎的只吃生冷？」金蓮笑道：「我老人家，肚內沒閒事，怕甚麼冷糕麼！」羞的李瓶兒在旁，臉上紅一塊白一塊。西門慶瞅了他一眼，說道：「你這小淫婦兒！單管只胡說白道的。」金蓮道：「哥兒，你多說了話。老媽媽睡著吃乾臘肉，是恁一絲兒一絲兒的。你管他怎的？」

正飲酒中間，忽見雲生東南，霧障西北，雷聲隱隱，一陣大雨來，軒前花草皆濕。正是：江河淮海添新水，翠竹紅榴洗濯清。少頃雨止，天外殘虹，西邊透出日色來。得多少微雨過碧磯之潤，晚風涼院落之清。只見後邊小玉來請玉樓。玉樓道：「大姐姐叫，有幾朵珠花沒穿了。我去罷，惹的他怪。」李瓶兒道：「咱兩個一答兒裏去。奴也要看姐姐穿珠花哩。」西門慶道：「等我送你每一送。」于是取過月琴來，教玉樓彈著，西門慶排手，眾人齊唱梁州序：

向晚來，雨過南軒，見池面紅妝凌亂。聽春雷隱隱，雨收雲散。但聞得荷香十里，新月一鈎，此景佳無限。蘭湯初浴罷，晚妝殘，深院黃昏懶去眠。（合）金縷唱，碧筒勸，向冰山雪檻排佳宴。

❸ 咬蛆：胡言亂語。

清世界，能有幾人見。
柳陰中，忽噪新蟬，見流螢飛來庭院。聽菱歌何處，畫船歸晚。只見玉繩低度，朱戶無聲，此景猶堪羡。起來攜素手，整雲偏。月照紗廚人未眠。（合前）
〔節節高〕漣漪戲彩鴛，綠荷翻，清香瀉下瓊珠濺。香風扇，芳沼邊，閒亭畔，坐來不覺人清健。蓬萊閬苑何足羡。（合）只恐西風又驚秋，暗中不覺流年換。

眾人唱著，不覺到角門首。玉樓把月琴遞與春梅，和李瓶兒同往後去了。潘金蓮遂叫道：「孟三兒等我等兒，我也去。」纔待撇了西門慶走，被西門慶一把手拉住了，說道：「小油嘴兒，你躲滑兒。我偏不放你。」拉著只一輪，險些不輪了一交。婦人道：「怪行貨子！我衣服著出來的，看夠了我的肐膊！淡孩兒，他兩個都走去了。我看你留下我做甚麼？」西門慶道：「咱兩個在這太湖石下取酒來投個壺兒耍子，吃三盃。」婦人道：「怪行貨子！咱往亭子上那裏投去來，平白在這裏做甚麼？你不信，使春梅小肉兒，他也不替你取酒來。」西門慶因使春梅，春梅越發把月琴丟與婦人，揚長的去了。婦人接過月琴，在手內彈了一回，說道：「我問孟三兒也學會了幾句兒了。」一壁彈著，見太湖石畔，石榴花經雨盛開，戲折一枝，簪于雲鬢之旁，說道：「我老娘帶個三日不吃飯眼前花。」被西門慶聽見，走向前把他兩隻小金蓮扛將起來，戲道：「我把這小淫婦，不看世界面上，就肏死了。」那婦人便道：「怪行貨子！且不要發訕，等我放下這月琴著。」于是把月琴順手倚在花臺邊，因說道：「我的兒，再二來來越發罷了。適纔你和李瓶兒肏搗去罷。沒地摭囂兒來纏我做甚麼？」西門慶道：「怪奴才！單管只胡說。

誰和他有甚事。」婦人道：「我兒，你但行動，瞞不過當方土地。老娘是誰，你來瞞我？我往後邊送花兒去，你兩個幹的好營生兒！」西門慶道：「怪小淫婦兒！休胡說。」于是按在花臺下，就親了個嘴。婦人連忙吐舌頭在他口裏。西門慶道：「你叫我聲親達達，我饒了你，放你起來罷。」那婦人強不過，叫了他聲：「親達達！我不是你那可意的，你來纏我怎的？」兩個正是：弄晴鶯舌于中巧，著雨花枝分外妍。

兩個玩了一回。婦人道：「咱往葡萄架那裏投壺耍子兒去，走來！」于是把月琴跨在胳膊上，彈著梁州序後半截：

清宵思爽然，好涼天，瑤臺月下清虛殿。神仙眷，開玳筵，重歡宴。任教玉漏催銀箭。水晶宮裏笙歌按。（合前）只恐西風又驚秋，不覺暗中流年換。

〔尾聲〕光陰迅速如飛電，好良宵可惜漸闌。拚取歡娛歌笑喧。

日日花前宴，宵宵伴玉娥。

今生能有幾，不樂待如何。

兩人並肩而行，須臾轉過碧池，抹過木香亭，從翡翠軒前穿過，來到葡萄架下。睁眼觀看，端的好一座葡萄架。但見：四面雕欄石甃，周圍翠葉深稠。迎眸霜色，如千枝紫彈墜流蘇；噴鼻秋香，似萬架綠雲垂繡帶。緍緍馬乳，水晶丸裏浥瓊漿；滾滾綠珠，金屑架中含翠幄。乃西域移來之種，隱甘泉珍玩之芳。端的四時花木襯幽葩，明月清風無價買。二人到于架下，原來放著四個涼墩，有一把壺在旁。金蓮把月琴倚了，和西門慶投壺。遠遠只見春梅拏著酒，秋菊掇著果盒，盒子上一碗冰湃的果子。婦人道：「小肉兒，你頭裏使性兒的去了，如何又送將來了？」春梅道：「教人還往那裏尋你每去，誰知驀地這裏來？」秋菊放下去了。西門慶一面揭開盒，裏邊攢就的八槅細巧果菜：一槅是糟鵝胗掌，一槅是一封書臘肉絲，一槅是木樨銀魚鮓，一槅是劈曬雛雞脯翅兒，一槅鮮蓮子兒，一槅新核桃穰兒，一槅鮮菱角，一槅鮮荸薺，一小銀素兒葡萄酒，兩個小金蓮蓬鍾兒，兩雙牙筯兒，安放一張小涼杌兒上。西門慶與婦人對面坐著，投壺耍子。須臾，過橋翎花，倒入雙飛雁，登科及第，二喬觀書，楊妃春睡，烏龍入洞，珍珠倒捲簾。投了十數壺，把婦人灌的醉了。不覺桃花上臉，秋波斜睨。西門慶要吃藥五香酒，又取酒去。金蓮說道：「小油嘴！我再央你央兒，往房內把涼蓆和枕頭取了來。我困的慌，這裏略躺躺兒。」那春梅故作撒嬌說道：「罷麼！偏有這些支使人的。誰替你又拏去。」西門慶道：「你不拏教秋菊抱了來。你拏酒就是了。」那春梅搖著頭兒去了。遲了半日，只見秋菊先抱了涼蓆枕衾來。婦人分付：「放下鋪蓋，拽上花園門，往房裏看去。我叫你便來。」那秋菊應諾放下衾枕，一直去了。這西門慶于是起身，脫下玉色紗褑兒，搭在欄杆上，逕往牡丹畦西畔，松牆邊花架下，小淨手去了。回來婦人又早在架兒底下鋪設涼簟枕衾停當。脫的上下沒條絲，仰臥于衽蓆之上。腳下穿著大紅鞋兒，手弄白紗扇兒搖涼。西門慶走來看見，怎不觸動淫心。于是乘著酒興，坐在一涼墩上。將婦人紅繡花鞋兒摘取下來戲。把他兩條腳帶解下來，拴其雙足，吊在兩邊葡萄架兒上，婦人在下沒口子呼叫達達不絕。只見春梅盪了酒來。一眼看見，把酒注子放下，一直走到山頂上，一座最高亭兒名喚臥雲亭那裏搭伏著棋桌兒。弄棋子耍子。西門慶抬頭看見他在上面，點手兒叫他，不下來，說道：「小油嘴！我拏不下你來就罷了！」于是撇了婦人，比及大扠步從石磴上走到山頂亭子上時，那春梅早從右邊一條羊腸小道兒下去，打藏春塢雪洞兒裏穿過去，走到半中腰滴翠山叢花木深處纔待藏躲，不想被西門慶撞見，黑影裏攔腰抱住，說道：「小油嘴！我卻也尋著你了。」遂輕輕抱出到于葡萄架下，笑道：「你且吃鍾酒著。」一面摟他坐在腿上，兩個一遞一口飲酒。春梅見把婦人兩腿拴吊在架上，便說道：「不知你每甚麼張致，大青天白日裏，一時人來撞見，怪模怪樣的！」西門慶問道：「角門子關上了不曾？」春梅道：「我來時扣上來了。」西門慶道：「小油嘴！看我投個肉壺，名喚金彈打銀鵝你瞧。若打中一彈，我吃一鍾酒。」于是向水碗內取了枚玉黃李子，向婦人一連打了三個，這西門慶一連吃了三鍾藥五香酒。又令春梅斟了一鍾兒，遞與婦人吃。急的婦人春心沒亂，又不好去叫出來的，只是朦朧星眼，四肢軃然于枕簟之上，口中叫道：「好個作怪的冤家！捉弄奴死了！」鶯聲顫掉。那西門慶叫春梅在旁打著扇，只顧吃酒不理他。吃來吃去，仰臥在醉翁椅兒上打睡，就睡著了。春梅見他醉睡，走來摸摸，打雪洞內一溜煙往後邊去了。聽見有人叫角門，開了門，原來是李瓶兒。由著西門慶睡了一個時辰，睜開眼醒來，看見婦人還吊在架下，兩隻白生生腿兒蹺在兩邊，雙目瞑息，四肢微收，西門慶慌了，急解其縛，于是把婦人扶坐，半日星眸驚閃，甦省過來。因向西門慶作嬌泣聲說道：「我的達達！你今日怎的這般大惡！險不喪了奴之性命。今後再不可這般所為，不是耍處。我如今頭目森森然，莫知所之矣。」西門慶見日色已西，連忙替他披上衣裳，叫了春梅、秋菊來，收拾衾枕，同扶他歸房。

春梅回來，看著秋菊收了吃酒的家火。纔待關花園門，來昭的兒子小鐵棍兒從花架下鑽出來趕著春梅問姑娘要果子吃。春梅道：「小囚兒！你在那裏來？」把了幾個李子桃子與他，說道：「你爺醉了，還不往前邊去。只怕他看見打你。」那猴子❹接了果子，一直去了。春梅關了花園門，回房來打發西門慶與婦人上床就寢，不在話下。正是：朝隨金谷宴，暮伴紅樓娃。休道歡娛處，流光逐暮霞。

畢竟未知後來何如，且聽下回分解。

❹猴子：頑童。

第二十八回　陳經濟因鞋戲金蓮　西門慶怒打鐵棍兒

風波境界立身難，處世規模要放寬。
萬事盡從忙裏錯，此心須向靜中安。
路當平處行更穩，人有常情耐久看。
直到始終無悔吝，纔生枝節便多端。

話說西門慶扶婦人到房中，脫去上下衣裳，著薄纊短襦，赤著身體。婦人只著紅紗抹胸兒。兩個並肩疊股而坐，重斟盃酌，復飲香醪。西門慶一手摟著他粉項，一遞一口和他吃酒，極盡溫存之態。睨視婦人雲鬟斜嚲，酥胸半露，嬌眼迤斜，猶如沈醉楊妃一般，淫思益熾，復與婦人交接。是夜二人淫樂，為之無度。

一宿晚景題過。到次日，西門慶往外邊去了。婦人約飯時起來，換睡鞋。尋昨日腳上穿的那一雙紅鞋，左來右去少一隻。問春梅。春梅說：「昨日我和爹搊扶著娘進來，秋菊抱娘的鋪蓋來。」婦人叫了秋菊來問。秋菊道：「我昨日沒見娘穿著鞋進來。」婦人道：「你看胡說！我沒穿鞋進來，莫不我精著腳進來了。」秋菊道：「娘，你穿著鞋，怎的屋裏沒有？」婦人罵道：「賊奴才，還裝憨兒！無故只在這屋裏，你替我老實尋是的。」這秋菊三間屋裏，床上床下，到處尋了一遍，那裏討那隻鞋來。婦人道：「端的我這屋裏有鬼，攝了我這隻鞋去了？連我腳上穿的鞋也不見了，要你這奴才在屋裏做甚麼？」秋菊道：「倒只怕娘忘記，落在花園裏，沒曾穿進來。」婦人道：「敢是㑳昏了！我鞋穿在腳上沒穿在腳上，我不知道。」叫春梅：「你跟著這賊奴才往花園裏尋去。尋出來便罷，若尋不出我的鞋來，教他院子裏頂著石頭跪著。」這春梅真個押著他，花園到處並葡萄架跟前，尋了一遍兒，那裏得來？再有一隻也沒了。正是：都被六丁收拾去，蘆花明月竟難尋。尋了一遍兒回來。春梅罵道：「奴才！你媒人婆迷了路兒，沒的說了。王媽媽賣了磨，推不的了。」秋菊道：「好，省恐人家不知，甚麼人偷了娘的這隻鞋去了。我沒曾見娘穿進屋裏去。敢是你昨日開花園門，放了那個拾了娘的鞋去了？」被春梅一口稠唾沫噦了去，罵道：「賊見鬼的奴才！又攪纏起我來了。六娘叫門，我不替他開？可可兒的就放進人來了！你抱著娘的鋪蓋，就不經心瞧瞧，還敢說嘴兒！」一面押他到屋裏，回婦人說沒有鞋。婦人教採出他院子裏跪著。秋菊把臉哭喪下水來說：「等我再往花園裏尋一遍。尋不著隨娘打罷。」春梅道：「娘休信他。花園裏地也掃得乾乾淨淨的，就是針也尋出來。那裏討鞋來？」秋菊道：「等我尋不出來，教娘打就是了。你在旁戳舌兒怎的！」婦人向春梅道：「也罷，你跟著他這奴才，看他那裏尋去。」這春梅又押他在花園山子底下各雪洞兒花池邊松牆下，尋了一遍，沒有。他也慌了。被春梅兩個耳刮子，就拉回來見婦人。秋菊道：「還有那個雪洞裏沒尋哩。」春梅道：「那裏藏春塢是爹的煖房兒，娘這一向又沒到那裏。我看那裏尋不出來，我和你答話！」于是押著他到于藏春塢雪洞內。正面是張坐床，旁邊香几上都尋到沒有。又向書篋內尋。春梅道：「這書篋內都是他的拜帖紙，娘的鞋怎的到這裏？沒的摭溜子❶

挃工夫兒。翻的他恁亂騰騰的，惹他看見，又是一場兒！你這歪剌骨可死成了。」良久，只見秋菊說道：「這不是娘的鞋！」在一個紙包內裹著些棒兒香排草。取出來與春梅瞧：「可怎的有了娘的鞋？剛纔就調唆打我！」春梅看見果是一隻大紅平底鞋兒，說道：「是娘的。怎麼來到這書篋內？好蹺蹊的事！」于是走來見婦人。婦人問：「有了我的鞋！端的那裏？」春梅道：「在藏春塢爹煖房書篋內尋出來。和些拜帖子紙，排草，安息香，包在一處。」婦人拏在手內，取過他的那隻鞋來一比，都是大紅四季花，嵌八寶段子白綾平底繡花鞋兒，綠提根兒，藍口金兒，惟有鞋上鎖線兒差些。一隻是紗綠鎖線兒，一隻是翠藍鎖線，不仔細認不出來。婦人登在腳上試了試，尋出來這一隻比舊鞋略緊些。方知是來旺兒媳婦子的鞋，不知幾時與了賊強人，不敢拏到屋裏，悄悄藏放在那裏。不想又被奴才翻將出來。看了一回，說道：「這鞋不是我的鞋。奴才快與我跪著去！」分付春梅：「拏塊石頭與他頂著。」那秋菊哭起來說道：「不是娘的鞋，是誰的鞋？我饒替娘尋出鞋來，還要打我。若是再尋不出來，不知還怎的打我哩！」婦人罵道：「賊奴才，休說嘴！」春梅一面掇了塊大石頭，頂在頭上。那時婦人另換了一雙鞋，穿在腳上。嫌房裏熱，分付春梅：「把妝臺放在玩花樓上，那裏梳頭去。」梳了頭，要打秋菊。不在話下。

卻說陳經濟早晨從鋪子裏進來尋衣服。走到花園角門首，小鐵棍兒在那裏正玩著。見陳經濟手裏拏著一副銀網巾圈兒，便問：「姑夫，你拏的甚麼？與了我耍子兒罷。」經濟道：「此是人家當的網巾圈兒，來贖，我尋出來與他。」那小猴子笑嘻嘻道：「姑夫，你與了我耍子罷，我換與你件好物件兒。」經濟道：「傻孩子！此是人家當的。你要，我另尋一副兒與你耍子。你有甚麼好物件，拏來我瞧？」那

❶ 摭溜子：滑頭。

猴子便向腰裏掏出一隻紅繡花鞋兒與經濟看。經濟便問：「是那裏的？」那猴子笑嘻嘻道：「姑夫，我對你說了罷。我昨日在花園裏耍子，看見俺爹吊著俺五娘兩隻腿在葡萄架兒底下，一陣好風搖落。後俺爹進去了，我尋俺春梅姑姑要果子，在葡萄架底下拾了這隻鞋。」經濟接在手裏，曲似天邊新月，紅如退瓣蓮花。把在掌中，恰剛三寸，就知是金蓮腳上之物。便道：「你與了我，明日另尋一對好圈兒與你耍子。」猴子道：「姑夫，你休哄我！我明日就問你要了。」經濟道：「我不哄你。」那猴子一面笑的耍去了。這陳經濟把鞋褪在袖中，自己尋思：「我幾次戲他，他口兒且是活。及到中間，又走滾❷了。不想天假其便，此鞋落在我手裏。今日我著實撩逗他一番，不怕他不上帳兒。」正是：時人不用穿針線，那得工夫送巧來。

經濟袖著鞋，逕往潘金蓮房來。轉過影壁，只見秋菊跪在院內。便戲道：「小大姐，為甚麼來投充了新軍？又掇起石頭來了。」金蓮在樓上聽見，便叫春梅問道：「是誰說他掇起石頭來了？乾淨這奴才沒頂著？」春梅道：「是姐夫來了。秋菊頂著石頭哩。」婦人便叫：「陳姐夫，樓上沒人，你上來不是？」這小夥兒方撥步撩衣上的樓來。只見婦人在樓前面開了兩扇窗兒，掛著湘簾，那裏臨鏡梳頭。這陳經濟走到旁邊一個小凳兒坐下，看見婦人黑油般頭髮，手挽著梳，還拖著地兒，紅絲繩兒扎著。一窩絲攢上，戴著銀絲䯼髻，還墊出一絲香雲。䯼髻內安著許多玫瑰花瓣兒，露著四鬢上。打扮的就是個活觀音。須臾，看著婦人梳了頭，掇過妝臺去，向面盆內洗了手，穿上衣裳，喚春梅：「拏茶來與姐夫吃。」那經濟只是笑，不做聲。婦人因問：「姐夫笑甚麼？」經濟道：「我笑你管情不見了些甚麼兒。」婦人道：

❷ 走滾：改變。

「賊短命！我不見了關你甚事！你怎的曉得？」經濟道：「你看我好心倒做了驢肝肺，你倒訕起我來。恁說我去罷！」抽身往樓下就走。被婦人一把手拉住，說道：「怪短命會張致的！來旺兒媳婦子死了，沒了想頭了。卻怎麼還認的老娘？」因問：「你猜著我不見了甚麼物件兒？」這經濟向袖中取出來，提溜著鞋拽靶兒，笑道：「你看這個好的兒是誰的？」婦人道：「好短命！原來是你偷拏了我的鞋去了。教我打著丫頭繞地裏尋。」經濟道：「你的怎到得我手裏？」婦人道：「我這屋裏，再有誰來？敢是你賊頭鼠腦偷了我這隻鞋去了。」經濟道：「你老人家不害羞！我這兩日又往你這屋裏來？我怎生偷你的？」婦人道：「好賊短命！等我對你爹說，你到偷了我鞋，還說我不害羞。」經濟道：「你只好拏爹來諕我罷了。」婦人道：「你好小膽子兒！明知道和來旺兒媳婦子七個八個，你還調戲他，想那淫婦教你戲弄。既不是你偷了我的鞋，這鞋怎落在你手裏？趁早實供出來，交還與我鞋，你還便益。自古物見主，必索取。但迸半個不字，教你死無葬身之地。」經濟道：「你老人家是個女番子，且是倒會的放刁！這裏無人，咱每好講。你既要鞋，拏一件物事兒我換與你。不然，天雷也打不出去。」婦人道：「好短命！我的鞋應當還我。教換甚物事兒與你？」經濟笑道：「五娘，你拏你袖的那方汗巾兒賞與兒子，兒子與了你的鞋罷。」婦人道：「我明日另尋一方好汗巾兒。這汗巾兒是你爹成日眼裏見過，不好與你的。」經濟道：「我不，別的就與我一百方也不算。一心我只要你老人家這方汗巾兒。」婦人笑道：「好個老成久慣的短命！我也沒氣力和你兩個纏。」于是向袖中取出一方細撮穗，白綾挑線，鶯鶯燒夜香汗巾兒，上面連銀三字兒，都掠❸與他。這經濟連忙接在手裏，與他深深的唱個喏。婦人分付：「你好生藏著，

❸ 掠：丟。借作「撂」字。

休教大姐看見。他不是好嘴頭子。」經濟道：「我知道。」一面把鞋遞與他，如此這般：「是小鐵棍兒昨日在花園裏拾的，今早拏著問我換網巾圈兒耍子」一節告訴了一遍。婦人聽了，粉面通紅，銀牙暗咬，說道：「你看賊小奴才油手！把我這鞋弄的恁漆黑的。看我教他爹打他不打他！」經濟道：「你弄殺我。打了他不打緊，敢就賴在我身上，是我說的。千萬休要說罷。」婦人道：「我饒了小奴才，除非饒了蝎子！」兩個正說在熱鬧處，忽聽小廝來安兒來尋：「爹在前廳請姐夫寫禮帖兒哩。」婦人連忙攛掇他出去了。下的樓來，教春梅取板子來，要打秋菊。秋菊說著不肯躺，說道：「尋將娘的鞋來，娘還要打我。」婦人把剛纔陳經濟拏的鞋遞與他看，罵道：「賊奴才！你把那個當我的鞋，將這個放在那裏？」秋菊看見，把眼瞪了半日，不敢認。說道：「可是怪的勾當！怎生跑出娘的三隻鞋來了！」婦人道：「好大膽奴才！你敢是拏誰的鞋來搪塞我，倒如何說我是三隻腳的蟾！這個鞋從那裏出來了？」不由分說，教春梅拉倒，打了十下。打的秋菊抱股而哭，望著春梅道：「都是你開門，教人進來收了娘的鞋。這回教娘打我。」春梅罵道：「你倒收拾娘鋪蓋，不見了娘的鞋。娘打了你這幾下兒，還敢抱怨人。早是這隻舊鞋，若是娘頭上的簪環不見了，你也推賴個人兒就是了。娘惜情兒，還打的你少。若是我外邊叫個小廝，辣辣的打上他二三十板，看這奴才怎麼樣的！」幾句罵得秋菊忍氣吞聲不言語了。

當下西門慶叫了經濟，到前廳封尺頭禮物，送提刑所賀千戶，新陞了淮安提刑所掌刑正千戶。本衛親識都與他送行，在永福寺，不必細說。西門慶差了玳安送去。廳上陪著經濟吃了飯，歸到金蓮房中。這金蓮千不合萬不合把小鐵棍兒拾鞋之事，告訴一遍，說道：「都是你這沒才料的貨平白幹的勾當，教賊萬殺的小奴才，把我的鞋拾了拏到外頭，誰是沒瞧見？被我知道，要將過來了。你不打與他兩下，到明日慣了他。」西門慶就不問誰告你說來，一沖性子，走到前邊。那小猴子不知，正在石臺基玩耍。被西門慶揪住頂角，拳打腳踢，殺豬也似叫起來，方纔住了手。這小猴子躺在地下，死了半日。慌得來昭兩口子走來，扶救半日甦醒。見小廝鼻口流血，抱他到房裏問，慢慢問他，方知為拾鞋之事。拾了金蓮一隻鞋，因和陳經濟換圈兒，惹起事來。這一丈青氣忿忿的走到後邊廚下，指東罵西，一頓海罵道：「賊不逢好死的淫婦王八羔子！我的孩子和你有甚冤仇？他纔十一二歲，曉的甚麼？知道毯生在那塊兒！平白地調唆打他恁一頓，打的鼻口都流血。假若死了他，淫婦王八兒也不好，稱不了你甚麼願！」于是廚房裏罵了，到前邊又罵，整罵了一二日還不定數。金蓮在房中陪西門慶吃酒，還不知道。

晚夕上床宿歇，西門慶見婦人腳上穿著兩隻紗紬子睡鞋兒，大紅提根兒，因說道：「阿呀！如何穿這個鞋在腳上？怪怪的不好看。」婦人道：「我只一雙紅睡鞋，倒吃小奴才拾了一隻，弄油了我的。那裏再討第二雙來？」西門慶道：「我的兒，你到明日做一雙兒穿在腳上。你不知，我達一心只喜歡穿紅鞋兒，看著心裏愛。」婦人道：「怪奴才！可可兒的來，我想起一件事來，要說又忘了。」因令春梅：「你取那隻鞋來與他瞧。你認的這鞋是誰的鞋？」西門慶道：「我不知道是誰的鞋。」婦人道：「你看，他還打張雞兒❹哩！瞞著我，黃貓黑尾，你幹的好繭兒！一行死了來旺兒媳婦子的一隻臭蹄，寶上珠也一般，收藏在山子底下藏春塢雪洞兒裏拜帖匣子內，攪著些字紙和香兒一處放著。甚麼罕稀物件，也不當家化化❺的！怪不的那賊淫婦，死了墮阿鼻地獄！」指著秋菊罵道：「奴才當我的鞋，又翻出來，教

❹ 打張雞兒：假作癡呆。

❺ 不當家化化：罪過。

我打了幾下。」分付春梅：「趁早與我掠出去！」春梅把鞋掠在地下，看著秋菊說道：「賞與你穿了罷！」那秋菊拾在手裏，說道：「娘這個鞋，只好盛我一個腳指頭兒罷了。」婦人罵道：「賊奴才！還叫甚麼毯娘哩！他是你家主子前世的娘。不然，怎的把他的鞋這等收藏的嬌貴，到明日好傳代。沒廉恥的貨！」秋菊拏著鞋就往外走，被婦人又叫回來，分付：「取刀來，等我把淫婦剁做幾截子，掠到毛司裏去。叫賊淫婦陰山背後，永世不得超生。」因向西門慶道：「你看著越心疼，我越發偏剁個樣兒你瞧。」西門慶笑道：「怪奴才！丟開手罷了。我那裏有這個心。」婦人道：「你沒這個心，你就賭了誓。淫婦死的不知往那去了，你還留著他鞋做甚麼？早晚有省，好思想他。正經俺每和你恁一場，你也沒恁個心兒，還教人和你一心一計哩！」西門慶笑道：「罷了，怪小淫婦兒！偏有這些兒的。他就在時，也沒曾在你跟前行差了禮法。」于是摟過粉項來就親了個嘴，兩個雲雨做一處。正是：動人春色嬌還媚，惹蝶芳心軟又濃。有詩為證：

漫吐芳心說向誰，欲于何處寄相思。
相思有盡情難盡，一日都來十二時。

畢竟未知後來如何，且聽下回分解。

第二十九回　吳神仙貴賤相人　潘金蓮蘭湯午戰

百年秋月與春花，展放眉頭莫自嗟。
吟幾首詩消世慮，酌二盃酒度韶華。
閒敲棋子心情樂，悶撥瑤琴興趣賒。
人事與時俱不管，且將詩酒作生涯。

話說到次日潘金蓮早起，打發西門慶出門，記掛著要做那紅鞋。拏著針線筐兒，往花園翡翠軒臺基兒上坐著，那裏描畫鞋扇❶，使春梅請了李瓶兒來到。李瓶兒問道：「姐姐，你描金的是甚麼？」金蓮道：「要做一雙大紅光素段子白綾平底鞋兒，鞋尖兒上扣繡鸚鵡摘桃。」李瓶兒道：「我有一方大紅十樣錦❷段子，也照依姐姐描恁一雙兒。我要做高底的罷。」于是取了針線筐，兩個同一處做。金蓮描了一隻丟下，說道：「李大姐，你替我描這一隻。等我後邊把孟三姐叫了來。他昨日對我說，他也要做鞋哩。」一直走到後邊。玉樓在房中倚著護炕兒，手中也衲著一隻鞋兒❸哩。金蓮進門，玉樓道：「你早

❶ 鞋扇：布鞋的鞋面。
❷ 十樣錦：花式繁多。

辦？」金蓮道：「我起的早，打發他爹往門外與賀千戶送行去了。教我約下李大姐，花園裏趕早涼做些生活。等住回日頭過熱了做不的。我纔描了一隻鞋，教李大姐替我描著，逕來約你同去，咱三個一答兒哩好做。」因問：「你手裏衲的是甚麼鞋？」玉樓道：「是昨日你看我開的那雙幺色段子鞋。」金蓮道：「你好漢，又早衲出一隻來了！」玉樓道：「那隻昨日就衲了。這一隻又衲了好些了。」金蓮接過看了一回，說：「你這個到明日使甚麼雲頭子？」玉樓道：「我比不得你每小後生，花花黎黎。我老人家了，使羊皮金緝的雲頭子罷。週圍拏紗綠線鎖出白山子兒上，白綾高底穿，好不好？」金蓮道：「也罷。你快收拾咱去來！李瓶兒那裏等著哩。」玉樓道：「你坐著，咱吃了茶去。」金蓮道：「不吃罷，咱拏了茶那裏吃去來。」玉樓分付蘭香頓下茶送去。兩個婦人手拉著手兒，袖著鞋扇，逕往外去。吳月娘在上房穿廊下坐，便問：「你每那去？」金蓮道：「李大姐使我替他叫孟三兒，去與他描鞋。」說著一直來到花園內。三人一處坐下，拏起鞋扇，你瞧我的，我瞧你的，都瞧了一遍。先是春梅拏茶來吃了，然後李瓶兒那邊的茶到。孟玉樓房裏蘭香落後纔拏茶至，三人吃了。玉樓便道：「六姐，你平白又做平底子紅鞋做甚麼？不如高底鞋好看。你若嫌木底子響腳，也似我用氈底子卻不好？走著又不響。」金蓮道：「不是穿的鞋，是睡鞋。也是他爹因我不見了那隻睡鞋，被小奴才兒偷了，弄油了我的，分付教我從新又做這雙鞋。」玉樓道：「又說鞋哩，這個也不是舌頭。李大姐在這裏聽著：昨日因你不見了這隻鞋，來昭家孩子小鐵棍兒，怎的花園裏拾了。後來不知你怎的知道了，對他爹說，打了小鐵棍兒一頓。說把他猴子打的鼻口流血，躺在地下死了半日。惹的一丈青好不在後邊海罵。罵那個淫婦王八羔子學舌，打

---

❸ 衲著一隻鞋兒：衲鞋，同第十三回註⓯。

了他小廝。說他小廝一點尿不曉孩子，曉的甚麼？便唆調打了他恁一頓。早是活了，若死了，淫婦王八羔子也不得清潔。俺再不知罵淫婦王八羔子是誰。落後小鐵棍兒進來，他大姐姐問他：『你爹為甚麼打你？』小廝纔說：『因在花園裏耍子，拾了一隻鞋，問姑夫換圈兒來。不知甚麼人對俺爹說了，教爹打我一頓。我如今尋姑夫，問他要圈兒去也。』說畢，一直往前跑了。原來罵的王八羔子是陳姐夫。早是只李嬌兒在旁邊坐著，大姐沒在跟前。若聽見時，又是一場兒。」金蓮問：「大姐姐沒說甚麼？」玉樓道：「你還說哩，大姐姐好不說你哩！說：『如今這一家子亂世為王，九條尾狐狸精出世了。把昏君禍亂的貶子休妻。想著去了的來旺兒小廝，好好的從南邊來了，東一帳西一帳，說他老婆養著主子，又說他怎的拏刀弄杖。成日做賊哩，養汗哩，生生兒禍弄的打發他出去了。把個媳婦又逼臨的吊死了。如今為一隻鞋子，又這等驚天動地反亂。你的鞋好好穿在腳上，怎的教小廝拾了？想必吃醉了，在那花園裏和漢子不知怎的餳成一塊，纔掉了鞋。如今沒的摭羞，拏小廝頂缸，打他這一頓。又不曾為甚麼大事。』」金蓮聽了道：「沒的那扯毬淡！甚麼是大事？殺了人是大事了，奴才拏刀子要殺主子！」向玉樓道：「孟三姐，早是瞞不了你。咱兩個聽見來興兒說了一聲，諕的甚麼樣兒的。你是他的大老婆，倒說這個話。你也不管，我也不管，教奴才殺了漢子纔好？老婆成日在你那後邊使喚，你縱容著他，不管教他。欺大滅小，和這個合氣，和那個合氣。各人冤有頭債有主。你揭條我，我揭條你，吊死了你還瞞著漢子不說。早時苦了錢，好人情說下來了。不然怎了？你這的推乾淨，說面子話兒，左右是左右，我調唆漢子也罷。若不教他把奴才老婆漢子，一條提❹攛的離門離戶，也不算恒屬人，挾不到我井裏頭。」玉樓見金蓮粉

❹ 一條提：連帶一起。

面通紅惱了，又勸道：「六姐，你我姊妹都是一個人。我聽見的話兒有個不對你說？說了只放在你心裏，休要使出來。」金蓮不依他。到晚，等的西門慶進入他房來，一五一十告西門慶，說來昭媳婦子一丈青怎的在後邊指罵，說你打了他孩子，要邏楂兒和人攘。這西門慶不聽便罷，聽了記在心裏。到次日，要攢來昭三口子出門。多虧月娘再三攔截下，不容他在家，打發他往獅子街房子那看守，替了平安兒來家看守大門。後次，月娘知道，甚惱金蓮，不在話下。正是：事不三思終有悔，人逢得意早回頭。

卻說西門慶在前廳打發來昭三口子搬移獅子街看守房屋去。一日正在前廳坐，忽有看守大門的平安兒來報：「守備府周爺差人送了一位相面先生，名喚吳神仙，在門首伺候見爹。」西門慶道：「來人進見。」遞上守備帖兒，然後道：「有請。」須臾，那吳神仙頭戴青布道巾，身穿布袍草履，腰繫黃絲雙穗絲，手執龜殼扇子，自外飄然進來。年約四十之上，生的神清如長江皓月，貌古似太華喬松，威儀凜凜，道貌堂堂。原來神仙有四般古怪：身如松、聲如鐘、坐如弓、走如風。但見他：能通風鑑，善究子平。觀乾象能識陰陽，察龍經明知風水。五星深講，三命秘談。審格局，決一世之榮枯；觀氣色，定行年之休咎。若非華岳修真客，定是成都賣卜人。西門慶見神仙進來，忙降階迎接，接至廳上。神仙見西門慶長揖，稽首禮就坐。須臾，茶罷。西門慶：「動問神仙，高名雅號？仙鄉何處？因何與周大人相識？」那吳神仙坐上欠身道：「貧道姓吳名奭，道號守真，本貫浙江仙遊人。自幼從師天台山紫虛觀出家，雲遊上國。因往岱宗訪道，道經貴處。周老總兵相約，看他老夫人目疾，特送來府上觀相。」西門慶道：「老仙長會那幾家陰陽？道那幾家相法？」神仙道：「貧道粗知十三家子平，善曉麻衣相法。又曉六壬神課。常施藥救人，不愛世財。隨時住世。」西門慶聽言，益加敬重。誇道：「真乃謂之神仙也！」一面令左右放桌兒，擺齋管待神仙。神仙道：「周老總兵送貧道來，未曾觀相造，可先要賜齋？」西門慶笑道：「仙長遠來，已定未用早齋。待用過看命未遲。」于是陪著神仙吃了些齋食素饌。抬過桌席，拂抹乾淨，討筆硯來。神仙道：「請先觀貴造，然後觀相尊容。」西門慶便說與八字：「屬虎的，二十九歲了，七月二十八日子時生。」這神仙暗暗掐指尋紋，良久說道：「官人貴造丙寅年，辛酉月，壬午日，丙子時，七月廿三日白露，已交八月算命。月令提剛辛酉，理傷官格。子平云：傷官傷盡復生財，財旺生官福轉來。立命申宮，是城頭土命。七歲行運辛酉，十七行壬戌，二十七癸亥，三十七甲子，四十七乙丑。官人貴造，依貧道所講，元命貴旺，八字清奇，非貴則榮之造。但戊土傷官生在七、八月，身忒旺了。幸得壬午日干，丑中有癸水。水火相濟，乃成大器。丙子時，丙合辛生，後來定掌威權之職。一生盛旺，快樂安然，發福遷官，主生貴子。為人一生耿直，幹事無二。喜則和氣春風，怒則迅雷烈火。一生多得妻財，不少紗帽戴。臨死有二子送老。今歲丁未流年，丁壬相合。目下丁火來剋。若你剋我者為官為鬼，必主平地登雲之喜，添官進祿之榮。大運見行癸亥，戊土得癸水滋潤，定見發生。目下透出紅鸞天喜，定有熊羆之兆。又命宮驛馬臨申，不過七月必見矣。」西門慶問道：「我後來運限何如？有災沒有？」神仙道：「官人休怪我說，但八字中不宜陰水忒多。後到甲子運中，常在陰人之上，只是多了底流星打攪，又被了壬午日破了，不出六六之年，主有嘔血流膿之災，骨瘦形衰之病。」西門慶問道：「于今如何？」神仙道：「目今流年，只多日逢破財，五鬼在家炒鬧。些小氣惱，不足為災，都被喜氣神臨門沖散了。」西門慶道：「命中還有敗否？」神仙道：「年趕著月，月趕著日，實難矣。」西門慶聽了，滿心歡喜。便道：「先生，你相我面何如？」神仙道：「請尊容轉正，貧道觀之。」西門慶把座兒掇了一掇。神仙相道：「夫相者，有心無相，相逐心生。有相無心，相隨心往。吾觀官人頭圓項短，必為享福之人；體健觔強，決是英豪之輩；天庭高聳，一生衣祿無虧；地閣方圓，晚歲榮華定取；此幾椿兒好處。還有幾椿不足之處，貧道不敢說。」西門慶道：「仙長但說無妨。」神仙道：「請官人走兩步看。」西門慶真個走了幾步。神仙道：「你行如擺柳，必主傷妻。魚尾多紋，定終須勞碌。眼不哭而淚汪汪，心無慮而眉縮縮。若無刑剋，必損其身。妻宮剋過方可。」西門慶道：「已刑過了。」神仙道：「請出手看一看。」西門慶舒手來與神仙看。神仙道：「智慧生于皮毛，苦樂觀于手足。細軟豐潤，必享福逸祿之人也；兩目雌雄，必主富而多詐；眉抽二尾，一生常自足歡娛；根有三紋，中主必然多耗散；奸門紅紫，一生廣得妻財。黃氣發于高曠，旬日內必定加官，紅色起于三陽，今歲間必生貴子。又有一件不敢說。淚堂豐厚，亦主貪花；谷道亂毛，號為淫抄。且喜得鼻乃財星，驗中年之造化；承漿地閣，管末世之榮枯。」

承漿地閣要豐隆，準乃財星居正中。
生平造化皆由命，相法玄機定不容。

神仙相畢，西門慶道：「請仙長相相房下眾人。」一面令小廝：「後邊請你大娘出來。」于是李嬌兒、孟玉樓、潘金蓮、李瓶兒、孫雪娥等眾人都跟出來，在軟屏後潛聽。神仙見月娘出來，連忙道了稽首，也不敢坐，在旁觀相：「請娘子尊容轉正。」那吳月娘把面容朝看廳外。神仙端詳了一回，說：「娘子面如滿月，家道興隆；唇若紅蓮，衣食豐足；必得貴而生子。聲響神清，必益夫而發福。請出手來。」

月娘從袖口中露出十指春蔥來。神仙道：「乾薑之手，女人必善持家。照人之鬢，坤道定須秀氣。這幾椿好處。還有些不足之處，休道貧道直說。」西門慶道：「仙長但說無妨。」神仙道：「淚堂黑痣，若無宿疾，必刑夫。眼下皺紋，亦主六親若冰炭。」

女人端正好容儀，緩步輕如出水龜。
行不動塵言有節，無肩定作貴人妻。

相畢，月娘退後。西門慶道：「還有小妾輩，請看看。」于是李嬌兒過來。神仙觀看良久：「此位娘子，額尖鼻小，非側室，必三嫁其夫。肉重身肥，廣有衣食而榮華安享。肩聳聲泣，不賤則孤。鼻梁若低，非貧即夭。請步幾步我看。」李嬌兒走了幾步。神仙道：

額尖露臀並蛇行，早年必定落風塵。
假饒不是娼門女，也是屏風後立人。

相畢，李嬌兒下去。吳月娘叫：「孟三姐，你也過來相一相。」神仙觀著：「這位娘子，三停平等，一生衣祿無虧。六府豐隆，晚歲榮華定取。平生少疾，皆因月孛光輝。到老無災，大抵年宮潤秀。請娘子走兩步。」玉樓走了兩步。神仙道：

口如四字神清徹，溫厚堪同掌上珠。

威媚兼全財命有，終主刑夫兩有餘。

玉樓相畢，叫潘金蓮過來。那潘金蓮只顧嬉笑，不肯過來。月娘催之再三，方纔出見。神仙抬頭觀看這個婦人，沈吟半日，方纔說道：「此位娘子，髮濃鬢重，光斜視以多淫；臉媚眉彎，身不搖而自顫。面上黑痣，必主刑夫。人中短促，終須壽夭。」

舉止輕浮惟好淫，眼如點漆壞人倫。
月下星前長不足，雖居大廈少安心。

相畢金蓮，西門慶又叫李瓶兒上來，教神仙相一相。神仙觀看這個女人：「皮膚香細，乃富室之女娘；容貌端莊，乃素門之德婦。只是多了眼光如醉，主桑中之約；眉靨漸生，月下之期難定。觀臥蠶明潤而紫色，必產貴兒。體白肩圓，必受夫之寵愛。常遭疾厄，只因根上昏沈；頻遇喜祥，蓋謂福星明潤。此幾樁好處。還有幾樁不足處，娘子可當戒之。山根青黑，三九前後定見哭聲。法令細纏，雞犬之年焉可過。慎之，慎之！」

花月儀容惜羽翰，平生良友鳳和鸞。
朱門財祿堪依倚，莫把凡禽一樣看。

相畢，李瓶兒下去。月娘令孫雪娥出來相一相。神仙看了，說道：「這位娘子體矮聲高，額尖鼻小，雖然出谷遷喬，但一生冷笑無情，作事機深內重。只是吃了這四反的虧，後來必主凶亡。夫四反者，唇反無稜、耳反無輪、眼反無神、鼻反不正故也。」

燕體蜂腰是賤人，眼如流水不廉真。
常時斜倚門兒立，不為婢妾必風塵。

雪娥下去，月娘教大姐上來相一相。神仙道：「這位女娘鼻梁仰露，破祖刑家。聲若破鑼，家私消散。面皮太急，雖溝洫長而壽亦夭。行如雀躍，處家室而衣食缺乏。不過三九，常受折磨。」

惟夫反目性通靈，父母衣食僅養身。
狀貌有拘難顯達，不遭惡死也艱辛。

大姐相畢，教春梅也上來教神仙相相。神仙睜眼兒見了春梅，年約不上二九，頭戴銀絲雲髻兒，白線挑衫兒，桃紅裙子，藍紗比甲兒，纏手縛腳出來，道了萬福。神仙觀看良久，相道：「此位小姐五官端正，骨格清奇，髮細眉濃，稟性要強。神急眼圓，為人急躁。山根不斷，必得貴夫而生子。兩額朝拱，主早年必戴珠冠。行步若飛仙，聲響神清，必益夫而得祿。三九定然封贈。但吃了這左眼大，早年剋父；右眼小，周歲剋娘。左口角下只一點黑痣，主常沾啾唧之災；右腮一點黑痣，一生受夫愛敬。」

天庭端正五官平，口若塗硃行步輕。

倉庫豐盈財祿厚，一生常得貴人憐。

神仙相畢，眾婦女皆咬指以為神相。西門慶封白銀五兩與神仙，又賞守備府來人銀五錢，拏拜帖回謝。吳神仙再三辭卻，說道：「貧道雲遊四方，風餐露宿，化救萬道。周總兵送將過來，可一時之情耳。要這財何用？決不敢受。」西門慶不得已，拏出一疋大布：「送仙長做一件大衣何如？」神仙方纔受之。令小童接了，收在經包內，稽首拜謝。西門慶送出大門，揚長飄然而去。正是：拄杖兩頭挑日月，葫蘆一個隱山川。

西門慶送神仙出，回到後廳問月娘：「眾人所相何如？」月娘道：「相的也都好。只是三個人相不著。」西門慶道：「那三個人相不著？」月娘道：「相李大姐有實疾，到明日生貴子。他見將今懷著身孕，這個也罷了。相咱家大姐到明日受折磨，不知怎的折磨？相春梅後日來也生貴子，或者只怕你用了他。各人子孫也看不見。我只不信說他春梅後來戴珠冠，有夫人之分。端的咱家又沒官，那討珠冠來？就有珠冠，也輪不到他頭上。」西門慶笑道：「他相我目下有平地登雲之喜，加官進祿之榮。我那得官來？他見春梅和你站在一處，又打扮不同，戴著銀絲雲髻兒，只當是你我親生養女兒一般，或後來匹配名門，招個貴婿，故說有些珠冠之分。自古算的著命，算不著好。相逐心生，相隨心滅。周大人送來，咱不好囂了他的頭❺，教他相相除疑罷了。」說畢，月娘房中擺下飯，打發吃了飯。西門慶手拏芭蕉扇兒，信步閒遊，來花園大捲棚內聚景堂內，週圍放下簾櫳，四下花木掩映。正值日當午時分，只聞綠陰

❺ 囂頭：失面子。

深處，一派蟬聲。忽然風送花香，襲人撲鼻。有詩為證：

綠樹陰濃夏日長，樓臺倒影入池塘。
水晶簾動微風起，一架薔薇滿院香。
別院深沈夏草青，石榴開遍透簾明。
槐陰滿地日卓午，時聽新蟬噪一聲。

西門慶坐于椅上，以手扇搖涼。只見來安兒畫童兒兩個小廝來井上打水。西門慶道：「叫一個來拏澆冰安放盆內。」來安兒忙走向前。西門慶分付：「到後邊對你春梅姐說，有梅湯提一壺來，放在這冰盤內湃著。」來安兒應諾去了。半日，只見春梅家常露著頭，戴著銀絲雲髻兒，穿著毛青布褂兒，桃紅夏布裙子，手提一壺蜜煎梅湯，笑嘻嘻走來，問道：「你吃了飯了？」西門慶道：「我在後邊上房裏吃了。」春梅：「嗔道不進房裏來。把這梅湯放在冰內湃著你吃。」西門慶點頭兒。春梅湃上梅湯，走來扶著椅兒，取過西門慶手中芭蕉扇兒，替他打扇，問道：「頭裏大娘和你說甚麼話來？」西門慶道：「說吳神仙相面一節。」春梅道：「那道士平白說戴珠冠。教大娘說：『有珠冠只怕輪不到他頭上。』常言道：『凡人不可貌相，海水不可斗量。』從來旋的不圓砍的圓，各人裙帶上衣食，怎麼料得定？莫不長遠只在你家做奴才罷！」西門慶笑道：「小油嘴兒，自胡亂！你若到明日有了娃兒，就替你上了頭。」于是把他摟到懷裏，手扯著手兒玩耍。問他：「你娘在後邊，在屋裏怎的不見？」春梅道：「娘在屋裏，教秋菊熱下水要洗浴。等不的，就在床上睡了。」西門慶道：「等我吃了梅湯，等我摑混他一混去。」

于是春梅向冰盆倒了一甌兒梅湯，與西門慶呷了一口，湃骨之涼，透心沁齒，如甘露灑心一般。須臾吃畢，搭伏著春梅肩膀兒，轉過角門，來到金蓮床房中，掀開簾櫳進來，看見婦人睡在正面一張新買的螺鈿床上。原是因李瓶兒房中安著一張螺鈿廠廳床，婦人旋教西門慶使了六十兩銀子也替他也買了這一張螺鈿有欄杆的床。兩邊槅扇，都是螺鈿攢造。安在床內，樓臺殿閣，花草翎毛。裏面三塊梳背，都是松竹梅，歲寒三友。掛著紫紗帳幔，錦帶銀鈎。兩邊香毬吊掛。婦人赤露玉體，只著紅綃抹胸兒，蓋著紅紗衾，枕石鴛鴦枕，在涼席之上，睡思正濃。房裏異香噴鼻。西門慶令春梅帶上門出去，悄悄脫了衣褲，上的床來，掀開紗被。婦人睜開眼笑道：「怪強盜！三不知多咱進來！奴睡著了就不知道，奴睡的甜甜兒，摑混死了我！」西門慶道：「我便罷了。若是有個生漢子進來，你也推不知道罷！」婦人道：「我不好罵的！誰人七個頭八個膽，敢進我這房裏來？只許了你恁沒大沒小的罷了。」原來婦人因前日西門慶在翡翠軒誇獎李瓶兒身上白淨，就暗暗將茉莉花蕊兒攪酥油定粉，把身上都搽遍了。搽的白膩光滑，異香可掬。使西門慶見了愛他，以奪其寵。西門慶于是見他身體雪白，穿著新做的兩隻大紅睡鞋。婦人道：「怪貨！只顧端詳甚麼？奴的身上黑，不似李瓶兒的身上白就是了。」西門慶問道：「說你等著我洗澡來？」婦人問道：「你怎得知道來？」西門慶把春梅告訴他話說了一遍。婦人道：「你洗，我教春梅掇水來。」不一時把浴盆掇到房中，注了湯，二人下床來，同浴蘭湯，共效魚水之歡。當下添湯換水，洗浴了一回。當下二人搽抹身體乾淨，撒去浴盆，只著薄纊短襦，上床安放炕桌，果酌飲酒，教秋菊：「取白酒來與你爹吃。」又向床閣板上方盒中拏果餡餅與西門慶吃。恐怕他肚中饑餓。只見秋菊半日拏上一銀注子酒來。婦人纔待斟在鍾上，摸了摸冰涼的。就照著秋菊臉上只一潑，潑了一頭一臉，罵道：

「好賊少死的奴才！我分付教你篩了來，如何拏冷酒與爹吃？你不知安排些甚麼心兒！」叫春梅：「與我把這奴才採到院子裏跪著去。」春梅道：「我替娘後邊捲裏腳去來，一些兒沒在跟前，你就弄下磣兒了。」那秋菊把嘴谷都著，口裏喃喃吶吶說道：「每日爹娘還吃冰湃的酒兒，誰知今日又改了腔兒！」婦人聽見罵道：「好賊奴才！你說甚麼？與我採過來！」教春梅：「每邊臉上打與他十個嘴巴！」春梅道：「皮臉沒的打污濁了我手，娘只教他頂著石頭跪著罷。」于是不由分說，拉到院子內，教他頂著塊大石頭跪著，不在話下。婦人從新教春梅煖了酒來，陪西門慶吃了幾鍾。掇去酒桌，放下紗帳子來。分付拽上房門，兩個抱頭交股體倦而寢。正是：若非群玉山頭覓，多是陽臺夢裏尋。

畢竟未知後來何如，且聽下回分解。

第三十回　來保押送生辰擔　西門慶生子喜加官

得失榮枯總是閒，機關用盡也徒然。
人心不足蛇吞象，世事到頭螳捕蟬。
無藥可醫卿相壽，有錢難買子孫賢。
家常寸分隨緣過，便是逍遙自在天。

話說西門慶與潘金蓮兩個洗畢澡，就睡在房中。春梅坐在穿廊下一張涼椅兒上納鞋。只見琴童兒在角門首探頭舒腦的觀看。春梅問道：「你有甚話說？」那琴童又見秋菊頂著石頭跪在院內，只顧用手往來指。春梅罵道：「怪囚根子！你有甚麼話，說就是了。指手畫腳怎的？」那琴童笑了半日，方纔說：「有看墳的張安兒在外邊等爹說話哩。」春梅道：「賊囚根子！張安就是了，何必大驚小怪，見鬼也似悄悄兒的！爹和娘在屋裏睡著了，驚醒他你就是死。你且教張安在外邊等等兒。」那琴童兒走出來外邊，約等夠半日，又走來角門首踅探，問：「姐，爹起來了不曾？」春梅道：「怪囚！失張冒勢❶，恁諕我一跳。有要沒緊兩頭回來遊魂哩！」琴童道：「張安等爹出去見了，說了話，還要趕出門去，怕天晚了。」

❶ 失張冒勢：冒冒失失。

春梅道：「爹娘正睡的甜甜兒的，誰敢攪擾他。你教張安且等著去。十分晚了，教他明日去罷。」正說著，不想西門慶在房裏聽見，便叫春梅進房，問：「誰說話？」春梅道：「琴童小厮進來說，墳上張安兒在外邊見爹說話哩。」西門慶道：「拏衣我穿。等我起去。」春梅一面打發西門慶穿衣裳。金蓮便問：「張安來說甚麼話？」西門慶道：「張安前日來說，咱家墳隔壁趙寡婦家莊子兒，連地要賣，價錢三百兩銀子。我只還他二百五十兩銀子，教張安和他講去。若成了，我教賁四和陳姐夫去兌銀子。裏面一眼井，四個井圈打水。我買了這莊子，展開合為一處，裏面蓋三間捲棚，三間廳房，疊山子花園，松牆槐樹棚，井亭射箭廳，打毬場耍子去處，破使幾兩銀子收拾也罷。」婦人道：「也罷，咱買了罷。明日你娘每上墳，到那裏好遊玩耍子。」說畢，西門慶往前邊和張安說話去了。

金蓮起來，向鏡臺前重勻粉臉，再整雲鬟，出來院內要打秋菊。那春梅旋去外邊叫了琴童兒來吊板子。金蓮便問道：「教你拏酒，你怎的拏冷酒與你爹吃？原來你家沒大了。說著你還丁嘴鐵舌❷兒的！」喝聲：「叫琴童兒與我老實打與這奴才二十板子。」那琴童纔打到十板子上，多虧了李瓶兒笑嘻嘻走過來勸住了，饒了他十板。金蓮教與李瓶兒磕了頭，放他起來，廚下去了。李瓶兒道：「老馮領了個十五歲的丫頭，後邊二姐姐買了房裏使喚，要七兩五錢銀子。請你過去瞧瞧，要送與他去哩。」這金蓮遂與李瓶兒一同後邊去了。李嬌兒果然問了西門慶，用七兩銀子買了丫頭改名夏花兒，房中使喚，不在話下。

安下一頭，卻說一處。單表來保同吳主管押送生辰擔，自從離了清河縣，一路朝登紫陌，暮踐紅塵，飢餐渴飲，夜住曉行。正值大暑炎蒸天氣，爍石流金之際，路上十分難行。評話捷說有日到了東京萬壽

---

❷ 丁嘴鐵舌：嘴硬，言語不肯讓人。丁，借作「釘」。

門外，尋客店安下。到次日，賫抬馱箱禮物，逕到天漢橋蔡太師府門前伺候。來保教吳主管押著禮物，他穿上青衣，逕向守門官吏唱了個喏。那守門官吏問道：「你是那裏來的？」來保道：「我是山東清河縣西門員外家人，來與老爺進獻生辰禮物。」官吏罵道：「賊少死野囚軍！你那裏便興你東門員外、西門員外，俺老爺當今一人之下萬人之上不論三臺八位，不論公子王孫，誰敢在老爺府前這等稱呼？趁早靠後。」內中有認的來保的，便安撫來保說道：「此是新參的守門官吏，纔不多幾日，他不認的你，休怪。你要稟見老爺，等我請出翟大叔來。」這來保便向袖中取出一包銀子，重一兩，遞與那人。那人道：「我倒不消，你再添一分，與那兩個官吏。休和他一般見識。」來保連忙拏出三包銀子來，每人一兩，都打發了。那官吏纔有些笑容兒，說道：「你既是清河縣來的，且略候候。等我領你先見翟管家。老爺纔從上清寶籙宮進了香回來，書房內睡。」良久，請到翟管家出來，穿著涼鞋淨襪，青絲絹道袍。來保見了，先磕下頭去。翟管家答禮相還，說道：「前者累你。你來與老爺進生辰擔禮來了。」來保先遞上一封揭帖，腳下人捧著一對南京尺頭，三十兩白金，說道：「家主西門慶多上覆翟爹。無物表情，這些薄禮與翟爹賞人。前者，鹽客王四之事，多蒙翟爹費心。」翟謙道：「此禮我不當受罷！罷，我且收下。」來保又遞上太師壽禮帖兒看了，還付與來保。分付：「把禮抬進來，到二門裏首伺候。」原來二門西首，有三間倒座。來往雜人，都在那裏待茶。須臾，一個小童拏了兩盞茶來，與來保、吳主管吃了。

少頃，太師出廳。翟謙先稟知太師。太師然後令來保、吳主管進見，跪于階下。翟謙先把壽禮揭帖，呈遞與太師觀看。來保、吳主管各捧獻禮物。但見黃烘烘金壺玉盞，白晃晃減靸仙人。良工製造費工夫，巧匠鑽鑿人罕見。錦繡蟒衣，五彩奪目；南京紵段，金碧交輝。湯羊美酒，盡貼封皮；異果時新，高堆盤榼。如何不喜。便道：「這禮物決不好受的，你還將回去。」于是慌了來保等，在下叩頭說道：「小的主人西門慶沒甚孝順。些小微物，進獻老爺賞人便了。」太師道：「既是如此，令左右收了。」旁邊左右祇應人等，把禮物盡行收下去。太師又道：「前日那滄州客人王四等之事，我已差人下書與你巡撫侯爺說了。可見了分上不曾？」來保道：「蒙老爺天恩書到，眾鹽客都牌提到鹽運司，與了勘合，都放出來了。」太師因向來保說道：「禮物我故收了。累次承你主人費心，無物可伸，如何是好！你主人身上可有甚官役？」來保道：「小的主人一介鄉民，有何官役？」太師道：「既無官役，昨日朝廷欽賜了我幾張空名告身箚付，我安你主人在你那山東提刑所，做個理刑副千戶，頂補千戶賀金的員缺，好不好？」來保慌的叩頭謝道：「蒙老爺莫大之恩，小的家主舉家粉首碎身，莫能報答。」于是喚堂後官，抬書案過來，即時僉押了一道空名告身箚付，把西門慶名字填註上面，列銜金吾衛衣左所副千戶，山東等處提刑所理刑。向來保道：「你二人替我進獻生辰禮物，多有辛苦。」因問：「後邊跪的，是你甚麼人？」來保纔待說是夥計，那吳主管向前道：「小的是西門慶舅子，名喚吳典恩。」太師道：「你既是西門慶舅子，我觀你倒好個儀表。喚堂後官取過一張箚付，我安你在本處清河縣做個駙丞，倒也去的？」那吳典恩慌的磕頭如搗蒜。又取過一張箚付來，把來保名字填寫山東鄆王府，做了一名校尉。俱磕頭謝了，領了箚付。分付：「明日早晨，吏兵二部掛號，討勘合，限日上任應役。」又分付翟謙：「西廂房管待酒飯。討十兩銀子與他二人做路費。」不在話下。看官聽說：那時徽宗天下失政，奸臣當道，讒佞盈朝。高、楊、童、蔡四個奸黨，在朝中賣官鬻獄，賄賂公行。懸秤陞官，指方補價。夤緣鑽刺者，驟陞美任；賢能廉直者，經歲不除。以致風俗頹敗，贓官污吏遍滿天下。役煩賦重，民窮盜起，天下騷然。不因奸倿居臺輔，合是中原血染人。

當下翟謙把來保、吳主管邀到廂房管待，廚下大盤大碗，肉賽花糕，酒如琥珀，湯飯點心齊上，飽餐了一頓。翟謙向來保說：「我有一件事，央及你爹替我處處。未知你爹肯應承我否？」來保道：「翟爹說那裏話？蒙你老人家這等老爺前扶持看顧。不揀甚事，但肯分付，無不奉命。」翟謙道：「不瞞你說，我答應❸老爺，每日止賤荊一人。我年也將及四十，常有疾病，身邊通無所出。央及你爹，只說你那貴處有好人才女子，不拘十五六上下，替我尋一個送來。該多少財禮，我一一奉過去。」于是一封人事並回書付與來保，又梯己送二人五兩盤纏。來保再三不肯受，說道：「剛纔老爺上已賞過了。翟爹還收回去。」翟謙道：「那是老爺的。此是我的。不必推辭。」當下吃畢酒飯，翟謙道：「如今我這裏替你差個辦事官，同你到下處。明早好往吏兵二部掛號，就領了勘合好起身。省的你明日又來，途間往返了。我分付了去，部裏不敢遲滯了你文書。」那時喚了個辦事官，名喚李中友：「你與二位明日同到部裏，掛了號，討勘合來回我話。」那員官與來保、吳典恩作辭，出的府門，來到天漢橋街上白酒店內會話。管待酒飯，又與了李中友三兩銀子。約定明日絕早，先到吏部，然後到兵部，都掛號討了勘合。聞得是太師老爺府裏，誰敢遲滯顛倒奉行？金吾衛太尉朱勔，即時使印僉了票帖，行下頭司，把來保填註在本處山東鄆王府當差。又拏了個拜帖，回翟管家。不消兩日，把事情幹得完備。有日顧頭口起身，星夜回清河縣來報喜。正是：富貴必因奸巧得，功名全仗鄧通成！

且說一日三伏天氣，十分炎熱。西門慶在家中聚景堂中大捲棚內賞玩荷花，避暑飲酒。吳月娘與西

❸ 答應：伺候。

門慶居上坐，諸妾與大姐都兩邊列坐。春梅、迎春、玉簫、蘭香一般兒四個家樂，在旁彈唱。怎見的當日酒席？但見：盆栽綠草，瓶插紅花。水晶簾捲蝦鬚，雲母屏開孔雀。盤堆麟脯，佳人笑捧紫霞觴；盆浸冰桃，美女高擎碧玉斝。食烹異品，果獻時新。絃管謳歌，奏一派聲清韻美；綺羅珠翠，擺兩行舞女歌兒。當筵象板撒紅牙，遍體舞裙補錦繡。消遣壺中閒日月，遨遊身外醉乾坤。妻妾正飲酒中間，坐間不見了李瓶兒。月娘向綉春說道：「你娘往屋裏做甚麼哩？怎的不來吃酒？」綉春道：「我娘害肚裏疼，屋裏歪著哩，便來也。」月娘道：「還不快對他說去！休要歪著，來這裏坐著聽一回唱罷。」西門慶便問月娘：「怎的？」月娘道：「李大姐忽然害肚裏疼，屋裏躺著哩。我剛纔使小丫頭請他去了。」因向玉樓道：「李大姐七八❹臨月，只怕攬撒了。」潘金蓮道：「大姐姐，他那裏是這個月？約他是八月裏孩子，還早哩！」西門慶道：「既是早哩，使丫頭請你六娘來聽唱。」不一時，只見李瓶兒來到。月娘道：「只怕你掉了風冷氣，你吃上鍾熱酒，管情就好了。」不一時，各人面前斟滿了酒。西門慶分付春梅：「你每唱個『人皆畏夏日』我聽。」那春梅等四個，方纔箏排雁柱，阮跨鮫綃，啓朱唇，露皓齒，唱：「人皆畏夏日」云云。那李瓶兒在酒席上，只是把眉頭忔皺❺著，也沒等的唱完了，回房中去了。月娘聽了詞曲，耽著心。使小玉房中瞧去。回來報說：「六娘害肚裏疼，在炕上打滾哩！」慌了月娘道：「我說是時候，這六姐還強說早哩，還不喚小廝來快請老娘去！」西門慶即令來安兒：「風跑快請蔡老娘去！」于是連酒也吃不成，都來李瓶兒房中問他。月娘問道：「李大姐你心裏覺怎的？」李瓶兒回道：

❹ 七八：七八成。
❺ 忔皺：緊皺。

「大娘，我只心口連小肚子，往下鱉墜著疼。」月娘道：「你起來，休要睡著，只怕滾壞了胎。老娘請去了，便來也。」少頃，漸漸李瓶兒疼的緊了，月娘又問：「使了誰請老娘去了？這咱還不見來！」玳安道：「爹使了來安去了。」月娘罵道：「這囚根子！你還不快迎迎去？平白沒算計，使那小奴才去，有緊沒慢❻的！」西門慶叫玳安：「快騎了騾子趕了去！」月娘道：「一個風火事❼，還像尋常慢條斯禮❽兒的！」那潘金蓮見李瓶兒待養孩子，心中未免有幾分氣。在房裏看了一回，把孟玉樓拉出來，兩個站在西梢間簷柱兒底下那裏歇涼，一處說話。說道：「耶嚛嚛！緊著熱刺刺的擠了一屋子裏人，也不是養孩子，都看著下象膽哩！」

良久，只見蔡老娘進門，望眾人道：「那位主家奶奶？」李嬌兒道：「這位大娘哩。」那蔡老娘倒身磕頭去。月娘道：「姥姥生受！你怎的這咱纔來？」蔡老娘道：「你老人家聽我告訴：

我做老娘姓蔡，兩隻腳兒能快。身穿怪綠喬紅，各樣鬏髻歪戴。
嵌絲環子鮮明，閃黃手帕符擦。入門利市花紅，坐下就要管待。
不拘貴宅嬌娘，那管皇親國太。教他任意端詳，被他褪衣劈劃。
橫生就用刀割，難產須將拳揣。不管臍帶包衣，著忙用手撕壞。
活時來洗三朝，死了走的偏快。因此主顧偏多，請的時常不在。」

❻ 有緊沒慢：慢吞吞；不著急。
❼ 風火事：急事。
❽ 慢條斯禮：同第十一回註❺。

月娘道：「你且休閑說。請看這位娘子，敢待生養也？」蔡老娘向床前摸了摸李瓶兒身上，說道：「是時候了。」問：「大娘預備下繃接草紙不曾？」月娘道：「有。」便教小玉：「往我房中快取去。」

且說玉樓見老娘進門，便向金蓮說：「蔡老娘來了，咱不往屋裏看看去？」那金蓮一面不是一面說道：「你要看你去，我是不看他。他是有孩子的姐姐，又有時運人，怎的不看他！頭裏我自不是，說了句話兒，見他不是這個月的孩子，只怕是八月裏的，教大姐姐白搶白相，我想起來，好沒來由。倒惱了我這半日。」玉樓道：「我也只說他是六月裏孩子。」金蓮道：「這回連你也韶刀了！我和你恁算他，從去年八月來，又不是黃花女兒，當年懷入門養。一個後婚老婆，漢子不知見過了多少。也一兩個月纔生胎，就認做是咱家孩子，我說差了。若是八月裏孩兒，還有咱家些影兒。若是六月的，踹小板凳兒糊險道神，還差著一帽頭子哩！失迷了家鄉，那裏尋犢兒去？」正說著，只見小玉抱著草紙繃接並小褥子兒來。孟玉樓道：「此是大姐姐預備下他早晚臨月用的物件兒，今日且借來應急兒。」金蓮道：「一個是大老婆，一個是小老婆，明日兩個對養。十分養不出來，零碎出來也罷。俺每是買了個母雞不下蛋，莫不殺了我不成！」又道：「仰著合著，沒的狗咬尿胞虛喜歡。」玉樓道：「五姐是甚麼話？」以後見他說話兒出來有些不防頭惱，只低著頭弄裙子，並不作聲應答他。潘金蓮用手扶著庭柱兒，一隻腳跐著門檻兒，口裏磕著瓜子兒。只見孫雪娥聽見李瓶兒前邊養孩子，後邊慌慌張張一步一跌走來觀看。不防黑影裏被臺基險些不曾絆了一交。金蓮看見，教玉樓：「你看，獻勤的小婦奴才！你慢慢走，慌怎的，搶命哩！黑影子絆倒了，磕了牙，也是錢。姐姐，賣蘿蔔的拉鹽擔子攘，鹹嘈心！養下孩子來，明日賞你這小婦一個紗帽戴。」良久，只聽房裏呱的一聲，養下來了。蔡老娘道：「對當家的老爹說，討喜錢，分娩了一位哥兒。」吳月娘報與西門慶。西門慶慌的連忙洗手，天地祖先位下，滿爐降香，告許一百二十分清醮，要祈子母平安，臨盆有慶，坐草無虞。這潘金蓮聽見生下孩子來了，合家歡喜，亂成一塊，越發怒氣，生走去了。房裏自閉門戶，向床上哭去了。時宣和四年，戊申六月廿一日也。正是：不如意處常八九，可與人言無二三。

這蔡老娘收拾孩兒，咬去臍帶，埋畢衣胞，熬了些定心湯，打發李瓶兒吃了。安頓孩兒停留。月娘後邊管待酒飯。臨去，西門慶與了他五兩一錠銀子。許洗三朝來還與他一疋段子。這蔡老娘千恩萬謝出門。當日西門慶進房去，見一個滿抱的孩子，生的甚是白淨，心中十分歡喜。合家無不欣悅。晚夕就在李瓶兒床房中歇了，不住來看孩兒。次日巳天不明早起來，拏十副方盒，使小廝各親戚鄰友處，分投送喜麵。應伯爵謝希大聽見西門慶生了子送喜麵來，慌的兩步做一步走來賀喜。西門慶留他捲棚內吃麵。剛打發去了，正在廳上亂著，使小廝叫媒人來尋養娘看奶孩兒。忽有薛嫂兒領了個奶子來，原是小人家媳婦兒，年三十歲。新近丟了孩兒，不上一個月，男子漢當軍，過不的。恐出征去無人養贍，只要六兩銀子要賣他。月娘見他生的乾淨，對西門慶說，兌了六兩銀子留下，起名如意兒，教他早晚看奶哥兒。又把老馮叫來暗房❾中使喚，每月與他五錢銀子，管顧他衣服。

正熱鬧一日，忽有平安報：「來保、吳主管在東京回還，見在門首下頭口。」不一時二人進來，見了西門慶報喜。西門慶問：「喜從何來？」二人悉把到東京見蔡太師進禮一節，從頭至尾訴說一遍：「老爹見了禮物甚喜，說道：『我累次受你主人禮太多，無可補報。』因問爹：『原祖上有甚差事？』小的

❾ 暗房：舊時稱產婦的臥室為「暗房」。

說：『一介鄉民，並無寸役在身。』太師老爺說：朝廷欽賞了他幾張空名告身箚付，與了爹一張。填寫爹名姓在上，填註在金吾衛副千戶之職。就委差的在本處提刑所理刑，頂補賀老爹員缺。把小的做了鐵鈐衛校尉，填註鄆王府當差。吳主管陞做本縣驛丞。」于是把一樣三張印信箚付，並吏兵二部勘合，並告身，都取出來放在桌上，與西門慶觀看。西門慶看見上面銜著許多印信，朝廷欽依事例，果然他是副千戶之職。不覺歡從額角眉尖出，喜向腮邊笑臉生。便把朝廷明降拏到後邊，與吳月娘眾人觀看，說：「太師老爺抬舉我，陞我做金吾衛副千戶，居五品大夫之職。你頂受五花官誥，坐七香車，做了夫人。又把吳主管攜帶做了驛丞，來保做了鄆王府校尉。吳神仙相我不少紗帽戴，有平地登雲之喜。今日果然不上半月，兩樁喜事都應驗了。」對月娘說：「李大姐養的這孩兒甚是腳硬⑩，到三日洗了三，就起名叫官哥兒罷。」與月娘看了。來保進來與月娘眾人磕頭，說了回話。分付：「明日早把文書下到提刑所衙門裏，與夏提刑知會了。」吳主管明日早下文書到本縣，作辭西門慶回家去了。到次日洗三畢，眾親鄰朋友一概都知西門慶第六個娘子新添了娃兒，未過三日，就有如此美事，官祿臨門，平地做了千戶之職，誰人不來趨附，送禮慶賀？人來人去，一日不斷頭。常言：「時來誰不來，時不來誰來。」正是：

時來頑鐵有光輝，運退真金無艷色。

畢竟未知後來何如，且聽下回分解。

⑩ 腳硬：命運好。

第三十一回　琴童藏壺覷玉簫　西門慶開宴吃喜酒

家富自然身貴，逢人必讓居先。
貧寒敢仰上官憐，彼此都看錢面。
婚嫁專尋勢要，通財邀結豪英。
不知興廢在心田，只靠眼前知見。

話說西門慶，次日使來保提刑所，本縣下文書，一面使人做官帽。又喚趙裁率領四五個裁縫在家來裁剪尺頭，儹造衣服。又叫了許多匠人，釘了七八條都是四尺寬玲瓏雲母犀角鶴頂紅玳瑁魚骨香帶。不說西門慶家中熱亂。且說吳典恩那日走到應伯爵家，把做驛丞之事再三央及伯爵，要問西門慶借銀子上下使用。許伯爵：「借銀子出來，把十兩銀子買禮物謝老兄。」說著跪在地下。慌的伯爵一手拉起，說道：「此是成人之美。大官人照顧你東京走了這遭，攜帶你得此前程，也不是尋常小可。」因問：「你如今所用多少夠了？」吳典恩道：「不瞞老兄說，我家活人家，一文錢也沒有。到明日上任參官贄見之禮，連擺酒並治衣類鞍馬，少說也得七八十兩銀子，那裏區處？如今我寫了一紙文書在此，也沒敢下數兒。望老兄好歹扶持小人，在旁加美言。事成恩有重報，不敢有忘。」伯爵看了文書，因說：「吳二哥你說借出這七八十兩銀子，也不夠使。依我取筆來，寫上一百兩。恒是看我面不要你利錢。你且得手使了，到明日做上官兒，慢慢陸續還他，也是不遲。常言俗語說得好，借米下得鍋，討米下不的鍋。哄了一日是兩晌。何況你又在他家曾做過買賣，他那裏把你這幾兩銀子放在心上？」那吳典恩聽了，謝了又謝。于是把文書上填寫了一百兩之數。

當下兩個吃了茶，一同起身來到西門慶門首。伯爵問守門平安兒：「你爹起來了不曾？」平安兒道：「俺爹起來了，在捲棚看著匠人釘帶哩。待小的稟去。」于是一直走來報西門慶說：「應二爹和吳二叔來了。」西門慶道：「請進。」不一時二人進入裏面，見有許多裁縫匠人，七手八腳做生活。西門慶帶著小帽錦衣和陳經濟在穿廊下看著寫見官手本❶揭帖。見二人作揖讓坐。伯爵問：「哥的手箚付下了不曾？」西門慶道：「今早使小价往提刑府下箚付去了。今有手本還未往東平府並本縣下去。」說畢，小廝畫童兒拏上茶來。吃畢茶，那應伯爵並不題吳主管之事，走下來且看匠人釘帶。西門慶見他拏起帶來看，一徑賣弄說道：「你看我尋的這幾條帶如何？」伯爵極口稱讚誇獎說道：「虧哥那裏尋的？都是一條賽一條的好帶！難得這般寬大。別的倒也罷了，自這條犀角帶並鶴頂紅，就是滿京城拏著銀子也尋不出來。不是面獎，就是東京衛主老爺玉帶金帶空有，也沒這條犀角帶。這是水犀角，不是旱犀角。旱犀不值錢，水犀角號作通天犀。你不信，取一碗水，把犀角安放在水內，分水為兩處，此為無價之寶。又夜間燃火照千里，火光通宵不滅。」因問：「哥，你使了多少銀子尋的？」西門慶道：「你每試估估價值。」伯爵道：「這個有甚行款？我每怎麼估得出來？」西門慶道：「我對你說了罷，此帶是大街上王

❶手本：舊時官員寫履歷的帖子，為屬下拜見上官所用。

招宣府裏的帶。昨日晚間一個人聽見我這裏要帶，巴巴來對我說。我著賁四拏了七十兩銀子，再三回了他這條帶來。他家還張致不肯，定要一百兩。」伯爵道：「且難得這等寬樣好看。哥你到明日繫出去，甚是霍綽。就是你同僚間見了也愛。」于是誇美了一回坐下。西門慶便向吳主管問道：「你的文書下了不曾？」伯爵道：「吳二哥文書還未下哩。今日巴巴的他央我來激煩❷你。雖然蒙你招顧他往東京押生辰擔，蒙太師與了他這個前程，就是你抬舉他一般，也是他各人造化。說不的一品至九品，都是朝廷臣子。況他如今家中無錢。他告我說，就是如今上任見官擺酒並治衣服之類，也並許多銀子使。一客不煩二主，那處活變去？沒奈何，哥看我面，有銀子借與幾兩扶持他，賙濟了這些事兒。他到明日做上官，就啣環結草也不敢忘了哥大恩人。休說他舊是咱府中夥計，在哥門下出入。就是從前後外京外府官吏，哥不知扱濟了多少。不然你教他那裏區處去？」因說道：「吳二哥，你拏出那符兒來與你大官人瞧。」這吳典恩連忙向懷中取出遞與西門慶觀看。見上面借一百兩銀子，中人就是應伯爵，每月利行五分。西門慶取筆把利錢抹了，說道：「既是應二哥作保，你明日只還我一百兩本錢就是了。我料你上下巴得這些銀子攪纏。」于是把文書收了。纔待後邊取銀子去，忽有提刑所夏提刑拏帖兒差了一名寫字的拏手本三班送了十二名排軍來答應。就問討上任日期，討問字號，衙門同僚具公禮來賀。西門慶教陰陽徐先生擇定七月初二日青龍金匱黃道，宜辰時到任，拏拜帖兒回夏提刑，賞了寫字的五錢銀子，俱不必細說。應伯爵和吳典恩正在捲棚內坐的，只見陳經濟拏著一百兩銀子出來，交與吳主管說：「吳二哥，你明日只還我本錢便了。」那吳典恩一面接了銀在手，叩頭謝了。西門慶道：「我不留你坐罷，你家中執你的

❷ 激煩：麻煩。

事去。留下應二哥我還和你說句話兒。」那吳典恩拏著銀子，歡喜出門。看官聽說：後來西門慶死了，家中時敗勢衰，吳月娘守寡，把小玉配與玳安為妻。家中平安兒小廝，又偷盜出解當庫頭面，在南瓦子裏宿娼。被吳驛丞拏住，痛刑拶打。教他指攀月娘與玳安有奸，要羅織月娘出官，恩將仇報。此係後事，表過不題。正是：不結子花休要種，無義之人不可交。

那時賁四往東平府並本縣下了手本來回話。西門慶留他和應伯爵陪陰陽徐先生擺飯。正吃著飯，只見西門慶舅子吳大舅來拜望。徐先生就起身。良久，應伯爵也作辭出門，來到吳主管家。吳典恩又早封下十兩保頭錢，雙手遞與伯爵，磕下頭去。伯爵道：「若不是我那等取巧說著，他會勝不肯借與你。這一百兩銀子與你，隨你上下還使不了這些，還落一半家中盤纏。」那吳典恩謝了伯爵，治辦官帶衣類，擇日見官上任不題。

那時本縣正堂李知縣，會了四衙同僚，差人送羊酒賀禮來。又拏帖兒送了一名小郎來答應，年方一十八歲，本貫蘇州府常熟縣人，喚名小張松。原是縣中門子出身。生的清俊，面如傅粉，齒白唇紅。又識字會寫，善能歌唱南曲。穿著青綃直裰，涼鞋淨襪。西門慶一見小郎伶俐，滿心歡喜。就拏拜帖回覆李知縣。留下他在家答應，改換了名字叫做書童兒。與他做了一身衣裳，新靴新帽。不教他跟馬，教他專管書房收禮帖，拏花園門鑰匙。祝日念又舉保了一個十四歲小廝來答應，亦改名棋童，每日派定和琴童兒兩個背書袋，夾拜帖匣跟馬。上任日期，在衙門中擺大酒席桌面，出票拘集三院樂工牌色長承應，吹打彈唱，後堂飲酒。日暮時分散歸。每日騎著大白馬，頭戴烏紗，身穿五彩灑線揉頭獅子補子員領，四指大寬萌金茄楠香帶，粉底皂靴，排軍喝道，張打著大黑扇，前呼後擁，何止十數人跟隨，在街上搖擺。上任回來，先拜本府縣帥府都監，並清河左右衛同僚官，然後親朋鄰舍，何等榮耀施為！家中收禮接帖子，一日不斷。正是：白馬血纓彩色新，不來親者強來親。時來頑鐵皆光彩，運去良金不發明。

西門慶自從到任以來，每日坐提刑院衙門中陞廳畫卯，問理公事。光陰迅速，不覺李瓶兒坐褥一月將滿。吳大妗子、二妗子、楊姑娘、潘姥姥、吳大姨、喬大戶娘子，許多親鄰堂客女眷，都送禮來，與官哥兒做彌月。院中李桂姐、吳銀兒見西門慶做了提刑所千戶，家中又生了子，亦送大禮，坐轎子來慶賀。西門慶那日在前邊大廳上擺設筵席，請堂客飲酒。春梅、迎春、玉簫、蘭香都打扮起來，在席前與月娘斟酒執壺，堂客飲酒。原來西門慶每日從衙門中來，只到外邊廳上，就脫了衣服，教書童疊了，安在書房中。正戴著冠帽，進後邊去。到次日起身，旋使丫鬟來書房中取。新近收拾大廳，西廂房一間做書房，內安床几桌椅、屏幃筆硯琴書之類。書童兒晚夕只在床腳踏板書搭著鋪睡，未曾西門慶出來，就收拾頭腦打掃書房乾淨，伺候答應。或是在那房裏歇，早晨就使出那房裏丫鬟來前邊取衣服。取來取去，不想這小郎本是門子出身，生的伶俐乖覺又清俊，二者又各房丫頭打牙犯嘴慣熟。于是暗和上房裏玉簫兩個嘲戲上了。

那日也是合當有事。這小郎正起來在書房床地平上插著棒兒香，正在窗戶臺上擱著鏡兒梳頭，拏紅繩扎頭髮。不料上房玉簫推開門進來，看見說道：「好賊囚！你這咱還來描眉畫眼兒的，爹吃了粥便出來。」書童也不理，只顧扎包髻兒。那玉簫道：「爹的衣服疊了在那裏放著哩？」書童道：「在床南頭安放著哩。」玉簫道：「他今日不穿這一套。他分付我教問你要那件玄色圖金補子系布圓領玉色襯衣穿。」書童道：「那衣服在廚櫃裏。我昨日纔收了，今日又要穿他。姐你自開門取了去。」那玉簫且不拏衣服，走來根前看著他扎頭，戲道：「怪賊囚！也像老婆般拏紅繩扎著頭兒，梳的鬢這虛籠籠的！」因見他白滾紗漂白布汗衫兒上，繫著一個銀紅紗香袋兒，一個綠紗香袋兒，問他要：「你與我這個銀紅的罷。」書童道：「人家個愛物兒，你就要。」玉簫道：「你小廝家帶不的這銀紅的。只好我帶。」書童道：「早是這個罷了，打要❸是個漢子兒，你也愛他罷?」被玉簫故意向他肩膊上擰了一把說道：「賊囚！你夾道賣門神，看出來的好畫兒。」不由分說，把兩個香袋子等不的解，都揪斷繫兒放在袖子內。書童道：「你好不尊貴，把人的帶子也揪斷。」被玉簫發訕一拳，一把戲打在身上，打的書童急了，說：「姐，你休鬼混我，待我扎上這頭髮著。」玉簫道：「我且問你，沒聽見爹今日往那去?」書童道：「爹今日與縣中三宅華主簿老爹送行，在皇莊薛公公那裏擺酒，來家早下午時分。我聽見會下應二叔今日兌銀子，要買對門喬大戶家房子，那裏吃酒罷了。」玉簫道：「等住回，你休往那去了。我來和你說話。」書童道：「我知道。」玉簫于是與他約會下，拏衣服一直往後邊去了。

少頃，西門慶出來，就叫書童分付在家，別往那去了。先寫十二個請帖兒，都用大紅紙封套，二十二日請官客吃慶官哥兒酒。教來興兒買辦東西，添廚役茶酒，預備桌面齊整。玳安和兩名排軍送帖兒，叫唱的。留下琴童兒在堂客面前管酒。分付畢，西門慶上馬送行去了。那吳月娘眾姊妹請堂客到齊了，先在捲棚擺茶，然後大廳上，屏開孔雀，褥隱芙蓉。上坐席間，叫了四個妓女彈唱。果然西門慶到午後時分來家。家中安排一食盒酒菜，邀了應伯爵和陳經濟，兌了七百兩銀子，往對門喬大戶家成房子去了。堂客正飲酒中間，只見玉簫拏下一銀執壺酒，並四個梨，一個柑子，逕來廂房中送與書童兒吃。推開門，

❸ 打要：若然。

不想書童兒不在裏面。恐人看見，連壺放下就出來了。可霎作怪！琴童兒正在上邊看酒，冷眼睃見玉簫進書房去，半日出來。只知有書童兒在裏邊，三不知扠進去瞧。不想書童兒外邊去，不曾進來。一壺熱酒和果子還放在床底下。這琴童兒連忙把果子藏袖裏，將那一壺酒影著身子一直揣到李瓶兒房裏。迎春和婦人都在上邊，不曾下來。只有奶子如意兒和綉春在屋裏看哥兒。那琴童進門就問：「姐在那裏？」綉春道：「他在上邊與娘斟酒哩，你問他怎的？」琴童兒道：「我有個好的兒，教他替我收著。」綉春問他甚麼，他又不拏出來。正說著，迎春從上邊拏下一盤子燒鵝肉，一碟玉米麵玫瑰果餡蒸餅兒與奶子吃。看見便道：「賊囚！你在這裏笑甚麼？不在上邊看酒？」那琴童方纔把壺從衣裳底下拏出來，教迎春：「姐你與我收了。」迎春道：「此是上邊篩酒的執壺，你平白拏來做甚麼？」琴童道：「姐你休管他。此是上房裏玉簫和書童兒小廝，七個八個❹偷了這壺酒和些柑子、梨，送到書房中與他吃。我趕眼不見，戲了他的來。你只與好生收著，隨問甚麼人來抓尋，休拏出來。我且拾了白財兒著。」因把梨和柑子掏出來與迎春瞧。說著：「我看篩了酒，今日該我獅子街房子裏，我上宿去也。」迎春道：「等住回抓尋壺反亂，你就承當。」琴童道：「我又沒偷他的壺。各人當場者亂，隔壁心寬。管我腿事！」說畢，揚長去了。迎春把壺藏放在裏間桌上，不題。

至晚酒席上人散，查收家火，少了一把壺。玉簫往書房中尋，那裏得來？再有一把也沒了。問書童，說：「我外邊有事去，不知道。」那玉簫就慌了，一口推在小玉身上。小玉罵道：「肏昏了你這淫婦！我後邊看茶，你抱著執壺，在席上與娘斟酒。這回不見了壺兒，你來賴我！」向各處都抓尋不著。良久，

❹ 七個八個：是胡攪的意思。

李瓶兒到房來。迎春如此這般告訴：「琴童兒拏了一把進來，教我替他收著。」李瓶兒道：「這囚根子！他做甚麼拏進他這把壺來？後邊為這把壺好不反亂。玉簫推小玉，小玉推玉簫，急的那大丫頭賭身發咒，只是哭。你趁早還不快替他送進去哩！遲回管情就賴在你這小淫婦兒身上。」那迎春方纔取出壺，要送入後邊來。後邊玉簫和小玉兩個正亂這把壺不見了，兩個嚷到月娘面前。月娘道：「賊臭肉！還敢嚷的是些甚麼？你每管著那一門兒？把壺不見了！」玉簫道：「我在上邊跟著娘遞酒，他守著銀器家火，不見了，如今賴我。」小玉道：「大妗子要茶，我不往後邊替他取茶去。你抱著執壺兒，怎的不見了？敢屁股大吊了心❺了也怎的！」月娘道：「我省恐今日席上再無閒雜人，怎的不見了東西。等住回看這把壺從那裏出來。等住回嚷的你主子來，沒這壺，管情一家一頓。」玉簫道：「爹若打了我，我把這淫婦饒了也不算。」正亂著，只見西門慶自外來，問：「因甚嚷亂？」月娘把不見壺一節說了一遍。西門慶道：「慢慢尋就是了。平白嚷的是些甚麼？」潘金蓮道：「若是吃一遭酒，不見了一把不嚷亂。你家是王十萬，頭醋不酸到底兒薄！」看官聽說：金蓮此話譏諷李瓶兒首先生孩子滿月，不見了也是不吉利。西門慶明聽見，只不做聲只見迎春送壺進來。玉簫便道：「這不是壺有了！」月娘問迎春：「這壺端的在那裏來？」迎春悉把：「琴童從外邊拏到俺娘屋裏收著。不知在那裏來。」月娘因問：「琴童兒那奴才，如今在那裏？」玳安道：「他今日該獅子街房差，上宿去了。」金蓮在旁不覺鼻子裏笑了一聲。西門慶便問：「你笑怎的？」金蓮道：「琴童兒是他家人，放壺他屋裏，想必要瞞昧這把壺的意思。要叫我使小廝如今叫將那奴才，老實打著，問他個下落。不然頭裏就賴他那兩個，正是走殺金剛坐殺佛❻！」

❺ 屁股大吊了心：罵人善忘。

西門慶聽了，心中大怒，睜眼看著金蓮說道：「看著你恁說起來，莫不李大姐他愛這把壺？既有了，丟開手就是了，只管亂甚麼！」那金蓮把臉羞的飛紅了，便道：「誰說姐姐手裏沒錢！」說畢，走過一邊使性兒去了。

西門慶就被陳經濟來請，說：「有管磚廠劉太監差人送禮來。」往前去看了。金蓮和孟玉樓站在一處罵道：「恁不逢好死，三等九做賊強盜！這兩日作死也怎的？自從養了這種子，恰似他生了太子一般，見了俺每如同生剎神一般，越發通沒句好話兒說了。行動就睜著兩個毬窟窿喓喝人。誰不知姐姐有錢？明日慣的他每小廝丫頭養漢做賊，把人肏遍了也休要管他！」說著，只見西門慶坐了一回，往前邊去了。孟玉樓道：「你還不去？他管情往你屋裏去了。」金蓮道：「可是他說的，有孩子屋裏熱鬧。俺每沒孩子的屋裏冷清。」正說著，只見春梅從外來。玉樓道：「我說他往你屋裏去了，你還不信哩！這春梅來叫你來了。」一面叫過春梅來問他。春梅道：「我來問玉簫要汗巾子來。他今日借了我汗巾子戴來。」玉樓問道：「你爹在那裏？」春梅道：「爹往六娘房裏去了。」這金蓮聽了，心上如擄上一把火相似，罵道：「賊強人！到明日永世千年，就跌折腳也別要進我那屋裏。踹踹門檻兒，教那牢拉的❼囚根子把懷子骨❽搣折了！」玉樓道：「六姐，你今日怎的下恁毒口咒他？」金蓮道：「不是這等說。賊三寸貨強盜那鼠腹雞腸❾的心兒，只好有三寸大一般。都是你老婆，無故只是多有了這點尿胞種子罷了。難道

---

❻ 走殺金剛坐殺佛：苦樂不均。

❼ 牢拉的：詛咒人死在牢內。舊時定例：囚犯若死在牢內，其屍首只能從牢洞中拉出。

❽ 懷子骨：腿骨。懷，通「踝」。

怎麼樣兒的？做甚麼恁抬一個滅一個，把人躧到泥裏？」正是：大風刮倒梧桐樹，自有旁人話短長。

這裏金蓮使性兒不題。且說西門慶走到前邊，薛太監差了家人送了一罈內酒，一牽羊，兩疋金段，一盤壽桃，一盤壽麵，四樣嘉肴，一者祝壽，二者來賀。西門慶厚賞來人，打發去了。到後邊有李桂姐、吳銀兒兩個拜辭要家去。西門慶道：「你每兩個再住一日兒，到二十八日我請你帥府周老爹和提刑夏老爹、都監荊老爹、管皇莊薛公公和磚廠劉公公，有院中雜耍扮戲的，教你二位只專遞酒。」桂姐道：「既留下俺每，我教頭頭家去回媽聲，放心些。」于是把兩人轎子都打發去了，不在話下。

次日西門慶在大廳上錦屏羅列，綺席鋪陳，預先發柬請官客飲酒。因前日在皇莊見管磚廠劉公公，故與薛內相都送了禮來。西門慶這裏發柬請他。又邀了應伯爵、謝希大兩個相陪。從飯時，各人衣帽齊整，又早先到了。西門慶讓他捲棚內坐待茶。伯爵因問：「今日哥席間請那幾客？」西門慶道：「有劉、薛二內相、帥府周大人、都監荊南崗、鄙同僚夏提刑、團練張總兵、衛上范千戶、吳大哥、吳二哥，喬老便今日使人來回了不來。連二位通只數客。」說畢，適有吳大舅、二舅到，作了揖同坐下。左右放桌兒擺飯。吃畢，應伯爵因問：「哥兒滿月，抱出來不曾？」西門慶道：「也是因眾堂客要看，房下說且休教孩兒出來，恐風試著他。他奶子說不妨事。教奶子用被裹出來他大媽屋裏走了遭，應了個日子兒，就進屋去了。」伯爵道：「那日嫂子這裏請去，房下也要來走走。百忙他舊時那疾又舉發了。起不的炕兒，心中急的要不的。如今趁人未到，哥倒好說聲，抱哥兒出來俺每同看一看。」西門慶一面分付後邊：「慢慢抱哥兒出來，休要諕著他。對你娘說，大舅、二舅在這裏和應二爹、謝爹要看一看。」月娘教奶

❾ 鼠腹雞腸：狹小的形容詞，引申作「胸襟狹窄」。

子如意兒用紅綾小被兒裹的緊緊的，送到捲棚角門首，玳安兒接抱到捲棚內。眾人睜眼觀看，官哥兒穿著大紅段毛衫兒，生的面白紅唇，甚是富態。都喝采誇獎不已。伯爵與希大每人袖中掏出一方錦段兜肚，上著一個小銀墜兒。惟應伯爵與一柳五色線，上穿著十數文長命錢，交與玳安兒：「好生抱回房去，休要驚諕哥兒。」說道：「相貌端正，天生的就是個戴紗帽胚胞兒！」西門慶大喜，作揖謝了他二人重禮。伯爵道：「哥沒的說，惶恐表意罷了。」

說話中間，忽報劉公公、薛公公來了。慌的西門慶穿上衣，儀門迎接。二位內相坐四人轎，穿過肩蟒，纓鎗隊喝道而至。西門慶先讓至大廳上拜見，敘禮接茶。落後周守備、荊都監、夏提刑等眾武官，都是錦繡服，道藤棍，大扇，軍牢喝道，僚掾跟隨。須臾，都到了門首，黑壓壓的許多伺候。裏面鼓樂喧天，笙簫迭奏。上坐遞酒之時，劉、薛二內相相見。廳正面設十二張桌席，都是幃拴錦帶，花插金瓶。桌上擺著簇盤定勝，地下鋪著錦裀繡毯。西門慶先把盞讓坐次。劉、薛二內相再三讓遜：「還有列位大人。」周守備道：「二位老太監齒德俱尊。常言三歲內宦，居于王公之上。這個自然首坐，何消泛講？」彼此讓遜了一回，薛內相道：「劉哥，既是列位不肯，難為東家。咱坐了罷。」于是羅圈唱了個喏，打了恭。劉內相居左，薛內相居右，每人膝下放一條手巾，兩個小廝在旁打扇，就坐下了。其次者纔是周守備、荊都監眾人。

須臾，階下一派簫韶，動起樂來。怎見的當日好筵席？但見：食烹異品，果獻時新。須臾，酒過五巡，湯陳三獻。廚役上來割了頭一道小割燒鵝，先首位劉內相賞了五錢銀子。教坊司俳官跪呈上大紅紙手本，下邊簇擁一段笑樂的院本，當先是外扮節級上開：

「法正天心順，官清民自安。妻賢夫禍少，子孝父心寬。小人不是別人，乃是上廳節級是也。手下管著許多長行樂俑匠。昨日市上買了一架圍屏，上寫著滕王閣的詩。訪問人，請問人，說是唐朝身不滿三尺王勃殿試所作。自說此人下筆成章，廣有學問，乃是個才子。我如今叫傅末抓尋著，請得他來，見他一見，有何不可？傅末的在那裏？」末云：「堂上一呼，階下百諾。稟復節級，有何使令？」外云：「我昨日見那圍屏上寫的滕王閣詩甚好，聞說乃是唐朝身不滿三尺王勃殿試所作。我如今這個樣板去，限即時就替我請去。請得來，一錢賞賜；請不得來，二十麻杖，決打不饒。」末云：「小人理會了。」轉下云：「節級糊塗。那王勃殿試，從唐時到如今，何止千百餘年，教我那裏抓尋他去？不免來來去去，到于文廟門首，遠遠望見一位飽學秀士過來，不免動問他一聲：先生你是做滕王閣詩的身不滿三尺王勃殿試麼？」淨扮秀才笑云：「王勃殿試乃唐朝人物，今時那裏有？試哄他一哄。我就是那王勃殿試，滕王閣的詩是我做的。我先念兩句你聽：『南昌故郡，洪都新府。星分翼軫，文光射斗牛之墟；人傑地靈，徐孺下陳蕃之榻。』」末云：「俺節級與了我這副樣板，身只要三尺，差一指也休請去。你這等身軀，如何充得過？」淨云：「不打緊。道在人為。你見那裏又一位王勃殿試來了。」（皆妝矮子來。將樣板比。淨越縮。）末笑云：「可充得過了。」淨云：「一件，見你節級，切記好歹小板凳兒要緊。」來來去去到節級門首。末令淨外邊伺候。淨云：「小板凳兒要緊，等進去稟報節級。」外云：「你請得那王勃殿試來了？」末云：「見請在門外伺候。」外云：「你與說，我在中門相待。榛松泡茶，割肉水飯。」相見科。外云：「此真乃王勃殿試也！一見尊顏，三生有幸！」磕下頭。淨慌科：「小板凳在那裏？」外又云：「亙古到今，難逢難遇。聞名不曾見面。今日見面，勝若聞名。」再磕下頭去。那淨慌科：「小板凳在那裏？」末躲過一邊去了。外云：「聞公博學廣記，筆底龍蛇，真才子也！在下如渴思漿，如熱思涼。多拜兩拜。」淨急了說道：「你家爺好？你家媽好？你家姐和妹子一家兒都好？」外云：「都好。」淨云：「狗肏娘的！你既一家大小都好，也教我直直腰兒著！」

正是：百寶妝腰帶，珍珠絡臂韝。笑時能近眼，舞罷錦纏頭。筵前遞酒，席上眾官都笑了。薛內相大喜，叫上來賞了一兩銀子，磕頭謝了。

須臾，李銘、吳惠兩個小優兒，上來彈唱了。一個擽箏，一個琵琶。周守備舉手讓兩位內相說：「老太監，分付賞他二人唱那套詞兒？」劉太監道：「列位請先。」周守備道：「老太監，自然之理，不必計較。」劉太監道：「兩個子弟唱個『嘆浮生有如一夢裏。』」周守備道：「老太監此是這歸隱嘆世之詞，今日西門大人喜事，又是華誕，唱不的。」劉太監又道：「你會唱『雖不是八位中紫綬臣，管領的六宮中金釵女？』」周守備道：「此是陳琳抱妝盒雜記，今日慶賀唱不的。」薛太監道：「你叫他二人上來等我分付他。你記的普天樂『想人生最苦是離別？』」夏提刑大笑道：「老太監，此是離別之詞，越發使不的。」薛太監道：「俺每內官的營生，只曉得答應萬歲爺，不曉得詞曲中滋味，憑他每唱罷。」夏提刑倒還是金吾執事人員，倚仗他刑名官，一樂工上來，分付：「你唱套三十腔。今日是你西門老爹加官進祿，又是好的日子，又是弄璋之喜，宜該唱這套。」薛內相問：「這怎的弄璋之喜？」周守備道：「二位老太監，此日又是西門大人公子彌月之辰，俺每同僚都有薄禮慶賀。」薛內相道：「我等。」因向劉太監道：「劉家，咱每明日都補禮來慶賀。」西門慶謝道：「學生生一豚犬，不足為賀，倒不必老太監費心。」說畢，喚玳安裏邊叫出吳銀兒、李桂姐席前遞酒。兩個唱的打扮出來，花枝招颭，望上不端不正插燭也似磕了四個頭兒。起來執壺斟酒，逐一敬奉。兩個樂工，又唱一套新詞，歌喉宛轉，真有繞梁之聲。

當夜前歌後舞，錦簇花攢，直飲至更餘時分，方纔薛內相起身，說道：「生等一者過蒙盛情，二者又值喜慶，不覺留連暢飲，十分擾極。學生告辭。」西門慶道：「盃茗相邀，得蒙光降，頓使蓬蓽增輝。幸再寬坐片時，以畢餘興。」眾人俱出位說道：「生等深擾，酒力不勝。」各躬身施禮相謝。西門慶再三款留不住，只得同吳大舅、吳二舅等，一齊送至大門。一派鼓樂喧天，兩邊燈火燦爛，前遮後擁，喝道而去。正是：得多少歡娛嫌日短，故燒高燭照紅妝。

畢竟後項未知如何，且聽下回分解。

第三十二回　李桂姐拜娘認女　應伯爵打渾趨時

常言富者貴之基，財旺生官眾所知。
延攬宦途陪激引，夤緣權要入遷推。
姻連黨惡人皆懼，勢倚豪強孰敢欺。
好把炎炎思寂寂，豈容人力敵天時。

話說當日眾官飲酒席散，西門慶還留吳大舅、二舅、應伯爵、謝希大後坐，打發樂工等酒飯吃了。分付：「你每明日還來答應一日，我請縣中四宅老爹吃酒，俱要齊備些纔好。臨了，等我一總賞你每罷。」眾樂工道：「小的每無不用心。明日多是官樣新衣服來答應。」吃了酒飯，磕頭去了。良久，李桂姐、吳銀兒搭著頭出來笑嘻嘻道：「爹只怕晚了，轎子來了，俺每去罷！」應伯爵道：「我兒，你倒且是自在。二位老舅在這裏，不說唱個曲兒與老舅聽，就要去罷。」桂姐道：「你不說這一聲兒，不當啞狗賣。俺每兩日沒往家裏去，媽不知怎麼盼哩。」伯爵道：「盼怎的？玉黃李子兒掐了一塊兒去了。」西門慶道：「也罷，教他兩個去罷。本等連日辛苦了，咱教李銘、吳惠唱一回罷。」問道：「你吃了飯了？」桂姐道：「剛纔大娘房裏留俺每吃了。」于是齊插燭磕頭下去。西門慶分付：「你二位後日還來走走。

再替我叫兩個，不拘鄭愛香兒也罷，韓金釧兒也罷，我請親朋吃酒。」伯爵道：「造化了小淫婦兒！教他叫，又討提錢使。」桂姐道：「你又不是架兒，你怎曉的恁切？」說畢，笑的去了。伯爵因問：「哥後日請誰？」西門慶道：「那日請喬老、二位老舅、花大哥、沈姨夫，並會中列位兄弟，歡樂一日。」伯爵道：「說不得，俺每打攪的哥忒多了。到後日俺兩個還該早來，與哥做副東❶。」西門慶道：「此是二位下顧了。」說畢話，李銘、吳惠拏樂器上來，唱了一套。吳大舅等眾人方一齊起身。一宿晚景不題。

到次日，西門慶請本縣四宅官員，先送過賀禮。西門慶纔生兒，那日薛內相來的早。西門慶請至捲棚內待茶。薛內相因問：「劉家沒送禮來？」西門慶道：「劉老太監送過禮了。」良久，薛內相要請出哥兒來看一看：「我與他添壽。」西門慶推卻不得，只得教玳安：「後邊說去，抱哥兒出來。」不一時養娘抱官哥送出角門首，玳安接到上面。薛內相看見，只顧喝采：「好個哥哥！」便叫：「小廝在那裏？」須臾，兩個青衣家人，戢金方盒，拏了兩盒禮物：閃紅官段一疋，福壽康寧鍍金銀錢四個，追金瀝粉綵畫壽星博郎鼓兒一個，銀八寶貳兩，說道：「窮內相沒甚麼，這些微禮兒與哥兒耍子。」西門慶作揖謝道：「多蒙老公公費心。」看畢，抱哥兒回房不題。西門慶陪他吃了茶，抬上八仙桌來先擺飯，就是十二碗嘎飯，上新稻米飯。剛纔吃罷，忽門上人來報：「四宅老爹到了。」西門慶慌整衣冠出二門迎接。乃是知縣李達天並縣丞錢成、主簿任廷貴、典史夏恭基，各先投拜帖，然後廳上敘禮。薛內相方出見。眾官讓薛內相居首席，席間又有尚舉人相接，分賓主坐定，普坐遞了一巡茶。少頃，階下鼓樂響動，笙

❶ 副東：宴客時幫助主人接待賓客的招待員。

歌擁奏，遞酒上坐。教坊呈上揭帖，薛內相揀了四摺韓湘子昇仙記。又陳舞數回，十分齊整。薛內相心中大喜，喚左右拏兩弔錢出來，賞賜樂工。

不說當日眾官飲酒，至晚方散。且說李桂姐到家，見西門慶做了提刑官，與虔婆鋪謀定計。次日買了盒果餡餅兒，一副豚蹄，兩隻燒鴨，兩瓶酒，一雙女鞋，教保兒挑著盒擔，絕早坐轎子先來，要拜月娘做乾娘，他做乾女兒。進來先向月娘笑嘻嘻插燭也似拜了四雙八拜，然後纔與他姑娘和西門慶磕頭。把月娘哄的滿心歡喜，說道：「前日受了你媽的重禮，今日又教你費心買這許多禮來。」桂姐笑道：「媽說爹如今做了官，比不的那咱常往裏邊走。我情願只做乾女兒罷，圖親戚來往，宅裏好走動。」慌的月娘連教他脫衣服坐。收拾罷，因問桂姐：「有吳銀姐和那兩個，怎的還不來？」桂姐道：「吳銀兒我昨日會下他，不知他怎的還不見來。前日爹分付，教我叫了鄭愛香兒和韓金釧兒。我來時他轎子都在門首，怕不也待來。」言未了，只見銀兒和愛香兒，又與一個穿大紅紗衫年小的粉頭，提著衣裳包兒進門。先望月娘花枝招展，繡帶飄飄磕了頭。吳銀兒看見李桂姐脫了衣裳坐在炕上，說道：「桂姐，你好人兒，不等俺每等兒就先來了。」桂姐道：「我等你來。媽見我的轎子在門首，說道：『只怕銀姐先去了，你快去罷。』誰知你每來的遲。」月娘笑道：「也不遲。你每坐著，多一搭兒裏擺茶。」因問：「這位姐兒上姓？」吳銀兒道：「他是韓金釧兒的妹子玉釧兒。」不一時小玉放桌兒，擺了八碟茶食，兩碟點心，打發四個唱的吃了。那李桂姐賣弄他是月娘的乾女兒，坐在月娘炕上，和玉簫兩個剝果仁兒裝果盒。吳銀兒、鄭香兒、韓玉釧兒在下邊杌兒上一條邊坐的。那桂姐一逕抖搜精神，一回叫：「玉簫姐，累你有茶倒一甌子來我吃。」一回又叫：「小玉姐，你有水盛些來我洗這手。」那小玉真個拏錫盆舀了水與他洗了手。吳銀兒見眾人都看他睜睜的，不敢言語。桂姐又道：「銀姐，你三個拏樂器來唱個曲兒與娘聽。我先唱過了。」月娘和李嬌兒對面坐著。吳銀兒見他這般說，只得取過樂器來，當下鄭愛香兒彈箏，吳銀兒琵琶，韓玉釧兒在旁隨唱。唱了一套八聲甘州：「花遮翠擁。」須臾唱畢，放下樂器。吳銀兒先問月娘：「爹今日請那幾位官家吃酒？」月娘道：「你爹今日請的都是親朋。」桂姐道：「今日沒有那兩位公公？」月娘道：「薛內相昨日只他一位在這裏來。那姓劉的沒來。」桂姐道：「劉公公還好。那薛公公快頑，把人掐擰的魂也沒了。」月娘道：「左右是個內官家，又沒甚麼。隨他擺弄一回子就是了。」桂姐道：「娘且是說的好，吃他奈何的人慌。」

正說著，只見玳安兒進來，取果盒。見他四個在屋裏坐著，說道：「客已到了一半，七八待上坐。你每還不快收拾上來？」月娘便問：「前邊有誰來了？」玳安道：「喬大爹、花大爹、大舅、二舅、謝爹，都來了這一日了。」桂姐問道：「今日有應二花子和祝麻子二人沒有？」玳安道：「會中十位，今日一個兒也不少。應二爹從辰時就來了，爹使他有勾當去了。」便道：「就來也。」桂姐道：「耶嚛！遭遭兒有這起攮刀子的！又不知纏到多早晚。我今日不出去，寧可在屋裏唱與娘聽罷。」玳安道：「你倒且是自在性兒！」拏出果盒去了。桂姐道：「娘還不知道，這祝麻子在酒席上兩片子嘴不住，只聽見他說話。饒人那等罵著，他還不理。他和孫寡嘴兩個好不涎臉！」鄭愛香兒道：「常和應二走的那祝麻子，他前日和張小二官兒到俺那裏，拏著十兩銀子，要請俺家妹子愛月兒。俺媽說：『他纔教南人梳弄了，還不上一個月。南人還沒起身，我怎麼好留你？』說著他再三不肯。纏的媽急了，把門倒插了，不出來見他。那張小官兒好不有錢，騎著大白馬，四五個小廝跟隨，坐在俺每堂屋裏只顧不去。急得祝麻子直撅兒跪在天井內，說道：『好歹請出媽來收了這銀子，只教月姐見一見，待一盃茶兒，俺每就去。』把俺每笑的要不的。只像告水災的，好個涎臉的行貨子！」吳銀兒道：「張小二官兒先包著董貓兒來。」鄭愛香道：「因把貓兒的虎口內火燒了兩醮，和他丁八著好一向了。這日只散走哩。」因望著桂姐道：「昨日我在門外莊子上收頭，會見周肖兒，多上覆你，說前日同聶鉞兒到你家，你不在。」桂姐使了個眼色，說道：「我來爹宅裏來，他請了俺姐姐桂卿了。」鄭愛香兒道：「你和馮沒點兒相交？如何卻打熱？」桂姐道：「好肏的劉九兒！把他當個孤老，甚麼行貨子！可不砢碜殺我罷了。他為了事出來，逢人至人說了來嗔我不看他。媽說：『你只在俺家，俺倒買些甚麼看看你不打緊。你和別人家打熱，俺傻的不勻了。』真是硝子石望著南兒丁口心。」說著，都一齊笑了。月娘坐在炕上，聽著他說：「你每說了這一日，我不懂。不知說的是那家話？」按下這裏不題。

卻說前邊各客都到齊了，西門慶冠冕著遞酒。眾人讓喬大戶為首，先與西門慶把盞。只見他三個唱的從後邊出來，都頭上珠冠蹀躞，身邊蘭麝隆香。應伯爵一見戲道：「怎的三個零布在那裏來？攔住休放他進來。」因問東家：「李家桂兒怎不來？」西門慶道：「我不知道。」初是鄭愛香兒彈箏，吳銀兒琵琶，韓玉釧兒撥板，啓朱唇，露皓齒，先唱水仙子：「馬蹄金鑄就虎頭牌」一套，良久，遞酒畢，喬大戶坐首席。其次者吳大舅、二舅、花大哥、沈姨夫、應伯爵、謝希大、孫寡嘴、祝日念、雲離守、常時節、白來創、傅自新、賁地傳，共十四人上席，八張桌兒。西門慶下席主位。說不盡歌喉宛轉，舞態蹁躚。酒若波流，肴如山疊。

到了那酒過數巡，歌吟三套之間，應伯爵就在席上開言說道：「東家，也不消教他每唱了。翻來弔過去，左右只是這兩套狗撾門的，誰待聽！你教大官兒拏三個座兒來，教他與列位遞酒，倒還強似唱。」西門慶道：「且教他孝順席尊眾親兩套詞兒著。你這狗才，就是等搖席破坐的！」鄭愛香兒道：「應花子，你門背後放花子，等不到晚了。」伯爵親自走下席來，罵道：「怪小淫婦兒！甚麼晚不晚？你娘那毯！」教玳安過來：「你替他把刑法多拏了。」一手拉著一個，都拉到席上教他遞酒。鄭愛香兒道：「怪行貨子！拉的人手腳兒不著地。」伯爵道：「我實和你說，小淫婦兒！時光有限了，不久青刀馬過。遞了酒罷，我等不的了。」謝希大便問：「怎麼是青刀馬？」伯爵道：「寒鴉兒過了，就是青刀馬。」眾人都笑了。當下吳銀兒遞喬大戶，鄭愛香兒遞吳大舅，韓玉釧兒遞吳大舅，兩分頭挨次遞將來。落後吳銀兒遞到應伯爵跟前，因問：「李家桂兒怎的不來？」吳銀兒道：「二爹，你老人家還不知道李桂姐如今與大娘認義乾女兒。我告訴二爹，只放在心裏，卻說人弄心。前日在爹宅裏散了，都一答兒家去了。都會下了明日早來。我在家裏收拾了，只顧等他。誰知他安心早買了禮，就先來了，倒教我等到這咱晚。使丫頭往你家瞧去，說你來了。好不教媽說我。早時就與他姊妹兩個來了。你就拜認與爹娘做乾女兒，對我說了便怎的？莫不攙了你甚麼分兒！瞞著人幹事。嗔道他頭裏坐在大娘炕上，就賣弄顯出他是娘的乾女兒。剝果仁兒，定果盒，拏東拏西，把俺每往下躧。我還不知道。倒是裏頭六娘剛纔悄悄對我說，『他替大娘做了一雙鞋，買了一盒果餡餅兒，兩隻鴨子，一副膀蹄，兩瓶酒，老早坐了轎子來。』從頭至尾，告訴一遍。」伯爵聽了，說道：「他如今在這裏不出來，不打緊。我務要奈何那賊小淫婦兒出來。我對你說罷，他想必和他鴇子計較了。見你大爹做了官，又掌著刑名，一者懼怕他勢要，二者恐進去稀了。假著認乾女兒往來，斷絕不了這門兒親。我猜的是不是我教與你個法兒，他認大娘做乾女，你到明日也買些禮來，卻認與六娘是乾女兒就是了。你和他多還是過世你花爹一條路上的人，各進其道就是了。我說的是不是？你也不消惱他。」吳銀兒道：「二爹說的是。我到家就對媽說。」說畢，遞過酒去。就是韓玉釧兒挨著來遞酒。伯爵道：「韓玉姐起動起動，不消行禮罷。你姐姐家裏做甚麼哩？」玉釧兒道：「俺姐姐家中有人包著哩，好些時沒出來供唱。」伯爵道：「我記的五月裏在你那裏打攪了，再沒見你姐姐。」韓玉釧道：「那日二爹怎的不肯深坐坐，老早就去了？」伯爵道：「那日不是我還坐坐。內中有兩個人還不合節，又是你大老爹這裏相招，我就先走了。」韓玉釧兒見他吃過一盃，又斟出一盃。伯爵道：「罷罷！少斟些，我吃不得了。」玉釧道：「二爹，你慢慢上，上過待我唱曲兒你聽。」伯爵道：「我的姐姐，誰對你說來，正可著我心坎兒。常言道：『養兒不要屙金溺銀，只要見景生情。』倒還是麗春院娃娃，到明日不愁沒飯吃。強如鄭家那賊小淫婦，歪刺骨兒！只躲滑兒，再不肯唱。」鄭香兒道：「應二花子汗邪了你，好罵！」西門慶道：「你這狗才，頭裏嗔他唱，這回又索落他。」伯爵道：「這是頭裏帳。如今遞酒，不教他唱個兒？我有三錢銀子，使的那小淫婦鬼推磨。」韓玉釧兒不免取過琵琶來，席上唱了四個小曲兒。

伯爵因問西門慶：「今日李桂兒怎的不教他出來？」西門慶道：「他今日沒來。」伯爵道：「我剛纔聽見後邊唱，就替他說謊。」因使玳安：「好歹後邊快叫他出來。」那玳安又不肯動，說：「這應二爹錯聽了。後邊是女先生郁大姐彈唱與娘每聽來。」伯爵道：「賊小油嘴，還哄我住，等我自家後邊去叫。」祝日念便向西門慶道：「哥，也罷！只請李桂姐來與列位老親遞盃酒來，不教他唱也罷。我曉的他今日人情來了。」西門慶被這起人纏不過，只得使玳安往後邊請李桂姐去。那李桂姐正在月娘上房彈著琵琶，唱與大妗子、楊姑娘、潘姥姥眾人聽。見玳安進來叫他，便問：「誰使你來？」玳安道：「爹教我來請桂姨上去遞一巡酒。」桂姐道：「娘，你看爹韶刀！頭裏我說不出去，又來叫我！」玳安道：「爹被眾人纏不過，纔使進小的來。」月娘道：「也罷，你出去遞巡酒兒，快下來就是了。」桂姐又問玳安：「真個是你爹叫我，便出去。若是應二花子，隨問他怎的叫，我一世也不出去。」于是向月娘鏡臺前重新妝點打扮出來。眾人看見他頭戴銀絲鬏髻，周圍金纍絲釵梳，珠翠堆滿。上著藕絲衣裳，下著翠綾裙。尖尖趫趫，一對紅鴛。粉面貼著三個翠面花兒。一陣異香噴鼻，朝上席不當不正，只磕了一個頭，就用灑金扇兒掩面，佯羞整翠，立在西門慶面前。西門慶分付玳安放錦杌兒在上席，教他與喬大戶捧酒。喬大戶到忙欠身道：「到不消勞動，還有列位尊親。」西門慶道：「先從你喬大爹起。」這桂姐于是輕搖羅袖，高捧金樽，遞喬大戶酒。伯爵在旁說道：「喬上尊，你請坐，教他伏侍。麗春院粉頭，供唱遞酒，是他的職分，休要慣了他。」喬大戶道：「二老，此位姐兒乃是這大官府令翠，在下怎敢起動？使我坐起不安。」伯爵道：「你老人家放心，他如今不做表子了。見大人做了官，情願認做乾女兒了。」那桂姐便臉紅了，說道：「汗邪你了！誰恁胡言？」謝希大道：「真個有這等事，俺每不曉得。趁今日眾位老爹在此一個也不少，每人五分銀子人情，都送到哥這裏來，與哥慶慶乾女兒。」伯爵接過來道：「還是哥做了官好。自古不怕官，只怕管。這回子連乾女兒也有了。到明日灑上些水，看扭出汁兒來。」被西門慶罵道：「你這賤狗才！單管這閑事胡說。」伯爵道：「胡鐵倒打把好刀兒哩。」鄭愛香正遞沈姨夫酒，插口道：「應二花子，李桂姐便做了乾女兒，你到明日與大爹做個乾兒子罷。弔過來就是個兒乾子。」伯爵罵道：「賊小淫婦兒！你又少死得，我不纏你念佛。」李桂姐道：「香姐，你替我罵這花子兩句。」鄭愛香兒道：「不要理這望江南巴山虎兒，汗東山斜紋布。」伯爵道：「你這小淫婦！道你調子曰❷兒罵我，我沒的說。只是一味白鬼，把你媽那褲帶子也扯斷了。由他，到明日不與你個功德，你也不怕，不把將軍為神道。」桂姐道：「咱休惹他。哥兒拏出急來了。」鄭愛香笑道：「這應二花子今日鬼酉上車兒，推醜；東瓜花兒，醜的沒時了。他原來是個王姑來子。」伯爵道：「這小歪刺骨兒！諸人不要，只我將就罷了。」桂姐罵道：「怪攮刀子！好乾淨嘴兒，把人的牙花也磕了。爹，你還不打與他兩下子哩！你看他恁發訕。」西門慶罵道：「怪狗才東西！教他遞酒，你鬥他怎的？」走向席上，打了他一下。伯爵道：「賊小淫婦兒！你說你倚著漢子勢兒，我怕你？你看他叫的爹那甜！」又道：「且休教他遞酒，倒便益了他。拏過刑法來，且教他唱一套與俺每聽著。他後邊滑了這會滑兒，也夠了。」韓玉釧兒道：「二爹曹州兵備，管的事兒寬？」這裏前廳花攢錦簇，飲酒玩耍不題。

單表潘金蓮自從李瓶兒生了孩子，見西門慶常在他房宿歇，于是常懷嫉妒之心，每蓄不平之意。知西門慶前廳擺酒，在鏡臺前巧畫雙蛾，重扶蟬鬢，輕點朱唇，整衣出房。聽見李瓶兒房中孩兒啼哭，便走入來。問：「他媽媽原來不在屋裏。他怎這般哭？」奶子如意兒道：「娘往後邊去了。哥哥尋娘，趕著這等哭。」那潘金蓮笑嘻嘻的向前戲弄那孩兒。說道：「你這多少時初生的小人芽兒❸，就知道你媽媽。等我抱的後邊尋你媽媽去。」纔待解開衫兒抱這孩子，奶子如意兒就說：「五娘，休抱哥哥，只怕一時撒了尿在五娘身上。」金蓮道：「怪臭肉！怕怎的？拏襯兒❹托著他不妨事。」一面接過官兒來抱

❷ 調子曰：掉嘴弄舌。

❸ 人芽兒：同第十七回註❸。

在懷裏，一直往後去了。走到儀門首，一徑把孩兒舉得高高的。不想吳月娘正在上房穿廊下，看著家人媳婦定添換菜碟兒。李瓶兒與玉簫在房首揀酥油蚫螺兒。那潘金蓮笑嘻嘻看孩子說道：「大媽媽你做甚麼哩？你說小大官兒來尋俺媽媽來了。」月娘忽抬頭看見，說道：「五姐，你說的甚麼話？早是他媽媽沒在跟前，這咱晚平白抱出他來做甚麼？舉的恁高，只怕諕著他。他媽媽在屋裏忙著手哩。」便叫道：「李大姐你出來。你家兒子尋你來了。」那李瓶兒慌走出來，看見金蓮抱著，說道：「小大官兒好好兒在屋裏，奶子抱著，平白尋我怎的？看溺了你五媽媽身上尿。」金蓮道：「他在屋裏好不哭著尋你，我抱出他來走走。」這李瓶兒忙解開懷接過來。月娘引鬥了一回，分付：「好好抱進房裏去罷，休要諕他。」李瓶兒到前邊，便悄悄說：「奶子，他哭你慢慢哄著他，等我來。如何教五娘抱著他到後邊尋我？」如意兒道：「我說來，五娘再三要抱了去。」那李瓶兒慢慢看著他餵了奶，安頓他睡了。誰知睡下不多時，那孩子就有些睡夢中驚哭，半夜發寒潮熱起來。奶子餵他奶也不吃，只是哭。李瓶兒慌了。

且說西門慶前邊席散，打發四個唱的出門，月娘與了李桂姐一套重綃絨金衣服，二兩銀子，不必細說。西門慶晚夕到李瓶兒房裏看孩兒。因見孩兒只顧哭，便問怎麼的。李瓶兒亦不題起金蓮抱他後邊去一節，只說道：「不知怎的，睡了起來這等哭，奶也不吃。」西門慶道：「你好好拍他睡。」因罵如意兒：「不好生看哥兒，管何事？諕了他。」走過後邊對月娘說。月娘就知金蓮抱出來諕了他，就一字沒得對西門慶。只說：「我明日叫劉婆子看他看。」西門慶道：「休教那老淫婦來胡針亂灸的，另請小兒科太醫來看孩兒。」月娘不依他，說道：「一個剛滿月的孩子，甚麼小兒科太醫。」到次日打發西門慶

❹ 襯兒：尿布。

早往衙門中去了，使小廝請了劉婆來看了，說是著了驚。與了他三錢銀子，灌了他些藥兒，那孩兒方纔得穩睡，不洋奶了。李瓶兒一塊石頭方落地。正是：滿懷心腹事，盡在不言中。

畢竟未知後來如何，且聽下回分解。

第三十三回　陳經濟失鑰罰唱　韓道國縱婦爭鋒

人生雖未有前知，富貴功名豈力為。
枉將財帛為根蒂，豈容人力敵天時。
世俗炎涼空過眼，塵紛離合漫忘機。
君子行藏須用舍，不開眉笑待何如。

話說西門慶衙門中來家，進門就問月娘：「哥兒好些？使小廝請太醫去。」月娘道：「我已叫劉婆子來了。見吃了他藥，孩子如今不洋奶，穩穩睡了這半日，覺好些了。」西門慶道：「信那老淫婦胡針亂灸，還請小兒科太醫看纔好。既好些罷了，若不好，拏到衙門裏去拶與老淫婦一拶子。」月娘道：「你恁的枉口拔舌罵人。你家孩兒現吃了他藥好了，還恁舒著嘴❶子罵人！」說畢，丫鬟擺上飯來。西門慶剛纔吃了飯，只見玳安兒來報：「應二爹來了。」西門慶教小廝拏茶出去，請應二爹棬棚內坐。向月娘道：「把剛纔我吃飯的菜蔬休動，教小廝拏飯出去，教姐夫陪他吃。我就來。」月娘便問：「你昨日早晨使他往那裏去，那咱纔來？」西門慶便告說：「應二哥認的湖州一個客人何官兒，門外店裏堆著五百

❶ 舒著嘴：張口。

兩絲線，急等著要起身家去，來對我說，要拆些發脫。我只許他四百五十兩銀子。昨日使他同來保拏了兩錠大銀子作樣銀。已是有了來了，約下今日兌銀子去。我想來獅子街房子空閒，打開門面兩間，倒好收拾開個絨線鋪子，搭個夥計。況來保已是鄆王府認納官錢，教他與夥計在那裏，又看了房兒，又做了買賣。」月娘道：「少不得又尋夥計。」西門慶道：「應二哥說他有一相識，姓韓。原是絨線行。如今沒本錢，閒在家裏。說寫算皆精，行止端正。再三保舉。改日領他來見我，寫立合同。」說畢，西門慶在房中兌了四百五十兩銀子，教來保拏出來。陳經濟已是陪應伯爵在惓棚內吃完飯，等的心裏火發。見銀子出來，心中歡喜。與西門慶唱了喏，說道：「昨日打攪哥，到家晚了。今日再扒不起來。」西門慶道：「這銀子我兌了四百五十兩，教來保取搭連❷眼同裝了。今日好日子，便雇車輛搬了貨來，鎖在那邊房子裏就是了。」伯爵道：「哥主張的有理。只怕蠻子停留長智。推進貨來，就完了帳。」于是同來保騎頭口打著銀子，逕到門外店中成交易買賣。誰知伯爵背地與何官兒砸殺了只四百二十兩銀子，打了三十兩背工❸。對著來保當面只拏出九兩用銀來，二人均分了。雇了車腳，即日推貨進城，堆在獅子街空房內。鎖了門來回西門慶話。西門慶教應伯爵擇吉日領韓夥計來見。其人五短身材，三十年紀。言談滾滾，相貌堂堂。滿面春風，一團和氣。西門慶即日與他寫立合同，同來保領本錢雇人染絲，在獅子街開張鋪面，發賣各色絨絲。一日也賣數十兩銀子，不在話下。

光陰迅速，日月如梭，不覺八月十五日月娘生辰來到。請堂客擺酒，留下吳大妗子、潘姥姥、楊姑

---

❷ 搭連：一種中間開口，兩頭下垂，可裝錢物之長方形袋，可搭於肩上。亦做「搭褳」、「褡連」、「褡褳」。

❸ 打背工：見第九回註❽。

娘並兩個姑子住兩日，晚夕宣誦唱佛曲兒，帶坐到二三更纔歇。那日西門慶因上房有吳大妗子在這裏不方便，走到前邊李瓶兒房中看官哥兒，心裏要在李瓶兒房裏睡。李瓶兒道：「孩子纔好些兒，我心裏不耐煩。往他五媽媽房裏睡一夜罷。」西門慶笑道：「我不惹你。」于是走過金蓮這邊來。那金蓮聽見漢子進他房來，如同拾了金寶一般，連忙打發他潘姥姥過李瓶兒這邊宿歇。他便房中高點銀燈，款伸錦被，夜間陪西門慶同寢。枕畔之情，百般難述。無非只要牢籠漢子之心，使他不往別人房裏去。正是：鼓鬣遊蜂，嫩蕊半勻春蕩漾；餐香粉蝶，花房深宿夜風流。

李瓶兒見潘姥姥過來，連忙讓在炕上坐的。教迎春安排酒席烙餅，晚夕說話。坐半夜纔睡。到次日與了潘姥姥一件蔥白綾襖兒，兩雙段子鞋面，二百文錢。把婆子喜歡的屁滾尿流，過這邊來拏與金蓮瞧，說：「此是那邊姐姐與我的。」金蓮見了，反說他娘：「好恁小眼薄皮的，甚麼好的拏了他的來！」潘姥姥道：「好姐姐，人倒可憐見與我，你卻說這個話。你肯與我一件兒穿？」金蓮道：「我比不得他有錢的姐姐。我穿的還沒有哩，拏甚麼與你？你平白吃了人家的來。等住回咱整理幾碟子來，篩上壺酒，拏過去還了他就是了。到明日少不的教人硶言試語❹，我是聽不上。」一面分付春梅定八碟菜蔬，四盒果子，一錫瓶酒。打聽西門慶不在家，教秋菊用方盒拏到李瓶兒房裏，說：「娘和姥姥過來，無事和六娘吃盃酒。」李瓶兒道：「又教你娘費心。」少頃，金蓮和潘姥姥來。三人坐定，把酒來斟。春梅侍立斟酒。娘兒每說話間，只見秋菊來叫春梅，說：「姐夫在那邊尋衣裳，教你去開外邊樓門哩。」金蓮分付：「叫你姐夫尋了衣裳，來這裏呵甌子酒去。」不一時經濟尋了衣服，就往外走。春梅進來回說：

❹ 硶言試語：閒言閒語。

「他不來。」金蓮道：「好歹拉了他來。」又使出綉春去把經濟請來。潘姥姥在炕上坐，小桌兒擺著果菜兒。金蓮、李瓶兒陪著吃酒，連忙唱了喏。金蓮說：「我好意教你來吃酒兒，你怎的張致不來？就弔了造化了。」掇了個嘴兒，教春梅：「拏寬盃❺兒來，篩與你姐夫吃。」經濟把尋的衣服放到炕上坐下。春梅做定科範❻，取了個茶甌子，流沿邊斟上遞與他。慌的經濟說道：「五娘賜我寧可吃兩小鍾兒罷。外邊鋪子裏許多人等著要衣裳。」金蓮道：「教他等著去。我偏教你吃這一大鍾。那小鍾子刁刁的❼不耐煩。」潘姥姥道：「只教哥哥吃這一鍾罷。只怕他買賣事忙。」金蓮道：「你信他有甚麼忙，吃好少酒兒？金漆桶子，吃到第二道箍上。」那經濟笑著，拏酒來剛呷了兩口。潘姥姥叫：「春梅姐姐，你拏筯兒與哥哥，教他吃寡酒❽？」春梅也不拏筯，故意毆他。向攢盒內取了兩個核桃遞與他。那經濟接過來道：「你敢笑話我就禁不開他。」于是放在牙上只一磕，咬碎了下酒。潘姥姥道：「還是小後生家好口牙。像老身東西兒硬些，就吃不得。」經濟道：「兒子世上有兩椿兒鵝卵石牛騎角，吃不得罷了。」金蓮見他吃了那鍾酒，教春梅再斟上一鍾兒，說：「頭一鍾，是我的了。你姥姥和六娘，不是人麼？也不教你吃多，只吃三甌子，饒了你罷。」經濟道：「五娘，可憐見兒子來！真吃不得了。此這一鍾，恐怕臉紅，惹爹見怪。」金蓮道：「你也怕你爹。我說你不怕他。你爹今日往那裏吃酒去了？」經濟道：

❺ 寬盃：大杯。
❻ 科範：規格。
❼ 刁刁的：用嘴唇淺淺的喝。
❽ 吃寡酒：沒有菜餚地喝酒。

「後晌往吳驛丞家吃酒。如今在對過喬大戶房子裏看收拾哩。」金蓮問：「喬大戶家昨日搬了去，咱今日怎不與他送茶❾？」經濟道：「今早送茶去了。」李瓶兒問：「他家搬到那裏住去了？」經濟道：「他在東大街上使了一千二百銀子，買了所好不大的房子，與咱家房子差不多兒。門面七間，到底五層。」說話之間，經濟捏著鼻子，又挨了一鍾。趁金蓮眼錯，得手拏著衣服，往外一溜煙跑了。迎春便道：「娘，你看姐夫忘記鑰匙去了。」那金蓮取過來，坐在身底下。向李瓶兒道：「等他來尋，你每且不要說。等我奈何他一回兒，纔與他。」潘姥姥道：「姐姐與他便了。又奈何他怎的？」

那經濟走到鋪子裏，袖內摸摸不見鑰匙，一直走到李瓶兒房裏尋。金蓮道：「誰見你甚麼鑰匙。你拏鑰匙管著甚麼來？放在那裏就不知道？」春梅道：「只怕你鎖在樓上了，頭裏我沒見你拏來。」經濟道：「我記得帶出來。」金蓮道：「小孩兒家屁股大，敢弔了心。又不知家裏外頭，甚麼人扯落的，你恁有魂沒識心不在肝上！」經濟道：「有人來贖衣裳，可怎的樣？趁爹不過來，少不得叫個小爐匠來開樓門，纔知有沒。」那李瓶兒忍不住只顧笑。經濟道：「六娘拾了，與了我罷。」金蓮道：「也沒見這李大姐，不知和他笑甚麼。恰似俺每拏了他的一般。」急得經濟只是油回磨轉❿。轉眼看見金蓮身底下露出鑰匙帶兒來，說道：「這不是鑰匙！」纔待用手去取，被金蓮褪在袖內不與他，說道：「你的鑰匙兒，怎落在我手裏？」急得那小夥兒，只是殺雞扯脖。金蓮道：「只說你會唱的好曲兒，倒在外邊鋪子裏唱與小廝聽。怎的不唱個兒我聽？今日趁著你姥姥和六娘在這裏，只揀眼生好的唱四個兒，我就與你

❾ 送茶：送禮。
❿ 油回磨轉：團團轉。

這鑰匙。不然，隨你就跳上白塔，我也沒有。」經濟道：「這五娘，就勒掯出人痞來！誰對你老人家說我會唱的兒？」金蓮道：「你還搗鬼，南京沈萬三，北京枯樹鸞，人的名兒，樹的影兒。」那小夥兒吃他奈何不過，說道：「死不了人，等我唱。我肚子裏使心柱肝，要一百個也有。」金蓮罵道：「說嘴的短命！」自把各人面前酒斟上。金蓮道：「你再吃一盃，蓋著臉兒好唱。」經濟道：「我唱了慢慢吃。我唱果子花兒，名山坡羊兒你聽：

初相交，在桃園兒裏結義。相交下來，把你到玉黃李子兒抬舉。人人說你在青翠花家飲酒，氣的我把蘋婆臉兒搵的紛紛的碎。我把你賊，你學了虎剌賓了，外實裏虛，氣的我李子眼兒珠淚垂。我使的一對桃奴兒尋你，見你在軟棗兒樹下，就和我別離了去。氣的我鶴頂紅，剪一柳青絲兒來呵！你海東紅，反說我理虧！罵了句牛心紅的強賊，逼的我急了，我在弔枝乾兒上尋個無常，到三秋，我看你倚靠著誰？

又：

我聽見金雀兒花，眼前高哨。撇的我鵝毛菊，在斑竹簾兒下喬叫。多虧了二位靈鵲兒報喜。我說是誰來？不想是望江南兒來到。我在水紅花兒下梳妝未了，狗奶子花迎著門子去咬。我暗使著迎春花兒，繞到處尋你。手搭伏薔薇花，口吐丁香，把我玉簪兒來叫。紅娘子花兒，慢慢把你接進房中來呵！同在碧桃花下鬥了回百草。得了手，我把金盞兒花丟了。曾在轉枝蓮下纏勾你幾遭。

叫了你聲嬌滴滴石榴花兒，你試被九花丫頭傳與十姊妹，甚麼張致？可不教人家笑話叉了。」

唱畢，就問金蓮要鑰匙。說道：「五娘，快與了我罷！夥計鋪子裏不知怎的等著我哩。只怕一時爹過來。」金蓮道：「你倒自在性兒，說的且是輕巧。等你爹問，我就說你不知在那裏吃了酒，把鑰匙不見了，走來俺屋裏尋。」經濟道：「耶嚛！五娘就是弄人的劊子手！」李瓶兒和潘姥姥再三旁邊說道：「姐姐與他去罷。」金蓮道：「若不是姥姥和你六娘勸我，定罰教你唱到天晚。頭裏騙嘴⑪說一百個二百個。纔唱兩個曲兒，就要騰翅子⑫。我手裏放你不過。」經濟道：「我還有兩個兒看家⑬的，是銀錢名山坡羊，亦發孝順你老人家罷。」于是頓開喉音唱道：

冤家你不來，白悶我一月。閃的人反拍著外膛兒，細思諒不徹。我使獅子頭定兒小廝，拏著黃票兒請你。你在兵部窪兒裏，元寶兒家歡娛過夜。我陪銅磬兒家，私為焦心。一旦兒棄捨我，把如同印箱兒印在心裏。愁無救解，叫著你，把那挺臉兒高揚著不理。空教我撥著雙火同兒，頓著罐子，等到你更深半夜。氣的奴花銀竹葉臉兒，咬定銀牙。來呵！喚官銀，頂上了我房門。隨那潑臉兒冤家，乾敲兒不理。罵了句煎徹了的三傾兒，搗槽斜賊！空把奴一腔子煖汁兒，真心倒與你，只當做熱血。

⑪ 騙嘴：誇口。

⑫ 騰翅子：逃走。

⑬ 看家：舊時的技術專家往往保留一手，不肯教人，這叫做「看家本領」，簡稱「看家」。

又：

姐姐，你在開元兒家我和你燃香說誓。我拏著祥道祥元，好黃邊錢也，在你家行三坐四。誰知你將香爐拆爪哄我，受不盡你家虔婆鵏眼兒閒氣。你榆葉兒身輕，筆管兒心虛，姐姐你好似古碌錢，身子小，眼兒大，無樁兒可取。自好被那一條棍滑鏝兒油嘴，把你戲。耍脫的你光屁股，把你線邊火漆打硌硌跌澗兒，無所不為。來呵！到明日只弄的倒四顛三，一個黑沙也是不值。叫了聲二興兒姐姐，你試聽知。可惜我黃鄧鄧的金背，配你這錠難兒一臉褶子。

經濟唱畢，金蓮纔待叫春梅斟酒與他。忽有吳月娘從後邊來，見奶子如意兒抱著官哥兒在房門首石臺基上坐，便說道：「孩子纔好些，你這狗肉，又抱他在風裏！還不抱進去。」金蓮問：「是誰說話？」綉春回道：「大娘來了。」經濟慌的拏鑰匙往外走不迭。眾人都下來迎接月娘。月娘便問：「陳姐夫在這裏做甚麼來？」金蓮道：「李大姐整治些菜，請俺娘坐坐。陳姐夫尋衣服，叫他進來吃一盃。姐姐你請坐，好甜酒兒，你吃一盃。」月娘道：「我不吃。後邊他大妗子，和楊姑娘要家去。我又記掛著這孩子，逕來看看。李大姐你也不管，又教奶子抱他在風裏坐的。前日劉婆子說他是驚寒，你還不好生看他？」李瓶兒道：「俺每陪著他姥姥吃酒，誰知賊臭肉三不知抱他出去了。」月娘坐了半歇，回後邊去了。一回使小玉來請姥姥和五娘、六娘後邊坐。那潘金蓮和李瓶兒勻了臉，同潘姥姥往後來，陪大妗子、楊姑娘吃酒。到日落時分，與月娘送出大門，上轎去了，都在門裏站立。

先是孟玉樓說道：「大姐姐，今日他爹不在，往吳驛丞家吃酒去了。咱倒好往對門喬大戶家房裏瞧瞧。」月娘問看門的平安兒：「誰拏著那邊鑰匙哩？」平安道：「娘每要過去瞧，開著門哩。來興哥看著兩個坌工的在那裏做活。」月娘分付：「你教他躲開，等俺每瞧瞧去。」平安兒道：「娘每只顧瞧，不妨事。他每都在第四層大空房撥灰篩土，叫出來就是了。」當下月娘、李嬌兒、孟玉樓、潘金蓮、李瓶兒都用轎子短搬兩個坌工抬過房子內。進了儀門，就是三間廳。第二層是樓。月娘要上樓去。可是作怪！剛上到樓梯中間，不料梯磴陡趄，只聞月娘哎了一聲，滑下一隻腳來。早是月娘攀住樓梯兩邊欄杆。慌了玉樓，便道：「姐姐怎的？」連忙搊住他一隻胳膊，不曾打下來。月娘吃了一驚，就不上去。眾人扶了下來，諕的臉蠟渣兒黃了。玉樓便問：「姐姐怎麼上來尖了腳，不曾磕著那裏？」月娘道：「跌倒不曾跌著，只是扭了腰子。諕的我心跳在口裏。樓梯子趄，我只當咱家裏樓上來，滑了腳。早是攀住欄杆，不然怎了？」李嬌兒道：「你又身上不方便，早知不上樓也罷了。」于是眾姊妹相伴月娘回家。剛到家，叫的應就肚中疼痛。月娘忍不過，趁西門慶不在家，使小廝叫了劉婆子來看。婆子道：「你已是去經事來著傷，多是成不的了。」月娘道：「便是五個多月了，上樓著了扭。」婆子道：「你吃了我這藥，安不住，下來罷了。」月娘道：「下來罷。」婆子于是留了兩服大黑丸子藥，教月娘用艾酒吃。那消半夜，弔下來了，在榪桶內。點燈撥看，原來是個男胎，已成形了。正是：胚胎未能全性命，真靈先到杳冥天。幸得那日西門慶來到，沒曾在上房睡，在玉樓房中歇了。

到次日，玉樓早晨到上房，問月娘：「身子如何？」月娘告訴：「半夜果然存不住，落下來了，倒是小廝兒。」玉樓道：「可惜了的！他爹不知道？」月娘道：「他爹吃酒來家，到我屋裏，纔得脫衣裳。我說你往他每屋裏去罷，我心裏不自在。他纔往你這邊來了。我沒對他說。我如今肚裏還有些隱隱的疼。」

玉樓道：「只怕還有些餘血未盡。篩酒吃些鍋臍灰兒，就好了。」又道：「姐姐，你還計較兩日兒。且在屋裏，不可出去。小產比大產，還難調理。只怕掉了風寒，難為你的身子。」月娘道：「你沒的說，倒沒的倡揚的一地裏知道。平白噪刺刺⑭的抱甚麼空窩，惹的人動的唇齒。」以此就沒教西門慶知道。此事表過不題。

且說西門慶新搭的開絨線鋪夥計，也不是守本分的人。姓韓，名道國，字希堯，乃是破落戶韓光頭的兒子。如今跌落下來，替了大爺的差使，亦在鄆王府做校尉。見在縣東街牛皮小巷居住。其人性本虛飄，言過其實。巧于詞色，善于言談。詐人錢，如捉影捕風；騙人財，如探囊取物。因此街上人見他是般說謊，順口叫他做韓道（盜）國。自從西門慶家做了買賣，手裏財帛從容，新做了幾件虼蚫皮，在街上虛飄說詐。掇著肩膊兒，就搖擺起來。人見了不叫他個韓希堯，只叫他做韓一搖。他渾家乃是宰牲口王屠妹子，排行六姐。生得長挑身材，瓜子面皮，紫膛色，約二十八九年紀。身上有個女孩兒，嫡親三口兒度日。他兄弟韓二，名二搗鬼，是個耍錢的搗子，在外另住。舊與這婦人有姦。要使趕韓道國不在家，鋪中上宿，他便時常走來。與婦人吃酒。到晚夕刮涎⑮，就不去了。

不想街坊有幾個浮浪子弟，見婦人搽脂抹粉，打扮喬模喬樣，常在門首站立睃人。人略鬥他鬥兒，又臭又硬，就張致罵人。因此街坊這些小夥子兒，心中有幾分不憤⑯。暗暗三兩成群，背地講論，看他

---

⑭ 噪刺刺：吵吵鬧鬧。

⑮ 刮涎：勾搭。

⑯ 不憤：同第十一回註③。

背地與甚麼人有首尾。那消半個月，打聽出與他小叔韓二這件事來。原來韓道國在牛皮小巷住著，門面三間，房裏兩邊都是鄰舍，後門通水塘。這夥人單看韓二進去，或倩老嫗灑堂，或夜晚扒在牆上看覷，或白日裏暗使小猴子在後堂推道捉蛾兒，單等捉姦。不想那日二搗鬼打聽他哥不在，大白日裝酒，和婦人吃醉了，倒插了門在房裏幹事。不防眾人睃見蹤跡，小猴子扒過來把後門開了。眾人一齊進去，掇開房門。韓二奪門就走，被一少年一拳打倒拏住。老婆還在炕上，慌穿衣不迭。一人進去，先把褲子撾在手裏，都一條繩子拴出來。須臾圍了一門首人，跟到牛皮街廂鋪裏，就哄動了那一條街巷。這一個來問，那一個來瞧。都說韓道國婦人與小叔犯姦。內中一老者見男婦二人拴做一處，便問左右站的人：「此是為甚麼事的？」旁邊有多口的道：「你老人家不知。此是小叔姦嫂子的。」那老者點了點頭兒，說道：「可傷！原來小叔兒要嫂子的，到官叔嫂通姦，兩個都是絞罪。」那旁多口得認得他有名叫陶扒灰，一連娶三個媳婦，都吃他扒了。因此插口說道：「你老人家深通條律。像這小叔養嫂子的，便是絞罪。若是公公養媳婦的，卻論甚麼罪？」那老者見不是話，低著頭，一聲兒沒言語走了。正是：各人自掃簷前雪，莫管他家屋上霜。

這裏二搗鬼與婦人被捉不題。單表那日韓道國鋪子裏不該上宿，來家早。八月中旬天氣，身上穿著一套兒輕紗軟絹衣服，新盔的一頂帽兒，細網金圈，玄色段子履鞋，清水絨襪兒，搖著扇兒，在街上闊行大步，搖擺走著。但遇著人，或坐或立，口若懸河，滔滔不絕，就是一回。內中遇著他兩個相熟的人，一個是開紙鋪的張二哥，一個是開銀鋪的白四哥，慌作揖舉手。張好問便道：「韓老兄連日少見，聞得恭喜在西門大官府上開寶鋪做買賣，我等缺禮失賀，休怪休怪！」一面讓他坐下。那韓道國坐在凳上，把臉兒揚著，手中搖著扇兒，說道：「學生不才，仗賴列位餘光，在我恩主西門大官人做夥計，三七分錢。掌巨萬之財，督數處之鋪。甚蒙敬重，比他人不同。」有白汝謊道：「聞老兄在他門下做只做線鋪生意。」韓道國笑道：「二兄不知。線鋪生意只是名目而已。今他府上大小買賣，出入貲本，那些兒不是學生算帳？言聽計從，禍福共知。通沒我一時兒也成不得，大官人每日衙門中來家擺飯，常請去陪侍。沒我便吃不下飯去。俺兩個在他小書房裏，閒中吃果子說話兒。常坐半夜，他方進後邊去。昨日他家大夫人生日，房下坐轎子行人情，他夫人留飲至二更方回。彼此通家，再無忌憚。不可對兄說，就是背地他房中話兒，也常和學生計較。學生先一個行止端莊，立心不苟，與財主興利除害，拯溺救焚。凡百財上分明，取之有道。就是傅自新也怕我幾分。不是我自己誇獎，大官人正喜我這一件兒。」

剛說在鬧熱處，忽見一人慌慌張張走向前，叫道：「韓大哥你還在這裏說甚麼？教我鋪子裏尋你不著。」拉到僻靜處，告他說：「你家中如此如此，這般這般。大嫂和二哥被街坊眾人撮弄兒，拴到鋪裏，明早要解縣見官去。你還不早尋人情，理會此事？」這韓道國聽了，大驚失色，口中只咂嘴，下邊頓足，就要翅趫走。被張好問叫道：「韓老兄，你話還未盡，如何就去了？」這韓道國舉手道：「學生家有小事，不及奉陪。」慌忙而去。正是：誰人挽得西江水，難洗今朝一面羞。

畢竟未知後來何如，且聽下回分解。

第三十四回　書童兒因寵攬事　平安兒含憤戳舌

自恃官豪放意為，休將喜怒作公私。
貪財不顧綱常壞，好色全忘義理虧。
狎客盜名求勢利，狂奴乘飲弄奸欺。
欲占後世興衰理，今日施為可類知。

話說韓道國走到家門首打聽，見渾家和他兄弟韓二拴在鋪中去了。急急走來獅子街鋪子內，和來保計議。來保說：「你還早央應二叔來對當家的說了，拏個帖兒對縣中李老爹一說，不論多大事情都了了。」這韓道國竟到應伯爵家。他娘子兒使丫頭出來回：「沒人在家，不知往那裏去了。只怕在西門大老爹家。」韓道國道：「沒在宅裏。」問應寶，也跟出去了。韓道國慌了，往构欄院裏抓尋。原來伯爵被湖州何蠻子的兄弟何二蠻子，號叫何兩峰，請在四條巷內何金蟾兒家吃酒。被韓道國抓著了，請出來。伯爵吃的臉紅紅的，帽簷上插著剔牙杖兒。韓道國唱了喏，拉到僻靜處，如此這般告他說。伯爵道：「既有此事，我少不得陪你去。」于是作辭了何兩峰，與道國先同到家，問了端的。道國央及道：「只望二叔往大官府宅裏說說，討個帖兒。只怕明早解縣上去，轉與李老爹案下。求青目一二，只不教你姪婦見官。事畢，重謝二叔，磕頭就是了。」說著跪在地下。伯爵用手拉起來，說道：「賢契，這些事兒，我不替你處？你取張紙兒，寫了個說帖兒，我如今同你到大官府裏對他說。把一切閒話多丟開，你只說我常不在家，被街坊這夥光棍時常打磚掠瓦，欺負娘子。眾人稱：你兄弟韓二氣忿不過，和他嚷亂。反被這夥人群住，揪採在地，亂行踢打，同拴在鋪裏。望大官府討個帖兒，對李老爹說，只不教你令正出官，管情見個分上就是了。」那韓道國取筆硯連忙寫了說帖，安放袖中。伯爵領他逕到西門慶門首。問守門的兒：「爹在家？」平安道：「爹在花園書房裏，二爹和韓大叔請進去。」那應伯爵狗也不咬，走熟了的，同韓道國進入儀門，轉過大廳，由鹿頂鑽山進去，就是花園角門。抹過木香棚兩邊松牆，松牆裏面三間小捲棚，名喚翡翠軒，乃西門慶夏月納涼之所。前後簾櫳掩映，四面花竹陰森，周圍擺設珍禽異獸，瑤草琪花，各極其盛。裏面一明兩暗書房，有畫童兒小廝在那裏掃地，說：「應二爹和韓大叔來了。」二人掀開簾子，進入明間內。只見書童在書房裏。看見應二爹和韓大叔，便道：「請坐。俺爹剛纔進後邊去了。」一面使畫童兒請去。伯爵見上下放著六把雲南瑪瑙漆減金釘籐絲甸矮矮東坡椅兒，兩邊掛四軸天青衢花綾裱白綾邊名人的山水，一邊一張螳螂蜻蜓腳一封書大理石心壁畫的幫桌兒，桌兒上安放古銅爐流金仙鶴。正面懸著「翡翠軒」三字，左右粉箋弔屏上寫著一聯：「風靜槐陰清院宇，日長香篆散簾櫳。」伯爵于是正面椅上坐了。韓道國拉過一張椅子打橫。畫童後邊請西門慶去了。良久，伯爵走到裏邊書房內。裏面地平上安著一張大理石黑漆縷金涼床，掛著青紗帳幔。兩邊綵漆描金書廚，盛的都是送禮的書帕尺頭，几席文具，書籍堆滿。綠紗窗下，安放一隻黑漆琴桌，獨獨放著一張螺鈿交椅。書篋內都是往來書柬拜帖，並送中秋禮物帳簿。應伯爵取過一本，揭開觀看，上面寫著：蔡老爺、蔡大爺、朱太尉、童太尉、中書蔡四老爹、都尉蔡五老爹，並本處知縣知府四宅；第二本是：周守備、夏提刑、荊都監、張團練，並劉薛二內相。都是金段尺頭、豬酒金餅、鰣魚海鮓、雞鵝大禮，各有輕重不同。這裏二人等候不題。

且說畫童兒走到後邊金蓮房內，問：「春梅姐，爹在這裏？」春梅罵道：「賊見鬼小奴才兒！爹在間壁六娘房裏不是？巴巴的跑來這裏問。」畫童便走過這邊。只見綉春在石臺基上坐的，悄悄問：「爹在房裏？應二爹和韓大叔來了。在書房裏，請爹說話。」綉春道：「爹在房裏看著娘與哥裁衣服哩。」原來西門慶拏出兩疋尺頭來，一疋大紅紵絲，一疋鸚哥綠潞紬，教李瓶兒替官哥裁毛衫❶兒披襖背心兒護頂之類。在灑金炕上正鋪著大紅氈條，奶子抱著哥兒在旁邊，迎春執著熨斗。只見綉春進來，悄悄拉迎春一把。迎春道：「你拉我怎麼的？拉撇了這火落在氈條上。」李瓶兒便問：「你平白拉他怎的？」綉春道：「畫童說應二爹來了，請爹說話。」李瓶兒道：「小奴才兒！應二爹來，你進來說就是了，巴巴的扯他。」西門慶分付畫童：「請二爹坐坐，我就來。」

于是看裁完了衣服，便衣出來，書房內見伯爵，二人作揖坐下。韓道國打橫。西門慶喚畫童取茶來。不一時銀匙雕漆茶鍾，蜜餞金澄泡茶吃了，收了盞托去。伯爵就開言說道：「韓大哥，你有甚話？對你大官府說。」西門慶道：「你有甚話說來？」韓道國纔待說街坊有夥不知姓名棍徒，被應伯爵攔住，便道：「賢姪，你不是這等說了。噙著骨禿露著肉❷，也不是事。對著你家大官府在這裏，越發打開後門

❶ 毛衫：嬰兒的裏衣。因為不掍邊，所以叫毛衫。

❷ 噙著骨禿露著肉：說話吞吞吐吐。骨禿，即「骨頭」。

說❸了罷。韓大哥常在鋪子裏上宿，家下沒人。只是他娘子兒一人，還有個孩兒。左右街坊有幾個不三不四的人，見無人在家，時常打磚掠瓦鬼混。欺負的急了，他令弟韓二哥看不過，來家聲罵了幾句。被這起光棍不由分說，群住打了個臭死。如今都栓在鋪裏。明早解廂往本縣正宅。往李大人那裏去。見他哭哭啼啼，敬央煩我來對哥說，討個帖兒差人對李大人說說，青目一二。有了他令弟，也是一般，只不要他令正出官就是了。」因說：「你把那說帖兒拏出來與你大官人瞧，好差人替你去。」韓道國便向袖中取去，連忙雙膝跪下。說道：「小人忝在老爹門下，萬乞老爹看應二叔分上，俯就一二，舉家沒齒難忘。」慌的西門慶一把手拉起，說道：「你請起來。」于是觀看帖兒，上面寫著：「犯婦王氏，乞青目免提。」西門慶道：「這帖子不是這等寫了。只有你令弟韓二一人就是了。」向伯爵道：「比時我拏帖對縣裏說，不如只分付地方改了報單，明日帶來我衙門裏來發落就是了。」伯爵教韓大哥：「你還與大老爹下個禮兒，這等亦發好了。」那韓道國又倒身磕頭下去。西門慶教玳安：「你外邊快叫個答應的班頭來。」不一時，叫了個穿青衣的節級來，在旁邊伺候。西門慶叫近前分付：「你去牛皮街韓夥計住處，問是那牌那鋪地方，對那保甲說，就稱是我的鈞語，分付把王氏即時與我放了。查出那幾個光棍名字來，改了報帖，明日早解提刑院我衙門裏聽審。」那節級應諾，領了言語出門。伯爵道：「韓大哥你即一同跟了他幹你的事去罷。我還和大官人說句話。」那韓道國千恩萬謝出門，與節級同往牛皮街分付去了。

西門慶陪伯爵在翡翠軒坐下，因令玳安：「放桌兒。後邊對你大娘說，昨日磚廠劉公公送的木樨荷花酒，打開篩了來，我和應二叔吃。就把糟鰣魚蒸了來。」伯爵舉手道：「我還沒謝的哥。昨日蒙哥送

---

❸ 打開後門說：等於「打開天窗說亮話」，即把底情一起說出來。

了那兩尾好鰣魚與我，送了一尾與家兄去。剩下一尾，對房下說，拏刀兒劈開送了一段與小女，餘者打成窄窄的塊兒，拏他原舊紅糟兒培著，再攙些香油，安放在一個磁罐內，留著我一早一晚吃飯兒。或遇有個人客兒來，蒸恁一碟兒上去，也不枉辜負了哥的盛情。」西門慶告訴：「劉太監的兄弟劉百戶，因在河下管蘆葦場，撰了幾兩銀子，新買了一所莊子，在五里店。拏皇木蓋房。近日被我衙門裏辦事官緝聽著首了。依著夏龍溪，饒受了他一百兩銀子，還要動本參送，申行省院。劉太監慌了，親自拏著一百兩銀子到我這裏，再三央及，只要事了。不瞞說，咱家做著些薄生意了，料著也過了日，那裏希罕他這樣錢。況劉太監平日與我相交，時常受他些禮。今日因這些事情，就又薄了面皮，教我絲毫沒受他的。只教他將房屋邊連夜拆了。到衙門裏只打了他家人劉三二十，就發落開了。事畢，劉太監感不過我這些情，宰了一口豬，送我一罈自造荷花酒，兩包糟鰣魚，重四十斤，又兩疋妝花織金段子，親自來謝。彼此有光，見個情分。錢恁自中使。」伯爵道：「哥，你是希罕這個錢的！夏大人他出身行伍，起根立地上沒有。他不撾些兒，拏甚過日？哥你自從到任以來，也和他問了幾樁事兒？」西門慶道：「大小也問了幾件公事。別的倒也罷了，只吃了他貪濫蹹婪的，有事不問青紅皂白，得了錢在手裏就放了，成甚麼道理！我便再三扭著不肯。你我雖是個武職官兒，掌著這刑條，還放些體面纔好。」說未了，酒菜齊至。先放了四碟菜果，然後又放了四碟案鮮：紅鄧鄧的泰州鴨蛋、曲彎彎王瓜拌遼東金蝦、香噴噴油煠的燒骨禿、肥腺腺乾蒸的劈晒雞。第二道又是四碗嗄飯：一甌兒濾蒸的燒鴨、一甌兒水晶膀蹄、一甌兒白煠豬肉、一甌兒炮炒的腰子。落後纔是裏外青花白地磁盤，盛著一盤紅馥馥柳蒸的糟鰣魚，馨香美味，入口而化，骨刺皆香。西門慶將小金菊花盃斟荷花酒，陪伯爵吃。

不說兩個說話兒坐更餘方散。且說那夥人見青衣節級下地方，把婦人王氏放回家去，又拘總甲查了各人名字，明早解提刑院問理。都各人面面相覷，就知韓道國是西門慶家夥計，尋的本家櫪子❹，只落下韓二一人在鋪裏。都說這事弄的不好了。這韓道國又送了節級五錢銀子，登時問保甲查寫了那幾個名字，送到西門慶宅內，單等次日早解。過一日，西門慶與夏提刑兩位官到衙門裏坐廳，該地方保甲帶上人去。頭一起就是韓二，跪在頭裏。夏提刑先看報單：牛皮街一牌四鋪，總甲蕭成，為地方喧鬧事。第一個就叫韓二，第二個車淡，第三個管世寬，第四個游守，第五個郝賢，都叫過花名去。然後問韓二：「為甚麼起來？」那韓二先告道：「小的哥是買賣人，常不在家去的。小男幼女，被街坊這幾個光棍，要便彈打胡博詞扠兒，坐在門首胡歌野調，夜晚打磚，百般欺負。小的在外另住，來哥家看視。含忍不過，罵了幾句。被這夥群虎棍徒不由分說，揪倒在地，亂行踢打，獲在老爺案下。望老爺查情。」夏提刑便問：「你每怎麼說？」那夥人一齊告道：「老爺休信他巧對。他是耍錢的搗鬼，他哥不在家，和他嫂子王氏有姦。王氏平日倚逞刁潑，毀罵街坊，昨日被小的每捉住。見有底衣為證。」夏提刑因問保甲蕭成：「那王氏怎的不見？」蕭成怎的好回節級放了，只說：「王氏腳小，路上走不動，便來。」那韓二在下邊，兩隻眼只看著西門慶。良久，西門慶欠身望夏提刑道：「長官也不消要這王氏。想必王氏有些姿色，這光棍因調戲他不遂，捏成這個圈套。」因叫那為首的車淡上去，問道：「你在那裏捉住那韓二來？」眾人道：「昨日在他屋裏捉來。」又問韓二：「王氏是你甚麼人？」保甲道：「是他嫂子兒。」又問保甲：「這夥人打那裏進他屋裏？」保甲道：「越牆進去。」西門慶大怒，罵道：「我把你這起光

❹ 櫪子：關鍵；關節。

棍！他既是小叔，王氏也是有服之親，莫不不許上門行走？像你這起光棍，你是他甚麼人？如何敢越牆進去？況他家男子不在，又有幼女在房中，非姦即盜了。」喝令左右：「拏夾棍來！」每人一夾，二十大棍。打的皮開肉綻，鮮血迸流。況四五個都是少年子弟，出娘胞胎，未經刑杖。一個個打的號哭動天，呻吟滿地。這西門慶也不等夏提刑開口，分付：「韓二出去聽候。把四個都與我收監，不日取供送問。」

四人到監中，都互相抱怨，個個都懷鬼胎。監中人都嚇唬他：「你四個若送問，都是徒罪。到了外府州縣，皆是死數。」這些人慌了，等的家下人來送飯，捎信出去，教各人父兄使錢上下尋人情。內中有拏人情央及夏提刑。夏提刑說：「這王氏的丈夫，是你西門老爹門下的夥計。他在中間扭著要送問，同僚上我又不好處得。你須還尋人情和他說去，纔好出來。」也有央吳大舅出來說的。人都知西門慶家有錢，不敢來打點。四家父兄都慌了，會在一處。內中一個說道：「也不消再央吳千戶，他也不依我。聞得人說東街上住的開紬絹鋪應大哥兄弟應二，和他契厚。咱不如每人拏出幾兩銀子，湊了幾十兩銀子，封與應二，教他過去替咱每說說，管情極好。」于是車淡的父兄開酒店的車老兒為首，每人拏十兩銀子來，共湊了四十兩銀子，齊到應伯爵家，央他對西門慶說。伯爵收下，打發眾人去了。他娘子兒便說：「你既替韓夥計出力擺布這起人，如何又攬下這銀子，反替他說方便，不惹韓夥計怪？」伯爵道：「我可知不好說的。我如今如此這般拏十五兩銀子去，悄悄進與他管書房的書童兒，教他取巧說這椿事。你不知他爹大小事兒甚是托他，專信他說話，管情一箭就上垛。」

于是把銀子兌了十五兩包放袖中，早到西門慶家。西門慶還未回來。伯爵進入廳上，只見書童正從西廂房書房內出來。頭帶瓦楞帽兒，札著玄色段子總角兒，撇著金頭蓮瓣簪子。身上穿著蘇州絹直裰，玉色紗褲兒，涼鞋淨襪，說道：「二爹，請客位內坐。」教畫童兒後邊拏茶去，說道：「小廝我使你拏茶與應二爹，你不動，且耍子兒。等爹來家，看我說不說！」那小廝就拏茶去了。伯爵便問：「你爹衙門裏還沒來家？」書童道：「剛纔答應的來，說爹衙門散了，和夏老爹門外拜客去了。二爹有甚說話？」伯爵道：「沒甚話。」書童道：「二爹前日說的韓夥計那事，爹昨日到衙門裏把那夥人都打了收監。明日做文書，還要送問他。」伯爵拉他到僻靜處，和他說：「如今又一件，那夥人家屬，如此這般聽見要送問，多害怕了。昨日晚夕到我家哭哭啼啼，再三跪著央及我，教對你爹說。我想已是替韓夥計說在先，怎又好管他的，惹的韓夥計不怪。沒奈何，教他四家處了這十五兩銀子，看你取巧對你爹說，看怎麼，將就饒他放了罷。」因向袖中取出銀子來遞與書童。書童打開看了，大小四錠零四塊，說道：「既是應二爹分上，教他再拏五兩來，待小的替他說。還不知爹肯不肯。昨日吳大舅親自來和爹說了，爹不依。小的虼蚤臉兒，好大面皮❺兒！實對二爹說，小的這銀子不獨自一個使。還破此鉛兒，轉達知俺生哥的六娘，繞個彎兒替他說，纔了他此事。」伯爵道：「既如此，等我和他說。你好歹替他上心些。他後晌些來討回話。」書童道：「爹不知多早來家你教他明日早來罷。」說畢，伯爵去了。

這書童把銀子拏到鋪子，鑿下一兩五錢來，教買了一罈金華酒、兩隻燒鴨、兩隻雞、一錢銀子鮮魚、一肘蹄子、二錢頂皮酥果餡餅兒、一錢銀子的搽穰捲兒。把下飯送到來興兒屋裏，央及他媳婦惠秀替他整理，安排端正。那一日不想潘金蓮不在家，從早間坐轎子往門外潘姥姥家做牛日了。書童使畫童兒用方盒把下飯先拏在李瓶兒房中，然後又提了一罈金華酒進去。李瓶兒便問：「是那裏的？」畫童道：「是

❺ 虼蚤臉兒二句：這是反話，意思是「面子很小」。虼蚤，音「ㄍㄜ ㄗㄠˇ」，即跳蚤。

書童哥送來孝順娘的。」李瓶兒笑道：「賊囚！他怎的孝順我？」良久，書童兒進來，見李瓶兒在描金炕床上，舒著雪藕般玉腕兒，帶著鍍金鐲釧子，引著玳瑁貓兒和哥兒耍子。因說道：「賊囚！你送了這些東西來與誰吃？」那書童只是笑。李瓶兒道：「你不言語，笑是怎的說？」書童道：「小的不孝順娘，再孝順誰？」李瓶兒道：「賊囚！你平白好好的，怎麼孝順我？是的，你不說明白，我也不吃。常言說的好，君子不吃無名之食。」那書童把酒打開，菜蔬都擺在小桌上，教迎春取了把銀素篩了來，傾酒在鍾內，雙手遞上去，跪下說道：「娘吃過，等小的對娘說。」李瓶兒道：「你有甚事，說了我纔吃你的。不說你就跪一百年，我也是不吃。」又道：「你起來說。」那書童于是把應伯爵所央四人之事，從頭訴說一遍：「他先替韓夥計說了，不好來說得。央及小的先來稟過娘。等爹問，休說是小的說，只假做花大舅那頭使人來說。小的寫下個帖兒，在前邊書房內，只說是娘遞與小的，教與爹看。娘屋裏再加一美言。況昨日衙門裏爹已是打過他罪兒，爹胡亂做個處斷，放了他罷。也是老大的陰騭。」李瓶兒笑道：「原來也是這個事。不打緊，等你爹來家，我和他說就是了。你平白整治這些東西來做甚麼？」又道：「賊囚！你想必問他起發❻些東西了？」書童道：「不瞞娘說，他送了小的五兩銀子。」李瓶兒道：「賊囚！你倒且是會排鋪撰錢。」于是不吃小鍾，旋教迎春取了付大銀衢花盃來，先吃了兩鍾，然後也回斟一盃與書童吃。書童道：「小的不敢吃。吃了快臉紅，只怕爹來看見。」李瓶兒道：「我賞你吃，怕怎的？」于是磕了頭起來，一吸而飲之。李瓶兒把各樣嗄飯揀在一個碟兒裏，教他吃。那小廝一連陪他吃了兩大盃，怕臉紅，就不敢吃，就出來了。到了前邊鋪子裏，還剩了一半點心嗄飯，擺在櫃子。又打了

❻起發：哄騙。

兩提罈酒，請了傅夥計、賁四、陳經濟、來興兒、玳安兒眾人，都一陣風捲殘雲，吃了個淨光。就忘了教平安兒吃。

那平安兒坐在大門首，把嘴谷都著。不想西門慶約後晌，從門外拜了客來家。平安看見也不說。那書童聽見喝道之聲，慌的收拾不迭。兩三步扠到廳上，與西門慶接衣服。西門慶便問：「今日沒人來？」書童道：「沒人。」西門慶脫了衣服，摘去冠帽，帶上巾幘，走到書房內坐下。書童兒取了一盞茶來遞上。西門慶呷了一口放下。因見他面帶紅色，便問：「你那裏吃酒來？」這書童就向桌上硯臺下取出一紙柬帖，與西門慶瞧。說道：「此是後邊六娘叫小的到房裏，與小的這個柬帖。是花大舅那裏送來說車淡等事。六娘教小的收著與爹瞧，因賞了小的一盞酒吃，不想臉就紅了。」西門慶把帖觀看，上寫道：「犯人車淡四名，乞青目。」看了遞與書童，分付：「放下我書篋內。教答應的明日衙門裏稟我。」書童一面接了，放在書篋內，又走在旁邊侍立。西門慶見他吃了酒，臉上透出紅白來，紅馥馥唇兒，露著一口糯米牙兒，如何不愛？因囑付他：「少要吃酒，只怕糟了臉。」書童道：「爹分付，小的知道。」且說一個青衣人，騎了一匹馬，走到大門首，跳下馬來，問守門的平安作揖問道：「這裏是問刑的西門老爹家？」那平安兒因書童兒不請他吃東道，把嘴頭子撅著，正沒好氣，半日不答應。那人只顧立著，說道：「我是帥府周老爺差來，送轉帖與西門老爹看，明日與新平寨坐營須老爹送行。在永福寺擺酒，也有荊都監老爹、掌刑夏老爹、營裏張老爹，每位分資一兩，剛纔多到了，逕來報知。累門上哥稟稟進去，小人還等回話。」那平安方拏了他的轉帖入後邊。打聽西門慶在花園書房內。走到裏面，剛轉過松牆，只見畫童兒在窗外基臺上坐的，見了平安擺手兒。那平安就知西門慶與書童幹那不急的事。悄悄走在窗下，聽覷半日，沒聽見動靜。只見書童出來，與西門慶舀水洗手。看見平安兒書童兒在窗子下站立，把臉飛紅了往後邊拏去了。平安拏轉帖進去。西門慶看了，取筆畫了知。分付：「後邊問你二娘討一兩銀子，教你姐夫封了付與他去。」平安兒應諾去了。

書童拏了水來，西門慶洗畢手，回到李瓶兒房中，李瓶兒便問：「你吃酒？教丫頭篩酒你吃。」西門慶看見桌子底下，放著一罈金華酒，便問：「是那裏的？」李瓶兒不好說是書童兒買進來的，只說：「我一時要想些酒兒吃，旋使小廝街上買了這罈酒來。打開只吃了兩鍾兒，就懶待吃了。」西門慶道：「阿呀！前頭放著酒，你又拏銀子買！因前日買酒，我賒了丁蠻子的四十罈河清酒，丟在西廂房內。你要吃時，教小廝拏鑰匙取去。」說畢，李瓶兒還有頭裏吃酒的一碟燒鴨子，一碟雞肉，一碟鮮魚沒動，教迎春安排了四碟小菜，切了一碟火薰肉，放下桌兒在房中，陪西門慶吃酒。西門慶更不問這嘎飯是那裏？可見平日家中受用，管待人家，這樣東西無日不吃。西門慶飲酒中間，想起問李瓶兒：「頭裏書童拏的那帖兒，是你與他的？」李瓶兒道：「是門外花大舅那裏來說，教你饒了那夥人罷。」西門慶道：「前日吳大舅來說，我沒依。若不是我定要送問這起光棍。既是他那裏分上，我明日到衙門裏，每人打他一頓，放了罷。」李瓶兒道：「又打他怎的？打的那雌牙露嘴，甚麼模樣！」西門慶道：「衙門是這等衙門，我管他雌牙不雌牙？還有比他嬌貴的。昨日衙門中問了一起事，咱這縣中過世陳參政家，陳參政死了，母張氏守寡，有一小姐因正月十六日在門首看燈，有對門住的一個小夥子兒名喚阮三，放花兒，看見那小姐生得標致，就生心調胡博詞，琵琶唱曲兒調戲他。那小姐聽了邪心動，使梅香暗暗把這阮三叫到門裏，兩個只親了個嘴，後次竟不得會面。不期阮三在家，思想成病，病了五個月不起。父母那裏不使錢請醫看治。看看至死，不久身亡。有一朋友周二定計，說：『陳宅母子每年中元節令，在地藏寺薛姑子那裏做伽藍會燒香。你許薛姑子十兩銀子，藏他在僧房內，與小姐相會，管情病就要好了。』那阮三喜歡，果用其計。薛姑子受了十兩銀子，在方丈內，不期小姐午寢，遂與阮三苟合。那阮三剛病起來，久思色慾。一旦得了，遂死在女子身上。慌的他母親，忙領女子回家。這阮三父母，怎肯干罷，一狀告到衙門裏，把薛姑子陳家母子都拏了。依著夏龍溪，知陳家有錢，就要問在那女子身上。便是我不肯。說：女子與阮三雖是私通，阮三久思不遂，況又病體不痊，一旦苟合，豈不傷命。那薛姑子不合假以作佛事，窩藏男女通姦，因而致死人命，況又受贓。論了個知情，褪衣打二十板，責令還俗。其母張氏不合引女人寺燒香，有壞風俗。同女每人一拶，二十敲，取了個供招，都釋放了。若不然，送到東平府，女子穩定償命。」李瓶兒道：「也是你老大個陰騭。你做這刑名官，早晚公門中與人行些方便兒。別的不打緊，只積你這點孩兒德罷。」西門慶道：「可說甚麼哩？」李瓶兒道：「別的罷了，只是難為那女孩兒。虧那小嫩指頭兒上，怎的禁受來？他不害疼？」西門慶道：「疼的兩個手拶的順著指頭兒流血。」李瓶兒道：「你到明日，也要少拶打人。得將就、將就些兒。那裏不是積福處！」西門慶道：「公事，可惜不的情兒。」

這裏兩個正飲酒中間，只見春梅掀簾子進來。見西門慶正和李瓶兒腿壓著腿兒吃酒，說道：「你每自在吃的好酒兒。這咱晚就不想使個小廝，接接娘去？只有來安兒一個跟著轎了。隔門隔戶，只怕來晚了，你倒放心！」西門慶見他花冠不整，雲鬢鬅鬆，便滿臉堆笑道：「小油嘴兒！我猜你睡來？」李瓶兒道：「你頭上挑線汗巾兒跳上去了，還不往下拉拉。」因讓他：「好甜金華酒，你吃鍾兒。」西門慶道：「你吃，我使小廝接你娘去。」那春梅一手挾著桌頭，且兜鞋，因說道：「我纔睡起來，心裏惡拉拉懶待吃。」西門慶道：「你看不出來，小油嘴吃好少酒兒。」李瓶兒道：「左右今日你娘不在，你吃上一鍾兒怕怎的？」春梅道：「六娘，你老人家自飲，我心裏本不待吃。有俺娘在家不在家便怎的？就是娘在家，遇著我心不耐煩，他讓我我也不吃。」西門慶道：「你不吃，呵口茶兒罷。我使迎春前頭叫個小廝接你娘去。」因把手中吃的那盞木樨芝麻薰筍泡茶，遞與他。那春梅似有如無接在手裏，只呷了一口，就放下了。說道：「你教迎春叫去？我已叫了平安兒在這裏，他還大些，教他接去。」西門慶隔窗就叫平安兒。那小廝應道：「小的在這裏伺候。」西門慶道：「你去了，誰看大門？」平安道：「小的委付棋童兒在門上。」西門慶道：「既如此，你快拏個燈籠接去罷。」于是逕拏了燈籠來迎接潘金蓮。

迎到半路，只見來安兒跟著轎子從南來了。原來兩個是熟抬轎的，一個叫張川兒，一個叫魏聰兒。走向前，一把手拉住轎扛子，說道：「小的來接娘來了。」金蓮就叫平安兒問道：「你爹在家？是你爹使你來接我？誰使你來？」平安道：「是爹使我來倒少倒少，是姐使了小的接娘來了。」金蓮道：「你爹想必衙門裏沒來家？」平安道：「沒來家？門外拜了人，從後晌就來家了。在六娘房裏吃的好酒兒。若不是姐旋叫了小的進去，催逼著拏燈籠來接娘，還早哩！小的見來安一個跟著轎子，又小，只怕來晚了，路上不方便。須得個大的兒來接纔好。又沒人看守大門，小的委付棋童兒在門首，小的纔來了。」金蓮又問：「你來時你爹在那裏？」平安道：「小的來時，爹還在六娘房裏吃酒哩。姐稟問了爹，纔打發了小的來了。」金蓮聽了，在轎子內半日沒言語。冷笑罵道：「賊強人！把我只當亡故了的一般。一發❼在那淫婦屋裏睡了長覺❽也罷了！到明日只教長遠倚逞那尿胞種❾，只休要晌午錯了！張川兒在這裏聽著，也沒別人。你腳踏千家門萬家戶，那裏一個纔尿出來多少時兒的孩子，拏整綾段尺頭裁衣裳與他穿。你家就是王十萬，使的使不的？」張川兒接過來道：「你老人家不說，小的也不敢說。這個可是使不的！不說可惜，倒只恐折了他。花麻痘疹還沒見，好容易就能養活的大？去年東門外一個高貴大莊屯人家，老兒六十歲，見居著祖父的前程，手裏無碑記的銀子。可是說的牛馬成群，米糧無數，丫鬟侍妾，只成群立紀。穿袍兒的身邊也有十七八個，要個兒子花看樣兒也沒有。東廟裏打齋，西寺裏修供，捨經施像，那裏沒求？倒不想他第七個房裏生了個兒子，喜歡的了不得。也像咱當家的一般，成日如同掌兒上看擎，錦繡綾羅窩兒裏抱大，糊了五間雪洞兒的房，買了四五個養娘扶侍，成日見了風也怎的！那消三歲，因出痘疹丟了。休怪小的說，倒是潑丟潑養❿的還好。」金蓮道：「潑丟潑養？恨不得成日金子兒裹著他哩！」平安道：「小的還有椿事對娘說。小的若不說，到明日娘打聽出來，又說小的不是了。便是韓夥計說的那夥人，爹衙門裏都夾打了，收在監裏，要送問他。今早應二爹來和書童兒說話，想必受了幾兩銀子，大包子拏到鋪子裏，就硬鑿了二三兩使了。買了許多東西嗄飯，在來興屋裏，教他媳婦子整治了，掇到六娘屋裏。又買了兩罈金華酒，先和六娘吃了。又走到前邊鋪子裏，和傅二叔、賁四、姐夫、玳安、來興眾人打夥兒，直吃到爹來家時分，纔散了哩。」金蓮道：「他就不讓你吃些？」

❼ 一發：索性。
❽ 睡長覺：「死」的隱語。
❾ 尿胞種：指嬰孩，帶有譏諷的意思。
❿ 潑丟潑養：不嬌養孩子。

平安道：「他讓小的？好不大膽的蠻奴才！把娘每還不放到心上。不該小的說，還是爹慣了他。爹先不先和他在書房裏幹的齷齪營生。況他在縣裏當過門子，甚麼事兒不知道。爹若不早把那蠻奴才打發了，到明日咱這一家子吃他弄的壞了！」金蓮問道：「在李瓶兒屋裏吃酒，吃的多大回？」平安兒道：「吃了好一日兒。小的看見他吃的臉通紅纔出來。」金蓮道：「你爹來家，就不說一句兒？」平安道：「爹也打牙粘住了，說甚麼？」金蓮罵道：「恁賊沒廉恥的昏君強盜！賣了兒子招女婿，彼此騰倒著做！你便圖毬他那屎屁股門子，奴才左右肏你家愛娘子。」囑付平安：「等他再和那蠻奴才在那裏幹這齷齪營生，你就來告我說。」平安道：「娘分付，小的知道。老川在這裏聽著，也沒走了裏話。他在咱家也答應了這幾年，也是舊人。小的穿青衣，抱黑柱，娘就是小的主兒。小的有話兒，怎不告娘說？娘只放在心裏，休要題出小的一字兒來。」于是跟著轎子，直說到家門首。

潘金蓮下了轎，上穿著丁香色南京雲紬擦的五彩納紗，喜相逢天圓地方補子對衿衫兒。下著白碾光絹一尺寬攀枝耍娃娃挑線拖泥裙子。胸前擦帶金玲瓏擦領兒，下邊羊皮金荷包。先進到後邊月娘房裏，拜見月娘。月娘道：「你住一夜，慌的就來了？」金蓮道：「俺娘要留我住。他又招了俺姨那裏一個十二歲的女孩兒在家養活，都擠在一個炕上，誰住他？又恐怕隔門隔戶的，教我就來了。俺娘多多上覆姐姐，多謝重禮。」于是拜畢月娘，又到李嬌兒孟玉樓眾人房裏，多拜了。回到前邊，打聽西門慶在李瓶兒屋裏吃酒，逕來拜李瓶兒。李瓶兒見他進來，連忙起身笑著迎接，兩個齊拜，說道：「姐姐來家早？請坐吃鍾酒兒。」教迎春：「快拏座兒與你五娘坐。」金蓮道：「今日我偏了盃，重復吃了雙席兒，不坐了。」說著，揚長抽身就去了。西門慶道：「好奴才，恁大膽，來家就不拜我拜兒。」那金蓮接過來道：「我拜你？還沒修福來哩！奴才不大膽甚麼人大膽？」看官聽說：潘金蓮這幾句話，分明譏諷李瓶兒，說他先和書童兒吃酒，然後又陪西門慶，豈不是雙席兒？那西門慶怎曉得就裏？正是：情知語是針和線，就地引起是非來。

畢竟未知後來何如，且聽下回分解。

第三十五回　西門慶挾恨責平安　書童兒妝旦勸狎客

莫入州衙與縣衙，勸君勤謹作生涯。
池塘積水須防旱，買賣辛勤是養家。
教子教孫並教藝，栽桑栽棗莫栽花。
閒是閒非休要管，渴飲清泉悶煮茶。

此八句單說為人之父母，必須自幼訓教子孫，讀書學禮，知孝順父母，尊敬長上，和睦鄉里，各安生理；切不可縱容他。少年驕惰放肆，三五成群，遊手好閒，張弓挾矢，籠養飛鳥，蹴踘打毬，飲酒賭博，飄風宿娼，無所不為。將來必然招事惹非，敗壞家門。似此人家，使子陷于官司，大則身亡家破，小則吃打受牢，財入公門，政出吏口，連累父兄，惹悔耽憂，有何益哉！

話說西門慶早到衙門，先退廳與夏提刑說：「此四人再三尋人情來說，教將就他。」夏提刑道：「也有人到學生那邊，不好對長官說。既是這等，如今提出來，戒飭他一番，放了罷。」西門慶道：「長官見得有理。」即陞廳，令左右提出車淡等犯人跪下。生怕又打，只顧磕頭。西門慶也不等夏提刑開言，就道：「我把你這起光棍，如何尋這許多人情來說？本當都送問，且饒你這遭。若犯了我手裏，都活監死。出去罷！」連韓二都喝出來了，往外金命水命，走投無命。這裏處斷公事不題。

且說應伯爵拏著五兩銀子，尋書童兒問他討話，悄悄遞與他銀子。書童接的袖了。那平安兒在門首，拏眼兒睃著他。書童于是如此這般勸住時說：「昨日已對爹說了。今日往衙門裏發落去了。」伯爵道：「他四個父兄再三說，恐怕又責罰他。」書童道：「你老人家只顧放心去，管情兒一下不打他。」那伯爵得了這消息，急急走去，回他每話去了。到早飯時分，四家人都到家，個個撲著父兄家屬放聲大哭。每人丟了百十兩銀子，落了兩腿瘡，再不敢妄生事了。正是：禍患每從勉強得，煩惱皆因不忍生。

卻說那日西門慶未來家時，書童兒在書房內叫來安兒掃地，向食盒揭了，把人家送的桌面上响糖與他吃。那小廝千不合，萬不合，叫：「書童哥，我有句話兒告你說。昨日俺平安哥接五娘轎子，在路上好不學舌，說哥的過犯。」書童問道：「他說我甚麼來？」來安兒道：「他說哥攬的人家幾兩銀子，大膽買了酒肉，送在六娘房裏，吃了半日出來。又在前邊鋪子裏吃，不與他吃。又說你在書房裏和爹幹甚麼營生。」這書童不聽便罷，聽了暗記在心，過了一日，也不題起。到次日西門慶早晨約會了，不往衙門裏去，都往門外永福寺置酒，與須坐營送行去了。直到下午時分，纔來家。下馬就分付平安：「但有人來，只說還沒來家。」說畢，進到廳上，書童兒接了衣裳。西門慶因問：「今日沒人來？」書童道：「沒有。管屯的徐老爹送了兩包螃蟹，十斤鮮魚。小的拏回帖打發去了，與了來人二錢銀子。又有吳大舅送了六個帖兒，明日請娘每吃三日。」原來吳大舅兒子吳舜臣，娶了喬大戶娘子姪女兒鄭三姐做媳婦兒。西門慶早送了茶去，他那裏來請。西門慶到後邊，月娘拏帖兒與他瞧。西門慶說道：「明日你每都收拾了去。」說畢，出來到書房裏坐下。書童連忙拏炭火爐內燒甜香餅兒，雙手遞茶上去。西門慶擎茶在手，他慢慢挨近，站立在桌頭邊。良久，西門慶掇了個嘴兒，使他把門關上。用手摟在懷裏，一手捧著他的臉兒。西門慶吐舌頭，那小郎口裏噙看鳳香餅兒，遞與他。西門慶問道：「我兒，外邊沒人欺負你？」那小廝乘機就說：「小的有樁事，不是爹問，小的不敢說。」西門慶道：「你說不妨。」書童就把平安一節，告說一遍：「前日爹叫小的在屋裏，他和畫童在窗外聽覷。小的出來舀水與爹洗手，親自看見。他又在外邊對著人罵小的蠻奴才，百般欺負小的。」西門慶聽了，心中大怒，發狠說道：「我若不把奴才腿卸下來也不算！」這裏書房中說話不題。

平昔平安兒專一打聽這件事，三不知走去房中報與金蓮。金蓮使春梅前邊來請西門慶說話。剛轉過松牆，只見畫童兒在那裏弄松虎兒，便道：「姐來做甚麼？爹在書房裏。」被春梅頭上鑿了一下。西門慶在裏面聽見裙子響，就知有人來，連忙推開小廝，走在床上睡著。那書童在桌上弄筆硯。春梅推門進來，見了西門慶，咂嘴兒說道：「你每悄悄的在屋裏把門兒關著，敢守親❶哩！娘請你說話。」西門慶仰睡在枕頭上，便道：「小油嘴兒，他請我說甚麼話？你先行，等我略躺躺兒就去。」那春梅那裏容他，說道：「你不去，我就拉起你來。」西門慶怎禁他死拉活拉，拉到金蓮房中。金蓮問他：「在前頭做甚麼？」春梅道：「他和小廝兩個在書房裏，把門兒插著，揑殺蠅子兒是的，赤道幹的甚麼繭兒！恰似守親的一般。我進去，小廝在桌子跟前推寫字兒了。我眼張大個的，他便躺刺在席上，拉著再不肯來。」潘金蓮道：「他進來我這屋裏，只怕有鍋鑊吃了他是的。賤沒廉恥的貨！你想有個廉恥？大白日和那奴才平白兩個關著門，在屋裏做甚麼來？左右是奴才臭屁股門子，鑽了，到晚夕還進屋裏，還和俺每沾身

❶ 守親：舊時新婚夫婦在一月內須要時常廝守在新房裏，叫做「守親」。

睡，好乾淨兒！」西門慶道：「你信小油嘴兒胡說。我那裏有此勾當？我看著他寫禮帖兒來，我便歪在床上。」金蓮道：「巴巴的關著門兒寫禮帖，甚麼機密謠言，甚麼三隻腿的金剛，兩個觔角的象，怕人瞧見？明日吳大妗子家做三日，掠了個帖子兒來，不長不短的，也尋甚麼件子與我做拜錢❷！你不與，莫不教我和野漢子要？大姐姐是一套衣裳五錢銀子，別人也有簪子的，也有花的，只我沒有。我就不去了。」西門慶道：「前邊廚櫃內，拏一疋紅紗來，與你做拜錢罷。」金蓮道：「我就去不成，也不要那囂紗片子，拏出去倒沒的教人笑話。」西門慶道：「你休亂，等我往那邊樓上尋一件甚麼與他便了。如今往東京這賀禮，也要幾疋尺頭，一套兒尋下來罷。」于是走到李瓶兒那邊樓上，尋了兩疋玄色織金麒麟補子尺頭、兩疋南京色段、一疋大紅斗牛紵絲、一疋翠藍雲段。因對李瓶兒說：「尋一件雲絹衫，與金蓮做拜錢。如無，拏帖段子鋪討去罷。」李瓶兒道：「你不要鋪子裏取去。我有一件織金雲絹衣服哩，大紅衫兒藍裙，留下一件也不中用。俺兩個都做了拜錢罷。」一面向箱中取出來，李瓶兒親自拏與金蓮瞧：「隨姐姐揀衫兒也得，裙兒也得。咱兩個一事包了做拜錢，倒好省得人取去。」金蓮道：「你的，我怎好要你的？」李瓶兒道：「好姐姐，怎生恁說話？」推了半日，金蓮方纔肯了。又出去教陳經濟換了腰封，寫了二人名字在上。這裏西門慶後邊揀尺頭不題。

且說平安兒正在大門首，只見西門慶朋友白來創走來問道：「大官人在家麼？」平安兒道：「俺爹不在家了。」那白來創不信，逕入裏面廳上，見槅子關著，說道：「果然不在家，往那裏去了？」平安道：「今日門外送行去了，還沒來。」白來創道：「既是送行，這咱晚也來家了。」平安道：「白大叔

❷ 拜錢：拜見時帶去的禮物。

有甚說話，說下，待爹來家小的稟就是了。」白來創道：「沒甚麼話，只是許多時沒見，閒來望望。既不在，我等等罷。」平安道：「只怕來晚了，你老人家等不得。」白來創不依，把槅子推開進入廳內，在椅子上就坐了。眾小廝也不理他，由他坐去。不想天假其便，西門慶教迎春抱著尺頭從後邊走來。剛轉過軟壁，頂頭就撞見白來創在廳上坐著。迎春兒丟下段子，往後走不迭。白來創道：「這不是哥在家！」一面走下來唱喏。這西門慶見了，推辭不得，須索讓坐。睃見白來創頭帶著一頂出洗覆盔過的恰如太山遊到嶺的舊羅帽兒，身穿著一件壞領磨襟救火的硬漿白布衫，腳下靸著一雙乍板唱曲兒前後彎絕戶綻的古銅木耳兒皂靴，裏邊插著一雙一碌子繩子打不到黃絲轉香馬凳襪子，坐下也不叫茶。只見琴童在傍伺候。西門慶分付：「把尺頭抱到客房裏，教你姐夫封去。」那琴童應諾，抱尺頭往廂房裏去了。白來創舉手道：「一向欠情❸，沒來望的哥。」西門慶道：「多謝掛意。我也常不在家，日逐衙門中有事。」白來創道：「哥，這衙門中也日日去麼？」西門慶道：「日日去兩次，每日坐廳問事。到朔望日子，還要拜牌，畫公座，大發放，地方保甲番役打卯。歸家便有許多窮冗，無片時閒暇。今日門外去，因須南溪陞了，新陞了新平寨坐營，眾人和他送行，只剛到家。明日管皇莊薛公公家請吃酒，路遠去不成。後日又要打聽接新巡按。又是東京太師老爺四公子又選了駙馬，蕭茂德帝姬，童太尉姪男童天胤新選上大堂，陞指揮使僉書管事，兩三層都要賀禮。自這連日，通辛苦的了不得。」說了半日話，來安兒纔拏上茶來。白來創纔拏在手裏呷了一口，只見玳安拏著大紅帖兒，往後飛跑，報道：「掌刑的夏老爺來了，外邊下馬了。」西門慶就往後邊穿衣服去了。白來創躲在西廂房內，打簾裏望外張看。良久，夏提刑進

❸ 欠情：情意不周到。

來，穿黑青水緯羅五彩灑線猱頭金獅補子圓領、翠藍羅襯衣，腰繫合香嵌金帶，腳下皂朝靴，身邊帶鑰匙，黑壓壓跟著許多人進到廳上。西門慶冠帶從後邊迎將來。兩個敘禮畢，分賓主坐下。不一時，棋童兒雲南瑪瑙雕漆方盤拏了兩盞茶水，銀鑲竹絲茶鍾，金杏葉茶匙，木樨青荳泡茶吃了。夏提刑道：「昨日所言接大巡的事，今日學生差人打聽姓曾，乙未進士，牌已行到東昌地方。他列位每都明日起身遠接，你我雖是武官，係領敕衙門，提點刑獄，比軍衛有司不同。咱後日起身，離城十里尋個去所，預備一頓飯，那裏接見罷。」西門慶道：「長官所言甚妙。也不消長官費心，學生這裏著人尋個庵觀寺院，或是人家莊園，亦好教個廚役早去整理。」夏提刑謝道：「這等又教長官費心。」說畢，又吃了一道茶，夏提刑起身去了。西門慶送了進來，寬去衣裳。那白來創還不去，走到廳上，坐了下了，對西門慶說：「自從哥這兩個月沒往會裏去，把會來就散了。老孫雖年紀大，主不得事。應二哥又不管。昨日七月內，玉皇廟打中元醮，連我只三四個人兒到，沒個人拏出錢來，都打撒手兒❹。難為吳道官晚夕謝將，又叫了個說書的，甚是破費他。他雖故不言語，各人心上不安。不如那咱❺哥做會首時，還有個張主。不久還要請哥上會去。」西門慶道：「你沒的說，散便散了罷。我那裏得工夫幹此事？遇閒時，在吳先生那裏一年打上個醮，答報答報天地就是了。隨你每會不會，不消來對我說。」幾句搶的白來創沒言語了。又坐了一回。西門慶見他不去，只得喚琴童兒廂房內放桌兒，拏了四碟小菜，帶葷連素，一碟煎麵觔、一碟燒肉，西門慶陪他吃了飯；篩酒上來，西門慶後邊討副銀鑲大鍾來，斟與他吃了幾鍾。白來創纔起身，

❹ 打撒手兒：放手不管。

❺ 那咱：那時候。

西門慶送他二門首，說道：「你休怪我不送你。我帶著小帽，不好出去得。」那白來創告辭去了。

西門慶回到廳上，拉了把椅子來，就一片聲的叫平安兒。那平安兒走到跟前，西門慶罵道：「賊奴才，還站著！」叫：「答應的！」就是三四個排軍，在傍伺候。那平安不知甚麼緣故，諕的臉蠟渣黃跪下了。西門慶道：「我進門就分付你，但有人來，答應不在。你如何不聽？」平安道：「白大叔來時，小的回說：『爹往門外送行去了，沒來家。』他不信，強著進來了。小的就跟進來，問他：『白大叔有話說下，待爹來家，小的稟就是了。』他又不言語，自家推開廳上槅子坐下了。落後，不想出來就撞見了。」西門慶罵道：「你這奴才，不要說嘴。你好小膽子兒！人進來，你在那裏耍錢吃酒去來。不在大門首守著。」令左右：「你聞他口裏。」那排軍聞了一聞，稟道：「沒酒氣。」西門慶分付：「叫兩個會動刑的上來，與我著實拶這奴才！」當下兩個伏侍一個，套上拶指，只顧緊起來，拶的平安疼痛難忍，叫道：「小的委的回爹不在，他強著進來。」那排軍拶上，把繩子綰住，跪下稟道：「拶上了。」西門慶令：「與我敲五十敲。」傍邊數著，敲到五十上，住了手。西門慶分付：「打二十棍。」須臾打了二十，打的皮開肉綻，滿腿杖痕。西門慶喝令：「與我放了。」兩個排軍向前解了拶子，解的直聲呼喚。西門慶罵道：「我把你這賊奴才！你說你在大門首，想說要人家錢兒，在外邊壞我的事。休吹到我耳朵內，把你這奴才腿卸下來！」那平安磕了頭起來，提著褲子往外去了。西門慶看見畫童兒在旁邊，說道：「把這小奴才拏下去，也拶他拶子。」一面拶的小廝殺豬兒似怪叫。這裏西門慶在前廳拶人不題。

單說潘金蓮從房裏出來，往後走。剛走到大廳後儀門首，只見孟玉樓獨自一個在軟壁後聽覷。金蓮便問：「你在此聽甚麼兒哩？」玉樓道：「我在這裏聽他爹打平安兒，連畫童小奴才也拶了一拶子。不知為甚麼？」一回棋童兒過來，玉樓叫住問他：「為甚麼打平安兒？」棋童道：「爹嗔❻他放進白來創來了。」金蓮接過來道：「也不是為放進白來創來，敢是為他打了象牙梳？不是打了象牙，平白為甚麼打得小廝這樣的！賊沒廉恥的貨！亦發要臉做了主了，想有些廉恥兒，也怎的！」那棋童就走了。玉樓便問金蓮：「怎的打了象牙？」金蓮道：「我要告訴你，還沒告訴你。我前日去俺媽家做生日去了，不在家。學說蠻秫秫小廝，攬了人家說事幾兩銀子，買嗄飯在前邊整治了兩方盒，又是一罈金華酒，掇到李瓶兒房裏，和小廝吃了半日酒，小廝纔出來。沒廉恥貨來家，學說也不言語，還和小廝在花園書房裏插著門兒，兩個不知幹著甚麼營生。平安這小廝拏著人家帖子進去，見門關著，就在窗下站著了。蠻小廝開門看見了，想是學與賊沒廉恥的貨，今日挾仇，打這小廝，打的膫子成！那怕蠻奴才到明日把一家子都收拾了，管人吊腳兒事！」玉樓笑道：「好說，雖是一家子，有賢有愚，莫不都心邪了罷？」金蓮道：「不是這般說，等我告訴你。如今這家中，他心肝肐蒂兒事，偏喜歡的這兩個人。一個在裏，一個在外，成日把魂恰似落在他身上一般。見了說也有，笑也有。俺每是沒時運的，行動就像烏眼雞一般。賊不逢好死變心的強盜！通把心狐迷住了，更變的如今相他哩！三姐你聽著，到明日弄出甚麼八怪七喇❼出來，今日為拜錢，又和他合了回氣。但來家，不是在他房裏，就在書房裏，不知幹的甚麼事！我今日使春梅：『你看他在那裏？叫他來。』誰知他大白日裏，和賊蠻奴才關著門兒，在書房裏。春梅推門入去，諕的一個眼張失道❽的。到屋裏教我儘力數罵了幾句，他只顧左遮右掩的。先拏一疋紅紗與我

❻ 嗔：怪道；怪不得。

❼ 八怪七喇：種種奇怪的事情。

做拜錢，我不要。落後往李瓶兒那邊樓上尋去。賊人膽兒虛，自知理虧，拏了他箱內一套織金衣服來，親自來儘我，說道：『姐姐，你看這衣服好不好？省的拆開了，咱兩個拏去都做了拜錢罷。』我便說：『你的東西兒，我如何要你的？教爹鋪子裏取去。』他慌了，說：『姐姐，怎的這般計較？姐姐揀衫兒也得，裙兒也得。看了好，拏到前邊教陳姐夫封寫去。』儘了半日，我纔吐了口兒。他讓我要了衫子。」玉樓道：「這也罷了。也是他的儘讓之情。」金蓮道：「你不知道，不要讓了他。如今年世，只怕睜著眼兒的金剛，不怕閉著眼兒的佛。老婆漢子，你若放些鬆兒與他，王兵馬的皂隸，還把你不當酉的！」玉樓戲道：「六丫頭，你是屬麵觔的，倒且是有靳道❾！」說著，兩個笑了。

只見小玉來請三娘、五娘：「後邊吃螃蟹哩！我去請六娘和大姑娘去。」兩個手拉著手兒進來。月娘和李嬌兒正在上房那門穿廊下坐，說道：「你兩個笑甚麼兒？」金蓮道：「我笑他爹打平安兒。」月娘道：「嗔他恁亂唧噥叫喊的，只道打甚麼人，原來打他！為甚麼來？」金蓮道：「為他打折了象牙了。」月娘老實，便問：「象牙！放在那裏來？怎的教他打折了？」那潘金蓮和孟玉樓兩個嘻嘻哈哈，只顧笑成一塊。月娘道：「不知你每笑甚麼？不對我說。」玉樓道：「姐姐，你不知道。爹打平安為放進白來創來了。」月娘道：「放進白來創便罷了，怎麼說道打了象牙？也沒見這般沒梢幹的人，在家閒著撩子坐，平白有要沒緊來人家撞些甚麼！」來安道：「他來望爹來了。」月娘道：「那個掉下炕來了，望，沒的扯臊淡！不說來抹嘴吃❿罷了！」良久，李瓶兒和大姐來到。眾人圍繞吃螃蟹。月娘分付小玉：「屋

---

❽ 眼張失道：慌慌張張的樣子。

❾ 靳道：韌性。

裏還有些葡萄酒，篩來與你娘每吃。」金蓮快嘴，說道：「吃螃蟹，得些金華酒吃纔好。」又道：「只剛一味螃蟹就著酒吃，得隻燒鴨兒撕了來下酒。」月娘道：「這咱晚那裏買燒鴨子去？」那席上李瓶兒聽了，把臉飛紅了。正是：話頭兒包含著深意，題目兒裏暗蓄著留心。那月娘是個誠實的人，怎曉的話中之話。這裏吃螃蟹不題。

且說平安兒被責，來到外邊，打的刺八著腿兒，走那屋裏，拶的把手揸沙著。賁四、來興眾人都亂來問：「平官兒，爹為甚麼打你？」平安哭道：「我知為甚麼！」來興兒道：「爹嗔他放進白來創來了。」平安道：「早是頭裏你看看，我那等攔了他兩次兒，說爹不在家。他強著進去了。到廳上槅子門裏，我說：『你老人家有甚麼話，說下罷。爹門外送行去了，不知多咱來，只怕等不得。』他說：『我等等兒。』話又不說，坐住了。不想爹從後邊出來，撞見了。又沒甚話；『我閒來望望兒。』吃了茶，再不起身。只見夏老爹來了，我說他去了。他還躲在廂房裏，又不去。爹沒法兒，少不的留他坐。人家知慚愧的，略坐一回兒就去。他直等拏酒來吃了纔去，倒惹的進來打我這一頓。說我不在門首看，放進人來了。你說我不造化低！我沒攔他，又說我沒攔他；他強自進來坐著，虧了管我腿事，打我！教那個賊天殺男盜女娼的狗骨禿，吃了俺家這東西，打背梁脊下過！」來興兒道：「爛折脊梁骨的，倒好了他往下撞。」平安道：「教他生噎食病，把顙根軸子爛掉了！天下有沒廉恥皮臉的，不像這狗骨禿沒廉恥，來我家闖的狗也不咬，賊雌飯吃花子肏的！再不，爛了賊王八的屁股門子！」來興笑道：「爛了屁股，門上人不知道，只說是臊的。」眾人都笑了。平安道：「想必是家裏沒晚米做飯，老婆不知餓得怎麼樣的。閒的

⑩ 抹嘴吃：騙東西吃。

沒的幹，來人家抹嘴吃，圖家裏省了一頓，也不是常法兒。不如教老婆養漢，做了王八，倒硬朗些，不教下人唾罵。正是外頭擺浪子，家裏老婆啃家子。」玳安在鋪子裏篦頭，篦了，打發那人錢去了。走出來說：「平安兒我不言語，鱉的我慌。虧你還答應主子，當家的性格，你還不知道。你怎怪人？常言：『養兒不要屙金溺銀，只要見景生情。』比不的應二叔和謝叔來，答應在家不在家，他彼此都是心甜厚間便罷了。以下的人，他又分付你答應不在家，你怎的放入來？不打你卻打誰？」賁四戲道：「平安兒從新做了小孩兒，纔學閒閒。他又會玩，成日只踢毬兒耍子。」眾人又笑了一回。賁四道：「他便為放進人來。這畫童兒卻為甚麼也陪撈了一撈子？是好吃的果子兒，陪吃個兒。吃酒吃肉，也有個陪客。十個指頭套在撈子上，也有個陪的來！」那畫童兒揉著手，只是哭。玳安戲道：「我兒少哭，你娘養的你忒嬌。把鐵子兒拏繩兒拴在你手兒上，你還不吃。」這裏前邊小廝熱亂⓫不題。

西門慶在廂房中，看著陳經濟、書童封了禮物尺頭，寫了揭帖，次日早打發人上東京，送蔡駙馬童堂上禮，不在話下。

到次日，西門慶往衙門裏去了。吳月娘與眾房共五頂轎子，頭帶珠翠冠，身穿錦繡袍，來興媳婦一頂小轎，跟隨往吳大妗家做三日去了。只留下孫雪娥在家中，和西門大姐看家。

早間韓道國送禮相謝，一罈金華酒，一隻水晶鵝，一副蹄子，四隻燒鴨，四尾鰣魚。帖子上寫著：「晚生韓道國頓首拜。」書童因沒人在家，不敢收，連盒擔留下。待的西門慶衙門中回來，拏與西門慶瞧。西門慶使琴童兒鋪子裏旋叫了韓夥計，甚是說他：「沒分曉，又買這禮來做甚麼？我決然不受。」

⓫ 熱亂：胡鬧。

那韓道國拜說：「老爹，小人蒙老爹莫大之恩，可憐見與小人出了氣。小人舉家感激不盡。無甚微物，表一點窮心。望乞老爹好歹笑納。」西門慶道：「這個使不得。你是我門下夥計，如同一家，我如何受你的禮？即令原人與我抬回去。」韓道國慌了，央說了半日。西門慶分付左右，只受了鵝酒，別的禮都令抬回去了。教小廝：「拏帖兒請應二爹和謝爹去。」對韓道國說：「你後晌叫來保看著鋪子，你來坐坐。」韓道國說：「禮物不受，又教老爹費心！」應諾去了。西門慶家中又添買了許多菜蔬，後晌時分，在花園中翡翠軒捲棚內，放下一張八仙桌兒。應伯爵、謝希大先到了。西門慶告他說：「韓夥計費心，買禮來謝我。我再三不受他。他只顧死活央告，只留了他鵝酒。我怎好獨享？請你二位陪他坐坐。」伯爵道：「他和我計較來，要買禮謝。我說你大官府裏，那裏稀罕你的？休要費心。你就送去，他決然不受。如何？我恰似打你肚子裏鑽過一遭的，果然不受他的。」說畢，吃了茶，兩個打雙陸。不一時，韓道國到了。二人敘禮畢，坐下。應伯爵、謝希大居上，西門慶關席，韓道國打橫。登時四盤四碗拏來，桌上擺了許多嗄飯，吃不了，又是兩大盤玉米麵鵝油蒸餅兒堆集的，把金華酒分付來安兒就在旁邊打開，用銅甑兒篩熱了拏來，教書童斟酒，畫童兒單管後邊拏果拏菜去。酒斟上來，伯爵分付書童兒：「後邊對你大娘房裏說，怎的不拏出螃蟹來與應二爹吃？你去說我要螃蟹吃哩。」西門慶道：「傻狗材，那裏有一個螃蟹？實和你說，管屯的徐大人送了我兩包螃蟹，到如今娘每都吃了，剩下醃了幾個。」分付小廝：「把醃螃蟹擗幾個來。今日娘每都不在，往吳妗子家做三日去了。」不一時，畫童拏了兩盤子醃蟹上來。那應伯爵和謝希大兩個，搶著吃的淨光。因見書童兒斟酒，說道：「你應二爹一生不吃啞酒。自誇你會唱的南曲，我不曾聽見。今日你好歹唱個兒，我纔吃這鍾酒。」那書童纔待拍手著唱，伯爵道：

「這個唱一萬個，也不算。你裝龍似龍，裝虎似虎，下邊搽畫妝扮起來，像個旦兒的模樣纔好。」那書童在席上，把眼只看西門慶的聲色兒。西門慶笑罵伯爵：「你這狗材！專一歪斯纏人。」因向書童道：「既是他索落你，教玳安兒前邊問你姐要了衣服，下邊妝扮了來。」玳安先走到前邊金蓮房裏，問春梅要，春梅不與。旋往後問上房玉簫要了四根銀簪子，一個梳背兒，面前一件仙子兒，一雙金鑲假青石頭墜子，大紅對衿絹衫兒，綠重絹裙子，紫銷金箍兒；要了些脂粉，在書房裏搽抹起來，儼然就是個女子，打扮的甚是嬌娜。走在席邊，雙手先遞上一盃與應伯爵。頓開喉音，在旁唱玉芙蓉道：

殘紅水上飄，梅子枝頭小，這些時淡了眉兒誰描？因春帶得愁來到，春去緣何愁未消？人別後山遙水遙，我為你數盡歸期，畫損了掠兒梢。

伯爵聽了，誇獎不已。說道：「像這大官兒，不枉了與他碗飯吃。你著他這喉音，就是一管簫。說那院裏小娘兒便怎的！那套唱都聽的熱了，怎生如他那等滋潤？哥不是俺每面獎，似你這般的人兒，在你身邊，你不喜歡？」西門慶笑了。伯爵道：「哥，你怎的笑？我倒說的正經話。你休虧了這孩子，凡事衣類兒上，另著個眼兒看他。難為李大人送了他來，也是他的盛情。」西門慶道：「正是，如今我不在家，書房中一應大小事，收禮帖兒，封書柬答應，都是他和小婿。小婿又要鋪子裏兼看看。」應伯爵飲過，又斟雙盃。伯爵道：「你替我吃些兒。」書童道：「小的不敢吃，不會吃。」伯爵道：「你不吃，我就惱了。我賞你，怕怎的？」書童只顧把眼看西門慶。西門慶道：「也罷，應二爹賞你，你吃了。」那小廝打了個僉兒⑫，慢慢低垂粉頭，呷了一口。餘下半鍾殘酒，用手擎著與伯爵吃了，方纔轉過身來，遞謝希大酒。又唱個前腔兒：

新荷池內翻，過雨瓊珠濺，對南薰燕侶鶯儔心煩。啼痕界破殘妝面，瘦對腰肢憶小蠻。從別後千難萬難，我為你盼歸期，靠損了玉欄杆。

謝希大問西門慶道：「哥，書官兒青春多少？」西門慶道：「他今年纔交十六歲。」問道：「你也會多少南曲？」書童道：「小的也記不多，幾個曲子，胡亂席上答應爹每罷了。」希大道：「好個乖覺孩子！」亦照前遞了酒。下來遞韓道國。道國道：「老爹在上，小的怎敢欺心！」西門慶道：「今日你是客。」韓道國道：「豈有此理？還是從老爹上來，次後纔是小人吃酒。」書童下席來，遞西門慶酒。又唱第三個前腔兒：

東籬菊綻開，金井梧桐敗，聽南樓塞雁聲哀傷懷。春情欲寄梅花信，鴻鴈來時人未來。從別後音乖信乖，我為你恨歸期，跌綻了繡羅鞋。

西門慶吃畢，到韓道國跟前。那韓道國慌的連忙立起身來接酒。伯爵道：「你坐著，教他好唱。」那韓道國方纔坐下。書童又唱個第四個前腔兒：

漫空柳絮飛，亂舞蜂蝶翅，嶺頭梅開了南枝。折梅須寄皇華使，幾度停針長歎時。從別後朝思暮

⓬ 打了個僉兒：打僉兒，見第二十一回註⓯。

思，我為你數歸期，掐破了指尖兒。

那韓道國未等詞終，連忙一飲而盡。

正飲酒中間，只見玳安來說：「賁四叔來了，請爹說話。」西門慶道：「你叫他來這裏說罷。」不一時，賁四身穿青絹褶子，單穗絛兒，粉底皂靴，向前作了揖，旁邊安頓坐了。玳安連忙取一雙鍾筯放下。西門慶令玳安後邊取菜蔬去了。西門慶因問他：「莊子上收拾怎的樣了？」賁四道：「前一層纔蓋瓦，後邊捲棚昨日纔打的基。還有兩邊廂房與後一層住房的料沒有。還少客位與捲棚。漫地尺二方磚還得五百；那舊的都使不得。砌牆的大城角多沒了。墊地腳帶山子上土，也添夠一百多車子，灰還得二十兩銀子的。」西門慶道：「那灰不打緊，我明日衙門裏分付灰戶，教他送去。昨日你磚廠劉公公說：送我些磚兒。你開個數兒，封幾兩銀子，送與他；須是一半人情兒回去。只少這木植。」賁四道：「昨日老爹分付門外看那莊子。人今早到墳上同張安兒到那家莊子上，原來是向皇親家莊子。大皇親沒了，如今向五要賣神路明堂。咱每不是要他的，講過只拆他三間廳、六間廂房、一層群房就夠了，他口氣要五百兩。到跟前，拏銀子和他講，三百五十兩上也該拆他的。休說木植木科，光磚瓦連土也值一二百兩銀子。」應伯爵道：「我道是誰來？是向五的那莊子。向五被人告爭地土，告在屯田兵備道打官司，使了好多銀子；又在院裏包著羅存兒。如今手裏弄的沒錢了。你若要，與他三百兩銀子，他也罷了。冷手撾不著熱饅頭，在那壇兒哩念佛麼！」西門慶分付賁四：「你明日拏兩錠大銀子同張安兒和他講去。若三百兩銀子肯，拆了來罷。」賁四道：「小人理會。」良久，後邊拏了一碗湯、一盤蒸餅上來。賁四吃了。

斟上陪眾人吃酒。書童唱了一遍下去了。應伯爵道：「這等吃的酒沒趣，取個骰盆兒，俺每行個令兒吃纔好。」西門慶令玳安：「就在前邊六娘屋裏取個骰盆來。」不一時玳安取了來，放在伯爵跟前。悄悄走到西門慶耳邊，掩口說：「六娘房裏哥哭哩。迎春姐教爹著個人兒接接六娘去。」西門慶道：「你放下壺，快教個小廝拏燈籠接去。」因問：「那兩個小廝在那裏？」玳安道：「琴童與棋童兒先拏兩個燈籠接去了。」伯爵見盆內放著六個骰兒，即用手拈著一個說：「我擲著點兒，各人要骨牌名一句兒，合著點數兒。如說不過來，罰一大盃酒，下家唱曲兒。不會唱曲兒，說笑話兒。兩椿兒不會，定罰一大盃。」西門慶道：「怪狗材，忒韶刀了。」伯爵道：「令官放個屁，也欽此欽遵。你管我怎的？」叫來安：「你且先斟一盃罰了爹，然後好行令。」西門慶笑而飲之。伯爵道：「眾人聽著，我起令了。說差了，也罰一盃。」說道：「張生醉倒在西廂，吃了多少酒？一大壺，兩小壺。」果然是個么。西門慶教書童兒上來斟酒，該下家謝希大唱。希大拍著手兒：「我唱了個折桂令兒你聽罷。」唱道：

可人心二八嬌娃，百件風流所事慷達。眉蹙春山，眼橫秋水，鬢綰著烏鴉，乾相思，撇不下，一時半霎，咫尺間如隔著海角天涯。瘦也因他，病也因他。誰與做個成就了姻緣，便是那救苦難菩薩。

伯爵吃過酒，過盆與謝希大擲，輪著西門慶唱。謝希大拏過骰兒來說：「多謝紅兒扶上床。甚麼時候？三更四點。」可霎作怪，擲出個四來。伯爵道：「謝子純該吃四盃。」希大道：「折兩盃罷，我吃不得。」書童兒滿斟了兩盃。先吃了頭一盃，等他唱。席上伯爵二個，把一碟子荸薺都吃了。西門慶道：「我不會唱，說個笑話兒罷。」說道：「一個人到果子鋪，問：『可有榧子麼？』那人說：『有。』取來看。那買果子的不住的往口裏放。賣果子的說：『你不買，如何只顧吃？』那人道：『我圖他潤肺。』那賣的說：『你便潤了肺，我卻心疼。』」眾人多笑了。伯爵道：「你若心疼，再拏兩碟子來。我媒人婆拾馬糞，越發越晒。」謝希大吃了。第三該西門慶擲，說：「留下金釵與表記，多少重？五六七錢。」西門慶拈起骰兒來，擲了個五。書童兒道：「再斟上兩鍾半酒？」謝希大道：「哥大量，也吃兩鍾兒？沒這個理。哥吃四鍾罷，只當俺一家孝順一鍾兒。」該韓夥計唱。韓道國讓：「賁四哥年長。」賁四道：「我不會唱，說個笑話兒罷。」西門慶吃過兩鍾，賁四說道：「一官問姦情事，問：『你當初如何姦他來？』那男子說：『頭朝東，腳也朝東姦來。』官云：『胡說！那裏有個缺著行房的道理？』旁邊一個人走來，跪下說道：『告稟：若缺刑房，待小的補了罷。』」應伯爵道：「好賁四哥，你便益不失當家⑬，你大官府又不老，別的還可說，你怎麼一個行房，你也補他的？」賁四聽見他此言，諕的把臉通紅了，說道：「二叔，甚麼話！小人出于無心。」伯爵道：「甚麼話？檀木靶；沒了刀兒，只有刀鞘兒了。」那賁四在席上終是坐不住，去又不好去，如坐針氈相似。西門慶于是飲畢四鍾酒，就輪該賁四擲。賁四纔待拏起骰子來，只見來安兒來請：「賁四叔，外邊有人尋你。我問他，說是窰上人。」這賁四巴不得要去，聽見這一聲，一個金蟬脫殼走了。西門慶道：「他去了，韓夥計你擲罷。」韓道國舉起骰兒道：「小人尊令了。」說道：「夫人將棒打紅娘，打多少？八九十下。」伯爵道：「該我唱，我不唱罷。我也說個笑話兒。」教書童：「合席都篩上酒，連你爹也篩上，聽我這個笑話：一個道士，師徒二人往人家送疏。

⑬ 便益不失當家：利益不外溢。

行到施主門，徒弟把絛兒鬆了些，垂下來。師父說：『你看那樣，倒像沒屁股的。』徒弟回頭答道：『我沒屁股，師父你一日也成不得。』」西門慶罵道：「你這歪狗材！狗口裏吐出甚麼象牙來！」這裏飲酒不題。

且說玳安先到前邊，又叫了畫童，拏著燈籠來吳大妗子家接李瓶兒。瓶兒聽見說家裏孩子哭，也等不得上拜，留下拜錢就要告辭來家。吳大妗、二妗子那裏肯放：「好歹等他兩口兒上了拜兒。」月娘道：「大妗子，你不知道，倒教他家去罷。家裏沒人，孩子好不尋他哭哩。俺每多坐回兒，不妨事。」那吳大妗子纔放李瓶兒出門。玳安丟下畫童，和琴童兒兩個，隨著轎子跟了先來家了。落後上了拜，堂客散時，月娘和四位轎子，只打著一個燈籠，況是八月二十四日，月黑的時分。月娘問：「別的燈在那裏？如何只一個？」棋童道：「小的原拏了兩個來，玳安要了一個，和琴童先跟六娘家去了。」月娘冷帳更不問，就罷了。潘金蓮有心，便問棋童：「你每頭裏拏幾個來？」棋童道：「小的和琴童拏了兩個來接娘每。落後玳安與畫童又要了一個去，把畫童換下，和琴童先跟了六娘去了。」金蓮道：「玳安那囚根子，他沒拏燈來？」畫童道：「我和他又拏一個燈籠來了。」金蓮道：「既是有一個就罷了，怎的又問你要這個？」棋童道：「我那們說，他強著奪去了。」金蓮便叫吳月娘：「姐姐，你看玳安恁賊獻勤的奴才，等到家裏和他答話。」月娘道：「奈煩，孩子家裏緊等著，叫他打了來罷了。怎的？」金蓮道：「姐姐，不是這等說。俺便罷了。你是個大娘子，沒些家法兒，晴天還好，這等月黑，四頂轎子只點著一個燈籠，顧那些兒的是！」說著，轎子到門首。月娘、李嬌兒便往後邊去了。金蓮和孟玉樓一答兒下轎，進門就問：「玳安兒在那裏？」平安道：「在後邊伺候哩。」剛說著，玳安出來，被金蓮罵了幾句：

「我把你獻懃的囚根子！明日你只認起了，單揀著有時運的跟，只休要把腳兒錫錫兒！有一個燈籠打著罷了，信那斜汗世界一般，又奪了個來，又把小廝也換了來。他一頂轎子倒占了兩個燈籠，俺每四頂轎子反打著一個燈籠。俺每不是爹的老婆？」玳安道：「娘錯怪小的了。爹見哥兒哭，教小的快打燈籠接你六娘先來家罷，恐怕哭壞了哥兒。莫不爹不使我，我好幹著接去來？」金蓮道：「你這囚根子，不要說嘴！他教你接去，沒教你把燈籠都拏了來。哥哥，你的雀兒只揀旺處飛。休要認著了，冷竈上著一把兒，熱竈上著一把兒⓮纔好。俺每天生就是沒時運的來！」玳安道：「娘說的甚麼話！小的但有這心，騎馬把脯子骨撞折了！」金蓮道：「你這欺心的囚根子！不要慌，我洗淨眼兒看著你哩！」說著和玉樓往後邊去了。那玳安對著眾人說：「我精攮氣⓯的營生！平白的爹使我接的去，教五娘罵了我恁一頓！」

玉樓、金蓮二人到儀門首，撞見來安兒問：「你爹在那裏坐著哩？」來安道：「爹和應二爹，謝爹，韓大叔還在捲棚內吃酒。書童哥裝了個唱的，在那裏唱哩。娘每瞧瞧去。」金蓮拉玉樓：「咱瞧瞧去！」二人同走到捲棚槅子外，往裏觀看。只見應伯爵在上坐著，把帽兒歪挺著，醉的只像線兒提的。謝希大醉的把眼兒通睜不開。書童便妝扮在旁邊斟酒唱南曲。西門慶悄悄使琴童兒抹了伯爵一臉粉，又拏草圈兒悄悄兒從後邊作戲，弄在他頭上。把金蓮和玉樓在外邊忍不住，只是笑的不了，罵：「賊囚根子！到明日死了也沒罪了，把醜卻教他出盡了。」西門慶聽見外邊笑，使小廝出來問是誰，二人纔往後邊去了。散時已一更天氣了。西門慶那日往李瓶兒房裏睡去了。

⓮ 冷竈上著一把兒二句：對得意的人要敷衍一下，對不得意的人也要敷衍一下。

⓯ 精攮氣：專門受氣。

金蓮歸房，因問春梅：「李瓶兒來家說甚麼話來？」春梅：「沒說甚麼。」又問：「那沒廉恥貨，進他屋裏去來沒有？」春梅道：「六娘來家，爹往他房裏還走了兩遭。」金蓮道：「真個是因孩子哭接他來？」春梅道：「孩子後晌好不怪哭的！抱著也哭，放下也哭，沒法處。前邊對爹說了，纔使小廝接去。」金蓮道：「若是這等的，也罷了。我說又是沒廉恥的貨，三等兒九般使了接去。」又問：「書童那奴才穿的誰的衣服？」春梅道：「先來問我要，教我罵了玳安出去。落後和上房玉簫借了。」金蓮道：「再要來，休要與秫秫奴才穿。」說畢，見西門慶不進來，使性兒關了門睡了。正是：只恨閒愁成懊惱，始知伶俐不知癡。

且說應伯爵見賁四管工，在莊子上撰錢。明日又拏銀子買向五皇親房子，少說也有幾兩銀子背工。又行令之間，可可見賁四不防頭，說出這個笑話兒來。伯爵因此錯他這一錯，使他知道。賁四果然害怕，次日封了三兩銀子，親到伯爵家磕頭。伯爵反打張驚兒⑯，說道：「我沒曾在你面上盡得心，何故行此事？」賁四道：「小人一向缺禮，早晚只望二叔在老爹面前扶持一二，足感不盡。」伯爵于是把銀子收了，待了一鍾茶，打發賁四出門。拏銀子到房中與他娘子兒說：「老兒⑰不發狠⑱，婆兒⑲沒布裙。賁四這狗啃的，我舉保他一場，他得了買賣，扒自飯碗兒，就不用著我了。大官人教他在莊子上管工，明

⑯ 打張驚兒：同第二十八回註❹。

⑰ 老兒：丈夫。

⑱ 發狠：發達。

⑲ 婆兒：老婆。

日又托他拏銀子成向五家莊子，一向撰的錢也夠了。我昨日在酒席上拏言語錯了他錯兒。他慌了，不怕他今日不來求我，送了我這三兩銀子。我且買幾疋布，夠孩子每冬衣了。」正是：恨小非君子，無毒不丈夫。

畢竟未知後來何如，且聽下回分解。

第三十六回　翟謙寄書尋女子　西門慶結交蔡狀元

富川遙望劍江西，一片孤雲對夕暉。
有淚應投煙樹斷，無書堪寄雁鱗稀。
問安已負三千里，流落空懷十二時。
海闊天高都是念，憑誰為我說歸期。

話說次日西門慶早與夏提刑出郊外接了新巡按。又到莊上犒勞做活的匠人。至晚來家。有平安進門就稟：「今日有東昌府下文書快手往京裏，順便捎了一封書帕❶來，說：是太師爺府裏翟大爹寄來的書與爹。小的接了，交進大娘房裏去了。那人明日午後來討回書。」西門慶聽了，走到上房，取書拆開觀看。上面寫著甚麼言詞：

京都侍生翟謙頓首書拜即擢大錦堂西門大人門下：久仰山斗，未接丰標；屢辱厚情，感媿何盡！前蒙馳諭，生銘刻在心。凡百于老爺左右，無不盡力扶持。所有理事，敢托盛价煩瀆，想已為我

❶書帕：明朝官場中習慣用書籍手帕作禮物，後來雖然改用金銀珠寶，仍稱「書帕」。

處之矣。今因便鴻，薄具帖金十兩奉賀，兼候起居。伏望俯賜回春，生不勝感激之至。外新狀元蔡一泉，乃老爺之假子。奉勅回籍省視，首經貴處，仍望留之一飯；彼亦不敢有忘也。至祝，至祝。秋後一日信。

西門慶看畢，只顧咨嗟不已，說道：「快教小廝叫媒人去！我甚麼營生就忘死了！再想不起來。」吳月娘便問：「甚麼勾當？你對我說。」西門慶道：「東京太師老爺府裏翟管家，前日有書來說無子，來央及我這裏替他尋個女子。不拘貧富，不限財禮，只要好的。他要圖生長。妝奩財禮該使多少，教我開了寫去，他一封封過銀子來。往後他在老爺面前，一力好扶持我做官。我一向亂著，上任七事八事，就把這事忘死了，想不起來。來保他又日逐往鋪子裏去了，又不題我。今日他老遠的又教人捎書來，問尋的親事怎樣的了。又寄了十兩折禮銀子賀我。明日原差人來討回書，你教我怎樣回答他？教他就怪死了。叫了媒人，你分付他好歹上緊替他尋著。不拘大小人家，只要好女兒；或十五六、十七八的也罷。該多少財禮，我這裏與他。再不，把李大姐房裏綉春，倒好模樣兒，與他去罷。」月娘道：「我說你是個火燎腿行貨子！這兩三個月，你早做甚麼來？人家央你一場，替他看個真正女子去，他也好謝你。那丫頭你又收過他，怎好打發去的？你替他當個事幹，他到明日也替你用的力。如今施捏佛施燒香，急水裏怎麼下得槳？比不的買甚麼兒，拏了銀子到市上就買的來了。一個人家閨門女子，好歹不同，也等教媒人慢慢踏看將來。你到說的好容易自在話兒！」西門慶道：「明日他來要回書，怎麼回答他？」月娘道：「虧你還斷事！這些勾當兒便不會打發人？等那人明日來，你多與他些盤纏，寫在書上回覆了他去。只說女子尋下了，只是衣服妝奩未辦，還待幾時完畢，這裏差人送去。打發去了，你這裏教人替他尋也不遲。此一舉兩得其便，纔幹出好事來，也是人家托你一場。」西門慶笑道：「說的有理。」一面叫將陳經濟來，隔夜修了回書。

次日，下書人來到。西門慶親自出來，問了備細。又問：「蔡狀元幾時船到？好預備接他。」那人道：「小人來時，蔡老爹纔辭朝，京中起身。翟爹說：只怕蔡老爹回鄉，一時缺少盤纏，煩老爹這裏多少只顧借與他。寫書去翟爹那裏，如數補還。」西門慶道：「你多上覆翟爹，隨他要多少，我這裏無不奉命。」說畢，命陳經濟讓去廂房內管待酒飯。臨去，交割回書，又與了他五兩路費。那人拜謝，歡喜出門，長行去了。正是：意急欲搖飛虎站，心忙抨碎紫花鞭。看官聽說：當初安忱取中頭甲，被言官論他先朝宰相安惇之弟，係黨人子孫，不可以魁多士。徽宗御還早不得已，把蔡蘊擢為第一，做了狀元。投在蔡京門下，做了假子。陞秘書省正字，給假省親。且說月娘家中，使小廝叫了老馮薛嫂兒並別的媒人來，分付：「各處打聽人家有好女子，拏帖兒來說。」不在話下。

一日西門慶使來保往新河口打聽蔡狀元船隻，原來和同榜進士安忱同船。這安進士亦因家貧未續親，東也不成，西也不就，辭朝還家續親，因此二人同船。來到新河口，來保拏著西門慶拜帖來到船上見，就送了分嗄程❷，酒麵雞鵝嗄飯鹽醬之類。況且蔡狀元在東京，翟謙已是預先和他說了：「清河縣有老爺門下一個西門千戶，乃是大巨家，富而好禮。亦是老爺抬舉，見做理刑官。你到那裏，他必然厚待。」這蔡狀元牢記在心。見西門慶差人遠來迎接，又餽送如此大禮，心中甚喜。次日到了，就同安進士進城

❷ 嗄程：送行的禮物。

拜西門慶。西門慶已是叫廚子家裏預備下酒席。因在李知縣衙內吃酒，看見有一起蘇州戲子唱的好，問書童兒。說：「在南門外磨子營兒那裏住。」旋叫了四個來答應。蔡狀元那日封了一端絹帕，一部書，一雙雲履；安進士亦是書帕二事，四袋芽茶，四柄杭扇，各具宮袍烏紗，先投拜帖進去。西門慶冠冕迎接至廳上，敘禮交拜。家童獻畢贄儀，然後分賓主而坐。先是蔡狀元舉手欠身說道：「京師翟雲峰甚是稱道賢公閥閱名家，清河巨族。久仰德望，未能識荊。今得晉拜堂下，為幸多矣。」西門慶答道：「不敢。昨日雲峰書來，具道二位老先生華輈下臨，理當迎接。奈公事所羈，幸為寬恕。」因問：「二位老先生仙鄉尊號？」蔡狀元道：「學生蔡蘊，本貫滁州之匡廬人也，賤號一泉。僥倖狀元，官拜秘書正字。給假省親，得蒙皇上俞允。不想雲峰先生，稱道盛德。拜遲！」安進士道：「學生乃浙江錢塘縣人氏，賤號鳳山。見除工部觀政，亦結假還鄉續親。敢問賢公尊號？」西門慶道：「在下卑官武職，何得號稱！」詢之再三，方言：「賤號四泉。累蒙蔡老爺抬舉，雲峰扶持，襲錦衣千戶之職。見任理刑，實為不稱。」蔡狀元道：「賢公抱負不凡，雅望素著，休得自謙。」敘畢禮話，請去花園捲棚內寬衣。蔡狀元辭道：「學生歸心匆匆，行舟在岸，就要回去；既見尊顏，又不遽舍。奈何，奈何！」西門慶道：「蒙二公不棄蝸居，伏乞暫駐文旆，少留一飯，以盡芹獻之情。」蔡狀元道：「既是雅情，學生領命。」一面脫去衣服，二人坐下。左右又換了一道茶上來。蔡狀元以目瞻顧西門慶家園池花館，花木深秀，一望無際。心中大喜，極口稱羨，誇道：「誠乃勝蓬瀛也！」于是抬過棋桌來下棋。西門慶道：「今日有兩個戲子，在此伺候，以供燕賞。」安進士道：「在那裏？何不令來一見？」不一時，四個戲子跪下磕頭。蔡狀元問道：「那兩個是生旦？叫甚名字？」于是走向前說道：「小的是裝生的，叫苟子孝；那一個裝旦的，叫周順；一個貼旦，叫袁琰；那一個裝小生的，叫胡慥。」安進士問：「你每是那裏子弟？」苟子孝道：「小的都是蘇州人。」安進士道：「你等先妝扮了，來唱個我每聽。」四個戲子下邊妝扮去了。西門慶令後邊取女衣釵梳與他。教書童也妝扮起來。共二個旦兩個生，在席上先唱香囊記。大廳正面設兩席，蔡狀元安進士居上，西門慶下邊主位相陪。飲酒中間，唱了一摺下來。安進士看見書童兒裝小旦，便道：「這個戲子是那裏的？」西門慶道：「此是小价書童。」安進士叫上去，賞他酒吃，說道：「此子絕妙，而無以加矣！」蔡狀元又叫別的生旦過來，亦賞酒與他吃。因分付：「你唱個朝元歌『花邊柳邊』。」苟子孝答應，在旁拍手唱道：

花邊柳邊，簷外晴絲捲；山前水前，馬上東風軟。自歎行蹤，有如蓬轉；盼望家鄉留戀。雁杳魚沈，離愁滿懷誰與傳？日短北堂萱，空勞魂夢牽。（合）洛陽遙遠，幾時得上九重金殿！

唱了一個，吃畢酒，又唱第二個：

十載青燈黃卷，螢窗苦勉旃，雪案費精研。指望榮親，姓揚名顯。試向文場鏖戰，禮樂三千，英雄五百爭後先。快著祖生鞭，行瞻尺五天。（合前）

安進士令苟子孝：「你每可記的玉環記『恩德浩無邊』？」苟子孝答道：「此是畫眉序，小的記得。」隨唱道：

恩德浩無邊，父母重逢感非淺。幸終身托與，又與姻緣。風雲際會，異日飛騰；鸞鳳配，今諧繾綣。（合）料應夫婦非今世，前生玉種藍田。

書童兒把酒斟，拍手唱道：

弱質始笄年，父母恩深浩如天；報無由，媿赧此心縈牽。鴛鴦配，深沐親恩；箕帚婦，願夫榮顯。（合前）

原來安進士杭州人，喜尚南風。見書童兒唱的好，拉著他手兒，兩個一遞一口吃酒。良久，酒闌上來。西門慶陪他復遊花園，向捲棚內下棋。令小廝拏兩個桌盒，三十樣都是細巧果菜鮮物下酒。蔡狀元道：「學生每初會，不當深擾潭府。天色晚了，告辭罷！」西門慶道：「豈有此理？」因問：「二公此回去，還到船上？」蔡狀元道：「暫借門外永福佛寺寄居。」西門慶道：「如今就門外去，也晚了。不如先把手下從者留下一二人答應，餘者部分付回去，明日來接，庶可兩盡其情。」蔡狀元道：「賢公雖是愛客之意，其如過擾何？」當下二人一面分付手下：「都回門外寺裏歇去。明日早拏馬來接。」眾人應諾去了，不在話下。

二人在捲棚內下了兩盤棋，子弟唱了兩摺。恐天晚，西門慶與了賞錢，打發去了。止是書童一人，席前遞酒伏侍。看看吃至掌燈，二人出來更衣。蔡狀元拉西門慶說話：「此去學生回鄉省親，路費缺少。」西門慶道：「不勞老先生分付，雲峰尊命，一定謹慎。」良久，讓二人到花園：「還有一處小亭，請看。」

把二人一引，轉過粉牆，來到藏春塢，乃一邊僻靜所雪洞內，裏面曉騰騰掌著燈燭，小琴桌兒早已陳設綺席果酌之類。床榻依然，琴書瀟灑。從新復飲。書童在旁歌唱。蔡狀元問道：「大官❸，你會唱『紅入仙桃』？」書童道：「此是錦堂月小的記得。」蔡狀元道：「既是記的，大官你唱。」于是把酒都斟了。那書童拏住南腔，拍手唱道：

紅入仙桃，青歸御柳，鶯啼上林春早。簾捲東風，羅襟曉寒尤峭。喜仙姑，書付青鸞；念慈母，恩同烏鳥。（合）風光好，但願人景長，醉遊蓬島。

安進士聽了，喜之不勝。向西門慶稱道：「此子可敬！」將盃中之酒一吸而飲之。那書童席前穿著翠袖紅裙，勒著銷金箍兒，高擎玉斝，捧上酒去，又唱道：

難報母氏劬勞，親恩罔極，只願壽比松喬。定省晨昏，連枝上有兄嫂。喜春風，棠棣聯芳；娱晚景，松柏同操。（合前）

當日飲至夜分，方纔歇息。西門慶藏春塢翡翠軒兩處，俱設床帳，鋪陳綾錦被褥，就要派書童、玳安兩個小廝答應。西門慶道了安置，回後邊去了。

到次日，蔡狀元安進士跟從人夫，轎馬來接。西門慶廳上擺飯伺候。撰盤酒飯，與腳下人吃。教兩個小廝方盒捧出禮物，蔡狀元是金段一端，領絹一端，合香五百，白金一百兩；安進士是色段一端，領

❸ 大官：對別人家僮兒的尊稱。

絹一端，合香三百，白金三十兩。蔡狀元固辭再三，說道：「但假十數金足矣，何勞如此太多？又蒙厚貺！」安進士道：「蔡年兄領受，學生不當。」西門慶笑道：「些須微贐，表情而已。老先生榮歸續親，在下此意，少助一茶之需。」于是二人俱席上出來謝道：「此情此德，何日忘之！」一面令家人各收下去，入氈包內。與西門慶相別，說道：「生輩此去，天各一方，暫違台教。不日旋京，倘得寸進，自當圖報。」安進士道：「今日相別，何年再得奉接尊顏！」西門慶道：「學生蝸居屈尊，多有褻慢。幸惟情恕！本當遠送，奈官守在身，先此告過。」送二人到門首，看著上馬而去。正是：博得錦衣歸故里，功名方信是男兒。

畢竟未知後來何如，且聽下回分解。

第三十七回　馮媽媽說嫁韓氏女　西門慶包占王六兒

吳舧輕舸更遲遲，別酒重斟惜醉攜。
滄海侵愁光蕩漾，亂山那恨色高低。
君馳蕙檝情何極，我恣蘭干日向西。
咫尺煙波幾多地，不須懷抱重萋萋。

話說西門慶打發蔡狀元、安進士去了。一日騎馬帶眼紗，在街上喝道而過，撞見馮媽媽。便教小廝叫住問他：「爹說，問你尋的那女子怎樣的，如何不往宅裏回話去？」那婆子兩步走到跟前，說：「這幾日我雖是看了幾個女子，都是買肉的挑擔兒的，怎好回你老人家話。不想天使其便，眼跟前一個人家女兒，就想不起來，十分人材，屬馬兒的，交新年十五歲。若不是老婆子昨日打他門首過，他娘在門首請進我吃茶，我不得看見他哩！纔吊起頭兒沒多幾日，戴著雲髻兒，好不筆管兒般直縷的身子兒。纏得兩隻腳兒一些些，搽的濃濃的臉兒，又一點小小嘴兒，鬼精靈❶兒是的！他娘說他是五月端午養的，小名叫做愛姐。休說俺每愛，就是你老人家見了也愛的不知怎麼樣的了！」西門慶道：「你看這風媽媽子，

❶ 鬼精靈：伶俐乖巧。

我平白要他做甚麼？家裏放著好少兒！實對你說了罷，此是東京蔡太師老爺府裏大管家翟爹要做二房，圖生長，托我替他尋。你若與他成了，管情不虧你。」因問道：「是誰家的女子？問他討個庚帖兒來我瞧。」馮媽媽道：「誰家的？我教你老人家知道了罷。遠不一千，近只在一磚❷；不是別人，是你家開絨線的韓夥計的女孩兒。你老人家要相看，等我和他老子說，討了帖兒來，約會下個日子，你只顧去就是了。」西門慶分付道：「既如此這般，就和他說。他若肯了，討了帖兒來宅內回我話。」那婆子應諾去了。

過兩日，西門慶正在前廳坐的，忽見馮媽媽來回話，拏了帖兒與西門慶瞧。上寫著：「韓氏女命：年十五歲，五月初五日子時生。」便道：「我把你老人家的話對他老子說了。既是大爹可憐見，孩兒也是有造化的姐；只是家寒，沒辦備❸的。」西門慶道：「你對他說，不費他一絲兒東西。凡一應衣服首飾妝奩箱櫃等件，都是我這裏替他辦備。還與他二十兩財禮，教他家止備女孩兒的鞋腳就是了。臨期，還叫他老子送他往東京去。比不的與他做房裏人。翟管家要圖他生長做娘子，難得他女兒生下一男半女，也不愁個大富貴。」馮媽媽問道：「他那裏請問你老人家，幾時過去相看，好預備。」西門慶道：「既是他應允了，我明日就過去看看罷。他那裏再三有書來，要的急。就對他說，休教他預備甚麼，我只吃鍾清茶就起身。」馮媽媽道：「爺爺，你老人家上門兒怪人家！就是雖不稀罕他的，也略坐坐兒。夥計家，莫不空教你老人家來了。」西門慶道：「你就不是了。你不知我有事？」馮媽媽道：「既是恁的，

❷ 遠不一千二句：即「遠在天邊，近在眼前」。

❸ 辦備：妝奩。

等我和他說。」一面先到韓道國家對他渾家王六兒一五一十說了一遍：「宅內老爹看了你家孩子的帖兒，甚喜不盡。說來，不教你這裏費一絲兒東西。一應妝奩陪送，都是宅內管。還與你二十兩銀子財禮，只教你家與孩兒做些生活鞋腳兒就是了。到明日還教你官兒送到那裏。難得你家姐姐一年半載有了喜事，你一家子都是造化的了，不愁個大富貴。明日他老人家衙門中散了，就過來相看。教你一些兒休預備。他也不坐，只吃一鍾茶看了就起身。」王六兒道：「真個，媽媽子休要說謊！」馮媽媽道：「你當家❹不信的說，我來哄你不成？他好少事兒，家中人來人去，通不斷頭的。」婦人聽言，安排了些酒食與婆子吃了，打發去了，明日早來伺候。

到晚韓道國來家，婦人與他商議已定。早起，往高井上叫了一擔甜水，買了些好細果仁，放在家中，還往鋪子裏做買賣去了。丟下老婆在家，艷妝濃抹，打扮的喬模喬樣；洗手剔甲，揩抹盃盞乾淨，剝下果仁，頓下好茶，等候西門慶來。馮媽媽先來攛掇。西門慶衙門中散了，到家換了便衣靖巾，騎馬帶眼紗，玳安、琴童兩個跟隨，逕來韓道國家，下馬進去。馮媽媽連忙請入裏面坐了。良久，王六兒引著女兒愛姐出來拜見。這西門慶且不看他女兒，不轉睛只看婦人。見他上穿著紫綾襖兒，玄色段紅比甲，玉色裙子，下邊顯著趫趫的兩隻腳兒，穿著老鴉段子羊皮金雲頭鞋兒。生得長挑身材，紫膛色瓜子臉，描的水鬢長長的。正是：未知就裏何如，先看他妝色油樣。但見：淹淹潤潤，不搽脂粉，自然體態妖嬈；嬝嬝娉娉，懶染鉛華，生定精神秀麗。兩彎眉畫遠山，一對眼如秋水。檀口輕開，勾引得狂蜂蝶亂；纖腰拘束，暗帶著月意風情。若非偷期崔氏女，定然聞瑟卓文君。西門慶見了，心搖目蕩，不能定止。口

❹當家：主人。

中不說，心內暗道：「原來韓道國有這一個婦人在家，怪不的前日那些人鬼混他。」又見他女孩兒生的一表人物，暗道：「他娘母兒生的這般模樣，女兒有個不好的！」婦人先拜見了，教他女兒愛姐轉過來，望上向西門慶花枝招展，繡帶飄飄，也磕了四個頭，起來侍立在旁。老媽連忙拏茶上來，婦人取來抹去盞上水漬，令他去遞上。西門慶把眼上下觀看，這個女子，烏雲疊鬢，粉黛盈腮；意態幽花酴麗，肥膚嫩玉生香。便令玳安氈包內取出錦帕二方，金戒指四個，白銀二十兩，教老媽安放在茶盤內。他娘忙將戒指帶在女兒手上，朝上拜謝，回房去了。西門慶對婦人說：「遲兩日，接你女孩兒往宅裏去，與他裁衣服。這些銀子，你家中替他做些鞋腳兒。」婦人連忙又磕下頭去，謝道：「俺每頭頂腳踏，都是大爹的；孩子的事，又教大爹費心。俺兩口兒，就殺身也難報！虧了大爹，又多謝爹的插帶厚禮！」西門慶問道：「韓夥計不在家了？」婦人道：「他早晨說了話，就往鋪子裏走了。明日教他往宅裏與爹磕頭去。」西門慶見婦人說話乖覺，一口一聲只是爹長爹短，就把心來惑動了。臨出門上覆他：「我去哩。」婦人道：「再坐坐。」西門慶道：「不坐了。」于是竟出門，一直來家，把上項告吳月娘說了。月娘道：「也是千里姻緣著線穿。既是韓夥計這女孩兒好，也是俺每費心一場。」西門慶道：「明日接他來住兩日兒，好與他裁衣服。我如今先拏十兩銀子，替他打半副頭面簪鐶之類。」月娘道：「及緊儹做去，正好後日教他老子送去。咱這裏不著人去罷了。」西門慶道：「把鋪子關兩日也罷，還著來保同去，就府內問聲，前日差去節級送蔡駙馬的禮，到也不曾？」

話休饒舌。過了兩日，西門慶果然使小廝接韓家女兒。他娘王氏買了禮，親送他來，進門與月娘大小眾人磕頭拜見，道生受，說道：「蒙大爹大娘並眾娘每抬舉孩兒，這等費心，俺兩口兒知感不盡！」

先在月娘房擺茶，然後明間內管待。李嬌兒，孟玉樓，潘金蓮，李瓶兒都陪坐。西門慶與他買了兩疋紅綠潞紬，兩疋綿紬，和他做裹衣兒。又叫了趙裁來替他做兩套織金紗段衣服，一件大紅妝花段子袍兒。他娘王六兒安撫了女兒，晚夕回家去了。西門慶又替他買了半副嫁妝，描金箱籠，鑑妝鏡架，盒罐，銅錫盆，淨桶，火架等件，非止一日，都治辦完備。寫了一封書信，擇定九月初十日起身。西門慶問縣裏討了四名快手，又撥了兩名排軍，執袋弓箭隨身。來保韓道國顧了四乘頭口，緊緊保定車輛煖轎，送上東京去了不題。丟的王六兒在家，前出後空，整哭了兩三日。

一日西門慶無事，騎馬來獅子街房裏觀看，馮媽媽來遞茶。西門慶與了一兩銀子，說道：「前日韓夥計孩子的事累你，這一兩銀子，你買布穿。」婆子連忙磕頭謝了。西門慶又問：「你這兩日，沒到他那邊走走？」馮媽道：「老身那一日沒到他那裏做伴兒坐？他自從女兒去了，本等他家裏沒人，他娘母靠慣了，他整哭了兩三日。這兩日纔玩下些兒來了。他又說：『孩子事，多累了爹。』問我：『爹曾與了你些辛苦錢兒沒有？』我便說：『他老人家事忙，我連日宅裏也沒曾去。隨他老人家多少與我些兒，我敢爭？』他也許我等他官兒❺回來，重重謝我哩。」西門慶道：「他老子回來，已定有些東西，少不的謝你。」說了一回話，見左右無人，悄悄在婆子耳邊，如此這般：「你閒了，到他那裏取巧兒和他說，就說我上覆他，閒中我要他那裏坐半日，看他意何如？肯也不肯？我明日還來討回話。」那婆子掩口冷笑道：「你老人家坐家的女兒偷皮匠，逢著的就上；一鍬撅了個銀娃娃，還要尋他娘母兒哩❻！夜晚

❺ 官兒：俗稱丈夫為「官人」，亦稱「官兒」。

❻ 一鍬撅了個銀娃娃二句：形容貪心不足。

些等老身慢慢皮著臉對他說。爹你還不知，這婦人他是咱後街宰牲口王屠的妹子，排行叫六姐，屬蛇的，二十九歲了。雖是打扮的喬樣，倒沒見他輸身❼。你老人家明日准來，等我問他討個話來回你。」西門慶道：「是了。」說畢，騎馬來家。

婆子打發西門慶出門，做飯吃了，鎖了房門，慢慢來到牛皮巷婦人家。婦人開門，便讓進裏邊房裏坐，道：「我昨日下了些麵，等你來吃，就不來了。」婆子道：「我可知要來哩！到人家，便就有許多事掛住了腿子，動不得身。」婦人道：「剛纔做的熱騰騰的飯兒，炒麵觔兒，你吃些。」婆子道：「老身纔吃的飯來，呵些茶罷。」那婦人便濃濃點了一盞茶，遞與他；看著婦人吃了飯。婦人道：「你看我恁苦，有我那冤家，靠定了他。自從他去了，弄的這屋裏空落落的，件件的都看了我。弄的我鼻兒烏，嘴兒黑，像個人模樣！倒不如他死了，扯斷腸子罷了！似這般遠離家鄉去了，你教我這心怎麼放的下來？急切要見他見，也不能夠！」說著眼駿駿的哭了。婆子道：「說不得。自古養兒人家熱騰騰的，養女兒家冷清清。就是長一百歲，少不得也是人家的！你如今這等抱怨，到明日你家姐姐到府裏腳硬，生下一男半女，你兩口子受用，就不說我老身了。」婦人道：「大人家的營生，三層大兩層小❽，知道怎樣的！等他的長俊了，我每不知在那裏晒牙揸骨去了！」婆子道：「怎的恁般的說。你每姐姐比那個不聰明伶俐？愁針指女工不會？各人裙帶衣食，你替他愁？」兩個一遞一口，說夠良久。看看說得入港，婆子道：「我每說個傻話兒。你家官兒不在，前後丟的恁空落落的，你晚夕一個人兒不害怕麼？」婦人道：「你

❼ 輸身：失身。
❽ 三層大兩層小：上有上人，下有下人，家庭中情形複雜。

還說哩，都是你弄得我。肯晚夕來和我做做伴兒？」婆子道：「只怕我一時來不到。我保舉個人兒來與你做伴兒，你肯不肯？」婦人問：「是誰？」婆子掩口笑道：「一客不煩二主。宅裏大老爹，昨日到那邊房子裏，如此這般對我說。見孩子去了，丟的你冷落，他要來和你坐半日兒。你怎麼說？這裏無人，你若與凹上❾了，愁沒吃的穿的使的用的？走上了時，到明日房子也替你尋得一所，強如在這僻格刺子❿裏。」婦人聽了，微笑說道：「他宅裏神道相似的幾房娘子，他肯要俺這醜貨兒？」婆子道：「你怎的這般說？自古道：『情人眼內出西施』，一來也是你緣法湊巧，爹他好閒人兒，不留心在你時，他昨日巴巴的肯到我房子裏說？又與了一兩銀子，說：『前日孩子的事，累我。』落後沒人在跟前他就和我說，教我來對你說，你若肯時，他還等我回話去。典田賣地，你兩家願意；我莫非說謊不成？」婦人道：「既是下顧，明日請他過來，奴這裏等候。」這婆子見他吐了口兒⓫，坐了一回，千恩萬謝去了。

到次日西門慶來到，一五一十把婦人話告訴一遍。西門慶不勝欣喜，忙秤了一兩銀子，與馮媽媽拏去治辦酒菜。那婦人聽見西門慶來，收拾房中乾淨，薰香設帳，預備下好茶好水。不一時，婆子拏籃子買了許多雞魚嗄飯菜蔬果品，來廚下替他安排端正。婦人洗手剔甲又烙了一筯麵粉餅，明間內揩抹桌椅光鮮。西門慶約下午時分，便衣小帽，帶著眼紗，玳安、棋童兩個小廝跟隨，逕到門首，下馬進去。分付：「把馬回到獅子街房子裏去，晚上來接。」止留玳安一人答應。西門慶到明間內坐下。良久，婦人

---

❾ 凹上：勾搭上。

❿ 僻格刺子：偏僻的地方。格刺，即「旮旯」。

⓫ 吐了口兒：吐口，指露口風。

扮的齊齊整整，出來拜見，說道：「前日打攪，孩子又累爹費心，一言難盡！」西門慶道：「一時不到處，你兩口兒休抱怨。」婦人道：「一家兒莫大之恩，豈有抱怨之理！」磕了四個頭。馮媽媽拏上茶來，婦人遞了茶。見馬回去了，玳安把大門關了。婦人陪坐一回，讓進裏坐。房正面紙門兒，廂的炕床，掛著四扇各樣顏色綾段剪貼的張生遇鶯鶯蜂花香的吊屏兒，桌上鑑妝鏡架，盒罐錫器家火堆滿。地下插著棒兒香，上面設著一張東坡椅兒。西門慶坐下。婦人又濃濃點一盞胡桃夾鹽筍泡茶，遞上去。西門慶吃了，婦人接了盞，在下邊炕沿兒上陪坐，問了回家中長短。西門慶見婦人自己拏托盤兒，說道：「你這裏還要個孩子使纔好。」婦人道：「不瞞爹說，自從俺家女兒去了，凡事不方便。那時有他在家，如今少不的奴自己動手。」西門慶道：「這個不打緊。明日教老馮替你看個十三四歲的丫頭子，且胡亂替替手腳。」婦人道：「也得俺家的來，少不得東拼西湊的，央馮媽媽尋一個孩子使。」西門慶道：「也不消。該多少銀子，等我與他。」那婦子道：「怎好又費煩你老人家？自恁累你老人家還少哩！」西門慶見他會說話，心中甚喜。一面馮媽媽進來安放桌兒，西門慶就對他說尋使女一節。馮媽媽道：「爹既是許了，你拜謝拜謝兒。南首趙嫂兒家有個十三歲的孩子，我明日領來與你看。也是一個小人家的親養的孩兒來，他老子是個巡捕的軍。因倒死了馬，少樁頭銀子，怕守備那裏打，把孩子賣了，只要四兩銀子，教爹替你買下罷。」婦人連忙向前，道了萬福。不一時，擺下案碟菜蔬，篩上酒來。婦人滿斟一盞，雙手遞與西門慶。纔待磕下頭去，西門慶連忙用手拉起說：「頭裏已是見過，不消又下禮了。只拜拜便了。」婦人笑吟吟，道了萬福，旁邊一個小杌兒上坐下。廚下老媽將嗄飯果菜，一一送上，又是兩筯軟餅。婦人用手揀肉絲細菜兒裏捲了，用小碟兒托了，遞與西門慶吃。兩個在房中盃來盞去，做一處飲酒。玳安在廚房裏，老馮陪他，另有坐處，打發他吃，不在話下。

彼此飲夠數巡，婦人把座兒挪近西門慶跟前，與他做一處說話，遞菜兒。然後西門慶與婦人一遞一口兒吃酒。見無人進來，摟過脖子來親嘴咂舌。彼此淫心蕩漾，把酒停住不吃了。掩上房門，婦人就在裏邊炕床上，伸開被褥，那時已是日色平西時分。西門慶乘著酒興，兩個且摟著脖子親嘴。西門慶摸見婦人柔膩，意欲交接。怎見的這場雲雨？但見：威風迷翠榻，殺氣瑣鴛衾。珊瑚枕上施雄，翡翠帳中鬥勇。男兒忿怒，挺身連刺黑纓鎗；女帥生嗔，拍胯著搖追命劍。一來一往，祿山會合太真妃；一撞一衝，君瑞追陪崔氏女。左右迎湊，天河織女遇牛郎；上下盤旋，仙洞嬌姿逢阮肇。鎗來牌架，崔郎相共薛瓊瓊；砲打刀迎，雙漸並連蘇小小。一個鶯聲嚦嚦，猶如武則天遇敖曹；一個燕喘吁吁，好似審食其逢呂雉。初戰時，如鎗亂刺，利劍微迎；次後來，雙砲齊攻，膀脾夾湊。男兒氣急，使鎗只去扎心窩；女帥心忙，開口要來吞腦袋。一個使雙砲的，往來攻打內襠兵；一個輪膀脾的，上下夾迎臍下將。一個金雞獨立，高蹺玉腿弄精神；一個枯樹盤根，倒入翎花來刺牝。戰良久，朦朧星眼，但動些兒麻上來；鬥多時，款擺纖腰，再戰百愁挨不去。散毛洞主倒上橋，放水去淹軍；烏甲將軍虛點鎗，側身逃命走。臍膏落馬，須臾蹂踏肉為泥；溫緊妝呆，頃刻跌翻深澗底。大披掛，七零八斷，猶如急雨打殘花；錦套頭，力盡觔輸，恰似猛風飄敗葉。硫黃元帥，盔歪甲散走無門；銀甲將軍，守住老營還要命。正是：愁雲托上九重天，一塊敗兵連地滾。當日和他纏到起更纔回家。婦人和西門慶說：「爹到明日再來早些，白日裏，咱破工夫，脫了衣裳，好生耍耍。」西門慶大喜。到次日，到了獅子街線鋪裏，就兌了四兩銀子與馮媽媽，討了丫頭使喚，改名叫做錦兒。西門慶想著這個甜頭兒，過了兩日，又騎馬來婦人家行走。原是棋童、玳安兩個跟隨。到了門首，就分付棋童把馬回到獅子街房裏去。那馮媽媽專一替他提壺打酒，街上買東西整理，通小慇懃兒，圖些油菜養口。西門慶來一遭，與婦人一二兩銀子盤纏。白日裏來，直到起更時分纔家去，瞞的家中鐵桶相似。

馮媽媽每日在婦人這裏打勤勞兒，往宅裏也去的少了。李瓶兒使小廝叫了他兩三遍，只是不得閒。要便鎖著門去了一日。一日，小廝畫童兒撞見婆子，叫了來家。李瓶兒說道：「媽媽子，成日影兒不見，幹的甚麼貓兒頭差事！叫一遍，只是不在。通不來這裏走走兒，忙的你恁樣兒的？丟下好些衣裳，帶孩子被褥，等你來幫著丫頭每拆洗拆洗，再不見來了。」婆子道：「我的奶奶，你倒說的且是好。寫字的拏逃軍，我如今一身故事兒哩！賣鹽的做雕鑾匠，我是那鹹人兒？」李瓶兒道：「媽媽子，你做了石佛寺裏長老，請著你就是不閒。成日撰的錢，不知在那裏？」婆子道：「老身大風刮了頰耳去了，嘴也趕不上在這裏。撰甚麼錢？你惱我，可知心裏急急的要來，再轉不到這裏來。我也不知成日幹的甚麼事兒哩！後邊大娘從那時與了銀子，教我門外頭替他捎個拜佛的蒲甸兒來。我只要忘了。昨日甫能想起，賣蒲甸的賊蠻奴才又去了。我怎的回他？」李瓶兒道：「你還敢說，沒有他甸兒，你就信信拖拖跟了和尚去了罷了！他與了你銀子這一向，還不替他買將來。你這等裝憨打呆的！」婆子道：「等我沒，也對大娘說去，就交與他這銀子去。昨日騎騾子，差些兒沒吊了他的。」李瓶兒道：「等你吊了他的，你死也！」這媽媽一直來到後邊，未曾入月娘房，先走在廚下打探子兒。只見玉簫和來興兒媳婦坐在一處。見了說道：「老馮來了！貴人，你在那裏來？你六娘要把你肉也嚼下來，說影邊兒就不來了。」那婆走到跟前，拜了兩拜，說道：「我纔到他前頭來，吃他聒⑫了這一回來了。」玉簫道：「娘問你替他捎的蒲甸兒怎樣的？」婆子道：「昨日拏銀子到門外，賣蒲甸的賣了家去了。直到明年三月裏纔來哩。銀子我還拏在這裏。姐，你收了罷。」玉簫笑道：「怪媽媽子！你爹還在屋裏兌銀子，等出去了，你還親交與他罷。」又道：「你且坐的。我問你，韓夥計送他女兒去了多少時了？也待將來。這一回來，你就造化了。他還謝你謝兒。」婆子道：「謝不謝，隨他了。他連今纔去了八日，也得月盡頭，纔得來家。」不一時，西門慶兌出銀子，與賁四拏了莊子上去，就出去了。婆子走在上房，見了月娘，也沒敢拏出銀子來。只說：「蠻子有幾個粗甸子，都賣沒了回家。明年捎雙料好蒲甸來。」月娘是誠實的人，說道：「也罷，銀子你還收著。到明年，我只問你要兩個就是了。」與婆子幾個茶食吃了。後來到李瓶兒房裏來。瓶兒因問：「你大娘沒罵你？」婆子道：「被我如此支吾，調的他喜歡了，倒與我些茶吃，賞了我兩大餅定，出來了。」李瓶兒道：「還是昨日他往喬大戶家吃滿月的餅定。媽媽子，不虧你這片嘴頭子，六月裏蚊子，也釘死了！」又道：「你今日與我洗衣服，不去罷了。」婆子道：「你收拾討下漿，我明日早來罷。後晌時分，還要往一個熟主顧人家幹些勾當兒。」李瓶兒道：「你這老貨，偏有這些胡枝扯葉的！待你明日不來，我與你答話。」那婆子說笑了一回，脫身走了。李瓶兒留他：「你吃了飯去。」婆子道：「還飽著哩，不吃罷。」恐怕西門慶往王六兒家去，兩步做一步走了。正是：媒人婆地裏小鬼，兩頭來回抹油嘴；一日走夠千千步，只是苦了兩隻腿。

畢竟未知後來何如，且聽下回分解。

---

⑫ 聒聒：嚕囌。亦作咭咶。

第三十八回　西門慶夾打二搗鬼　潘金蓮雪夜弄琵琶

麗質溫柔更老成，玉壺明月逼人情。
輕回玉臉花含媚，淺蹙蛾眉雲髻鬆。
勾引蜂狂桃蕊綻，僭牽蝶亂柳腰新。
令人心地常相憶，莫學章臺贈淡情。

話說馮婆子走到前廳角門首，看見玳安在廳槅子前，拏著茶盤兒伺候。玳安望著媽媽搬嘴兒：「你老人家先往那裏去。俺爹和應二爹說話哩。說了話，打發去了，就起身。先使棋童兒送酒去了。」那婆子聽見，兩步做一步走的去了。

原來應伯爵來說攬頭❶：「李智、黃四派了年例三萬香蠟等料錢糧下來，該一萬兩銀子，也有許多利息。上完了批，就在東平府見關銀子。來和你計較，做不做？」西門慶道：「我那裏做他攬頭，以假充真，買官讓官。我衙門裏搭了事件，還要動他，我做他怎的？」伯爵道：「哥若不做，教他另搭別人。在你借二千兩銀子與他，每月五分行利。教他關了銀子還你，你心下如何？計較定了，我對他說，教他

❶ 攬頭：包攬工作的人。

兩個明日拏文書來。」西門慶道：「既是你的分上，我挪一千銀子與他罷。如今我莊子收拾，還沒銀子哩。」伯爵見西門慶吐了口兒，說道：「哥若十分沒銀子，看怎麼再撥五百兩銀子貨物兒，湊個千五兒與他罷。他不敢少下你的。」西門慶道：「他少下我的，我有法兒處。又一件，應二哥，銀子便與他，只不教他打著我的旗兒在外邊東誆西騙。我打聽出來，只怕我衙門監裏放不下他。」伯爵道：「哥說的甚麼話？典守者不得辭其責。他若在外邊打哥的旗兒，常沒事罷了，若壞了事，要我做甚麼？哥，你只顧放心。但有差遲，我就來對哥說。說定了，我明日教他好寫文書。」西門慶道：「明日不教他來，我有勾當。教他後日來。」說畢，伯爵去了。

西門慶教玳安伺候馬，帶上眼紗，問：「棋童去了沒有？」玳安道：「來了。取挽手兒❷去了。」不一時，取了挽手兒來，打發西門慶上馬，逕往牛皮巷來。不想韓道國兄弟韓二搗鬼耍錢輸了，吃的光睜睜兒的，走來哥家，問王六兒討酒吃。袖子裏掏出一條小腸兒來，說道：「嫂，我哥還沒來哩。我和你吃壺燒酒。」那婦人恐怕西門慶來，又見老馮在廚下，不去兜攬他，說道：「我是不吃。你要吃，拏過一邊吃去，我那裏耐煩！你哥不在家，招是招非的，又來做甚麼！」那韓二搗鬼把眼兒涎瞪❸著，又不去。看見桌底下一罈白泥頭酒，貼著紅紙帖兒，問道：「嫂子，是那裏酒？打開篩壺來俺每吃。耶嚛！你自受用。」婦人道：「你趁早兒休動，是宅裏老爹送來的，你哥還沒見哩。等他來家，有便倒一甌子與你吃。」韓二道：「等甚麼哥，就是皇帝爺的，我也吃一鍾兒。」纔待搬泥頭，被婦人劈手一推，奪

---

❷ 挽手兒：繮繩。

❸ 涎瞪：嘻皮笑臉的看。

過酒來，提到屋裏去了。把二搗鬼仰八叉推了一交，半日扒起來，惱羞變成怒，口裏喃喃吶吶罵道：「賊淫婦！我好意帶將兒來，見你獨自一個冷落落，和你吃盃酒。你不理我，倒推我一交。我教你不要慌，你另敘上了有錢的漢子，不理我了，要把我打開，故意的連我囂我，訕我又趍我。休教我撞見，我教你這不值錢的淫婦，白刀子進去，紅刀子出來！」婦人見他的話不防頭，一點紅從耳畔起，須臾紫膛了雙腮。便取棒槌在手，趕著打出來，罵道：「賊餓不死的殺才！倒了你，那裏味醉了，來老娘這裏撒野火❹兒！老娘手裏饒你不過！」那二搗鬼口裏喇喇哩哩❺罵淫婦，直罵出門去。不想西門慶正騎馬來，見了他，問：「是誰？」婦人道：「情知是誰！是韓二那廝，見他哥不在家，要便耍錢輸了，吃了酒來毆我。有他哥在家，常時撞見打一頓。」那二搗鬼一溜煙跑了。西門慶又道：「這少死的花子！等我明日到衙門裏，與他做功德❻！」婦人道：「又教爹惹惱。」西門慶道：「你不知，休要慣了他。」婦人道：「爹說的是。自古良善被人欺，慈悲生患害。」一面讓西門慶明間內坐。西門慶分付棋童回馬家去。叫玳安兒：「你在門首看，但掉著那光棍的影兒，就與我鎖在這裏，明日帶衙門裏來。」玳安道：「他的魂兒聽見爹到了，不知走的那裏去了！」

西門慶坐下，婦人見畢禮，連忙屋裏叫丫鬟錦兒拏了一盞果仁茶出來，與西門慶吃，就叫他磕頭。西門慶道：「也罷，倒好個孩子。你且將就使著罷。」又道：「老馮在這裏？怎的不替你拏茶？」婦人

❹ 撒野火：找便宜。
❺ 喇喇哩哩：嚕嚕囌囌。
❻ 做功德：這是反話，其實是「吃苦頭」的意思。

道：「馮媽媽他老人家，我央及他廚下使著手哩。」西門慶又道：「頭裏我使小廝送來的那酒，是個內臣送我的竹葉清酒哩。裏頭有許多藥味，甚是峻利。我前日見你這裏打的酒，道吃不上口，我所以拏的這罎酒來。」婦人又道了萬福，說：「多謝爹的酒！正是這般說，俺每不爭氣，住在這僻巷子裏，又沒個好酒店，那裏得上樣的酒來吃！只往大街上取去。」西門慶道：「等韓夥計來家，你和他計較。等了獅子街那裏，替你破幾兩銀子，買所房子，等你兩口子亦發搬到那裏住去罷。鋪子裏又近，買東西諸事方便。」婦人道：「爹說的是。看你老人家，怎的可憐見，離了這塊兒也好。就是你老人家行走，也免了許多小人口嘴。咱行的正，也不怕他。爹心裏要處自情處。他在家和不在家，一個樣兒，也少不的打這條路兒來。」說一回，房裏放下桌兒，請西門慶房裏寬了衣服。坐須臾，安排酒菜上來，桌上無非是些雞、鴨、魚、肉、嗄飯、點心之類。婦人陪定，把酒來斟。不一時，兩個並肩疊股而飲。吃得酒濃時，兩個脫剝上床交歡，自在玩耍。婦人早已床炕上，鋪的厚厚的被褥，被裏薰的噴鼻香。西門慶見婦人好風月，一徑要打動他，家中袖了一個錦包兒來。打開裏面，銀托子、相思套、硫黃圈、藥煮的白綾帶子、懸玉環、封臍膏、勉鈴，一弄兒淫器。西門慶叫婦人小名：「王六兒我的兒，你達不知心裏怎的，只好這一椿兒。不想今日遇你，正可我之意。我和你明日生死難開。」婦人道：「達達，只怕後來耍的絮煩了，把奴不理，怎了？」西門慶道：「相交下來，纔見我不是這樣人。」說話之間，兩個幹夠一頓飯時。方纔並頭交股而臥。正是：一般滋味美，好耍後庭花。有詩為證：

美冤家，一心愛折後庭花。尋常只在門前裏走，又被開路先鋒把住了。放在戶中難禁受，轉絲韁，勒回馬；親得勝，弄的我身上麻。蹴損了奴的粉臉，粉臉那丹霞。

西門慶與婦人摟抱到二鼓時分，小廝馬來接，方纔起身回家。到次日早，衙門裏差了兩個緝捕，把二搗鬼拏到提刑院，只當做掏摸土賊，不由分說，一夾二十，打的順腿流血，睡了一個月，險不把命喪了。往後唬的影也再不敢上婦人門纏攪了。正是：恨小非君子，無毒不丈夫。

遲了幾日，來保、韓道國一行人東京回來，備將前事，對西門慶說：「翟管家見了女子，甚是歡喜，說爹費心。留俺在府裏住了兩日，討了回書，送了爹一匹青馬，封了韓夥計女兒五十兩銀子禮錢，又與了小的二十兩盤纏。」西門慶道：「夠了。」看了回書，書中無非是知感不盡之意。自此兩家都下眷生名字，稱呼親家，不在話下。韓道國與西門慶磕頭，拜謝回家。西門慶道：「韓夥計你還把你女兒這禮錢收去，也是你兩口兒恩養孩兒一場。」韓道國再三不肯收，說道：「蒙老爹厚恩，禮錢已是前日有了。這銀子小人怎好又受得？從前累的老爹好少哩！」西門慶道：「你不依，我就惱了。你將回家，不要花了，我有個處。」那韓道國就磕頭謝了，拜辭回去。老婆見他漢子來家，滿心歡喜。一面接了行李，與他拂了塵土，問他長短：「孩子到那裏好麼？」這道國把往回一路的話告訴一遍，說：「好人家，孩子到那裏，就與了三間房，兩個丫鬟伏侍。衣服頭面是不消說。第二日就領了後邊，見了太太。翟管家甚是歡喜，留俺每住了兩日，酒飯連下人都吃不了。又與了五十兩禮錢，我再三推辭，大官人又不肯，還教我拏回來了。」因把銀子與婦人收了。婦人一塊石頭方落地。因和韓道國說：「咱到明日，還得一兩銀子謝老馮。你不在，虧他常來做伴兒。大官人那裏也與了他一兩。」正說著，只見丫頭過來遞茶。韓道國道：「這個是那裏大姐？」婦人道：「這個是咱新買的丫頭，名喚錦兒，過來與你爹磕頭。」磕了頭，丫頭往廚下去了。老婆如此這般，把西門慶勾搭之事，告訴一遍：「自從你去了，來行走了三四遭，纔使四兩銀子買了這個丫頭。但來一遭，帶一二兩銀子來。第二的不知高低，氣不憤，走來這裏放水❼。被他撞見了，拏到衙門裏打了個臭死，至今再不敢來了。大官人見不方便，許了要替咱每大街上買一所房子，教咱搬到那裏住去。」韓道國道：「嗔道他頭裏不受這銀子，教我拏回來，休要花了。原來就是這些話了。」婦人道：「這不是有了五十兩銀子，他到明日一定與咱多添幾兩銀子，看所好房兒。也是我輸了身一場，且落他些好供給穿戴！」韓道國道：「等我明日往鋪子裏去了，他若來時，你只推我不知道，休要怠慢了他；凡事奉他些兒。如今好容易攢錢，怎麼趕的這個道路！」老婆笑道：「賊強人，倒路死的！你倒會吃自在飯兒，你還不知老娘怎樣受苦哩！」兩個又笑了一回，打發他吃了晚飯，夫妻收拾歇下。到天明，韓道國宅裏討了鑰匙，開鋪子去了；與了老馮一兩銀子謝他，俱不必細說。

一日，西門慶同夏提刑衙門回來。夏提刑見西門慶騎著一匹高頭點子青馬，問道：「長官那匹白馬，怎的不騎？又換了這匹馬，到好一匹馬！不知口裏如何？」西門慶道：「那馬在家歇他兩日兒。這馬是昨日東京翟雲峰親家送來的，是西夏劉參將送他的，口裏纔四個牙兒，腳程緊慢，多有他的。只是有些毛病兒，快護槽踅蹬。初時著了路上走，把膘息跌了許多，這兩日纔吃的好些兒了。」夏提刑道：「這馬甚是會行，只好長騎著，每日躧街道兒罷了，不可走遠了他。論起在咱這裏，也值七八十兩銀子。我學生騎的那馬，昨日又瘸了。今早來衙門裏來，旋拏帖兒問舍親借了這匹馬騎來了，甚是不方便。」西

❼ 放水：搗亂。

門慶道：「不打緊，長官沒馬，我家中還有一匹黃馬，送與長官罷。」夏提刑舉手道：「長官下顧，學生奉價過來。」西門慶道：「不須計較，學生到家就差人送來。」兩個走到西街口上，西門慶舉手分路來家；到家就使玳安把馬送去。夏提刑見了大喜，賞了玳安一兩銀子，與了回帖兒，說：「多上覆，明日到衙門裏面謝。」過了兩月，乃是十月中旬時分。夏提刑家中做了些菊花酒，叫了兩名小優兒，請西門慶一敘，以酬送馬之情。西門慶家中吃了午飯，理了些事務，往夏提刑家飲酒。原來夏提刑備辦一席齊整酒肴，只為西門慶一人而設。見了他來，不勝歡喜，降階迎接，到廳上敘禮。西門慶道：「如何長官這等費心！」夏提刑道：「今年寒家做了些菊花酒，閒中屈執事一敘，再不敢請他客。」于是見畢禮數，寬去衣服，分賓主而坐。茶罷著棋，就席飲酒敘談。兩個小優兒，在旁彈唱。正是：得多少金尊進酒浮香蟻，象板催箏唱鷓鴣。

不說西門慶在夏提刑家飲酒，單表潘金蓮見西門慶許多時不進他房裏來，每日翡翠衾寒，芙蓉帳冷。那一日把角門兒開著，在房內銀燈高點，靠定幃屏，彈弄琵琶。等到二三更，便使春梅瞧數次，不見動靜。正是：銀箏夜久慇懃弄，寂寞空房不忍彈。取過琵琶，橫在膝上，低低彈了個二犯江兒水以遣其悶。在床上和衣兒又睡不著，不免悶把幃屏來靠，和衣強睡倒。猛聽的房簷上鐵馬兒一片聲響，只道西門慶來到。敲的門環兒響，連忙使春梅去瞧。春梅回道：「娘錯了。是外邊風起落雪了。」婦人于是彈唱道：

聽風聲嘹喨，雪灑窗寮，任冰花片片飄。

一回兒燈昏香盡，心裏欲待去剔續，見西門慶不來，又意兒懶的動旦了。唱道：

懶把寶燈挑，慵將香篆燒。只是捱一日似三秋，盼一夜如半夏。捱過今宵，怕到明朝。細尋思，這煩惱何日是了？暗想負心賊，當初說的話兒，心中由不的我傷情兒。想起來，今夜裏，心兒內焦。誤了我青春年少。誰想你弄的我三不歸，四撲兒著地。你撇的人，有上梢來沒下梢！

且說西門慶約一更時分，從夏提刑家吃了酒歸來。一路天氣陰晦，空中半雨半雪下來。落在衣服上，多化了。不免打馬來家。小廝打著燈籠，就不到後邊，逕往李瓶兒房來。李瓶兒迎著，一面替他拂去身上雪霰。西門慶穿著青絨獅子補子坐馬白綾襖子，忠靖段巾，皂靴棕套，貂鼠風領。李瓶兒替他接了衣服，止穿綾敞衣，坐在床上，就問：「哥兒睡了不曾？」李瓶兒道：「小官兒玩了這回，方睡下了。」西門慶分付：「叫孩兒睡罷，休要沈動著，只怕諕醒他。」迎春于是拏茶來吃了。李瓶兒問：「今日吃酒來的早？」西門慶道：「夏龍溪還是前日因我送了他那匹馬，今日全為我費心治了一席酒請我。又叫了兩個小優兒。和他坐了這一回，見天氣下雪，來家早些。」李瓶兒道：「你吃酒，教丫頭篩酒來你吃。大雪裏來家，只怕冷哩。」西門慶道：「還有那葡萄酒，你篩來我吃。今日他家吃的是自造的菊花酒，我嫌他脊香脊氣的，我沒大好生吃。」于是迎春放下桌兒，就是幾碟醃雞兒嗄飯，細巧果菜之類。李瓶兒拏杌兒在旁邊坐下，桌下放著一架小火盆兒。

這裏兩個吃酒，潘金蓮在那邊屋裏冷清清，獨自一個兒坐在床上，懷抱著琵琶，桌上燈昏燭暗。待要睡了，又恐怕西門慶一時來；待要不睡，又是那盹困，又是寒冷。不免除去冠兒，亂挽烏雲，把帳兒放下半邊來，擁衾而坐。正是：倦倚繡床愁懶睡，低垂錦帳繡衾空。早知薄倖輕拋棄，辜負奴家一片心。

又唱道：

懊恨薄情輕棄，離愁閒自惱。

又喚春梅過來：「你去外邊再瞧瞧，你爹來了沒有？快來回我話。」那春梅走去，良久回來，說道：「娘，還認爹沒來哩！爹來家不耐煩了，在六娘屋裏吃酒的不是？」這婦人不聽罷了，聽了如同心上戳上幾把刀子一般。罵了幾句負心賊，由不得撲簌簌眼中流下淚來。一徑把那琵琶兒放得高高的，口中又唱道：

論殺人好恕，情理難饒。負心的，天鑒表！好教我題起來，又是那疼他，又是那恨他。心癢痛難掃，愁懷悶自焦。叫了聲，賊狠心的冤家，我比他何如。鹽也是這般鹽，醋也是這般醋，磚兒能厚，瓦兒能薄❽，你一旦棄舊憐新！讓了甜桃，去尋酸棗。不合今日教你哄了！奴將你這定盤星兒錯認了。（合）想起來，心兒裏焦。誤了我青春年少，你撇的人，有上梢來沒下梢！

為人莫作婦人身，百般苦樂由他人。

癡心老婆負心漢，悔莫當初錯認真！

常記的當初相聚，癡心兒望到老。誰想今日他把心變了，把奴來一旦輕拋不理。正如那日。被雲遮楚岫，水渰藍橋。打折開鸞鳳走，到如今當面對語，心隔千山。隔著一堵牆，咫尺不得相見。心遠路非遙，意散了，如鹽落水，如水落沙相似了。情疏魚雁杳。空教我有情，難控訴。地厚天高空教我無夢到陽臺。夢斷魂勞，俏冤家，這其間，心

❽ 磚兒能厚二句：待遇的不公平。

變了。（合）想起來，心兒裏焦。誤了我青春年少，你撇的人，有上梢來無下梢！

西門慶正在房中和李瓶兒吃酒，忽聽見這邊房裏彈的琵琶之聲，便問：「是誰彈琵琶？」迎春答道：「是五娘在那邊彈琵琶響。」李瓶兒道：「原來你五娘還沒睡哩！綉春，你快去請你五娘來吃酒。你說俺娘請哩。」那綉春去了。李瓶兒忙教迎春那邊安下個坐兒，放個鍾筯在面前。良久，綉春走來說：「五娘摘了頭，不來哩。」李瓶兒道：「迎春，你再去請你五娘去。你說娘和爹請五娘哩。」不多時，迎春來說：「五娘把角門兒關了。說吹了燈，睡下了。」西門慶道：「休要信他小淫婦兒。等我和你兩個拉他去，務要把他拉了來，咱和他下盤棋耍子。」于是和李瓶兒同來打他角門。打了半日，春梅把角門子開了。西門慶拉著李瓶兒，進入他房中。只見婦人坐在帳上，琵琶放在旁邊。西門慶道：「怪小淫婦兒，怎的兩三轉請著你不去？」金蓮坐在床上，紋絲兒不動，把臉兒沈著，半日說道：「那沒時運的人兒，丟在這冷屋裏，隨我自生兒由活的，又來揪採我怎的？沒的空費了你這個心，留著別處使。」西門慶道：「怪奴才，八十歲媽媽沒牙，有那些唇說的❾！李大姐那邊請你和他下盤棋兒，只顧等你不去了。」李瓶兒道：「姐姐可不怎的？我那屋裏擺下棋子了，咱每閒著下一盤兒，賭盃酒吃。」金蓮道：「李大姐，你每自去。我摘了頭，你不知我心裏不耐煩。我如今睡也比不的你每心寬閒散。我這兩日，只有口遊氣兒。黃湯淡水，誰嘗著來？我成日睜著臉兒過日子哩！」西門慶道：「怪奴才，你好好兒的，怎的不好？你若心內不自在，早對我說，我好請太醫來看你。」金蓮道：「你不信，教春梅拏過我的鏡子來，等我

---

❾ 八十歲媽媽沒牙二句：有那些人說這話的。唇，是「人」的諧聲。

瞧，這兩日瘦的像個人模樣哩！」春梅把鏡子真個遞在婦人手裏，燈下觀看。正是：羞對菱花拭粉妝，為郎憔瘦減容光。閉門不顧閒風月，任您梅花自主張。羞把菱花來照，娥眉懶去掃。暗消磨了精神，折損了丰標，瘦伶仃不甚好。

西門慶拏過鏡子，也照了照，說道：「我怎麼不瘦？」金蓮道：「拏甚麼比的你？每日碗酒塊肉，吃的肥胖胖的，專一只奈何人！」被西門慶不由分說，一屁股挨著他坐在床上，摟過脖子來，就親了個嘴。舒手被裏，摸見他還沒脫衣裳。兩隻手齊插在他腰裏去，說道：「我的兒，真個瘦了些。」金蓮道：「怪行貨子！好冷手，冰的人慌。莫不我哄了你不成？」正是：香褪了海棠嬌，衣惚了楊柳腰。說道：「我著香腮，抛下珠淚來。我的苦惱，誰人知道？眼淚打肚裏流罷了。」

悶下無聊，攘攘勞勞，淚珠兒到今滴盡了。（合）想起來，心裏亂焦。誤了我青春年少，你撇的人有上梢來落下梢！

亂了一回，西門慶還把他強死強活，拉到李瓶兒房內，下了一盤棋，吃了一回酒。臨起身，李瓶兒見他這等臉酸，把西門慶攛掇過他這邊歇了。正是：得多少腰瘦故知閒事惱，淚痕只為別情濃。有詩為證：

自從別後減容光，萬轉千回懶下床。

虧殺瓶兒成好事，得教巫女會襄王。

畢竟未知後來如何，且聽下回分解。

第三十九回　西門慶玉皇廟打醮　吳月娘聽尼僧說經

漢武清齋夜築壇，自斟明水醮仙官。
殿前玉女移香案，雲際金人捧露盤。
絳節幾時還入夢，碧桃何處更驂鸞。
茂陵煙雨埋弓劍，石馬無聲蔓草寒。

話說當日西門慶在潘金蓮房中，歇了一夜。那婦人恨不的鑽入他腹中，在枕畔千般貼戀，萬種牢籠，淚瀌鮫綃，語言溫順，實指望買住漢子心。不料西門慶外邊又刮剌上了韓道國老婆王六兒，替他獅子街石橋東邊，使了一百廿兩銀子，買了一所門面兩間，倒底四層房屋居住。除了過道，第二層間半客位，第三層除了半間供養佛像祖先，一間做住房。裏面依舊廂著炕床，對面又是燒煤火炕，收拾糊的乾淨。第四層除了一間廚房，半間盛煤炭，後邊還有一塊做坑廁。俱不必細說。自從搬過來，那左近街坊鄰舍，都知他是西門慶夥計，又見他穿著一套兒齊整絹帛衣服，在街上搖擺，他老婆常插戴的頭上黃爍爍打扮模樣，在門前站立。這等行景，不敢怠慢，都送茶盒與他。又出人情慶賀。那中等人家，稱他做韓大哥、韓大嫂。以下者，趕著以叔嬸呼之。西門慶但來他家，韓道國就在鋪子裏上宿，教老婆陪他自在玩耍。

朝來暮往，街坊人家也多知道這件事。懼怕西門慶有錢有勢，誰敢惹他。見一月之間，西門慶也來行走三四次，與王六兒打的一似火炭般熱，穿著器用的，比前日不同。

看看臘月時分，西門慶在家亂著送東京並府縣軍衛本衛衙門中節禮。有玉皇廟吳道官使徒弟送了四盒禮物：一盒肉，一盒銀魚，兩盒果餡蒸酥；並天地疏，新春符，謝竈誥。西門慶正在上房吃飯，玳安兒拏進帖來，上寫著：「玉皇廟小道吳宗嚞頓首拜。」西門慶揭開盒兒看了，說道：「出家人，又教他費心送這厚禮來！」分付玳安，連忙教書童兒封一兩銀子拏回帖與他。月娘在旁因話題起：「一個出家人，你要便年頭節尾常受他的禮，到把前日李大姐生孩兒時，你說許了多少願醮，就教他打了罷。」西門慶道：「早是你題起來，我許下一百廿分醮，我就忘死了！」月娘道：「原來你這個大謅答子貨，誰家願心是忘記的！你便有口無心許下，神明都記著。嗔道孩子成日恁啾啾唧唧❶的，原來都是這願心壓的他！此是你幹的營生。」西門慶道：「既恁說，正月裏就把這醮願在吳道官這廟裏還了罷。」月娘道：「昨日李大姐說，這孩子有些病痛兒的，要問那裏討個外名。」西門慶道：「又往那裏討外名？就寄名在吳道官這廟裏罷。」因問玳安：「他廟裏有誰在這裏？」玳安道：「是他第二個徒弟應春跟了禮來。」西門慶一面走出外邊來，那應春兒連忙磕頭，說：「家師父多拜上老爹，沒甚麼孝順，使小徒來送這天地疏並些微禮兒與老爹賞人。」西門慶只還了半禮，說道：「多謝你師父厚禮。」一面讓他坐。應春說道：「小道怎麼敢坐？」西門慶道：「你坐，我有話和你說。」那道士頭戴小帽，身穿青布直掇，下邊履鞋淨襪，謙遜數次，方纔把椅兒挪到旁邊坐下。西門慶換茶來吃了。說道：「老爹有甚鈞語分付？」

❶ 啾啾唧唧：原是「小聲」，因為常用作病人呻吟聲，所以也可以作「小病」解釋。

西門慶道：「正月裏，我有些醮願，要煩你師父替我還還兒，在你本院；也是那日就送小兒寄名。不知你師父閒不閒？」徒弟連忙立起身來說道：「老爹分付，隨問有甚人家經事，不敢應承。請問老爹訂在正月幾時？」西門慶道：「就訂在初九爺旦日那個日子罷。」徒弟道：「此日又是天誕。玉匣記上，我請律爺交慶，五福駢臻。修齋建醮甚好。那日開大殿與老爺鋪壇。請問老爺，多少醮款？」西門慶道：「也是今歲七月，為生小兒，許了一百廿分清醮。一向不得個心淨，趁著正月裏還了罷。就把小兒送與你師父，向三寶座下討個外名。」徒弟又問：「請問那日延請多少道眾？」西門慶道：「教你師父請十六眾罷。」說畢，左右放桌兒待茶，先封十五兩經錢，另外又封了一兩酬答他的節禮。又說：「道眾的襯施，你師父不消備辦。我這裏連阡張❷香燭一事帶去。」喜歡的道士屁滾尿流，臨出門謝了又謝，磕了頭兒又磕。

到正月初八日，先使玳安兒送了一石白米、一擔阡張、十斤官燭、五斤沈檀馬牙香、十六疋生眼布，做襯施。又送了一對京段、兩罎南酒、四隻鮮鵝、四隻鮮雞、一對豚蹄、兩腳羊肉、十兩銀子，與官哥兒寄名之禮。西門慶預先發帖兒請下吳大舅、花大舅、應伯爵、謝希大四位相陪。陳經濟騎頭口先到廟中，替西門慶瞻拜。到初九日，西門慶也沒往衙中去。絕早冠帶，騎大白馬，僕從跟隨，前呼後擁，送出東門，往玉皇廟來。遠遠望見結綵的寶旛，過街榜棚，進約不上五里之地，就是玉皇廟。至山門前下馬，睜眼觀看，果然好座廟宇，天宮般蓋造。但見：青松鬱鬱，翠柏森森；金釘朱戶，玉橋低影。軒宮碧瓦雕簷，繡幙高懸寶檻。七間大殿，中懸勅額金書；兩廡長廊，彩畫天神帥將。祥雲影裏，流星門高

❷ 阡張：把黃紙刻成一條條的有些像紙錢模樣，迷信的人拿來燒給神佛或祖先的。

接青霄；瑞霞光中，鬱羅臺直侵碧漢。黃金殿上，列天帝三十二尊；白玉京中，現臺光百千萬億。三天門外，離婁與師曠猙獰；左右階前，白虎與青龍猛勇。寶殿前仙妃玉女，霞帔曾獻御香花；玉陛下四相九卿，朱履肅朝丹鳳闕。九龍床上，坐著個不壞金身萬天教主玉皇張大帝。頭戴十二冕旒，身披袞龍青袍。腰繫藍田帶，按八卦九宮；手執白玉圭，聽三皈五戒。金鐘撞處，三千世界盡皈依；玉磬鳴時。萬象森羅皆拱極。朝天閣上，天風吹下步虛聲；演法壇中，夜月常聞仙珮響。只此便為真紫府，更于何處覓蓬萊。西門慶由正門而入，見頭一座流星門上，七尺高朱紅牌架，列著兩行門對，大書：

黃道天開，祥啓九天之閶闔，迓金輿翠蓋以延恩；
玄壇日麗，光臨萬聖之旛幢，誦寶笈瑤章而闡化。

到了寶殿上，懸著二十四字齋題，大書著：「靈寶答天謝地，報國酬恩，九轉玉樞，酬盟寄名，吉祥普滿齋壇。」兩邊一聯：

先天立極，仰大道之巍巍，庸申至悃，
昊帝尊居，鑒清修之翼翼，上報洪恩。

西門慶進入壇中香案前，旁邊一小童捧盆巾灌手畢，鋪排跪請上香，鋪氈褥行禮叩壇畢。原來吳道官諱宗嘉，法名道真，生的魁偉身材，一臉鬍鬚，襟懷洒落，廣結交，好施捨。見作本宮住持，以此高貴達官，多往投之，做醮席設甚齊整，迎賓待客，一團和氣。手下也有三五個徒弟徒孫，一呼百諾。西門慶會中，常在建醮，每生辰節令，疏禮不缺。何況西門慶又做了刑名官，來此做好事，送公子寄名，受其大禮，如何不敬。那日就是他做齋功主行法事，頭戴玉環九陽雷巾，身披天青二十四宿大袖鶴氅，腰繫絲帶，忙下經筵來與西門慶稽首，道：「小道蒙老爹錯愛，迭受重禮，使小道卻之不恭，受之有愧。就是哥兒寄名，小道禮當叩祝三寶，保安增延壽命，尚不能以報老爹大恩；何以又叨受老爹厚賞？許多厚禮，誠有媿赧！經襯又且過厚，令小道愈不安。」西門慶道：「厚勞費心辛苦，無物可酬，薄禮表情而已。」敘禮畢，兩邊道眾齊來稽首。一面請去外方丈三間敞廳，名曰松鶴軒，多是朱紅亮槅那裏自在坐處待茶。西門慶見四面粉牆，擺設湖山瀟洒，堂中椅桌光鮮。左壁掛：「黃鶴樓白日飛昇；」右壁懸：「洞庭湖三番渡過。」正面有兩幅吊屏，草書一聯：「引兩袖清風舞鶴，對一方明月談經。」西門慶剛坐下，就令小廝棋童兒：「拏馬接你應二爹去，只怕他沒馬，如何這咱還沒來？」玳安道：「有姐夫騎的驢子，還在這裏。」西門慶道：「也罷，分付棋童快騎接去。」那棋童從山門裏面牽出來，騎了一直去了。吳道官誦畢經，下來遞茶，陪西門慶坐敘話：「老爹敬神，一點誠心，小道怎敢惹罪。各道多從四更起來到壇，諷誦諸品仙經，並玉皇參行醮經。今日三朝九轉玉樞法事，多是整做。將官哥兒的生月八字，另具一字文書，奏名于三寶面前，起名叫做吳應元。太乙司命桃延合康壽齡，永保富貴遐昌。小道這裏又添了二十四分荅謝天地，十二分慶讚上帝，二十四分薦亡，共列一百八十分醮款。」西門慶道：「多有費心！」不一時打動法鼓，請西門慶到壇看文書。西門慶從新換了大紅五彩獅補吉服，腰繫蒙金犀角帶，到壇，有絳衣表白在旁，先宣念齋意：

大宋國山東清河縣縣牌坊居住奉道祈恩酬醮保安信官西門慶，本命丙寅年七月廿八日子時建生，

同妻吳氏，本命戊辰年八月十五日子時建生。

表白道：「還有寶眷，小道未曾添上。」西門慶道：「你只添上個李氏，辛未年正月十五日申時建生，同男官哥兒，丙申年七月廿三日申時建生。」表白又宣過一遍，接念云：

領家眷等，即日投誠，拜干洪造。伏念慶一介微生，三才末品。出入起居，每感龍天之護佑；迭遷寒暑，常蒙神聖以匡扶。職列武班，叨承禁衛。沐恩光之寵渥，享符祿之豐盈。蒞任刑名，每思圖報。恭逢盛世，仰賴栟幪。是以修設清醮，共廿四分位，荅報天地之洪恩，酬祝皇王之巨澤。又修設清醮十二分位，茲逢天誕，慶讚帝真。介五福以遐昌，迓諸天而下邁。良願于去歲七月二十三日，因為側室李氏生男官哥兒，是慶要祈坐蓐無虞，臨盆有慶。恭對將男官哥兒寄于三寶殿下，賜名吳應元。期在出幼圓滿，另行請祈天地位下，告許清醮一百廿分位，續箕裘之胤嗣，保壽命之延長。附薦西門氏門中，三代宗親等魂：祖西門京良，祖妣李氏，先考西門達，妣夏氏，故室人陳氏，及前亡後化，昇墜罔知。是以修設淨醮十二分位，恩資道力，均證生方。共列仙醮一百八十分位，仰干化覃，俯賜勾銷。謹以宣和三年正月初九日，天誕良辰，特就大慈玉皇殿仗延道官，修建靈寶，荅天謝地，報國酬盟，慶神保安，寄名轉經，吉祥普滿大齋一晝夜。延三境之司尊，迓萬天之帝駕。日近清光，出入金門而有喜；時加美秩，褒封紫誥以增榮。一門長幼均安，四序公私迪吉。統資道力，介福方來。謹意。

宣畢齋意，鋪設下許多文書符命，表白一一請看。揭開第一張說道：「此是棄世功果影發文書，申請三天三境上帝，十極高真，三官四聖，泰玄都省，及天曹大皇萬滿真君，天曹掌醮司真君，天曹降聖司真君，到壇證監功德的奏收。」又揭起第二張：「此是申請東岳天齊大生神聖帝，子孫娘娘，監生衛房聖母元君，並當時許還願日受禱之神，今日勾銷頃願典者，祠家侍奉長生香火，三教明神，勾銷老爹昔日許的願款，及行下七十五司地府真官案吏主者，到壇來受追薦，護送亡人生天。此一票是玉女靈官，天神帥將，功曹符使，土地等神，捧奏三天門運遞關文。此一張，玉清總召萬靈真符，高功發遣公文，受事官符。此一張是召九斗陽芒流星火全紾大將，開天門的符命。」看畢此處，又到一張桌上，揭起頭一張來：「此是早朝開啓請無佞太保康元帥，九元靈符監齋使者，嚴禁齋儀，監臨廚所。此一張是請正法馬、趙、溫、關四大元帥，崔、盧、竇、鄧四大天君，監臨壇監門，及玄壇四靈神君，九鳳破穢大將軍，淨壇蕩穢，以格高真。此一字是早朝啓五師箋文，晚朝謝五師箋文。此一字是開闢二代捲簾化壇真符。此一字是請神霄辟非大將軍，鳴金鍾陽牒；神雷禁壇大將軍，擊玉磬陰牒。此一字是安鎮五方真人雲象，東方九炁鎮天玉字真文，南三炁鎮天玉字真文，西方七炁鎮天玉字真文，北方五炁鎮天玉字真文，中央一炁鎮天玉字真文，請五老上帝安鎮壇垠證監功德。」俱是五方顏色彩畫的。「此一字早朝頭一遍，轉經高上神霄，玉真王南極長生大帝，第二遍轉高上碧霄，東極青華生大帝，第三遍轉經高上青雷九天應元雷聲普化天尊；午朝第四遍，轉經高上玉霄九天雷祖大帝，第六遍轉經高上泰霄六天洞淵大帝；晚朝第七遍，轉經高上紫霄深波天主帝君，第八遍轉經高上景霄青城益算可幹司丈人真君，第九遍轉經高上絳霄九天採訪使真君。九道表箋，掠剩報應，幽枉積逮，起四司謝四司箋。此又一字，是午朝高功捧奏拜進三天玉陛，黃素朱衣，並遣旨介直符醮吏者，當同日受事功曹，護送章表殿遞云盤關文。此一字是三天持寶籙大將軍，並金龍茭龍騎吏火府，賫簡童子，靈寶諸符命，不可細數。此一字是晚朝謝恩誠詞都疏，及一百八十表醮經醮雲鶴馬子俵分錢馬滿散關文。」又一桌案上：「此是哥兒三寶蔭下寄名外，一家文書符索牒劄。」其餘不暇細覽。「請謝高功老爹，今日十分費心。」西門慶于是洞案前炷了香，畫了文書，左右捧一疋尺頭與吳道官畫字。吳道官固辭再三，方令小童收了。然後一個道士，向殿角頭砧碌搊動法鼓，有若春雷相似。合堂諸眾，一派音樂響起。吳道官身披大紅五彩雲織法氅，腳穿雲根飛舄朱履，手執牙笏，關發文書，登壇召將，兩邊鳴起鐘來。鋪排引西門慶進壇裏，向三寶案左右兩邊上香。西門慶于是睜眼觀看，果然鋪設齋壇齊整。但見：位按五方，壇分八級。上層供三清四御，八極九霄，十極高真，雲宮列聖；中層山川嶽瀆，社會隍司，福地洞天，方輿博厚；下層冥宮幽壤，地府羅郡，江河湖海之神，水國泉扃之眾。兩班醮筵森列，合殿官將威儀。香騰瑞靄，千枝畫燭流光；花簇錦筵，百篋銀燈散彩。天地亭，左右金童玉女，對對高張羽蓋；玉帝堂，兩邊執盂奉劍，重重密布幢旛。風清三界步虛聲，月冷九天乘沆瀣。金鐘撞處，高功來進奏虛皇；玉珮鳴時，多講登壇朝玉帝。絳綃衣，星辰燦爛；美蒙冠，金碧交加。監壇神將猙獰，直日功曹猛勇。道眾齊宣寶懺，上瑤臺酌水獻花；真人密誦靈章，按法劍踏罡步斗。青龍隱隱來黃道，白鶴翩翩下紫宸。

西門慶剛繞壇拈香下來，被左右就請到松鶴軒閣兒裏，地鋪錦毯，爐焚獸炭，那裏坐去了。不一時，應伯爵、謝希大來到。唱畢喏，每人封了一星折茶銀子，說道：「實告，要送些茶兒來。路遠，這些微意，權為一茶之需。」西門慶也不接，說道：「奈煩！自恁請你來陪我坐坐，又幹這營生做甚麼？吳親家這裏點茶，我一總多有了，不消拏出來了。」那應伯爵連忙又唱喏說：「哥真個俺每還收了罷？」因望著謝希大說道：「都是你幹這營生，我說哥不受，拏出來倒惹他訕兩句好的！」良久，吳大舅、花子由都到了，每人兩盒細茶食來點茶。西門慶都令吳道官收了。吃畢茶，一同擺齋，放了兩張桌。桌上堆的鹹食齋饌，點心湯飯，甚是豐潔。西門慶寬去衣服，同吃了早齋。原來吳道官叫了個說書的，說西漢評話鴻門會。吳道官發了文書，走來陪坐，問：「哥兒今日來不來？」西門慶道：「正是小頑❸還小哩，房下恐怕路遠諕著他，來不的。到午間，拏他穿的衣服，來三寶面前攝受過，就是一般。」吳道官道：「小道也是這般計較最好。」西門慶道：「別的倒也罷了，他是有些小膽兒。家裏三四個丫鬟，連養娘輪流看視，只是害怕，貓狗都不敢到他跟前。」吳大舅道：「孩兒每好容易養活大！」正說著，只見玳安進來說：「裏邊桂姨銀姨使了李銘、吳惠送茶來了。」西門慶道：「叫他進來。」李銘、吳惠兩個拏著兩個盒子，跪下揭開，都是頂皮餅、松花餅、白糖萬壽糕、玫瑰茶穰捲兒。西門慶俱令吳道官收了。因問李銘：「你每怎得知道今日我在這裏打醮？」李銘道：「小的今早晨路見陳姑夫騎頭口，問來，纔知道爹今日在此做好事。歸家告訴桂姐，三媽說：『還不快買禮去？』旋約了吳銀姐纔來了。多上覆爹，本當親來，不好來得。這盒粗茶兒與爹賞人罷了。」西門慶分付：「你兩個等著吃齋。」吳道官一面讓他二人下去，自有坐處，連手下人多飽食一頓。

話休饒舌，到了午朝拜表畢，吳道官預備了一張大插桌，簇盤定勝，高頂方糖果品，各樣托葷蒸碟，鹹食素饌，點心湯飯，又有四十碟碗；又是一罎金華酒，哥兒的一頂黑青段子綃金道髻，一件玄色紵絲

❸ 小頑：對人稱自己兒子的謙詞。

道衣，一件綠雲段小襯衣，一雙白綾小襪，一雙青潞紬納臉小履鞋，一根黃絨線縧，一道三寶位下的黃線索，一道子孫娘娘面前紫線索，一付銀項圈條脫，刻著「金玉滿堂，長命富貴」。一道朱書辟邪黃綾符，上書著「太乙司命，桃延合康」八字，就扎在黃線索上，都用方盤盛著。又是四盤美果，擺在桌上。差小童經袱內包著宛紅紙經疏，將三朝做過法事，一一開載節次，請西門慶過了目，方纔裝入盒擔內，共約八抬，送到西門慶家。西門慶甚是歡喜，快使棋童兒家去，賞了道童兩方手帕，一兩銀子。

且說那日是潘金蓮生日，有吳大妗子、潘姥姥、楊姑娘、郁大姐，都在月娘上房坐的。見廟裏送了齋來，又是許多羹果插桌禮物，擺了四張桌子還擺不下，都亂出來觀看。金蓮便道：「李大姐，你還不快出來看哩，你家兒子師父廟裏送禮來了。又有許多他的小道冠髻，道衣兒；噫！你看，又是小履鞋兒。」孟玉樓又走向前，拏起手中看，說道：「大姐姐，你看道士家也精細的，這小履鞋，白綾底兒，都是倒扣針兒，方勝兒，鎖的這雲兒又且是好。我說他敢有老婆，不然，怎的扣搽的恁好針腳兒？」吳月娘道：「沒的說，他出家人那裏有老婆？想必是顧人做的。」潘金蓮接過來說：「道士有老婆！像王師父和大師父會挑的好汗巾兒，莫不是也有漢子？」王姑子道：「道士家掩上個帽子，那裏不去了？似俺這僧家，行動就認出來。」金蓮說道：「我聽得說你住的觀音寺背後，就是玄明觀。常言道，男僧寺對著女僧寺，沒事也有事！」月娘道：「這六姐好恁囉說白道❹的！」金蓮道：「這個是他師父與他娘娘寄名的紫線瑣，又是這個銀脖項符牌兒，上面銀打的八個字，帶著且是好看。背面墜著他名字，吳甚麼元？」棋童道：「此是他師父起的法名吳應元。」金蓮道：「這是個『應』字！」叫道：「大姐姐，道士無禮，怎

❹ 囉說白道：見第二十三回註⓫。

的把孩子改了他姓了？」月娘道：「你看不知禮！」因使李瓶兒：「你去抱了你兒子來，穿上這道衣俺每瞧瞧好不好？」李瓶兒道：「他纔睡下，又抱他出來？」金蓮道：「不妨事。你揉醒他。」那李瓶兒真個去了。這潘金蓮識字，取過紅紙袋兒，扯出送來的經疏，看上面西門慶底下，同室人吳氏，旁邊只有李氏，再沒別人，心中就有幾分不忿，拏與眾人瞧：「你說賊三等兒九格的強人！你說他偏心不偏心？這上頭只寫著生孩子的，把俺每都是不在數的，都打到贅字號裏去了！」孟玉樓問道：「有大姐姐沒有？」金蓮道：「沒有大姐姐，倒好笑！」月娘道：「也罷了，有了一個也多是一般。莫不你家有一隊伍人，也多寫上，惹的道士不笑話麼？」金蓮道：「俺每都是劉湛兒鬼兒麼？比那個不出材❺的？那個不是十月養的哩！」正說著，李瓶兒從前邊抱了官哥兒來，李嬌兒道：「拏過衣服來，等我替哥哥穿。」李瓶兒抱著，孟玉樓替他戴上道髻兒，套上項牌和兩道索。諕的那孩子只把眼兒閉著，半日不敢出氣兒。玉樓把道衣替他穿上。吳月娘分付李瓶兒：「你把這經疏納個阡張頭兒，親往後邊佛堂中，自家燒了罷。」那李瓶兒去了。玉樓抱弄孩子，說道：「穿著這衣服，就是個小道士兒。」金蓮接過來說道：「甚麼小道士兒，倒好像個小太乙兒！」被月娘正色說了兩句，便道：「六姐，你這個甚麼話！孩兒每上，快休恁的！」那金蓮訕訕的不言語了。一回那孩子穿著衣服害怕，就哭起來。李瓶兒走來連忙接過來，替他脫衣裳時，就拉了一抱裙奶屎。孟玉樓笑道：「好個吳應元，原來拉屎也有一扎盤！」月娘連忙教小玉拏草紙替他抹。不一時，那孩子就磕伏在李瓶兒懷裏睡著了。李瓶兒道：「小大哥原來困了，媽媽送你到前邊睡去罷。」吳月娘一面把桌面多散了，請大妗子、楊姑娘、潘姥姥眾人出來吃齋。看看晚來。原

❺ 不出材：不成材。

來初八日西門慶因打醮不用葷酒，潘金蓮晚夕就沒曾上的壽。直等到今晚來家，就與他遞酒。來到大門站立。不想等到日落時分，只見陳經濟自騎頭口來家。潘金蓮問：「你爹來了？」經濟道：「爹怕來不成了。我來時，醮事還未了，纔拜懺，怕不弄到起更。道士有個輕饒素放的？還要謝將吃酒。」金蓮聽了，一聲兒沒言語，使性子回到上房裏，對月娘說：「賈瞎子傳操，乾起了個五更；隔牆掠肝腸，死心塌地；兜肚斷了帶子，沒得絆了！剛纔在門首站了一回，只見陳姐夫騎了頭口來了；說爹不來了，醮事還沒了，先打發他來家。」月娘道：「他不來罷，咱每自在。晚夕聽大師父、王師父說因果唱佛曲兒。」正說著，只見陳經濟掀簾進來，已帶半酣兒，說：「我來與五娘磕頭。」問大姐：「有鍾兒？尋個兒，篩酒與五娘遞一鍾兒。」大姐道：「那裏尋鍾兒去？只恁與五娘磕個頭兒，等住回等我遞罷。你看他醉腔兒，恰好今日打醮，只好了你，吃的恁憨憨的來家！」月娘便問道：「你爹真個不來了？玳安那奴才沒來？」陳經濟道：「爹見醮事還沒了，恐怕家裏沒人，先打發我來了。留下玳安在那裏答應哩。道士再三不肯放我，強死強活，拉著吃了兩三大鍾酒纔來了。」月娘問：「今日有那幾個在那裏？」經濟道：「今日有大舅，和門外花大舅、應二叔和謝三叔，又有李銘、吳惠兩個小優兒。夜黑，不知纏到多咱晚。今日只吳大舅來了。門外花大舅教爹留住了，也是過夜的數。」金蓮沒見李瓶兒在跟前，便道：「陳姐夫，連你也叫起花大舅來，是那門兒親？死了的知道罷了！你叫他李大舅纔是，怎叫他花大舅？」經濟道：「五娘，你老人家鄉裏姐姐嫁鄭恩，睜著個眼兒，閉著個眼兒。早出兒子，不知他甚麼帳兒，只是夥裏分錢就是了。」大姐道：「賊囚根子！快磕了頭，趁早與我外頭挺去，又口裏恁汗邪胡說了！」陳經濟于是請金蓮轉上，踉踉嗆嗆磕了四個頭，往前邊去了。不一時，房中掌上燈燭，放下桌兒，擺上菜兒，請潘姥姥、楊姑娘、大妗子與眾人來了。金蓮篩了酒，打發坐下，吃了麵。吃到酒闌，收了家火，抬了桌出去。月娘分付小玉把儀門關了，炕上放下小桌兒。眾人圍定，兩個姑子在正中間，焚下香，秉著一對蠟燭，都聽他說因果。先是大師父說道：

蓋聞大藏經中講說一段佛法，乃是西天第三十二祖下界，降生東土，傳佛心印。昔日唐高宗天子咸亨三年，中夏記是不題。卻說嶺南鄉泡渡村有一張員外，家豪大富，廣有金銀，呼奴使婢。員外所娶八個夫人，朝朝快樂，日日奢華。貪戀風流，不思善事。忽的一日出門遊玩，見一夥善人，馱載香油細米等物，人人稱念佛號。向前便問：「你這些善人何往？」內中一人答曰：「一者打齋，二者聽經。」員外又問：「你等打齋聽經，有何功德？」眾人言說：「人生在世，佛法難聞，人身難得。法華經云說的好，若人有福，曾供養佛。今生不捨，來生榮華富貴，從何而來？古人云：龍聽法而悟道，蟒聞懺以生天。何況人乎？」張員外到家，便叫安童：「去後房請出你八個奶奶來。」不一時，都到堂前。員外說：「婆婆，我今黃梅寺修行去，把家財分作八分，各人過其日月。想你我如今只顧眼前快樂，不知身後如何。若不修行，求出火炕，定落三塗五苦。」有夫人聽說，便道：「員外，你八寶羅漢之體，有甚業障？比不的俺女流之輩，生男長女，觸犯神祇，俺每業重。你在家裏修行，等俺八個等你耽罪。你休要去罷。」正是：婆婆將言勸夫身，員外冷笑兩三聲。

大師父說了一回，該王姑子接偈。月娘、李嬌兒、孟玉樓、潘金蓮、孫雪娥、李瓶兒、西門大姐並玉簫，多齊聲接佛。王姑子念道：

說八個眾夫人要留員外，告丈夫休遠去在家修行。
你如今下狠心撇下妻子，痛哭殺兒和女你也心疼。
閃得俺姊妹每無處歸落，好教我一個個怎過光陰。
從小兒做夫妻相隨到老，半路裏丟下俺倚靠何人？
兒扯爺女扯娘搥胸跌腳，一家兒大共小痛哭傷情。

〔金字經〕夫人聽說淚不乾，苦勸員外莫歸山。顧家園，兒女永團圓；休遠去，在家修行都一般。

（白文）員外便說：「多謝你八個夫人，我明日死在陰司，你每替我耽罪。我今與你每遞一鍾酒，明日好在閻王面前承當。」飲酒中間，員外設了一計：「夫人與我把燈剔一剔。」員外哄的夫人剔燈，一口把燈吹死。諕的八個夫人失色，連忙叫梅香：「快點燈來！」員外取出鋼刀劍，諕殺八個眾夫人。

又偈：

老員外喚梅香把燈點起，將鋼刀拏在手指定夫人。
那一個把明燈一口吹死，圖家財害我命改嫁別人。
若不說一劍去這頭落地，一個個心害怕倒在埃塵。

有八個老夫人慌忙跪下，告員外你息怒饒俺殘生。你分明一口氣把燈吹死，吃幾鍾紅面酒拏劍殺人。你若還殺了俺八個夫人，到陰司告閻君取你真魂。

員外冷笑，便叫八個夫人：「你哄我當身吹燈不認，如何認我陰司耽罪？八個女流之輩，倒哄男身，笑殺年高有德人。」說的八個夫人閉口無言。員外想人生富貴，都是前生修來。便叫安童連忙與我裝載數車香油米麵，各樣菜蔬錢財等物，我往黃梅山裏打齋聽經去也。

〔金字經〕夫人聽我說根源，梵王天子棄江山。不貪戀，要結萬人緣；多全捨，萬古標名在世間。員外今日修行去，親戚鄰人送起程。

念了一回，吳月娘道：「師父餓了，且把經請過，吃些甚麼。」一面令小玉安排了四碟素菜兒，兩碟鹹食兒，四碟兒糖，薄脆蒸酥，菊花餅，扳搭饊子，請大妗子、楊姑娘、潘姥姥陪著二位師父用一個兒。大妗子說：「俺每不當家❻的，都剛吃的飽。教楊姑娘陪個兒罷。他老人家又吃著個齋。」月娘連忙用小描金碟兒，每樣揀了個點心，放在碟兒裏，先遞與兩位師父，然後遞與楊姑娘，說道：「你老人家陪二位請些兒。」婆子道：「我的佛爺，不當家！老身吃的可夠了。」又道：「這碟兒裏是燒骨朵，姐姐你拏過去。只怕錯揀到口裏。」把眾人笑的了不得。月娘道：「奶奶，這個是頭裏廟上送來的托葷鹹食，你老人家只顧用，不妨事。」楊姑娘道：「既是素的，等老身吃。老身乾淨眼花了，只當做葷的來！」

❻ 不當家：罪過。

正吃著，只見來興兒媳婦子惠秀走來。月娘道：「賊臭肉，你也來做甚麼？」惠秀道：「我也來聽唱曲兒。」月娘道：「儀門關著，你打那裏進來了？」玉簫道：「他在廚房封火來。」月娘道：「嗔道恁王小的鼻兒烏嘴兒黑的，成精鼓搗❼來聽甚麼經。」當下眾丫鬟婦女圍定兩個姑子，吃了茶食，收過家火去，搽抹經桌乾淨。月娘從新剔起燈燭來，炷了香。兩個姑子打動磬子兒，又高念起來：從張員外在黃梅山寺中修行，白日長跪聽經，夜晚參禪打坐。四祖禪師觀見他不是凡人，定是個真僧出世，問其鄉貫住處，姓甚名誰。員外具說前因一遍：弟子把家財妻子棄了，實為生死出家。四祖收留座下，做了徒弟。白日教他栽樹，夜晚舂米。六年苦行已滿，驚動護法韋馱尊天驚覺四祖，教他尋安身立命之處，與了他三座寶貝，斗蓬簑衣，彎棗棍，往南去濁河邊投胎奪舍，尋房兒居住，三百六十日經果圓成。你如今紀高大，房兒壞了，傳不得真妙法，度脫不得眾生。直說到千金小姐姑嫂兩個，在濁河邊洗濯衣裳，見一僧人借房兒住，不合答了他一聲，那老人就跳下河去了。潘金蓮熬的磕困上來，就往房裏睡去了。少頃，李瓶兒房中綉春來叫說：「官哥兒醒了。」也去了。只剩下李嬌兒、孟玉樓、潘姥姥、孫雪娥、楊姑娘、大妗子，守著聽到河中漂過一顆大鮮桃來，小姐不合吃了，歸家有孕，懷胎十月。王姑子唱了一個耍孩兒：

一靈真性投肚內，這個消息誰得知？人人不識西來意，呀的一聲孕男女。認的娘生鐵面皮，纔得見光明際。崑崙頂上轉大千沙界，古彌陀分南北東西。

❼成精鼓搗：作怪搗亂。

說：

千金小姐來到嫂子房中，「吃咱兩個曾在濁河邊洗衣見了那老人，問咱借房兒住，他如何跳在河內，諕的我心中驚怕。又吃了一個仙桃，我如今心頭膨悶，好生疑悔腹中成其身孕！」正是：十月腹中母懷胎，千金小姐淚盈腮。

千金說在繡房成其身孕，心中悔無可奈忍氣吞聲。

一個月懷胎著如同露水，兩個月懷胎著纔卻朦朧。

三個月懷胎著纔成血餅，四個月懷胎著骨節纔成。

五個月懷胎著纔分男女，六個月懷胎著長出六根。

七個月懷胎著生長七竅，八個月懷胎著著相成人。

九個月懷胎著看看大滿，十個月母腹中準備降生。

五祖投胎在母腹中，因為度眾生，娑婆❽男女不肯回心。古佛下界轉凡身，借胎出殼，久後度母到天宮。

五祖一佛性，投胎在腹中。

權住十個月，轉凡度眾生。

念到此處，月娘見大姐也睡去了，大妗子歪在月娘裏間床上睡著了，楊姑娘也打起欠呵來，桌上蠟

❽ 娑婆：佛家語，謂人間世，現世。

燭也點盡了兩根。問小玉：「這天有多咱晚了？」小玉道：「已是四更天氣，雞鳴叫了。」月娘方令兩位師父收拾經卷。楊姑娘便往玉樓房裏去了。郁大姐在後邊雪娥房裏宿歇。只有兩個姑子，月娘打發大師父和李嬌兒一處睡去了。王姑子和月娘在炕上睡。兩個還等著小玉頓了一甌子茶吃了，纔睡。大妗子在裏間床上，和玉簫睡。月娘因問王姑子：「後來這五祖長大了，怎生成了正果？」王姑子道：「這裏爺娘見他有身孕，教他哥哥祝虎把千金小姐趕將出去，要行殺害。多虧祝龍慈心，放他逃生，走在垂楊樹下自縊。驚動天上太白李金星，教他尋茶討飯，隨緣度日。不覺十月滿足，來到仙人莊神廟裏，降生下五祖。紫霧紅光罩滿了廟堂。小姐見孩兒生下，就盤膝端坐，心中害怕，不比尋常。後又到天喜村王員外家場裏宿歇。場中火起，拏起見員外。員外見小姐顏色，就要留下做小。子母兩個下拜，登時把員外夫人多拜死了。家奴院公，拏住子母。後員外甦省過來，說道：『只怕是好人。』留在家中，養活六歲，五祖方說話。不由為母的，一直走到濁河邊枯樹，取了三椿寶貝，逕往黃梅寺聽四祖說法，遂成正果。後還度脫母親生天。」月娘聽了，越發好信佛法了。有詩為證：

聽法聞經怕無常，紅蓮舌上放毫光。
何人留下禪空話，留取尼僧化稻糧。

畢竟未知後來如何，且聽下回分解。

第四十回　抱孩童瓶兒希寵　妝丫鬟金蓮市愛

善事須好做，無心近不得。
你若做好事，別人分不得。
經卷積如山，無緣看不得。
財錢過壁堆，臨危將不得。
靈承好供奉，起來吃不得。
兒孫雖滿堂，死來替不得。

話說當夜月娘和王姑子一炕睡。王姑子因問月娘：「你老人家怎的就沒見點喜事兒？」月娘道：「又說喜事哩！前日八月裏，因買了對過喬大戶房子，平白俺每都過去看，上他那樓梯，一腳躧滑了。把個六七個月身扭掉了。至今再誰見甚麼孩子來！」王姑子道：「我的奶奶，六七個月也成形了。」月娘道：「半夜裏吊在楿子裏，我和丫頭點燈撥著瞧，倒是個小廝兒。」王姑子道：「我的奶奶，可惜了，怎麼來扭著了！還是胎氣坐的不牢？」月娘道：「我只上他家樓梯子窄趔，不知怎的一腳滑下來。還虧了孟三姐一手扶住我，不然一定掉下來了。」王姑子道：「你老人家養出個兒來，強如別人。你看他前邊六娘，進門多少時兒，倒生了個兒子，何等的好？」月娘道：「他各人的兒女，隨天罷了。」王姑子道：「也不打緊。俺每同行一個薛師父，一紙好符水藥。前年陳郎中娘子，也是中年無子，常時小產了幾胎，白不存。也是吃了薛師父符藥，如今生了好不醜滿抱的小廝兒！一家兒歡喜的要不得。只是用著一件物件兒難尋。」月娘問道：「甚麼物件兒？」王姑子道：「用著頭生孩子的衣胞，拏酒洗了，燒成灰兒，拌著符藥，揀壬子日，人不知鬼不覺，空心用黃酒吃了。算定日子兒不錯，至一個月就坐胎氣。好不準！」月娘道：「這師父是男僧女僧？在那裏住？」王姑子道：「他也是俺女僧，也有五十多歲。原在地藏庵兒住來。如今搬在南首裏法華庵兒做首座，好不有道行！他好少經典兒！又會講說金剛科儀，各樣因果寶卷，成月說不了；專在大人家行走。要便接了去，十朝半日不放出來。」月娘道：「你到明日請他來走走。」王姑子道：「我知道。等我替你老人家討了這符藥來著。只是這一件兒難尋。這裏沒尋處，恁般如此，你不如把前頭這孩子的房兒，借情跑出來使了罷。」月娘道：「緣何損別人，安自己的！我與你銀子，你替我慢慢另尋便了。」王姑子道：「這個倒只是問老娘尋他纔有。我替你整治這符水，你老人家吃了，管情就有。難得你明日另養出來，隨他多少，十個明星當不的月！」月娘分付：「你卻休對人說。」王姑子道：「好奶奶，傻了，我肯對人說！」說了一回，各人多睡了。一宿晚景題過。

到次日，西門慶打廟裏來家。月娘纔起來梳頭。玉簫接了衣服坐下。月娘因說：「昨日家裏六姐等你來上壽，怎的就不來了？」西門慶悉把「醮事未了，吳親家晚夕費心擺了許多桌席。吳大舅先來了，留住我和花大哥、應二哥、謝希大，兩個小優兒彈唱著，俺每吃了半夜酒。今早我便先進城來了。應二哥他三個還吃酒哩。昨日甚是難為吳親家，破費了許多錢。」告訴了一回。玉簫遞茶吃了，也沒往衙門裏去，走到前邊書房裏，歪在床上就睡著了。落後潘金蓮李瓶兒梳了頭，抱著孩子出來，多到上房陪著吃茶。月娘向李瓶兒道：「他爹來了這一日，在前頭哩。我教他吃茶食，他不吃。丫頭有了飯了。你把你家小道士，替他穿上衣裳，抱到前頭與他爹瞧瞧去。」潘金蓮道：「我也去，等我替道士兒穿衣服。」于是戴上銷金道髻兒，穿上道衣，帶了項牌符索，套上小鞋襪兒，金蓮就要奪過去。月娘道：「教他媽媽抱罷，況自你這蜜褐色挑繡裙子，不耐污。撒上點子，臢到了不成！」于是李瓶兒抱定官哥兒，潘金蓮便跟著，來到前邊西廂房內。書童見他二人掀簾，連忙就躲出來了。金蓮見西門慶臉朝裏睡炕床上，指著孩子說：「老花子，你好睡。小道士兒自家來請你來了。大媽媽房裏擺下飯，教你吃去。你還不快起來？還推睡兒！」那西門慶吃了一夜酒的人，倒去頭，那顧天高地下，鼾睡如雷。金蓮與李瓶兒一邊一個，坐在床上，把孩子放在他面前。怎禁的鬼混，不一時把西門慶弄醒了。睜開眼，看見官哥兒在面前，頭上戴著銷金道髻兒，身穿小道衣兒，項圍符索，喜歡的眉開眼笑。連忙接過來，抱到懷裏，與他親個嘴兒。金蓮道：「好乾淨嘴頭子，就來親孩兒。小道士兒吳應元，你噦他一口！你說昨日在那裏使牛耕地來？今日乏困的你這樣的！大白日強覺。昨日叫五媽只顧等著你，你恁大膽，不來與五媽磕頭！」西門慶道：「昨日醮事等的晚。晚夕謝將，又整酒吃了一夜。今日到這咱時分，還一頭在這裏。睡回，還要往尚舉人家吃酒去。」金蓮道：「你不吃酒去罷了。」西門慶道：「他家從昨日送了帖兒來，不去惹人家不怪？」金蓮道：「你去，晚夕早些兒來家，我等著你哩。」李瓶兒道：「他大媽媽擺下飯了，又做了些酸笋湯，請你吃飯去哩。」西門慶道：「我心裏還不待吃，等我去呵些湯罷。」于是起來往後邊去了。這潘金蓮兒見他去了，一屁股就坐在床上正中間，腳蹬著地爐子，說道：「這原來是個套炕子。」

伸手摸了摸褥子裏，說道：「倒且是燒的滾熱的炕兒。」瞧了瞧旁邊桌上，放著個烘硯瓦的銅絲火爐兒。隨手取過來，叫：「李大姐，那邊香几兒上，牙盒裏盛的甜香餅兒，你取些來與我。」一面揭開了，拏幾個在火炕內。一面夾在襠裏，拏裙子裏的嚴嚴的，且薰熱身上。坐了一回，李瓶兒說道：「咱進去罷，只怕他爹吃了飯出來。」金蓮道：「他出來不是怕他麼？」于是二人抱著官哥，進入後邊來。良久，西門慶吃了飯，分付排軍備馬，午後往尚舉人家吃酒去了。潘姥姥先去了。

且說晚夕王姑子要家去，月娘悄悄與了他一兩銀子，叫他休對大師父說，好歹往薛姑子帶了符藥來。王姑子接了銀子，和月娘說：「我這一去，只過十六日兒纔來罷。就替你尋了那件東西兒來。」月娘道：「也罷，你只替我幹的停當，我還謝你。」于是作辭去了。看官聽說：但凡大人家，似這樣僧尼牙婆，決不可抬舉。在深宮大院相伴著婦女，俱以講天堂地獄，談經說典為由。背地裏說釜念款，送煖偷寒，甚麼事兒不幹出來！十個九個都被他送上災厄。有詩為證：

最有緇流不可言，深宮大院哄嬋娟。
此輩若皆成佛道，西方依舊黑漫漫。

卻說金蓮晚夕走在月娘房裏，陪著眾人坐的。走到鏡臺前，把鬏髻摘了，打了個盤頭楂髻，把臉搽的雪白，抹的嘴唇兒鮮紅，戴著兩個金燈籠墜子，貼著三個面花兒，帶著紫銷金箍兒，尋了一套大紅織金襖兒，下著翠藍段子裙，要裝丫頭，哄月娘眾人耍子。叫將李瓶兒來與他瞧，把李瓶兒笑的前仰後合，說道：「姐姐，你裝扮起來，活像個丫頭！等我往後邊去，我那屋裏有紅布手巾，替你蓋著頭。對他每只說他爹又尋了個丫頭，謊他每謊，管情就信了。」春梅打著燈籠，在頭裏走。走到儀門首，撞見陳經濟，笑道：「我道是誰來，這個就是五娘幹的營生。」李瓶兒叫道：「姐夫，你過來，等我和你說了著。你先進去，見他每只如此如此，這般這般。」經濟道：「我有法兒哄他。」于是先走到上房裏，眾人都在炕上坐著吃茶。經濟道：「娘，你看爹平白裏叫薛嫂兒使了十六兩銀子，買了人家一個二十五歲會彈唱的姐兒，剛纔拏轎子送將來了。」月娘道：「真個！薛嫂兒怎不先來對我說？」經濟道：「他怕你老人家罵他，送轎子到大門首，他就去了。丫頭便教他每領進來了。」大妗子還不言語，楊姑娘道：「官人有這幾房姐姐夠了，又要他來做甚麼？」月娘道：「好奶奶，你禁的！有錢，就買一百個，有甚麼多？俺每多是老婆當軍，在這屋裏充數兒罷了！」玉簫道：「等我瞧瞧去。」只見月亮地裏，原來春梅打燈籠，落後叫了來安兒小廝打著，和李瓶兒後邊跟著，搭著蓋頭，穿著紅衣服進來。慌的孟玉樓、李嬌兒都出來看。良久，進入房裏。玉簫挨在月娘身邊，說道：「這個是主子，還不磕頭哩！」一面揭了蓋頭。那潘金蓮插燭也似磕下頭去。忍不住撲吃的笑了。玉樓道：「好丫頭，不與你主子磕頭，且笑！」月娘也笑了，說道：「這六姐成精死了罷！把俺每哄的信了。」玉樓道：「大娘，我不信。」楊姑娘道：「姐姐，你怎的見出來不信？」玉樓道：「俺六姐平昔磕頭，也學的那等，磕了頭起來，倒退兩步纔拜。」楊姑娘道：「還是姐姐看的出來，要著老身，就信了。」李嬌兒道：「我也就信了。剛纔不是揭蓋頭，他自家笑，還認不出來。」正說著，只見琴童兒抱進氈包來，說：「爹來家了。」孟玉樓道：「你且藏在明間裏，等爹進來，等我哄他哄。」不一時，西門慶來到。楊姑娘、大妗子出去了。進入房內，椅子上坐下。月娘在旁不言語。玉樓道：「今日薛嫂兒轎子送人家一個二十歲丫頭來，說是你教他送來，要他的。你恁許大年紀，前程也在身上，還幹這勾當？」西門慶笑道：「我那裏教他買丫頭來？信那老淫婦哄你哩。」玉樓道：「你問大姐姐不是，丫頭也領在這裏。我不哄你。你不信我，我叫出來你瞧。」于是叫玉簫：「你拉進那新丫頭來見你爹。」那玉簫掩著嘴兒笑，又不敢去拉。前邊走了走兒，又回來了，說道：「他不肯來。」玉樓道：「等我去拉。恁大膽子的奴才，頭兒沒動，就扭主子。也是個不聽指教的。」一面走到明間內，只聽說道：「怪行貨子！我不好罵的。人不進去，只顧拉人，拉的手腳兒不著。」玉樓笑道：「好奴才，誰家使的你恁沒規矩，不進來見你主子磕頭？」一面拉進來。西門慶燈影下睜眼觀看，卻是潘金蓮，打著楂髻裝丫頭，笑的眼沒縫兒。那金蓮就坐在旁邊椅子上。玉樓道：「好大膽丫頭，新來乍到，就恁少條失教的，大剌剌對著主子坐著！道撅臭與他這個主子兒了。」月娘笑道：「你趁著你主子來家，與他磕個頭兒罷。」那金蓮也不動，走到月娘裏間屋裏，一頓把簪子拔了，戴上鬏髻出來。月娘道：「好淫婦，討了誰上頭話，就戴上鬏髻了！」眾人又笑了一回。月娘告訴西門慶說：「今日喬親家那裏，使喬通送了六個帖兒來，請俺每吃看燈酒。咱到明日，不先送些禮兒去？」教玉簫拏帖兒與西門慶瞧。見上面寫著：

十二日寒舍薄具菲酌，奉屈魚軒，仰冀貴臨，不勝榮幸。右啓大德望西門大親家老夫人妝次。

眷末喬門鄭氏歛衽拜。

西門慶看畢，說道：「明早叫來興兒買四樣肴品，一罈南酒，送了去就是了。到明日咱家發柬，十四日也請他娘子，並周守備娘子、荊都監娘子、夏大人娘子、張親家母；大妗子也不必家去了。教賁四叫將花兒匠來，做幾架煙火；王皇親家一起扮戲的小廝每，來扮西廂記。你每往院中再把吳銀兒、李桂兒接了來。你每在家看燈吃酒，我和應二哥、謝子純往獅子街樓上吃酒去。」說畢，不一時放下桌兒，安排酒上來。潘金蓮遞酒，眾姊妹相陪，吃了一回。西門慶因見金蓮裝扮丫頭，燈下艷妝濃抹，不覺淫心蕩漾，不住把眼色遞與他。這金蓮就知其意。行陪著吃酒，就到前邊房裏，去了冠兒，挽著杭州攢，重勻粉面，復點朱唇。原來早在房中，先預備下一桌酒，齊整果菜，等西門慶進房，婦人還要自己與他遞酒。

不一時，西門慶果然來到。見婦人還挽起雲髻來，心中喜甚。摟著他坐在椅子上，兩個說笑。不一時，春梅收拾上酒菜來，婦人從新與他遞酒。西門慶道：「小油嘴兒，頭裏已是遞過罷了，又教你費心。」金蓮笑道：「那個大夥裏酒兒不算，這個是奴家業兒，與你遞鍾酒兒。年年累你破費，你休抱怨。」把西門慶笑的沒眼縫兒，連忙接了他酒，摟住懷裏膝蓋兒坐的。春梅斟酒，秋菊拏菜兒。金蓮道：「我問你，到十二日喬家請，俺每多去？只教大姐姐去？」西門慶道：「他既是下帖兒多請你每，如何不去？到明日叫奶子抱了哥兒，也去走走，省的家裏尋他娘哭。」金蓮道：「大姐姐他每多有衣裳穿，我老道只自知數的那幾件子，沒件好當眼的。你把南邊新治來那衣服，一家分散幾件子，裁與俺每穿了罷。只顧放著，怎生小的兒也怎的？到明日咱家擺酒，請眾官娘子，俺每也好見他，不惹人笑話。我長是說著，你把臉兒憨著。」西門慶笑道：「既是恁的，明日叫了趙裁來，與你每裁了罷。」金蓮道：「及至明日叫裁縫做，只差兩日兒，做著還遲了哩。」西門慶道：「對趙裁說，多帶幾個人來，替你每攢造兩三件出來就夠了。剩下別的，慢慢再做也不遲。」金蓮道：「我早對你說過，好歹揀兩套上色兒的與我。我難比他每多有，我身上你沒與我做甚麼大衣裳。」西門慶笑道：「賊小油嘴兒，去處❶掐個尖兒！」兩個說話飲酒，到一更時分，方上床。兩個如被底鴛鴦，帳中鸞鳳，晝樓燕語，不肯即休，整狂了半夜。

到次日西門慶衙門中回來，開了箱櫃，打開出南邊織造的夾板羅段尺頭來，使小廝叫將趙裁來，每人做件妝花通袖袍兒，一套遍地錦衣服，一套妝花衣服。惟月娘是兩套大紅通袖遍地錦袍兒，四套妝花衣服。在捲棚，一面使琴童兒叫趙裁去。這趙裁正在家中吃飯，聽的西門慶宅中叫，連忙丟下飯碗，帶著剪尺就走。時人有幾句誇讚這趙裁好處：

我做裁縫姓趙，月月主顧來叫。
針線緊緊隨身，剪尺常掖靴鞠。
幅摺趕空走儹，截彎病除手到。
不論上短下長，那管襟扭領拗。
每日肉飯三餐，兩頓酒兒是要。
剪截門首常出，一月不脫三廟。
有錢老婆嘴光，無時孩子亂叫。
不拘誰家衣裳，且教印鋪❷睡覺。
隨你催討終朝，只拏口兒支調。

❶ 去處：到處。
❷ 印鋪：當鋪。

十分要緊騰挪，又將後來頂倒。

問你有甚高強，只是一味老落。

不一時走到，見西門慶坐在上面，連忙磕了頭。桌上鋪著氈條，取出剪尺來，先裁月娘的一件大紅遍地錦五彩妝花通袖襖，獸朝麒麟補子段袍兒，一件玄色五彩金遍邊葫蘆樣鸞鳳穿花羅袍，一套大紅段子遍地金通袖麒麟補子襖兒，翠藍寬拖遍地金裙，一套沈香色妝花補子遍地錦羅襖兒，大紅金枝綠葉百花拖泥裙。其餘李嬌兒、孟玉樓、潘金蓮、李瓶兒四個，多裁了一件大紅五彩通袖妝花錦雞段子袍兒，兩套妝花羅段衣服。孫雪娥只是兩套，就沒與他袍兒。須臾，共裁剪三十件衣服，兌了五兩銀子，與趙裁做工錢。一面叫了十來個裁縫，在家攢造，不在話下。正是：金鈴玉墜裝閨女，錦綺珠翹飾妹娃。

畢竟未知後來如何，且聽下回分解。

第四十一回 西門慶與喬大戶結親 潘金蓮共李瓶兒鬥氣

富貴雙全世業隆，聯翩朱紫一門中。
官高位重如王導，家盛財豐比石崇。
畫燭錦幃消夜月，綺羅紅粉醉春風。
朝歡暮樂年年事，豈肯潛心任始終。

話說西門慶在家中，裁縫攢造衣服，那消兩日，就完了。到十二日，喬家使人邀請。早晨西門慶先送了禮去。那日，月娘並眾姊妹大妗子六頂轎子，一搭兒起身。留下孫雪娥看家。奶子如意兒抱著官哥，又令來興媳婦惠秀，伏侍疊衣服；又是兩頂小轎。西門慶在家看著賁四叫了花兒匠來，紥縛煙火，在大廳捲棚內掛燈。使小廝拏帖兒，往王皇親宅內，定下戲子，俱不必細說。後晌❶時分，走到金蓮房中。金蓮不在家。春梅在旁伏侍茶飯，放桌兒吃酒。西門慶因對春梅說：「十四日請眾官娘子，你每四個多打扮出去，與你娘跟著遞酒，也是好處。」春梅聽了，斜靠著桌兒說道：「你若叫，只叫他三個出去，我是不出去。」西門慶道：「你怎的不出去？」春梅道：「娘每都新裁了衣裳，陪侍眾官戶娘子，便好

❶ 後晌：午後。

看。俺每一個一個，只像燒煳了卷子❷一般，平白出去惹人家笑話！」西門慶道：「你每多有各人的衣服首飾，珠翠花朵，雲髻兒，穿戴出去。」春梅道：「頭上將就戴著罷了。身上有數那兩件舊片子❸，怎麼好穿？少去見人的，倒沒的羞剌剌的！」西門慶笑道：「我曉得，你這小油嘴兒，你娘每做了衣裳，都使性兒起來。不打緊，叫趙裁來，連大姐帶你四個，每人都替你裁三件。一套段子衣裳，一件遍地錦比甲。」春梅道：「我不比與他。我還問你要件白綾襖兒，搭襯著大紅遍地錦比甲兒穿。」西門慶道：「你要不打緊，少不的也與你大姐裁一件。」春梅道：「大姑娘有一件罷了，我卻沒有，他也說不的。」西門慶于是拏鑰匙開樓門，揀了五套段子衣服，兩套遍地金比甲兒，一疋白綾，裁了兩件白綾對衿襖兒。惟大姐和春梅是大紅遍地錦比甲兒，迎春、玉簫、蘭香都是藍綠顏色衣服，都是大紅段子織金對衿襖，翠藍邊拖裙，共十七件。一面叫了趙裁來，都裁剪停當。又要一疋黃紗做裙腰，貼裏一色多是杭州絹兒。春梅方纔喜歡了，陪侍西門慶在屋裏吃了一日酒。按下家中不題。

且說吳月娘眾姊妹到了喬大戶家，原來喬大戶娘子，那日請了尚舉人娘子，並左鄰朱臺官娘子、崔親家母，並兩個外甥姪女兒，段大姐及吳舜臣媳婦兒鄭三姐，叫了兩個妓女，席前彈唱。聽見月娘眾姊妹和吳大妗子到了，連忙出儀門首迎接，後廳敘禮。趕著月娘呼姑娘，李嬌兒眾人，都排行叫二姑娘三姑娘；稱著吳大妗子那邊稱呼之禮。也與尚舉人朱臺官娘子敘禮畢。段大姐、鄭三姐向前拜見了，各依次坐下。丫鬟遞過了茶，喬大戶出來拜見，謝了禮。他娘子讓進眾人房中去寬衣服，就放桌兒擺茶。無

❷ 燒煳了卷子：形容面貌醜陋。

❸ 片子：衣裳。

非是蒸煠細巧茶食，果餡點心，酥果甜食，諸般果蔬，擺設甚是齊整，請堂客坐下吃茶。奶子如意兒和惠秀在房中等著看官哥兒，另自管待。須臾吃了茶，到廳，屏開孔雀，褥隱芙蓉，正面設四張桌席，讓月娘坐了首位；其次就是尚舉人娘子、吳大妗子、朱臺官娘子、李嬌兒、孟玉樓、潘金蓮、李瓶兒。喬大戶娘子關席。坐位旁邊放一桌，是段大姐鄭三姐。共十一位。尚家兩個妓女，在旁彈唱。上了湯飯，廚役上來獻了頭一道水晶鵝，月娘賞了二錢銀子；第二道是頓爛烤蹄兒，月娘又賞了一錢銀子；第三道獻燒鴨，月娘又賞了一錢銀子。喬大戶娘子下來遞酒，遞了月娘，過去又遞尚舉子娘子。月娘就下來往後房換衣服勻臉去了。孟玉樓也跟下來。到了喬大戶娘子臥房中，只見奶子如意兒看守著官哥兒，在炕上鋪著小褥子兒躺著。他家新生的長姐，也在旁邊臥著。兩個你打我下兒，我打你下兒玩耍。把月娘、玉樓見了，喜歡的要不得，說道：「他兩個倒好像兩口兒！」只見吳大妗子進來，說道：「大妗子，你來瞧瞧，兩個倒像小兩口兒！」大妗子笑道：「正是孩兒每在炕上張手兒蹬腳兒的，你打我，我打你，小姻緣一對兒耍子。」喬大戶娘子和眾堂客多進房來。吳妗子如此這般說。喬大戶娘子道：「列位親家聽著，小家兒人家，怎敢攀的我這大姑娘府上。」月娘道：「親家好說，我家嫂子是何人？鄭三姐是何人？我與你愛親做親，就是我家小兒也玷辱不了你家小姐，如何卻說此話？」玉樓推著李瓶兒說道：「李大姐，你怎的說？」那李瓶兒只是笑。吳妗子道：「喬親家不依，我就惱了。」尚舉人娘子和朱臺官娘子皆說道：「難為吳親家厚情，喬親家你休謙辭了。」因問：「你家長姐去年十一月生的？」月娘道：「我家小兒六月廿三日生的，原大五個月，正是兩口兒。」眾人于是不由分說，把喬大戶娘子和月娘、李瓶兒拉到前廳，兩個就割了衫襟。兩個妓女彈唱著。旋對喬大戶說了，拏出果盒，三段紅，來遞酒。

月娘一面分付玳安、琴童，快往家中對西門慶說。旋抬了兩罈酒，三疋段子，紅綠板兒絨，金絲花，四個螺鈿大果盒，兩家席前掛紅吃酒。一面堂中畫燭高擎，花燈燦爛，麝香靉靉，喜笑匆匆。席前兩個妓女，啓朱唇，露皓齒，輕撥玉阮，斜把琵琶，唱一套門鶴鶉：

翡翠窗紗，鴛鴦碧瓦，孔雀銀屏，芙蓉繡𢃏，幕捲輕綃，香焚睡鴨。燈上□□下下，這的是南省尚書，東床駙馬。

〔紫花兒序〕帳前軍，朱衣畫戟；門下士，錦帶吳鈎；坐上客，繡帽宮花。按教坊歌舞，依內苑奢華。板撥紅牙，一派簫韶準備，下立兩個美人如畫。粉面銀箏，玉手琵琶。

〔金蕉葉〕我倒見銀燭明燒絳蠟，纖手高擎著玉斝。我見他舉止處，堂堂俊雅。我去那燈影兒下，孜孜的覷著。

〔調笑令〕這生那裏每曾見他，莫不我眼睛花。呀！我這裏手抵著牙兒事記咱，不由我眼兒裏見了他，心牽掛。莫不是五百年前，歡喜冤家，是何處綠楊曾繫馬。莫不是夢中雲雨巫峽。

〔小桃紅〕玉簫吹徹碧桃花，一刻千金價。燈影兒裏斜將眼梢兒抹，誂的我臉紅霞。酒盃中嫌殺春風凹，玉簫年當二八，未曾抬嫁，俺相公培養出牡丹芽。

〔三鬼台〕他說幾句淒涼話，我淚不住行兒般下。鎖不住心猿意馬，我是個嬌滴滴洛陽花，險些露出風流的話靶。這言詞道要不是要，這公事道假不是假。他那裏拔樹尋根，我這裏指鹿道馬。

〔禿廝兒〕我勸他似水底納瓜，他覷我似鏡裏觀花。更做道書生自來情性耍，調戲咱好人家嬌娃。

〔聖藥王〕你看我怎救他，難按納。公孫弘東閣閙諠譁，散了玳瑁筵，漾了這鸚鵡斝。踢翻了銀燭絳籠紗，扯三尺劍離匣。

〔尾聲〕從來這秀才每色膽天來大，把俺這小膽文君諕殺。忒火性卓王孫，強風情漢司馬。

當下眾堂客，與吳月娘、喬大戶娘子、李瓶兒三人，都簪了花，掛了紅，遞了酒，各人都拜了，從新復安席坐下飲酒。廚子上了一道果餡壽字雪花糕，喜重重滿池嬌並頭蓮湯，割了一道燒花豬肉。月娘坐在上席，滿心歡喜。叫玳安過來，賞一疋大紅與廚役；兩個妓女，每人都是一疋。俱磕頭謝了。喬大戶娘子還不放起身，還在後堂留坐，擺了許多勸碟細果攢盒。約吃到一更時分，月娘等方纔拜辭回家。說道：「親家，明日好歹下降寒舍，那裏久坐坐。」喬大戶娘子道：「親家盛情，家老兒說來，只怕席間不好坐的，改日望親家去罷。」月娘道：「好親家，再沒人。親家只是見外。」因留了大妗子：「你今日不去，明日同喬親家一搭兒裏來罷。」大妗子道：「喬親家，別的日子你不去罷。到十五日，你正親家生日，你莫不也不去？」喬大戶娘子道：「親家十五日好的日子，我怎敢不去？」月娘道：「親家若不去，大妗子我交付與你，只在你身上。」于是生死❹把大妗子留下了，然後作辭上轎。頭裏兩個排軍，打著兩個大紅燈籠。後邊又是兩個小廝，打著兩個燈籠，喝的路走。吳月娘在頭裏，李嬌兒、孟玉樓、潘金蓮、李瓶兒一字在中間，如意兒和惠秀隨後。奶子轎子裏，用紅綾小被把官哥兒裏得嚴嚴的；恐怕冷，腳上還蹬著銅火爐兒。兩邊小廝圍隨，到了家門首下轎。西門慶正在上房吃酒。月娘等眾人進來，道了

❹生死：死活。

萬福，坐下。眾丫鬟都來磕了頭。月娘先把今日酒席上結親之話告訴了一遍。西門慶聽了道：「今日酒席上，有那幾位堂客？」月娘道：「有尚舉人娘子、朱序班娘子、崔親家母、兩個姪女。」西門慶說：「做親也罷了。只是有些不搬陪❺。」月娘道：「倒是俺娘子見他家新養的姐，和咱孩子在床炕上睡著，都蓋著那被窩兒，你打我一下兒，我打你一下兒，恰是小兩口兒一般。纔叫了俺每去，說將起來。酒席上，就不因不由，做了這門親。我方纔使小廝來對你說，抬送了花紅果盒去。」西門慶道：「既做親也罷了，只是有些不搬陪些。喬家雖如今有這個家事，他只是個縣中大戶，白衣人。你我如今見居著這官，又在衙門中管著事。到明日會親，酒席間，他戴著小帽，與俺這官戶怎生相處？甚不雅相！就前日荊南岡央及營裏張親家，再三趕著和我做親，說他家小姐今纔五個月兒，也和咱家孩子同歲。我嫌他沒娘母子，也是房裏生的，所以沒曾應承他。不想倒與他家做了親！」潘金蓮在旁接過來道：「嫌人家是房裏養的，誰家是房外養的？就是今日喬家這孩子，也是房裏生的。正是險道神撞見那壽星老兒，你也休說我的長，我也休嫌你那短。」這西門慶聽了此言，心中大怒。罵道：「賊淫婦，還不過去！人這裏說話，也插嘴插舌的，有你甚麼說處！」金蓮把臉羞的通紅了，抽身走出來，說道：「誰這裏說我有說處，可知我沒說處哩！」看官聽說：今日潘金蓮在酒席上，見月娘與喬大戶人家做了親，李瓶兒都披紅簪花遞酒，心中甚是氣不憤。來家又被西門慶罵了這兩句，越發急了。走到月娘這邊屋裏哭去了。西門慶因問：「大妗子怎的不來？」月娘道：「喬親家母明日見有他眾官娘子，說不得來。我留下他在那裏，教明日同他一搭兒裏來。」西門慶道：「我說自這席間坐次上，也不好相處的。到明日怎麼廝會？」說了回話，

---

❺ 不搬陪：追陪不上。

只見孟玉樓也走過這邊屋裏來，見金蓮哭泣，說道：「你只顧惱怎的？隨他說了幾句罷了。」金蓮道：「早是你在旁邊聽著，我說他甚麼歹話來？又是一說，他說別家是房裏養的，我說喬家是房外養的？也是房裏生的。那個紙包兒包著，瞞得過人？賊不逢好死的強人，就睜著眼罵起我來！罵的人那絕情絕義。我怎來的沒我說處？改變了心，教他明日現報了我的眼！我不說的，喬小妮子出來，還有喬老頭子的些氣兒。你家的失迷了家鄉，還不知是誰家的種兒哩！人便圖往攀親家耍子兒，教他人挐我惹氣罵我，管我毬氣！多大的孩子，一個懷抱的尿泡種子，平白子攀親家。有錢沒處施展的，爭破臥單，沒的蓋；狗咬尿泡，空喜歡。如今做濕親家還好，到明日休要做了乾親家纔難！吹殺燈擠眼兒❻，後來的事，看不見的勾當。做親時人家好，過後三年五載方了的，纔一個兒！」玉樓道：「如今人也賊了，不幹這個營生。論起來，也還早哩。纔養的孩子，割甚麼衫襟？無過只是圖往來，攀陪著耍子兒罷了。」金蓮道：「你的便浪搧著圖攀親家耍子，平白教賊不合鈕的強人罵我！我養蝦蟆得水蠱兒病，著甚麼來由來？」玉樓道：「誰教你說話，不著個頭頂兒就說出來，他不罵你罵狗？」金蓮道：「我不好說的。他不是房裏，是大老婆？就是喬家孩子是房裏生的，還有喬老頭子的些氣兒。你家失迷家鄉，還不知是誰家的種兒哩！」玉樓聽了，一聲兒沒言語。坐了一回，金蓮歸房去了。李瓶兒見西門慶出來了，從新花枝招展，與月娘磕頭，說道：「今日孩子的事，累姐姐費心。」那月娘笑嘻嘻，也倒身還下禮去，說道：「你喜呀。」李瓶兒道：「與姐姐同喜。」磕畢頭起來，與月娘、李嬌兒坐著說話。只見孫雪娥大姐來與月娘磕頭，與李嬌兒、李瓶兒道了萬福。小玉挐將茶來。正吃茶，只見李瓶兒房裏丫鬟綉春來請，說：「哥

❻ 吹殺燈擠眼兒：吹滅了燈作眼色，是看不見的意思。

兒屋裏尋哩。爹使我請娘來了。」李瓶兒道：「奶子慌的三不知就抱的屋裏去了。一搭兒去也罷了，是孩子沒個燈兒。」月娘道：「頭裏進門，我教他抱的房裏去，恐怕晚了。」小玉道：「頭裏如意兒抱著他，來安兒打著燈籠送他來。」李瓶兒道：「這等也罷了。」于是作辭月娘，回房中來。只見西門慶在屋裏，官哥兒在奶子懷裏睡著了。因說道：「你如何不對我說，就抱了他來？」如意兒道：「大娘見來安兒打著燈籠，就趁著燈兒來了。哥哥哭了一回，纔拍著他睡著了。」西門慶道：「他尋了這一回，纔睡了。」李瓶兒說畢，望著他笑嘻嘻說道：「今日與孩子定了親，累你。我替你磕個頭兒。」于是插燭也似磕下去。喜歡的西門慶滿面堆笑，連忙拉起來做一處坐的。一面令迎春擺上酒兒，兩個在屋裏吃酒。

且說潘金蓮到房中，使性子，沒好氣。明知西門慶在李瓶兒這邊，一逕因秋菊開的門遲了，進門就打兩個耳刮子。高聲罵道：「賊淫婦奴才！怎的叫了恁一日不開？你做甚麼來搢兒。我且不和你荅話。」于是走到屋裏坐下。春梅走來磕頭遞茶。婦人問他：「賊奴才他在屋裏做甚麼來？」春梅道：「在院子裏坐著來。他叫了我那等推他還不理。」婦人道：「我知道他和我兩個毆業，黨太尉吃匾食，他也學人照樣兒行事，欺負我！」待要打他，又恐西門慶在那屋裏聽見；不言語，心中又氣。一面卸了濃妝，春梅與他搭了鋪，上床就睡了。到次日，西門慶衙門中去了。婦人把秋菊教他頂著大塊柱石跪在院子裏。跪的他梳了頭，教春梅扯了他褲子，拏大板子要打他。那春梅道：「好乾淨的奴才，教我扯褲子，倒沒的污濁了我的手！」走到前邊，旋叫了畫童兒小廝，扯去秋菊底衣。婦人打著他罵道：「賊奴才淫婦，你從幾時就恁大來！別人興❼你，我卻不興你。姐姐，你知我見的，將就膿❽著些兒罷了。平白撐著頭

❼ 興：寵。

兒，逞甚麼強！姐姐，你休要倚著。我到明日洗著兩個眼兒，看著你哩。」一面罵著又打，打了大罵。打的秋菊殺豬也似叫。李瓶兒那邊纔起來，正看著奶子打發官哥兒睡著了；又諕醒了。明明白白聽見金蓮這邊打丫鬟，罵的言語兒妨頭，聞一聲兒不言語，諕的只把官哥兒耳朵握著。一面使綉春：「去對你五娘說，休打秋菊罷。哥兒纔吃了些奶睡著了。」金蓮聽了，越發打的秋菊狠了。罵道：「賊奴才！你身上打著一萬把刀子，這等叫饒！我是恁性兒，你越叫我越打！莫不為你，拉斷了路行人？人家打丫頭，也來看著？你好姐姐對漢子說，把我別變了罷！」李瓶兒這邊分明聽見指罵的是他，把兩隻手氣的冰冷，忍氣吞聲，敢怒而不敢言。早晨茶水也沒吃，摟著官哥兒在炕上就睡著了。等到西門慶衙門中回家，入房來看官哥兒。見李瓶兒哭的眼紅紅，睡在炕上，問道：「你怎的這咱還不梳頭收拾？上房請你說話。你怎揉的眼恁紅紅的？」李瓶兒也不題金蓮那邊指罵之事，只說我心中不自在。西門慶告說：「喬親家那裏送你的生日禮來了。一疋尺頭，兩罈南酒，一盤壽桃，一盤壽麵，四樣嗄飯。又是哥兒近節的兩盤元宵，四盤蜜食，四盤細果，兩掛珠子吊燈，兩座羊皮屏風燈，兩疋大紅官段，一頂青段攛的金八吉祥帽兒，兩雙男鞋，六雙女鞋。咱家倒還沒往他那裏去，他又早與咱孩兒近節來了。如今上房的請你計較去。只他那裏使了個孔嫂兒和喬通押了禮來。大妗子先來了，說明日喬親家母不得來，直到後日纔來。他家有一門子做皇親的喬五太太，聽見和咱每做親，好不喜歡，到十五日也要來走走，咱少不得補個帖兒請去。」李瓶兒聽了，方慢慢起來梳頭。走到後邊，拜了大妗子。孔嫂兒正在月娘房裏待茶，禮物都擺明間內，都看了。一面打發回盒起身，與了孔嫂兒喬通每人兩方手帕，五錢銀子，寫了回帖。又差人

❽ 膿：將就。

補請帖，送與喬太太去了。正是：但將鐘鼓悅和愛，好把犬羊為國羞。有詩為證：

西門獨富太驕矜，襁褓孩童結做親。
不獨資財如糞土，也應嗟歎後來人。

畢竟未知後來如何，且聽下回分解。

第四十二回　豪家攔門玩煙火　貴客高樓醉賞燈

星月當空萬燭燒，人間天上兩元宵。
樂和春奏聲偏好，人蹈衣歸馬亦嬌。
易老韶光休浪度，最公白髮不相饒。
千金博得斯須刻，分付譙更仔細敲。

話說西門慶打發喬家去了，走來上房和月娘、大妗子、李瓶兒商議。月娘道：「他家既先來與咱家孩子送節，咱少不的也買禮過去，與他家長姐近節，就權為插定一般。庶不差了禮數。」大妗子道：「咱這裏少不的立上個媒人，往來方便些。」月娘道：「他家是孔嫂兒，咱家安上誰好？」西門慶道：「一客不煩二主，就安上老馮罷。」于是連忙寫了請帖八個，就叫了老馮來，教他同玳安拏請帖盒兒，十五日請喬老親家母喬五太太並尚舉人娘子、朱序班娘子、崔親家母、段大姐、鄭三姐來赴席，與李瓶兒做生日，并吃看燈酒。一面分付來興兒拏銀子早往糖餅鋪，早定下蒸酥點心，多用大方盤，要四盤蒸餅，兩盤果餡團圓餅，兩盤玫瑰元宵餅；買四盤鮮果：一盤李乾，一盤胡桃，一盤龍眼，一盤荔枝；四盤羹肴：一盤燒鵝，一盤燒雞，一盤鴿子兒，一盤銀魚乾；兩套遍地錦羅段衣服，一件大紅小袍兒，一頂金絲縐紗冠兒，兩盞雲南羊角珍燈，一盒衣翠，一對小金手鐲，四個金寶石戒指兒。十四日早裝盒擔，教女婿陳經濟和賁四穿青衣服，押送過去。喬大戶那邊酒筵管待，重加荅賀。回盒中回了許多生活鞋腳，俱不必細說。應伯爵來講李智、黃四關銀子事，看見，問其所以。西門慶告訴與喬大戶結親之事：「十五日好歹請令正來陪親家坐的。」伯爵道：「嫂了呼喚，房下必定來。」西門慶道：「今日請眾堂官娘子吃酒，咱每往獅子街房子內看燈去罷。」伯爵應諾去了不題。

且說那日院中吳銀兒先送了禮來，買了一盤壽桃，一盤壽麵，兩隻燒鴨，一副豕蹄，兩方銷金汗巾，一雙女鞋，來與李瓶兒上壽，就拜乾女兒相交。月娘收了禮物，打發轎子回去。李桂姐只到次日纔來。見吳銀兒在這裏，悄悄問月娘：「他多咱來了？」月娘如此這般告他說：「昨日送了禮來，拜認你六娘做乾女兒了。」李桂姐聽了，一聲兒沒言語，一日只和吳銀兒使性子，兩個不說話。

卻說前廳有王皇親家二十名小廝唱戲，挑了箱子來，有兩名師父領著，先與西門慶磕頭。西門慶分付西廂房做戲房，管待酒飯。堂客到時，吹打迎接。大廳上玳筵齊整，錦裀匝地。先是周守備娘子、荊都監母親荊太太，與張團練娘子先到了，俱是大轎，排軍喝道，家人媳婦跟隨。裏邊月娘眾姊妹，多穿著袍出來迎接，至後廳敘禮，與眾親相見畢，讓坐遞茶。等著夏提刑娘子到，纔擺茶。不料等的日中，還不見來。小廝邀了兩三遍，約午後時分，纔喝了道來，抬著衣匣，家人媳婦跟隨，許多僕從擁護。鼓樂接進去後廳，與眾堂客見畢禮數，依次序坐下。先在捲棚內擺茶，然後大廳上坐。春梅、玉簫、迎春、蘭香都是雲髻珠子纓絡兒，金燈籠墜，遍地錦比甲，大紅段袍，翠藍織金裙兒。惟春梅寶石墜子，大紅遍地錦比甲兒，席上捧茶斟酒。那日王皇親家樂扮的是西廂記。

不說畫堂深處，珠圍翠繞，歌舞吹彈飲酒。單表西門慶那日打發堂客廳裏上茶，就騎馬約下應伯爵、謝希大往獅子街房裏去了。分付四架煙火，拏一架那裏去；晚夕堂客跟前放兩架。那裏樓上，設放圍屏桌席，掛上燈，旋叫了個廚子，生了火，家中抬了兩食盒下飯菜蔬，兩罈金華酒，叫了兩個唱的董嬌兒、韓玉釧兒。原來西門慶先使玳安雇下轎子，請王六兒同往獅子街房裏去。玳安見婦人道：「爹說請韓大嬸那裏晚夕看放煙火。」那婦人笑道：「我羞剌剌，怎麼好去哩！你韓大叔知道不嗔？」玳安道：「爹對韓大叔說了，教你老人家快收拾哩。若不是，使了老馮來請你老人家。今日各宅眾奶奶吃酒，六娘見他看哥兒那裏抹嘴去。見爹巴巴使了我來。因叫了兩個唱的，沒人陪他。」那婦人聽了，還不動身。一回只見韓道國來家，玳安道：「這不是韓大叔來了！韓大嬸這裏不信我說哩！」婦人向他漢子說：「真個教我去？」韓道國道：「老爹再三說，兩個唱的沒人陪他，請你過去，晚夕就看放煙火。等你，還不收拾哩！剛纔教我把鋪子也收了，就晚夕一搭兒裏坐坐。保官兒也往家去了。晚夕該他上宿哩。」婦人道：「不知多咱纔散？你到那裏坐回就來罷。家裏沒人，你又不該上宿。」說畢，打扮穿了衣服，玳安跟隨，逕到獅子街房裏。來昭妻一丈青，又早床房裏收拾乾淨下床炕帳幔褥被，多是見成的。安息沉香，薰的噴鼻香。房裏吊著兩盞紗燈，地平上火盆裏籠著一盆炭火。婦人走到裏面炕上坐下。良久，來昭妻一丈青走出來，道了萬福，拏茶吃了。西門慶與應伯爵看了回燈，纔到房子裏，兩個在樓上打雙陸。樓上掛了六扇窗戶，掛著簾子，下邊就是燈市，十分熱鬧。打了回雙陸，收拾擺飯吃了，二人在簾裏觀看燈市。但見：萬井人煙錦繡圍，香車駿馬鬧如雷。鰲山聳出青雲上，何處遊人不看來？伯爵因問：「明日喬家那頭幾位人來？」西門慶道：「有他家做皇親家五太太。明日我又不在家。早晨從廟中上元醮，又是府裏周菊軒那裏請吃酒。」西門慶見人叢裏謝希大、祝日念同一個戴方巾的在燈棚下看燈，指與伯爵瞧，因問：「那戴方巾這個人，你不認的他？如何跟著他一荅兒裏走？」伯爵道：「此人眼熟，不認的他。」西門慶便叫玳安：「你去下邊悄悄請了謝爹來，休教祝麻子和那人看見。」玳安小廝眼裏說話，賊一直走下樓來，挨到人鬧裏，待祝日念和那人先過去了，從旁邊出來把謝希大拉了一把。慌的希大回身觀看，卻是他。玳安道：「爹和應二爹在這樓上，請謝爹說話。」希大道：「你去，知道了。等陪他兩個到粘梅花處，就去見你爹。」玳安便一道煙去了。不想到了粘梅花處，這希大向人鬧處就扠過一邊，由著祝日念和那一個人只顧哩尋他。便走來樓上，見西門慶、應伯爵二個作揖。因說道：「哥來此看燈，早晨就不說，呼喚兄弟一聲。」西門慶道：「我早晨對眾人不好邀你每的。已托應二哥到你家請你去，請你不在家。剛纔祝麻子沒看見你這裏來？」因問：「那戴方巾的是誰？」希大道：「那戴方巾的是王昭宣府裏王三官兒。今日和祝麻子到我家，央我向許不與先生那裏借三百兩銀了，央我和老孫、祝麻子作保，要幹前程入武學肄業。我那裏管他這閒帳！剛纔陪他燈市裏走了走，聽見哥使盛价呼喚，我只伴他到粘梅花處，教我乘人亂，就扠開了，走來見哥。」因問伯爵：「你來多大回了？」伯爵道：「哥使我先到你家，你不在，我就來了。和哥在這裏打了這回雙陸。」西門慶問道：「你吃了飯不曾，叫小廝拏飯來你吃？」謝希大道：「可知道哩！早晨從哥那裏出來，和他兩個搭了這一日，誰吃飯來！」西門慶分付玳安：「廚下安排飯來，與你謝爹吃。」不一時拣抹桌兒乾淨，就是春盤小菜，兩碗稀爛下飯，一碗𤆵肉粉湯，兩碗白米飯。希大獨自一個吃了裏外乾淨；剩下些汁湯兒，還泡了碗吃了。玳安收下家火去。

希大在旁看著兩個打雙陸。只見兩個唱的，門首下了轎子，抬轎的各提著衣裳包兒笑進來。伯爵早已在窗裏看見，說道：「兩個小淫婦兒，這咱纔來！」分付玳安：「且別教他往後邊去。先叫他樓上來見我。」希大道：「今日叫的是那兩個？」玳安道：「是董嬌兒、韓玉釧兒。」忙下樓說道：「應二爹叫你說話。」兩個那裏肯來，一直往後走了。見了一丈青拜了；引他入房中。看見王六兒頭上戴著時樣扭心鬏髻兒，羊皮金箍兒，身上穿紫潞紬襖兒，玄色一塊瓦領披襖兒，白挑線絹裙子，下邊顯著趫趫兩隻金蓮，穿老鴉段子紗綠鎖線的平底鞋兒，拖的水鬢長長的，紫膛色不十分搽鉛粉，學個中人打扮，耳邊帶著丁香兒；進門只望著他拜了一拜，多在炕邊頭坐了。小鐵棍拏茶來，王六兒陪著吃了。兩個唱的，上上下下，把眼只看他身上。看一回，兩個笑一回，更不知是甚麼人。落後玳安進來，兩個唱的悄悄問他道：「房中那一位是誰？」玳安沒的回答，只說是俺爹大姨人家，接來這看燈。兩個聽的進房中，從新說道：「俺每頭裏不知是大姨，沒曾見的禮，休怪。」于是插燭磕了兩個頭。慌的王六兒連忙還下半禮。落後擺上湯飯來，陪著同吃。兩個拏樂器，又唱與王六兒聽。伯爵打了雙陸，下樓來小淨手。聽見後邊唱，點手兒叫過玳安，問道：「你告我說，兩個唱的在後邊唱與誰聽？」玳安只是笑，不做聲，說道：「你老人家曹州兵備，好管事寬。唱不唱，管他怎的？」伯爵道：「好賊小油嘴，你不和說，愁我不知道。」玳安笑道：「你老人家知道罷了，又問怎的。」說畢，一直往後走了。

伯爵上的樓來。西門慶又與謝希大打了三貼雙陸。只見李銘、吳惠兩個驀地上樓來磕頭。伯爵道：「好呀，你兩個來的正好。在那裏來？怎知道俺每在這裏？」李銘跪下掩口說道：「小的和吳惠先到宅裏來。宅裏說爹每在這邊房子裏擺酒，前來伏侍爹每。」西門慶道：「也罷，你起來伺侯。玳安，快往對門請你韓大叔去。」不一時，韓道國到了，作了揖坐下。一面收拾放桌兒，廚下拏春盤案酒來，琴童便在旁邊用銅布甑兒篩酒。伯爵與希大居上，西門慶主位，韓道國打橫，坐下，把酒來斟。一面使玳安後邊請唱的去。少頃，韓玉釧兒、董嬌兒兩個慢條斯禮上樓來，望上不當不正磕下頭去。伯爵罵道：「我道是誰來，原來是這兩個小淫婦兒！頭裏知道我在這裏，我叫著怎的不先來見我？這等大膽，到明日一家不與你個功德，你也不怕。」董嬌兒笑道：「哥兒，那裏隔牆掠見腔兒，可不把我諕殺！」韓玉釧道：「你知道愛奴兒掇著獸頭往城裏掠，好個丟醜兒的孩兒！」伯爵道：「哥，你今日忒多餘了。有了李銘、吳惠在這裏唱罷了，又要這兩個小淫婦做甚麼！還不趁早打發他去？大節夜還趕幾個錢兒。等住回晚了，越發沒人要了！」韓玉釧兒道：「哥兒，你怎的沒羞？大爹叫了俺每來答應，又不伏侍你。哥兒，你怎的閒出氣？」伯爵道：「俊傻小刺骨兒，你見在這裏，不伏侍我，你說伏侍誰？」韓玉釧道：「唐胖子掉在醋缸裏，把你撅酸了！」伯爵道：「賊小淫婦兒，是撅酸了我。等住回散了家去時，我和你答話！我左右有兩個法兒，你原出得我手！」董嬌兒問道：「哥兒，那裏兩個法兒？說來我聽。」伯爵道：「我頭一個兒，對巡捕說了，拏你犯夜。到第二日，我拏個拜帖兒對你周爺說，椮你一頓好椮子。十分不巧，只消三分銀子燒酒，把抬轎的灌醉了，隨你這小淫婦兒去！天晚，到家沒錢，不怕鴇子不打，管我腿事！」韓玉釧道：「十分晚了，俺每不去，在爹這房子裏睡。再不，教爹這裏差人送俺每。」王媽媽支錢一百文，不在于你。好淡嘴❶女又十撇兒❷！」伯爵道：「我是奴才，如今年程欺保了！」拏三道四，說笑回，

❶ 淡嘴：信口胡言。淡，是「扯淡」的簡詞。

❷ 女又十撇兒：這是「奴才」二字的拆字格。女又，是「奴」字；十撇，是「才」字。

兩個唱的在旁彈唱了春景之詞。眾人纔拏起湯飯來吃。

只見玳安兒走來，報道：「祝爹來了。」眾人多不言語。不一時，祝日念上的樓來，看見伯爵和謝希大在上面，說道：「你兩個好吃，可成個人！」因說：「謝子純，哥這裏請你，也對我說一聲兒。三不知就走的來了，教我只顧在粘梅花處那裏尋你。」希大道：「我也是誤行，纔撞見哥在樓上和應二哥打雙陸。走上來打揖，被哥留住了。」西門慶因令玳安兒：「拏椅兒來，和我祝兄弟在下邊坐罷。」于是安放鍾筯，在下席坐了。廚下拏了湯飯上來，一齊同吃。西門慶只吃了一個包兒，呷了一口湯，因見李銘在旁，都遞與李銘遞下去吃了。那應伯爵、謝希大、祝日念、韓道國，每人青花白地吃一大深碗八寶攢湯，三個大包子，還零四個挑花燒賣，只留了一個包兒壓碟兒。左右收下湯碗去，斟上酒來飲酒。希大因問祝日念道：「你陪他還到那裏纔拆開了？怎知道我在這裏？」祝日念于是如此這般告說：「我因尋了你一回尋不著，就同王三官兒到老孫家會了，往許不與先生那裏借三百兩銀子去。吃孫寡嘴老油嘴，把借契寫差了。」希大道：「你每休寫上我，我不管。左右是你與老孫作保，討保頭錢使。」因問：「怎的寫差了？」祝日念道：「我那等分付他，寫了文書滑著些，立與他三限纔還他這銀子。他不依我，教我從新把文書又改了。」希大道：「你文書上怎麼寫著？念一遍我聽。」祝日念道：「依著了我，這等寫：立借契人王寀，係招宣府舍人；休說因為要錢使用，只說要錢使用。憑中見人孫天化祝日念作保，借到許不與先生名下，不要說白銀軟斯金三百兩，每月休說利錢，只說出納梅兒五百文。約至次年交還。別要題次年，只說約至三限交還。那三限？頭一限，風吹轆軸打孤雁；第二限，水底魚兒跳上岸；第三限，水裏石頭泡得爛；這三限交還他。平白寫了垓子點頭那一年纔還他。我便說，垓子點頭，倘忽遇著一年他動，怎了？教我改了兩句，說道：如借債人東西不在，代保人門面南北躲閃。恐後無憑，立此文契不用。到後又批了兩個字：後空。」謝希大道：「你這等寫著，還說不滑稽！及到水裏石頭爛了時，知他和尚在也不在！」祝日念道：「你倒說的好，有一朝天旱水淺，朝廷挑河，把石頭吃做工的夫子兩三钁頭砍得稀爛，怎了？那裏少不的還他銀子。」眾人說笑了一回。

看看天晚。西門慶分付樓上點起燈，又樓簷前一邊一盞羊角珍燈甚是奇巧。不想家中月娘使棋童兒和排軍人抬送了四個攢盒，多是美口糖食，細巧果品：也有黃烘烘金橙，紅馥馥石榴，甜溜溜橄欖，青翠翠蘋婆，香噴噴水梨；又有純蜜蓋柿，透糖大棗，酥油松餅，芝麻象眼，骨牌減煠，蜜潤絛環；也有柳葉糖，牛皮纏；端的世上稀奇，寰中少有。西門慶叫棋童兒向前，問他：「家中眾奶奶每散了不曾？還在那裏吃酒？誰使你送來？」棋童道：「大娘使小的送來與爹這邊下酒。眾奶奶每還未散哩。戲文扮了四摺，大娘留住大門首吃酒，看放煙火哩。」西門慶問：「有人看沒有？」棋童道：「擠圍滿街人看。」西門慶道：「我分付下平安兒，留下四名青衣排軍，拏欄杆在大門首攔人伺侯，休放閒雜人挨擠。」棋童道：「小的與平安兒兩個，同排軍，多看放了煙火。眾奶奶每七八散了，大娘纔使小的來了。並沒閒雜人攪擾。」西門慶聽了，分付把桌上飲饌，多搬下去，將攢盒擺上。廚下拏上一道果餡元宵來。兩個唱的，在席前遞酒。西門慶分付棋童回家看去。一面重篩美酒，再設珍羞，教李銘、吳惠席前彈唱了一套燈詞。雙調新水令：

鳳城佳節賞元宵，繞鰲山瑞雲籠罩。見銀河星皎潔，看天塹月輪高。動一派簫韶，開玳宴儘歡樂。

〔川撥棹〕花燈兒兩邊挑，更那堪一天星月皎。我到見繡帶風飄，寶蓋微搖；鰲山上燈光照耀，剪春蛾頭上挑。

〔第七兄〕一壁廂舞著唱著共彈著，驚人的這百戲其實妙。動人的高戲怎生學，笑人的院本其實笑。

〔梅花酒〕呀，一壁廂舞鮑老，仕女每打扮的清標。有萬種妖嬈，更百媚千嬌。一壁廂舞迓鼓，一壁廂躧高蹺，端的有笑樂。細氤氳，蘭麝飄；笑吟吟，飲香醪。

〔喜江南〕呀，今日喜孜孜開宴賞元宵，玉纖慢撥紫檀槽。燈光明月兩相耀，照樓臺殿閣，今日個開懷沈醉樂陶陶。

唱畢，吃了元宵，韓道國先往家去了。

少頃，西門慶分付來昭樓下開下兩間，吊掛上簾子，把煙火架抬出去。西門慶與眾人在樓上看，教王六兒陪兩個粉頭，和來昭妻一丈青，在樓下觀看。玳安和來昭將煙火安放在街心裏，須臾點著。那兩邊圍看的，挨肩擦膀，不知其數。都說西門大官府在此放煙火，誰人不來觀看。果然紮得停當好煙火！但見：一丈五高花樁，四圍下山棚熱鬧。最高處一隻仙鶴，口裏啣著一封丹書，乃是一枝起火，起去萃山律；一道寒光，直鑽透斗牛邊。然後正當中，一個西瓜砲迸開，四下裏人物皆著。觱剝剝，萬個轟雷皆燎徹。彩蓮舫，賽月明，一個趕一個，猶如金燈沖散碧天星；紫葡萄，萬架千株，好似驪珠倒掛水晶簾箔。霸王鞭，到處響喨；地老鼠，串繞人衣。瓊盞玉臺，端的旋轉得好看；銀蛾金彈，施逞巧妙難移。

八仙捧壽，名顯中通；七聖降妖，通身是火。黃煙兒，綠煙兒，氤氳籠罩萬堆霞；緊吐蓮，慢吐蓮，燦爛爭開十段錦。一丈菊與煙蘭相對，火梨花共落地桃爭春。樓臺殿閣，頃刻不見巍峨之勢；村坊社鼓，彷彿難聞歡鬧之聲。貨郎擔兒，上下光焰齊明；鮑老車兒，首尾迸得粉碎。五鬼鬧判，焦頭爛額見猙獰；十面埋伏，馬到人馳無勝負。總然費卻萬般心，只落得火滅煙消成煨燼。

玉漏銅壺且莫催，星橋火樹徹明開。
萬般傀儡皆成妄，使得遊人一笑回。

那應伯爵見西門慶有酒了，剛看罷煙火，下樓來，見王六兒在這裏。推小淨手，拉著謝希大、祝日念，也不辭西門慶就走了。玳安便道：「二爹那裏去？」伯爵便向他耳邊說道：「傻孩子，我頭裏說的那本帳，我若不起身，別人也只顧坐著，顯的就不趣了。等你爹問你，只說俺每多跑了。」落後西門慶見煙火放了，問伯爵等那裏去了。玳安道：「應二爹和謝爹多一路去了。小的攔不回來。多上覆爹。」西門慶就不再問了。因叫過李銘、吳惠來，每人賞了一大巨盃酒與他吃。分付：「我且不與你唱錢。你兩個到十六日早來答應。還是應二爹三個，並眾夥計當家㒟，晚夕在門首吃酒。」李銘跪下道：「小的告稟爹：十六日和吳惠、左順、鄭奉三個，多往東平府新陞的胡爺那裏到任官身去，只到後晌纔得來。」西門慶道：「左右俺每晚夕纔吃酒哩，你只休誤了就是了。」二人道：「小的並不敢誤。」于是跪著吃畢酒，拜辭出門。西門慶分付：「明日家中堂客擺酒李桂姐、吳銀姐多在這裏，你兩個好歹來走一走。」二人應諾，與兩個唱的一同出門，不在話下。西門慶分付來昭、玳安、琴童看著收家火，滅息了燈燭，就往後邊房裏去了。

且說來昭兒子小鐵棍兒，正在外邊看放了煙火。見西門慶進去了，于是來樓上，見他爹老子掉一盤子雜合的肉菜，一甌子酒，和些元宵，拏到屋裏，就問他娘一丈青手裏拏著燒胡鬼子，被他娘打了兩下。不防他走在後邊院子裏玩耍，只聽正面房子裏笑聲，只說唱的還沒去哩。見房門關著，于是眼裏望裏張看，見房裏掌著燈燭。原來西門慶和王六兒兩個，在床沿子上行房。這小孩子正在那裏明覷，不防他娘一丈青走來後邊，看見他孩子。揪著頭角兒揪到那前邊，鑿了兩個栗爆，罵道：「賊禍根子小奴才兒，你還少第二遭死！又往那裏聽他去！」于是與了他幾個元宵吃了，不放他出來，就唬住他上炕睡了。西門慶和老婆足幹搗有兩頓飯時，纔了事。玳安打發抬轎的酒飯吃了，跟送他到家，然後纔來，同琴童兩個打著燈兒，跟西門慶家去。正是：不愁明月盡，自有暗香來。有詩為證：

南樓玩賞頓忘歸，總有風流得幾時。
回來明月三更轉，不覺歡娛醉似泥。

畢竟未知後來如何，且聽下回分解。

第四十三回　為失金西門慶罵金蓮　因結親月娘會喬太太

細推今古事堪愁，貴賤同歸土一丘。
漢武玉堂人豈在，石家金谷水空流。
光陰自旦還將暮，草木從春又到秋。
閒事與時俱不了，且將身入醉鄉遊。

話說西門慶歸家，已有三更時分。到于後邊，吳月娘還未睡，正和吳大妗子眾人坐著說話。見李瓶兒還伺候著，與他遞酒。大妗子見西門慶來家，就過那邊屋裏去了。月娘見他有酒了，打發他脫了衣裳，只教李瓶兒與他磕了頭，同坐下，問了回今日酒席上話。玉簫點茶來吃。因有大妗子在，就往孟玉樓房中歇了一夜。到次日，廚役早來收拾抬辦酒席。西門慶先到衙門中拜牌，大發放。夏提刑見了，致謝日昨房下厚擾之意。西門慶道：「日昨甚是簡慢，恕罪，恕罪！」來家，有喬大戶家使了孔嫂兒，引了喬五太太那裏家人送禮來了，一罈南酒，四樣肴品。西門慶收了，管待家人酒飯。孔嫂兒進裏邊月娘房裏坐的。吳舜臣媳婦兒鄭三姐轎子先來了，拜了月娘。眾人多陪著孔嫂兒吃茶。正值李智、黃四關了一千兩香蠟銀子。賁四從東平府押了來家。應伯爵打聽得知，亦走來幫扶交與。西門慶令陳經濟拏天平在廳上盤秤，兌明白收了，還欠五百兩；又銀一百五十兩利息，當日黃四拏出四錠金鐲兒來，重三十兩，算一百五十之數。別的搗換了合用。西門慶分付二人：「你等過燈節再來計較，我連日家中有事。」那李智、黃四老爹長老爹短，千恩萬謝出門。應伯爵因記掛著二人許了他些業障兒❶，趁此機會好問他。正要跟隨同去，又被西門慶叫住說話。西門慶因問：「昨日你每三個，怎的三不知不和我說就走了？我使小廝落後趕你不著了。」伯爵道：「昨日甚是深擾哥，本等酒夠多了。我見哥也有酒了。今日嫂子家中擺酒，已定還等哥說話。俺每不走了，還只顧纏到多咱？我猜哥今日也沒得往衙門裏去，本等連日辛苦。」西門慶道：「我昨日來家，已有三更天氣。今日還早到衙門拜了牌，坐廳大發放，理了回公事。如今家中治料堂客之事，今日觀裏打上元醮，拈了香回來，還趕了往周菊軒家吃酒去。不知到多咱，纔得來家。」伯爵道：「還是虧哥好神思，你的大福。不是面獎，若是第二個也成不的！」兩個說了一回，西門慶要留伯爵吃飯。伯爵道：「我不吃飯去罷。」西門慶又問：「嫂子怎的不來？」伯爵道：「房下轎子已叫下來，便來也。」舉手作辭出門，一直趕往李智、黃四去了。正是：假饒駕霧騰雲術，取火鑽冰只要錢。

卻說西門慶打發伯爵去了，把手中拏著黃烘烘四錠金鐲兒，心中甚是可愛。口中不言，心裏暗道：「李大姐生的這孩子，甚是腳硬。一養下來，我平地就得此官。我今日與喬家結親，又進這許多財。」于是用袖兒抱著那四錠金鐲兒，也不到後邊，逕往花園內李瓶兒房裏來。正往潘金蓮角門首所過，只見金蓮正出來看見，叫住問道：「你手裏托的是甚麼東西兒？過來我瞧瞧。」那西門慶道：「等我回來與你瞧。」托著一直往李瓶兒那邊去了。這婦人見叫不回他來，心中就有幾分羞訕，說道：「甚麼罕稀貨，

❶ 業障兒：銀錢的隱語。

忙的這等諕人子剌剌的。不與我瞧罷！賊跌折腿的三寸貨強盜！正麼剛遂進他門去！正走著砬齊的把那兩條腿搒折了，纔見報了我的眼！」卻說西門慶拏著金子，走入李瓶兒房裏。見李瓶兒纔梳了頭，奶子正抱著孩子玩耍。西門慶一逕裏把那四個金鐲兒抱著，教他手兒撾弄。李瓶兒道：「是那裏的？只怕冰了他手。」西門慶道：「是李智、黃四今日還銀子，准折利錢的這金子。」這李瓶兒生怕冰著他，取了一方通花汗巾兒與他熱著耍子。只見玳安走來說道：「雲夥計騎了兩匹馬來，在外邊，請爹出去瞧。」西門慶問道：「雲夥計他是那裏的馬？」玳安道：「他說是他哥雲參將邊上捎來的馬，只說會行。」正說著，只見後邊李嬌兒孟玉樓陪著大妗子並他媳婦兒鄭三姐，多來李瓶兒房裏看官哥兒。西門慶丟下那四錠金子，就往外邊大門首看馬去了。

李瓶兒見眾人來到，只顧與眾人見禮讓坐，也就忘記了孩子拏著這金子。弄來弄去少了一錠。只見奶子如意兒問李瓶兒說道：「娘沒曾收哥兒耍的那錠金子？只三錠，少了一錠了。」李瓶兒道：「我沒曾收。我把汗巾子替他裹著哩。」如意兒道：「汗巾子也落在地下了。我料來那裏得那錠金子來？」屋裏就亂起來。奶子問迎春，迎春就問老馮。老馮道：「耶嚛，耶嚛！我老身就瞎了眼，也沒看見！老身在這裏恁幾年，就是折針，我也不敢動。娘他老人家知道我，就是金子我老身也不愛。你每守著哥兒，沒的寃枉起我來了！」李瓶兒笑道：「你看這媽媽子說混話！這裏不見的，不是金子卻是甚麼！」又罵迎春：「賊臭肉，平白亂的是些甚麼！等你爹進來，等我問他。只怕是你爹收了；怎的只收一錠兒？」且說孟玉樓問道：「是那裏金子？」李瓶兒道：「是他爹外邊拏來的，與孩子耍，誰知道是那裏的！」西門慶在門首看了一回馬，眾夥計家人多在跟前。教小廝來回騎溜了兩趟。西門慶道：「雖是兩匹東路來的馬，鬃尾醜，不十分會行。論小行也罷了。」因問雲夥計道：「此馬你令兄那裏要多少銀子？」雲離守道：「兩匹只要七十兩。」西門慶道：「也不多。只是不會行。你還牽了去，另有好馬騎來。倒不說銀子。」說畢，西門慶進來。只見琴童來說：「六娘房裏請爹哩。」于是走入李瓶兒房裏來。李瓶兒問他：「金子你收了一錠去了？如何只三錠在這裏？」西門慶道：「我丟下就出來了外邊看馬，誰收那錠來？」李瓶兒道：「你沒收，卻往那裏去了？尋了這一日沒有。奶子推老馮。急的那老馮賭身罰咒只是哭。」西門慶道：「端的是誰拏了？由他，慢慢兒尋罷。」李瓶兒道：「頭裏要尋，因後邊和大妗子女兒兩個來時亂著，就忘記了。我只說你收了出去，誰知你也沒收，就兩耽了。尋起來，諕的他每多走了。」于是把那三錠，還交與西門慶收了。正值賁四傾了一百兩銀子來交，西門慶往後邊收兌銀子去。

且說潘金蓮聽見李瓶兒這邊攘不見了孩子耍的一錠金鐲子，得不的風兒就是雨兒，就先走來房裏告月娘說：「姐姐，你看三寸貨幹的營生。隨你家怎的有錢，也不該拏金子與孩子耍。」月娘道：「剛纔他每告我，說他房裏好不翻亂，說不見了金鐲子。端的不知那裏的金鐲子？」金蓮道：「誰知他是那裏的！你還沒見他頭裏從外邊拏進來，那等用襖子袖兒托著，恰是八蠻進寶的一般。我問他是甚麼，拏過來我瞧瞧。頭兒也不回，一直奔命往屋裏去了。遲了一回，反亂起來，說不見了一錠金子，乾淨就是他！學三寸貨說，不見了由他，慢慢兒尋罷。你家就是王十萬，也使不的。一錠金子至少重十來兩，也值個五六十兩銀子。平白就罷了！瓮裏走了鱉，左右是他家一窩子。再有誰進他屋裏去？」正說著：只見西門慶進來，兌收賁四傾的銀子。把剩的那三錠金子，交與月娘收了。因告訴月娘：「此是李智、黃四還的這四錠金子，拏到與孩子耍了耍，就不見了一錠。」分付月娘：「你與我把各房裏丫頭，叫出來審問審問。我使小廝街上買狼觔去了。早拏出來便罷，不然，我就教狼觔抽起來。」月娘道：「論起來，這金子也不該拏與孩子，沈甸甸❷冰著他；怕一時砸了他手腳，怎了？」潘金蓮在旁，接過來說道：「不該拏與孩子耍，只恨拏不到他屋哩。頭裏叫著，想回頭也怎的！恰似紅眼軍搶將來的，不教一個人兒知道。這回不見了金子，虧你怎麼有臉兒來對大姐姐說，教大姐姐替你查考各房裏丫頭。教各房裏丫頭口裏不笑罷了，毴也笑幾句！」說的西門慶急了，走向前把金蓮按在月娘炕上，提起拳來罵道：「狠殺我罷了！不看世界面上，把你這小歪剌骨兒，就一頓拳頭打死了！單管嘴尖舌快❸的，不管你事也來插一腳！」那潘金蓮就假做喬張，就哭將起來，說道：「我曉的你倚官仗勢，倚財為主，把心來橫了，只欺負的是我。你說你這般把這一個半個人命兒打死了，不放在意裏。那個攔著你手兒哩不成！你打不是？有的是，我隨你怎麼打，難得只打的有這口氣兒在著。若沒了，愁我家那病媽媽子來，不問你要人？隨你家怎麼有錢有勢，和你家一來一狀，你說你是衙門裏千戶便怎的？無故只是個破紗帽❹債殼子窮官罷了，能禁的幾個人命耳？就不是，教皇帝敢殺下人也怎的！」幾句說的西門慶反呵呵笑了，說道：「你看這，原來小歪剌骨兒，這等刁嘴！我是破紗帽窮官，教丫頭取我的紗帽來，我這紗帽那塊兒放著破？這裏清河縣問聲，我少誰家銀子？你說我是債殼子！」金蓮道：「你怎的叫我是歪剌骨來！」因蹺起一隻腳來：「你看老娘這腳，那些兒放著歪？你怎罵我是歪剌骨？那剌骨也不怎的！」月娘在旁笑道：「你

❷ 沈甸甸：很有重量的樣子。
❸ 嘴尖舌快：說話尖利。
❹ 破紗帽：窮官。

兩個銅盆撞了鐵刷帚。常言：『惡人自有惡人磨，見了惡人沒奈何。』自古嘴強的爭一步。六姐，也虧你這個嘴頭子；不然，嘴鈍些兒也成不的！」那西門慶見奈何不過他，穿了衣裳往外去了。迎見玳安來，說：「周爹家差人邀來了，備馬了，請問爹，先往打醮處去？往周爺家去？」西門慶分付：「打醮處教你姐夫去罷。到了那裏拈了香，快來家裏。看伺侯馬，我往你周爺家吃酒去就是了。」說著書童兒拏冠帶過來，打發穿了，繫上帶。只見王皇親家扮戲兩個師父，率眾過來，與西門慶叩頭。西門慶教書童看飯與他吃，說：「今日你等用心唱，伏侍眾奶奶，我自有重賞。休要上邊打箱去。」那師父跪下說道：「小的每若不用心答應，豈敢討賞！」西門慶因分付書童：「他唱了兩日，連賞賜封下五兩銀子賞他。」書童應諾：「小的知道了。」西門慶就上馬往周守備家吃酒去了。

單表潘金蓮在上房陪吳妗子坐的。吳月娘便說：「你還不往屋裏勻勻那臉去？揉的恁紅紅的，等住回人來看著，甚麼張致！誰教你惹他來？我倒替你捏兩把汗。若不是我在跟前勸著，綁著鬼是也有幾下子打在身上。漢子家臉上有狗毛，不知好歹，只顧下死手的，和他纏起來了！不見了金子，隨他不見去，尋不尋不在你。又不在你屋裏不見了，平白扯著脖子和他強怎麼？你也丟了這口氣兒罷！」幾句說的金蓮閉口無言，往屋裏勻臉去了。不一時，只見李瓶兒和吳銀兒多打扮出來，到月娘房裏。月娘問他：「金子怎的不見了？剛纔惹得他爹和六姐兩個在這裏好不辨了這回嘴，差些兒沒曾辨惱了打起來，吃我勸開了。他爹便往人家吃酒去了。分付小廝買狼觔去了。等他晚上來家，要把各房丫頭抽起來。你屋裏丫頭老婆管著那一門兒來？就看著孩子耍，便不見了他一錠金子。是一個半個錢的東西兒也怎的！」李瓶兒道：「平白他爹拏進四錠金子來與孩子耍，我亂著陪大妗子和鄭三姐並他二娘坐著說話，誰知就不見了一錠。如今丫頭推奶子，奶子推老馮。急的那媽媽哭哭啼啼，只要尋死，無眼難明勾當。如今冤誰的是！」吳銀兒道：「天麼，天麼！每常我還和哥兒耍子。早是今日我在這邊屋裏梳頭，沒曾過去。不然，難為了我。雖然爹娘不言語，你我心上何安？誰人不愛錢？俺裏邊人家，最忌叫這個名聲兒，傳出去醜聽！」

正說著，只見韓玉釧兒、董嬌兒兩個擺著衣包兒進來，笑嘻嘻先向月娘、大妗子、李瓶兒磕了頭起來。望著吳銀兒拜了一拜，說道：「銀姐昨已來了，沒家去？」吳銀兒道：「你兩個怎的曉得？」董嬌兒道：「昨日俺兩個都在燈市街房子裏唱來。大爹對俺每說，教俺每今日來唱伏侍奶奶。」一面月娘讓他兩個坐下。須臾，小玉拏了兩盞茶來。那韓玉釧兒、董嬌兒連忙立起身來接茶，還望小玉拜了一拜。吳銀兒因問：「你兩個昨日唱多咱散了？」韓玉釧道：「俺每到家，也有二更多了。同你兄弟、李銘，都一路去來。」說了一回話，月娘分付玉簫：「早些打發他每吃了茶罷，等住回只怕那邊人來忙了。」一面放下桌兒，兩方春檽，四盒茶食。月娘使小玉：「你二娘房裏請了桂姐來，同吃了茶罷。」不一時，和他姑娘來到，兩個各道了禮數，坐下同吃了茶，收過家火去。忽見迎春打扮著，抱了官哥兒來，頭上戴著金梁段子八吉祥帽兒，身穿大紅氅衣兒，下邊白綾襪兒，段子鞋兒，胸前項牌符索，手上小金鐲兒。李瓶兒看見說道：「小大官兒，沒人請你，來做甚麼？」一面接過來，放在膝蓋上。看見一屋裏人，把眼不住的看了這頭，看那一個。桂姐坐在月娘炕上，笑引鬥他耍子，道：「哥子只看就這裏，想必只要我抱他。」于是用手引了他引兒，那孩子就撲到懷裏教他抱著。吳大妗子笑道：「恁點小孩兒，他也曉的愛好。」月娘接過來說：「他老子是誰？到明日大了，管情也是小飄頭兒。」孟玉樓道：「若做了小飄頭兒，教大媽媽就打死了。」那李瓶兒道：「小廝，你姐姐抱，只休溺了你姐姐衣服，我就忙打死了。」

那桂姐道：「耶嚛，怕怎麼！溺了也罷，不妨事。我心裏要抱哥兒耍耍兒。」于是與他兩個嘴搵嘴兒耍子。只見潘金蓮也來了，董嬌兒、韓玉釧兒下來行禮畢，坐下說道：「俺兩個來了這一日，還沒曾唱個兒與娘每聽。」因叫：「小玉姐，你取樂器來，等俺唱。」那小玉便取箏和琵琶，遞與他二人。當下韓玉釧兒琵琶，董嬌兒彈箏，吳銀兒也在旁邊陪唱，于是唱了一套「繁華滿月開，金索掛梧桐」。唱出一句來，端的有落塵繞梁之聲，裂石流雲之響。把官哥兒諕的在桂姐懷裏，只磕倒著，再不敢抬頭出氣兒。月娘看見，便叫：「李大姐，你接過孩子來，教迎春抱的屋裏去罷。好個不長俊的小廝！你看諕的那臉兒！」這李瓶兒連忙接過來，教迎春掩著他耳朵，抱的往那邊房裏去了。于是四個唱的齊合著聲兒，唱這一套詞道：

繁花滿月開，錦被空閒在。劣性冤家，誤得我忘毒害！我前生少欠他，今世裏相思債。廢寢忘餐，倚定門兒待。房櫳靜悄如何捱？

〔罵玉郎〕冷清清房櫳，靜悄如何捱。獨自把幃屏倚，知他是甚情懷。想當初同行同坐同歡愛，到如今孤另另怎別劃？愁戚戚酒倦釃，羞慘慘花慵戴。

〔東甌令〕花慵戴，酒倦釃，如今曾約前期不見來。都應是他在那裏，那裏貪歡愛。物在人何在？空勞魂夢到陽臺，只落得淚盈腮。

〔感皇恩〕呀！只落得雨淚盈腮，都應是命裏合該。莫不是你緣薄咱分淺，都應是一般運拙時乖。怎禁那攪閒人是非，施巧計裁排。撕撏碎合歡帶，破分開鸞鳳釵，水渰浸楚陽臺。

〔針線箱〕把一床絃索塵埋，兩眉峰不展開。香肌瘦損愁無奈，懶刺繡傍妝臺。舊恨新愁，教我如何捱？我則怕蝶使蜂媒不再來。臨鸞鏡也問道朱顏未改，他又早先改。

〔採茶歌〕改朱顏，瘦了形骸，冷清清怎生捱？我則怕梁山伯不戀祝英臺。他若是背義忘恩尋罪責，我將那盟山誓海說的明白。

〔解三醒〕頓忘了盟山誓海，頓忘了音書不寄來。頓忘了枕邊許多恩和愛，頓忘了素體相挨。頓忘了神前兩下千千拜，頓忘了表記香羅紅繡鞋。說將起旁人見了，珠淚盈腮。

〔烏夜啼〕俺如今相離三月如隔數載，要相逢甚日何年再。則我這瘦伶仃形體如柴，甚時節還徹了相思債。又不見青鳥書來，黃犬音乖。每日家病懨懨，懶去傍妝臺。得團圓便把神羊賽，意廝搜心相愛。早成了鸞交鳳友，省的著蝶笑蜂猜。

〔尾聲〕把局兒牢鋪擺，情人終久再歸來，美滿夫妻百歲諧。

四個唱的正唱著，只見玳安進來。月娘便問：「你邀請的眾奶奶每怎的這咱還不見來？」玳安道：「小的到喬親家娘那邊邀來，朱奶奶、尚舉人娘子，都過喬親家娘家來了。只等著喬五太太到了，就往咱這裏來。」月娘分付：「你就說與平安兒小廝，說教他在大門首看著。等奶奶每轎子到了，就先進來說。」玳安道：「大門前邊大廳上，鼓樂迎接哩，娘每都收拾伺候就是了。」月娘分付玳安，後廳明間鋪下錦毯，安放坐位，捲起簾來，金鉤雙控，蘭麝香飄。春梅、迎春、玉簫、蘭香都打扮起來，家人媳婦，都插金戴銀，披紅垂綠，準備迎接新親。只見應伯爵娘子兒應二嫂先到了，應寶跟著轎子。月娘等迎接進來，見了禮數，明間內坐下。向月娘拜了又拜，說：「俺家的常時打攪這裏，多蒙看顧。」月娘道：「二娘好說，常時累你二爹。」良久，只聞喝道之聲漸近，前廳鼓樂響動。平安兒先進來報道：「喬太太轎子到了。」須臾，黑壓壓一群人，跟著五頂大轎，落在門首。惟喬五太太轎子在頭裏。轎上是垂珠銀頂天青重沿絹金走水轎衣，使藤棍喝路。後面家人媳婦，坐小轎跟隨。四名校尉，抬衣箱火爐。兩個青衣家人，騎著小馬，後面隨從。其餘者就是喬大戶娘子、朱臺官娘子、尚舉人娘子、崔大官媳婦、段大姐，並喬通媳婦也坐著一頂小轎，跟來收疊衣裳。吳月娘這裏穿大紅五彩遍地錦，白獸朝麒麟段子通袖袍兒，腰束金鑲寶石鬧妝；頭上寶髻巍峨，鳳釵雙插，珠翠堆滿；胸前繡帶垂金，項牌錯落；裙邊禁步明珠，與李嬌兒、孟玉樓、潘金蓮、李瓶兒、孫雪娥，一個個打扮的似粉妝玉琢，錦繡耀目，都出二門迎接。只見眾堂客簇擁著喬五太太進來，生的五短身材，約七旬多年紀，戴著疊翠寶珠冠，身穿大孔宮繡袍兒。近面視之，鬢髮皆白。正是：眉分八道雪，髻綰一窩絲；眼如秋水微渾，鬢似楚山雲淡。接入後廳，先與吳大妗子敘畢禮數，然後與月娘等廝見。月娘再三請太太受禮，太太不肯。讓了半日，只受了半禮。次與喬大戶娘子，又敘其新親家之禮。彼此道及款曲，謝其厚儀。已畢，然後向錦屏正面，設放一張錦裀座位，坐了喬五太太。其次坐就讓喬大戶娘子。喬大戶娘子再三辭說：「姪婦不敢與五太太上僭。」讓朱臺官、尚舉人娘子。兩個又不肯。彼此讓了半日，喬五太太坐了首座，其餘客東主西，兩分頭坐了。當中大方爐火箱籠起火來，堂中氣煖如春。春梅、迎春、玉簫、蘭香一般兒四個丫頭，都打扮起來，身上一色都大紅妝花段襖兒，藍織金裙，綠遍地金比甲兒，在跟前遞茶。良久，喬五太太對月娘說：「請西門大人出來拜見，敘敘親情之禮。」月娘道：「拙夫今日衙門中理公事去了，還未來家哩。」喬五太太道：「大人居于何官？」月娘道：「乃一介鄉民，蒙朝廷恩例，實授千戶之職，見掌刑名。寒家與親家那邊結親，實是有玷。」喬五太太道：「娘子說那裏話！似大人這等崢嶸也夠了。昨日老身聽得舍姪女與府上做親，心中甚喜。今日我來會會，到明日席上好廝見。」月娘道：「只是有玷老太太名目。」喬五太太道：「娘子是甚怎說話？想朝廷不與庶民做親哩！老身說起來話長。如今當今東宮貴妃娘娘，係老身親姪女兒。他父母都沒了，只有老身。老頭兒在時，曾做世襲指揮使。不幸五十歲故了，身邊又無兒孫輪著；輪著別門姪男替了。手裏沒錢，如今倒是做了大戶。我這個姪兒雖是差役立身，頗得過的日子，庶不玷污了門戶！」說了一回，吳大妗子對月娘說：「抱孩子出來與老太太看看，討討壽。」李瓶兒慌的走去，到房裏分付奶子抱了官哥來，與太太磕頭。喬太太看了，誇道：「好個端正的哥哥！」即叫過左右，連忙向氈包內打開，捧過一端宮中紫閃黃錦段，並一付鍍金手鐲與哥兒戴。月娘連忙下來拜謝了，請去房中換了衣裳。須臾，前邊捲棚內安放四張桌席，擺下茶。每桌四十碟，都是各樣茶果甜食，美口菜蔬，蒸酥點心，細巧油酥餅饊之類。兩邊家人媳婦丫頭侍奉伏侍，不在話下。吃了茶，月娘就去後邊山子花園中，開了門，遊玩了一回下來。那時陳經濟打醮去，吃了午齋回來了，和書童兒、玳安兒又早在前廳擺放桌席齊整，請眾奶奶每遞酒上席。端的好筵席！但見：屏開孔雀，褥隱芙蓉。盤堆異果奇珍，瓶插金花翠葉。爐焚獸炭，香裊龍涎。器列象州之古玩，簾開合浦之明珠。白玉碟高堆麟脯，紫金壺滿貯瓊漿。煮猩唇，燒豹胎，果然下箸了萬錢；烹龍肝，炮鳳髓，端的獻時品滿座。梨園子弟，簇捧著鳳管鸞簫；內院歌姬，緊按定銀箏象板。進酒佳人雙洛浦，分香侍女兩嫦娥。正是：兩行珠翠列階前，一派笙歌臨座上。須臾，吳月娘與李瓶兒遞酒。階下戲子鼓樂響動，喬太太與眾親戚，又親與李瓶兒把盞祝壽。李桂姐、吳銀兒、韓玉釧兒、董嬌兒四個唱的，在席前錦瑟銀箏，玉面琵琶，紅牙象板，彈唱起來，唱了一套壽比南山。下邊鼓樂響動，戲子呈上戲文手本。喬五太太分付下來，教做王月英元夜留鞋記。廚役上來獻小割燒鵝，賞了五錢銀子。比及割凡五道，湯陳三獻，戲文四摺下來，天色已晚。堂中畫燭流光者如山疊，各樣花燈都點起來。錦帶飄飄，彩繩低轉。一輪明月，從東而起；照射堂中，燈光掩映。來興媳婦惠秀，與來保媳婦惠祥，每人拏著一方盤果餡元宵，都是銀鑲茶鍾，金杏葉茶匙，放白糖玫瑰，馨香美口，走到上邊。春梅、迎春、玉簫、蘭香四人，分頭照席捧遞，甚是禮數周詳，舉止沈穩。階下動樂，琵琶箏纂，笙簫笛管，吹打了一套燈詞畫眉序，「花月滿春城」。唱畢，喬太太和喬大戶娘子，叫上戲子，賞了兩包一兩銀子。四個唱的，每人二錢。月娘又在後邊明間內，擺設下許多果碟兒，留後座，四張桌子都堆滿了。唱的唱，彈的彈，又吃了一回酒。喬太太再三說晚了，要起身。月娘眾人款留不住，送在大門首；又攔了遞酒，看放煙火。兩邊街上看的人，鱗次蜂脾一般，平安兒同眾排軍執棍攔擋，再三還湧擠上來。須臾，放了一架煙火，兩邊人散了。喬太太和眾娘子方纔拜辭月娘等起身，上轎去了。那時已有三更天氣。然後又送應二嫂起身。

月娘眾姊妹歸到後邊來，分付陳經濟、來興、書童、玳安兒，看著廳上收拾家火，管待戲子並兩個師範酒飯，與了五兩銀子唱錢，打發去了。月娘分付出來剩饌下一桌肴饌，半罈酒，請傳夥計、賁四、陳姐夫，說：「他每管事辛苦，大家吃鍾酒。就在大廳上安放一張桌兒，你爹不知多咱纔回。」于是還有殘燈未盡。當下傳夥計、賁四、經濟、來保上坐，來興、書童、玳安、平安打橫，把酒來斟。來保叫平安兒：「你還委個人大門首，怕一時爹回，沒人看門。」平安道：「我叫畫童看著哩，不妨事。」于是八個人猜枚飲酒。經濟道：「你每休猜枚，大驚小唱的，惹後邊聽見。咱不如悄悄行令兒耍子。每人要一句，說的出免罰，說不出罰一大盃酒。」該傳夥計先說：「堪笑元宵草物，」賁四道：「人生歡樂有數。」經濟道：「趁此月色燈光，」來保道：「咱且休要辜負。」來興道：「纔約嬌兒不在，」書童道：「又學大娘分付。」玳安道：「雖然剩酒殘燈，」平安道：「也是春風一度。」眾人念畢，呵呵笑了。正是：飲罷酒闌人散後，不知明月轉梅梢。

畢竟未知後來如何，且聽下回分解。

第四十四回　吳月娘留宿李桂姐　西門慶醉拶夏花兒

窮途日日困泥沙，上苑年年好物華。
荊林不當車馬道，管絃長奏絲羅家。
王孫草上悠揚蝶，少女風前爛熳花。
懶出任從愁子笑，入門還是舊生涯。

話說經濟同傅夥計眾人前邊吃酒，吳大妗子轎子來了，收拾要家去。月娘款留再三，說道：「嫂子，再住一夜兒，明日去罷。」吳大妗子道：「我連在喬親家那裏，就是三四日了。家裏沒人，你哥衙裏又有事，不得在家，我家去罷。明日請姑娘眾位，好歹往我那裏大節坐坐，晚夕走百病兒來家。」月娘道：「俺每明日只是晚上些去罷了。」吳大妗子道：「姑娘，早些坐轎子去，晚夕同坐了來家就是了。」說畢，裝了兩個盒子，一盒子元宵，一盒子饅頭，叫來安兒送大妗子到家。李桂姐等四個都磕了頭，拜辭月娘，也要家去。月娘道：「你每慌怎的？也就要去？還等你爹來家著你去。他去時分付我留下你每。只怕他還有話和你每說，我是不敢放你去。」桂姐道：「爹去吃酒到多咱晚來家，俺每原等的他？娘先教我和吳銀姐先去罷。他兩個今日纔來，俺每住了兩日，媽在家裏不知怎麼盼望。」月娘道：「可可的就是你媽盼望，這一夜兒等不的？」李桂姐道：「娘且是說的好。我家裏沒人，俺姐姐又被人包住了。寧可拏樂器來唱個與娘聽，娘放了奴去罷。」正說著，只見陳經濟走進來交剩下的賞賜與月娘，說道：「喬家並各家貼轎賞一錢，共使了十包，重三兩。還剩下十包在此。」月娘收了。桂姐便道：「我央及姑夫，你看外邊俺每的轎子來了不曾？」經濟道：「只有他兩個的轎子。你和銀姐的轎子沒來。從頭裏不知誰回了去了。」桂姐道：「姑夫，你真個回了？你哄我哩？」那陳經濟道：「你不信瞧去，不是我哄你。」剛言未罷，只見琴童抱進氈包來說：「爹家來了。」月娘道：「早是你每不去了，這不你爹來了！」不一時西門慶進來，戴著冠帽，已帶七八分酒了，走入房中，正面坐下。月娘便道：「你董嬌兒、韓玉釧兒二人向前磕頭。」西門慶問道：「人都散了，更已深了，怎的我教他唱？」月娘道：「他每這裏求著我要家去哩。」西門慶向桂姐說：「你和銀兒亦發過了節兒去。且打發他兩個去罷。」月娘道：「如何？我說你每不信，恰像我哄你一般。」那桂姐把臉兒苦低著，不言語。西門慶問玳安：「他兩個轎子在這裏不曾？」玳安道：「只有董嬌兒、韓玉釧兒兩頂轎子伺候著哩。」西門慶道：「我也不吃酒了。你每拏樂器來唱十段錦兒我聽，打發他兩個先去罷。」當下四個唱的，李桂姐彈琵琶，吳銀兒彈箏，韓玉釧兒撥阮，董嬌兒打著緊急鼓子，一遞一個唱十段錦二十八半截兒。吳月娘、李嬌兒、孟玉樓、潘金蓮、李瓶兒都在屋裏坐的聽唱。先是桂姐唱：

〔山坡羊〕俏冤家，生的出類拔萃。翠衾寒，孤殘獨自。自別後，朝思暮想；想冤家，何時得遇？遇見冤家如同往，如同往。

該吳銀兒唱：

〔金字經〕惜花人何處，落和春又殘，倚遍危樓十二欄，十二欄。

韓玉釧唱：

〔駐雲飛〕悶倚欄杆，燕子鶯兒怕待看。色戒誰曾犯，思病誰經慣。

董嬌兒唱：

呀，減盡了花容月貌，重門常是掩。正東風料峭，細雨澾瀸，落紅千萬點。

桂姐唱：

〔畫眉序〕自會俏冤家，銀箏塵鎖怕湯抹。雖然是人離咫尺，如隔天涯。記得百種恩情，那裏討半星兒狂詐。

吳銀兒唱：

〔紅繡鞋〕水面上鴛鴦一對，順河岸步步相隨。怎見個打漁船，驚拆在兩下裏飛。

韓玉釧唱：

〔耍孩兒〕自從他去添憔瘦，不似今番病久。才郎一去正逢春，急回頭雁過了中秋。

董嬌兒唱：

〔傍妝臺〕到如今瑤琴絃斷少知音，花好時，誰共賞。

桂姐唱：

〔鎖南枝〕紗窗外月兒斜久，想我人兒，常常不捨。你為我力盡心竭，我為你珠淚偷揩。

吳銀兒唱：

〔桂枝香〕楊花心性，隨風不定。他原來假意兒虛名，到使我真心陪奉。

韓玉釧唱：

〔山坡羊〕惜玉憐香，我和他在芙蓉帳底抵面共。你把衷腸來細講，講離情如何把奴拋棄。氣的我似醉如癡來呵，何必你別心另敘上。知已幾時，得重整佳期；佳期，實相逢如同夢裏。

董嬌兒唱：

〔金字經〕彈淚痕，羅帕斑；江南岸，夕陽山外山。

李桂姐唱：

〔駐雲飛〕嗏，書寄兩三番，得見艱難。再倩霜毫，寫下喬公案，滿紙春心墨未乾。

吳銀兒唱：

〔江兒水〕香串懶重添，針兒怕待拈。瘦體嵓嵓，鬼病懨懨，俺將這舊恩情重檢點。愁壓挨兩眉翠尖，空惹的張郎憎厭，這些時鶯花不捲簾。

韓玉釧唱：

〔畫眉序〕想在枕上溫存的話，不由人窗顫身麻。

董嬌兒唱：

〔紅繡鞋〕一個兒投東去，一個兒向西飛；撇的俺一個兒南來，一個兒北去。

李桂姐唱：

〔耍孩兒〕你那裏偎紅倚翠綃金帳，我這裏獨守香閨淚暗流。從記得說來咒，負心的隨燈兒滅，海神廟放著根由。

吳銀兒唱：

〔傍妝臺〕美酒兒誰共斟，意散了如瓶兒。難見面，似參辰。從別後幾月深。畫畫兒畫損了掠兒金。

韓玉釧唱：

〔鎖南枝〕兩下裏心腸牽掛，誰知道風掃雲開。今宵復顯出團圓月，重令情郎把香羅再解。訴說情誰負誰心，須共你說個明白。

董嬌兒唱：

〔桂枝香〕怎忘了舊時，山盟為證，坑人性命。有情人，從此分離了去，何時再得成。

李桂姐唱：

〔尾聲〕半扠繡羅鞋，眼兒見了心兒愛。可喜才捨著搶白，忙把這俏身挨。

唱畢，西門慶與了韓玉釧、董嬌兒兩個唱錢，拜辭出門，留李桂姐、吳銀兒兩個：「這裏歇罷。」

忽聽前邊玳安兒和琴童兒兩個嚷亂，簇擁定李嬌兒房裏夏花兒，進來稟西門慶，說道：「小的剛送兩個唱的出去，打燈籠往馬房裏拌草，牽馬上槽。只見二娘房裏夏花兒躲在馬槽底下，諕了小的一跳，不知甚麼緣故。小的每問著他又不說。」西門慶聽見便道：「那奴才在那裏？與我拏來！」就坐出外邊明間穿廊下椅子上坐著，一邊打著，一個簇把那丫頭兒揪著跪下。西門慶問他：「往前邊做甚麼去？」那丫頭不言語。李嬌兒在旁邊說道：「我又不使你，平平白白往馬房裏做甚麼去？」見他慌做一團，西門慶只說丫頭要走之情，即令小廝：「與我與他搜身上！」他又不容搜。于是琴童把他一拉倒在地，只聽滑浪一聲，沈身從腰裏掉下一件東西來。西門慶問：「是甚麼？」玳安遞上去。可霎作怪！卻是一錠金子。西門慶燈下看了道：「是頭裏不見了的那錠金子。尋不見，原來是你這奴才偷了！」他說是拾的。西門慶問：「是那裏拾的？」他又不言語。西門慶于是心中大怒，令琴童往前邊去取拶子來。須臾，把丫頭拶起來，拶的殺豬也是叫。拶了半日，又敲二十敲。月娘見他有酒了，又不敢勸。那丫頭挨忍不過，方說：「我在六娘房裏地下拾的。」西門慶方命放了拶子，又分付與李嬌兒領到屋裏去：「明日叫媒人，即時與我拉出去賣了。這個奴才，還留著做甚麼！」那李嬌兒沒的話兒說，便道：「恁賊奴才，誰叫你往前頭去來？養在家裏，也問我聲兒，三不知就出去了。你就拾了他屋裏金子，也對我說一聲兒。」那夏花兒只是哭。李嬌兒道：「拶死你這奴才纔好哩，你還哭！」西門慶道：「罷！」把金子交與月娘收了，就往前邊李瓶兒房裏去了。那小廝多出去了。月娘令小玉關上儀門，因叫道：「玉簫來，問他頭裏這丫頭也往前邊去來麼？」小玉道：「二娘、三娘陪大妗子娘兒兩個往六娘那邊去，他也跟了去來。誰知他三不知就偷了他這錠金子在手裏。頭裏聽見娘說爹使小廝買狼觔去了，諕的他要不的，在廚房問我：『狼觔是甚麼？』教俺每眾人笑道：『狼觔敢是狼身上的觔，若是那個偷了東西不拏出來，把狼觔抽將起來，就纏在那人身上，抽攢的手腳兒都在一處。』他見咱說想必慌了。到晚夕趕唱的出去，就要走的情。見大門首有人，纔藏入馬房裏，鑽在槽底下躲著。不想被小廝又看見了，採出來。」月娘道：「那裏看人去？恁小丫頭，原來這等賊頭鼠腦的！倒就不是個咍咳的。」

且說李嬌兒領夏花兒到房裏，李桂姐晚間甚是說夏花兒：「你原來是個俗孩子，你恁十五六歲，也知道些人事兒，還這等懵懂！要著俺裏邊，纔使不的。這裏沒人，你就拾了些東西，來屋裏悄悄交與你娘。似這等把出來，他在旁邊也好救你。你怎的不望他題一字兒？剛纔這等拶打著，好麼？乾淨傻丫頭！常言道：『穿青衣，抱黑柱。』你不是他這屋裏人，就不管他。剛纔這等掠掣著你，你娘臉上有光沒光？」又說他姑娘：「你也忒不長俊。要著是我，怎教他把我房裏丫頭對眾拶恁一頓拶子？有不是，拉到房裏來，等我打。前邊幾個房裏丫頭怎的不拶，只拶你房裏丫頭？你是好欺負的，就鼻子口裏沒些氣兒？等不到明日真個教他拉出這丫頭去罷，你也就沒句話兒說？你不說等我說，休教他領出去，教別人好笑話。你看看孟家的和潘家的，兩家一所狐狸一般，你原鬥的過他了。」因叫夏花兒過來，問他：「你出去不出去？」那丫頭道：「我不出去。」桂姐道：「你不出去，今後要貼你娘的心，凡事要你和他一心一計。不拘拏了甚麼，交付與他，教似元宵一般抬舉你。」那夏花兒說：「姐分付我知道了。」按下這裏教唆夏花兒不題。

且說西門慶走到前邊李瓶兒房裏，只他李瓶兒和吳銀兒炕上做一處坐的，心中就要脫衣去睡。李瓶兒道：「銀姐在這裏，沒地方兒安插，你且過一家兒罷。」西門慶道：「怎的沒地方兒？你娘兒兩個在兩邊，等我在當中睡就是。」李瓶兒便瞅了他一眼兒道：「你就說下道兒❶去了。」西門慶道：「我如

❶ 下道兒：下流。

今在那裏睡？」李瓶兒道：「你過六姐那邊去睡一夜罷。」西門慶坐了一回，起身走了，說道：「也罷，也罷，省的我打攪你娘兒每，我過那邊屋裏睡去罷。」于是一直走過金蓮這邊來。金蓮聽見西門慶進房來，天上落下來一般。向前與他接衣解帶，鋪陳床鋪乾淨，展放鮫綃，款設珊枕，吃了茶，兩個上床歇宿不題。

李瓶兒這裏打發西門慶出來，和吳銀兒兩個燈下放炕桌兒，撥下黑白棋子，對坐下象棋兒。分付迎春：「定兩盞茶兒，拏個果盒兒，把這甜金華酒兒篩一壺兒來，我和銀姐吃。」因問：「銀姐，你吃飯？教他盛飯來你吃？」吳銀兒道：「娘，我且不餓，休叫姐盛來。」李瓶兒道：「也罷，銀姐不吃飯，你拏個盒蓋兒，我揀妝裏有果餡餅兒，拾四個兒來，與銀姐吃罷。」須臾迎春拏了四碟小菜，一碟糟蹄子觔，一碟鹹雞，一碟爇雞蛋，一碟炒的荳芽菜拌海蜇，一個果盒，都是細巧果仁兒，一盒果餡餅兒，頓備在旁邊。少頃，與吳銀兒下了三盤棋子。篩上酒來，拏銀鍾兒兩個共飲。吳銀兒叫：「迎春姐，你遞過琵琶來，我唱個曲兒與娘聽。」李瓶兒道：「姐姐，不唱罷，小大官兒睡著了。他爹那邊又聽著，教他說。咱擲骰子耍耍罷。」于是教迎春遞過色盆來，兩個擲骰兒賭酒為樂。擲了一回，吳銀兒因叫：「迎春姐，你那邊屋裏請過奶媽兒來，教他吃鍾酒兒。」迎春道：「他摟著哥兒在那邊炕上睡哩。」李瓶兒道：「教他摟著孩子睡罷，拏一甌子酒送與他吃就是了。你不知俺這小大官，好不伶俐，人只離來開，他就醒了。有一日兒在我這邊炕上睡，他爹這裏敢動一動兒，就睜開眼醒了，恰似知道的一般。教奶子抱了去那邊屋裏，只是哭，只要我摟著他。」吳銀兒笑道：「娘有了哥兒，和爹自在覺兒也不得睡一個兒。爹幾日來這屋裏走一遭兒？」李瓶兒道：「他也不論，遇著一遭也不可止，兩遭也不可止，常進屋裏看他。為這孩子來看他不打緊，教人把肚子也氣破了。把他爹和這孩子，背地咒的白湛湛的；我是不消說的，只與人家墊舌根❷！誰和他有甚麼大閒事，寧可他不來我這裏還好。第二日教人眉兒眼兒的，只說俺每甚麼把攔著漢子。為甚麼剛纔到這屋裏我就攛掇他出去？銀姐你不知俺這家，人多舌頭多！自今日為不見了這錠金子，早是你看著，就有人氣不憤，在後邊調白❸你大娘，說拏金子進我這屋裏來了，怎的不見了。落後不想是你二娘屋裏丫頭偷了，纔顯出個青紅皂白來。不然，綁著鬼，只是俺這屋裏丫頭和奶子。老馮媽媽急的那哭，只要尋死，說道：『若沒有這金子，我也不家去。』落後見有了金子，那咱纔肯去，還打了燈家去了。」吳銀兒道：「娘也罷，你看爹的面上，你守著哥兒，慢慢過到那裏是那裏。論起後邊大娘，沒甚言語也罷了。倒只是別人見娘生了哥兒，未免都有些兒氣。爹他老人家有些主就好。」李瓶兒道：「若不是你爹和你大娘看覷，這孩子也活不到如今。」說話之間，你一鍾我一盞，不覺坐到三更天氣，方纔宿歇。正是：得意客來情不厭，知心人到話相投。有詩為證：

畫樓明月轉窗寮，相伴嬋娟宿一宵。

玉骨冰肌誰不愛，一枝梅影夜迢迢。

畢竟未知後來何如，且聽下回分解。

---

❷ 墊舌根：供人家批評議論。

❸ 調白：挑撥。

第四十五回　桂姐央留夏花兒　月娘含怒罵玳安

佳名號作百花王，幼出冰肌異眾芳。
映日妖嬈呈素艷，隨風冷淡散清香。
玉容呉姤啼妝女，雪臉渾如傅粉郎。
檀板金尊歌勝賞，何誇魏紫與姚黃。

話說西門慶因放假，沒往衙門裏去。早晨起來，前廳看著差玳安送兩張桌面與喬家去。一張與喬五太太，一張與喬大戶娘子，俱有高頂方糖，時件樹果之類。喬五太太賞了玳安兩方手帕，三錢銀子；喬大戶娘子是一疋青絹，俱不必細說。原來應伯爵自從與西門慶作別，趕到黃四家，黃四又早夥中封下十兩銀子謝他：「大官人分付教俺過節去，口氣兒只是搗那五百兩銀子文書的情。你我錢糧拏甚麼支持？」應伯爵道：「你如今還得多少纔夠？」黃四道：「李三哥他不知道，只要靠著問那內臣借。一般也是五分行利，不如這裏借著衙門中勢力兒，就是上下使用也省些。如今找著再得出五十個銀子來，把一千兩合同，就是每月也好認利錢。」應伯爵聽了，低了低頭兒，說道：「不打緊。假若我替你說成了，你夥計六人怎生謝我？」黃四道：「我對李三說，夥中再送五兩銀子與你。」伯爵道：「休說五兩的話，要我手段，五兩銀子要不了你的。我只消一言替你每巧一巧兒，就在裏頭了。今日俺房下往他家吃酒，我且不去。明日他請俺每晚夕賞燈，你兩個明日絕早買四樣好下飯，再著上一罈金華酒；不要叫唱的，他家裏有李桂兒、吳銀兒還沒去哩。你院裏叫上六名吹打的，等我領著送了去，他就要請你兩個坐。我在旁邊，那消一言半句，管情就替你說成了。找出五百兩銀子來，共搗一千兩文書。一個月滿破認他三十兩銀子，那裏不去了，只當你包了一個月老婆了。常言道：秀才無假漆無真；進錢糧之時，香裏頭多上些木頭，蠟裏多攙些柏油，那裏查帳去！不圖打魚，只圖混水。借著他這名聲兒，纔好行事。」于是計議已定。

到次日李三、黃四果然買了酒禮，伯爵領著兩個小廝，抬著送到西門慶家來。西門慶正在前廳打發桌面，只見伯爵來到，作了揖，道及昨日房下在這裏打攪，回家晚了。西門慶道：「我昨日周菊軒那裏吃酒回家，也有一更天氣，也不曾見的新親，說老早就去了。今早衙門中放假，也沒去。看著打發了兩張桌面，與喬親家那裏去。」說畢，坐下了。伯爵就喚李錦：「你把禮抬進來。」不一時，兩個抬進儀門裏放下。伯爵道：「李三哥、黃四哥再三對我說，受你大恩，節間沒甚麼，買了些微禮來孝順你賞人。」只見兩個小廝向前扒在地下磕頭。西門慶道：「你每又送這禮來做甚麼？我也不好受的，還教他抬回去。」伯爵道：「哥你不受他的，這一抬出去，就醜死了！他還要叫唱的來伏侍，是我阻住他了；只叫了六名吹打的，在外邊伺候。」西門慶即令：「與我叫進來。」不一時，把六名樂工叫至當面跪下。西門慶向伯爵道：「他既是叫將來了，莫不又打發他？不如請他兩個來坐坐罷。」伯爵得不的一聲兒，即叫過李錦來，分付：「到家對你爹說，老爹收了禮。這裏不著人請去了，叫你爹同黃四爹早來這裏坐坐。」那李錦應諾下去。須臾，收進禮去。西門慶令玳安封二錢銀子賞他，磕頭去了。六名吹打的下邊伺候。少頃，棋童兒拏茶上來那裏吃。西門慶陪伯爵吃了茶。說道：「有了飯，請問爹？」西門慶讓伯爵西廂房裏坐。因問伯爵：「你今日沒會謝子純？」伯爵道：「我早晨起來時，李三就到我那裏，看著打發了禮來，誰得閒去會他？」西門慶即使棋童兒：「快請你謝爹去。」不一時，書童兒放桌兒擺飯，畫童兒罩漆方盒兒拏了四碟小菜兒，都是裏外花靠小碟兒：精緻一碟美甘甘十香瓜茄、一碟甜孜孜五方豆豉、一碟香噴噴的橘醬、一碟紅馥馥的糟笋；四大碗下飯：一碗大燎羊頭，一碗滷頓的炙鴨，一碗黃芽菜並汆的餛飩雞蛋湯、一碗山藥膾的紅肉圓子；上下安放了兩雙金筯牙兒。伯爵面前是一盞上新白米飯兒，西門慶面前于是一甌兒香噴噴軟稻粳米粥兒。兩個同吃了飯，收了家火去，揩抹的桌兒乾淨。西門慶與伯爵兩個坐著賭酒兒打雙陸。伯爵趁謝希大未來，乘先問下西門慶說道：「哥，明日找與李智、黃四多少銀子？」西門慶道：「把舊文書收了，另搗五百兩銀子文書就是了。」伯爵道：「這等也罷了。哥，你總不如再找上一千兩，到明日也好認利錢。我又一句話，那金子你用不著，還算一百五十兩與他，再找不多兒了。」西門慶聽罷道：「你也說的是。我明日再找三百五十兩與他罷。改一千兩銀子文書就是了。省的金子放在家，也只是閒著。」

兩個正打雙陸，忽見玳安兒走來說道：「賁四拏了一座大螺鈿大理石屏風、兩架銅鑼銅鼓，連鐺兒，說是白皇親家的，要當三十兩銀子。爹當與他不當他？」西門慶道：「你教賁四拏進來我瞧。」不一時賁四同兩個人抬進去，放在廳堂上。西門慶與伯爵下雙陸，走出來看，原來是三尺闊五尺高可桌放的螺鈿描金大理石屏風，端的是一樣黑白分明。伯爵觀了一回，悄與西門慶道：「哥，你仔細瞧，恰相好似蹲著個鎮宅獅子一般。兩架銅鑼銅鼓都是彩畫生妝雕刻雲頭，十分齊整。」在旁一力攛掇說道：「哥，該當下他的。休說兩架銅鼓，只一架屏風，五十兩銀子還沒處尋去。」西門慶道：「不知他明日贖不贖？」伯爵道：「沒的說，贖甚麼？下坡車兒營生，及到三年過來，七八本利相等。」西門慶道：「也罷，教你姐夫前邊鋪子裏，兌三十兩與他罷。」剛打發去了，西門慶把屏風拂抹乾淨，安在大廳正面，左右看視，金碧彩霞交輝。因問：「吹打樂工，吃了飯不曾？」琴童道：「在下邊打發吃飯哩。」西門慶道：「叫他吃了飯，來吹打一回我聽。」于是廳內抬出大鼓來，穿廊下邊一架安放銅鑼銅鼓，吹打起來，端的聲震雲霄，韻驚魚鳥。正吹打著，只見棋童兒請了謝希大到了，進來與二人唱了喏。西門慶道：「謝子純你過來，估估這座屏風兒值多少價？」謝希大近前觀看了半日，口裏只顧誇獎不已，說道：「哥，你這屏風買的巧也得一百兩銀子與他，少了他不肯。」伯爵道：「你看，連外邊兩架銅鑼銅鼓，帶鐺鐺兒，通共與了三十兩銀子。」那謝希大拍著手兒叫道：「我的南無耶，那裏尋本兒利兒！休說屏風；三十兩銀子，還攬給不起這兩架銅鑼銅鼓來。你看這兩座架，做的這工夫，硃紅彩漆，都照依官司裏的樣範。少說也有四十觔響銅，該值多少銀子？怪不的一物一主，那裏有哥這等大福，偏有這樣巧價兒來尋你的！」說了一回，西門慶請入書房裏坐的。

不一時，李智、黃四也到了。西門慶說道：「你兩個如何又費心送禮來？我又不好受你的。」那李智、黃四慌的下了禮說道：「小人惶恐，微物胡亂與爹賞人罷了。蒙老爹呼喚，不敢不來。」于是搬過坐兒來，打橫坐了。須臾，小廝畫童兒拏了五盞茶上來，眾人吃了，收下盞托去。少頃，玳安走上來：「請問爹，在那裏放桌兒？」西門慶令抬進桌兒，「就在這裏坐罷。」于是玳安與書童兩個，一肩搭抬進一張八仙瑪瑙籠漆桌兒進來，騎著火盆安放在地平上。伯爵希大居上，西門慶主位，李智、黃四兩邊打橫坐了。須臾拏上春槃按酒，大盤大碗，湯飯點心，無非鵝鴨雞蹄，各樣下飯之類。酒泛羊羔，湯浮桃浪，樂工都在窗外吹打。西門慶叫了吳銀兒席上遞酒。這裏前邊飲酒不題。

卻說李桂姐家保兒❶，吳銀兒家丫頭臘梅，都叫了轎子來接他姐姐家去。那桂姐聽保兒來，慌的走到門外，和保兒兩個悄悄說了半日話。回到上房，告辭要回家去。月娘再三留他：「俺每如今便都往吳大妗子家去，連你每也帶了去。你越發晚了，從他那裏起身，也不用轎子，伴俺每走百病兒，就往家去便了。」桂姐道：「娘不知我家裏無人，俺姐姐又不在家，有我王姨媽那裏又請了許多人來做盒子會，俺媽不知怎麼盼我。昨日等了我一日。他不急時，不使將保兒來接我。若是閒常日子，隨娘留我幾日，我也住了。」月娘見他不肯，一面教玉簫將他那原來的盒子，裝了一盒元宵、一盒白糖薄脆，交與保兒掇著。又與桂姐一兩銀子，打發他早去。

這桂姐先辭月娘眾人，然後他姑娘送他到前邊，教畫童替他抱了氈包，竟來書房門首，教玳安請出西門慶來說話。這玳安慢慢掀簾子，進入書房，向西門慶請道：「桂姐家去，請爹說話。」應伯爵道：「李桂兒這小淫婦兒，原來還沒去哩！」西門慶道：「他今日纔家去。」一面走出前邊來，看見李桂姐穿著紫丁香色潞州紬妝花眉子對衿襖兒、白展光五色線挑的寬襴裙子，用青點翠的白綾汗巾兒搭著頭，面前花枝招展，繡帶飄飄，磕了四個頭，就道：「打攪爹娘這裏。」西門慶道：「你明日家去罷。」桂姐道：「家裏無人，媽使保兒拏轎子來接了。」又道：「我還有一件事對爹說。俺姑娘房裏那孩子，休

❶ 保兒：舊時妓院中的幫工。

要領出去罷。俺姑娘昨日晚夕，又打了他幾下。說起來還小哩，恁怎麼不知道。吃我說了他幾句，從今改了，他也再不敢了。不爭打發他出去，大節間俺姑娘房中沒個人使，你心裏不急麼？自古木杓火杖兒短，強如手撥刺。爹好歹看我分上，留下這丫頭罷。」西門慶道：「既是你恁說，留下這奴才罷。」一面分付玳安：「你去後邊對你大娘說，休要叫媒人去了。」玳安見畫童兒抱著桂姐氈包，說道：「拏桂姨氈包，等我抱著。教畫童兒後邊說去罷。」那畫童應諾一直往後邊去了。桂姐與西門慶說畢話，東窗子前揚聲叫道：「應花子，我不拜你了。你娘家去。」伯爵道：「拉回賊小淫婦兒來！休放他去了。叫他唱一套兒，且與我聽聽著。」桂姐道：「等你娘閒了，唱與你聽。」伯爵道：「由他乾乾淨淨自你兩個梯己話兒，就不教我知道了。恁大白日就家去了，便益了賊小淫婦兒了。投到黑還接好幾個漢子！」桂姐道：「汗邪了你這花子！」一面笑出去。玳安跟著打發他上轎去了。西門慶與桂姐說了話，後邊更衣去了。應伯爵向謝希大說：「李家桂兒這小淫婦兒，就是個真脫牢的強盜，越發賊的疼人了。恁個大節，他肯只顧在人家住。著鴇子來叫他，又不知家裏有甚麼人兒等著他哩！」謝希大道：「你好猜？」悄悄向伯爵耳邊，如此如此，這般這般，說未數句，伯爵道：「悄悄裏說，哥正不知道哩！」不一時，西門慶走的腳步兒響進來，兩個就不言語了。這應伯爵就把吳銀兒摟在懷裏和他一遞一口兒吃酒，說道：「是我這乾女兒，又溫柔，又軟款，強如李家狗不要的小淫婦兒一百倍了！」吳銀兒笑道：「二爹好罵，說一個就一個，百個就百個。一般一方之地，也有賢有愚，可可兒一個就比一個來？俺桂姐沒惱著你老人家！」西門慶道：「你這賊狗材，單管只六說白道的！」伯爵道：「你休管他家，等我守著我這乾女兒過口子。乾女兒過來，拏琵琶且先唱個兒我聽。」這吳銀兒不忙不慌，輕舒玉指，款跨鮫綃，把琵琶在于膝上，低低唱了一回柳搖金：

心中牽掛，飯不飯茶不茶。難割捨我俏冤家，淒涼因為我心上放不下。更不知你在誰家，要離別，與我兩句伶仃話。拋閃殺奴家，閃賺殺奴家，你休要把奴來干罷。

伯爵吃過酒，又遞謝希大。吳銀兒又唱道：

常懷憂悶，何時得趁我心。牽掛著我有情人，姊妹每拘管的緊。老尊堂不放鬆，顯的我言兒無信。不愛你賓和金，只愛你生的胖兒俊。我和你做夫妻，死了甘心，教奴和你往來相趁。

這裏和吳銀兒前邊遞酒彈唱不題。

且說畫童兒走到後邊，月娘正和孟玉樓、李瓶兒、大姐、雪娥並大師父，都在上房裏坐的，只見畫童兒進來，月娘纔待使他叫老馮來領夏花兒出去。畫童便道：「爹使小的對大娘說，教且不要領他出去罷了。」月娘道：「你爹教賣他，怎的又不賣他了？你實說，是誰對你爹說教休要領他出去？」畫童兒道：「剛纔小的抱著桂姨氈包。桂姨臨去對爹說，央及留下了；『且將就使著罷，休領出去了。』爹使玳安進來對娘說。玳安不進來，在爹跟前使小的進來了；奪過氈包送桂姨去了。」這月娘聽了，就有幾分惱在心中，罵玳安道：「恁賊兩頭和番❷獻懃欺主的奴才！嗔道他頭裏使他叫媒人，他就說道：『爹教休領出去。』原來都是他弄鬼❸！如今又幹辦著送他去了。住回等他進後來，我和他答話！」正說著，

❷ 兩頭和番：兩面討好。

只見吳銀兒前邊唱了進來。月娘對他說：「你家臘梅接你來了。李家桂兒家去了，你莫不也往家去了罷。」吳銀兒道：「娘既留我，我又家去，顯的不識敬重了。」因問臘梅：「你來做甚麼？」臘梅道：「媽使我來瞧瞧你。」吳銀兒問道：「家裏沒甚勾當？」臘梅道：「沒甚事。」吳銀兒道：「既沒事，你來接我怎的？你家去罷。娘留下我，晚夕還同眾娘每往妗奶奶家走百病兒去。我那裏回來，纔往家去哩。」說畢，臘梅就要走。月娘道：「你叫他回來，打發他吃些甚麼兒。」吳銀兒道：「你大奶奶賞你東西吃哩，等著就把衣裳包子帶了家去。對媽媽說，休教轎子來，晚夕我走了家去。」因問：「吳惠他怎的不來？」臘梅道：「他在家裏害眼哩。」月娘分付玉簫領臘梅到後邊，拏下兩碗肉、一盤子饅頭、一甌子酒，打發他吃。又拏他原來的盒子，裝了一盒元宵、一盒細茶食，回與他拏去。原來吳銀兒的衣裳包兒，放在李瓶兒房裏。李瓶兒連忙又早尋下一套上色織金段子衣服、兩方銷金汗巾兒、一兩銀子，安放在他氈包內與他。那吳銀兒喜孜孜辭道：「娘，我不要這衣服罷。」又笑嘻嘻道：「實和娘說，我沒個白襖兒穿。娘收了這段子衣服，不拘娘的甚麼舊白綾襖兒，與我一件兒穿罷。」李瓶兒道：「我的白襖子多寬大，你怎的穿？」于是叫迎春拏鑰匙上大櫥櫃裏，拏了一疋整白綾來與銀姐：「對你媽說，教裁縫替你裁兩件好襖兒。」因問：「你要花的要素的？」吳銀兒道：「娘，我要素的罷，圖襯著比甲兒好穿。」笑嘻嘻向迎春說道：「又起動❹叫姐往樓上走一遭，明日我沒甚麼孝順，只是唱曲兒與姐姐聽罷了。」須臾，迎春從樓上取了一疋松江闊機尖素白綾，下號兒寫著重三十八兩，遞與吳銀兒，銀兒連忙花枝招

❸ 弄鬼：同第二十二回註❷。

❹ 起動：勞動。

展，繡帶飄飄，插燭也是與李瓶兒磕了四個頭，起來又深深拜了迎春八拜。李瓶兒道：「銀姐，你把這段子衣服還包了去，早晚做酒衣兒穿。」吳銀兒道：「娘賞了白綾做襖兒，又包了這衣服去？」于是又磕頭謝了。不一時，臘梅吃了東西，交與盒子氈包，都拏回家去了。月娘便說：「銀姐，你這等我纔喜歡。你休學李桂兒那等喬張致，昨日和今早，只像臥不住虎子一般，留不住的，只要家去，可可兒家裏就忙的恁樣兒？連唱也不用心唱了！見他家人來接，飯也不吃就去了，就不待見了。銀姐，你快休學他！」吳銀兒道：「好娘，這裏一個爹娘宅裏，是那裏去處？就有虛實，放著別處使，敢在這裏使！桂姐年幼，他不知事，俺娘休要惱他。」正說著，只見吳大妗子家使了小廝來定兒來請，說道：「俺娘上覆三姑娘，好歹同眾位娘並桂姐銀姐請早些過去罷；又請雪姑娘也走走。」月娘道：「你到家對你娘說，俺每如今便收拾去。二娘害腿疼不去，他在家看家哩。你姑夫今日前邊有人吃酒，家裏沒人，後邊姐也不去。李桂姐家去了，連大姐銀姐和俺每六位去。你家少費心整治甚麼，俺每坐一回，晚上就來。」因問來定兒：「你家叫了誰在那裏唱？」來定兒道：「是郁大姐。」說畢，來定兒先去了。月娘一面同玉樓、金蓮、李瓶兒、大姐並吳銀兒，對西門慶說了，分付奶子在家看哥兒，都穿戴收拾定當，共六頂轎子起身。派定玳安兒、棋童兒、來安兒三個小廝，四名排軍跟轎，往吳大妗子家來。正是：萬井風光春落落，千門燈火夜漫漫。此生此夜不長見，明月明年何處看？

畢竟未知後來何如，且聽下回分解。

第四十六回　元夜遊行遇雪雨　妻妾笑卜龜兒卦

帝里元宵，風光好，勝仙島蓬萊。玉塵飛動，車喝繡轂，月照樓臺。三宮此夕歡諧，金蓮萬盞，撒向天街。迓鼓通宵，華燈競起，五夜齊開。

此隻詞兒，是前人所作，單題這元宵景致，人物繁華。且說西門慶那日打發吳月娘眾人，往吳大妗子家吃酒去了。李智、黃四約坐到黃昏時分伯爵趕送出去，如此這般告訴：「我已替你二公說了，准在明日，還找五百兩銀子。」那李智、黃四向伯爵打了恭又打恭，就告辭去了。伯爵復到廂房中，和謝希大還陪西門慶飲酒。只見李銘掀簾子進來。伯爵看見便道：「李日新來了。」李銘扒在地下磕頭。西門慶問道：「吳惠怎的不來？」李銘道：「吳惠今日東平府官身也沒去，在家裏害眼。小的叫了王柱來了。」便叫王柱：「進來與爹磕頭。」那王柱掀簾進入房裏，朝上磕了頭，與李銘站立在旁。伯爵道：「你家桂姐剛纔家去了，你不知道？」李銘道：「小的官身到家，洗了洗臉就來了，並不知道。」伯爵同西門慶說：「他兩個怕不的還沒吃飯哩，哥分付拏飯與他兩個吃。」書童在旁說：「二爹叫他等一等，亦發和吹打的一答裏吃罷。敢也拏飯去了。」伯爵令書童取過一個托盤來，桌上掉了兩碟下飯、一盤燒羊肉，遞與李銘：「等拏了飯，你每拏兩碗，在這明間吃罷。」說書童兒：「我那傻孩子，常言道：『方以類聚，物以群分。』你不知他這行人，雖故是當院出身小優兒，比樂工不同，一概看待也罷了，顯的說你我不幫襯了。」被西門慶向伯爵頭上打了一下，笑罵道：「怪不的你這狗材，行記❶中人只護行記中人，又知這當差的苦甘！」伯爵道：「傻孩子，你知道甚麼？你空做子弟一場，連『惜玉憐香』四個字，你還不曉的，甚生說粉頭小優兒，如同鮮花兒！你惜憐他，越發有精神。你但折剉他，敢就八聲甘州，『懨懨瘦損』，難以存活。」西門慶笑道：「還是我的兒曉的道理。」那李銘、王柱須臾吃了飯。應伯爵叫過來分付：「你兩個會唱『雪月風花共裁剪』不會？」李銘道：「此是黃鍾，小的每記的。」于是拏過箏來，王柱彈琵琶，李銘擽箏，頓開喉音，唱黃鍾醉花陰。

雪月風花共裁剪，雲雨夢香嬌玉軟。花正好，月初圓，雪壓風嵌，人比天涯遠。這此時欲寄斷腸篇，爭奈我無岸的相思，好著我難運轉。

〔喜遷鶯〕指滄溟為硯，簡城毫逮筆如椽。松煙，將泰山作墨硯。萬里青天為錦箋，都做了草聖傳。一會家書，書不盡心事；一會家訴，訴不盡熬煎。

〔出隊子〕憶當時初見，見俺風流小業冤，兩心中便結下死生緣。一載間澤如膠漆堅，誰承望半路翻騰，倒做了離恨天。二三朝不見，渾如隔了十數年。無一頓茶飯不掛牽，無一刻光陰不唱念，無一個更兒，將他來不夢見。

〔四門子〕無一個來人行，將他來不問遍，害可人有似風顛。相識每見了重還勸，不由我記掛在

❶ 行記：即「行院」，謂妓院。

心間。思量的眼前活現，作念的口中粘涎。襟領前，袖兒邊，淚痕流遍。想從前我和他，語在前，那時節嬌小當年。論聰明貫世何曾見，他敢真誠處有萬千。

〔刮地風〕憶咱家為他情無倦，淚江河成春戀。俺也曾坐並著膝，語並著肩。俺也曾芰荷香，效他交頸鴛。俺也曾把手兒行，共枕眠。天也，是我緣薄分淺！

〔水仙子〕非干是我自專，只不見的鸞膠續斷絃。憶枕上盟言，念神前發願，心堅石也穿。暗暗的禱告青天，若咱家負他前世緣。俏冤家不趁今生願，俺那世裏再團圓。

〔尾聲〕囑付你衷腸莫更變，要相逢則除是動載經年。則你那身去遠，莫教心去遠。

話說唱了，看看晚來。正是：金烏漸漸落西山，玉兔看看上畫闌。佳人款款來傳報，報道月移花影上紗窗。西門慶命收了家火，使人請傅夥計、韓道國、雲主管、賁四、陳經濟大門首用一架圍屏，圍安放兩張桌席，懸掛兩盞羊角燈，擺設酒筵，堆集許多春檠果盒，各樣肴饌。西門慶與伯爵、希大，都一帶上面坐了。夥計主管，兩邊打橫。大門首兩邊，一邊十二盞金蓮燈，還有一座小煙火。西門慶分付等堂客來家時放。先是六個樂工抬銅鑼銅鼓，在大門首吹打，動起樂來。那一回銅鑼銅鼓，又清吹細樂上來。李銘、王柱兩個小優兒箏琵琶上來，彈唱燈詞畫眉序「花月滿春城」云云。那街上來往圍看的人，莫敢仰視。西門慶帶忠靖冠，絲絨鶴氅，白綾襖子。玳安與平安兩個，一遞一桶放花兒。兩名排軍各執攪杆，攔擋閒人，不許向前擁擠。不一時碧天雲靜，一輪皓月東升之時，街人遊人十分熱鬧。但見：戶戶鳴鑼擊鼓，家家品竹彈絲。遊人隊隊踏歌聲，士女翩翩垂舞調。鰲山結綵，巍峨百尺矗晴雲；鳳禁縟香，縹緲千層籠綺隊。閶廷內外，溶溶寶月光輝；畫閣高低，燦燦花燈照耀。三市六街人鬧熱，鳳城佳節賞元宵。

且說後邊春梅、迎春、玉簫、蘭香、小玉眾人，見月娘不在，聽見大門首吹打銅鼓彈唱，又放煙火，都打扮著走來，在圍屏背後扒著望外瞧，書童兒和畫童兒兩個，在圍屏背後火盆上篩酒。原來玉簫和書童舊有私情，兩個常時戲狎；兩個因按在一處，奪瓜子兒磕。不防火盆上坐著一錫瓶酒，推倒了，那火烘烘望上騰起來，漰了一地灰起去。那玉簫還只顧嘻笑。被西門慶聽見，使下玳安兒來問：「是誰笑？怎的這等灰起？」那日春梅穿著新白綾襖子、大紅遍地金比甲，正坐在一張椅兒上。看見他兩個推倒了酒，一逕揚聲罵玉簫：「好個怪浪的淫婦！見了漢子，就邪的不知怎麼樣兒的了！只當兩個把酒推倒了纔罷了，都還嘻嘻哈哈不知笑的是甚麼！把火也漰死❷了，平白落了人恁一頭灰！」那玉簫見他罵起來，諕的不敢言語，往後走了。慌的書童兒走上去回說：「小的火盆上篩酒來，扒倒了錫瓶裏酒了。」那西門慶聽了，更不問其長短，就罷了。先是那日賁四娘子，打聽月娘不在，平昔知道春梅、玉簫、迎春、蘭香四個，是西門慶貼身答應得寵的姐兒，大節下安排了許多菜蔬果品，使了他女孩兒長兒來，要請他四個去他家裏散心坐坐。眾人領了來見李嬌兒。嬌兒說：「我燈草拐杖不定，你還請問你爹去。」問雪娥，雪娥亦發不敢承攬。看看挨到掌燈已後，賁四娘子又使了長兒來邀四人。蘭香推玉簫，玉簫推迎春，迎春推春梅，要會齊了，往李嬌兒轉央和西門慶說，放他去。那春梅坐著紋絲兒也不動，反罵玉簫等：「都是那沒見食面❸的行貨子，從沒見酒席，也聞些氣兒來！我就去不成，也不到央及他家去！一個個

❷ 漰死：澆滅。

鬼攛掇的也似，不知忙的是甚麼？你教我半個眼兒看的上！」那迎春、玉簫、蘭香都穿上衣裳，打扮的齊齊整整出來，又不敢去。這春梅又只顧坐著不動身。書童見賁四嫂又使了長兒來邀，說道：「我破著爹罵兩句也罷，等我上去替姐每稟稟去。」一直走到西門慶身邊，掩口對耳說道：「賁四嫂家，大節間，要請姐每坐坐。姐教我來稟問爹，去不去？」西門慶聽了，分付：「教你姐每收拾去，早些來，家裏沒人。」這書童連忙走下來，說道：「還虧我到上頭一言，就准了。教你姐快收拾去，早些來。」那春梅慢慢纔往房裏勻施脂粉去了。不一時，四個都一答兒裏出門。書童扯圍屏掩過半邊來，遮著過去。到了賁四家，賁四娘子見了，如同天上落下來的一般，迎接裏間屋裏。頂槅上點著繡毬紗燈，一張桌兒上整齊菜，春盛堆滿滿的。趕著春梅叫大姑，迎春叫二姑，玉簫是三姑，蘭香是四姑，都見過禮。又請過韓回子娘子來相陪。教下人家，另是一分菜蔬。當下春梅、迎春上坐，玉簫、蘭香對席，賁四嫂與韓回子娘子打横，長兒往來盪酒拏菜。按下這裏不題。

西門慶因叫過樂工來，分付：「你每吹一套『東風料峭好事近』與我聽。」正值後邊拏上玫瑰元宵來，銀金匙，眾人拏起來同吃。端的香甜美味，入口而化，甚應佳節。李銘王柱席前又拏樂器，接著彈唱此詞。端的聲慢悠揚，疾徐合節，道：

東野翠煙，喜遇芳天晴曉。惜花心，惟春來又起得偏早。教人探取問東君，肯與我春多少？見丫鬟笑語回言道，昨夜海棠開了。

❸ 沒見食面：不曾開過眼界。

〔千秋歲〕杏花梢見著黎花雪，一點梅豆青小。流水橋邊，流水橋邊，只聽的賣花人，聲聲頻叫。鞦韆外行人道，我只聽的粉牆內，佳人歡笑；笑道春光好。我把這花籃兒旋簇，食壘高挑。

〔越恁好〕鬧花深處，涌溜溜的酒旗招。牡丹亭佐，倒尋女伴鬥百草。翠巍巍的柳條，忑楞楞的曉鶯飛過樹梢；撲簌簌亂橫，舞翩翩粉蝶兒飛過畫橋。一年景四季中，惟有春光好。向花前暢飲，月下歡笑。

〔紅繡鞋〕聽一派鳳管鸞簫，見一簇翠圍珠繞。捧玉樽醉頻倒，歌金縷，舞甚麼。恁明月上花梢，月上花梢。

〔尾聲〕醉教酩酊眠芳草，高把銀燈花下燒。韶光易老，休把春光虛度了。

這裏彈唱飲酒不題。

且說玳安與陳經濟袖著許多花炮，又叫兩個排軍拏著兩個燈籠，竟往吳大妗子家接月娘。眾人正在明間和吳大姨、吳二妗子、吳舜臣媳婦兒正飲酒，郁大姐在旁彈唱著。見了陳經濟來，教二舅和姐夫房裏坐：「你大舅今日不在家，衛裏看著造冊哩。」一面放桌兒，拏春盛點心酒菜上來陪經濟。玳安走到上邊對月娘說：「爹使小的來接娘每來了，請娘早些家去。恐晚夕人亂，和姐夫一答兒來了。」月娘因著頭裏惱他，就一聲兒沒言語答他。吳大妗子便叫：「來定兒拏些甚麼兒與玳安兒吃。」來定兒道：「酒肉湯飯都前頭擺下，和他一處兒吃罷。」吳月娘道：「忙怎的？那裏纔來乍到就與他吃罷。教他前邊站著，我每就起身。」吳大妗子道：「三姑娘，慌怎的？上門兒怪人家❹？比來大姑娘每在俺這裏，大節下，姊妹間眾位開懷大坐坐兒。左右家裏有他二娘和他姐在家裏，怕怎的？老早就要家去，是別人家，又是一說。」因叫郁大姐：「你唱個好曲兒伏侍，他眾位娘說你。」孟玉樓道：「他六娘好不惱他哩，不與他做生日。」郁大姐連忙下席來與李瓶兒磕了四個頭，說道：「自從與五娘做了生日，家去就不好起來。昨日妗奶奶這裏接我去，教我纔收拾鬮閫❺了來。若好時，怎的不與你老人家磕頭？」金蓮道：「郁大姐，你六娘不自在哩。你唱個好的與他聽，他就不惱你了。」那李瓶兒在旁只是笑，不做聲。郁大姐道：「不打緊，拏琵琶過來，等我唱。」大妗子叫吳舜臣媳婦鄭三姐：「你把你二位姑娘和眾位娘的酒兒斟上，這一日還沒上過鍾酒兒。」那郁大姐接琵琶在手，唱一江風道：

子時那，這淒涼如何過？羅幃錦帳和衣臥。歹哥哥，你許下我子丑時來，不覺寅時錯。疼心腸等他，待如何拋閃了我。願神靈降與他災和禍。

卯時的，亂挽起烏雲髻，羞對菱花鏡。想多情，穿不的錦繡衣裳，戴不起翡翠珍珠，解不開心頭悶。辰時已過了，巳時不見影。奴家為你憂成病。

午時排，這相思真個害，害的我魂不在。想多才，你記的月下星前，誓海盟山，誰把你輕看待。他若是未時來，也把奴愁懷解。申時買個豬頭兒賽。

酉時下，不由人心牽掛，誰說幾句知心話。謊冤家，你在謝館秦樓倚翠偎紅，色膽天來大。戌時

---

❹ 上門兒怪人家：或作「上門怪人」。到人家家裏，卻和人家鬧彆扭。

❺ 鬮閫：同「掙扎」。

點上燭，早晚不見他。亥時去卜個龜兒卦。

正唱著，月娘便道：「怎的這一回子恁涼淒淒的起來？」來安在旁說道：「外邊天寒下雪哩。」孟玉樓道：「姐姐，你身上穿的不單薄？我倒帶了個綿披襖子來了，咱這一回夜深不冷麼？」月娘道：「見是下雪，叫個小廝家裏取皮襖來咱每穿。」那來安連忙走下來，對玳安說：「娘分付教人家去取娘每皮襖哩。」那玳安便叫琴童兒：「你取去罷，等我在這裏伺候。」那琴童也不問，一直家去了。少頃，月娘想起金蓮的皮襖，因問來安兒：「誰取皮襖去了？」來安道：「琴童取去了。」月娘道：「也不問我就去了。」玉樓道：「剛纔短了一句話，就教他拏俺每的皮襖。他五娘沒皮襖，只取姐姐的來罷。」月娘道：「怎的家中沒有？還有當的人家一件皮襖，取來與六姐穿就是了。」月娘便問：「玳安那奴才怎的不去，卻使這奴才去了？你叫他來。」一面把玳安叫到跟前，吃月娘儘力罵了幾句好的：「好奴才，是你怎的不動？又遣將兒，使了那個奴才去了！也不問我聲兒，三不知就去了。但坐壇遣將兒，怪不的你做了大官兒，恐怕打動他展指兒巾，就只遣他去！」玳安道：「娘錯怪了小的。頭裏娘分付若是教小的去，小的敢不去？來安下來，只說教一個家裏去。」月娘道：「那來安小奴才，敢分付你？俺每恁大老婆，還不敢使你哩！如今慣的你這奴才每，想有些摺兒也怎的！一來主子煙薰的佛像掛在牆上，有恁施主有恁和尚！你說你恁行動兩頭戳舌獻勤出尖兒，外合裏差❻，好懶食饞，奸滑流水，背地瞞官作弊，幹的那繭兒，我不知道？頭裏你家主子沒使你送李桂兒家去，你怎的送他？人拏著氈包，你還劈手奪過

❻ 外合裏差：口是心非。

去了。留丫頭不留丫頭不在你，使你進來說，你怎的不進來？你便就恁𨃂他，裏頭圖嘴吃去了，卻使別人進來。須知我若罵，只罵那個人了，你還說你不久慣牢成！」玳安道：「這個也沒人，就是畫童兒過的舌。爹見他抱著氈包，教我：『你送送你桂姨去罷。』使了他進來的。娘說留丫頭不留丫頭，不在于小的，小的管他怎的！」月娘大怒，罵道：「賊奴才，還要說嘴哩！我可不這裏閒著和你犯牙兒❼哩！你這奴才脫脖倒坳過颼了。我使著不動，耍嘴兒！我就不信，到明日不對他說，把這欺心奴才打與他個爛羊頭也不算！」吳大妗子道：「玳安兒還不快替你娘每取皮襖去？他惱了。」又道：「姐姐，你分付他拏那裏皮襖與他五娘穿？」潘金蓮接過來說道：「姐姐不要取去，我不穿皮襖。教他家裏捎了我的披襖子來我穿罷。人家當的赤道好也歹也，黃狗皮也似的，穿在身上教人笑話，也不氣長，久後還贖的去了。」月娘道：「這皮襖纔不是當，倒是當人李智少十六兩銀子，准折的皮襖。當的王招宣府裏那件皮襖，與李嬌兒穿了。」因分付玳安：「皮襖在大櫥裏，教玉簫尋與你，就把大姐的皮襖也帶了來。」那玳安把嘴谷都著走出來。陳經濟問道：「你往那去？」玳安道：「精是攮氣的營主！一遍生活兩遍做。這咱晚又往家裏跑一遭！」逕走到家。西門慶還在大門首吃酒，傳夥計雲主管都去了。還有應伯爵、謝希大、韓道國、賁四眾人吃酒未去。便問玳安：「你娘每來了？」玳安道：「沒來。使小的取皮襖來了。」說畢，便往後走。

先是琴童到家，上房裏尋玉簫要皮襖。小玉坐在炕上正沒好氣，說道：「四個淫婦今日都在賁四老婆家吃酒哩，我不知道皮襖放在那裏？往他家問他要去。」這琴童一直走到賁四家，且不叫，在窗外悄

❼ 犯牙兒：爭論。

悄覷聽。只見賁四嫂說道：「大姑和二姑，怎的這半日酒也不上，菜兒也不揀一筯兒？嫌俺小家兒人家整治的不好吃也怎的？」春梅道：「四嫂，俺每酒夠了。」賁四嫂道：「耶嚛！沒的說。怎的這等上門兒怪人家？」又叫韓回子老婆：「你是我的切鄰，就如副東一樣，三姑四姑跟前酒，你也替我勸勸兒，怎的單板著像客一般？」又叫長姐：「篩酒來，斟與三姑吃。你四姑鍾兒斟淺些兒罷。」蘭香道：「我自來吃不的。」賁四嫂道：「你姐兒每今日受餓，沒甚麼可口的菜兒管待，休要笑話。今日要叫了先生來唱與姑娘每下酒，又恐怕爹那裏聽著。淺房淺屋，說不的俺小家兒人家的苦。」說著，琴童兒敲了敲門，眾人多不言語了。半日，只聽長兒問：「是誰？」琴童道：「是我，尋姐說話。」一面開了門，那琴童人來。玉簫便問：「娘來了？」那琴童看著待笑，半日不言語。玉簫道：「怪雌牙兒！因問著你，看雌的那牙！問著不言語。」琴童道：「娘每還在妗子家吃酒哩。見天陰下雪，使我來家取皮襖來，都教包了去哩。」玉簫道：「皮襖在外描金箱子裏不是？叫小玉拏與你。」琴童道：「小玉說教我來問你要。」玉簫道：「你信那小淫婦兒，他不知道怎的？」春梅道：「你每有皮襖的，都打發與他。俺娘也沒皮襖，自我不動身。」蘭香對琴童：「你三娘皮襖，問小鸞要。」迎春便向腰裏拏鑰匙與琴童兒：「教綉春開裏間門拏與你。」那琴童兒走到後邊，上房小玉和玉樓房中小鸞，都包了皮襖交與他。正拏著往外走，遇見玳安，問道：「你來家做甚麼？」玳安道：「你還說哩，為你來了，平白教大娘罵了我一頓好的。又使我來取五娘的皮襖來。」琴童道：「我如今取六娘的皮襖去也。」玳安道：「你取了還在這裏等著，我一答兒裏去。你先去了不打緊，又惹的大娘罵我！」說畢，玳安來到上房。小玉正在炕上籠著爐臺烤火，口中磕瓜子兒。見了玳安問道：「原來你也來了？」玳安道：「你又說哩，受了一肚子氣在這裏！」于是把月娘罵他一節，前後訴說一遍：「著琴童取皮襖，嗔我不來，說我遣將兒。因為五娘沒皮襖，又教我來：『去說，大櫥裏有李三准折的一領皮襖。』教拏與我去哩。」小玉道：「玉簫拏了裏間門上鑰匙，都在賁四家吃酒哩，教他來拏。」玳安道：「琴童往六娘房裏去取皮襖便來也，教他叫去。我且歇歇腿兒，烤烤火兒著。」那小玉便讓炕頭兒，與他並肩相挨著向火。小玉道：「壺裏有酒，篩盞子你吃？」玳安道：「可知好哩，看你下顧！」小玉下來，把壺坐在火上，抽開抽替，拏了一盞子臘鵝肉，篩酒與他。無人處，兩個就摟著咂舌親嘴。正吃著酒，只見琴童兒進來。玳安讓他吃了一盞子，便使他叫玉簫姐來，拏皮襖與五娘穿。那琴童把氈包放下，走到賁四家叫玉簫。玉簫罵道：「賊囚根子，又來做甚麼！」又不來，遞與鑰匙，教小玉開門。那小玉開了裏間房門，取了一把鑰匙，通了半日，白通不開。鎖了門。琴童兒又往賁四家問去。那玉簫道：「不是那個鑰匙，娘櫥裏鑰匙，在床褥子坐下哩。」小玉又罵道：「那淫婦丁子釘在人家不來，兩頭來回，只教使我著！」能開了櫥裏，又沒皮襖。琴童兒來回走的抱怨了：「就死也死三日三夜，以省合氣！又撞著恁瘟死鬼小奶奶兒每，把人瘟也沒出了！」向玳安道：「你說此回去，又惹的娘罵。不說屋裏鎖，只怪俺每！」走去又對玉簫說：「裏間娘櫥裏尋，沒有皮襖。」玉簫想了想笑道：「我也忘記，在外間大櫥裏。」到後邊，又被小玉罵道：「淫婦吃那野漢子搗昏了，皮襖在這裏卻到處尋！」一面取出來，將包袱包了，連大姐披襖，都交付與玳安、琴童兩個拏到吳大妗子家。月娘又罵道：「賊奴才，你說同了都不來罷了！」那玳安又不敢言語。琴童道：「娘的皮襖都有了，等著姐又尋這件青鑲皮襖。」于是打開取出來。吳大妗子燈下觀看，說道：「也好一件皮襖，五娘你怎的說他不好？說是黃狗皮？那裏有恁黃狗皮，與我一件穿也罷了。」月娘道：「新新的皮襖兒，只是面前歇胸舊了些，到明日從新換兩個遍地金歇胸穿著就好了。」孟玉樓拏過來，與金蓮戲道：「我兒，你過來，你穿上這黃狗皮，娘與你試試看好不好？」金蓮道：「有本事到明日問漢子要一件穿，也不枉的平白拾了人家舊皮襖來披在身上做甚麼？」玉樓戲道：「好個不認業的，夫家有這一件皮襖，穿在身上念佛！」于是替他穿上。見寬寬大大，潘金蓮纔不言語。當下吳月娘是貂鼠皮襖，孟玉樓與李瓶兒俱是貂鼠皮襖，都穿在身上，拜辭吳大妗子、二妗子起身。月娘與了郁大姐一包二錢銀子。吳銀兒道：「我這裏就辭了妗子列位娘，磕了頭罷。」當下吳大妗子與了一對銀花兒，月娘與李瓶兒每人袖中摘去一兩銀子與他，磕頭謝了。吳大妗子同二妗子、鄭三姐，都還要送月娘眾人，因見天氣落雪，月娘阻回去了。琴童道：「頭裏下的還是雪，這回沾在身都是水珠兒，只怕濕了娘每的衣服。問妗子這裏討把傘打了家去。」吳二連忙取了傘來，琴童兒打著。頭裏兩個排軍打著燈籠，一簇男女跟了，走幾條小巷，到大街上。陳經濟路上放了許多花炮，因叫：「銀姐，你家不遠了，俺每送你到家。」月娘便問：「他家在那裏？」經濟道：「這條衚衕內，一直進去，中間一座大門樓，就是他家。」那吳銀兒道：「我這裏就辭了娘每家去。」月娘道：「地下濕，姐家去了罷，頭裏已是見過禮了。我還著小廝送你到家。」因叫過玳安：「你送送銀姐家去。」經濟道：「娘，我與玳安兩個去罷。」月娘道：「也罷，姐夫你與他兩個同送他送。」那經濟得不的一聲，同玳安一路送去了。吳月娘眾人便回家來。潘金蓮路上說：「大姐姐，你原說咱每送他家去，怎的又不去了？」月娘笑道：「你也只是個小孩兒，哄你說著耍子兒，你就信了。麗春院裏，那處是那裏？你我送去！」潘金蓮道：「像人家漢子，在院裏嫖院來，家裏老婆沒曾往那裏尋去？尋出沒曾打成一鍋粥❽？」月娘道：「你來時兒，他爹到明日往院裏去，尋他尋試試；倒沒的丟人家漢子當粉頭拉了去，看你！」那兩個眼兒裏說著，看看走到東街口上，將近喬大戶門首。只見喬大戶娘子，和他外甥媳婦段大姐，在門首站立，遠遠的見月娘這邊一簇男女過來，拉請月娘進去。月娘再三說道：「多謝親家盛情，天晚了，不進去罷。」那喬大戶娘子那裏肯放，說道：「好親家，你怎的上門兒怪人家？」強把月娘眾人拉進去了，客位內掛著燈，擺設酒果，有兩個女兒彈唱飲酒不題。

卻說西門慶在家門首與伯爵眾人飲酒，酒已將闌。先是伯爵與希大二人整吃了一日，頂顙吃不下去。見西門慶在椅子上打盹，趕眼錯把果碟兒帶減碟都收拾了個淨光，倒在袖子裏，和韓道國就走了。只落下賁四，又不敢往屋裏去；直陪著西門慶打發了樂工酒來吃了，各都與了賞錢，打發出門，看著收了家火，滅息了燈燭，歸後邊去了。只見平安走來賁四家叫道：「姐每還不起身，爹進去了。」那春梅聽兒，和迎春、玉簫等，慌的行回不顧將，拜了賁四嫂，辭的一溜煙跑了。只落下蘭香在後邊了，別了鞋趕不上，罵道：「你每都搶棺材奔命❾哩！把人的鞋都別了，白穿不上！」到後邊打聽西門慶在李嬌兒房裏，都來磕頭。大師父見西門慶進入李嬌兒房中，都躲到上房和小玉在一處。玉簫進來，道了萬福。那小玉還說玉簫：「娘那裏使了小廝來要皮襖，你就不來管管兒；教我來拏，我又不知那根鑰匙開櫥門。甫能開了，又沒有。落後卻在外邊大櫥櫃裏尋出來。你放在裏頭，又昏搶了你不知道？姐姐每都吃夠來了罷，一個也曾見長出塊兒來！」那玉簫倒吃的臉飛紅，便道：「怪小淫婦兒，如何狗撾了臉似的，人家不請

❽ 一鍋粥：一塌糊塗。

❾ 搶棺材奔命：罵人亂奔亂跑。

你，怎的和俺每使性兒？」小玉道：「我稀罕那淫婦請！」大師父在旁勸說道：「姐姐每義讓一句兒罷，你爹在屋裏聽著。只怕你娘每來家，頓下些茶兒伺候著。」正說著，只見琴童抱進氈包來。玉簫便問：「娘來了？」琴童道：「娘每來了，又被喬親家娘在門首讓進去吃酒哩，也將好起身。」兩個纔不言語了。不一時，月娘等從喬大戶娘子家出來。到家門首，賁四娘子走出來廝見。陳經濟和賁四一面取出一架小煙火來，在門首又看放了一回煙火，方纔進來。眾人與李嬌兒大師父道了萬福。雪娥走來，向月娘跟前磕了頭，與玉簫等三人見了禮。月娘因問他：「爹在那裏？」李嬌兒道：「剛纔在我那屋裏，我打發他睡了。」月娘一聲兒沒言語。只見春梅、迎春、玉簫、蘭香進來磕頭。李嬌兒便說：「今日前邊賁四嫂請了四個出去，坐了回兒就來了。」月娘聽了，半日沒言語，罵道：「恁成精狗肉每，平白去做甚麼！誰教他去來？」李嬌兒道：「問過他爹，纔去來。」月娘道：「問他好有張主的貨！你家初一十五開的廟門早了，都竟出些小鬼來了！」大師父道：「我的奶奶，恁四個上畫兒的姐姐，還說是小鬼？」月娘道：「上畫兒只畫兒半邊兒，平白放出做甚麼？與人家餵眼兒⑩！」孟玉樓見月娘說來的不好，就先走了。落後金蓮見玉樓起身，和李瓶兒、大姐也走了。只落下大師父和月娘同在一處睡了。那雪霰直下到四更方止。正是：香消燭冷樓臺夜，挑菜燒燈掃雪天。

一宿晚景題過。到次日西門慶往衙門中去了。月娘約飯時前後，與孟玉樓、李瓶兒三個，同送大師父家去。因在大門裏首站立，看見一個鄉里卜龜兒卦兒的老婆子，穿著水合襖、藍布裙子、勒黑包頭，背著褡褳，正從街上走來。月娘使小廝叫進來，在二門裏鋪下卦帖，安下靈龜，說道：「你卜卜俺每。」

⑩ 餵眼兒：觀看。

那老婆扒在地下磕了四個頭：「請問奶奶，多大年紀？」月娘道：「你卜個屬龍兒命的女。」那老婆道：「若是大龍兒四十二歲，小龍兒三十歲。」月娘道：「是是三十歲了，八月十五日子時生。」那老婆把靈龜一擲，轉了一遭兒住了。揭起頭一張卦帖兒，上面畫著一個官人，和一位娘子在上面坐；其餘多是侍從人，也有坐的，也有立的，守著一庫金銀財寶。老婆道：「這位當家的奶奶是戊辰生。戊辰己巳大林木，為人一生有仁義，性格寬洪，心慈好善，看經布施，廣行方便，一生操持，把家做活，替人頂缸受氣，還不道是喜怒有常，主下人不足，正是喜樂起來笑嘻嘻，惱將起來鬧哄哄。別人睡到日頭半天還未起，你人早在堂前禁轉⓫，梅香洗銚鐺。雖是　時風火性，轉眼卻無心，就和人說也有，笑也有。只是這疾厄宮上，著刑星常沾些啾唧。吃了你這心好，濟過來了。往後有七十歲活哩。」孟玉樓道：「你看這位奶奶，命中有子沒有？」婆子道：「休怪婆子說：兒女宮上，有些不實，往後只好招過出家的兒子送老罷了；不能，隨你多少，也存不的。」玉樓向李瓶兒笑道：「就是你家吳應元，見做道士寄名哩！」月娘指著玉樓：「你也叫他卜卜。」玉樓道：「你卜個三十四歲的女命，十一月二十七日寅時生。」那婆子從新撇了卦帖，把靈龜一卜，轉到命宮上住了。揭起第二張卦帖來，上面畫著一個女人配著三個男人，頭一個小帽商旅打扮，第二個穿紅官人，第三個是個秀才。也守著一庫金銀，有左右侍從人伏侍。婆子道：「這位奶奶是甲子年生，甲子乙丑海中金，命犯三刑六害，夫主剋過方可。」玉樓道：「已剋過了。」婆子道：「你為人溫柔和氣，好個性兒。你惱那個人也不知，喜歡那個人也不知，顯不出來。一生上人見喜下欽敬，為夫主寵愛。只一件，你饒與人為了美，多不得人心。命中一生替人頂缸受氣，

⓫ 禁轉：打轉。

小人駁雜，饒吃了還不道你是。你心地好了去了，雖有小人，也拱不動你。」玉樓笑道：「剛纔為小廝討銀子，和爹亂了這回子，亂將出來，自我吃了卻是頂缸受氣。」月娘道：「你看這位奶奶往後有子沒有？」婆子道：「濟得好，見個女兒罷了，子上不敢許。若說壽，倒盡有。」月娘道：「你卜卜這位奶奶。李大姐你與他八字兒。」李瓶兒笑道：「我是屬羊的。」婆子道：「若屬小羊的，今年廿七歲，辛未年生的；生幾月？」李瓶兒道：「正月十五日午時。」那婆子卜轉龜兒，到命宮上矻磴住了。揭起卦帖來，上面畫著兩個娘子、三個官人。頭個官人穿紅，第二個官人穿綠，第三個穿青，懷著個孩兒，守著一庫金銀財寶，旁邊立著個青臉撩牙紅髮的鬼。婆子道：「這位奶奶庚午辛未路旁土，一生榮華富貴，吃也有，穿也有。所招的夫主，都是貴人。為人心地有仁義，金銀財帛不計較。人吃了轉了他的，他喜歡；不好吃不轉，他倒惱。只是吃了比肩不和的虧，凡事恩將仇報。正是：比肩刑害亂擾擾，轉眼無情就放刁。寧逢虎摘三生路，休遇人前兩面刀。奶奶你休怪我說，你儘好疋紅羅，只可惜尺頭短了些，氣惱上要忍耐些；就是子上也難為。」李瓶兒道：「今已是寄名做了道士。」婆子道：「既出了家，無妨了。又一件，你老人家今年計都星照命，主有血光之災。仔細七八月不見哭聲纔好。」說畢，李瓶兒袖中掏出五分一塊銀子，月娘和玉樓每人與錢五十文。剛打發卜龜卦婆子去了，只見潘金蓮和大姐從後邊出來，笑道：「我說後邊不見，原來你每都往前頭來了。」月娘道：「俺每剛纔送大師父出來，卜了這回龜兒卦。你早來一步，也教他與你卜卜兒也罷了。」金蓮拉頭兒道：「我是不卜他。常言：『算的著命，算不著行。』想著前日道士打看，說我短命哩！怎的哩？說的人心裏影影的。隨他明日街死街埋，路死路埋，倒在洋溝裏就是棺材！」說畢，和月娘同歸後邊去了。正是：萬事不由人計較，一生都是命安排。有詩為證：

甘羅發早子牙遲，彭祖顏回壽不齊。
范單家貧石崇富，算來各是只爭時。

畢竟未知後來何如，且聽下回分解。

第四十七回　王六兒說事圖財　西門慶受贓枉法

風擁狂瀾浪正顛，孤舟斜泊抱愁眠。
雞鳴叫切寒雲外，驛鼓清分旅夢邊。
詩思有添池草綠，河船天約晚潮昇。
憑虛細數誰知己，惟有故人月在天。

此一首詩單題塞北以車馬為常，江南以舟楫為便。南人乘舟，北人乘馬，蓋可信也。話說江南揚州廣陵城內，有一苗員外，名喚苗天秀。家有萬貫資財，頗好詩禮。年四十歲，身邊無子。只有一女，尚未出嫁。其妻李氏，身染痼疾在床。家事盡托與寵妾刁氏，名喚刁七兒，原是揚州大馬頭娼妓出身。天秀用銀三百兩，娶來家納為側室，寵嬖無比。忽一日，有一老僧，在門首化緣。自稱是東京報恩寺僧，因為堂中缺少一尊鍍金銅羅漢，故雲遊在此，訪善紀錄。天秀聞之不吝，即施銀五十兩與那僧人。僧人道：「不消許多，一半足以完備此像。」天秀道：「吾師休嫌少，除完佛像，餘剩可作齋供。」那僧人問訊致謝，臨行向天秀說道：「員外左眼眶下有一道白氣，乃是死氣，主不出此年，當有大災殃。你有如此善緣與我，貧僧焉乃不預先說與你知。今後隨有甚事，切勿出境。戒之，戒之！」言畢，作辭天秀而去。

那消半月，天秀偶遊後園。見其家人苗青，平白是個浪子，正與刁氏在亭側相倚私語。不意天秀卒至，躲避不及。看見不由分說，將苗青痛打一頓，誓欲逐之。苗青恐懼，轉央親鄰再三勸留得免，終是切恨在心。不期有天秀表兄黃美，原是揚州人氏，乃舉人出身，在東京開封府做通判，亦是博學廣識之人也。一日差人寄了一封書來揚州與天秀，要請天秀上東京，一則遊玩，二則為謀其前程。苗天秀得書，不勝歡喜。因向其妻妾說道：「東京乃輦轂之地，景物繁華所萃。吾心久欲遊覽，無由得便。今不期表兄書來相招，實有以大慰平生之意。」其妻李氏便說：「前日僧人相你面上有災厄，囑付不可出門。且此去京都甚遠，況你家私沈重，抛下幼子病妻在家，未審此去前程如何，不如勿往為善。」天秀不聽，反加怒叱，說道：「大丈夫生于天地之間，桑弧蓬矢，不能遨遊天下，觀國之光，徒老死牖下無益矣！況吾胸中有物，囊有餘資，何愁功名之不到手？此去表兄必有美事于我，切勿多言。」三人于是分付家人苗青收拾行李衣裝，多打點兩箱金銀，載一船貨物，帶了一個家童並苗青，來上東京，取功名如拾芥，得美職猶唾手。遺囑妻妾守家值日。起行正值秋末冬初之時，從揚州馬頭上船，行了數日到徐州洪，但見一派水光，十分陰惡：萬里長洪水似傾，東流海島若雷鳴。滔滔雪浪令人怕，客旅逢之誰不驚！前過地名陝灣，苗員外看見天晚，命舟人泊住船隻。也是天數將盡，合當有事，不料搭的船隻，卻是賊船，兩個梢子皆是不善之徒。一個姓陳，名喚陳三；一個姓翁，乃是翁八。常言道：「不著家人弄不得家鬼。」這苗青深恨家主苗天秀。日前被責之仇，一向要報無由。口中不言，心內暗道：「不如我如此如此，這般這般，與兩個梢子做一路，拏得將家主，害了性命，推在水內，盡分其財物。我這一回去，再把病婦謀死。這分家私，連刁氏都是我情愛的。」正是：花枝葉下猶藏刺，人心怎保不懷毒。這苗青由是與兩個梢子密密商量說道：「我家主皮箱中還有一千兩金銀、二千兩段疋，衣服之類極廣。汝二人若能謀之，願將此物均分。」陳三翁八笑道：「汝若不言，我等不瞞你說，亦有此意久矣。」是夜天氣陰黑，苗天秀與安童在中艙睡，苗青在艪後。將近三鼓時分，那苗青故意連叫有賊。苗天秀從夢中驚醒，便探頭出艙外觀看。被陳三持利刀，一下刺中脖下，推在洪波蕩裏。那安童正要走時，吃翁八一悶棍打落于水中。三人一面在船艙內，打開箱籠，取出一應財帛金銀，並其段貨衣服，點數均分。二艄便說：「我哥若留此貨物，必然有犯。你是他手下家人，載此貨物到于市店上發賣，沒人相疑。」因此二艄盡把皮箱中一千兩金銀，並苗員外衣服之類分訖，依前撐船回去了。這苗青另搭了船隻載至臨清馬頭上，鈔關上過了，裝到清河縣城外官店內卸下。見了揚州故舊商家，只說家主在後船便來也。這個苗青在店發賣貨物不題。

常言：「人便如此如此，天理未然未然。」可憐苗員外平昔良善，一旦遭其從僕人之害，不得好死。雖則是不納忠言之勸，其亦大數難逃。不想安童被艄一棍打昏，雖落水中，幸得不死，浮沒蘆港，得岸上來，在于堤邊號泣連聲。看看天色微明之時，忽見上流有一隻漁船，撐將下來。船上坐著個老翁，頭頂箬笠，身披短蓑。只聽得岸邊蘆荻深處有啼哭，移船過來看時，卻是一個十七八歲小廝，滿身是水。問其始末情由，卻是揚州苗員外家童，在洪上被劫之事。這漁翁帶下船，撐回家中，取衣服與他換了，給以飲食。因問他：「你要回去乎？卻同我在此過活？」安童哭道：「主人遭難，不見下落，如何回得家去！願隨公公在此。」漁翁道：「也罷，你且隨我在此，等我慢慢替你訪此賊人是誰，再作理會。」安童拜謝公公，遂在此翁家過其日月。一日，也是合當有事，年除歲末，漁翁忽帶安童正出河口賣魚，正撞見陳三、翁八在船上飲酒，穿著他主人衣服，上岸來買魚。安童認得，即密與漁翁說道：「主人之冤當雪矣。」漁翁道：「如何不具狀官司處告理？」當下安童將情具告到巡河周守備府內，守備見沒贓證，不接狀子。又告到提刑院，夏提刑見是強盜劫殺人命等事，把狀批行了。從正月十四日差緝捕公人，押安童下來拏人。前至新河口把陳三、翁八獲住到于案，責問了口詞。一艄見安童在旁執證，也沒得動刑，一一招承了，供稱：「下手之時，還有他家人苗青同謀，殺其家主，分贓而去。」這裏把三人監下，又差人訪拏苗青，拏到一起定罪。因節間放假，提刑官吏一連兩日沒來衙門中問事。早有衙門首透信兒的人，悄悄報與苗青。苗青把這件事兒慌了，把店門鎖了，暗暗躲在經紀樂三家。這樂三就在獅子街石橋西首韓道國家隔壁，門面一間，到底三層房兒居住。他渾家樂三嫂與王六兒所交敬厚，常過王六兒這邊來做伴兒坐。王六兒無事，也常往他家行走，彼此打的熱鬧。這樂三見苗青面帶憂容，問其所以。說道：「不打緊。間壁韓家就是提刑西門老爹的外室，又是他家夥計，和俺家交往的甚好，凡事百依百隨。若要保得你無事，破多少東西，教俺家過去和他家說說。」這苗青聽了，連忙就下跪說道：「但得除割了我身上沒事，恩有重報，不敢有忘！」于是寫了說帖，封下五十兩銀子，兩套妝花段子衣服，樂三教他老婆拏過去，如此這般對王六兒說。王六兒喜歡的要不的，把衣服和銀子並說帖都收下，單等西門慶，不見來。到十七日日西時分，只見玳安夾著氈包，騎著頭口，從街心裏來。王六兒在門首，叫下來問道：「你往那裏去來？」玳安道：「我跟了爹走了個遠差，往東平府送禮去來。」王六兒道：「你爹如今在那裏，來了不曾？」玳安道：「爹和賁四先往家去了。」王六兒便叫進去，和他如此這般說話，拏帖兒與他瞧。玳安道：「韓大嬸管他這事？休要把事輕看了。如今衙門裏監著那兩個船家供著，只要他哩。

拏過幾兩銀子來，也不夠打發腳下人的哩。我不管別的帳，韓大嬸和他說，只與我二十兩銀子罷。等我請將俺爹來，隨你老人家與俺爹說就是了。」王六兒笑道：「怪油嘴兒，要飯吃休要惡了火頭❶！事成了，你的事甚麼打緊？寧可我每不要，也少不得了你的。」玳安道：「韓大嬸不是這等說。常言君子不羞，當面先斷，過後商量。」王六兒當下備幾樣菜，留玳安吃酒。玳安道：「吃的紅頭紅臉，咱家爹問，卻怎的回爹？」王六兒道：「怕怎的，你就說在我這裏來。」于是玳安只吃了一甌子就走了。王六兒道：「你到好歹累你說，我這裏等著哩。」玳安一直上了頭口來家，交進氈包，後邊立等的。西門慶房中睡了一覺出來，在廂房中坐的。這玳安慢慢走到跟前說：「小的回來，韓大嬸叫住小的，要請爹快些過去，有句要緊話和爹說。」西門慶說：「甚麼話？我知道了。」說時正值劉學官來借銀子。打發劉學官去了，西門慶騎馬，帶著眼紗小帽，便叫玳安、琴童兩個跟隨，來到王六兒家，下馬進去，到明間客位坐下。王六兒出來拜見了。那日韓道國因來前邊鋪子裏該上宿，沒來家。老婆買了許多東西，叫老馮廚下整治，等候西門慶。一面丫鬟錦兒拏茶上來，婦人遞了茶。西門慶分付琴童把馬送到對門房子裏去，把大門關上。婦人且不敢就題此事，先只說：「爹家中連日擺酒辛苦，我聞得說哥家中定了親事，你老人家喜呀？」西門慶道：「只因舍親吳大嫂那裏說起，和喬家做了這門親事。他家也只這一個女孩兒，論起來也還不搬陪，胡亂親上做親罷了。」王六兒道：「就是和他做親也好，只是爹如今居著恁大官，會在一處不好意思的。」西門慶道：「說甚麼哩！」說了一回，老婆道：「只怕爹寒冷，往房裏坐去罷。」一面讓至房中，一面安著一張椅兒，籠著火盆。西門慶坐下，婦人慢慢先把苗青揭帖，拏與西門慶看，說：「他

❶ 火頭：管燒飯的人。

央了間壁經紀樂三娘子過來對我說，這苗青是他店裏客人，如此這般，被兩個船家拽扯，只望除豁了他這名字，免提他。他備了些禮兒在此謝我，好歹望老爹怎的將就他罷。」西門慶看了帖子，因問：「他拏了那禮物謝你？」王六兒向箱中取出五十兩銀子來與西門慶瞧，說道：「明日事成，還許兩套衣裳。」西門慶看了笑道：「這些東西兒，平白你要他做甚麼？你不知道，這苗青乃揚州苗員外家人，因為在船上與兩個船家商議殺害家主，攛在河裏，圖財謀命。如今見打撈不著屍首。他原跟來的一個小廝安童，與兩個船家，又當官三口執證著要他。這一拏過去，穩定是個淩遲罪名。那兩個都是真犯斬罪。兩個船家見供他有二千兩銀貨在身上。拏這些銀子來做甚麼？還不快送與他去。」這王六兒一面到廚下使了丫頭錦兒，把樂三娘子兒叫了來，將原禮交付與他，如此這般對他說了去。那苗青不聽便罷，聽他說了，猶如一桶水頂門上直灌到腳底下。正是：驚駭六葉連肝膽，諕壞三魂七魄心。即請樂三一處商議道：「寧可把二千貨銀都使了，只要救得性命家去。」樂三道：「如今老爹上邊既發此言，一些半些，恒屬打不動兩位官府，須得湊一千兩貨物與他。其餘節級，原解緝捕，再得一半，纔得夠用。」苗青道：「況我貨物未賣，那討銀子來？」因使過樂三嫂來和王六兒說：「老爹就要貨物，發一千兩銀子貨與老爹。如不要，伏望老爹再寬限兩三日，等我倒下價錢，將貨物賣了，親往老爹宅裏進禮去。」王六兒拏禮帖復到房裏，與西門慶瞧。西門慶道：「既是恁般，我分原解且寬限他幾日拏他。教他即便進禮來。」當下樂三娘子得此口詞，回報苗青。苗青滿心歡喜。西門慶見間壁有人，也不敢久坐，吃了幾鍾酒，與老婆坐了回房，見馬來接，就起身家去了。

次日，到衙門早發放，也不題問這件事。分付緝捕：「你休捉這苗青。」就託經紀樂三，連夜替他會了人，攛掇貨物出去。那消三日，都發盡了，共賣了一千七百兩銀子。把原與王六兒的不動，另加五十兩銀子，又另送他四套上色衣服。且說十九日苗青打點一千兩銀子，裝在四個酒罈內，又宰一口豬，約掌燈已後時分，抬送到西門慶門首。手下人都是知道的。玳安、平安、書童、琴童四個禁子，與了十兩銀子纔罷。玳安在王六兒這邊，梯己又要十兩銀子。須臾，西門慶出來，捲棚內坐的，也不掌燈。月色朦朧纔上來，抬至當面，苗青穿青衣望西門慶只顧磕著頭，說道：「小人蒙老爹超拔之恩，粉身碎骨，死生難報。」西門慶道：「你這件事情，我也還沒好審問哩。那兩個船家甚是攀你。你若出官，也有老大一個罪名。既是人說，我饒了你一死。此禮我若不受你的，你也不放心。我還把一半送你掌刑夏老爹，同做分上。你不可久住，即便星夜回去。」因問：「你在揚州那裏？」苗青磕頭道：「小的在揚州城內住。」西門慶分付後邊拏了茶來，那苗青在松樹下立著吃了，磕頭告辭回去。又叫回來問：「下邊原解的，你都與他說了不曾？」苗青道：「小的外邊人說停當了。」西門慶分付：「既是說了，你即回家。」那苗青出門，走到樂三家收拾行李，還剩一百五兩銀子。苗青拏出五十兩來，並餘下幾疋段子，都謝了樂三夫婦。五更替他顧長行牲口，起身往揚州去了。正是：忙忙如喪家之狗，急急似漏網之魚。

不說苗青逃出性命，單表西門慶夏提刑，從衙門中散了出來，並馬而行。走到大街口上，夏提刑要作辭分路。西門慶在馬上舉著馬鞭兒說道：「長官不棄，降到舍下一敘。」把夏提刑邀到家來。門首同下了馬，進到廳上敘禮。請入捲棚內，寬了衣服，左右拏茶上來吃了。書童玳安走上，安放桌席擺設。夏提刑道：「不當閒來打攪長官。」西門慶道：「豈有此理。」須臾，兩個小廝用方盒拏了小菜，就在旁邊擺下，各樣雞蹄、鵝鴨、鮮魚下飯，就是十六碗。吃了飯，收了家火去，就是吃酒的各樣菜蔬出來。

小金把鍾兒、銀臺盤兒、金鑲象牙筯兒。飲酒中間，西門慶慢慢題起苗青的事來：「這廝昨日央及了個士夫，再三來對學生說，又餽送了些禮在此。學生不敢自專，今日請長官來，與長官計議。」于是把禮帖遞與夏提刑。夏提刑看了，便道：「恁憑長官尊意裁處。」西門慶道：「依著學生，明日只把那個賊人真贓送過去罷，也不消要這苗青。那個原告小廝安童，便收領在外。待有了苗天秀屍首，歸給未遲。禮還送到長官處。」夏提刑道：「長官這些意就不是了。長官見得極是，此是長官費心一場，何得見讓于我？決然使不得。」彼此推辭了半日，西門慶不得已，還把禮物兩家平分了，裝了五百兩在食盒內。夏提刑下席來，也作揖謝說道：「既是長官見愛，我學生再辭，顯的迂闊了。盛情感激不盡！實為多愧！」又領了幾盃酒，方纔告辭起身。這裏西門慶隨即就差玳安拏食盒，還當酒抬送到夏提刑家。夏提刑親在門上收了。拏回帖，又賞了玳安二兩銀子，兩名排軍四錢，俱不在話下。常言道：「火到豬頭爛，錢到公事辦。」且說西門慶、夏提刑已是會定了，次日到衙門裏陞廳，那提刑節級，並緝捕觀察，都被樂三替苗青上下打點停當了。擺設下刑具，監中提出陳三、翁八，審問情由。只是供稱：「跟伊家人苗青同謀。」西門慶大怒，喝令左右：「與我用起刑來！你兩個賊人，專一積年在江河中，假以舟楫裝載為名，實是劫幫鑿漏，邀截客旅，圖財致命。見有這個小廝供稱是你等持刀戳死苗天秀波中，又將棍打傷他落水。見有他主人衣服存證，你如何抵頭賴別人！」因把安童提上來問道：「是誰刺死你主人，推在水中來？」安童道：「某日夜至三更時分，先是苗青叫有賊，小的主人出船艙觀看，被陳三一刀戳死，推在水去。小的便被翁八一棍打落水中，纔得逃出性命。苗青並不知下落。」西門慶道：「據這小廝所言，就是實話。汝等如何展轉得過！」于是每人兩夾棍，三十根頭，打的脛骨皆碎，殺豬也似叫動。他一千兩贓貨，已追出大半。餘者花費無存。這裏提刑連日做了文書，歇過贓貨，申詳東平府。府尹胡師文又與西門慶相交，照依原行文書，疊成案卷，將陳三、翁八問成強盜殺人斬罪。只把安童保領在外聽候。有日走到東京投到開封府黃通判衙內，具訴苗青情：「奪了主人家事，使錢提刑，除了他名字出來。主人冤仇，何時得報！」黃通判聽了，連夜修書並他訴狀封在一處，與他盤費，就著他往巡按山東察院裏投下。這一來，管教苗青之禍從頭上起，西門慶往時做過事，今朝沒興一齊來！有詩為證：

善惡從來畢有因，吉凶禍福並肩行。
平生不作虧心事，夜半敲門不吃驚。

畢竟未知後來何如，且聽下回分解。

第四十八回　曾御史參劾提刑官　蔡太師奏行七件事

格言：

知危識險，終無羅網之門；譽善薦賢，自有安身之地。施恩布德，乃後代之榮昌；懷妬藏奸，為終身之禍患。損人利己，終非遠大之圖；害衆成家，豈是長久之計。改名異體，皆因巧語而生；訟起傷財，蓋為不仁之召。

話說安童領著書信，辭了黃通判，往山東大道而來。打聽巡按御史在東昌府察院住劄，姓曾，雙名孝序，乃都御史曾布之子，新中乙未科進士，極是個清廉正氣的官。這安童自思：「我若說下書的，門上人絕不肯放。不如我在此等著放告牌出來，我跪門進去，連狀帶書呈上。老爹見了，必然有個決斷。」于是早已把狀子寫下，揣在懷裏，在察院門首，等候多時。只聽裏面打的雲板響，開了大門二門，曾御史坐廳。頭面牌出來，大書：告親王皇親駙馬勢豪之家；第二面牌出來，告都布按並軍衛有司官吏；第三面牌出來，纔是百姓戶婚田土詞訟之事。這安童就隨狀牌進去。待把一應事情發放淨了，方走在丹墀上跪下。兩邊左右問：「是做甚麼的？」這安童方纔把書雙手舉得高高的呈上。只聽公座上曾御史叫：「接上來！」慌的左右吏典下來，把書接上去，安放于書案上。曾公拆開觀看，端的上面寫著甚言詞？

書曰：

寓都下年教生黃美端肅書奉大柱史少亭曾年兄先生大人門下：違越光儀，倏忽一載，知己難逢，勝游易散。此心耿耿，常在左右。去秋忽報瑤章華扎，開軸啓函，捧誦之間，而神遊恍惚，儼然長安對面時也。每有感愴，輒一歌之，足舒懷抱矣。未幾年兄省親南旋，復聞德音。知年兄按巡齊魯，不勝欣慰，叩賀，叩賀！惟年兄忠孝大節，風霜貞操，砥礪其心耿耿在廊廟，歷歷在士論。今茲出巡，正當摘發官邪，以正風紀之日。區區愛念，尤所不能忘者矣。竊謂年兄平日，抱可為之器，當有為之年；值聖明有道之世，老翁在家康健之時。當乘此大展才猷，以振揚法紀。勿使舞文之吏，以撓其法；而奸頑之徒，以逞其欺。胡乃如東平一府，而有撓大法如苗青者；抱大冤如苗天秀者乎！生不意聖明之世，而有此魍魎！年兄巡歷此方，正當分理冤滯，振刷為之一清可也。去伴安童，持狀告訴，幸垂察。不宣。仲春望後一日具。

這曾御史覽書已畢，便問：「有狀沒有？」左右慌忙下來問道：「老爺問你有狀沒有？」這安童向懷中取狀遞上。曾公看了，取筆批：「仰東平府府官，從公查明，驗相屍首，連卷詳報。」喝令安童：「東平府伺候。」這安童連忙磕頭起來，從便門放出。這裏曾公將批詞連狀裝在封套內，鈐了關防，差人賚送東平府來。府尹胡師文見了上司批下來，慌得手腳無措。即調委陽谷縣縣丞狄斯彬，本貫河南武陽人氏，為人剛而且方，不要錢，問事糊突，人都號他做狄混。見明文下來，沿河查訪苗天秀屍首下落。也是合當有事，先是這狄縣丞率領一行人，尋訪到清河縣城西河邊。正行之際，忽見馬頭前起一陣旋風，團團不散，只隨著狄公馬走。狄縣丞道：「怪哉！」遂勒住馬，令左右公人：「你去隨此旋風，務要跟尋個下落。」那公人真個跟定旋風而來，七八將近新河口而止。走來回覆了狄公話。狄公即拘了里老來，用鍬掘開岸土深數尺，見一死屍，宛然頸上有一刀痕。命仵作檢視明白。問其：「前面是那裏？」公人稟道：「離此不遠，就是慈惠寺。」縣丞即令寺中僧行問之。皆言：「去冬十月中，本寺例放水燈兒，見一死屍從上流而來，漂入港裏。長老慈悲，故收而埋之。不知為何而死。」縣丞道：「分明是汝眾僧謀殺此人，埋于此處。想必身上有財帛，故不肯實說。」于是不由分說，先把長老一箍兩桚，一夾一百敲，餘者眾僧都是二十板。俱令收入獄中，回覆曾公，再行報看。各僧皆稱冤不服。曾公尋思：「既是此僧謀死，屍必棄于河中，豈反埋于岸上？」又說：「干礙人眾，此有可疑。」因令將眾僧收監。將近兩月，不想安童來告此狀，即令委官押安童前至屍所，令其認視。這安童見其屍，大哭道：「正是我的主人，被賊人所傷，刀痕尚在。」于是檢驗明白，回報曾公，即把眾僧放回。一面查刷卷宗，復提出陳三、翁八審問，執稱苗青主謀之情。曾公大怒，差人行牌星夜往揚州提苗青去了。一面寫本參劾提刑院兩員問官受贓賣法。正是：污吏贓官濫國刑，曾公判刷雪冤情。雖然號令風霆肅，夢裏輸贏總未真。

話分兩頭，卻表王六兒自從得了苗青幹事的那一百兩銀子、四套衣服，夜間與他漢子韓道國，就白日不閒，一夜沒的睡，計較著要打頭面，治簪環，喚裁縫來裁衣服，從新抽銀絲鬏髻；用十六兩銀子又買了個丫頭，名喚春香使喚，早晚教韓道國收用不題。

一日西門慶到韓道國家，王六兒接著裏面吃茶畢，西門慶往後邊淨手去，看見隔壁月臺，問道：「是誰家的？」王六兒道：「是隔壁樂三家月臺。」西門慶分付王六兒：「你對他說，若不與我即便拆了，如何教他遮住了這邊風水？不然，我教地方分付他。」這王六兒與韓道國說：「鄰舍家，怎好與他說的？」韓道國道：「咱不如瞞著老爹，廟上買幾根木植來，咱這邊也搭起個月臺來。上面晒醬，下邊不拘做馬坊，做個東淨，也是好處。」老婆道：「呸，賊沒算計的！比時搭月臺，買些磚瓦來蓋上兩間廈子，卻不好？」韓道國道：「蓋兩間廈子倒不好了，是東主房子了。不如蓋一層兩間小房罷。」于是使了三十兩銀子，又蓋了兩間平房起來。西門慶差玳安兒抬了許多酒肉燒餅來，與他家犒樂匠人。那條街上，誰人不知。夏提刑得了幾百兩銀子在家。把兒子夏承恩年十八歲，幹入武學肄業，做了生員。每日邀結師友，習學弓馬。西門慶約會劉薛二內相、周守備、荊都監、張團練、合衛官員，出人情與他掛軸文慶賀，俱不必細說。

西門慶因墳上新蓋了山子捲棚房屋，自從生了官哥，並做了千戶，還沒往墳上祭祖。教陰陽徐先生看了，從新立了一座墳門，砌的明堂神路，門首栽桃柳，週圍種松柏，兩邊疊的坡峰。清明日上墳，要更換錦衣牌面，宰豬羊，定桌面。三月初六日清明，預先發柬，請了許多人，推運了東西，酒米下飯菜蔬。叫的樂工雜耍扮戲的：小優兒是李銘、吳惠、王柱、鄭奉；唱的是李桂姐、吳銀兒、韓金釧、董嬌兒；官客請了張團練、喬大戶、吳大舅、吳二舅、花大舅、沈姨夫、應伯爵、謝希大、傅夥計、韓道國、雲離守、賁地傳，並女婿陳經濟等，約二十餘人；堂客請了張團練娘子、張親家母、喬大戶娘子、朱臺官娘子、尚舉人娘子、吳大妗子、二妗子、楊姑娘、潘姥姥、花大妗子、吳大姨、孟大姨、吳舜臣媳婦、鄭三姐、崔本妻、段大姐，並家中吳月娘、李嬌兒、孟玉樓、潘金蓮、李瓶兒、孫雪娥、西門大姐、春梅、迎春、玉簫、蘭香，奶子如意兒抱著官哥兒，裏外也有二十四五頂轎子。先是月娘對西門慶說：「孩子且不消教他往墳上去罷。一來還不曾過一周；二者劉婆子說這孩子顖門還未長滿，膽兒小。這一到墳上路遠，只怕諕著他。依著我，不教他去。留下奶子和老馮在家，和他做伴兒。只教他娘母子一個去罷。」西門慶不聽，便道：「比來為何他娘兒兩個不到墳前與祖宗磕個頭兒去？你信那婆子老淫婦胡說，可可就是孩子顖門未長滿！教奶子用被兒裹著在轎子裏。按的孩兒牢牢的，怕怎的？」那月娘便道：「你不聽人說，隨你。」從清早晨，堂客都從家裏取齊，起身上了轎子，無辭。出南門到五里外祖墳上，遠遠望見青松鬱鬱，翠柏森森。新蓋的墳門，兩邊坡峰上去，週圍石牆，當中甬路。明堂神臺，香爐燭臺，都是白玉石鑿的。墳門上新安的牌面，大書「錦衣武略將軍西門氏先塋」。墳內正面，土山環抱，林樹交枝。西門慶穿大紅冠帶，擺設豬羊祭品桌席祭奠。官客祭畢，堂客纔祭。響器鑼鼓，一齊打起來。那官哥兒諕的在奶子懷裏磕伏著，只倒咽氣，不敢動一動兒。月娘便叫：「李大姐，你還不教奶子抱了孩子往後邊去罷哩，你看諕的那腔兒！我說且不教孩兒來罷，恁強的貨，只當教抱了他來。你看諕的那孩兒這模樣！」李瓶兒連忙下來，分付玳安，且叫把鑼鼓住了。連忙攛掇掩著孩兒耳朵，快抱了後邊去罷。須臾祭畢，徐先生唸了祭文，燒了紙。西門慶邀請官客，在前客位。月娘邀請堂客，在後邊捲棚內。由花園進去，兩邊松牆竹籬，竹徑欄杆。週圍花草，一望無際。正是：桃紅柳綠鶯梭織，都是東君造化成。

當下扮戲的，在捲棚內扮與堂客每瞧。兩個小優兒在前廳官客席前，唱了一回。四個唱的，輪番遞酒。春梅、玉簫、蘭香、迎春四個，都在堂客上邊，執壺斟酒，立在大姐桌頭，同吃湯飯點心。吃了一回，潘金蓮與玉樓、大姐、李桂姐、吳銀兒同往花園裏，打了回鞦韆。原來捲棚後邊，西門慶收拾了一明兩暗，三間床炕房兒。裏邊鋪陳床帳，擺放桌椅梳籠抿鏡妝臺之類，預備堂客來上墳，在此梳妝歇息。

或閒常接了妓者，在此玩耍。糊的猶如雪洞般乾淨，懸掛的書畫琴棋瀟灑。奶子如意兒看守官哥兒，正在那灑金床炕兒，鋪著小褥子兒睡。迎春也在旁，和他玩耍。只見潘金蓮獨自從花園驀地走來，手中拈著一枝桃花兒。進屋裏看見迎春，便道：「你原來這一日沒在上邊伺候。」迎春道：「有春梅、蘭香、玉簫在上邊哩，俺娘教我下邊來看哥兒。拏了兩碟下飯點心，與如意兒吃。」金蓮看見那邊桌上放著一碟子鵝肉、一碟蹄子肉，並幾個果子。奶子見金蓮來，便抱起官哥兒來。金蓮便戲他說道：「小油嘴兒，頭裏見打起鑼鼓來，諕的不則聲，原來這等小膽兒！」于是一面解開藕絲羅襖兒綃金衫兒，接過孩兒，抱在懷裏，與他兩個嘴對嘴親嘴兒。忽有陳經濟掀簾子走入來，看見金蓮鬥孩子玩耍，也鬥那孩子。金蓮道：「小道兒，你也與姐夫親個嘴兒。」可霎作怪，那官哥兒便嘻嘻望著他笑。經濟不由分說，把孩子就摟過來，一連親了幾個嘴。金蓮罵道：「怪短命，誰家親孩子把人的鬢都抓亂了！」經濟笑戲道：「你還說，早時我沒錯親了哩。」金蓮聽了，恐怕奶子瞧科，便戲發訕，將手中拏的扇子，倒過把子來，向他身上打了一下。打的經濟鯽魚般跳。罵道：「怪短命，誰和你那等調嘴調舌❶的！」經濟道：「不是你老人家摸量❷惜些情兒❸，人身上穿著恁單衣裳。就打恁一下！」金蓮道：「我平白惜甚情兒！今後惹著我，只是一味打。」如意兒見他玩的訕，連忙把官哥兒接過來抱著。金蓮與經濟兩個，還戲謔做一處。金蓮將那一枝桃花兒做了一個圈兒，悄悄套在經濟帽子上。走出去，正值孟玉樓和大姐、桂姐三

❶ 調嘴調舌：同「調嘴弄舌」。

❷ 摸量：估量。

❸ 惜些情兒：惜情，指留情。

個從那邊來。大姐看見，便問：「是誰幹的營生？」經濟取下來，去了，一聲兒也沒言語。堂客前戲文，扮了四大摺。看看窗外日光彈指過，席前花影座間移。看看天色晚來，西門慶分付賁四，先把抬轎子的，每人一碗酒、四個燒餅、一盤子熟肉。俵散停當，然後纔把堂客轎子起身。官客騎馬在後。來興兒與廚役慢慢的抬食盒煞後。玳安、來安、畫童、棋童兒跟月娘眾人轎子，琴童並四名排軍跟西門慶馬。奶子如意兒獨自坐一頂小轎，懷中抱著哥兒，用被裹得緊緊的進城。月娘還不放心，又使回畫童兒來，叫他跟定著奶子轎子，恐怕進城人亂。

且說月娘轎子進了城，就與喬家那邊眾堂客轎子分路。來家先下轎進去。半日，西門慶、陳經濟纔到家下馬。只見平安兒迎門就稟，說：「今日掌刑夏老爹親自下馬到廳，問了一遍去了。落後又差人問了兩遍。不知有甚勾當。」西門慶聽了，心中猶豫。到于廳上，只見書童兒在旁接衣服。西門慶因問：「今日你夏老爹來，留下甚麼話來？」書童道：「他也沒說出來。只問：『爹往那去了？』使人請去。我有句要緊話兒說。』小的便道：『今日都往墳上燒紙去了，至晚纔來。』夏老爹說：『我到午上還來。』落後又差人來問了兩遭，小的說還未來哩。」西門慶心中不定，心下轉道：「卻是甚麼？」正疑惑之間，只見平安來報：「夏老爹來了。」那時已有黃昏時分，只見夏提刑便衣坡巾，兩個伴當跟隨，下馬到于廳上敘禮。說道：「長官今日往寶莊去來？」西門慶道：「今日先塋祭掃。不知長官下降，失迎。恕罪，恕罪！」夏提刑道：「敢來有一事，報與長官知道。」因說：「咱每往那邊客位內坐去罷。」西門慶令書童開捲棚門，請往那裏說話。左右都令下去。夏提刑道：「今朝縣中李大人到學生那裏，如此這般說：大巡新近有參本上東京，長官與學生，俱在參列。學生令人抄了個邸報在此，與長官看。」西門慶聽了，大驚失色，急接過邸報來燈下觀看。端的上面寫著甚言詞？

巡按山東監察御史曾孝序一本，參劾貪肆不職武官，乞賜罷黜以正法紀事：臣聞巡蒐四方，省察風俗，乃天子巡狩之事也；彈壓官邪，振揚法紀，乃御史糾政之職也。昔春秋載天王巡狩，而萬邦懷保；民風協矣，王道彰矣，四民順矣，聖治明矣。臣自去歲，奉命巡按山東齊魯之邦，一年將滿。歷訪方面有司，文武官員賢否，頗得其實。茲當差滿之期，敢不循例甄別，為我皇上陳之。除參劾有司方面官員，另具疏上請參照外，山東提刑所掌刑金吾衛正千戶夏延齡，䦨茸之材，貪鄙之行；久干物議，有玷班行。昔者典牧皇畿，大肆科擾，被屬官陰發其私；今省理山東刑獄，復著狼貪，為同僚之箝制。縱子承恩，冒籍武舉，倩人代考，而士風掃地矣；信家人夏壽，濫索班錢，被軍騰詈，而政事不可知乎！接物則奴顏婢膝，時人有丫頭之稱；問事則依違兩可，群下有木偶之誚。理刑副千戶西門慶，本係市井棍徒，夤緣陞職，濫冒武功。菽麥不知，一丁不識。縱妻妾嬉遊街巷，而帷薄為之不清；攜樂婦而酣飲市樓，官箴為之有玷。至于包養韓氏之婦，恣其歡淫，而行檢不修；受苗青夜賂之金，曲為掩飾，而贓跡顯著。此二臣者，皆貪鄙不職，久乖清議，一刻不可居任者也！伏望聖明垂聽，敕下該部，再加詳查。如果臣言不謬，將延齡等亟賜罷斥，則官常有賴，而俾聖德永光矣。

西門慶看了一遍，諕的面面相覷，默默不言。夏提刑道：「長官，似此如何計較？」西門慶道：「常言：『兵來將擋，水來土掩。』事到其間，道在人為，少不的你我打點禮物，早差人上東京，央及老爺那裏去。」于是夏提刑急急作辭，到家䂓了二百兩銀子、兩把銀壺。西門慶這裏是金鑲玉寶石鬧妝❹一條、三百兩銀子。夏家差了家人夏壽，西門慶這裏是來保。將禮物打包端正，西門慶修了一封書，與翟管家，兩個早顧了頭口，星夜往東京幹事去了不題。

且表官哥兒自從墳上來家，夜間只是驚哭，不肯吃奶；但吃下奶去，就吐了。慌的李瓶兒走來告訴月娘。月娘道：「我那等說，還未到一周的孩子，且休帶他出城門去。濁強貨他生死不依。只說：『比來今日墳上祭祖為甚麼來，不教他娘兒兩個走走？』只像那裏攙了分兒一般，睜著眼和我兩個叫。如今卻怎麼好？」李瓶兒正沒法兒擺布。況西門慶又是因巡按御史參本參了，和夏提刑在前邊說話，往東京打點幹事。心上不遂，家中孩子又不好。月娘使小廝叫劉婆子來看；又請小兒科太醫。開門闔戶，亂了一夜。劉婆子看了，說：「哥兒著了些驚氣入肚；又路上撞見五道將軍。不打緊，燒些紙兒退送退送就好了。」又留了兩服朱砂丸藥兒，用薄荷燈心湯送下去，那孩兒方纔寧貼。睡了一覺，不驚哭吐奶了；只是身上熱還未退。李瓶兒連忙䂓出一兩銀子，教劉婆子備紙去。後的帶了他老公，還和一個師婆來，在捲棚內與哥兒燒紙跳神。那西門慶早五更打發來保夏壽起身，就亂著和夏提刑往東平府胡知府那裏，打聽提苗青消息去了。吳月娘聽見劉婆說孩兒路上著了驚氣，甚是抱怨如意兒，說他不用心看孩兒：「想必路上轎子裏諕了他了，不然，怎的就不好起來？」如意兒道：「我在轎子裏將被兒裹得緊緊的，又沒顛著他。娘使回畫童兒來跟著轎子，他還好好的，我按著他睡。只進城內七八到家門首，我只覺他打了個冷戰。到家就不吃奶，哭起來了。」按下這裏家中燒紙與孩子下神。

❹ 鬧妝：鑲著寶石的帶子。

且說來保夏壽一路攢行，只六日就趕到東京城內。到太師府內見了翟管家，將兩家禮物交割明白。翟謙看了西門慶書信，說道：「曾御史參本還未到哩，你且住兩日。如今老爺新近條陳奏了七件事在這裏，旨意還未曾下來。待行下這個本去，曾御史本到，等我對老爺說，教老爺閣中只批與他該部知道；我這裏差人再拏我的帖兒分付兵部余尚書，把他的本只不覆上來。數你老爹只顧放心，管情一些事兒沒有。」于是把二人管待了酒飯，還歸到客店安歇，那裏等。到一日，蔡太師條陳本，聖旨准下來了。來保央府中門吏抄了個邸報，帶回家與西門慶瞧。端的上面奏行那七件事？

崇政殿大學士吏部尚書魯國公蔡京一本，陳愚見竭愚衷收人才臻實效足財用便民情以隆聖治事：第一曰罷科舉取士，悉由學校陞貢：竊謂教化凌夷，風俗頹敗，皆由取士不得真才，而教化無以仰賴。書曰：「天生斯民，作之君，作之師。」漢舉孝廉，唐興學校。我國家始制考貢之法。各執偏陋，以致此輩無真才，而民之司牧何以賴焉！今皇上寤寐求才，宵旰圖治。治在于養賢，養賢莫如學校。今後取士，悉遵古由學校陞貢。其州縣發解禮闈，一切羅之。每歲考試上舍，則差知貢舉，亦如禮闈之式。仍立八行取士之科。八行者，謂孝友睦婣任恤忠和也。士有此者，即免試，率相補大學上舍。二曰罷講議財利司：竊惟國初定制，都堂置講議財利司，蓋謂人君節浮費惜民財也。今陛下即位以來，不寶遠物，不勞逸民，躬行節儉以自奉。蓋天下亦無不可返之俗，亦無不可節之財。惟當事者以俗化為心，以禁令為信。不忽其初，不弛其後。治隆俗美，豐亨豫大。又何講議之為哉！悉罷。三曰更鹽鈔法：竊惟鹽鈔乃國家之課，以供邊備者也。今合無遵復祖宗之制，鹽法者詔雲中，陝西，山西三邊上納糧草，關領舊鹽鈔，易東南淮浙新鹽鈔。每鈔折派三分，舊鈔搭派七分。今商人照所派產鹽之地，下場支鹽，亦如茶法赴官秤驗納息。請批引限日行鹽之處販賣。如遇過限，並行拘收。別買新引增販者，俱屬私鹽。如此則國課日增，而邊儲不乏矣。四曰制錢法：竊謂錢貨乃國家之血脈，貴乎流通，而不可淹滯。如扼阻淹滯不行者，則小民何以變通，而國課何以仰賴矣！自晉末鵝眼錢之後，至國初瑣屑不堪；甚至雜以鉛鐵夾錫。邊人販于虜，因而鑄兵器，為害不小。合無一切通行禁之也。以陛下新鑄大錢崇寧大觀通寶，一以當十，庶小民通行，物價不致于踴貴矣。五曰行結糶俵糴之法：竊惟官糴之法，乃賑恤之義也。近年水旱相仍，民間就食，上始下賑恤之詔。近有戶部侍郎韓侶題覆欽依，將境內所屬州縣，各立社會，行結糶俵糴之法。保之于黨，黨之于里，里之于鄉，倡之結也。每鄉編為三戶，按上上中中下下。上戶者納糧，中戶者減半，下戶者遞派。糧數關支謂之俵糴。如此則斂散便民之法，得以施行。而皇上可廣不費之仁矣。惟責守令，覈切舉行。其關係蓋匪細矣。六曰詔天下州郡納免夫錢：竊惟我國初寇亂未定，悉令天下軍徭丁壯，集于京師，以供運餉，以壯國勢。今承平日久，民各安業。合須詔行天下州郡，每歲上納免夫錢。每名折錢三十貫，解赴京師，以資邊餉之用。庶兩得其便矣，而民力少蘇矣。七曰置提舉御前人舡所：竊惟陛下自即位以來，無聲色犬馬之奉。所尚花石，皆山林間物，乃人之所棄者。但有司奉行之過，因而致擾，有傷聖治。陛下節其浮濫，仍請作御前提舉人舡所。凡有用悉出內帑，差官取之。庶無擾于州郡。伏乞聖裁。奉聖旨：卿言深切時艱，朕心加悅，足見忠猷。都依擬行該部知道。

來保抄了邸報，等的翟管家寫了回書，與了五兩盤纏，與夏壽取路回山東清河縣來。有日到家中，西門慶正在家耽心不下。那夏提刑一日一遍來問信。聽見來保二人到了，叫至後邊問他端的。來保對西門慶悉把上項事情訴說一遍：「府中見翟爹，看了爹的書，便說此事不打緊，教你爹放心。見今巡按也滿了，另點新巡按下來了。況他的參本還未到。等他本上時，等我對老爺說了，隨他本上參的怎麼重，只批了該部知道。老爺這裏再拏帖兒，分付兵部余尚書只把他的本立了案，不覆上去。隨他有撥天關本事，也無妨。」西門慶聽了，方纔心中放下。因問：「他的本怎倒還不到？」來保道：「俺每一去時，晝夜馬上行去，只五日就趕到京中，可知在他頭裏。俺每回來，見路上一簇響鈴驛馬過，背著黃包袱，插著兩根雉尾，兩面牙旗，怕不就是巡按衙門進送實封纔到了。」西門慶道：「倒得他的本上的遲，事情就停當了。我只怕去遲了。」來保道：「爹放心，管情沒事。小的不但幹了這件事的，又打聽的兩樁好事來，報爹知道。」西門慶問道：「端的何事？」來保道：「太師老爺新近條陳了七件事，旨意已是准行。如今老爺親家戶部侍郎韓爺題准事例，在陝西等三邊，開引種鹽，各府州郡縣設立義倉，官糶糧米。令民間上上之戶，赴倉上米，討倉鈔，派給鹽引支鹽。舊倉鈔七分，新倉鈔三分。咱舊時和喬親家爹高陽關上納的那三萬糧倉鈔，派三萬鹽引，戶部坐派。到好趁著蔡老爹巡鹽下場支種了罷。倒有好些利息。」西門慶聽言，問道：「真個有此事？」來保道：「爹不信，小的抄了個邸報在此。」向書篋中取出來，與西門慶觀看。因見上面許多字樣，前邊叫了陳經濟來唸與他聽。陳經濟唸到中間，只要結住了，還有幾個眼生字不認的。旋叫了書童兒來唸。那書童到還是門子出身，蕩蕩如流水不差，直唸到底。端的上面奏著那七件事云云。西門慶聽了大喜。又看了翟管家書信，已知禮物交得明白；蔡狀元見朝，已點了兩淮巡鹽，心中不勝歡喜。一面打發夏壽回家，報與你老爹知道。一面賞了來保五兩銀子，兩瓶酒，一方肉，回房歇息，不在話下。正是：樹大招風風損樹，人為名高傷喪身。有詩為證：

得失榮枯命里該，皆因年月日時栽。
胸中有志終須到，囊內無財莫論才。

畢竟不知後來如何，且聽下回分解。

第四十九回　西門慶迎請宋巡按　永福寺餞行遇胡僧

寬性寬懷過幾年，人死人生在眼前。
隨高隨下隨緣過，或長或短莫埋怨。
自有自無休歎息，家貧家富總由天。
平生衣祿隨緣度，一日清閒一日仙。

話說夏壽到家，回覆了話。夏提刑隨即就來拜謝西門慶，說道：「長官活命之恩！不是託賴長官餘光，這等大力量，如何了得？」西門慶笑道：「長官放心，料著你我沒曾過為，隨他說去便了。老爺那裏，自有個明見。」一面在廳上放桌兒留飯，談笑至晚，方纔作辭回家。到次日依舊入衙門裏理事，不在話下。

卻表巡按曾公見本上去不行，就知道二官打點了，心中忿怒。因蔡太師所陳七事，內多乖方舛訛，皆損下益上之事。即赴京見朝覆命，上了一道表章。極言：「天下之財，貴于通流。取民膏以聚京師，恐非太平之治。民間結糴俵糴之法不可行，當十大錢不可用，鹽鈔法不可屢更。臣聞民力殫矣，誰與守邦？」蔡京大怒，奏上徽宗天子，說他大肆倡言，阻撓國事。即時將曾公付吏部考察，黜為陝西慶州知州。陝西巡按御史宋盤，就是學士蔡攸之婦兄也。太師陰令盤就劾其私事，逮其家人，煅煉成獄，將孝序除名，竄于嶺表，以報其仇。此係後事，表過不題。

再說西門慶在家，一面使韓道國與喬大戶外甥崔本，拏倉鈔早往高陽關戶部韓爺那裏趕著掛號。留下來保家中，定下果品，預備大桌面酒席，打聽蔡御史舡到。一日來保打聽得他與巡按宋御史舡，一同京中起身，都行至東昌府地方，使人先來家通報。這裏西門慶就會夏提刑起身。知府州縣，及各衛有司官員，又早預備祇應人馬，鐵桶相似。來保從東昌府舡上，就先見了蔡御史，送了下程。然後西門慶與夏提刑，出郊五十里迎接。到新河口地名百家村，先到蔡御史舡上拜見了，備言邀請宋公之事。蔡御史道：「我知道，一定同他到府。」那時東平胡知府及合屬州縣，方面有司，軍衛官員，吏典生員，僧道陰陽，都具連名手本伺候迎接。帥府周守備、荊都監、張團練都領人馬披執跟隨，清蹕傳道，雞犬皆隱跡，鼓吹進東平府察院。各處官員都見畢，呈遞了文書，安歇一夜。到次日，只見門吏來報：「巡鹽蔡爺來拜。」宋御史急令撤去公案，連忙整冠出迎。兩個敘畢禮數，分賓主坐下。少頃，獻茶已畢。宋御史便問：「年兄事期，幾時方行？」蔡御史道：「學生還待一二日。」因告說：「清河縣有一相識西門千兵，乃本處巨族。為人清慎，富而好禮。亦是蔡老先生門下，與學生有一面之交。蒙他遠接，學生正要到他府上拜他拜。」宋御史問道：「是那個西門千兵？」蔡御史道：「他如今見是本處提刑千戶，昨日已參見過年兄了。」宋御史令左右取遞的手本來，看見西門慶與夏提刑名字，說道：「此莫非與翟雲峰有親者？」蔡御史道：「就是他。如今見在外面伺候，要央學生奉陪年兄，到他家一飯。未審年兄尊意若何？」宋御史道：「學生初到此處，不好去得。」蔡御史道：「年兄怕怎的？既是雲峰分上，你我走走何害?」于是分付看轎，就一同起行；一面傳將出來。西門慶知了此消息，與來保賁四騎快馬先奔來家，預備酒席。門首搭照山綵棚，兩院樂人奏樂，叫海鹽戲並雜耍承應。原來宋御史將各項伺候人馬，都令散了，只用幾隊藍旗清道，官吏跟隨，與蔡御史坐兩頂大轎，打著雙簷傘，同往西門慶家來。當時哄動了東平府，抬起了清河縣，都說巡按老爺也認得西門大官人，來他家吃酒來了。慌的周守備、荊都監、張團練各領本哨人馬，把住左右街口伺候。西門慶青衣冠帶，遠遠迎接，兩邊鼓樂吹打。到大門首，下了轎進去。宋御史與蔡御史都穿著大紅獬豸繡服，烏紗皂履，鶴頂紅帶，從人執著兩把大扇。只見五間廳上，湘簾高捲，錦屏羅列。正面擺兩張吃看桌席，高頂方糖，定勝簇盤，十分齊整。二官揖讓進廳，與西門慶敘禮。蔡御史令家人具贄見之禮，兩端湖紬，一部文集，四袋芽茶，一面端溪硯。宋御史只投了個宛紅單拜帖，上書「侍生宋喬年拜。」向西門慶道：「久聞芳譽，學生初臨此地，尚未盡情，不當取擾。若不是蔡年兄見邀，同來進拜，何以幸接尊顏。」慌的西門慶倒身下拜，說道：「僕乃一介武官，屬于按臨之下。今日幸蒙清顧，蓬蓽生光！」于是鞠恭展拜，禮容甚謙。宋御史亦答禮相還，敘了禮數。當下蔡御史讓宋御史居左，他自在右。西門慶垂首相陪。茶湯獻罷，階下蕭韶盈耳，鼓樂喧闐，動起樂來。西門慶遞酒安席已畢，下邊呈獻割道。說不盡肴列珍羞，湯陳桃浪，酒泛金波；端的歌舞聲容，食前方丈。西門慶知道手下跟從人多，階下兩位轎上跟從人，每位五十瓶酒，五百點心，一百斤熟肉，都領下去。家人吏書門子人等，另在廂房中管待，不必用說。

當日西門慶這席酒，也費夠千兩金銀。那宋御史又係江西南昌人，為人浮躁。只坐了沒多大回，聽了一摺戲文，就起來。慌的西門慶再三固留。蔡御史在旁便說：「年兄無事，再消坐一時。何遽回之太速耶？」宋御史道：「年兄還坐坐，學生還欲到察院中處分些公事。」西門慶早令手下把兩張桌席，連金銀器已都裝在食盒內，共有二十抬，叫下人夫伺候。宋御史的一張大桌席，兩罈酒，兩牽羊，兩對金絲花，兩疋段紅，一副金臺盤，兩把銀執壺，十個銀酒盃，兩個銀折盂，一雙牙筯。蔡御史的也是一般的，都遞上揭帖。宋御史再三辭道：「這個我學生怎麼敢領？」因看著蔡御史。蔡御史道：「年兄貴治所臨，自然之道。我學生豈敢當之？」西門慶道：「些須微儀，不過乎侑觴而已，何為見外？」比及二官推讓之次，而桌席已抬送出門矣。宋御史不得已，方令左右收了揭帖，向西門慶致謝，說道：「今日初來荊識，既擾盛席，又承厚貺，何以克當？餘容圖報不忘也！」因向蔡御史道：「年兄還坐坐，學生告別。」于是作辭起身。西門慶還要遠送，宋御史不肯，急令請回，舉手上轎而去。

西門慶回來，陪侍蔡御史，解去冠帶，請去捲棚內後坐。因分付把樂人都打發散去，只留下戲子。西門慶令左右重新安放桌席，擺設珍羞果品上來，二人飲酒。蔡御史道：「今日陪我這宋年兄坐，便僭了。又叨管待盛庫酒器，何以克當！」西門慶笑道：「微物惶恐，表意而已。」因問道：「宋公祖尊號？」蔡御史道：「號松原；松樹之松，原泉之原。」又說起：「頭裏他再三不來。被我學生因稱道四泉盛德，與老先生那邊相熟，他纔來了。他也知府上與雲峰有親。」西門慶道：「想必翟親家有一言于彼。我觀宋公為人，有些蹺蹊。」蔡御史道：「他雖故是江西人，倒也沒甚蹺蹊處。只是今日初會，怎不做些模樣❶。」說畢，笑了。西門慶便道：「今日晚了，老先生不回舡上去罷了。」蔡御史道：「我明早就要開舡長行。」西門慶道：「請不棄在舍留宿一宵。明日學生長亭送餞。」蔡御史道：「過蒙愛厚！」因

❶ 做模樣：擺架子。

分付手下人：「都回門外去罷，明早來接。」眾人都應諾去了，只留下兩個家人伺候。西門慶見手下人都去了，走下席來，來叫玳安兒，附耳低言，如此這般，分付：「即去院中，坐名叫了董嬌兒、韓金釧兒兩個，打後門裏，用轎子抬了來。休教一人知道。」那玳安一面應諾去了。西門慶復上席陪蔡御史吃酒。海鹽子弟，在旁歌唱。西門慶因問：「老先生到家，多少時就來了？令堂老夫人起居康健麼？」蔡御史道：「老母倒也安。學生在家，不覺荏苒半載。回來見朝，不想被曹禾論劾，將學生敝同年一十四人之在史館者，一時皆黜授外職。學生便選在西臺，新點兩淮巡鹽。宋年兄便在貴處巡按，他也是蔡老先生門下。」西門慶問道：「如今安老先生在那裏？」蔡御史道：「安鳳山他已陞了工部主事，往荊州催儹皇木去了。也待好來也。」說畢，西門慶教海鹽子弟上來遞酒。蔡御史分付：「你唱個漁家傲我聽。」子弟排手在旁唱道：

別後杳無書，不疼不痛病難除。恨淒淒旅館有誰相知，魚沈不見雁傳書。三山美人知何處？眠思夢想，此情為誰，懨懨憔瘦，一似風中柳絮。知他幾時再得重相會。

〔皂羅袍〕滿目黃花初綻，怪淵明怎不回還。教人盼得眼睛穿，冤家怎不行方便。從伊別後，相思病纏；昏昏如醉，汪汪淚漣。知他幾時再得重相見。

我愛他桃花為面，笋生成十指纖纖。我愛他春山淡淡柳拖煙，我愛他清俊一雙秋波眼。烏鴉堆鬢，青絲翠綰；玳鉤月鈎，丹霞襯臉。教人想得肝腸斷。

戍鼓鼕鼕初轉，聽樓頭畫角聲殘。搥床搗枕數千番，長吁短嘆千千遍。精神撩亂，語言倒顛，忘餐廢寢，和衣淚漣。終朝懞憧昏沈倦。

我為你終朝思念，在那裏耍笑貪歡。忽然想起意懸懸，一番題起一番怨。恩深如海，情重似山；

佳期非偶，離別最難。常言道藕斷絲不斷。

正唱著，只見玳安走來請西門慶下邊說話。玳安道：「叫了董嬌兒、韓金釧兒打後門來了，在娘房裏坐著哩。」西門慶道：「你分付把轎子抬過一邊纔好。」玳安道：「抬過一邊了。」這西門慶走至上房，兩個唱的向前磕了頭。西門慶道：「今日請你兩個來，晚夕在山子下扶侍你蔡老爹。他如今見任巡按御史，你不可怠慢了他。用心扶侍他，我另酬答你兩個。」那韓金釧兒笑道：「爹不消分付，俺每知道。」西門慶因戲道：「他南人的營生，好的是南風。你每休要扭手扭腳的。」董嬌兒道：「娘在這裏聽著，爹你老人家羊角蔥靠南牆，越發老辣已是了；王府門首磕了頭，俺每不吃這井裏水了。」這西門慶笑的往前邊來。走到儀門首，只見來保和陳經濟拏著揭帖走來，與西門慶看。說道：「剛纔喬親家爹說，趁著蔡老爹這回閒，爹倒把這件事對蔡老爹說了罷。只怕明日起身忙了。」西門慶道：「教姐夫寫了俺兩個名字在此，你跟了來。」那來保跟到捲棚槅子外邊跪著。西門慶飲酒中間，因題起：「有一事在此，不敢干瀆。」蔡御史道：「四泉有甚事，只顧分付，學生無不領命。」西門慶道：「去歲因舍親那邊，在邊上納過些糧草，坐派了有些鹽引，正派在貴治揚州支鹽。只是望乞到那裏，青目青目，早些支放，就是愛厚。」因把揭帖遞上去。蔡御史看了，上面寫著：「商人來保崔本，舊派淮鹽三萬引，乞到日早掣。」蔡御史看了，笑道：「這個甚麼打緊。」一面把來保叫至近前跪下，分付：「與你蔡爺磕頭。」蔡御史道：「我到揚州，你等逕來察院見我。我比別的商人早掣取你鹽一個月。」西門慶道：「老先生下顧，早放十日就夠了。」蔡御史把原帖就袖在袖內，一面書童旁邊斟上酒。子弟又唱下山虎：

中秋將至，漸覺心酸。只見穿窗月，不見故人還。聽叮噹砧聲滿耳，嘹嚦嚦北雁南還，怎不教人心中慘然。料想相思，斷送少年。黃昏後，更漏殘，把銀燈剔盡方眠。

當初攜手，月下並肩。說下山盟海誓，對天禱言。若有個負意忘恩，早歸九泉。一向如何音信遠，空教我卜金錢，廢寢忘餐，有誰見憐。黃昏後，更漏殘，把銀燈剔盡方眠。

〔尾聲〕蒼天若肯行方便，早遣情人到枕邊，免使書生獨自眠。

唱畢，當下掌燈時分，蔡御史便說：「深擾一日，酒告止了罷。」因起身出席。左右便欲掌燈。西門慶道：「且休掌燭。請老先生後邊更衣。」于是從花園裏遊玩了一回，讓至翡翠軒。那裏又早湘簾低簇，銀燭熒煌，設下酒席完備。海鹽戲子，西門慶已命手下管待酒飯，與了二兩賞錢，打發去了。書童把捲棚內家火收了，關上角門。只見兩個唱的，盛妝打扮，立于階下，向前花枝招展磕頭。但見：綽約容顏金縷衣，香塵不動下階墀。時來水濺羅裙濕，好似巫山行雨歸。蔡御史看見，欲進不能，欲退不可。便說道：「四泉，你如何這等愛厚，恐使不得。」西門慶笑道：「與昔日東山之遊，又何別乎？」蔡御史道：「恐我不如安石之才，而君有王右軍之高致矣！」于是月下與二妓攜手，不啻恍若劉阮之入天台。因進入軒內，見文物依然。因索紙筆，要留題。西門慶即令書童連忙將端溪硯，研的墨濃，拂下錦箋。這蔡御史終是狀元之才，拈筆在手，文不加點，字走龍蛇，燈下一揮而就，作詩一首。詩曰：

不到君家半載餘，軒中文物尚依稀。
雨過書童開樂圃，風回仙子步花臺。
飲將醉處鍾何急，詩到成時漏更催。
此去又添新帳望，不知何日是重來。

寫畢教書童粘于壁上，以為後日之遺焉。因問二妓：「你等叫甚名字？」一個道：「小的姓董，名喚嬌兒；他叫韓金釧兒。」蔡御史又道：「你二人有號沒有？」董嬌兒道：「小的無名娼妓，那討號來？」蔡御史道：「你等休要太謙。」問至再三，韓金釧方說：「小的號玉卿。」董嬌兒道：「小的賤號薇仙。」蔡御史一聞「薇仙」二字，心中甚喜，遂留意在懷。令書童取棋桌來，擺下棋子。蔡御史與董嬌兒兩個著棋。西門慶陪侍。韓金釧兒把金樽，在旁邊遞酒。書童拍手歌唱玉芙蓉。唱道：

東風柳絮飄，玉砌蘭芽小，這春光艷冶，巧鬥難描。牆頭紅粉佳人笑，蹴罷鞦韆香汗消。尋芳輿，不辭路遙。我只見酒旗搖曳杏花梢。

唱畢，蔡御史贏了董嬌兒一盤棋。董嬌兒吃過，回奉蔡御史。韓金釧這裏遞與西門慶，陪飲一盃。書童又唱道：

風吹蕉尾翻，雨灑荷珠亂，見佳人盤鬢如蟬。湘紋半掩芙蓉面，綵袖輕飄賽小蠻。秋波臉，兩情牽好難。引的人意遲寂寞淚闌干。

飲了酒，兩人又下。董嬌兒贏了，連忙遞酒一盃與蔡御史。西門慶在旁，又陪飲一盃，書童又唱：

黃花遍地開，百草皆凋敗，小蛩吟唧唧空階。牛郎夜夜依然在，織女緣何不見來。㦬㦬害，糊突夢怎猜。我為他淚滴濕表記鳳頭鞋。

唱畢，蔡御史道：「四泉，夜深了，不勝酒力了。」于是走出外邊來，站立在于花下。那時正是四月半頭時分，月色纔上。西門慶道：「老先生，天色還早哩。還有韓金釧，未曾賞他一盃酒。」蔡御史道：「正是，你喚他來，我就此花下立飲一盃。」于是韓金釧拏大金桃盃滿斟一盃，用纖手捧遞上去。董嬌兒在旁捧果。書童拍手又唱第四個：

梨花散亂飛，不見遊蜂翅，小窗前鵲踏枯枝。愁聞冒雪尋梅至，忽聽銅壺更漏遲。傷心事，把離情自思。我為他寫情書，閣不住筆尖兒。

蔡御史吃過，斟上一盃賞與韓金釧兒，因告辭道：「四泉，今日酒太多了，令盛价❷收過去罷。」于是與西門慶握手相語，說道：「賢公盛情盛德，此心懸懸。若非斯文骨肉，何以至此？向日所貸，學生耿耿在心，在京已與雲峰表過。倘我後日有一步寸進，斷不敢有辜盛德！」西門慶道：「老先生何出此言，倒不消介意。」那韓金釧見他一手拉著董嬌兒，知局就往後邊去了。到了上房裏，月娘便問：「你怎的不陪他睡，來了？」韓金釧笑道：「他留下董姐兒了。我不來，只在那裏做甚麼？」良久，西門慶亦告

❷ 盛价：尊稱別人的僕人。

了安置，進來。叫了來興兒，分付：「明日早五更，打發食盒酒米，點心下飯。叫了廚役跟了往門外永福寺去，那裏與你蔡老爹送行。叫兩個小優兒答應。休要誤了。」來興兒道：「家裏二娘上壽，沒人看來。」西門慶道：「留上棋童兒買東西，叫廚子後邊大竈上做罷。」不一時，書童、玳安收下家火來。又討了一壺好茶，往花園裏去，與蔡老爹漱口。翡翠軒書房，床上鋪陳衾枕，俱各完備。蔡御史見董嬌兒手中拏著一把湘妃竹泥金面扇兒，上面水墨畫著一種湘蘭，平溪流水。董嬌兒道：「敢煩老爹賞我一首詩在上面。」蔡御史道：「無可為題。就指著你這薇仙號罷。」于是燈下來興拈起筆來，寫了四句在上：

小院閒庭寂不譁，一池月上浸窗紗。

邂逅相逢天未晚，紫薇郎對紫薇花。

寫畢，那董嬌兒連忙拜謝了，兩個收拾上床就寢。書童、玳安與他家人在明間裏睡，一宿晚景不題。

次日早晨，蔡御史與了董嬌兒一兩銀子，用紅紙大包封著。到于後邊，拏與西門慶瞧。西門慶笑說道：「文職的營生，他那裏有大錢與你。這個就是上上籤了。」因教月娘每人又與了他五錢，早從後門打發他去了。書童舀洗面水，打發他梳洗穿衣。西門慶出來，在廳上陪他吃了粥。手下又早伺候轎馬來接，與西門慶作辭，謝了又謝。西門慶又道：「學生日昨所言之事，老先生到彼處，學生這裏書去，千萬留神一二，足叨不淺！」蔡御史道：「休說賢公華扎下臨，只盛价有片紙到，學生無不奉行。」說畢，二人同上馬，左右跟隨出城外，到于永福寺，借長老方丈，擺酒餞行。來興兒與廚役，早已安排桌席停當。李銘、吳惠兩個小優彈唱。數盃之後，坐不移時，蔡御史起身。夫馬坐轎，在于三門外伺候。臨行，西門慶說起苗青之事：「乃學生相知，因詿誤在舊大巡曾公案下，行牌往揚州案候捉他。此事情已問結了。倘見宋公，望乞借重一言，彼此感激。」蔡御史道：「這個不妨。我見宋年兄說，設使就提來，放了他去就是了。」西門慶又作揖謝了。看官聽說：後來宋御史往濟南去，河道中又與蔡御史會在那舡上，公人揚州提了苗青來。蔡御史說道：「此係曾公手裏案外的，你管他怎的？」遂放回去了。倒下詳去東平府，還只把兩個船家，決不待時，安童便放了。正是：人事如此如此，天理未然未然。有詩單表人情之有虧人處，詩曰：

公道人情兩是非，人情公道最難為。
若依公道人情失，順了人情公道虧。

胡知府已受了西門慶夏提刑囑託，無不做分上。要說此係後事。

當日西門慶要送至舡上，蔡御史不肯，說道：「賢公不消遠送，只此告別。」西門慶道：「萬惟保重，容差小价問安。」說畢，蔡御史上轎而去。西門慶回到方丈坐下，長老走來遞茶，頭戴僧伽帽，身披袈裟，小沙彌拏著茶托，遞茶去，合掌道了問訊❸。西門慶答禮相還。見他雪眉交白，便問：「長老多大年紀？」長老道：「小僧七十有五。」西門慶道：「倒還這等康健！」因問：「法號稱呼甚麼？」長老道：「小僧法名道堅。」「有幾位徒弟？」長老道：「只有兩個小徒。本寺也有三十餘僧行。」西門

❸ 問訊：問安。出家人向人合掌行禮亦叫「問訊」。

慶道：「你這寺院，倒也寬大，只是欠修整。」長老道：「不瞞老爹說：這座寺原是周秀老爹蓋造，長署裏沒錢糧修理，丟得壞了。」西門慶道：「原來就是你守備府周爺的香火院。我和他家莊子不遠，不打緊處。你稟了你周爺，寫個緣簿，一般別處也再化著。來我那裏，我也資助你些布施。」道堅連忙合掌問訊謝了。西門慶分付玳安兒，書袋內取一兩銀子謝長老：「今日打攪長老這裏。」道堅道：「小僧不知老爺來，不曾預備齋供。」西門慶道：「我要往後邊更更衣去。」道堅連忙叫小沙彌開便門。

西門慶更了衣，因見方丈後面五間大禪堂，有許多雲遊和尚，在那裏敲著木魚念經。西門慶不因不由❹，信步走入裏面觀看。見一個和尚，形骨古怪，相貌搊搜。生的豹頭凹眼，色若紫肝。戴了雞蠟箍兒，穿一領肉紅直裰。頦下髭鬚亂拃，頭上有一溜光簷。就是個形容古怪真羅漢，未除火性獨眼龍。在禪床上，旋定過去了。垂著頭，把脖子縮到腔子裏，鼻口中流下玉筯來。西門慶口中不言，心內暗道：「此僧必然是個有手段的高僧；不然，如何有此異相？等我叫醒他，問他個端的。」于是應聲叫那位僧人：「你是那裏人氏？何處高僧雲遊到此？」叫了頭一聲，不答應；第二聲，也不言語；第三聲，只見這個僧人在禪床上把身子打了個挺，伸了伸腰，睜開一隻眼，跳將起來，向西門慶點了點頭兒，麄聲應道：「你問我怎的？貧僧行不更名，坐不改姓；乃西域天竺國密松林齊腰峰寒庭寺下來的胡僧，雲遊至此，施藥濟人。官人你叫我有甚話說？」西門慶道：「你既是施藥濟人，我問你求些滋補的藥兒，你有也沒有？」胡僧道：「我有，我有。」又道：「我如今請你到家，你去不去？」胡僧道：「我去，我去。」西門慶道：「你說去，即此就行。」那胡僧直豎起身來，向床頭取過他的鐵柱杖來拄著，背上他的皮

❹ 不因不由：無緣無故。

褡褳，褡褳內盛著兩個藥葫蘆兒，下的禪堂，就往外走。西門慶分付玳安叫了兩個驢子，同師父先往家去，等著我就來。胡僧道：「官人不消如此。你騎馬只顧先行，貧僧也不騎頭口，管情比你先到。」西門慶想道：「已定是個有手段的高僧，不然如何開這等朗言。」恐怕他走了，分付玳安，好歹跟著他同行。于是作辭長老上馬，僕從跟隨，逕直進城來家。

那日四月十七日，不想是王六兒生日，家中又是李嬌兒上壽，有堂客吃酒。後晌時分，只見王六兒家沒人使，使了他兄弟王經來請西門慶。分付他宅門首，只尋玳安兒說話。不見玳安在門首，只顧立了約一個時辰，正值月娘與李嬌兒送院裏李媽媽出來上轎。看見一個十五六歲，扎包髻兒小廝，問：「是那裏的？」那小廝三不知走到跟前，與月娘磕了個頭，說道：「我是韓家，尋安哥說話。」月娘問：「那安哥？」平安在旁邊，恐怕他知道是王六兒那裏來的，恐怕他說岔了話，向前把他拉過一邊，對月娘說：「他是韓夥計家使了來尋玳安兒，問韓夥計幾時來。」以此哄過月娘，不言語回後邊去了。不一時，玳安與胡僧先到門首，走的兩腿皆酸，渾身是汗，抱怨的要不的。那胡僧體貌從容，氣也不喘。平安把王六兒那邊使了王經來請爹尋他說話一節，對玳安兒說了：「不想大娘正送院裏李奶奶出來，門首上轎，看見。他冒冒勢勢❺走到跟前，與大娘磕頭。大娘問他。說：『我是韓家的。』早是我在旁邊，拉過一邊。落後大娘問我，我說是韓夥計家的，使他來問他韓夥計幾時來。大娘纔不言語了。早是沒曾露出馬腳來。等住回娘若問你，也是這般說。」那玳安走的睜睜的，只顧搧扇子：「今日造化低的也怎的，平白爹教我領了這賊禿囚來，好近遠兒！從門外寺裏，直走到家。路上通沒歇腳兒。走的我上氣兒接不著

❺ 冒冒勢勢：即「冒冒失失」。

下氣兒。爹教雇驢子與他騎，他又不騎。他便走著沒事沒事的，難為我這兩條腿了。把鞋底子也磨透了，腳也踏破了。攮氣的營生！」平安道：「爹請他來家做甚麼？」玳安道：「誰知道。他說問他討甚麼藥哩！」正說著，只聞喝道之聲。西門慶到家，看見胡僧在門首，說道：「吾師真乃人中神也！果然先到。」一面讓至裏面大廳上坐。西門慶叫書童接了衣裳，換了小帽，陪他坐的。那胡僧睜眼觀見廳堂高遠，院宇深沈，門上掛的是龜背紋蝦鬚織抹綠珠簾，地下鋪獅子滾繡毬絨毛線毯，正當中放一張蜻蜓腿螳螂肚肥皂色起楞的桌子，桌子上安著絲環樣須彌座大理石屏風，週圍擺的都是泥鰍頭楠木靶腫觔的交椅，兩壁掛的畫都是紫竹桿兒綾邊瑪瑙軸頭。正是：鼉皮畫鼓振庭堂，烏木春抬盛酒器。

胡僧看畢，西門慶問道：「吾師用酒不用？」胡僧道：「貧僧酒肉齊行。」西門慶一面分付小廝：「後邊不消看素饌，拏酒飯來。」那時正是李嬌兒生日，廚下肴饌下飯都有。安放桌兒，只顧拏上來。先綽邊兒放了四碟果子，四碟小菜；又是四碟案酒：一碟頭魚，一碟糟鴨，一碟烏皮雞，一碟舞鱸公。又拏上四樣下飯來：一碟羊角蔥炒的核桃肉，一碟細切的餶飿樣子肉，一碟肥肥的羊貫腸，一碟光溜溜的滑鰍。次又拏了一道湯飯出來，一個碗內兩個肉圓子，夾著一條花觔滾子肉，名喚一龍戲二珠湯；一大盤裂破頭高裝肉包子。西門慶讓胡僧吃了，教琴童拏過團靶鉤頭雞脖壺來，打開腰州精製的紅泥頭，一股一股冒出滋陰摔白酒來，傾在那倒垂蓮蓬高腳鍾內，遞與胡僧。那胡僧接放口內，一吸而飲之。隨即又是兩樣添換上來：一碟寸扎的騎馬腸兒，一碟子醃臘鵝脖子；又是兩樣艷物與胡僧下酒：一碟子癲葡萄，一碟流心紅李子。落後又是一大碗鱔魚麵與菜卷兒，一齊拏上來，與胡僧打散。登時把胡僧吃的楞子眼❻兒，便道：「貧僧酒醉飯飽，足可以夠了。」西門慶叫左右拏過酒桌去，因問他求房術的藥兒。

胡僧道：「我有一枝藥，乃老君煉就，王母傳方，非人不度，非人不傳。專度有緣。既是官人厚待于我，我與你幾丸罷。」于是向褡褳內取出葫蘆兒，傾出百十丸。分付：「每次只一粒，不可多了。用燒酒送下。」又搬向那一個葫兒，捏取了二錢一塊粉紅膏兒，分付：「每次只許用二厘，不可多用。若是脹的慌，用手捏著，兩邊腿上，只顧摔打百十下，方得通。你可撙節用之，不可輕洩于人。」西門慶雙手接了，說道：「我且問你，這藥有何功效？」胡僧說：「形如雞卵，色似鵝黃。三次老君炮煉，王母親手傳方。外視輕如糞土，內觀貴乎玕琅。比金金豈換，比玉玉何償。任你腰金衣紫，任你大廈高堂。任你輕裘肥馬，任你才俊棟梁。此藥用托掌內，飄然身入洞房。洞中春不老，物外景長芳。玉山無頹敗，丹田夜有光。一戰精神爽，再戰氣血剛。不拘嬌艷寵，十二美紅妝。交接從吾好，徹夜硬如鎗。服久寬脾胃，滋腎又扶陽。百日鬚髮黑，千朝體自強。固齒能明目，陽生姤始臧。恐君如不信，拌飯與貓嘗。三日淫無度，四日熱難當。白貓變為黑，尿糞俱停亡。夏月當風臥，冬天水裏藏。若還不解泄，毛脫盡精光。每服一厘半，陽興愈健強。一夜歇十女，其精永不傷。老婦顰眉蹙，淫娼不可當。有時心倦怠，收兵罷戰場。冷水吞一口，陽回精不傷。快美終宵樂，春色滿蘭房。贈與知音客，永作保身方。」西門慶聽了，要問他求方兒，說道：「請醫須請良，傳藥須傳方。吾師不傳于我方兒，倘或我久後用沒了，那裏尋師父去？隨師父要多少東西，我與師父。」因令玳安：「後邊快取二十兩白金來。」遞與胡僧，要問他求這一枝藥方。那胡僧笑道：「貧僧乃出家之人，雲遊四方，要這資財何用？官人趁早收回去。」一面就要起身。西門慶見他不肯傳方，便道：「師父，你不受資財。我有一疋四丈長大布，與師父做件

❻ 楞子眼：醉眼朦朧。

衣服罷。」即令左右取來，雙手遞與胡僧。僧方纔打問訊❼謝了。臨出門，又分付：「不可多用。戒之，戒之！」言畢，背上褡褳，拄定拐杖，出門揚長而去。正是：拄杖挑擎雙日月，芒鞋踏遍九軍州。有詩為證：

彌勒和尚到神州，布袋橫拖拄杖頭。
饒你化身千百化，一身還有一身愁。

畢竟未知後來何如，且聽下回分解。

❼打問訊：出家人行禮。

第五十回　琴童潛聽燕鶯歡　玳安嬉遊蝴蝶巷

天與胭脂點絳唇，東風滿面笑欣欣。
芳心自是歡情足，醉臉常含喜氣新。
傾國有情偏惱客，向陽無語笑撩人。
紅塵多少愁眉者，好入花林結近鄰。

話說那日李嬌兒上壽，觀音庵王姑子請了蓮華庵薛姑子來了，又帶了他兩個徒弟妙鳳、妙趣。月娘聽薛師父來了，知道他是個有道行的姑子，連忙出來迎接。見他戴著清淨僧帽，披著茶褐袈裟，剃的青旋旋頭兒，生的魁肥胖大，沿口豚腮，進來與月娘眾人合掌問訊。王姑子便道：「這個就是主家大娘，與列位娘。」慌的月娘眾人，連忙磕下頭去。見他在人前鋪眉苫眼❶，拏班做勢❷，口裏咬文嚼字，一口一聲只稱呼他薛爺。他便叫月娘是在家菩薩，或稱官人娘子。月娘甚是敬重他。那日大妗子、楊姑娘，都在這裏。月娘擺茶與他吃，整理素饌鹹食，菜蔬點心，擺了一大桌子，比尋常分外不同。兩個小姑子

❶ 鋪眉苫眼：裝模作樣。
❷ 拏班做勢：裝腔作勢。

妙趣、妙鳳，纔十四五歲，生的甚是清俊。就在他旁邊桌頭吃東西。吃了茶，都在上房內坐的。月娘、李嬌兒、孟玉樓、潘金蓮、李瓶兒、西門大姐都聽著他講道說話。只見小廝畫童兒，前邊收下家火來。月娘便問道：「前邊那吃酒肉的和尚去了？」畫童道：「剛纔起身，爹送出他去了。」吳大妗子因問：「是那裏請來的僧人？」月娘道：「是他爹今日與蔡御史送行，門外寺裏帶來的一個和尚，酒肉都吃。問他求甚麼藥方，與他銀子也不要，錢也不受。誰知他幹的甚麼營生！吃了這一日，纔去了。」那薛姑子聽見，便說道：「茹葷飲酒，這兩件事也難。倒還是俺這比丘尼，還有些戒行。他這漢僧每那裏管。大藏經上不說的：『如你吃他一口，到轉世過來，須還他一口。』」吳大妗聽了道：「像俺每終日吃肉，卻不知轉世有多少罪業！」薛姑子道：「似老菩薩，都是前生修來的福，享榮華，受富貴。譬如五谷，你春天不種下，到那有秋之時，怎望收成？」這裏說話不題。

且說西門慶送了胡僧進來，只見玳安悄悄向前說道：「頭裏韓大嬸那裏，使了他兄弟來請爹。說今日是他生日，請爹好歹過去坐坐。」西門慶得了胡僧藥，心裏定要去和婦人試驗。不想他那裏來請，正中下懷。即分付玳安備馬，使琴童先送一罈酒去。于是逕走到潘金蓮房裏，取了淫器包兒，便衣小帽，拏著眼紗，玳安跟隨，逕往王六兒家來。下馬到裏面，就分付：「留琴童兒在這裏伺候，玳安回了馬家去。等家裏問，只說我在獅子街房子裏算帳哩。」玳安應諾：「小的知道。」說畢，騎馬回家去了。王六兒出來，戴著銀絲䯼髻，金纍絲釵梳翠鈿兒，二珠環子，露著頭，穿著玉色紗比甲兒，夏布衫子，白腰挑線單拖裙子，與西門慶磕了頭，在旁邊陪坐。說道：「無事，請爹過來散心坐坐。又多謝爹送酒來。」西門慶道：「我忘了你生日。今日往門外送行去，纔來家。」因向袖中取出一對簪兒，就來遞與他：「今日與你上壽。」婦人接過來觀看，卻是一對金壽字簪兒，說道：「倒好樣兒！」連忙道了萬福。西門慶又遞與他五錢銀子，分付：「你稱五分，教小廝有南燒酒，買他一瓶來我吃。」那王六兒笑道：「爹老人家別的酒吃厭了，想起來又要吃南燒酒了。」于是連忙稱了五分銀子，使琴童兒拏瓶買去了。王六兒一面替西門慶脫了衣裳，請入房裏坐的。親自洗手剔甲，剝果仁兒，教丫頭頓好茶，拏上來西門慶吃。在房內放小桌兒，看牌耍子。看了一回，纔收拾吃酒。按下這頭不題。

單表玳安回馬到家，辛苦了一日，跟和尚走了來乏困了，走到前邊屋裏，躺了一覺。直睡到掌燈時分，纔醒了。揉了揉眼，見天晚了，走到後邊要燈籠，要接爹去。只顧立著。月娘因問他：「頭裏你爹打發和尚去了，也不進來換衣裳，三不知就去了。端的在誰家吃酒哩？」玳安沒的回答，說道：「爹沒往人家去，在獅子街房子裏和保哥算帳哩。」月娘道：「就是算帳，沒的算恁一日！」玳安道：「算了帳，爹自家吃酒哩。」月娘道：「又沒人陪他，他莫不平白的自家吃酒？眼見的就是兩樣話！頭裏韓道國家小廝來尋你做甚麼？」玳安道：「他來問韓大叔幾時來？」月娘罵道：「賊囚根子，你又不知弄甚麼鬼！」那玳安不敢多言。月娘教小玉拏了燈籠與他：「你說，家中你二娘等著上壽哩！」小玉一面拏了個燈籠遞與玳安。來到前邊鋪子裏，只見書童兒和傅夥計坐著，水櫃❸上放著一瓶酒，兩雙鍾筯，幾個碗碟，一盤牛肚子。平安兒從外邊拏了兩瓶鮓來。正飲酒中間，只見玳安走來，把燈籠掠下，說道：「好呀，我趕著了！」因見書童兒，戲道：「好淫婦，你在這裏做甚麼？教我那裏沒尋你，你原來躲在這裏吃酒兒！」書童道：「你尋我做甚麼？心裏要與我做半日孫子兒？」玳安罵道：「秫秫小廝，你也

❸ 水櫃：商店的櫃臺。

回嘴。我尋你要肏你的屁股！」于是走向前，按住椅子上，就親嘴。那書童用手推開，說道：「怪行貨子！我不好罵出來的。把人牙花都磕破了。帽子都抓落了人的！」傅夥計見他帽子在地下，說道：「新一盞燈帽兒！」教平安兒：「你替他拾起來，只怕躧了。」被書童拏過，往炕上只一摔，把臉通紅了。玳安道：「好淫婦，我鬥了你鬥兒，你惱了！」不由分說，掀起腿把他按在炕上，儘力向他口裏吐了一口唾沫，把酒推撇了，流在水櫃上。傅夥計恐怕他濕了帳簿，連忙取手巾來抹了。說道：「管情住回，兩個玩惱了。」玳安道：「好淫婦，你今日討了誰口裏話，這等扭手扭腳？」那書童把頭髮都揉亂了，說道：「耍便耍，笑便笑；臢刺刺的屣水子，吐了人恁一口！」玳安道：「賊秫村村，你一日纔吃屣，你從前已後，把屣不知吃了多少！」平安篩了一甌子酒，遞與玳安說道：「你快吃了，接爹去罷。有話回來和他說。」玳安道：「等我接了爹回來，和他答話。我不把秫秫小廝，不攛布的見神見鬼的，他也不怕我！使一些唾沫，也不是人養的。我只一味乾粘！」于是吃了酒，門班房內叫了個小伴當，拏著燈籠，他便騎著馬到了王六兒家。叫開門，問琴童兒：「爹在那裏？」琴童道：「爹在屋裏睡哩。」于是關上門，兩個走到後邊廚下。老馮便道：「安官兒來。你韓大嬸只顧等你不見來，替你留下分兒了。」向廚櫃裏拏了一盤驢肉，一碟臘燒雞，兩碗壽麵，一素子酒。玳安吃了一回，又讓琴童吃酒，叫道：「你過來，這酒我吃不了，咱兩個喋了這素子酒罷。」琴童道：「留與你的，你自吃罷。」玳安道：「我剛纔吃了甌子來了。」于是二人吃畢。玳安便叫道：「馮奶奶，我有句語兒說，你休惱我。想著你老人家在六娘那裏，與俺六娘當家。如今在韓大嬸這裏，又與韓大嬸當家。等我到家，看我對六娘說不對六娘說！」那老馮便向他身上拍了一下，說道：「怪倒路死❹猴兒，休要是言不是語！到家裏說出來，就教他惱我一生，我也不敢見他去。」

這裏玳安兒和老馮說話，不想琴童走到臥房窗子底下，悄悄聽覷。原來西門慶用燒酒把胡僧藥吃了一粒下去，脫了衣裳，上床和老婆行房。西門慶心中暗喜，果然胡僧此藥，有些意思。婦人說道：「怪道你要燒酒吃，原來幹這個營生！」因問：「你是那裏討來的藥？」西門慶急把胡僧與他的藥，從頭告訴一遍。因對老婆說道：「等你家的來，我打發他和來保崔本揚州支鹽去。支出鹽來賣了，就教他往湖州織了絲紬來，好不好？」老婆道：「好達達，隨你教他那裏，只顧去。閒著王八在家裏做甚麼？」因問：「這鋪卻教誰管？」西門慶道：「我教賁四在家，且替他賣著。」王六兒道：「也罷，且教賁四看著罷。」這裏二人行房，不想都被琴童兒窗外聽了不亦樂乎。玳安正從後邊來，見他在窗下聽覷，向身上拍了一下，說道：「平白聽他怎的！趁他正未起來，咱每去來。」琴童跟出他到外邊。玳安道：「你不知，後面小衚衕子裏，新來了兩個好丫頭子。我頭裏騎馬打那裏過，看見了來，在魯長腿屋裏，一個金兒，一個叫賽兒，都不上十六七歲。教小伴當在這裏看著，咱往混一回子去。」一面分付小伴當：「你在此聽著門，俺每往街上淨淨手去。等裏邊尋，你往小衚衕口兒上那裏叫俺每去。」分付了，兩個月亮地裏，走到小巷內。原來這條巷喚做蝴蝶巷，裏邊有十數家，都是開坊子❺吃衣飯的。那玳安一來也有酒了，叫門叫了半日纔開。原來王八正和虔婆魯長腿，在燈下拏黃桿大等子稱銀子哩。見兩個兇神也般撞進來裏間屋裏，連忙把燈來一口吹滅了。王八認的玳安是提刑所西門老爹家管家，便讓坐。玳安道：

❹ 倒路死：詛咒人死在路上的話。

❺ 坊子：舊時私娼的屋子。

「叫出他姐兒兩個，唱個曲兒俺每聽，就去。」王八道：「管家，你來的遲行一步兒。兩個剛纔都有了人了。」這玳安不由分說，兩步就掃進裏面。只見黑洞洞，燈也不點，炕上有兩個戴白氈帽子的酒太公❻。一個炕上睡下，那一個纔脫裹腳。便問道：「是甚麼人進屋裏來了！」玳安道：「我肏你娘的眼！」不防颼的只一拳去，打的那酒子❼只叫著，裹腳襪子也穿不上，往外飛跑。那一個在炕上扒起來，一步一跌也走了。玳安叫掌起燈來，罵道：「賊野蠻流民，他倒問我是那裏人！剛纔把毛薅淨了他的纔好，平白放了他去了！好不好拏到衙門裏去，且教他且試試新夾棍著！」魯長腿向前掌上燈，拜了又拜，說：「二位官家哥哥息怒，他外京人不知道，休要和他一般見識。」因令：「金兒、賽兒出來，唱與二位叔叔聽。」只見兩個都是一窩絲盤髻，穿著洗白衫兒，紅綠羅裙兒，向前道：「今日不知叔叔來，夜晚了沒曾做得準備。」一面放了四碟乾菜，其餘幾碟，都是鴨蛋蝦米，熟鮓鹹魚，豬頭肉，乾板腸兒之類。玳安便摟著賽兒一處，琴童便擁著金兒。玳安看見賽兒帶著銀紅紗香袋兒，就拏袖中汗巾兒兩個換了。少頃，篩酒上來。賽兒拏鍾兒斟上酒，遞與玳安。先是金兒取過琵琶來唱，頓開喉音，就是山坡羊下來。金兒就奉酒與琴童，唱道：

煙花寨，委實的難過。白不得清涼倒坐，逐日家迎賓待客。一家兒吃穿，全靠著奴身一個。到晚來印子房錢，逼的是我。老虔婆，他不管我死活，在門前站到那更深兒夜晚，到晚來有那個問聲

---

❻ 酒太公：做酒的人。

❼ 酒子：賣酒的人。

我那飽餓。煙花寨，再住上五載三年來，奴活命的少來死命的多，不由人眼淚如梭！有朝樹上開花，那是我收圓結果。

金兒唱畢，賽兒又斟一盃酒，遞與玳安兒，接過琵琶來唱道：

進房來，四下觀看。我自見粉壁牆上，排著那琵琶一面。我看琵琶上塵灰兒倒有，那一隻袖子裏掏出個汗巾兒來，把塵灰攤散。抱在我懷中，定了定子絃，彈了個孤悽調，淚似湧泉。有我那冤家，何等的歡喜，冤家去撇的我和琵琶一樣。有他在，同唱同彈裏來喋，到如今只剩下我孤單，不由人兩淚兒傷殘。物在存留，不知我人兒在那廂。

正唱在熱鬧處，忽見小伴當來叫，二人連忙起身。玳安向賽兒說：「俺每改日再來望你。」說畢出門，來到王六兒家。西門慶纔起來，老婆陪著吃酒哩。兩個進入廚房內，玳安問老馮：「爹尋俺每來？」老馮道：「你爹沒尋，只問馬來了？我回說來了。再沒言語。」兩個坐在廚下問老馮要茶吃。每人呵了一甌子茶，教小伴當點上燈籠，牽出馬去。西門慶臨起身，老婆道：「爹，好煖酒兒，你再吃上一鍾兒。你到家，莫不又吃酒？」西門慶道：「到家可不吃了。」于是拏起酒兒，又吃了一鍾。老婆問道：「你這一去，幾時來走走？」西門慶道：「我待的打發了他每起身，我纔來哩。」說畢，丫頭點茶來漱了口。王六兒送到門首，西門慶方上馬歸家。

卻表潘金蓮同眾人在月娘房內，聽薛姑子徒弟兩個小姑子唱佛曲兒，到起更時分，纔回房來。想起頭裏月娘罵玳安說兩樣話，不知弄的甚麼鬼。因是向床上摸那淫器包兒，又沒了。叫春梅問。說：「不曾拏。頭裏娘不在時，爹進屋裏來，向床背閣抽替內，翻了一回去了。誰知道那包子放在那裏？」金蓮道：「他多咱進來，我怎就不知道？」春梅道：「娘正往後邊瞧薛姑子去了，爹帶著小帽兒進屋裏來。我問著他，又不言語。」金蓮道：「已定拏了這行貨，往院中那淫婦家去了。等他來家，我好生問他。」不想西門慶來家，見夜深了，也沒往後邊去。琴童打著燈籠，送到花園角門首，西門慶就往李瓶兒屋裏去了。琴童兒把燈籠還交送到後邊小玉收了。月娘與李嬌兒、孟玉樓、潘金蓮、李瓶兒、孫雪娥、大姐並兩個姑子，正在上房坐著。月娘問道：「你爹來了？」琴童道：「爹來了。往前邊六娘房裏去了。」月娘道：「你看是有個槽道的！這裏人等著，就不進來了。」李瓶兒慌的走到前邊，對西門慶說道：「他二娘在後邊等著你上壽，你怎的平白進我這屋裏來了？」西門慶笑道：「我醉了，明日罷。」李瓶兒道：「就是你醉了，到後邊也接個鍾兒。你不去，惹他二娘不惱麼？」于是一力攛掇西門慶進後邊來。李嬌兒遞了酒，月娘問道：「你今日獨自一個，在那邊房子裏坐到這早晚？」西門慶道：「我和應二哥吃酒來。」月娘道：「可又來，我說沒個人兒，自家怎麼吃。」說了丟開了，就罷了。西門慶坐不移時，提起腳兒，還踅到前邊李瓶兒房裏來。原來在王六兒那裏，因吃了胡僧藥，被藥性把住了。與老婆弄聳了一日，恰好還沒曾丟身子，那話越發堅硬，形如鐵杵。進房教迎春脫了衣裳，上床就要和李瓶兒睡。李瓶兒只說他不來，和官哥在床上已睡下了。回過頭來，見是他，便道：「你在後邊睡罷了，又來做甚麼？孩子纔睡下了，睡的甜甜兒的，我心裏不奈煩；又身上來了，不方便。你往別人屋裏睡去不是？好來這裏纏。」被西門慶摟過脖子來，按著就親了個嘴，說道：「怪奴才，你達心裏要和你睡睡兒。」因把那話露出來，與李瓶兒瞧。諕的李瓶兒要不的，說道：「耶嚛，你怎麼弄的他這等大！」西門慶笑著告他，說吃了胡僧藥一節：「你若不和我睡，我就急死了。」李瓶兒道：「可怎樣的？我身上纔來了兩日，還沒去。亦發等等著兒去了，我和你睡罷。你今日且往他五娘屋裏歇一夜兒，也是一般。」西門慶道：「我今日不知怎的，一心只要和你睡。我如今殺個雞兒，央及你央及兒；再不你教丫頭掇些水來洗洗，和我睡睡也罷了。」李瓶兒道：「我倒好笑起來。你今日那裏吃了酒，吃的恁醉醉兒的來家，恁歪斯纏！我就是洗了，也不乾淨。一個老婆的月經，沾污在男子漢身上，臢剌剌的也晦氣。我到明日死了，你也只尋我！」于是吃逼勒不過，教迎春掇了水下來，澡牝乾淨，方上床與西門慶交房。可霎作怪，李瓶兒慢慢拍哄的官哥兒睡下，只剛扒過這頭來，那孩子就醒了，一連醒了三次。李瓶兒教迎春拏博浪鼓兒哄著他，抱與奶子那邊屋裏去了。這裏二人方纔自在玩耍。正是：四體無非暢美，一團卻是陽春。西門慶方知胡僧有如此之妙藥。睡下時已三更天氣。

且說潘金蓮那邊，見西門慶在李瓶兒屋裏歇了，自知他偷去淫器包兒和他耍玩，更不體察外邊勾當。是夜暗咬銀牙，關門睡了。月娘和薛姑子、王姑子，在上房宿睡。王姑子把整治的頭男衣胞，并薛姑子的藥，悄悄遞與月娘。薛姑子教月娘揀個壬子日，用酒兒吃下去，晚夕與官人同床一次，就是胎氣，不可教一人知道。月娘連忙的將藥收了，拜謝了兩個姑子。月娘向王姑子道：「我正月裏好不等著你，就不來了。」王姑子道：「你老人家倒說的好。我正來見你老人家，我說亦發等四月裏，他二娘生日，會了薛師父，一荅兒裏來罷。不想虧我這師父好不異難，尋了這件物兒出來。也是個人家媳婦兒養頭次娃兒，可可薛爺在那裏，悄悄與了個熟老娘三錢銀子，纔得了拏在這裏，替你老人家熬礬水，打磨乾淨，兩盒鴛鴦新瓦炮煉如法，用重羅篩過，攪在符藥一處，纔拏來了。」月娘道：「只是多累了薛爺和王師父。」于是兩個姑子，每人拏出二兩銀子來相謝。說道：「明日若坐了胎氣，還與薛爺一疋黃褐段子做袈裟穿。」那薛姑子合掌道了問訊：「多承菩薩好心！」常言：十日賣一擔針（真）賣不得，一日賣一擔甲（假）倒賣了。正是：若教此輩成佛道，天下僧尼似水流。

畢竟未知後來何如，且聽下回分解。

第五十一回　月娘聽演金剛科　桂姐躲住西門宅

羞看鸞鏡惜朱顏，手托香腮懶去眠。
瘦損纖腰寬翠帶，淚流粉面落金鈿。
薄倖惱人愁切切，芳心撩亂恨綿綿。
何時借得東風便，刮得檀郎到枕邊。

話說潘金蓮見西門慶拏了淫器包兒在李瓶兒房裏歇了，足惱了一夜沒睡，懷恨在心。到第二日，打聽西門慶往衙門裏去了，李瓶兒在屋裏梳頭，老早走到後邊，對月娘說：「李瓶兒背地好不說姐姐哩。說姐姐會那等虔婆勢、喬作衙❶。別人生日喬作家管。你漢子吃醉了，進我屋裏來，我又不曾在前邊，平白對著人羞我望著我丟臉兒。教我惱了，走到前邊把他爹趁到後邊來。落後他怎的也不在後邊，還往我房裏來了。他兩個黑夜，說了一夜梯己話兒。只有心腸五臟，沒曾倒與我罷了。」這月娘聽了，如何不惱？因向大妗子、孟玉樓說：「早是你昨日也在跟前看著，我又沒曾說他甚麼！小廝交燈籠進來，我只問了一聲你爹怎的不進來。小廝倒說往六娘屋裏去了。我便說你二娘這裏等著，恁沒槽道，卻不進來。

❶ 喬作衙：擺空架子。

論起來也不傷他，怎的說我虔婆勢、喬作衙？我是淫婦老婆？我還把他當好人看成，原來知人知面不知心！那裏看人去？乾淨是個綿裏針、肉裏刺的貨，還不知背地在漢子跟前，架的甚麼舌兒哩？怪道他昨日決烈的就往前走了。傻姐姐，那怕漢子成日在你那屋裏不出門，不想我這心動一動兒。一個漢子丟與你每，隨你每去，與寡的不過！想著一娶來之時，賊強人和我門裏門外不相逢，那等怎麼過來。」大妗子在旁勸道：「姑娘罷麼，都看著孩兒的分上罷。自古宰相肚裏好行舡，當家人是個惡水缸❷兒，好的也放在你心裏，歹的也放在心裏。」月娘道：「不拘幾時，我也要對這兩句話，等我問著他。我怎麼虔婆勢、喬作衙？」金蓮慌的沒口子說道：「姐姐寬恕他罷。常言大人不責小人過。那個小人沒罪過？他在屋裏背地調唆漢子，俺每這幾個，誰沒吃他排說過？我和他緊隔著壁兒，要與他一般見識起來，倒了不成，行動只倚逞著孩子降人！他還說的好話兒哩，說他的孩兒到明日長大了，有恩報恩，有仇報仇。俺每都是餓死的數兒，你還不知道哩！」吳大妗子道：「我的奶奶，那裏有此話說！」月娘一聲兒也沒言語。

常言路見不平，也有向燈向火。不想西門大姐平日與李瓶兒最好，常沒針線鞋面，李瓶兒不拘好綾羅段帛，就與之。好汗巾手帕兩三方，背地與大姐；銀錢是不消說。當日聽了此話，如何不告訴他。李瓶兒正在屋裏，與孩子做那端午戴的那絨線符牌兒，及各色紗小粽子兒，並解毒艾虎兒，只見大姐走來。李瓶兒讓他坐，同看做生活。李瓶兒教迎春：「拏茶與你大姑娘吃。」一面吃了茶，大姐道：「頭裏請你吃茶，你怎的不來？」李瓶兒道：「打發他爹出門，我趕早涼兒，與孩子做這戴的碎生活兒來。」大

❷ 當家人惡水缸：惡水缸，即「泔腳缸」。這是說當家人肚量要寬宏，好像泔腳缸一般，好的壞的都要包含在內。

姐道：「有椿事兒，我也不是舌頭，敢來告你說。學說你說俺娘虔婆勢。你沒曾惱著五娘？他在後邊對著俺娘如此這般，說了你一遍是非。如今俺娘要和你對話哩。你別要說我對你說，教他怪我。你須預備些話兒，打發他。」這李瓶兒不聽便罷，聽了此言，手中拏著那針兒，通拏不起來，兩隻胳膊都軟了，半日說不出話來。對著大姐掉眼淚，說道：「大姑娘，我那裏有一字兒閒話！昨晚我在後邊，聽見小廝說他爹往我這邊來了，我就來到前邊催他往後邊去了，再誰說一句話兒來？你娘恁覷我一場，莫不我恁不識好歹，敢說這個話！設使我就說，對著誰說來？也有個下落。」大姐道：「他聽見俺娘說不拘幾時，要對這話，他如何就慌了？要著我，你兩個當面鑼對面鼓❸的對不是？」李瓶兒道：「我對的過他那嘴頭子？自憑天罷了！他左右晝夜算計的只是我。俺娘兒兩個到明日吃他算計了一個去，也是了當！」說畢哭了。大姐坐著，勸了一回。只見小玉來請六娘、大姑娘吃飯，就後邊去了。李瓶兒丟下針指，同大姐到後邊，也不曾吃飯。回來房中，倒在床上就睡著了。西門慶衙門中來家，見他睡，問迎春。迎春道：「俺娘一日飯也還沒吃哩！」慌了西門慶向前問道：「你怎的不吃飯？你對我說。」又見他哭的眼紅紅的，只顧問：「你心裏怎麼的？對我說。」那李瓶兒連忙起來，揉了揉眼說道：「我害眼疼，不怎的。今日心裏懶待吃飯。」並不題出一字兒來。正是：滿懷心腹事，盡在不言中。有詩為證：

莫道佳人總是痴，惺惺伶俐沒便宜。
只因會盡人間事，惹得閒愁滿肚皮。

❸當面鑼對面鼓：面對面。

大姐在後邊對月娘說：「我問他來，他說：『沒有此話，我對著誰說來！』且是好不賭身罰咒，望著我哭哩。說娘這般看顧他，他肯說此話？」吳大妗子道：「我就不信，李大姐好個人兒，他原肯說這等慌？」月娘道：「想必兩個不知怎的有些小節不足，哄不動漢子，走來後邊戳無路兒❹，沒的拏我墊舌根。我這裏還多著個影兒哩！」大妗子道：「大姑娘，今後你也別要虧了人。不是我背他說，潘五姐一百個不及他為人；心地兒又好，來了咱家恁二三年，要一些歪樣兒也沒有。」

正說著，只見琴童兒藍布大包袱背進來，月娘問：「是甚麼？」琴童道：「是三萬鹽引。韓夥計和崔本纔從關上掛了號來，爹說打發飯與他二人吃。如今兌銀子打包，後日二十一日好日子起身，打發他三個往揚州去。」吳大妗子道：「只怕姐夫進來，我和二位師父，往他二娘房裏坐去罷。」剛說未畢，只見西門慶掀簾子進來，慌的吳妗子和薛姑子、王姑子往李嬌兒屋裏走不迭，早被西門慶看見，問月娘：「那個是薛姑子，賊胖禿淫婦，來我這裏做甚麼？」月娘道：「你好恁枉口拔舌，不當家化化的罵他怎的！他惹著你來，你怎的知道他姓薛？」西門慶道：「你還不知他弄的乾坤兒哩！他把陳參政家小姐，七月十五日吊在地藏菴兒裏，和一個小夥阮三偷奸。不想那阮三就死在女子身上，他知情受了三兩銀子。事發拏到衙門裏，被我褪衣打了二十板，教他嫁漢子還俗。他怎的還不還俗？好不好拏到衙門裏，再與他幾拶子！」月娘道：「你有要沒緊，恁毀神謗佛的！他一個佛家弟子，想必善根還在。他平白還甚麼俗？你還不知，他好不有道行！」西門慶道：「你問他有道行，一夜接幾個漢子？」月娘道：「你就休汗邪，又討我那沒好口的罵你！」因問：「幾時打發他三個起身？」西門慶道：「我剛纔使來保會喬親

❹ 戳無路兒：無中生有地挑撥。

家去了。他那裏出五百兩，我這裏出五百兩。二十是個好日子，打發他每起身去罷了。」月娘道：「線鋪子卻教誰開？」西門慶道：「且教賁四替他開著罷。」說畢，月娘開箱子拏出銀子，一面兌了出來，交付與三人。正在捲棚內看著打包，每人兌與他五兩銀子，教他家中收拾衣裝行李，不在話下。

只見應伯爵走到捲棚裏，見西門慶看著打包，便問：「哥打包做甚麼？」西門慶因把二十日打發來保等往揚州支鹽去一節告訴一遍。伯爵舉手道：「哥恭喜！此去回來，必有大利息。」西門慶一面讓他坐，喚茶來吃了，因問：「李三、黃四銀子幾時關？」應伯爵道：「也只不出這個月裏，就關出來了。他昨日對我說，如今東平府又派下二萬香來了，還要問你挪五百兩銀子，接濟他這一時之急。如今關出這批的銀子，一分也不動，都抬過這邊來。」西門慶道：「倒是你看見我這裏打發揚州去，還沒銀子。問喬親家那裏借了五百兩在裏頭。那討銀子來？」伯爵道：「他再三央及將我對你說，一客不煩二主。你不接濟他這一步兒，教他又問那裏借去？」那西門慶道：「門外街東徐四鋪少我銀子，我那裏挪五百兩銀子與他罷。」伯爵道：「可知好哩！」正說著，只見平安兒拏進帖兒來，說：「夏老爹家差了夏壽，道請爹明日坐坐。」西門慶看了柬帖道：「曉得了。」伯爵道：「我今敢來有樁事兒來報與哥。你知道院裏李桂兒勾當？他沒來？」西門慶道：「他從正月去了，再幾時來？我並不知道甚麼勾當！」伯爵因說起：「王招宣府裏第三的，原來是東京六黃太尉姪女兒女婿，從正月往東京拜年，老公賞了一千兩銀子與他兩口兒過節。你還不知六黃太尉這姪女兒，生的怎麼標致，上畫兒委的只畫半邊兒，也沒有恁俊俏相的！你只守著你家裏的罷了。每月被老孫、祝麻子、小張閒三四個摽著在院裏撞，把二條巷齊家那小丫頭子齊香兒梳籠了，又在李桂兒家走。把他娘子兒的頭面都拏出來當了，氣的他娘子兒家裏上吊。

不想前日這月裏老公公生日，他娘子兒到東京，只一說，老公公惱了，將這幾個人的名字送與朱太尉。朱太尉批行東平府，著落本縣拏人。昨日把老孫、祝麻子與小張閒都從李桂兒家拏的去了。李桂兒便躲在隔壁朱毛頭家，過了一夜。今日說來你這裏央及你來了。」西門慶道：「我說正月裏都摽著他走，這裏誆人家銀子，那裏誆人家銀子。那祝麻子還對著我搗生鬼！」說畢，伯爵道：「我去罷，等住回，只怕李桂兒來，你管他不管他？他又說我來串作你。」西門慶道：「你且坐著，我還和你說哩。李三你且別要許他，等我們外討銀子出來，和你說話去。」伯爵道：「我曉的。」

剛走出大門首，只見李桂姐轎子在門首，又早下轎進去了。西門慶正分付陳經濟，教他騎騾子往門外徐四家催銀子去。只見琴童兒走到捲棚內，請西門慶道：「大娘後邊請，有李桂姨來了。」這西門慶走到後邊，只見李桂姐身穿茶色衣裳，也不搽臉，用白挑線汗巾搭著頭，雲鬢不整，花容黯淡，與西門慶磕著頭，哭起來說道：「爹可怎麼樣兒的？恁造化低的營生！正是關著門兒家裏坐，禍從天上來！一個王三官兒，俺每又不認的他，平白的祝麻子、孫寡嘴領了來俺家來討茶吃。俺姐姐又不在家，依著我說別要招惹他那些兒不是。俺這媽越發老的韶刀了。就是來宅裏與俺姑娘做生日的這一日，你上轎來了就是了，見祝麻子打旋磨兒跟著，從新又回去。對我說：『姐姐，你不出去，待他鍾茶兒，卻不難為嚻了人了。』他便往爹這裏來了，教我把門插了不出來。誰想從外邊撞了一夥人來，把他三個不由分說都拏的去了。王三官兒便奪門走了，我便走在隔壁人家躲了，家裏有個人牙兒？纔使保兒來這裏接的他家去。到家把媽諕的魂兒也沒了，只要尋死。今日縣裏皂隸，又拏著票，喝囉❺了一清早起去了。如今坐

❺ 喝囉：吆喝。

名兒，只要我往東京回話去。爹，你老人家不可憐見救救兒，卻怎麼樣兒的？娘在旁邊也替我說說兒！」西門慶笑道：「你起來。」因問：「票上還有誰的名字？」桂姐道：「還有齊香兒的名字。他梳籠了齊香兒，在他家使錢著，便該當。俺家若見了他一個錢兒，就把眼睛珠子吊了！若是沾他沾身子兒，一個毛孔兒裏生一個天疱瘡！」月娘對西門慶道：「也罷，省的他恁說誓剌剌的，你替他說說罷。」西門慶道：「如今齊香兒拏了不曾？」桂姐道：「齊香兒他在王皇親宅裏躲著哩。」西門慶道：「既是恁的，你且在我這裏住兩日。倘人來尋你，我就差人往縣裏替你說去。」于是就叫書童兒：「你快寫個帖兒，往縣裏見你李老爹，就說桂姐常在我這裏答應，看怎的免提他罷。」書童應諾，穿青絹衣服去了。不一時，拏了李知縣回帖兒來。書童道：「李老爹說，多上覆你老爹，別的事無不領命，這個卻是東京上司行下來批文，委本縣拏人。縣裏只拘的人在。既是你老爹分上，我這裏且寬限他兩日。要免提，還往東京上司處說去。」西門慶聽了，只顧沈吟，說道：「如今來保一兩日起身，東京沒人去。」月娘道：「也罷，你打發他兩個先去，存下來保，替桂姐往東京說了這勾當，教他隨後邊趕了去，也是不遲。你看諕的他那腔兒！」那桂姐連忙與月娘和西門慶磕頭。西門慶隨使人叫將來保來，分付：「二十日你且不去罷，教他兩個先去。你明日且往東京替桂姐說說這勾當來，見你翟爹，如此這般，好歹差人往衙裏說說。」桂姐連忙就與來保下禮。慌的來保頂頭相退，說道：「桂姨，我就去。」西門慶一面教書童兒寫就一封書，致謝翟管家：「前日曾巡按之事，甚是費心。」又封了二十兩折節禮銀子，連書交與來保。桂姐便歡喜了，拏出五兩銀子來，與來保路上做盤纏，說道：「回來俺媽還重謝保哥。」西門慶不肯，還教桂姐收了銀子。教月娘另拏五兩銀子與來保盤纏。桂姐道：「也沒這個道理。我央及爹這裏說人情，又教爹出盤纏。」西門慶道：「你笑譁我沒這五兩銀子盤纏了，要你的銀子。」那桂姐方纔收了。向來保拜了又拜，說道：「累保哥，明日好歹起身罷，只怕遲了。」來保道：「我明日早五更就走道兒了。」于是領了書信，又走到獅子街韓道國家。王六兒正在屋裏替他縫小衣兒哩，打窗眼看見是來保，忙道：「你有甚說話？請房裏坐。他不在家，往裁縫那裏討衣裳去了，便來也。」便叫錦兒：「還不往對過徐裁家叫你爹去？你說保大爺在這裏。」來保道：「我敢來說聲，我明日且去不成。又有椿業障鑽出來。當家的留下，教我往東京替院裏李桂姐說人情去哩。他剛纔在爹跟前再三磕頭禮拜，央及我。娘和爹說：『也罷，你且替他往東京走一遭，說說這勾當。且教韓夥計和崔大官兒先去。你回來再趕了去，也是不遲。』我明日早起身了。剛纔書也有了。」因問：「嫂子，你做的是甚麼？」王六兒道：「是他的小衣裳兒。」來保道：「你教他少帶衣裳。到那去處，是出紗羅段絹的窩兒裏，愁沒衣裳穿。」正說著，韓道國來了。兩個唱了喏，因把前事說了一遍。因說：「我到明日，揚州那裏尋你每？」韓道國道：「老爹分付，教俺每馬頭上投經紀王伯儒店裏下。說過世老爹曾和他父親相交，他店內房屋寬廣，下的客商多，放財物不耽心。你只往那裏尋俺每就是了。」來保又說：「嫂子，我明日東京去，你沒甚鞋腳東西捎進府裏，與你大姐去？」王六兒道：「沒甚麼，只有他爹替他打的兩對簪兒，並他兩雙鞋，起動保叔捎捎進去與他。」于是用手帕包縫停當，遞與來保。一面教春香看菜兒篩酒，婦人連忙丟下生活，就放桌兒。來保道：「嫂子，你休費心，我不坐。我到家還收拾了褡褳，明日好起身。」王六兒笑嘻嘻道：「耶嚛！你怎的上門怪人家！夥計家，自恁與你餞行，也該吃鍾兒。」因說韓道國：「你好老實，桌兒不穩，你也撒撒兒，讓保叔坐，只像沒事的人兒一般兒！」于是拏上菜兒來，斟酒遞與來保。王六兒也陪在旁邊。

三人坐定吃酒。來保吃了幾鍾，說道：「我家去罷。晚了只怕家裏關門早。」韓道國問道：「你頭口顧下了不曾？」來保道：「明日早顧罷了。」說：「鋪子裏鑰匙並帳簿，都交與賁四罷了，省的你又上宿去。家裏歇息歇息，好走路兒。」韓道國道：「夥計說的是。我明日就交與他。」王六兒又斟了一甌子說道：「保叔，你只吃這一鍾，我也不敢留你了。」來保道：「嫂子，你既要我吃，再篩熱著些。」那王六兒連忙歸到壺裏，教錦兒炮熱了，傾在盞內，雙手遞與來保，說道：「沒甚好菜兒與保叔下酒。」來保道：「嫂子好說，家無常禮。」拏起酒來，與婦人對飲。一吸而同乾，方纔作辭起身。王六兒便把女兒鞋腳遞與他，說道：「累保叔好歹到府裏問聲孩子好不好，我放心些。」于是道了萬福，兩口兒齊送出門來。來保到家收拾行李，第二日起身東京去了，不題。

單表月娘上房擺茶與桂姐吃。吳大妗子、楊姑娘兩個姑子都做一處坐。有吳大舅前來對西門慶說：「有東平府行下文書來，派俺本衛兩所掌印千戶管工脩理社倉，題准旨意，限六月工完，陞一級；違限，聽巡按御史查參。姐夫有銀子，借得幾兩工上使用。待關出工價來，一一奉還。」西門慶道：「大舅用多少，只顧拏去。」吳大舅道：「姐夫下顧，與二十兩罷。」一面進入後邊，見了月娘說了話，教月娘拏二十兩出來交與大舅，又吃了茶出來。因後邊有堂客，不好坐的，教西門慶留大舅大廳上吃酒。正飲酒中間，只見陳經濟走來回話，說：「門外徐四家銀子，頂上爹，再讓兩日兒。」西門慶道：「胡說，我這裏用銀子使，再讓兩日兒！照舊還去罵那狗弟子孩兒？」經濟應諾。吳大舅讓：「姐夫坐的。」陳經濟作了揖，打橫坐了。琴童兒連忙安放了鍾筯，這裏前邊吃酒。且說後邊大妗子、楊姑娘、李嬌兒、孟玉樓、潘金蓮、李瓶兒、大姐都伴桂姐在月娘房裏吃酒。先是郁大姐數了回張生遊寶塔，放下琵琶。

孟玉樓在旁斟酒哺菜兒與他吃，說道：「賊瞎轉磨的唱了這一日，又說我不疼你。」那潘金蓮又大筯子夾腿肉放在他鼻子上，戲弄他玩耍。桂姐因叫：「玉簫姐你遞過那郁大姐琵琶來，我唱個曲兒與姑奶奶和大妗子聽。」月娘道：「桂姐你心裏熱剌剌的，不唱罷。」桂姐道：「不妨事，等我唱。見爹娘替我說人情去了，我這回不焦了。」孟玉樓笑道：「李桂姐倒還是院中人家娃娃做臉兒快，頭裏一來時，把眉頭忔惚著，焦的茶兒也吃不下去。這回說也有，笑也有。」當下桂姐輕舒玉指，頓撥冰絃，唱了一回。正唱著，只見琴童兒收進家火來。月娘便問道：「你大舅去了？」琴童兒道：「大舅去了。」吳大妗子道：「只怕姐夫進來，俺每活變❻活變兒。」琴童道：「爹不往後邊來了，往五娘房裏去了。」這潘金蓮聽見往他屋裏去了，就坐不住；趨趄著腳兒只要走，又不好走的。月娘也不等他動身，說道：「他往你屋裏去了，你去罷，省的你欠肚兒親家❼是的！」那潘金蓮嚷：「可可兒的走來！」口兒的硬著，那腳步兒且是去的快。

來到前邊入房來，西門慶已是吃了胡僧藥，教春梅脫了衣裳，在床上帳子裏坐著哩。金蓮看見笑道：「我的兒，今日好呀！不等你娘來就上床了。俺每剛纔在後邊，陪大妗子、楊姑娘吃酒，被李桂姐唱著灌了我幾鍾好的！獨自一個兒，黑影子裏，一步高一步低，不知怎的就走的來了。」叫春梅：「你有茶，倒甌子我吃。」那春梅真個點了茶來。金蓮吃了，撇了個嘴與春梅。那時春梅就知其意，那邊屋裏早已替他熱下水。婦人抖些檀香白礬在裏面，洗了牝。向燈下摘了頭，只撇著一根金簪子。拏過鏡子來，從

---

❻ 活變：走動。

❼ 欠肚兒親家：心中有事，坐立不安的人。

新把嘴唇抹了些胭脂，口中噙著香茶，走過這邊來。春梅床頭上取過睡鞋來與他換了，帶上房門出來。這婦人便將燈臺挪近床邊桌上放著，一手放下半邊紗帳子來。褪去紅裩，露見玉體。西門慶坐在枕頭上，婦人燈下看見，諕了一跳，便眲矁❽了西門慶一眼，說道：「我猜你沒別的話，已定吃了那和尚藥，一位要來奈何老娘。好酒好肉，王里長吃的去。你在誰人跟前試了新，這回剩了些殘軍敗將，纔來我這屋裏來了？俺每是雌剩鬢髮肏的，你還說不偏心哩！嗔道那一日我不在屋裏，三不知把那行貨包子偷的往他屋裏去了。原來晚夕和他幹這個營生，他還對著人撇清搗鬼哩！你這行貨子，乾淨是個沒挽和的三寸貨。想起來一百年不理你纔好！」西門慶笑道：「小淫婦兒，你過來。你若有本事我輸一兩銀子與你。」婦人道：「汗邪了你了，你吃了甚麼行貨子，我禁的過他！」于是把身子斜軃在衽席之上，香肌掩映于紗帳之內，燈下一往一來動旦。不想旁邊蹲踞著一個白獅子貓兒，看見動旦，不知當做甚物件兒，撲向前用爪兒來撾。這西門慶在上，又將手中拏的灑金老鴉扇兒，只顧引鬥他耍子。被婦人奪過扇子來，把貓儘力打了一扇把子，打出帳子外去了。眲向西門慶道：「怪發訕的冤家，緊著這扎扎的不得人意，又引鬥他恁上頭上臉的。一時間撾了人臉，卻怎樣的！好不好我就不幹這營生了。」西門慶道：「怪小淫婦兒，會張致死了！」婦人道：「你怎的不教李瓶兒來？我這屋裏儘著教你掇弄！」西門慶笑道：「五兒，我有個笑話兒，說與你聽。是應二哥說的：一個人死了，閻王就拏驢皮披在身上，教他變驢。落後判官查簿籍，還有他十三年陽壽，又放回來了。他老婆看見渾身都變過來了，只有陽物還是驢的，未變過來。那人道：『我往陰間換去。』他老婆慌了，說道：『我的哥哥，你這一去只怕不放你回來怎了？

❽ 眲矁：微微地一看。眲，即「睓」。矁，即「瞅」。

由他，等我慢慢兒的挨罷。』」婦人聽了，笑將扇把子打了一下子，說道：「怪不的應花子的二老婆揑慣了驢的行貨，砕說嘴的貨，我不看世界，這一下打的你！」兩個足纏了一個更次，相摟相抱，交頭疊股，嗚咂其舌，睡時沒半個時辰，婦人淫情未定，扒上身去，兩個又幹起來。西門慶只是佯佯不採，暗想胡僧之藥通神。看看窗外雞鳴，東方漸白。婦人道：「我的心肝，你不過卻怎樣的？到晚夕你再來，等我好歹替你過了罷。」西門慶道：「管情只一樁事兒就過了。」婦人道：「告我說，是那一樁兒？」西門慶道：「法不傳六，再得我晚夕來對你說。」早晨起來梳洗，春梅打發穿上衣裳。韓道國、崔本又早外邊伺候。西門慶出來燒了紙，打發起身，交付二人兩封書：「一封到揚州馬頭上投王伯儒店裏下；這一封就往揚州城內抓尋苗青，問他的事情下落，快來回報我。如銀子不夠，我後邊再教來保捎去。」崔本道：「還有蔡老爹書沒有。」西門慶道：「你蔡老爹書還不曾寫，教來保後邊捎了去罷。」二人拜辭上頭口去了，不在話下。

西門慶冠帶了，就往衙門中來。與夏提刑相會，道及日昨多承見招之意。夏提刑道：「今日奉屈長官佳敘，再無他客。」發放已畢，各分散來家。吳月娘又早上房擺下菜蔬，請西門慶吃粥。只見一個穿青衣皂隸，騎著快馬，夾著氈包，走的滿面汗流，到大門首問平安：「此是問刑西門老爹家？」平安道：「你是那裏來的？」那人疾便下了馬作揖，便說：「我是督催皇木的安老爹先差來送禮與老爹。俺老爹與管磚廠黃老爹，如今都往東平府胡老爹那裏吃酒，順便先來拜老爹，這裏看老爹在家不在？」平安道：「有帖兒沒有？」那人向氈包內取出，連禮物都遞與平安。平安拏進去與西門慶看。見禮帖上寫著浙紬二端，湖綿四斤，香帶一束，古鏡一圓。分付：「包五錢銀子，拏回帖打發來人。就說在家拱候老爹。」

那人急急去了。西門慶一面家中預備酒菜，等至日中，二位官員喝道而至。比日乘轎，張蓋甚盛。先令人投拜帖，一個是「侍生安忱拜」，一個是「侍生黃葆光拜」。都是青雲白鷴補子，烏紗皂履，下轎揖讓而入。西門慶出大門迎接，至廳上敘禮。各道契闊之情，分賓主坐下。黃主事居左，安主事居右，西門慶主位相陪。先是黃主事舉手道：「久仰賢名，盛德芳譽，學生拜遲。」西門慶道：「不敢。辱承老先生先事枉駕，當容踵叩。敢問尊號？」安主事道：「黃年兄號泰宇，取『履泰定而發天光』之意。」黃主事道：「敢問尊號？」西門慶道：「學生賤號四泉，因小莊有四眼井之說。」安主事道：「昨日會見蔡年兄，說他與宋松原都在尊府打攪。」西門慶道：「因承雲峰尊命，又是敝邑公祖，敢不奉迎？小价在京，已知鳳翁榮選，未得躬賀。」又問：「幾時家中起身來？」安主事道：「自去歲尊府別後，學生到家續了親。過了年，正月就來京了。選在工部備員主事。欽差督運皇木，前往荊州。向來道經此處，敢不奉謁？」西門慶又說：「盛儀感謝不盡。」說畢，因請寬衣，令左右安放桌席。黃主事就要起身。安主事道：「實告，我與黃年兄如今還往東平胡大尹那裏赴席。因打尊府過，敢不奉謁？容日再來取擾。」西門慶道：「就是往胡公處，去路尚許遠。縱二公不餓，其如從者何？學生不敢具酌，只脩一飯在此，以犒手下從者。」于是先打發轎上攢盤，廳上安放桌席，珍羞異品，極時之盛。就是湯飯點心，海鮮美味，一齊上來。西門慶將小金鍾只奉了三盃，連桌兒抬下去，管待親隨家人吏典。少頃，兩位官人拜辭起身，向西門慶道：「生輩明日有一小柬到，奉屈賢公到我這黃年兄同僚劉老太監莊上一敘，未審肯命駕否？」西門慶道：「既蒙寵招，敢不趨命？」說畢，送出大門，上轎而去。

只見夏提刑差人來邀。西門慶說道：「我就去。」一面分付備馬，走到後邊，換了衣服出來上馬。

玳安、琴童跟隨，排軍喝道，打著黑扇，逕往夏提刑家來。到廳上敘禮說道：「適有工部督皇木安主政和磚廠黃主政來拜，留坐了半日去了。不然，也來的早。」見畢禮數，接了衣服下來。玳安叫排軍褶了，連帶放在氈包內。見廳上面設放兩張桌席，讓西門慶居左，其次就是西賓倪秀才。座間因敘起來，問道：「老先生尊號？」倪秀才道：「學生賤名倪鵬，字時遠，號桂巖見在府庠備數。在我這東主夏老先生門下，設館教習賢郎大先生舉業，友道之間，實有多愧。」說話間，兩個小優兒上來磕頭。吃罷湯飯，廚役上來割道。西門慶喚玳安，拏賞賜賞了廚役。分付：「取巾來戴。把冠帶衣服送回家去，晚上來接罷。」玳安應諾，吃了點心，回馬家來不題。

且說潘金蓮從打發西門慶出來，直睡到晌午纔扒起來。甫能起來，又懶待梳頭，恐怕到後邊人說他。月娘請他吃飯，也不吃，只推不好。大後晌纔出房門，來到後邊。月娘因西門慶不在，要聽薛姑子講說佛法，演頌金剛科儀。正在明間內，安放一張經桌兒，焚下香。薛姑子與王姑子兩個一對坐，妙趣、妙鳳兩個徒弟，立在兩邊，接念佛號。大妗子、楊姑娘、吳月娘、李嬌兒、孟玉樓、潘金蓮、李瓶兒、孫雪娥和李桂姐，一個不少，都在跟前，圍著他坐的，聽他演誦。先是薛姑子道：

蓋聞電光易滅，石火難消。落花無返樹之期，逝水絕歸源之路。畫堂繡閣，命盡有若長空；極品高官，祿絕猶如作夢。黃金白玉，空為禍患之資；紅粉輕衣，總是塵勞之費。妻孥無百載之歡，黑暗有千重之苦。一朝枕上，命掩黃泉。空榜揚虛假之名，黃土埋不堅之骨。田園百頃，其中被兒女爭奪；綾錦千箱，死後無寸絲之分。青春未半，而白髮來侵；賀者纔聞，而吊者隨至。苦苦苦，氣化清風塵歸土！點點輪迴喚不回，改頭換面無遍數。
南無盡虛空遍法界，過去未來佛法僧三寶。
無上甚深微妙法，百千萬劫難遭遇。
我今見聞得受持，願解如來真實義。

王姑子道：「當時釋伽牟尼佛，乃諸佛之祖，釋教之主。如何出家？願聽演說。」薛姑子便唱五供養：

釋伽佛，梵王子，捨了江山雪山去。割肉餵鷹鵲巢頂，只修的九龍吐水混金身。纔成南無大乘大覺釋伽尊。

王姑子又道：「釋伽佛，既聽演說。當日觀音菩薩如何修行，纔有莊嚴百化化身，有大道力，願聽其說。」

薛姑子又道：

大莊嚴，妙善主，辭別皇宮香山住。天人送供跏趺坐，只修的五十三參變化身。纔成南無救苦救難觀世音。

王姑子道：「觀音菩薩，既聽其法。昔日有六祖禪師傳燈佛，教化行西域，東歸不立文字。如何苦功，願聽其詳。」薛姑子又道：

達磨師，盧六祖，九年面壁功行苦。蘆芽穿膝伏龍虎，只修的隻履折蘆任往來，纔成了南無大慈大願毘盧佛。

王姑子道：「六祖傳燈，既聞其詳。敢問昔日有個龐居士，捨家私迭窮船歸海，以成正果。如何說。」

薛姑子道：

龐居士善知識，放債來生濟貧苦。驢馬夜間私相居。只修的抛妻棄子上法舡，纔成了南無妙乘妙法伽藍耶。

月娘正聽到熱鬧處，只見平安兒慌慌張張走來，說道：「巡案宋爺家，差了兩個快手一個門子送禮來。」月娘慌了，說道：「你爹往夏家吃酒去了，誰人打發他？」正亂著，只見玳安兒放進氈包來，說道：「不打緊，等我拏帖兒對爹說去。教姐夫且讓那門子進來，管待他些酒飯兒著。」這玳安交下氈包，拏著帖子，騎馬雲飛般走到夏提刑家，如此這般說了：「巡按宋老爺送禮來。」西門慶看了帖子，上面寫著：「鮮豬一口，金酒二尊，公紙四刀，小書一部。」下書：「侍生宋喬年拜。」連忙分付：「到家教書童快拏我的官銜雙摺手本回去。門子答賞他三兩銀子、兩方手帕。抬盒的每人與他五錢。」玳安來家，到處尋書童兒，那裏得來？急的只遊回磨轉❾。陳經濟又不在，教傳夥計陪著人吃酒。玳安旋打後邊樓房裏討了手帕銀子出來，又沒人封，自家在櫃上彌封停當，教傅夥計寫了大小三包。因向平安兒道：「你就不知往那去了？」平安道：「頭裏姐夫在家時，他還在家來。落後姐夫往門外討銀子去了，他也

❾ 遊回磨轉：團團轉。

不見了。」玳安道：「別要題，已定秫秫小廝在外邊胡行亂走的，養老婆去了！」正在急躁之間，只見陳經濟與書童兩個，疊騎著騾子纔來。被玳安罵了幾句，教他寫了官銜手本，打發送禮人去了。玳安道：「賊秫秫小廝，仰搧著掙了，合蓬著去。爹不在，家裏不看，跟著人養老婆兒去了！爹又沒使你和姐夫門外討銀子，你平白跟了去做甚麼？看我對爹說不說！」書童道：「你說不是，我怕你？你不說就是我的兒！」玳安道：「賊狗攮的秫秫小廝！你賭幾個真個！」走向前，一個潑腳撇翻倒，兩個就骨碌成一塊子。那玳安得手，吐了他一口唾沫纔罷了。說道：「我接爹去。等我來家，和淫婦算帳！」騎馬一直去了。

月娘在後邊，打發兩個姑子吃了些茶食兒，又聽他唱佛曲兒，宣念偈子兒。那潘金蓮不住在旁，先拉玉樓不動，又扯李瓶兒，又怕月娘說。月娘便道：「李大姐他叫你，你和他去不是？省的急的他在這裏恁有刮劃沒是處的！」那李瓶兒方纔同他出來。被月娘瞅了一眼，說道：「拔了蘿蔔地皮寬。教他去了，省的他在這裏跑兔子一般，原不是那聽佛法的人！」

這潘金蓮拉著李瓶兒走出儀門，因說道：「大姐姐好幹這營生！你家又不死人，平白教姑子家中宣起卷來了！都在那裏圍著他怎的？咱每出來走走，就看看大姐在屋裏做甚麼哩。」于是一直走出大廳來。只見廂房內點著燈，大姐和經濟正在裏面絮聒說：「不見了銀子了。」被金蓮向窗欞上打了一下，說道：「後面不去聽佛曲兒，兩口子且在房裏拌的甚麼嘴兒？」陳經濟出來，看見二人，說道：「早是我沒曾罵出來！原來是五娘六娘來了。請進來坐。」金蓮道：「你好膽子，罵不是？」進來見大姐正在燈下納鞋，說道：「這咱晚熱剌剌的還納鞋！」因問：「你兩口子嚷的是些甚麼？」陳經濟道：「你問他。爹使我門外討銀子去，他與了我三錢銀子，就交我替他捎銷金汗巾子來。不想到那裏，袖子裏摸銀子沒了，不曾捎得來。來家他說我那裏養老婆，和我嚷罵我這一日，急的我賭身發咒。不想丫頭掃地，地下拾起來。他把銀子收了不與，還教我明日買汗巾子來。你二位老人家說，卻是誰的不是？」那大姐便罵道：「賊囚根子，別要說嘴！你不養老婆，平白帶了書童兒去做甚麼？剛纔教玳安甚麼不罵出來。想必兩個打夥兒養老婆去來，去到這咱晚纔來！你討的銀子在那裏？」金蓮問道：「有了銀子了不曾？」大姐道：「有了銀子。剛纔丫頭地下掃地拾起來，我拏著哩。」金蓮道：「不打緊處，我與你銀子，明日也替我帶兩方銷金汗巾子來。」李瓶兒便問：「姐夫，門外有買銷金汗巾兒，也捎幾方兒與我。」經濟道：「門外手帕巷有名王家，專一發賣各色改樣銷金點翠手帕汗巾兒，隨你問多少也有。你老人家要甚顏色？銷甚花樣？早說與我，明日一齊都替你帶來了。」李瓶兒道：「我要一方老金黃銷金點翠穿花鳳汗巾。」經濟道：「六娘，老金黃銷上金不現。」李瓶兒道：「你別要管我，我還要一方銀紅綾銷江牙海水嵌八寶汗巾兒。又是一方閃色，是蔴花銷金汗巾兒。」經濟便道：「五娘，你老人家要甚花樣？」金蓮道：「我沒銀子，只要兩方兒夠了。要一方玉色綾瑣子地兒銷金汗巾兒。」經濟道：「你又不是老人家，白刺刺的要他做甚麼？」金蓮道：「你管他怎的？戴不的，等我往後吃孝戴！」經濟道：「那一方要甚顏色？」金蓮道：「那一方我要嬌滴滴紫葡萄顏色四川綾汗巾兒，上銷金間點翠，十樣錦，同心結，方勝地兒，一個方勝兒裏面一對兒喜相逢，兩邊欄子兒都是纓絡出珠碎八寶兒。」經濟聽了，說道：「耶嚛，耶嚛！再沒了。賣瓜子兒開箱子打嚏噴，瑣碎一大堆！」那金蓮道：「怪短命，有錢買了稱心貨，隨各人心裏所好，你管他怎的？」李瓶兒便向荷包裏拏出一塊銀子兒，遞與經濟，說：「連你五娘的，都在裏頭哩。」那金蓮搖著頭兒說道：「等我與他罷。」李瓶兒道：「都一答兒裏教姐夫捎來的，又起個窖兒？」經濟道：「就是連五娘的，這銀子還多著哩！」一面取等子稱了，一兩九錢。李瓶兒道：「剩下的，就與大姑娘捎兩方來。」那大姐連忙道了萬福。金蓮道：「你六娘替大姐買了汗巾兒，把那三錢銀子拏出來，你兩口兒鬥葉兒❿，賭了東道兒罷。少，便叫你六娘貼些出來兒，明日等你爹不在了，買燒鴨子白酒咱每吃。」經濟道：「既是五娘說，拏出來。」大姐遞與金蓮。金蓮交付與李瓶兒收著。拏出紙牌來，燈下大姐與經濟鬥。金蓮又在旁替大姐指點，登時贏了經濟三桌。忽聽前邊打門，西門慶來家。金蓮與李瓶兒纔回房去了。經濟出來迎接西門慶，回了話，說：「徐四家銀子，後日先送二百五十兩來，餘者出月交還。」西門慶罵了幾句，酒帶半酣，也不到後邊，逕往金蓮房裏來。正是：自有內事迎郎意，何怕明朝花不芳。

畢竟未知後來何如，且聽下回分解。

❿ 鬥葉兒：賭紙牌。

第五十二回　應伯爵山洞戲春嬌　潘金蓮花園看蘑菇

海棠深院雨初收，苔徑無風蝶自由。
百結丁香誇美麗，三眠楊柳弄輕柔。
小桃酒膩紅猶淺，芳草寒餘綠漸稠。
寂寂珠簾歸燕子，子規啼處一春愁。

話說那日西門慶在夏提刑家吃酒，宋巡按送禮與他，心中十分歡喜。夏提刑亦敬重不同往日，攔門勸酒。吃至二更天氣，纔放回家。潘金蓮又早向燈下除去冠兒，露著粉面油頭。教春梅床上設放衾枕，搽抹涼蓆乾淨。薰香澡牝，等候西門慶。進門接著，見他酒帶半酣，連忙替他脫了衣裳。春梅點茶來吃了，打發上床歇息。見婦人脫得光赤條身子，坐著床沿，低垂著頭，將那白生生腿兒橫抱膝上，纏腳換剛三寸恰半扠大紅平底睡鞋兒。西門慶一見，淫心輒起，一手摟過婦人在懷裏，因說：「你達今日要和你幹個後庭花兒。你肯不肯？」那婦人瞅了一眼，說道：「好個沒廉恥冤家！你成日和書童兒小廝幹的不值了，又纏起我來了。你和那奴才幹去不是？」西門慶笑道：「怪小油嘴兒，罷麼，你若依了我，又稀罕小廝做甚麼？你不知你達心裏好的是這椿兒。管情放到裏頭去，我就過了。」婦人被他再三纏不過，說道：「我和你耍一遭試試。」叫道：「達達慢著些。」這西門慶叫道：「好心肝，你叫著達達不妨事，到明日買一套好額色妝花紗衣服與你穿。」婦人道：「那衣服倒也有在，我昨日見李桂姐穿的那五色線掐羊皮金挑的油鵝黃銀條紗裙子倒好看。說是裏邊買的。他每都有，只我沒這條裙子。倒不知多少銀子，你倒買一條我穿罷了。」西門慶道：「不打緊。我到明日替你買。」一壁說著，一面口中呼道：「潘五兒，小淫婦兒，你好生浪浪的叫著達達，哄出你達達屣兒來罷。」那婦人真個在下，星眼朦朧，鶯聲款掉，柳腰款擺，香肌半就，口中艷聲柔語，百般難述。二體偎貼良久，方纔就寢。一宿晚景題過。

次日西門慶早晨到衙門中回來，有安主事、黃主事那裏差人來下請書，二十二日在磚廠劉太監莊上設席，請早去。西門慶打發人去了，從上房吃了粥，正出廳來。只見篦頭的小周兒扒倒地下磕頭，在旁伺候。西門慶道：「你來得正好，我正要尋你篦篦頭哩。」于是走到花園翡翠軒小捲棚內，西門慶坐在一張涼椅兒上，除了巾幘，打開頭髮。小周兒在後面桌上，鋪下梳篦家火，與他篦頭櫛髮。觀其泥垢，辨其風雪，跪下討賞錢，說：「老爹今歲必有大遷轉。髮上氣色甚旺。」西門慶大喜。篦了頭，又教他取耳，掐捏身上。他有滾身上一弄兒家火，到處都與西門慶滾捏過。又行導引之法，把西門慶弄的渾身通泰。賞了他五錢銀子，教他吃了飯伺候與哥兒剃頭。西門慶就在書房內，倒在大理石床上就睡著了。

那日楊姑娘起身，王姑子與薛姑子要家去。吳月娘將他原來的盒子都裝了些蒸酥茶食，打發起身。兩個姑子，每人又是五錢銀子。兩個小姑子，與了他兩疋小布兒，管待出門。薛姑子又囑付月娘：「到王子日把那藥吃了，管情就有喜事。」月娘道：「薛爺，你這一去，八月裏到我生日，好歹走走。我這裏盼你哩。」薛姑子合掌問訊道：「打攪菩薩這裏！我到那日已定來。」于是作辭月娘，眾人都送到大門首。月娘與大妗子回後邊去了。只有孟玉樓、潘金蓮、李瓶兒、西門大姐、李桂姐穿著白銀條紗對衿衫兒，鵝黃縷金挑線紗裙子，戴著銀絲鬏髻，翠水祥雲鈿兒，金累絲簪子，紫夾石墜子，大紅鞋兒，抱著官哥兒來花園裏遊玩。李瓶兒道：「桂姐，你遞過來，等我抱罷。」桂姐道：「六娘不妨事。我心裏要抱抱哥子。」孟玉樓道：「桂姐，你還沒到你爹新收拾書房兒瞧瞧來。」到花園內，金蓮見紫薇花開得爛熳，摘了兩朵與桂姐戴。于是順著松牆兒到翡翠軒，見裏邊擺設的床帳屏几、書畫琴棋，極其瀟灑。床上綃帳銀鉤，冰簟珊枕，西門慶正倒在床上，睡思正濃。旁邊流金小篆，焚著一縷龍涎。綠窗半掩，窗外芭蕉低映。那潘金蓮且在桌上，掀弄他的香盒兒。玉樓和李瓶兒都坐在椅兒上。西門慶忽翻過身來，看見眾婦人都在屋裏，便道：「你每來做甚麼？」金蓮道：「桂姐要看看你的書房哩，俺每引他來瞧瞧。」那西門慶見他抱著官哥兒，又引鬥了一回。忽見書童來，說：「應二爹來了。」眾婦人都亂走不迭，往李瓶兒那邊去了。

應伯爵走到松牆邊，看見桂姐抱著官哥兒，便道：「好呀，李桂姐在這裏！」故意問道：「你幾時來？」那桂姐走了，說道：「罷麼，怪花子。又不關你事，問怎的！」伯爵道：「好小淫婦兒，不關我事？也罷，你且與我個嘴罷。」于是摟過來就要親嘴，被桂姐用手只一推，罵道：「賊不得人意怪攮刀子！若不是怕諕了哥子，我這一扇把子打的你！」西門慶走出來，看見伯爵拉著桂姐，說道：「怪狗材，看諕了孩兒。」因教書童：「你抱哥兒送與你六娘去。」那書童連忙接過來。奶子如意兒正在松牆拐角邊等候，接的去了。伯爵和桂姐兩個站著說話，問：「你的事怎樣的？」桂姐道：「多虧爹這裏可憐見，差保哥替我往東京說去了。」伯爵道：「好好，也罷了，如此你放心些。」說畢，桂姐就往後邊去了。

伯爵道：「怪小淫婦兒，你過來，我還和你說話。」桂姐道：「我走走就來。」于是也往李瓶兒這邊來了。伯爵與西門慶纔唱喏，兩個在軒內坐的。西門慶道：「昨日我在夏龍溪家吃酒，大巡宋道長那裏差人送禮，送了一口鮮豬。我恐怕放不的，今早旋叫了廚子來卸開，用椒料連豬頭燒了。你休去了，如今請了謝子純來，咱每打雙陸同享了罷。」一面使琴童兒：「快請你謝爹去。你說應二爹在這裏。」琴童兒應諾，一直去了。伯爵因問：「徐家銀子討了來了？」西門慶道：「賊沒行止的狗骨禿！明日纔有。先與二百五十兩。你教他兩個後日來；少，我家裏湊與他罷。」伯爵道：「這等又好了。怕不的他今日買些鮮物兒來孝順你。」西門慶道：「倒不消教他費心。」說了一回，西門慶問道：「老孫、祝麻子兩個，都起身去了不曾？」伯爵道：「這咱裏從李桂兒家拏出來，在縣裏監了一夜。第二日，三個一條鐵索，都解上東京去了。到那裏，沒個清潔來家的。你只說成日圖飲酒快肉前架蟲，好容易吃的果子兒！似這等苦兒，也是他受。路上這等大熱天，著鐵索扛著，又沒盤纏，有甚麼要緊！」西門慶笑道：「怪狗材，充軍擺站的不過。誰教他成日跟著王家小廝只胡撞來？李六他尋的苦兒，他受！」伯爵道：「哥，你說的有理。蒼蠅不鑽沒縫的雞蛋。他怎的不尋我和謝子純？清的只是清，渾的只是渾。」正說著，謝希大到了。唱畢喏坐下，只顧搧扇子。西門慶問道：「你怎的走恁一臉汗？」希大道：「哥別題，大官兒去遲了一步兒，我不在家了。我剛出大門，可可他就到了。今日平白惹了一肚子氣！」伯爵問道：「你惹的又是甚麼氣？」希大道：「大清早晨，老孫媽媽子走到我那裏，說我弄了他去！因主何故？恁不合理的老淫婦！你家漢子成日摽著人在院裏頑酒快肉吃，大把家攙了銀子錢家去。你過陰去來，誰不知道？你討保頭錢，分與那個一分兒使也怎的？教我扛❶了兩句，走出來。不想哥這裏呼喚。」伯爵道：「我剛纔這裏和哥不說，新酒放在兩下裏，清自清，渾自渾，由不的。咱每怎麼說來，我說跟著王家小廝，到明日有一欠。今日如何，撞到這網裏，怨暢❷不的人！」西門慶道：「王家那小廝，有甚大氣概，幾年兒了，腦子還未變全。養老婆，還不夠俺每那咱撒下的，羞死鬼罷了！」伯爵道：「他曾見過甚麼大頭面？且比哥那咱的勾當？題起來，把他諕殺了罷了！」說畢，小廝拏茶上來吃了。西門慶道：「你兩個打雙陸，後邊坐著個水麵，等我叫小廝拏麵來咱每吃。」不一時琴童來放桌兒，畫童兒用方盒拏上四個靠山小碟兒，盛著四樣小菜兒：一碟十香瓜茄，一碟五方荳豉，一碟醬油浸的鮮花椒，一碟糖蒜；三碟兒蒜汁，一大碗豬肉滷，一張銀湯匙，三雙牙筯，擺放停當。西門慶走來坐下，然後拏上三碗麵來。各人自取澆滷，傾上蒜醋。那應伯爵與謝希大拏起筯來，只三扒兩嚥，就是一碗。兩人登時，狠了七碗。西門慶兩碗還吃不了。說道：「我的兒，你兩個吃這些！」伯爵道：「哥，今日這麵，是那位姐兒下的？又爽口，又好吃。」謝希大道：「本等滷打的停當。我只是剛纔家裏吃了飯來了，不然我還禁一碗。」兩個吃的熱上來，把衣服脫了，搭在椅子上。見琴童兒收家火，便道：「大官兒，到後邊取些水來，俺每漱漱口。」謝希大道：「溫茶兒又好，熱的盪的死蒜臭。」少頃，畫童兒拏茶至。三人吃了茶出來，外邊松牆外各花臺邊走了一遭。只見黃四家送了四盒子禮來。平安兒掇進來，與西門慶瞧：一盒鮮烏菱，一盒鮮荸薺，四尾冰湃的大鰣魚，一盒枇杷果。伯爵看見，說道：「好東西兒！他不知那裏剜的送來？我且嚐個兒著。」一手撾了好幾個，遞了兩個與謝希大，說道：「還有活到老死，還不知此物甚麼東西

❶ 扛：頂撞。

❷ 怨暢：怨恨。

兒哩！」西門慶道：「怪狗材，還沒供養佛，就先撾了吃。」伯爵道：「甚麼沒供佛？我且入口無贓著！」西門慶分付：「交到後邊收了。問你二娘討三錢銀子賞他。」伯爵問：「是李錦送來，是黃寧兒？」平安道：「是黃寧兒。」伯爵道：「今日造化了這狗骨禿了，又賞他這三錢銀子。」這裏西門慶看著他兩個打雙陸不題。

且說桂姐和他姑娘李嬌兒、孟玉樓、潘金蓮、李瓶兒、大姐都在後邊上房明間內吃了飯，在穿廊下坐的。只見小周兒在影壁前探頭舒腦的。李瓶兒道：「小周兒，你來的好，且進來與小大官兒剃剃頭，把頭髮都長長了。」小周兒連忙向前都磕了頭。說：「剛纔老爹分付，教小的進來與哥兒剃頭。」月娘道：「六姐，你拏曆頭看看，好日子歹日子？就與孩子剃頭！」這金蓮便教小玉取了曆頭來，揭開看了一回，說道：「今日是四月廿一日，是個庚戌日，金定婁金狗當直，宜祭祀，官帶出行，裁衣沐浴，剃頭，修造動土；宜用午時。好日期！」月娘道：「既是好日子，教丫頭熱水，你替孩兒洗頭。教小周兒慢慢哄著他剃。」小玉在旁，替他用汗巾兒接著頭髮兒。」那裏纔剃得幾刀兒下來，這官哥兒呱的聲怪哭起來。那小周連忙趕著他哭，只顧剃。不想把孩子哭的那口氣嗽下去，不言語了，臉便脹的紅了。李瓶兒也諕慌手腳，連忙說：「不剃罷，不剃罷！」那小周兒諕的收不迭家火，往外沒腳子跑。月娘道：「我說這孩子有些不長俊，護頭❸，自家替他剪剪罷。平白叫進來剃，剃的好麼！」天假其便，那孩子嗽了半日氣，放出聲來了。李瓶兒一塊石頭方纔落地，只顧抱在懷裏拍哄著他，說道：「好小周兒，恁大膽，平白進來把哥哥頭來剃了去了。剃的恁半落不合接，欺負我的哥哥！還不拏回來，等我打與哥哥出氣！」

❸ 護頭：小孩子不肯剃頭髮，俗稱「護頭」。

于是抱到月娘跟前。月娘道：「不長俊的小花子兒❹，剃頭耍了你便益了，這等哭。剩下這些，到明日做剪毛賊！」引鬥了一回，李瓶兒交與奶子。月娘分付：「且休與他奶吃。等他睡一回兒與他吃。」奶子抱的他前邊去了。只見來安兒進來取小周兒的家火，說：「門首誆的小周兒臉焦黃的。」月娘問道：「他吃了飯不曾？」來安道：「他吃了飯，爹賞他五錢銀子。」月娘教來安：「你拏一甌子酒出去與他。誆著人家，好容易討這幾個錢！」小玉連忙篩了一盞，拏了一碟臘肉，教來安與他吃了，往家去了。吳月娘因教金蓮：「你看看曆頭，幾時是壬子日？」金蓮看了說道：「二十三是壬子日，交芒種五月節。」便道：「姐姐，你問他怎的？」月娘道：「我不怎的，問一聲兒。」李桂姐接過曆頭來看了，說道：「這二十四日苦惱，是俺娘的生日，我不得在家。」月娘道：「前月初十日，是你姐姐生日，過了。這二十四日，可可兒又是你媽的生日了。原來你院中人家，一日害兩樣病，像三個生日。日裏害思錢病，黑夜思漢子的病；早晨是媽的生日，晌午是姐姐生日，晚夕是自家生日。怎的都擠在 塊兒？趁著姐夫有錢，攛掇著都生『日』了罷！」桂姐只是笑，不做聲。

只見西門慶使了畫童兒來請，桂姐方向月娘房中妝點，勻了臉，往花園中來。捲棚內又早放下八僊桌兒，前後放下簾櫳來。桌上擺設許多肴饌，兩大盤燒豬肉，兩盤燒鴨子，兩盤新煎鮮鯽魚，四碟玫瑰點心，兩碟白燒筍雞，兩碟頓爛鴿子雛兒。然後又是四碟臟子、血皮、豬肚、釀腸之類。眾人吃了一回，桂姐在旁拏鍾兒遞酒。伯爵道：「你爹聽著說，不是我索落你，事情兒已是停當了。你爹又替你縣中說了，不尋你了。虧了誰？還虧了我再三央及你爹，他纔肯了。平白他肯替你說人情去了？隨你心處的甚

❹ 小花子兒：小娃娃。

麼曲兒？你唱個兒我聽下酒，也是拏勤勞准折。」桂姐笑駕道：「怪砑花子，你蚝蟆臉兒，好大面皮兒！爹他肯信你說話？」伯爵道：「你這賊小淫婦兒，你經還沒唸，就先打和尚起來！要吃飯，休要惡了火頭。你敢笑和尚沒丈母？我就單丁❺擺布不起你這小淫婦兒？你休笑話，我半邊俏，還動的！」被桂姐拏手中扇把子，儘力向他身上打了兩下。西門慶笑罵道：「你這狗材，到明日論個男盜女娼，還虧了原問處。」笑了一回，桂姐慢慢纔拏起琵琶，橫擔膝上，啓朱唇，露皓齒，唱了個伊州三台令：

思量你好辜恩，便忘了誓盟。遇花朝月夕良辰，好教我虛度了青春。悶懨懨，把欄杆凭倚，疑望他怎生全無個音信？幾回自將，多應是我薄緣輕。

〔黃鶯兒〕誰想有這一種，伯爵道：「陽溝裏翻了船，後十年也不知道。」減香肌，憔瘦損。伯爵道：「愛好貪他，悶在人水裏。」鏡鸞塵鎖，無心整。脂粉輕勻，花枝又懶簪。空教黛眉蹙破春山恨。伯爵道：「你記的說接客千個，情在一人，無言對鏡長吁氣，半是思君半恨君。你兩個當初好，如今就為他耽些驚怕兒也罷，不抱怨了。」桂姐道：「汗邪了你怎的胡說！」最難禁，伯爵道：「你難禁，別人卻怎樣禁的？」譙樓上畫角，吹徹了斷腸聲。伯爵道：「腸子倒沒斷，這一回來提你的斷了線，你兩個休提了。」被桂姐儘力打了一下，罵道：「賊每攮的，今日汗歪了你，只鬼混人的！」

〔集賢賓〕幽窗靜悄月又明，恨獨倚幃屏。驀聽的孤鴻，只在樓外鳴，把萬愁又還題醒。更長漏永，早不覺燈昏香盡，眠未成。他那裏睡得安穩？伯爵道：「傻小淫婦兒，他怎的睡不安穩？又沒拏了他去，落合的在家裏睡覺兒哩。你便在人家躲著，逐日懷著羊皮兒。直等東京人來，一塊石頭方落地。」桂姐被他說急了，便道：「爹，你

❺單丁：獨個兒。

看應花子來，不知怎的只發訕❻纏我。」伯爵道：「你這回纔認得爹了？」桂姐不理他，彈著琵琶又唱。

〔雙聲疊韻〕思量起，思量起，怎不上心。伯爵道：「揉著你那癢癢處，不由你不上心。」無人處，無人處，淚珠兒暗傾。伯爵道：「一個人慣溺床，那一日他娘死了，守孝，打鋪在靈前睡，晚了，不想又溺下了。人進來看見褥子濕，問：『怎的來？』那人沒的回答，只說：『你不知，我夜間眼淚打肚裏流出來了。』就和你一般，為他聲說不的，只好背地哭罷了。」桂姐道：「沒羞的孩兒，你看見來？汗邪了你哩！」我怨他，我怨他，說他不盡。伯爵道：「我又一件，說你怎的不怨天，赤道得了他多少錢？見今日躲在人家，把買賣都誤了！說他不盡是左門神白臉子極古來子。不知道甚麼兒的好哄他。」誰知道這裏先走滾。伯爵道：「可知拏著到手中還飛了哩！」自恨我當初，不合地認真！伯爵道：「傻小淫婦兒，如今年程，在這裏三歲小孩兒出來也哄不過，何況風月中子弟，你和他認真？你且住了，等我唱個南枝兒你聽：『風月事，我說與你聽。如今年程，論不的假真。個個人古怪精靈，個個人久慣牢成。倒將計活埋把瞎缸暗頂。老虔婆只要圖財！小淫婦兒少不的拽著脖子往前掙。苦似投河愁如覓井。幾時得把業罐子填完，就變驢變馬，也不幹這個營生！』」當下把桂姐說的哭起來了。被西門慶向伯爵頭打了一扇子，笑罵道：「你這斷了腸子的狗材，生生兒吃你把人就歐殺了！」因叫桂姐：「你唱，不要理他。」謝希大道：「應二哥你好沒趣，今日左來右去，只欺負我這乾女兒。你再言語，口上生個大疔瘡！」那桂姐半日拏起琵琶又唱：

〔簇御林〕人都道他志誠，伯爵纔待言語，被希大把口按了，說：「桂姐你唱，休理他。」李桂姐又唱道：卻原來廝勾引，眼睜睜，心口不相應。希大放了手，伯爵又說：「相應倒好了，弄不出此事來了。心口裏不相應，如今虎口裏倒相應；不多，也只兩三炷兒。」桂姐道：「白眉赤眼，你看見來？」伯爵道：「我沒看見，在樂星堂兒裏不是？」連西門慶眾人都笑起來了。山誓海盟，說假道真，險些兒不為他，錯害了相思病。伯爵道：「好保蟲兒，只有錯買了的，沒有錯賣了的。

❻ 發訕：說譏諷話。

你院中人肯把病兒錯害了？」負人心，看伊家做作，如何教我有前程？伯爵道：「前程也不敢指望他，到明日少不了他個招宣襲了罷！」

〔琥珀貓兒〕日疏日遠，再相逢，枉了奴癡心寧耐等。伯爵道：「等到幾日？到明日東京了畢事，再回爐也是不遲。」想巫山雲雨夢難成，薄情，猛拚今生，和你鳳拆鸞零。

〔尾聲〕冤家下得忒薄倖，割捨的將人孤零。那世裏恩情，翻成做畫餅。

唱畢，謝希大道：「罷罷，叫畫童兒接過琵琶去，等我酬勞桂姐一盃酒兒。」伯爵道：「等我哺菜兒。我本領兒不濟事，拏勤勞准折罷了。」桂姐道：「花子過去，誰理你！你大拳打了人，這回拏手來摸挲！」當下希大一連遞了桂姐三盃酒。拉伯爵道：「咱每還有那兩盤雙陸了罷。」于是二人又打雙陸。西門慶遞了個眼色與桂姐，就往外走。伯爵道：「哥，你往後邊去，捎些香茶兒出來。頭裏吃了些蒜，這回子倒反帳❼兒，惡泛泛起來了。」西門慶道：「我那裏得香茶兒來？」伯爵道：「哥，你還哄我哩。杭州劉學官送了你好少兒著，你獨吃也不好。」西門慶笑的後邊去了。那桂姐也走出來，在太湖石畔推掐花兒戴，也不見了。

伯爵與希大一連打了三盤雙陸，等西門慶，白不見出來。問畫童兒：「你爹在後邊做甚麼哩？」畫童兒道：「爹在後邊，就出來了。」伯爵道：「就出來，卻往那去了？」因教謝希大：「你這裏坐著，等我尋他尋去。」那謝希大且和書童兒兩個在書桌上下象棋。原來西門慶只走到李瓶兒房裏，就出來了。

❼ 倒反帳：原是結帳後要求重算。但任何事情在結束後重新發作，都可以叫「倒反帳」。

在木香棚下看見李桂姐，就拉到藏春塢雪洞兒裏，把門兒掩著，兩個坐在矮床兒上說話。原來西門慶走到李瓶兒房裏，吃了藥出來。把桂姐摟在懷中，抱到一張椅兒上，兩個就幹起來。不想應伯爵到各亭兒上尋了一遭，尋不著。打滴翠巖小洞兒裏穿過去，到了木香棚，抹轉葡萄架，到松竹深處藏春塢邊，隱隱聽見有人笑聲，又不知在何處。這伯爵慢慢躡足潛蹤，掀開簾兒，見兩扇洞門兒虛掩，在外面只顧聽覷。聽見桂姐顫著聲兒，叫：「達達，快些了事罷，只怕有人來。」被伯爵猛然大叫一聲，推開門進來。看見西門慶把桂姐在椅兒上正幹得好，說道：「快取水來，潑潑兩個攮心的，摟到一荅裏了。」李桂姐道：「怪攮刀子，猛的進來，諕了我一跳！」伯爵道：「快些兒了事，好容易？也得值那些數兒是的！怕有人來看見，我就來了。且過來，等我抽個頭兒著。」西門慶便道：「怪狗材，快出去罷了，休鬼混我！只怕小廝來看見。」那應伯爵道：「小淫婦兒，你央及我央及兒；不然，我就吆喝起來，連後邊嫂子每都嚷的知道。你既認做乾女兒了，好意教你躲住兩日兒，你又偷漢子！教你了不成？」桂姐道：「去罷，應怪花子！」伯爵道：「我去罷，我且親個嘴著。」于是按著桂姐，親訖一嘴，纔走出來。西門慶道：「怪狗材，還不帶上門哩！」伯爵一面走來，把門帶上，說道：「我兒，兩個儘著搗，儘著搗。搗吊底子，不關我事。」纔走到那個松樹兒底下，又回來說道：「你頭裏許我的香茶，在那裏？」西門慶道：「怪狗材，等住會我與你就是了，又來纏人！」那伯爵方纔一直笑的去了。桂姐道：「好個不得人意的攮刀子的！」這西門慶和桂姐兩個在雪洞內足幹夠約一個時辰，吃了一枚紅棗兒，纔得了事，雨散雲收。有詩為證：

海棠枝上鶯梭急，綠竹陰中燕語頻。
閒來付與丹青手，一段春嬌畫不成。

少頃，二人整衣出來。桂姐向他袖子內，掏出好些香茶來袖了。西門慶則使的滿身香汗，氣喘吁吁，走來馬纓花下溺尿。李桂姐腰裏模出鏡子來，在月窗上擱著整雲理鬢，往後邊去了。西門慶走到李瓶兒房裏，洗洗手出來。伯爵問他要香茶。西門慶道：「怪花子，你害了痞，如何只鬼混人！」每人掐了一撮與他。伯爵道：「只與我這兩個兒！由他由他，等我問李家小淫婦兒要。」正說著，只見李銘走來磕頭。伯爵道：「李日新在那裏來？你沒曾打聽得他每的事怎麼樣兒了？」李銘道：「俺桂姐虧了爹這裏。這兩日縣裏也沒人來催。只等京中示下哩。」伯爵道：「齊家那小老婆子出來了？」李銘道：「齊香兒還在王皇親宅內躲著哩。桂姐在爹這裏好，誰人敢來尋？」伯爵道：「要不然也費手，虧我和你謝爹再三央勸你爹：『你不替他處處兒，教他那裏尋頭腦去？』」李銘道：「爹這裏不管，就了不成。俺三嬸，老人家，風風勢勢❽的，幹出甚麼事？」伯爵道：「我記的這幾時是他生日。俺每會了你爹，與他做做生日。」李銘道：「爹每不消了。到明日事情畢了，三嬸和桂姐，愁不請爹每坐坐。」伯爵道：「到其間，俺每補生日就是了。」因叫他近前：「你且替我吃了這鍾酒著。我吃了這一日了，吃不的了。」那李銘接過銀把鍾來，跪著一飲而盡。謝希大教琴童又斟了一鍾與他。伯爵道：「你敢沒吃飯？桌上還剩了一盤點心。」謝希大又拏兩盤燒豬頭肉和鴨子，遞與他。李銘雙手接的，下邊吃去了。伯爵用筯子又

❽ 風風勢勢：瘋瘋癲癲。

撥了半段鮒魚與他，說道：「我見你今年還沒食這個哩，且嚐新著。」西門慶道：「怪狗材，都拏與他吃罷了，又留下做甚麼？」伯爵道：「等住回吃的酒闌上來餓了，我不會吃飯兒？你每那裏曉得江南此魚，一年只過一遭兒！吃到牙縫兒裏，剔出來，都是香的，好容易！公道說，就是朝廷還沒吃哩！不是哥這裏，誰家有？」正說著，只見畫童兒拏出四碟鮮物兒來。一碟烏菱，一碟荸薺，一碟雪藕，一碟枇杷。西門慶還沒曾放到口裏，被應伯爵連碟子都搗過去，倒的袖了。謝希大道：「你也留兩個兒我吃。」也得手搗一碟子烏菱來。只落下藕在桌子上。西門慶掐了一塊放在口內，別的與了李銘吃了。分付畫童後邊再取兩個枇杷來賞李銘。李銘接的袖了，到家和與三媽吃。李銘吃了點心，上來拏箏過來纔彈唱了。伯爵道：「你唱個花藥欄俺每聽罷。」李銘調定箏絃，拏腔唱道：

新綠池邊，猛拍欄杆，心事向誰論？花也無言，蝶也無言，離恨滿懷縈牽。恨東君不解留去客，嘆舞紅飄絮，蝶粉輕沾。景依然，事依然，悄然不見郎面。

俺想別時正逢春，海棠花初綻，蕊微分開現。不覺的榴花噴紅，蓮放沈水，早避暑搖紈扇。霎時間菊花黃，金風動，敗葉梧桐變。

逡巡見臘梅開水花墜，煖閣內把香醪旋。四季景偏多，思想心中怨。不知俺那俏冤家，冷清清獨自個，悶懨懨，何處耽寂怨。

金殿喜重重嗟怨，自古風流誤少年。那嗟暮春天。生怕到黃昏，愁怕到黃昏。獨自個悶不成歡。

換寶香薰被，誰共宿，嘆夜長枕冷衾寒。你孤眠，我孤眠，只是夢裏相見。

〔貨郎兒〕有一日稱了俺平生心願，成合了夫妻謝天，今生一對兒好姻緣。冷清清耽寂莫，愁沈沈受熬煎。

〔醉太平煞尾〕只為俺多情的業冤，今日恨惹情牽。想當初說山盟言誓在星前，擔閣了風流少年。有一日朝雲暮雨成姻眷，畫堂歌舞排歡宴，羅幃錦帳永團圓。花燭洞房成連理，休忘了受過熬煎有萬千。

當日三個吃至掌燈時候，還等著後邊拏出綠荳白米水飯來，吃了纔去。伯爵道：「哥，明日不得閒？」西門慶道：「我明日往磚廠劉太監莊子上，安主事、黃主事兩個昨來請我吃酒，早去了。」伯爵道：「李三、黃四那事，我後日會他來罷。」西門慶點頭兒，分付教他那日後晌來，休來早了。二人也不等送就去了。西門慶教書童看著收家火，就歸後邊孟玉樓房中歇去了。一宿無話。

到次日西門慶早起，也沒往衙門中去。吃了粥，冠帶著，騎馬拏著金扇，僕從跟隨，出城南三十里，逕往劉太監莊上來赴席。那日書童與玳安兩個都跟去了。不在話下。潘金蓮趕西門慶不在家，與李瓶兒計較，將陳經濟輸的那三錢銀子，又教李瓶兒添出七錢來，教來興兒買了一隻燒鴨，兩隻雞，一錢銀子下飯，一罎金華酒，一瓶白酒，一錢銀子裹餡涼糕，教來興兒媳婦整理端正。金蓮對著月娘說：「大姐姐，那日鬥牌贏了陳姐夫三錢銀子。李大姐又添七錢，今治了東道兒，請姐姐在花園裏吃。」吳月娘就同孟玉樓、李嬌兒、孫雪娥、大姐、桂姐，先在捲棚內吃了一回。然後拏了酒菜兒，往山子上一個最高的臥雲亭兒上，那裏下棋投壺耍子。孟玉樓便與李嬌兒、大姐、孫雪娥，都往玩花樓上去，凭欄杆望下看那山子前面，牡丹畦，芍藥圃，海棠軒，薔薇架，木香棚，玫瑰樹，端的有四時不謝之花，八節長春之景。觀了一回下來。小玉、迎春卻在臥雲亭上，侍奉月娘斟酒下菜。月娘猛然想起：「今日倒不請陳姐夫來坐坐？」大姐道：「爹又使他今日往門外徐家催銀子去了，也待好來也。」不一時，陳經濟來到，穿著玄色鍊絨紗衣，腳下涼鞋淨襪，頭上纓子瓦楞帽兒、金簪子，向月娘眾人作了揖，就拉過大姐一處坐下。向月娘說：「徐家銀子討了來了。共五封，二百五十兩，送到房裏玉簫收了。」于是穿盃換盞，酒過數巡，各添春色。月娘與李嬌兒、桂姐三個下棋，玉樓、李瓶兒、孫雪娥、大姐、經濟，便向各處遊玩觀花草。惟有金蓮在山子後那芭蕉叢深處，將手中白紗團扇兒，且去撲蝴蝶為戲。不防經濟驀地走在背後，猛然叫道：「五娘，你不會撲蝴蝶，等我與你撲。這蝴蝶就和你老人家一般，有些毬子心腸，滾上滾下的走滾大。」那金蓮扭回粉頸，斜睨秋波，對著陳經濟笑罵道：「你這少死的賊短命，誰要你撲！將人來聽見，敢待死也！我曉得你也不怕死了，搗了幾鍾酒兒，在這裏來鬼混！」因問：「你買的汗巾兒怎了？」那經濟笑嬉嬉向袖子中取出，一手遞與他，說道：「六娘的都在這裏了。」又道：「汗巾兒捎了來，你把甚來謝我？」于是把臉子挨向他身邊，被金蓮只一推。不想李瓶兒抱著官哥兒，並奶子如意兒跟著，從松牆那邊走來。見金蓮和經濟兩個在那裏嬉戲撲蝴蝶，李瓶兒這裏猛叫道：「你兩個撲個蝴蝶兒與官哥兒耍子！」慌的那陳經濟趕眼不見，兩三步就鑽進去山子裏邊。潘金蓮恐怕李瓶兒瞧見，故意問道：「陳姐夫與了汗巾子不曾？」李瓶兒道：「他還沒與我哩。」金蓮道：「他剛纔袖著，對著大姐姐不好與咱的，悄悄遞與我了。」于是兩個坐在花臺石上打開，兩個分了。金蓮見官哥兒脖子裏圍著條白挑線汗巾子，手裏把著個李子往口裏吮，問道：「是你的汗巾子？」李瓶兒道：「是剛纔他大媽媽見他口裏吮李子，流下水，替他圍上這汗巾子。」兩個只顧坐在芭蕉叢下。李瓶兒說道：「這答兒裏，倒且是蔭涼。咱在這裏坐一回兒罷。」因使如意兒：「你去叫迎春屋裏取孩子的小枕頭兒，帶涼蓆兒，放他在這裏。悄悄兒就取骨牌來，我和五娘在這裏抹回牌兒。你就在屋裏看罷。」如意兒去了不一時，迎春取了枕蓆並骨牌來。李瓶兒鋪下蓆，把官哥兒放在小枕頭兒上躺著，教他玩耍。他便和金蓮抹牌。抹了一回，教迎春往屋裏頓一壺好茶來。不想孟玉樓在臥雲亭欄杆上看見，點手兒叫李瓶兒說：「大姐姐叫你說句話兒，就來。」那李瓶兒撇下孩子教金蓮看著：「我就來。」那金蓮記掛經濟在洞兒裏，那裏又去顧那孩子。趕空兒兩三步走入洞門首，叫經濟說：「沒人，你出來罷。」經濟便叫婦人進去瞧蘑菇：「裏面長出這些大頭蘑菇來了。」哄的婦人入到洞裏，就折跌腿跪著，要和婦人雲雨。兩個正接著親嘴，也是天假其便，李瓶兒走到亭子上，吳月娘說：「孟三姐和桂姐投壺輸了，你來替他投兩壺兒。」李瓶兒道：「底下沒人看孩子哩。」玉樓道：「左右有六姐在那裏，怕怎的？」月娘道：「孟三姐，你去替他看看罷。」李瓶兒道：「三娘累你，亦發抱了他來罷。」教小玉：「你去，就抱他的蓆和小枕頭兒來。」那小玉和玉樓走到芭蕉叢下，孩子便躺在蓆上登手登腳的怪哭，並不知金蓮在那裏。只見旁邊大黑貓，見人來，一滾煙跑了。玉樓道：「他五娘那裏去了？耶嚛，耶嚛！把孩子丟在這裏吃貓諕了他了。」那金蓮便從旁邊雪洞兒裏鑽出來，說道：「我在這裏淨了淨手，誰往那去來？那裏有貓來諕了他，白眉赤眼兒的！」那玉樓也更不往洞裏看，只顧抱了官哥兒拍哄著他，往臥雲亭兒上去了。小玉拏著枕蓆，跟的去了。金蓮恐怕他學舌，隨屁股也跟了來。月娘問：「孩子怎的哭？」玉樓道：「我去時，不知是那裏一個大黑貓，蹲在孩子頭跟前。」月娘說：「乾淨諕著孩兒！」李瓶兒道：「他五娘看著他哩。」玉樓道：「六姐往洞兒裏淨手去來。」金蓮走上來說玉樓：「你怎的恁白眉赤眼兒的，我在那裏討個貓來？他想必餓了，要奶吃哭，就賴起人了！」李瓶兒見迎春拏上茶來，就使他叫奶子來餵哥兒奶。那陳經濟見無人，從洞兒鑽出來，順著松牆兒抹轉過捲棚，一直往前邊角門往外去了。正是：雙手劈開生死路，一身跳出是非門。月娘見孩子不吃奶，只是哭。分付李瓶兒：「你抱他到屋裏好好打發他睡罷。」于是也不吃酒，眾人都散了。原來陳經濟也不曾與潘金蓮得手，做為燕侶鶯儔，只得做了個蜂頭花嘴兒，事情不巧。歸到前邊廂房中，有些咄咄不樂。正是：無可奈何花落去，似曾相識燕歸來。有折桂令為證：

我見他戴花枝，笑撚花枝。朱唇上，不抹胭脂，似抹胭脂。逐日相逢，似有情兒，未見情兒。欲見許，何曾見許？似推辭，未是推辭。約在何時，會在何時？不相逢，他又相思。既相逢，我反相思。

畢竟未知後來何如，且聽下回分解。

第五十三回　吳月娘承歡求子息　李瓶兒酬願保兒童

人生有子萬事足，身後無兒總是空。
產下龍媒須保護，欲求麟種貴陰功。
禱神且急酬心願，服藥還教煖子宮。
父母好將人事盡，其間造化聽蒼穹。

話說吳月娘與李嬌兒、桂姐、孟玉樓、李瓶兒、孫雪娥、潘金蓮、大姐混了一場，身子也有些不耐煩，逕進房去睡了。醒時約有更次，又差小玉去問李瓶兒道：「官哥沒怪哭麼？叫奶子抱得緊緊的，拍他睡好，不要又去惹他哭了。」奶子也就在炕上吃了晚飯，沒待下來，又丟放他在那裏。李瓶兒道：「你與我謝聲大娘，道自進了房裏，只顧呱呱的哭，打冷戰不住。而今纔住得哭，磕伏在奶子身上睡了。額子上有些熱剌剌的。奶子動也不得動，停會兒我也待換他起來吃夜飯淨手哩。」那小玉進房，回覆了月娘。月娘道：「他每也不十分當緊的，那裏一個小娃兒丟放在芭蕉腳下，逕倒別的走開，吃貓諕了。如今纔是愁神哭鬼的，定要弄壞了纔住手！」那時說了幾句，也就洗了臉，睡了一宿。到次早起來，別無他話，只差小玉問官哥下半夜有睡否？還說：「大娘吃了粥，就待過來看官哥了。」李瓶兒對迎春道：

「大娘就待過來，你快要拏臉水來，我洗了臉。」那迎春飛搶的拏臉水進來，李瓶兒急攘攘的梳了頭，教迎春慌不迭的燒起茶來，點些安息香在房裏。三不知小玉來報說：「大娘進房來了。」慌得李瓶兒撲起的也似接了月娘，就到奶子床前摸著官哥道：「不長俊的小油嘴，常時把做親娘的平白地提在水缸裏。」這官哥兒呱的聲怪哭起來。月娘連忙引鬥了一番，就住了。月娘對如意兒道：「我又不得養，我家的人種，便是這點點兒。休得輕覷著他，著緊用心纔好。」奶子如意兒道：「這不消大娘分付。」月娘就待出房。李瓶兒道：「大娘來，泡一甌子茶在那裏，請坐坐去。」月娘就坐定了，問道：「六娘你頭鬢也是亂蓬蓬的。」李瓶兒道：「因這冤家作怪搗氣，頭也不得梳。又是大娘來，倉忙的扭一挽兒，胡亂磕上鬏髻。不知怎模樣的做笑話！」月娘笑道：「你看是有槽道的麼！自家養的親骨肉，倒也叫他是冤家。學了我，成日要那冤家，也不能夠哩！」李瓶兒道：「是便這等說，沒有這些鬼病來纏擾他便好。如今不得三兩日安靜，常時一出。前日墳上去，鑼鼓諕了；不幾時，又是剃頭哭得要不的；如今又吃貓諕了。人家都是好養，偏有這東西是燈草一樣脆的！」說了一場，月娘就走出房來。李瓶兒隨後送出。月娘道：「你莫送我，進去看官哥去罷。」李瓶兒就進了房。月娘走過房裏去，只聽得照壁後邊，賊燒紙的說些甚麼。月娘便立了聽著，又在板縫裏瞧著，一名是潘金蓮與孟玉樓兩個同靠著欄杆，嗽了聲氣，絮絮苔苔❶的講說道：「姐姐好沒正經。自家又沒得養，別人養的兒子，又去溣遭魂的挜相知❷呵卵脬❸！我

❶ 絮絮苔苔：嚕囌。
❷ 挜相知：硬要和別人結交。
❸ 呵卵脬：譏諷拍馬屁的人。

想窮有窮氣，杰有杰氣，奉承他做甚的？他自長成了，只認自家的娘，那個認你？」只見迎春走過去，兩個閃的走開了；假做尋貓兒餵飯，到後邊去了。月娘不聽也罷，聽了這般言語，怒生心上，恨落牙根。那時即欲叫破罵他。又是爭氣不穿的事，反傷體面，只得忍耐了。一逕進房睡在床上。又恐丫鬟每覺著了，不好放聲哭得，只管自埋自怨，短嘆長吁。真個在家不敢高聲哭，只恐猿聞也斷腸。那時日當正午，還不起身。小玉立在床邊，請大娘起來吃飯。月娘道：「我身子不好，還不吃飯。你掩上房門，且燒些茶來吃。」小玉捧了茶進房去，月娘纔起來，悶悶的坐在房裏，說道：「我沒有兒子，受人這樣懊惱。我求天拜地，也要求一個來羞那些賊淫婦的毬臉！」于是走到後房，文櫃梳匣內，取出王姑子整治的頭胎衣胞來。又取出薛姑子送的藥，看小小封筒上面，刻著「種子靈丹」四字，有詩八句：

姮娥喜竊月中砂，笑取斑龍頂上芽。
漢帝桃花勅特降，梁王竹葉誥曾加。
須臾餌驗人堪羨，衰老還童更可誇。
莫作雪花風月趣，烏鬚種子在些些。

後有讚曰：

紅光閃爍，宛如碾就之珊瑚；香氣沈濃，彷彿初燃之檀麝。噙之口內，別甜津湧起于牙根；置之掌中，則熱氣貫通于臍下。直可還精補液，不必他求玉杵霜；且能轉女為男，何須別覓神樓散。

不與爐邊雞犬，偏助被底鴛鴦。乘與服之，遂入蒼龍之夢；按時而動，預徵飛燕之祥。求子者一投即效，修真者百日可僊。

後又曰：

服此藥後，凡諸腦損物，諸血敗血，皆宜忌之。又忌蘿蔔葱白。其交接單日為男，雙日為女，惟心所願。服此一年，可得長生矣。

月娘看畢，心中漸漸的歡喜。見封袋封得緊，用纖纖細指，緩緩輕挑，解包開看。只見烏金紙三四層，裹著一丸藥，外有飛金硃砂，妝點得十分好看。月娘放在手中，果然臍下熱起來。放在鼻邊，果然津津的滿口香唾。月娘笑道：「這薛姑子果有道行。不知那裏去尋這樣妙藥靈丹！莫不是我合當得喜，遇得這個好藥，也未可知。」把藥來看玩了一番。又恐怕藥氣出了，連忙把麵漿來，依舊封得緊緊的，原進後房，鎖在梳匣內了。走到步廊下，對天長嘆道：「若吳氏明日壬子日服了薛姑子藥，便得種子，承繼西門香火，不使我做無祀的鬼，感謝皇天不盡了！」那時日已近晚，月娘纔吃了飯。話不再煩。

西門慶到劉太監莊上，投了帖兒，那些役人報了黃主事、安主事，一齊迎住。都是冠帶，好不齊整。敘了揖坐下。那黃主事便開言道：「前日仰慕大名，敢爾輕造；不想就擾執事，太過費了！」西門慶道：「多慢為罪！」安主事道：「前日要赴敝同年胡大尹召，就告別了。主人情重至今心領。今日都要盡歡達旦纔是。」西門慶道：「多感盛情！」門子低報道：「酒席已完備了。」就邀進捲棚，解去冠帶安席。

送西門慶首坐。西門慶假意推辭，畢竟坐了首席。歌童上來唱一隻曲兒，名喚錦橙梅：

紅馥馥的臉襯霞，黑髭髭的鬢堆鴉，料應他必是個中人，打扮的堪描畫。顫巍巍的插著翠花，寬綽綽的穿著輕紗，兀的不❹風韻煞人也！嗏，是誰家把我不住了偷睛兒抹！

西門慶讚：「好！」安主事、黃主事就送酒與西門慶。西門慶荅送過了。優兒又展開檀板，唱一隻曲，名喚降黃龍袞：

鱗鴻無便，錦箋慵寫。腕鬆金，肌削玉，羅衣寬徹。淚痕淹破，胭脂雙頰，寶鑑愁臨，翠鈿羞貼。等閒孤負，好天良夜。玉爐中，銀臺上，香消燭滅。鳳幃冷落，鴛衾虛設；玉筍頻搓，繡鞋重攧。

那時吃到酒後，傳盃換盞，都不絮煩。

卻說那潘金蓮在家，因昨日雪洞裏不曾與陳經濟得手，此時趁西門慶在劉太監莊與黃主事、安主事吃酒，吳月娘又在房中不出來，奔進奔出的，好像熬盤上蟻子一般。那陳經濟在雪洞裏跑出來，睡在店中，那話兒硬了一夜。此時西門慶不在家中，只管與金蓮兩個眉來眼去。直至黃昏時候，各房將待掌燈，金蓮躡足潛蹤，踮到捲棚後面。經濟三不知走來，隱隱的見是金蓮，遂緊緊的抱著了。把臉子挨在金蓮臉上，兩個親了十來個嘴。經濟道：「我的親親，昨夜孟三兒那冤家打開了我每，害得咱硬幫幫撐起了

❹ 兀的不：怎不。

一宿。今早見你妖妖嬈嬈搖颭的走來，教我渾身兒酥痲了。」金蓮道：「你這少死的賊短命，沒些槽道的！把小丈母便揪住了親嘴，不怕人來聽見麼！」經濟道：「若見火光來，便走過了。」經濟口裏只顧叫親親，那金蓮也不由人，正忍不過，忽聽得外面狗子都嗥嗥的叫起來，卻認是西門慶吃酒回來了。兩個慌得一滾煙❺走開了。卻是書童、玳安兩個，拏著冠帶金扇進來，亂嚷道：「今日走死人也！」月娘差小玉出來看時，只見兩個小廝，都是醉模糊的。小玉問道：「爺怎的不歸？」玳安道：「方纔我每恐怕追馬不及，問了爺，先走回來。他的馬快，也只在後邊來了。」小玉進去回覆了。不一時，西門慶已到門外，下了馬。本待到金蓮那裏睡，不想醉了，錯走入月娘房裏來。月娘暗想：「明日二十三日，乃是王子日。今晚若留他，反挫明日大事。又是月經左來日子，也至明日潔淨。」對西門慶道：「你今晚醉昏昏的，不要在這裏鬼混。我老人家月經還未淨，不如在別房去睡了，明日來罷。」把西門慶帶笑的推出來，走到金蓮那裏去了。捧著金蓮的臉道：「這個是小淫婦了。方纔待走進來，不想有了幾盃酒，三不知走入大娘房裏去！」金蓮道：「精油嘴的東西，你便說明日要在姐姐房裏睡了。砑說嘴的，在真人前赤巴巴❻吊謊！難道我便信了你？」西門慶道：「怪油嘴，專要歪斯纏人！真正是這樣的。著甚緊吊著謊來？」金蓮道：「且說姐姐怎地不留你住？」西門慶道：「不知道。他只管道我醉了，推了出來，說明晚來罷。我便急急的來了。」金蓮正待澡牝，西門慶把手來待摸他。金蓮雙手掩住，罵道：「短命的，且沒要動旦！我有些不耐煩在這裏。」西門慶一手抱住，一手插入腰下，竟摸著道：「怪行貨子，

❺ 一滾煙：飛快的樣子。

❻ 赤巴巴：十足；完全。

怎的夜夜乾卜卜的，今晚裏面有些濕答答的。莫不想著漢子，騷水發哩？」原來金蓮想著經濟，還不曾澡牝。被西門慶無心中打著心事，一時臉通紅了。把言語支吾，半笑半罵，就澡牝洗臉，兩個宿了一夜不題。

卻表吳月娘次早起來，卻正當壬子日了，便思想：「薛姑子臨別時，千叮嚀萬囑付，叫我到壬子日吃了這藥，管情就有喜事。今日正當壬子，正該服藥了。」又喜昨夜天然湊巧，西門慶飲醉回家，撞入房來，回到今夜。因此月娘心上暗自喜歡。清早起來，即便沐浴梳妝完了，就拜了佛，念一遍白衣觀音經。求子的最是要念他，所以月娘念他；也是王姑子教他念的。那日壬子日，又是個緊要的日子。所以清早閉了房門，燒香點燭，先誦過了，就到後房，開取藥來，叫小玉頓起酒來。也不用粥，先吃了些乾糕餅食之類，就雙手捧藥，對天禱告。先把薛姑子一丸藥，用酒化開，異香觸鼻，做三兩口服完了。後見王姑子製就頭胎衣胞，雖則是做成末子，然終覺有些生疑，有些焦刺刺的氣子，難吃下口。月娘自忖道：「不吃他，不得見效；待吃他，又只管生疑。也罷，事到其間做不得主了，只得勉強吃下去罷。」先將符藥一把罨在口內，急把酒來大呷半碗，幾乎嘔將出來，眼都忍紅了。又連忙把酒過下去，喉舌間只覺有些膩格格的。又吃了幾口酒，就討溫茶來漱淨口，睡向床上去了。西門慶正走過房來，見門關著，叫小玉開了。問道：「怎麼悄悄的關上房門？莫不道我昨夜去了，大娘有些二十四❼麼？」小玉道：「我那裏曉得來？」西門慶走進房來，叫了幾聲。月娘吃了早酒，向裏床睡著去，那裏答應他。西門慶向小玉道：「賊奴才，現今叫大娘只是不應。怎的不是氣我？」遂沒些趣向，走出房去。

❼二十四：生氣。因為一年有二十四個節氣，叫做「二十四氣」，所以把「二十四」做為「氣」的歇後語。

只見書童進來，說道：「應二爹在外邊了。」西門慶走出來。應伯爵道：「哥，前日到劉太監莊上赴黃、安二公酒席，得盡歡麼？直飲到幾時分纔散了？」西門慶道：「承兩公十分相愛。他前的下顧，因欲赴胡大尹酒席，倒坐不多時。我到他那裏，卻情投意合，倒也被他多留住了，灌了好幾盃酒。直到更次，歸路又遠，酒又醉了，不知怎的了。」應伯爵道：「別處人，倒也好情分。還該送些下程❽與他。」西門慶道：「說得有理。」就叫書童寫起兩個紅禮帖來，分付裏面，辦一樣兩副盛禮。桂圓桃棗，鵝鴨羊腿鮮魚，兩罎南酒。又寫二個謝宴名帖，就叫書童來分付了，差他送去。書童答應去了。應伯爵就挨在西門慶身邊來坐近了：「哥前日說的，曾記得麼？」西門慶道：「記甚的來？」應伯爵道：「想是忙的都忘記了。便是前日同謝子純在這裏吃酒，臨別時說的。」西門慶呆登登想了一會，說道：「莫不就是李三、黃四的事麼？」應伯爵笑道：「這叫做簷頭雨滴從高下，一點也不差！」西門慶做攢眉道：「教我那裏有銀子？你眼見我前日支鹽的事，沒有銀子，與喬親家挪得五百兩湊用。那裏有許多銀子放出去？」應伯爵道：「左右生利息的，隨分箱子角頭，尋些湊與他罷。哥說門外徐四家的，昨日先有二百五十兩來了。這一半就易處了。」西門慶道：「是便是。那裏去湊？不如且回他，等討徐家銀子，一總與他罷。」應伯爵正色道：「哥，君子一言，快馬一鞭。人而無信，不知其可也。哥前日不要許我便好，我又與他每說了，千真萬真，道今日有的了。怎好去回他？他每極服你做人慷慨。直甚麼事，反被這些經紀人背地裏不服你！」西門慶道：「應二爹如此說，便與他罷。」自己走進去，收拾了二百三十兩銀子。又與玉簫討昨日收徐家二百五十兩頭，一總彈准四百八十兩。走出來對應伯爵道：「銀子只湊四百八十兩，

❽ 下程：送行的禮物。

還少二十兩。有些段疋作數，可使得麼？」伯爵道：「這個卻難。他就要現銀去幹香的事。你好的段疋，也都沒放。你剩這些粉段，他又幹不得事。不如湊現物與他，省了小人腳步。」西門慶道：「也罷，也罷！」又走進來，稱了廿兩成色銀子，叫玳安通共掇出來。那李三、黃四卻在間壁人家坐久，只待伯爵打了照面，就走進來。謝希大適值進來，李三、黃四敘揖畢了，就見西門慶。行禮畢，就道：「前日蒙大恩，因銀子不得關出，所以遲遲。今因東平府又派下二萬香來，敢再挪五百兩，暫濟燃眉之急。如今關出這批銀子，一分也不動，都畫這邊來，一齊算利奉還。」西門慶便喚玳安，鋪子裏取天平，請了陳姐夫，先把他討的徐家廿五包彈❾准了。後把自家二百五十兩彈明了，付與黃四、李三。兩人拜謝不已，就告別了。西門慶欲留應伯爵、謝希大，再坐一回。那兩個那有心想坐，只待出去與李三、黃四分中人錢了。假意說有別的事，急急的別去了。那玳安、琴童都擁住了伯爵，討些使用，買果子吃。應伯爵搖手道：「沒有，沒有。這是我認得的，不帶得來送你這些狗弟子的孩兒！」逕自去了。只見書童走得進來，把黃主事、安主事兩個謝帖回話，說：「兩個爺說：『不該受禮。恐拂盛意，只得收了。多去致意你爺。』」力錢二封，西門慶就賞與他。又稱出些把顧來的挑盤人打發了。

天色已是掌燈時分，西門慶走進月娘房裏坐定。月娘道：「小玉說你曾進房來叫我，我睡著了，不得知你叫。」西門慶道：「卻又來，我早認你有些不快我哩。」月娘道：「那裏說起不快你來？」便叫小玉泡茶，討夜飯來吃了。西門慶飲了幾盃，身子連日吃了些酒，只待要睡。因幾時不在月娘房裏來，又待奉承他。也把胡僧的膏子藥來用了些，脹得陽物來鐵杵一般。月娘見了，道：「那胡僧這樣沒槽道

❾ 彈：本是「校正」的意思，所以把銀兩在天平上稱準也叫「彈」。

的，謊人的弄出這樣把戲來！」心中暗忖道：「他有胡僧的法術，我有姑子的仙丹，想必有些好消息也。」遂都上床去，暢美的睡了一夜。次日起身，都至日午時候。那潘金蓮又是顛唇簸嘴，與孟玉樓道：「姐姐前日教我看幾時是壬子日，莫不是揀昨日與漢子睡的，為何恁的湊巧？」玉樓笑道：「那有這事？」正說話間，西門慶走來。金蓮一把扯住西門慶道：「那裏人家睡得這般早，起得恁的晏；日頭也沈沈的待落了，還走往那裏去？」西門慶被他鬼混了一場，那話兒又硬起來。逕撇了玉樓，玉樓自進房去。西門慶按金蓮在床口上，就戲做一處。春梅就討飯來，金蓮同吃了不題。

卻說那月娘自從聽見金蓮背地講他愛官哥，兩日不到官哥房裏去看。只見李瓶兒走進房來，告訴道：「孩子日夜啼哭，只管打冷戰不住，卻怎麼處？」月娘道：「你做一個擺布，與他弄好了便好。把些香願也許許，或是許了賽神，一定減可些。」李瓶兒道：「前日身上發熱，我許拜謝城隍土地。如今也待完了心願。」月娘道：「是便是。你的心願也還該再請劉婆來商議商議，看他怎地說。」李瓶兒正待走出來，月娘道：「你道我昨日成日的不得看孩子，著甚緣故不得進來？只因前日我來看了孩子，走過捲棚照壁邊，只聽得潘金蓮在那裏和孟三兒說我自家沒得養，倒去奉承別人。扯淡得沒要緊！我氣了半日的，飯也吃不下。」李瓶兒道：「這樣怪行貨，歪刺骨！可是有槽道的？多承大娘好意思，著他甚的？也在那裏搗鬼！」月娘道：「你只記在心，防了他，也沒則聲。」李瓶兒道：「便是這等。前日迎春說，大娘出房後邊，迎春出來，見他與三姐立在那裏說話。見了迎春，就尋貓去了。」正說話間，只見迎春氣吼吼的走進來，說道：「娘快來！官哥不知怎麼樣，兩隻眼不住反看起來，口裏捲些白沫出來！」李瓶兒諕得頓口無言，攢眉欲淚。一面差小玉報西門慶，一面急急歸到房裏。見奶子如意兒，都失色了。

剛看時，西門慶也走進房來，見了官哥放死放活⑩，也吃了一驚。就道：「不好了，不好了！怎麼處？婦人平日不保護他好，到這田裏，就來叫我。如今怎好！」指如意兒道：「奶子不看好他，以致今日！若萬一差池起來，就搗爛你做肉泥，也不當稀罕！」那如意兒慌的口也不敢開，兩淚齊下。李瓶兒只管看了暗哭。西門慶道：「哭也沒用。不如請施灼龜來，與他灼一個龜板。不知他有恁禍福紙脈，與他完一完再處。」就問書童討單名帖，飛請施灼龜來坐下。先是陳經濟陪了吃茶。琴童、玳安點燭燒香，舀淨水，擺桌子。西門慶出來相見了。就拏龜板，對天禱告作揖。進入堂中，放龜板在桌上。那施灼龜雙手接著放上龜藥，點上了火，又吃一甌茶。西門慶正坐時，只聽一聲響。施灼龜看了，停一會不開口。西門慶問道：「吉凶如何？」施灼龜問：「甚事？」西門慶道：「小兒病症，大象怎的？有紙脈也沒有？」施灼龜道：「大象目下沒甚事。只怕後來反覆牽延，不得脫然全愈。父母占子孫，子孫爻不宜晦了。又看朱雀爻大動，主獻紅衣神道城隍等類，要殺豬羊去祭他。再領三碗羹飯，一男傷，一女傷，草船送到南方去。」西門慶就送一錢銀子謝他。施灼龜極會諂媚，就千恩萬謝，蝦也似打躬去了。西門慶走到李瓶兒房裏，說道：「方纔灼龜的說，大象牽延，還防反覆。只是目下急急的該獻城隍老太。」李瓶兒道：「我前日原許的，只不曾獻得。孩子只管駁雜。」西門慶道：「有這等事！」即喚玳安：「叫慣行燒紙的錢痰火來。」玳安即便出門。西門慶和李瓶兒擁著官哥道：「孩子我與你賽神了，你好了些，謝天謝地！」說也奇怪，那時孩子就放下眼，磕伏著又睡起來了。李瓶兒對西門慶道：「好不作怪麼，一許了獻神道，就滅可了大半！」西門慶心上一塊石頭纔得放了下來。月娘聞得了，也不勝喜歡。又差琴童去

---

⑩ 放死放活：半死不活，即又像死又像活。

請劉婆子的來。劉婆急波波的，一步高一步低走來。西門慶不信婆子的，只為愛著官哥，也只得信了。那劉婆子一逕走到廚房下去摸竈門。迎春笑道：「這老媽敢汗邪了！官哥倒不看，走到廚下去摸竈門則甚的？」劉婆道：「小奴才你曉得甚的，別要吊嘴說！我老人家一年也大你三百六十日哩。路上走來，又怕有些邪氣，故來竈門前走走。」迎春把他做了個臉。聽李瓶兒叫，就同劉婆進房來。劉婆磕了頭。西門慶要分付玳安稱銀子買東西殺豬羊獻神，走出房來。劉婆便問道：「官哥好了麼？」李瓶兒道：「便是凶得緊，請你來商議。」劉婆道：「前日是我說了，獻了五道將軍就好了。如今看他氣色，還該謝謝三界土便好。」李瓶兒道：「方纔施灼龜說，該獻城隍老太。」劉婆道：「他慣一不著⓫的，曉得甚麼來！這個原是驚，不如我收驚倒好。」李瓶兒道：「怎地收驚？」劉婆道：「迎春姐，你去取些米，舀一碗水來，我做你看。」迎春取了米水來。劉婆把一隻高腳瓦鍾，放米在裏面，滿滿的。袖中摸出舊綠絹頭來，包了這鍾米，把手捏了，向官哥頭面上下手足，虛空運來運去的戰。官哥正睡著，奶子道：「別要驚覺了他。」劉婆搖手低言道：「我曉得，我曉得。」運了一陣，口裏唧噥噥的念，不知是甚麼。中間一兩句響些，李瓶兒聽得是念「天驚地驚，人驚鬼驚，貓驚狗驚」。李瓶兒道：「孩子正是貓驚了起的。」劉婆念畢，把絹兒抖開了，放鍾子在桌上。看了一回，就從米搖實下的去處，撮兩粒米投在水碗內，就曉得病在月盡好。也是一個男傷，兩個女傷，領他到東南方上去。只是不該獻城隍，還該謝土纔是。那李瓶兒疑惑了一番，道：「我便再去謝謝土也不妨。」又叫迎春出來對西門慶說：「劉婆看水碗說該謝土。左右今夜廟裏去不及了，留好東西，明早志誠些去。」西門慶就叫玳安：「把拜廟裏的東西及豬羊

⓫ 慣一不著：說話慣常沒有著落。

收拾好了，待明早去罷。」再買了謝土東西，炒米繭團，土筆土墨，放生麻雀、鰍鱔之類，無物不備，件色整齊。那劉婆在李瓶兒房裏，走進來到月娘房裏坐了。月娘留他吃了夜飯。

卻說那錢痰火到來，坐在小廳上。琴童與玳安忙不迭的伏侍他謝土。那錢痰火吃了茶，先討個意旨。西門慶叫書童寫與他。那錢痰火就帶了雷圈板巾，依舊著了法衣，仗劍執水，步罡起來，念淨壇咒。咒曰：

洞中玄虛，晃朗太元。八方威神，使我自然。靈寶符命，普告九天。乾羅荅那，洞罡太玄。斬妖縛邪，殺鬼萬千。中山神咒，元始玉文。持誦一遍，卻病延年。按行五嶽，八海知聞。魔王束手，侍衛我軒。兇穢消散，道氣常存。云云。

「請祭主拈香。」西門慶淨了手，漱了口，著了冠帶，帶了兜膝。孫雪娥、孟玉樓、李嬌兒、桂姐都幫他著衣服，都嘖嘖的讚好。西門慶走出來，拈香拜佛。安童背後，扯了衣服，好不冠冕氣象。錢痰火見主人出來，念得加倍響些。那些婦人便在屏風後，瞧著西門慶，指著錢痰火，都做一團笑倒。西門慶聽見笑得慌，跪在神前，又不好發話，只顧把眼睛來打抹⑫。書童就覺著了，把嘴來一掀，那眾婦人便覺住了些。金蓮獨自後邊出來，只見轉一拐兒，驀見了陳經濟，就與他親嘴摸奶。袖裏拏出一把果子與他。又問道：「你可要吃燒酒？」經濟道：「多少用些也好。」遂吃金蓮乘眾人忙的時分，扯到屋裏來，叫春梅閉了房門，連把幾鍾與他吃了，就說：「出去罷，恐人來，我便死也。」經濟又待親嘴，金蓮道：

⑫ 打抹：示意。

「砍短命，不怕婢子瞧科！」便戲發訕，打了恁一下。那經濟就慌跳走出來。金蓮就叫春梅先走，引了他出去了。正是：雙手撥開生死路，一身跳出是非門。那時金蓮也就走外邊瞧了，不在話下。

那西門慶拜了土地，跪了半晌，纔得起來，只做得開啓功德。錢痰火又將次拜懺。西門慶走到屏風後邊，對眾婦人道：「別要嘻嘻的笑，引的我幾次忍不住了。」眾婦人道：「那錢痰火是燒紙的火鬼，又不是道士的，帶了板巾，著了法衣，這赤巴巴沒廉恥的，嘞嘍嘍的臭涎唾也不知倒了幾斛出來了！」西門慶道：「敬神如神在。不要是這樣的寡薄嘴，調笑的他苦。」錢痰火又請拜懺。西門慶走到氈單上。錢痰火通陳起頭，就念入懺科文，遂念起志心朝禮來。看他口邊涎唾捲進捲出，一個頭得上得下，好似磕頭蟲一般。笑得那些婦人做了一堆。西門慶那裏趕得他拜來。那錢痰火拜一拜，是一個神君。西門慶拜一拜，他又拜過幾個神君了。于是也顧不得他，只管亂拜。那些婦人，笑得了不的。適值小玉出來，請李桂姐吃夜飯。說道：「大娘在那裏冷清清，和大姐、劉婆三個坐著講閒話。這裏來這樣熱鬧得很！」嬌兒和桂姐即便走進屋裏來，眾人都要進來。獨那潘金蓮，還要看後邊。看見都待進來，只得進來了。吳月娘對大姐道：「有心賽神，也放他志誠些。這些風婆子都擁出去，甚緊要的？有甚活獅子相咬，去看他！」纔說得完，李桂姐進來，陪了月娘、大姐三個吃夜飯不題。

卻說那西門慶拜了滿身汗，走進裏面，脫了衣冠靴帶，就走入官哥床前，摸著說道：「我的兒，我與你謝土了。」對李瓶兒道：「好呀，你來摸他額上，就涼了許多，謝天謝天！」李瓶兒笑道：「可霎作怪，一從許了謝土，就也好些。如今熱也可些，眼也不反看了，冷戰也住些了。莫道是劉婆沒有意思？」西門慶道：「明日一發去完了廟裏的事便好了。」李瓶兒道：「只是做爺的吃了勞碌了。你且揩一揩身上，吃夜飯去。」西門慶道：「這裏恐諕了孩子，我別的去吃罷。」走到金蓮那裏來，坐在椅上，說道：「我兩個腰子，落出也似的痛了！」金蓮笑道：「這樣孝心，怎地痛起來？如今叫那個替你拜拜罷。」西門慶道：「有理，有理。」就叫春梅：「喚琴童請陳姐夫替爺拜拜，送了紙馬。」誰想那經濟，在金蓮房裏灌了幾鍾酒出來，恐怕臉紅了。小廝每猜道出來，只得買了些淡酒，在鋪子裏又吃了幾盃。量原不濟，一霎地醉了，齁齁的睡著了。琴童那裏叫得起來，一腳箭走來回覆西門慶道：「睡在那裏，再叫不起。」西門慶便惱將起來，道：「可是個有槽道的？不要說一家的事，就是鄰佑人家，還要看看。怎的就早睡了！」就叫春梅來：「大娘房裏對大姐說，爺拜酸了腰子，請姐夫替拜送紙馬。問怎的再不肯來，只管睡著？」大姐道：「這樣沒長俊的！待我去叫他。」逕走出房來。月娘就叫小玉到鋪子裏叫起經濟來。經濟揉一揉眼，走到後邊見了大姐道：「你怎的忙不迭的叫命？」大姐道：「叫你替爺拜土送馬去。方纔琴童來叫你不應，又來與我歪斯纏。如今娘叫小玉來叫你，好歹去拜拜罷麼。」遂半推半攙的，擁了經濟到廳上。大姐便進房去了。小玉回覆了月娘，又回覆了西門慶。西門慶分付琴童、玳安等伏侍錢痰火完了事，就睡在金蓮床上不題。

卻說那陳經濟走到廳上，只見燈燭輝煌，纔得醒了。睜著眼，見錢痰火正收散花錢，遂與敘揖。痰火就待領羹飯，教琴童掌燈。到李瓶兒房首，迎春接香進去，遞與如意兒，替官哥呵了一呵，就遞出來。錢痰火捏神捏鬼的念出來。到廳上，就待送馬。陳經濟拜了一回，錢痰火就送馬發檄，發了乾卦，說道：「檄向天門，一兩日就好的。縱有反覆，沒甚事。」就放生，燒紙馬，奠酒辭神，禮畢。那痰火口渴肚飢，也待要吃東西了。那玳安收家火進去了，琴童擺下桌子，就是陳經濟陪他散堂。錢痰火千百聲謝去了，經濟也進房去了。李瓶兒又差迎春送果子福物到大姐房裏，大姐謝了不題。

卻說劉婆在月娘房裏謝了出來，剛出大門，只見後邊錢痰火提了燈籠醉醺醺的撞來。劉婆便道：「錢師父，你每的散花錢可該送與我老人家麼？」錢痰火道：「那裏是你本事？」劉婆道：「是我看水碗作成你老頭子。倒不識好歹哩！下次砍落我頭，也不薦你了。」錢痰火再三不肯道：「你精油嘴老淫婦，平白說嘴！你那裏薦的我？我是舊主顧。那裏說起分散花錢？」劉婆指罵道：「餓殺你這賊火鬼，纔來求我哩！」兩個鬼混的門口一場去了。不題。

卻說西門慶次早起來，分付安童跟隨上廟。挑豬羊的挑豬羊，拏冠帶的拏冠帶，逕到廟裏。慌得那些道士，連忙鋪單讀疏。西門慶冠帶拜了，求了籤，教道士解說。道士接了籤，送茶畢，即便說：「籤是中吉。解云：病者即愈，只防反覆。須宜保重些。」西門慶打發香錢歸來了。剛下馬進來，應伯爵正坐在捲棚底下。西門慶道：「請坐。我進去來。」遂走到李瓶兒房，說求籤如此如此，這般這般。逕走到捲棚下，對伯爵道：「前日中人錢盛麼？你可該請我一請。」伯爵笑道：「謝子純也得了些，怎的獨要我請？也罷，買些東西與哥子吃也罷。」西門慶笑道：「那個真要吃你的？試你一試兒。」伯爵便道：「便是你今日豬羊上廟，福物盛得十分的。小弟又在此，怎的不散福？」西門慶道：「也說得有理。」喚琴童：「去請謝爹來同享。」一面分付廚下，整理菜蔬出來，與應二爹吃酒。」那應伯爵坐了，只等謝希大到。那得見來？便道：「我們先坐了罷。等不得這樣喬做作的。」西門慶就與應伯爵吃酒。琴童歸來說：「謝爹不在家。」西門慶道：「怎去得恁久？」琴童道：「尋得要不的。」應伯爵遂行口令，都是祈保官哥的意思。西門慶不勝歡喜。應伯爵道：「不住的來擾宅，心上不安的緊。明後日待小弟做個薄主，約諸弟兄陪哥子一盃酒何如？」西門慶笑道：「賺得些中錢，又來撒漫了。你別要費，我有些豬羊剩的，送與你湊樣數。」伯爵就謝了道：「只覺忒相知了些。」西門慶道：「唱的優兒，都要你身上完備哩。」應伯爵道：「這卻不消說起。只是沒人伏侍怎的好？」西門慶道：「左右是弟兄，各家人都使得的。我家琴童、玳安，將就用用罷。」應伯爵道：「這卻全副了。」吃了一回，遂別去了。正是：

百年終日醉，也只三萬六千場。

畢竟不知如何，且聽下回分解。

紅樓夢　曹雪芹／撰　饒彬／校注

《紅樓夢》以賈寶玉和林黛玉的愛情悲劇為主線，寫出賈府由興盛到衰敗的過程。是第一部出於原創而毫無依傍的長篇章回小說，結構宏偉、語言洗鍊，人物刻畫個性鮮明，堪稱中國古典小說的巔峰之作。書中蘊藏著豐富的資料，包括文學、民俗學、政治學、語言學，甚至音樂、美術、烹調、醫藥等，都值得讀者親自去發掘其中奧妙。作者曹雪芹是第一流的文學家、藝術家，研究、評論他和《紅樓夢》所形成的「紅學」，至今歷久不衰。

綠野仙踪　李百川／著　葉經柱／校注

《綠野仙踪》是清乾隆時人李百川所著的神怪、社會世情長篇小說，故事描寫落第士子冷于氷，看破官場政治黑暗後，選擇遁入玄門訪道求仙，並協助忠良剷除奸相的經過。內容反映明朝嘉靖年間的社會景況，揭露朝廷之腐敗，描寫底層小人物生活，作者視野宏觀，行文幽默諷刺，並多以方言俚語入筆。學者鄭振鐸將《綠野仙踪》與《紅樓夢》、《儒林外史》並列為清代中葉三大小說。

玉嬌梨　天花藏主人／編撰　石昌渝／校注

《玉嬌梨》又名《雙美奇緣》，是才子佳人小說重才派的代表作。書名是合二位佳人的名字而成，白紅玉的「玉」，白紅玉隱蔽在姑父家改名「無嬌」的「嬌」，盧夢梨的「梨」。白紅玉透過詩賦與蘇友白相識相知，盧夢梨女扮男裝和蘇友白結為知己，這二位才貌兼備的表姐妹，歷經種種曲折，最終都嫁給英俊倜儻的才子蘇友白。本書故事輕鬆且可讀性強，反映廣大下層士人的理想愛情，其情節構思和敘事方式，對後來的才子佳人小說創作影響深遠。

好逑傳

名教中人／編撰　石昌渝／校注

《好逑傳》又名《俠義風月傳》，是才子佳人小說重德派的代表作，書名取自《詩經》中「窈窕淑女，君子好逑」之意。全書十八回，講述才子佳人的一段離奇的愛情故事。男主角鐵中玉才華俊美，俠烈義氣，路見不平便仗義鋤惡；女主角水冰心美麗賢達，獨具靈心俠膽，屢次抵禦惡霸強娶。二人在患難中互相扶持，卻謹守禮義分際，最終皇上御賜婚姻，終成好逑。本書融合俠義和言情的元素，亦反映了當世的社會風氣，在才子佳人小說中獨樹一格。

孽海花

曾樸／撰　葉經柱／校注　繆天華／校閱

《孽海花》是晚清時極受歡迎的政治歷史小說，書中掌握了同治至光緒三十年間士大夫的生活面貌，以故事主人公金雯青和傅彩雲為線索，反映出晚清社會政治的情況。作者曾樸在書中表達了反對君主專制，發揚民族主義的觀念，指引出救亡圖存的新希望，使當時的知識分子得以在黑暗中見到一線光明，故能深受社會大眾的歡迎。

海上花列傳

韓邦慶／著　姜漢椿／校注

《海上花列傳》以趙樸齋兄妹在上海的經歷為主線，從一獨特的視角反映上海開埠後的另一個面貌——即對當時風月場所的描寫。小說內出現眾多人物，上至官吏富商，下至妓館幫傭，性格無一雷同，足見作者塑造人物之成功。全書用吳語創作，使作品具有一種地域特色。本書針對其中較難懂的吳語均詳細注解，讓讀者能細細品味作品中的人物樣貌與作者所要表達的主要精神。

品花寶鑑

陳森／著　徐德明／校注

《品花寶鑑》描述清代乾嘉年間北京城中一群名伶與公子名士的生活，以戲曲演員卑賤生活為主題的長篇狹邪小說。作者熟悉梨園舊事，書中深刻描繪官紳名士玩弄梨園男伶的醜陋卑汙，表達對伶人不幸遭遇的同情與人格的尊重。對於他們之間情慾的描寫，或許可為近年來引人矚目的同志論述，提供一個側面觀察的參考。本書的故事歷來被認為直接影射了當時的社會現況，作為了解十九世紀中葉清代的社會文化生活而言，也具有很高的史料價值。

啼笑因緣

張恨水／著　束忱／校注

《啼笑因緣》敘述的是民國軍閥割據時期的北京，青年樊家樹與鼓書女沈鳳喜、俠女關秀姑、富家女何麗娜的多角愛情故事。整本書在言情背後有廣闊的社會生活、深厚的文化積累做支撐，作者同時將北京話加以提煉，運用到對話中，使其語言俏皮而不油滑，生動而富感染力。本書將言情、譴責及武俠等元素融為一體，加上跌宕的情節、細膩的描寫刻畫，使《啼笑因緣》甫推出，即大受好評，並引起影劇改編的熱潮，堪稱鴛鴦蝴蝶派的上乘之作。

遊仙窟　玉梨魂（合刊）

張鷟、徐枕亞／著　黃瑚、黃珅／校注

本書合刊《遊仙窟》與《玉梨魂》二篇文言言情小說。《遊仙窟》首創以自敘的方式，寫作者在旅途的一段豔遇，辭采絢麗，刻畫傳神，在唐人小說中別具異彩，風行一時，並且傳入日本，自唐以來即流傳不衰。《玉梨魂》則是民初上海鴛鴦蝴蝶派小說最有價值的代表作，描寫青年才子何夢霞與年輕貌美的寡婦白梨影，相愛卻不能相守的悲劇故事，作者身影藏在其中，寫來悱惻幽怨，哀感動人，曾改編成話劇和電影，轟動一時，並且遠銷至南洋。

國家圖書館出版品預行編目資料

金瓶梅／笑笑生著,劉本棟校注,繆天華校閱.——四版二刷.——臺北市：三民，2024
面；　公分.——（中國古典名著）

ISBN 978-957-14-7183-9（平裝）

857.48　　110006169

中國古典名著

金瓶梅（上）

作　者	笑笑生
校注者	劉本棟
校閱者	繆天華
封面繪圖	蔡采穎
發行人	劉振強
出版者	三民書局股份有限公司
地　址	臺北市復興北路 386 號（復北門市） 臺北市重慶南路一段 61 號（重南門市）
電　話	(02)25006600
網　址	三民網路書店 https://www.sanmin.com.tw
出版日期	初版一刷 1980 年 3 月 三版八刷 2018 年 6 月 四版一刷 2021 年 6 月 四版二刷 2024 年 1 月
書籍編號	S851850
ISBN	978-957-14-7183-9

三民書局